唐宋八大家

散文鉴赏

国学经典文库

图文珍藏版

唐·韩愈 等◎著

线装书局

图书在版编目（CIP）数据

唐宋八大家散文鉴赏／（唐）韩愈等著．－北京：线装书局，2009.9（2022.3）

ISBN 978-7-80106-983-2

Ⅰ.唐… Ⅱ.韩… Ⅲ.唐宋八大家—古典散文—鉴赏 Ⅳ.I207.62

中国版本图书馆 CIP 数据核字（2009）第 145710 号

唐宋八大家 散文鉴赏

作　　者：[唐] 韩　愈 等著

责任编辑：赵安民　程俊蓉

出版发行：线裝書局

　　　　　地　址：北京市丰台区方庄日月天地大厦B座17层（100078）

　　　　　电　话：010-58077126（发行部）010-58076938（总编室）

　　　　　网　址：www.zgxzsj.com

经　　销：新华书店

印　　制：北京彩虹伟业印刷有限公司

开　　本：710×1040毫米　1/16

印　　张：112

字　　数：1610千字

版　　次：2022年3月第1版第3次印刷

印　　数：3001-9000套

定　　价：598.00元（全四册）

线装书局官方微信

总 序

·弘扬国学文化　点亮智慧人生·

　　中华文化源远流长，国学经典灿若星河，熠熠生辉的国学经典凝聚了前贤圣哲的大智大慧，浓缩了华夏文明的思想精粹，是中华文明和民族精神得以生发的深厚土壤。可以说，国学是中华民族优秀的传统文化的核心价值，是数千年来中国人思维方式、行为方式和生活方式的高度总结，浸润着每个中华儿女的血液和灵魂。中华民族因为自己博大精深的文化而存续，而骄傲，而伟大！重视传统文化、传承国学经典已成为人民物质生活水平提高后必然的精神需求，更是经济社会发展的迫切需要。

　　世界潮流，浩浩荡荡。新世纪是世界大变革、大转折、大发展的时代，中华民族迎来了千载难逢的大好机遇，正处在全面复兴的历史新起点。从涵养社会主义核心价值观的重要源泉、实现"两个一百年"奋斗目标和中华民族伟大复兴的中国梦的重要精神支撑的高度，弘扬优秀传统文化。鉴于此，在有关专家学者的积极倡导下，我们精心组织完成了这一大型古籍文献整理出版工程——《国学经典文库》，力图将最经典、最精华的中华传统文化奉献给广大读者。

　　《国学经典文库》弥足珍贵，是家庭阅读和收藏的首选。我们知道，藏书既是社会进步和发展的标志，更是读书人成才立业所必备的重要条件，一代伟人毛泽东曾说"我一生最大的爱好就是读书"，"饭可以一日不吃，觉可以一日不睡，书不可一日不读。"已故国学大师季羡林先生生前曾再三强调读书、藏书之重要，认为"后一代的人必须读书，才能继承和发扬前人的智慧。"习近平总书记曾说"读书已成为我的一种生活方式，读书可以让人保持思想活力，让人得到智慧启发，让人滋养浩然正气"。爱书、读书、惜书、藏书，是中华民族的光荣传统。

　　《国学经典文库》先期推出两辑：即《反经》《四书五经》《古文观止》《汉书》《后汉书》《智囊全集》《三国志》《随园诗话》《纲鉴易知录》《菜根谭》《唐宋八大家散文鉴赏》《四大名著》《资治通鉴》《续资治通鉴》《明通鉴》《清通鉴》《孔子家语通解》《孟子》《庄子》《冰鉴》《水经注》《儒家经典》《论语诠解》《道德经》《中华上下五千年》《中华成语典故》《说文解字》《群书治要》《纳兰性德全集》《孝经诠解》《墨子诠解》《茶经》《王阳明全集》《东周列国志》《诗经》《楚辞》《鬼谷子全书》《蒙学经典》《孙子兵法》《三十六计》《二十五史》《四库全书》《三言二拍》《唐诗宋词元曲》《中华传世家训》《中华兵书大典》《中华茶道》《中华酒典》《二十四史》《史记》《容斋随笔》《黄帝内经》《本草纲目》《中国艺术百科》《中国历代通俗演义》《诸子百家鉴赏大典》《中国皇帝全传》《国学智慧大典》《三希堂法帖》《芥子园画传》《中国书法鉴赏大典》《中国通史》《中华名人大传》《周易全书》《中华宫廷秘史》《中国全史》《钦定古今图书集成》《中国古典名著百部》等等。荟萃了中华古代文明之精华，凝聚了五千年华夏智慧之经典，囊括了中国历史上最具思想性与收藏价值的古籍巨著。我们坚信，此类大型藏书的陆续出版，将为学术界、文化界、收藏界提供弥足珍贵的传世善本，便于我们对中华古代文化的研究、借鉴与继承，是一件造福子孙后代的善举。

　　《国学经典文库》耗时十余载，参与整理编辑人员近百人之多，并得到国内外众多专家学者、知名研究机构及著名馆藏单位等的大力支持和帮助，在此特表示由衷的谢意。另外，因资料范围广、精选难度高、编辑工作繁杂等诸多原因，书中难免存在疏漏与不足之处，恳请广大读者给予谅解和指正，以便我们及时修订。

《唐宋八大家》书影

唐宋八大家

　　唐宋八大家是唐宋时期八大散文作家的合称,即唐代的韩愈、柳宗元和宋代的苏轼、苏洵、苏辙、欧阳修、王安石、曾巩。明朝中叶古文家茅坤在前基础上加以整理和编选,取名《八大家文钞》,共160卷。"唐宋八大家"从此得名。

韩愈像

韩愈（768～824），唐代古文运动的倡导者，唐宋八大家之首，有"文章巨公"和"百代文宗"之名，著有《韩昌黎集》四十卷，《师说》等等。

《师说》

《师说》是说明教师的重要作用，从师学习的必要性以及择师的原则，抨击当时士大夫之族耻于从师的错误观念，倡导从师而学的风气。

《捕蛇者说》

《捕蛇者说》反映了中唐时劳动人民的悲惨生活，深刻地揭露了封建统治阶级对劳动人民的残酷压迫和剥削，表达了作者对劳动人民的深切同情。

柳宗元像

柳宗元（773～819），唐代文学家、哲学家，唐宋八大家之一。柳宗元一生留诗文作品达600余篇，其散文的成就大于诗。

欧阳修像

　　欧阳修（1007～1072），北宋政治家、文学家，唐宋八大家之一，对宋代诗文革新运动的卓越贡献，奠定了他雄踞一代文坛的领袖地位。

《醉翁亭记》

　　《醉翁亭记》以"乐"字为线索，通过对滁州优美风景的描写，表现了作者随遇而安、与民同乐的旷达情怀，抒发了自己的政治理想和复杂感情。

《六国论》

　　《六国论》是评论六国破灭的原因，提出对敌斗争应该注意的问题，借以批评北宋朝廷屈辱求和的外交路线，发表自己对当时政治的见解。

苏洵像

　　苏洵（1009～1066），宋代著名的散文家、政论家。长于散文，尤擅政论，议论明畅，笔势雄健。著有《嘉佑集》二十卷，《易传》三卷。

苏轼像

苏轼（1037～1101），北宋著名文学家、书画家、词人、诗人和美食家，唐宋八大家之一，豪放派词人代表。其诗、词、赋、散文，均成就极高。

《赤壁赋》

苏轼被贬为黄州团练副使后游览赤壁写下的赋。反映了他思想境界的转化和创作风格的新变，成为文赋一体新高度的重要作品。

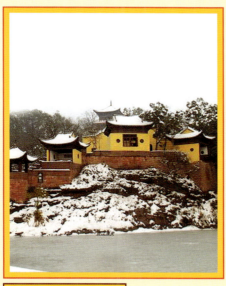

《黄州快哉亭记》

作于被贬期间，全篇文章擒住题面"快哉"二字，畅加洗发，因亭景而生意，借亭名而发论，叙议结合，情景交融，堪称千古快文！

苏辙像

苏辙（1039～1112），"唐宋八大家"之一，为文以策论见长，散文自成一家，哲宗元祐年间参加过治河争论，著有《栾城集》。

王安石像

王安石（1021～1086），北宋杰出的政治家、思想家、文学家、改革家，唐宋八大家之一。有《王临川集》《临川集拾遗》等存世。

《游褒禅山记》

《游褒禅山记》是王安石在宋仁宗至和元年(1054)任舒州通判时写的一篇叙议结合的游记，叙述他和几位同伴游褒禅山的经过，并借此生发议论。

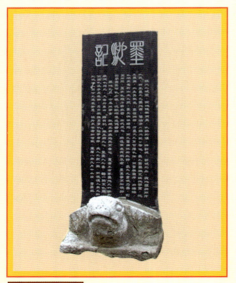

《墨池记》

《墨池记》着眼点不在"池"，在于阐释成就并非天成，要靠刻苦学习的道理，以此勉励学者勤奋学习。写法新颖别致，见解精警，是难得之佳作。

曾巩像

曾巩（1019～1083），北宋政治家、文学家、散文家，"唐宋八大家"之一，在学术思想和文学事业上贡献卓越，其中散文成就最高。

前　言

　　在唐宋文坛,有这样八位独具特色的文学家,即韩愈、柳宗元、欧阳修、苏洵、苏轼、苏辙、曾巩、王安石。他们用笔墨呼风唤雨,借作品名扬千古;他们倡导了古文运动,先秦诸子的文字与思想因此复兴;他们开创的新体古文支配文坛1000多年,其盛况余韵直至清末;他们在中国散文发展史上地位崇高,彪炳于文林,他们的人生跌宕传奇……他们,被后人尊奉为"唐宋八大家",其文章成为后世散文创作的典范。

　　韩愈(768~824年),字退之,唐代文学家、哲学家,被尊为"唐宋八大家"之首。自谓郡望昌黎,世称韩昌黎。河南河阳(今河南孟州市)人。因官吏部侍郎,又称韩吏部。谥号"文",又称韩文公。

　　韩愈是唐代古文运动的倡导者,主张文章要开孔孟之道,以此来反对当时单纯形式的骈文。思想渊源于儒家,重视作家的道德修养,提出养气论,提倡学习先秦两汉古文,主张学古要在继承的基础上创新,坚持"词必己出""陈言务去"。其散文内容丰富,形式多样,语言简练,鲜明生动,为古文运动树立了典范。

　　韩文分论说、杂文、传记、抒情四类,其风格雄健奔放,气势充沛,纵横捭阖,奇偶交错,巧譬善喻;或诡谲,或严正,艺术特色多样化;扫荡了六朝以来柔靡骈俪的文风。

　　韩愈是唐代古文运动的倡导者和领导者,也是中国文学史上一位具有重大影响和突出贡献的著名文学家。作为文学家,他的成就是多方面的,尤其在散文创作方面,成就更为恢宏,在当时就有"学浪词锋压九州""三十馀年,声名塞天"之誉;宋代苏轼更是称其为"百世师""天下法","文起八代之衰,道济天下之溺"。他的散文,文体之备无所不包,内容之博无所不容,所以后人称其散文"海含地负",确非溢美之辞。他不仅在当时产生很大影响,成为一代文坛宗师,而且后世历代古文家,都受到他的影响,成为中国散文史上里程碑式的人物。韩愈位居"唐宋八大家"之冠,是当之无愧的。

　　柳宗元,字子厚,唐代河东(今山西省永济市)人,代宗大历八年(公元773年)出生于京城长安,宪宗元和十四年(公元819年)客死于柳州。因为他是河东人,终于柳州刺史任上,所以号柳河东或柳柳州。

　　柳宗元的散文风格自然流畅,幽深明净。他一生创作丰富,议论文、传记、寓言、游记都有佳作。议论文笔锋犀利、逻辑严密，以《封建论》最有代表性；寓言多用来讽刺时弊，想象丰富、寓意深刻、言语尖锐，《三戒》是他著名的讽刺小品；传记散文多以真人真事为基础，略带夸张虚构，《捕蛇者说》《童区寄传》《段太尉逸事状》是这类作品的代表作。

柳文中的山水游记最为脍炙人口，它们在柳宗元手里发展成为一种独立的文学体裁，柳宗元也因而被称为"游记之祖"。柳宗元山水游记的著名代表作是"永州八记"。这"八记"并非单纯的景物描摹，而是往往在景物中寓意深远，抒写胸中种种不平，使得山水也带有了人的性格。

柳宗元散文语言简练生动，他常运用虚实结合、夹叙夹议的创作手法，谋篇布局，使得文章意趣横生。此外，柳文多用短句，节奏明快而富于变化，这是他汲取骈文之长所致。

欧阳修(1007～1072年)，北宋文学家、史学家。字永叔，号醉翁、六一居士，吉州吉水(今属江西)人。天圣进士。官馆阁校勘，因直言论事贬知夷陵。庆历中任谏官，支持范仲淹，要求在政治上有所改良，被诬贬知滁州。官至翰林学士、枢密副使、参知政事。谥文忠。主张文章应"明道"、致用，对宋初以来靡丽、险怪的文风表示不满，并积极培养后进，是北宋古文运动的领袖。散文说理畅达，抒情委婉，为"唐宋八大家"之一；诗风与其散文近似，语言流畅自然。其词婉丽，承袭南唐余风。

欧阳修一生写了五百余篇散文，各体兼备，有政论文、史论文、记事文、抒情文和笔记文等。他的散文大都内容充实，气势旺盛，具有平易自然、流畅婉转的艺术风格。叙事既得委婉之妙，又简约有法；议论既纡徐有致，又富有内在的逻辑力量。章法结构既能曲折变化而又十分严密。欧阳修的政论散文，如《与高司谏书》《朋党论》《五代史伶官传序》不仅富于现实意义，而且语言婉转流畅，是"古文"中的名篇。

最能体现他散文成就的是记事兼抒情的作品。他的这类散文，无论状物写景，或叙事怀人，都显得楚楚动人，如他最著名的《醉翁亭记》，写滁州山间四时的景色和早晚的变化以及人们游玩山间的情景，层次分明、语言流畅，抒发了一种解脱束缚后，从容怡然而又怅惘若失的情怀。简约有法的叙事、纡徐有致的议论、曲折变化的章法、圆融轻快而无窘迫滞涩之感的语句，构成了欧阳修散文含蓄委婉的总体风格。

苏洵(1009～1066年)中国北宋散文家。字明允，号老泉。眉山(今属四川)人。嘉祐年间，其文得欧阳修举荐，一时公卿士大夫争相传诵，文名因而大盛。与其子苏轼，苏辙合称三苏，均列入唐宋八大家。

苏洵的散文论点鲜明，论据有力，语言锋利，纵横恣肆，具有极强的说服力。欧阳修称赞他"博辩宏伟"，"纵横上下，出入驰骤，必造于深微而后止"(《故霸州文安县主簿苏君墓志铭》)；曾巩也评论他的文章"指事析理，引物托喻"，"烦能不乱，肆能不流"(《苏明允哀词》),这些说法都是比较中肯的。艺术风格以雄奇为主,而又富于变化。一部分文章又以曲折多变、纡徐宛转见长。

苏洵论文,见解亦多精辟。他反对浮艳怪涩的时文,提倡学习古文;强调文章要"得乎吾心",写"胸中之言";主张文章应"有为而作","言必中当世之过"。他还探讨了不同文体的共同要求和不同写法。他特别善于从比较中品评各家散文的风格和艺术特色,例如《上欧阳内翰第一书》对孟子、韩愈和欧阳修文章的评论就很精当。

苏洵的抒情散文不多,但也不乏优秀的篇章。在《送石昌言使北引》中,他希望出使契丹的友人石昌言不畏强暴,藐视敌人,写得很有气势。《张益州画像记》记叙张方平治理益州的事迹,塑造了一个宽政爱民的封建官吏形象。《木假山记》借物抒怀,赞美一种巍然自立、刚直不阿的精神。

曾巩(1019~1083年)中国北宋散文家,字子固。南丰(今属江西)人。嘉祐二年(公元1057年)进士,任召编校史馆书籍,官至中书舍人。曾巩是唐宋八大家之一,是欧阳修古文运动的支持者和参与者。

曾巩的散文创作成就很高,是北宋诗文革新运动的积极参加者。他师承司马迁、韩愈和欧阳修,主张"文以明道",把欧阳修的"事信、言文"观点推广到史传文学和碑铭文字上。他在《南齐书目录序》中说:"古之所谓良史者,其明必足以周万事之理,其道必足以适天下之用,其智必足以通难显之情,然后其任可得而称也。"他强调只有"蓄道德能文章者",才足以发难显之情,写"明道"之文。他的散文大都是"明道"之作,文风以"古雅、平正、冲和"见称。《宋史》本传说他"立言于欧阳修、王安石间,纡徐而不烦,简奥而不晦,卓然自成一家"。他的议论性散文,剖析微言,阐明疑义,卓然自立,分析辨难,不露锋芒。《唐论》就是其中的代表作,援古事以证辩,论得失而重理,语言婉曲流畅,节奏舒缓不迫,可与欧阳修的《朋党论》媲美。他的记叙性散文,记事翔实而有情致,论理切题而又生动。著名的《寄欧阳舍人书》,叙事委婉深沉,语言简洁凝练,历来被誉为书简范文。《战国策目录序》论辩入理,气势磅礴,极为时人所推崇。当西昆体盛行时,他和欧阳修等人的散文,一改雕琢堆砌之风,专趋平易自然。王安石曾赞叹说:"曾子文章世稀有,水之江汉星之斗。"(《赠曾子固》)。苏轼也说:"醉翁门下士,杂从难为贤;曾子独超轶,孤芳陋群妍"。

王安石(1021~1086年),字介甫,号半山,小字獾郎,封荆国公,世人又称王荆公。抚州临川人,北宋杰出的政治家、思想家、文学家。

王安石为"唐宋八大家"之一,他的散文,雄健简练,奇崛峭拔,大都是书、表、记、序等体式的论说文,阐述政治见解与主张,为变法革新服务。这些文章针对时政或社会问题,观点鲜明,分析深刻,长篇则横铺而不力单,短篇则纡折而不味薄。《答司马谏议书》,以数百字的篇幅,针对司马光指责新法为侵官、生事、征利、拒谏四事,严加剖驳,短小精悍,言简意赅,措辞得体,体现了作者刚毅果断和坚持原则的政治家风度。王安石的政论文,不论长篇还是短制,结构都很谨严,主意超卓,说理透彻,语言朴素精练,"只用一二语,便可扫却他人数大段"(刘熙载《艺概·文概》),具有较强的概括性与逻辑力量。这对推动变法和巩固北宋诗文革新运动的成果起了积极的作用。王安石的一些小品文,脍炙人口,《读孟尝君传》《伤仲永》等,评价人物,笔力劲健,文风峭刻,富有感情色彩,给人以显豁的新鲜感。他还有一部分山水游记散文,简洁明快而省力,酷似柳宗元;《游褒禅山记》,亦记游,亦说理,二者结合得紧密自然,即使抽象的道理生动、形象,又使具体的记事增加思想深度,显得布局灵活并又曲折多变。

苏轼(1037~1101年),字子瞻,又字和仲,号"东坡居士",北宋眉州眉山(即今四川眉山)人,是宋代(北宋)著名的文学家、书画家。他与他的父亲苏洵、弟弟苏辙皆以文学名世,世称"三苏";且苏轼与唐代的韩愈、柳宗元和宋代的欧阳修、苏洵、苏辙、王安石、曾巩合称"唐宋八大家"。并与黄庭坚、米芾、蔡襄被称为最能代表宋代书法成就的书法家,合称为"宋四家"。

苏轼散文以雄健恣肆见长。他在《自评文》中说:"吾文如万斛泉源,不择地而出,在平地,滔滔汩汩,虽一日千里无难,及其与山石曲折,随物赋形,而不可知也。"这段话概括简短,但已相当准确地说明了他散文艺术风格的主要特点。他的政论文,立论范围广泛而主旨分明,往往纵横捭阖,挥洒自如,气势恢宏;他的记叙性散文,也是叙议相长,铺张扬厉,汪洋恣肆。即便是随笔、序跋、书札一类的杂文,或谈艺论道,或抒写襟怀,或描景状物,或记人叙事,也莫不如行云流水,波澜迭出,变幻莫测。如他所言:"意之所到,则笔力曲折无不尽意。"而沈德潜说他的风格是"天马脱羁,飞仙游戏,穷极变幻,而适如意中所欲出",说他纵横跌宕、富于变幻。

苏轼散文,首先在其政治论文中大露峥嵘。在《策略》《策别》《策断》等篇章里,作者满怀儒家的政治理想,凭借大量的历史事实加以周密的论证,字里行间颇有贾谊、陆贽的气势、神韵。文脉晓畅,文采飞扬,受《战国策》的影响,明显可见。苏轼的历史论文,如《留侯论》《晁错论》等,是其政治论文的另一种表现形式。作者借描画、评述历史人物、事件、典故,阐释政治见解。这些文章尽管在内容上无什么特别可取,但写法上善于随机生发,仍有不少可借鉴之处。

苏辙(1039~1112年)字子由,眉州眉山(今属四川)人,晚年自号颍滨遗老。苏轼之弟,人称"小苏"。苏辙是散文家,为文以策论见长,在北宋也自成一家,但比不上苏轼的才华横溢。他在散文上的成就,如苏轼所说,达到了"汪洋澹泊,有一唱三叹之声,而其秀杰之气终不可没"。著有《乐城集》。与其父苏洵、兄苏轼合称"三苏",均在"唐宋八大家"之列。

苏辙生平学问深受其父兄影响,以儒学为主,最倾慕孟子而又遍观百家。他擅长政论和史论,在政论中纵谈天下大事,如《六国论》评论齐、楚、燕、赵四国不能支援前方的韩、魏,团结抗秦,暗喻北宋王朝前方受敌而后方安乐腐败的现实。《三国论》将刘备与刘邦相比,评论刘备"智短而勇不足",又"不知因其所不足以求胜",也有以古鉴今的寓意。

苏辙在古文写作上也有自己的主张。在《上枢密韩太尉书》中说:"文者,气之所形。然文不可以学而能,气可以养而致。"认为"养气"既在于内心的修养,但更重要的是依靠广阔的生活阅历。因此赞扬司马迁"行天下,周览四海名山大川,与燕赵间豪俊交游,故其文疏荡,颇有奇气"。他的文章风格汪洋澹泊,也有秀杰深醇之气。例如《黄州快哉亭记》,融写景、叙事、抒情、议论于一炉,于汪洋澹泊之中贯注着不平之气,鲜明地体现了作者散文的这种风格。

唐宋八大家散文在我国文学发展史上占有重要地位。它继承先秦两汉散文的优良传统,反对六朝以来的骈俪文风,发展并完善了古代散文的各种文体,影响了元、明、清各代散文创作,对当代散文创作也有重要借鉴意义。

本书收录了唐宋八大家散文六百余篇。每篇文章分为"题解""原文""注释""集评""鉴赏"五个方面。"题解"点明散文的主题,语言简洁明了;"注释"是对难以理解的字词句进行白话翻译,文通语顺,具有独立的欣赏价值;"集评"是唐宋及其以后各代文人均给予很高的赞誉,写下了许多脍炙人口的评论,评论者各抒己见;"鉴赏"是现代名家对文中的艺术特色、思想内涵的精彩评论,或评论作品内容,或揭示作品艺术特征。通过以上几个类项,帮助读者从客观到微观各方面都有所收获。书中还有唐宋八大家本人的简介,也具有资料价值。通过阅读本书,对提高古文的阅读能力和古文的欣赏水平,不无帮助。由于所选多为名篇,部分已收中学教材,对学生理解、阅读、练习也多裨益。

目　录

柳宗元文集

国学经典文库

唐宋八大家散文鉴赏

目录

国学经典文库

唐宋八大家散文鉴赏

目录

唐宋八大家散文鉴赏

韩愈卷

韩 愈 等◎著

线装书局

韩愈简介

韩愈（768～824），唐代文学家和哲学家。字退之，河南河阳（今河南省孟州市西）人。郡望昌黎（今河北省昌黎县），世称韩昌黎。晚年任官吏部侍郎，因称韩吏部。谥号文，故又称韩文公。唐代古文运动的积极倡导者。

早孤，由嫂郑氏抚养成人。七岁读书，十三岁能文，少年时期就研究古训，关心政治。二十岁赴长安应进士试，三试不第；二十五岁考中进士后，又三试博学鸿词于礼部都未入选。唐德宗贞元十一年（公元795年），韩愈年二十八岁时，曾三上宰相书求仕进，都未得到答复，不得不在同年五月离开长安。二十九岁后，曾先后在汴州董晋、徐州张建封两节度使幕府任职；三十五岁被擢为四门博士，次年任监察御史，上书论天旱人饥状，请宽民徭役、除民租赋，指斥朝政，被贬为连州阳山令。宪宗即位（元和元年，即806年），获赦回京，任国子博士。后历任比部郎中、史馆修撰、考功郎中、考功知制诰、中书舍人等职。元和十二年（公元817年），韩愈五十岁，随宰相裴度征讨淮西吴元济叛军，任行军司马，平乱有功，被升任为刑部侍郎。元和十四年（公元819年），愈年五十二岁，宪宗迎佛骨入大内，愈一生排斥佛老，上表反对迎佛骨，被贬为潮州（今广东潮安区）刺史，后又移袁州（今江西省宜春市）。穆宗即位（公元821年），历任国子祭酒、兵部侍郎、吏部侍郎、京兆尹兼御史大夫等职。

韩愈在政治上主张国家统一，反对藩镇割据，他不论在理论上和行动上都做出了建树；思想上崇奉儒家的道统，坚决排斥佛老，这虽然有它保守的一面，但对当时的现实社会情况来说，却是起了积极作用。他的主要贡献是在文学上，诗歌力求新奇，自成一派，并能"以文为诗"，旗帜独树，对后世有较大影响。贡献最大的当推他的散文理论和创作实绩。他坚决反对六朝以来空洞无物的形式主义的骈体文，而提倡"文以载道"，上继先秦两汉的文体，用奇句单行创作有内容、有思想，形式自然、"文从字顺"的新散文。他所倡导的古文运动，实际是一个文体革新运动。他在提倡"文以载道"的同时，又讲"物不得其平则鸣"，认为一切文辞及其所载之道，都

3

是不同时代不平现实的产物,他所提倡的"古文"当然也就不仅是传播古道的工具,而且也是反映现实生活中的种种不平的工具,因而也就具有了强烈的现实针对性、批判性和战斗性。他还力主文学语言的创造与革新,要求"唯陈言之务去"。

韩愈散文,包括论、说、书、序、记、传、表、状、颂、赞、赋、铭、哀辞、祭文、碑志、杂文等。其中论说文的代表作如《原道》《原性》《原毁》《师说》《进学解》《论佛骨表》《杂说》四首等。大多写得曲折奔放,气势雄健,"如长江大河,浑浩流转"(苏洵语);记叙文的代表作如《圬者王承福传》《蓝田县丞厅壁记》《张中丞传后叙》《毛颖传》等,塑造不同人物性格,笔底饱含情感,往往带有传奇色彩;抒情文的代表作如《祭十二郎文》《与孟东野书》等,前者被前人誉为"祭文中千年绝调"的佳作,后者诚恳朴直,不加修饰,前人赞美其"真气足以动千载下之人。"现代学者钱仲联先生说:"韩愈的散文,气势充沛,纵横开阖,奇偶交错,巧譬善喻,或诡谲,或严正,具有多样的艺术特色。"

原道①

国学经典文库

唐宋八大家散文鉴赏

韩愈卷

【题解】

《原道》是韩愈以"原"字命题的五篇文章之首篇。五原应为一时之作。《上兵部李侍郎书》说:"谨献旧文一卷,扶树教道有所明白。"这一卷旧文应为"五原"(原道、原性、原人、原鬼、原毁)。排斥佛老是韩愈一生命脉,《原道》则是他辟佛老的代表作。本文开篇首先辩明先王之道,也就是儒家之道与老子之道的区别:"凡吾所谓道德云者,合仁与义言之也,天下之公言也;老子之所谓道德云者,去仁与义言之也,一人之私言也。"韩愈认为,先王之道由禹传汤,汤传文武周公,文武周公传孔子,孔子传孟子,孟子死道不得传;而佛老之说,黄老兴于汉,佛教兴于晋、魏、梁、隋之间。前者为古之时,古之人;后者为今之时,今之人。将两者做鲜明的对比,以证明佛老之说之谬误,先王之教之正大。最后提出"不塞不流,不止不行"的著名主张。对佛老之说要塞、要止,先王之道才能流、能行,才能发扬光大。

作者大量运用排比句,使文章流畅自然,一气呵成,气势恢宏。

【原文】

博爱之谓仁,行而宜之之谓义,由是而之焉之谓道,足乎己无待乎外之谓德②。仁与义,为定名;道与德,为虚位③。故道有君子小人,而德有凶有吉④。老子之小仁义,非毁之也,其见者小也⑤。坐井而观天,曰天小也,非天小也。彼以煦煦为仁,孑孑为义,其小之也则宜⑥。其所谓道,道其所道⑦,非吾所谓道也;其所谓德,德其所德,非吾所谓德也。凡吾所谓道德云者,合仁与义言之也,天下之公言也。老子之所谓道德云者,去仁与义言之也,一人之私言也。

周道衰,孔子没,火于秦,黄老于汉⑧,佛于晋、魏、梁、隋之间⑨。其言道德仁义者,不入于杨,则入于墨;不入于老,则入于佛⑩。入于彼,必出于此⑪。入者主之,出者奴之;入者附之,出者污之⑫。噫!后之人其欲闻仁义道德之说,孰从而听之?老者曰:"孔子,吾师之弟子也。"佛者曰:"孔子,吾师之弟子也。"为孔子者习闻其说,乐其诞而自小也⑬,亦曰:"吾师亦尝师之云尔。"不惟举之于其口,而又笔之于其书⑭。噫!后之人虽欲闻仁义道德之说,其孰从而求之?甚矣,人之好怪也。不求其端,不讯其末,惟怪之欲闻⑮。古之为民者四,今之为民者六⑯。古之教者处其一,今之教者处其三⑰。农之

5

家一,而食粟之家六;工之家一,而用器之家六;贾之家一,而资焉之家六⑱,奈之何民不穷且盗也⑲?

古之时,人之害多矣。有圣人者立,然后教之以相生养之道⑳。为之君,为之师,驱其虫蛇禽兽而处之中土㉑。寒然后为之衣;饥然后为之食。木处而颠㉒,土处而病也㉓,然后为之宫室。为之工以赡其器用㉔;为之贾以通其有无;为之医药以济其夭死;为之葬埋祭祀以长其恩爱;为之礼以次其先后;为之乐以宣其壹郁㉕;为之政以率其怠倦㉖;为之刑以锄其强梗㉗。相欺也,为之符玺斗斛权衡以信之㉘;相夺也,为之城郭甲兵以守之㉙。害至而为之备;患生而为之防。今其言曰:"圣人不死,大盗不止;剖斗折衡而民不争㉚。"呜呼!其亦不思而已矣。如古之无圣人,人之类灭久矣。何也?无羽毛鳞介以居寒热也,无爪牙以争食也㉛。

是故君者出令者也;臣者行君之令而致之民者也;民者出粟米麻丝,作器皿通财货,以事其上者也。君不出令,则失其所以为君。臣不行君之令而致之民,民不出粟米麻丝,作器皿通财货,以事其上,则诛㉜。今其法曰㉝:必弃而君臣,去而父子,禁而相生养之道,以求其所谓清静寂灭者㉞。呜呼!其亦幸而出于三代之后,不见黜于禹、汤、文、武、周公、孔子也㉟。其亦不幸而不出于三代之前,不见正于禹、汤、文、武、周公、孔子也㊱。

帝之与王,其号虽殊,其所以为圣一也㊲。夏葛而冬裘,渴饮而饥食,其事殊,

其所以为智一也㊳。今其言曰:曷不为太古之无事㊴?是亦责冬之裘者曰:曷不为葛之之易也㊵?责饥之食者曰:曷不为饮之之易也?

传曰:"古之欲明明德于天下者,先治其国;欲治其国者,先齐其家;欲齐其家者,先修其身;欲修其身者,先正其心;欲正其心者,先诚其意㊶。"然则古之所谓正心而诚意者,将以有为也。今也欲治其心而外天下国家㊷,灭其天常㊸,子焉而不父其父㊹,臣焉而不君其君,民焉而不事其事。孔子之作《春秋》也㊺,诸侯用夷礼则夷之,进于中国则中国之㊻。经曰:"夷狄之有君,不如诸夏之亡㊼。"诗曰:"戎狄是膺,

荆舒是惩⁴⁸。"今也举夷狄之法而加之先王之教之上，几何其不胥而为夷也⁴⁹！

　　夫所谓先王之教者何也？博爱之谓仁，行而宜之之谓义，由是而之焉之谓道⁵⁰，足乎己无待于外之谓德⁵¹。其文，《诗》《书》《易》《春秋》；其法，礼、刑、乐、政；其民，士、农、工、贾；其位，君臣、父子、师友、宾主、昆弟、夫妇。其服丝麻，其居宫室，其食粟米、果蔬、鱼肉。其为道易明，而其为教易行也⁵²。是故以之为己则顺而祥⁵³；以之为人则爱而公；以之为心则和而平；以之为天下国家，无所处而不当。是故生则得其情；死则尽其常⁵⁴；郊焉而天神假，庙焉而人鬼飨⁵⁵。曰：斯道也，何道也？曰：斯吾所谓道也，非向所谓老与佛之道也。尧以是传之舜，舜以是传之禹，禹以是传之汤，汤以是传之文、武、周公，文、武、周公传之孔子，孔子传之孟轲，轲之死不得其传焉。荀与扬也，择焉而不精，语焉而不详⁵⁶。由周公而上，上而为君，故其事行；由周公而下，下而为臣，故其说长⁵⁷。然则如之何而可也？曰：不塞不流，不止不行⁵⁸。人其人，火其书，庐其居⁵⁹，明先王之道以道之⁶⁰，鳏寡孤独废疾者有养也，其亦庶乎其可也⁶¹。

【注释】

①原道：推究先王之道的本源。　　原：推究本源。《说文》："原，水本也。"段玉裁注："《月令·百源》注：'众水始所出为百源。'单评曰原。"

②博爱之谓仁句：博爱称为仁，对仁实行得正确称作义，由此实行下去称为道，自己做得非常充足而不受外界任何影响称为德。　　之谓：称作，叫作。　　之焉：之，往，到。此处作实行解。焉，"之也"合音。之，代"仁义"。

③仁与义句：仁与义有固定的概念，所以是有定名；道与德没有固定的内涵，所以是虚位。

④故道有君子小人句：所以道有君子之道有小人之道；德有凶德有吉德。凶：不好，吉：好。《左传·文公十八年》："孝敬忠信为吉德，盗贼藏奸为凶德。"

⑤老子之小仁义句：老子小看仁义，并不是诋毁仁义，只是他的见识狭小。老子：春秋时期的思想家。一说即老聃，姓李名耳。道家学派的创始人，著有《道德经》一书。提出"道生一，一生二，二生三，三生万物"以及"人法地，地法天，天法道，道法自然"的主张。　　小仁义：小看仁义。小，动词，认为小，轻视。

⑥彼以煦煦为仁句：他（老子）以行小惠为仁，以谨小慎微为义，他轻视仁义也就是自然的了。　　煦煦，惠爱貌。孑孑，小谨貌。

⑦道其所道：他（老子）所说的道。　　道：第一个"道"是"说"，动词。第二个"道"是名词。下句"德其所德"，句法与此相同。

⑧黄老于汉：黄帝和老子的学说兴盛于汉朝。

⑨佛于晋、魏、梁、隋之间：佛教兴盛于晋、魏、梁、隋几个朝代。

⑩其言道德仁义者句：那些谈论道德仁义的人，不归于杨朱，就归于墨翟，不归于黄老，就归于佛教。　　杨：杨朱，战国时魏国哲学家。主张"贵生"，"重己"，"全性保真，不以物累形"的为我主义。　　墨：墨翟，春秋战国之际的思想家，宋国

人,后长期住在鲁国,先学儒术,后另立新说,是墨家学派的创始人。主张"兼爱","非攻","非乐","节用","节葬"。

⑪入于彼句:归入那家,必然背叛这家。

⑫入者主之句:对进入的那家就推崇,对背叛的这家就诋毁;对进入的那家就附合,对背叛的这家就污蔑。 主之:以之为主。主,动词意动用,当作主,认为主。 奴之:以之为奴。奴,动词意动用,以为奴,认为奴。

⑬为孔子者句:信奉孔子的人也习惯于他们的说法,喜欢他们的荒诞而小看自己。 为:做,引申为信奉、尊奉。 小,动词意动用,小看。

⑭不惟举之于其口句:不仅挂在嘴上,而且写在书上。 举:举起,抬起,引申为"挂在"。 笔:写。

⑮不求其端句:不求它的发端,不考察它的结果,只想听荒诞的言论。 端:发端,开始。 惟怪之欲闻:之,复指前置宾语,惟,只是。怪,是"欲闻"的宾语前置。

⑯古之为民者句:古代称作民的有四种人,今天称作民的有六种人。四:士、农、工、贾。 六:士、农、工、贾以外又加佛教僧侣和道教道士。

⑰古之教者句:古代从事教化的人居处其中之一,今天从事教化的人居处其中之三。 一:指士、农、工、贾(gǔ)中的士。三:除士以外又加上佛教僧侣和道教道士。

⑱资焉之家六:凭借他们(指贾)供给货物的有六家。 资:凭借 焉:"之也"的合音,之,代货物。

⑲奈之何句:怎么能不使百姓困乏而且去做盗贼呢? 奈之何:即奈何,怎么,为什么。

⑳有圣人者立句:有圣人出现,这以后就用生育抚养的道理教育他们。以:用。 相:无实义。 生养之道:生育抚养的道理。

㉑为之君句:为他们设立君长,为他们设立老师,赶走虫蛇禽兽而使他们居处在中原。 处:使之居处。使动用。 中土:中原。

㉒木处而颠:住在树上会跌落。 颠:跌倒。

㉓土处而病:住在地上会得病。《诗·大雅·绵》一章:"陶复陶穴,未有室家。"

㉔为之工句:为他们设置工匠,以供应他们器具。赡:供给。工:百工,各种工匠。

㉕为之乐句:为他们设置音乐,用来抒发他们的情感。壹:又作湮,或作堙。《史记·贾谊传》:"独堙郁其谁语。"壹郁:不能宣泄的情感。 宣:宣泄,抒发。

㉖为之政句:为他们设立法令制度,以使怠惰之人有所遵循。率:遵循。

㉗为之刑句:为他们设立刑罚,以除掉那些凶残强横之人。强梗:凶暴顽固。

㉘相欺也句:因为有互相欺诈的行为出现,就为他们设置符信、印玺、斗斛、权衡作为信物。符:以竹木或金属制成的一种信物,双方各持一半,以能否相合以验

其真伪。玺,印章。《说文》:"玺,王者之印也。"段玉裁注:"印者,执政所持信也。按《周礼》:'货贿用玺节。'注云:'玺节者,今之印章也。'"斗斛:古代的两种量器。斛,十斗。　　权:秤砣。　　衡:秤杆。

㉙相夺也句:因为有互相争夺的事情出现,就为他们修治城郭,制造铠甲兵器而守卫。

㉚圣人不死句:出自《庄子·胠箧》篇。庄子认为,人类社会的动乱,是因为有了智慧的结果。要想社会安定,就要劈了斗,折断秤杆,回到愚昧无知的状态中去。

㉛无羽毛鳞介句:没有羽毛鳞甲作防护以抵御风寒;没有强爪利牙以争夺食物。介:甲。　　居:抵挡,抵御。

㉜这一段是宣扬孟子的"劳心者治人,劳力者治于人"的思想。诛:责罚,惩罚。

㉝今其法曰:现在他们的主张是。法:办法,主张。其:他们,指佛老两派。他们都主张逃避现实,与孔孟的积极入世的思想相悖。

㉞必弃而君臣句:一定要丢弃你们君臣,去掉你们父子,禁止你们的生养之道,以此来追求所谓的清净寂灭的境界。而:通"尔",你的,你们的。相:表示一方对另一方有所动作。清静寂灭:佛教徒追求的理想境界。寂灭:死亡。

㉟其亦幸而出于三代之后句:他们的这些主张很幸运是提出在三代以后,没有被禹、汤、文、武、周公、孔子所驳斥。幸:幸运,庆幸。见:表被动。三代:夏、商、周。

㊱其亦不幸句:他们的这些主张也不幸没有出在三代以前,没有被禹、汤、文、武、周公、孔子所纠正。正,纠正,匡正。

㊲帝之与王句:帝与王,他们的称号虽然不同,他们因此而成为圣人的原因是一样的。所以为圣:因此而成为圣人的原因。所:特殊指示代词,与动词连用,指事或指人。

㊳夏葛而冬裘句:夏天穿麻布衣,冬天穿皮衣,渴了喝水,饿了吃饭,这些事虽不一样,他们因此而成为智者的原因是一样的。葛:麻布。裘:毛朝外的皮衣。智:智者,有智慧的人。

㊴今其言曰句:现在他们的言论说:为什么不推行远古时代的无为而治呢?曷:何,为什么。太古:远古。无事:即庄子所主张的无为而治。

㊵是亦责冬之裘者句:这种说法也就像责备冬天穿皮裘的人说:为什么不穿麻衣,那是容易做到的呀。冬之裘:之,改变结构,无实义。葛之之易:第一个"之",代衣。第二个"之",改变结构,无实义。

㊶传曰句:这段话见于《礼记·大学》篇。讲的是治国、齐家、修身的道理。传:解释儒家经典的文字称传。《礼记》是孔子及其再传、三传弟子所记,与孔子亲自编定的《诗》《书》《礼》《易》《乐》《春秋》不同,所以称传。明明德:发扬光明之德。第一个"明",动词,彰明,发扬。

㊷外天下国家:抛弃了天下和国家。天下,指国家。国:诸侯的封地。家:

大夫的封地。　　外：疏远，抛弃。

㊸灭其天常：毁灭了天的常理。

㊹子焉句：儿子不把他的父亲当作父亲。　　焉：语气词，表停顿。不父之"父"：意动用，当作父亲。

㊺《春秋》：儒家经典之一，相传为孔子依鲁国史官所编《春秋》整理修订而成。《春秋》文字简短，微言大义，寓有褒贬之意。

㊻诸侯用夷礼句：诸侯采用夷狄的礼仪就被看作是蛮夷。　　夷礼：少数民族的礼节。夷：古代对中原汉民族以外少数民族的蔑称。夷之：把他们当作蛮夷。夷：动词意动用。　　之：代诸侯。　　进于中国句：接受中原的礼节就把他们当作中原人。中国：指中原。

㊼经曰句：这句话出自《论语·八佾》。意谓夷狄有君王，不如中原没有君王，因为中原有礼可以实现统治。亡：无。

㊽诗曰句：诗见《诗·鲁颂·閟宫》。　　膺：打击。惩：惩罚。戎狄、荆舒分别是膺、惩的宾语前置，即打击戎狄，惩罚荆舒。

㊾举夷狄之法句：现在推行夷狄之法而把他们加在先王之教的前面，岂不要全都接近于变成夷狄了吗？　　先王之教：古代明君圣王禹、汤、文王、武王等的教化。　　举：推行，实行。　　几何：几乎，接近。　　其：通"岂"。　　胥：皆，全。

㊿由是而之焉之谓道：由这里做下去称为道。　　是：此，这里。之焉的"之"：动词，往、到，引申为做，实行。　　之谓：称为。

51足乎己句：自己内心充实而不需要外界的影响称为德。　　待：依靠。

52其为道易明句：它作为道理简易明白，作为教化容易推行。

53是故以之为己句：因此把它用在自己身上就和顺而吉祥。

54是故生则得其情句：因此活着就能得到人与人之间的真正感情，死了就能受到合乎常礼的待遇。

55郊焉句：郊祭则天神到来；庙祭则祖先的神灵都来享用。　　郊：郊祭，祭天。　　假：至，到。　　庙：庙祭，祭祖。　　人鬼：指死去祖先的神灵。　　飨：通"享"，鬼神享用祭品。

56荀与扬也句：荀子和扬雄选择材料不够精确，论述问题不够周详。焉："之也"的兼词，其中的之，代词。择焉之"焉"，代材料，语焉之"焉"，代问题。　　荀子：战国时的思想家、教育家，赵国人，主张"天命有常"，"制天命而用之"。　　扬雄，西汉时期的文学家、思想家。主张一切言论应以"五经"为准则。

57由周公而下句：由周公以下，都是在下面做臣子的，所以他们的学说可以流传得长远。　　周公：姬姓，旦名。周武王死后，辅佐武王之子成王治理天下。按作者的意思，周公下面是孔子和孟子，他们都是臣。

58不塞不流句：不堵塞佛、道二教，儒家的先王之道就不能流传，不禁止佛、道二教，先王之道就不能推行。

59人其人句：让道士僧徒还俗为民，烧毁他们的书籍，把寺院、道观改为民居。

第一个"人"为动词，做民，为民。后一个人指僧徒道士。　　　火：烧，烧毁。
书：指宣传佛教、道教思想的书。　　　庐：动词，为庐，做民宅。
⑥明先王之道句：阐明先王之道来引导他们。　　明：阐明。　　道之之
"道"：通"导"，开导，引导。
⑥其亦庶乎句：那也就差不多可以了。　　庶乎：差不多。

【集评】

明茅坤《唐宋八大家文钞》卷九：辟佛老是退之一生命脉，故此文是退之集中命根，其文源远流长，最难鉴定；兼之其笔下变化诡谲，足以炫目，若一下打破，分明如诗论中一冒一承，一腹六尾。退之一生辟佛老在此篇，然到底是说得老子而已，一字不入佛氏域，盖退之元不知佛氏之学，故佛骨表只以福田上立说。

清储欣《唐宋十大家全集录·昌黎先生全集录》：天垂日月列星短永昏旦之象，羲和一命载焉。地具高山大川土田物产之富，《禹贡》一书载焉。人食聪明睿智古皇帝王开物成务之利，《原道》一篇载焉。天、地、人不可以一阙也。故《尧典》《夏书》已后，得《原道》而三才备，浩乎浑成，始终条理，天造地设。

清吴楚材、吴调侯《古文观止》卷七：孔孟没，大道废，异端炽，千有余年，而后得《原道》之书辞而辟之。理则布帛菽粟，气则山走海飞，发先儒所未发，为后学之阶梯，是大有功名教之文。

清何焯《义门读书记》卷三十一：安溪云："韩子言道，其论仁义之意甚美；其觗佛老，所谓争四代之惑，比于距杨、墨之功者也。或谓终篇无及释氏者，意退之未读其书，不知其瑕衅之所在。此可谓轻指古人，不自知其肤略者欤？夫道之裂也，必有一人始为邪诞，然尤者得以继焉。杨、墨非老氏比也，而皆窃乎老氏之意。及佛之人，自谓超然尚矣，识者审其根实，究其崇长增高之伪，又以为与老源流表里而大济以夸虚。是故孟氏专攻杨、墨，障其流也。退之则源之务塞，而谓道德仁义之说自老氏杂也，然后杨、墨肆行。佛乃以晚出而承其敝。且谓不及释氏者，彼谓清静寂灭之言，去父子君臣之言，老氏有之欤？三代之下，为夷狄之人，老氏当之欤？"吾则曰："其所谓蔑礼乐刑政者，老氏也；弃君臣父子者，佛氏也。又申其说以为蔑礼乐刑政者，为太古之无者也。弃君臣父子者，治其心而外天下国家者也。韩之时，佛之祸为烈，故悲其不遇列圣而生于夷狄之邦。哀后王之不能黜之正之，而反使加于先王之教之上。老子诐淫之始，而释氏邪道之穷，其言之盖有序矣。荀况之言，杂驳乖离，择焉而不精；扬雄之书，艰难晦塞，语焉而不详。故道之传，断自孟子而止。而以为其流也长。曰：其仁义之说，朱、程犹讥之，何也？曰：先原性，后原道，则无可讥也。博于爱，宜于行。情之用，道之经也。其论性则异是。性有五，在七情之先矣。原道自情始，殆叙文者失之欤？故未可讥也。然则韩其醇欤？曰：惜其于性详于三而略于五也。详于三，故谓孟子不知品之区；略于五，故未知孟子所谓善之腴也。苟求其故，则知下焉者可以制法也；乃其善焉者之有同于初，而圣人之意得矣。是故精焉而有未精，详焉而有未详。不然则朱、程曷讥焉？于道岂独粗传

尔乎？鱼豢魏略，西戎传载：临儿国在天竺城中。盖据浮屠经言之，浮屠见于中国载籍所昉也。豢之言云：浮屠所载与中国老子经相出入。盖以为老子西出关，过西域之天竺，教浮屠属弟子列号。今载《三国志》注中。由是言之，但非斥老子而佛氏固在其中矣。

【鉴赏】

《原道》是韩愈的一组散文"五原"中的一篇。"五原"除《原道》外，还有《原性》《原毁》《原人》《原鬼》。"原道"乃探求儒道之本原的意思。这"本原"指儒家的"仁义"的道。这篇韩愈宣扬儒学，排斥佛老之说的重要文章，被认定最能体现韩文的特色。

唐代，道教被奉为国教，佛教也极为盛行。据《释氏通鉴》所载：唐代寺院约4万所，有僧尼265000余人。《新唐书·百官志》载：道观有1687所，道士、女冠数千近万人。宗教猖獗，造成极大危害。在政治上，僧道乱政，武则天时的怀义，便是一例。代宗朝的胡僧不空，亦官亦僧，死时，竟赐爵肃国公。有些道僧还同藩镇串通割据。在经济上，僧富民贫现象十分严重。僧道宽交赋税，免征徭役，占有大量土地，享有统治阶级同样的优遇特权，不从事生产，要生产者来供养，于国于民有害。在思想上，唐朝产生了中国化的佛

教宗派禅宗南宗，更适宜于统治阶级用以麻痹人民的思想，叫人民忍受现状，不做反抗。在这僧道横流，为害甚烈的状况下，韩愈极力排佛斥老，其积极意义不可低估。

《原道》从哪些方面反对佛老？韩愈所谓"道"，是包含仁义道德内容的道，仁指博爱，即"一视同仁"（见《原人》）；义指合乎人情事理去实践"仁"；道，指从"仁义"出发，向前而行；德指仁义发于内心，有足够的自我修养。"凡吾所谓道德云者，含仁与义言之也，天下之公言也。"这个"道"也就是自古相传的"修身、齐家、治国、

平天下"之道。韩愈主张恢复道统，用以攻击逃避现实、脱离现实的佛老之道。韩愈从政治、经济两方面对他们加以猛烈抨击：政治上，他们要与国家争权，"古之教者处其一，今之教者处其三"，古代的教"者"只有士，而唐代，还要增加僧、道。经济上，佛、老二家信徒是"士、商、农、工"四民之外的游民，完全靠人民来养活。"农之家一，而食粟之家六，工之家一，而用器之家六；贾之家一，而资焉之家六。"给国家和人民带来很大的经济负担，使人民贫穷破产，甚至铤而走险，沦为盗贼。

《原道》分别对佛、老予以攻击，其中，佛家是攻击的重点。对佛家的批判主要是：一、驳斥佛教抛弃君臣、父子，禁止生养之道，"以求其所谓洁净寂灭者"，指出其荒谬性。二、指出佛家的"治心"，只管自己，不管天下国家，"外天下国家"，"灭其天常"，造成儿子不拜父母、臣子不拜帝王，百姓不做应做的事的状况。严重指斥他们是"夷狄"，应予惩办，表现出其深恶痛绝的态度。对道家的批判主要是：一、指出老子(李耳)所说的道是去仁与义的道，与儒家的"圣人之道"不合。"老子之小仁义"，将仁义的内容缩小了，把道德和仁义分开，把仁义放在道德之下，他们所爱不广博("以煦煦为仁")，脱离人民，脱离现实("孑孑为义")。二、指出道家关于绝圣弃智主张的荒谬。庄子说："圣人不死，大盗不止；剖斗折衡，而民不争。"老子《道德经》也有类似说法："绝圣弃智，民利百倍；绝仁弃利，民复孝慈；绝巧弃利，盗贼无用。"韩愈认为，这些观点极其错误，"其亦不思而已矣"。三、指出道家所谓返回"太古之无事"的原始状态，是违背时代与现实的。道家说："曷不为太古之无事？"指责儒家：为什么不回到远古，无所事事，无为而治呢？这种指责可笑得如同责备冬天穿裘衣的人怎么不穿葛布，饥饿而食的人怎么不换别的吃。韩愈批评佛老的目的，是要摧毁它们。"人其人，火其书，庐其居。"令僧道俱还俗，从事生产，负担应尽的纳税、服役义务，把寺观庙宇改为民用的房屋庐舍；焚烧它们的著述，根绝其惑人之说。这种毫不妥协的斗争精神难能可贵。

历史上反对佛老之人早已有之。韩愈《原道》与之相比，对佛老的指斥，有其独特的视角：一、以儒家道统反佛老。他所谓的"道"，规定君、臣、民的职责及关系是："君者，出令者也。臣者，行君之令而致之民者也。民者，出粟米麻丝，作器皿，通货财，以事其上者也。"为维护这个社会关系，形成一整套社会典章制度："其文《诗》《书》《易》《春秋》，其法礼乐刑政，其民士农工贾，其位君臣、父子、师友、昆弟、夫妇，其服丝麻，其居宫室，其食粟米果蔬鱼肉。"这一切，都不容违背。韩愈以此为标准去衡量佛老之学，指斥其违背了上述社会关系准则及典章制度。又，韩愈认为仁义道德中，最重要的是仁义，道德从仁义中出，谈道德一定要和仁义联系在一起，韩愈以此观照佛老，认为老子去掉仁义而谈道德，是空谈，是"一人之私言也"。韩愈强调君臣父子的封建秩序，反映了他希冀明君贤臣摧垮宦官、藩镇势力，摧毁佛老，重建富强的中央集权国家的愿望，他以儒家道统批判乱政害民的僧侣地主，是起过一定的进步历史作用的。二、从国计民生反佛老，这是韩愈反佛思想中的积极因素。《原道》从批判僧侣地主侵夺社会、人民(当然包括庶族地主)所造成的危机上着眼，指出佛老不事生产，增加了社会负担，造成民穷且盗。总之，《原道》并不从哲学角度,揭示佛道、宗教的本质,而采取了上述两个独特视角,是唐中期严重的政治经济危机,使韩愈产生崇儒学、辟佛老的紧迫感,所以更多地从社会功利的角度立论与反驳。

《原道》有明显的思想局限,主要是在政治上维护封建统治秩序,宣扬君权至上。在哲学思想上,以唯心主义反唯心主义,未能击中要害,未能彻底击溃佛教的异说。认为衣服宫室器用医药等都是圣人所发明,不符历史事实,流露"英雄造时势"的观点。虽写得剑拔弩张,但没有超出孟子排斥异端的理论高度。《孟子》书中某些民本思想因素,未能加以吸收。尤其错误的是宣扬"诛民"论:"民不出粟米麻丝,作器皿,通货财,以事其上,则诛。"与他之前的傅弈相比,韩愈反佛既胜一筹,又稍逊一步。傅弈于唐高祖时上疏,"请除佛法",高祖采纳了傅弈的意见,曾下诏"命有司沙汰天下僧、尼、道士、女冠"。韩愈反佛,是傅弈反佛的继续,但理论上还不如傅弈,也未能提出完整的儒学体系,但韩愈反佛又反老,却为傅弈所不及,傅弈对老子之学不但不反,还奉为"名教",与周孔并提。韩愈在《原道》中将老子上比杨墨,下比诸佛,列举老子之言,从三方面加以批判,还要彻底毁灭它,态度够坚决了。联系唐朝皇帝姓李,老子李耳是其祖先,韩愈敢于批判老子,胆量够大了。

总之,《原道》是韩愈儒学复兴运动的激烈宣言书,是其崇儒辟佛的纲领性文献,它集中体现了韩愈复兴儒学,排斥佛老的思想精华与糟粕。

《原道》在艺术上亦堪称韩愈散文的代表作之一。择其要点,略述于兹:其一,立论、驳诘,两相结合,逐层展开,深入论证。全文分九段。第一段总论:一方面,开宗明义,指出仁、义、道、德的真正含义,先王之道以仁义为本的精神实质。另一方面又批判老子之道"小仁义",以"坐井观天"的形象比喻讽刺之,指出儒、道的本质区别。此乃全文立论、驳诘之本,括尽全篇之意。第二段:一方面回溯佛老盛行的历史渊源,指出其危害(儒学失传,人们受惑),"后之人其欲闻仁义道德之说,孰从而听之?"另一方面又包含鼓励儒家信徒树立坚定信心,从杨、墨、老、佛的羁绊中解脱出来的意思。从而说明写作本文以探求儒道本原的必要。是第一段内容的深入。第三段:对比古今,从经济、政治角度揭露佛老从汉代以来对国家,尤其是社会生产所造成的破坏作用,从而说明兴复先王之道以排斥佛老乃当务之急。二、三两段,围绕首段纲目,展开论述,把佛、老合起来批判,姑称之为"合论"。以下则分佛、老二家,交错批之,姑称之为"分论"。第四段:一方面论述上古圣人礼乐刑政制度施惠于民,是维持社会生产和秩序的必要手段。另一方面批驳道家关于"绝圣弃智"的荒谬主张。此段矛头对准道家、老子。第五段:一方面强调君臣百姓必须恪守常职,才能维护社会生活正常秩序,另一方面,转而批驳佛教抛弃君臣、父子、禁止生养之道的异端邪说。矛头是对着佛家。第六段:一方面阐明古代帝王因时制宜,有惠于民,另一方面驳斥道家(老子)回复太古无为而治的观点。这段批驳的靶子转为道家。第七段:一方面阐述古人正心诚意,将以有为,积极入世用世,另一方面驳斥佛教"外天下国家","灭其天常"的教义,又转而批判佛家。四、五、六、七四段依"道家—佛家—道家—佛家"的顺序分别批驳其论点。第八段,总结前文,正面提出儒家的先王之教,就是仁义道德,礼乐刑政,以及"君臣父子师友宾主昆弟夫妇"的社会等级秩序。指出它不同于佛老异端之所在,分析道统源远流长而长期中断的情况,说明复兴儒学之必要性与迫切性。第九段,针对佛老盛行的现状,提出从物质上取缔佛老之教,思想上灭绝其书传播的措施,以便继承"先王之道",有利于民,使"鳏寡孤独废疾者有养。"全文沿"总—分—总"次第展开,十分严密。首段总提,为一篇纲领,正面提出仁义道德,反面突出佛道邪说。二段紧承,追溯佛道历史,从渊源流变上指出其谬,深入一层。三段从政治、经济上指出佛老之危害,这两段从不同角度阐述先王之道,驳斥佛老言论。从第四段至第七段,交错批驳佛、老。这四段之间,不呈递进态势,而呈横式层面,为多侧面、多角度之立论与驳诘。八段总揽前文,再次强调首段提出的中心论点:正面阐述仁义道德;反面排斥佛老异端。九段在充分论证为什么要倡儒学,排佛老之后,提出措施,解决"怎么办"的问题。从总的说,文意不断拓深,"扶树教道"之心愈切。中间数段,每段之中,正反对照,有立有破,立论驳诘完美结合,融为一体。

其二,大量使用排句,造成雄浑气势。苏洵说:"韩子之文,如长江大河,浑浩流转,鱼鼋蛟龙,万怪惶惑"。这是指韩文自有一种气势磅礴的宏伟风格。"气盛"原因很多,其中之一,是大量连续地使用排句,如第一段连用四个排句,第四段一口气用了十七个"为"字句,真令佛老望而生畏。排句、散句交叉使用,排句句式又不断变换,于"浑浩"中见"流转",雄浑中显活泼。

原性①

【题解】

《原性》是"五原"中的第二篇。朱熹认为此篇应列在《原道》之前才合情理。"先《原性》,后《原道》则未可讥也。"(何焯《义门读书记》)作者首先指出性分上、中、下三等,有仁、义、礼、智、信五个特征。情也分上、中、下三等,有喜、怒、哀、惧、爱、恶、欲七个特征。性是"与生俱生",情是"接于物而生"。两者之间的关系:"性之于情视其品","情之于性视其品"。性善则情善,情善则性善,两者相互配合,不可分离。最后作者针对孟子的性善说,荀子的性恶说,扬子的性善恶混说,一一加以辩论,进一步阐述性分上、中、下三个等级的说法,并且认为上、中、下三个等级是不可变动的。"上之性就学而愈明,下之性畏威而寡罪,是故上者可教,而下者可制也。"性之善恶是一个哲学命题,韩愈不循前人的见解,大胆立论,学术上的勇气十分可贵。他的上、中、下三品说以及其品不移说,实际是维护封建等级制度的唯心论。人性本质是一个热门话题,韩愈此说提出后,曾引起轩然大波,赞成者有之,否定者有之,另立新说者有之。一直到宋代还在讨论这个问题,此文影响之深远,由此可见一斑。

【原文】

性也者,与生俱生也。情也者,接于物而生也②。

性之品有三,而其所以为性者五③。情之品有三,而其所以为情者七。曰:何也?曰:性之品有上、中、下三。上焉者,善焉而已矣;中焉者,可导而上下也;下焉者,恶焉而已矣。其所以为性者五:曰仁、曰礼、曰信、曰义、曰智。上焉者之于五也,主于一而行于四④。中焉者之于五也,一不少有焉则少反焉,其于四也混⑤。下焉者之于五也,反于一而悖于四⑥。性之于情视其品。情之品有上、中、下三。其所以为情者七:曰喜、曰怒、曰哀、曰惧、曰爱、曰恶、曰欲。上焉者之于七也,动而处其中⑦。中焉者之于七也,有所甚有所亡,然而求合其中者也⑧。下焉者之于七也,亡与甚直情而行者也⑨。情之于性视其品⑩。

孟子之言性曰:人之性善⑪。荀子之言性曰:人之性恶⑫。扬子之言性曰:人之性善恶混⑬。夫始善而进恶、与始恶而进善、与始也混而今也善恶,皆举其中而遗其上下者也,得其一而失其二者也⑭。叔鱼之生也,其母视之,知其必以贿死⑮。杨食

我之生也,叔向之母闻其号也,知必灭其宗⑯。越椒之生也,子文以为大戚,知若敖氏之鬼不食也⑰。人之性果善乎?后稷之生也,其母无灾;其殆匍匐也,则岐岐然,嶷嶷然⑱。文王之在母也,母不忧⑲;既生,傅不勤;既学也,师不烦。人之性果恶乎?尧之朱、舜之均、文王之管蔡,习非不善也,而卒为奸⑳。瞽叟之舜、鲧之禹,习非不恶也,而卒为圣㉑。人之性果善恶混乎?

故曰:三子之言性也,举其中而遗其上下者也;得其一而失其二者也。曰:然则性之上下者,其终不可移乎㉒?曰:上之性就学而愈明,下之性畏威而寡罪,是故上者可教,而下者可制也㉓。其品则孔子谓不移也㉔。曰:今之言性者异于此,何也?曰:今之言者,杂佛老而言也。杂佛老而言也者,奚言而不移㉕?

【注释】

①原性:一作性原,非是。

②性也者句:性是与生一起来的,情是接触事物而后产生的。

③性之品句:性有三个品级,有五个方面的内容。 品:等级。所以为性者:因此而构成性的内容。 所:特殊的指示代词。

④主于一而行于四:以仁礼信义智五德中之一德为主,通于其余四德。何焯《义门读书记》:"仁义礼智皆根于信而实有之,此所以善也。"

⑤一不少有焉句:这里但言中人之性,于五者之中,其一者或偏少或偏多,其余四者亦杂而不纯。

⑥反于一而悖于四:于五德之一相反,于其余四德相悖违。

⑦动而处其中:七情之动适得其中,无过与不及。 中:适中,相符。

⑧中焉者句:中人之情对于七情的要求,有时超过了,有时没达到。但是却能求合其中。 甚:过,超过。 亡:不及,没达到。

⑨亡与甚直情而行者:拘于过与不及而不知返。 直:径直、一直。 直情而行者:任情而行。

⑩情之于性句:情对于性要看它的品级,也就是性茂则情茂。

⑪孟子之言性:《孟子·告子上》:"人性之善也,犹水之就下也。人无有不善,水无有不下。"

⑫荀子之言性:《荀子·性恶篇》:"人之性恶,其善者伪也。"

⑬扬子之言性:扬雄《扬子法言·修身》:"人之性也善恶混,修其善则为善人,修其恶则为恶人。"

⑭举其中句:对于性的上、中、下三个品级来说,全都是提出中间的,而丢掉了上下两个品级;得到其中一项,而失掉了其他两项。举:推行,提出。

⑮叔鱼之生句:叔鱼,羊舌鲋字,春秋时晋大夫羊舌胖之弟。《国语·晋语第十四》:"叔鱼之生,其母视之曰:'是虎目而豕喙,鸢肩而牛腹,谿壑可盈,是不可餍也,必以贿死。'"后来叔鱼因断狱受贿,为刑侯所杀。

⑯杨食我:晋大夫羊舌胖之子伯石,字食我,食采于杨,故称杨食我。《左传·

昭公二十八年》：杨食我生，"姑视之，闻其声而还，曰：'是豺狼之声也，狼子野心，非是，莫丧羊舌氏矣。'遂弗视。"后杨食我长大，与祁盈同为晋侯所杀，羊舌氏和祁氏两族都被晋国六卿所灭。

⑰越椒之生：《左传·宣公四年》："初，楚司马子良（子文之弟）生子越椒。子文曰：'必杀之，是子也，熊虎之状，而豺狼之声，弗杀，必灭若敖氏矣。谚曰：狼子野心，是乃狼也，其可畜乎？'子良不可，子文以为大戚，及将死，聚其族曰：'椒也知政，乃速行矣，无及于难。'且泣曰：'鬼犹求食，若敖氏之鬼，不其馁而。'"其后果因进攻楚失败而被族灭。

⑱后稷之生：后稷，周人的先祖。其母姜源履巨人迹受孕而生后稷。《大雅·生民》二章："诞弥厥月，先生如达，不坼不副，无菑。"其母生后稷很顺利，即其母无灾。《大雅·生民》四章："诞实匍匐，克岐克嶷，以就口食。"毛《传》："岐，知意也；嶷，识也。"郑《笺》："能匍匐则岐岐然意有所知也，其貌嶷嶷然有所识别也。"

⑲文王之在母：文王之母太任，性情端壹诚庄，及其有孕，目不视邪色，耳不听淫声，口不出傲言，能以胎教子而生文王，故称母不忧。

⑳尧之朱句：尧之子丹朱，舜之子商均。《孟子·万章上》："尧崩，三年之丧毕，舜避尧之子于南河之南，天下诸侯朝觐者，不之（往）尧之子而之舜；讼狱者不之尧之子而之舜；讴歌者不讴歌尧之子而讴歌舜。""舜崩，三年之丧毕，禹避舜之子于阳城，天下之民从之，若尧崩之后，不从尧之子而从舜也。"　　文王之管蔡：文王之子管叔、蔡叔。武王死后，他们联合殷商的后代搞叛乱。丹朱、商均、管叔、蔡叔，均为圣人所生，而最后都是不肖子，所以作者说："习非不善也，而卒为奸。"

㉑瞽叟之舜句：瞽叟，舜之父。鲧，禹之父。两人品质恶劣。作者认为，舜禹童年时代受的影响并不好，而他们最终成为圣人。

㉒然则性之上下者句：那么这样，性的上下之间，那是始终不可改变的吗？

移：变动，改变。　　然则：那么这样。

㉓上之性句：上等品级的性通过学习就会更加分明，下等品级的性因为惧怕威力而会减少有罪。因此，上品之性可以教育，而下品之性也可以控制。制：控制，引导。

㉔其品句：性的三个品级，孔子说是不可改变的。《论语·阳货》："子曰：'性相近，习相远也。'子曰：'惟上智与下愚不移。'"

㉕奚言而不移：哪里能说没有变化呢？

【集评】

南宋朱熹《韩昌黎集·朱子考异》卷十一：孟子言人性善，荀子言恶，扬子言善恶混。公乃作《原性》，取三者而折之以孔子之言，其说有上中下之殊。于是说者纷然。李习之则置孟荀扬之论，本《中庸》作《复性书》三篇，皇甫持正则作《孟荀言性论》，而谓孟子之言合经为多。杜牧之作《三子言性辨》，而谓荀言人之性恶，比二子高得多。其论不能相一，至王荆公作《原性》，则又曰太极者，五行之所由生。而五行非太极也。性者，五常之太极也。而五常不可以谓之性，此吾所以异于韩子。太极生五行，然后利害生焉。性生情，有情然后善恶形焉。而性则不可以善恶言也。此吾所以异于孟荀。其论益相胜矣。白云郭氏曰：唐自韩愈之后，言性者一致，又为韩子三品之论，皆去取。杜牧之言爱怒生而自能为性之根、恶之端，其荀氏徒欤？本朝言性者四家。司马公谓扬子兼之，王荆公谓扬子之言似矣。苏氏亦曰，扬雄之论，固已近之，亦多蔽于雄之学。独程氏言孟子性善，乃极本穷源之理。又谓荀扬不知性，故舍荀扬不论，郭氏之论尽矣。

又：今按此篇之言，过荀扬远甚，其言五性尤善。但三品之说太拘，又不知性之本善，而其所以或善或恶者，由其禀气之不同为未尽耳。

明茅坤《唐宋八大家文钞》卷九：性之旨孟子没周程始能言之，昌黎原不见得，特按三家之言而剖析之，如此然于天命之原，已隔一、二层矣。

清何焯《义门读书记》卷三十一：皆是也。列以三品则非也，不揣其本而齐其末也。"性也者，与生俱生也；情也者，接于物而生也。"极合《乐记》及伊川、颜子好学之旨。"性之品有三"，气质之性。"而其所以为性者五"，天命之性。"上焉者之于五也"至"反于一而悖于四"，周子谓诚者。圣人之本，即主于一也。少有少反与下二字尚有病在同此一也。反儒谓有拘焉、蔽焉者，得之。主于一者，仁义礼智皆根于信而实有之，此所以善也。少有少反于一者，不能至实而极信也。故仁义礼智皆混杂而不纯，此所以可导而上下也。反于一者无实德，故

仁义礼智皆悖，此所以恶也。"上焉者之于七也"至"亡与甚直情而行者也"，动而处中，发而皆中节也。甚，过也；亡，不及也。言虽有过、不及而能求中也。直情而行者，拘于过、不及而不知返。"情之于性视其品"，性善则情善，情善则性善。"夫始善而进恶，与始恶而进善"以下，皆言气质之性不可一概，以完三品之说。"叔鱼之生也"至"人之性果善乎"，故曰：论性不论气，不备；论气不论性，不明。君子道

其常,此三人者,盖千万人中之变,奈何据以疑孟子之说?"上之性就学而愈明"至"其品则孔子谓不移也",此一段又言人性虽有上下,而下者犹可制,是其所受之正而不同于物者,以终为性者五之说。将己说与孔子融通为一。"今之言性者异于此,何也"至末,又特辟佛老以虚无言性之诞,其谬忘又在荀、扬诸子上矣。

【鉴赏】

　　同《原道》《论佛骨表》一样,《原性》也是编排佛辟老之作。韩愈在《原道》中提出了维护儒家道德的纲领性主张。《论佛骨表》从思想政治观点对佛教进行了批判,指出佛乃"夷狄之一法",与"先王之道"绝不相容。《原性》则从哲学的观点,从人性论的角度立论,以儒家的立场排佛,表现出对人性问题的深沉思考。

　　文分四段,首段总提"性"与"情"的渊源及品类。韩愈反对把"性"与"情"截然分开,所以文章一开始,就把"性"与"情"并提。他认为,"性"是与人的生命俱来的,即先天存在的东西,而"情"则是由于接触到外界,受到外物刺激而产生的内心反应。这样就阐明了"性"与"情"的来源,同时,隐含"性"是"情"的基础的意思。他对"性"与"情"的品类及具体内容(或表现)作了划分,指出"性"的品类有三种,具体内容(或表现)有五种,"情"的品类也有三种,具体内容(或表现)有七种。这是继承了董仲舒的性三品说而又有所发展,情三品及其七个内容,董仲舒尚未触及。董认为性、情具有先天性,而韩愈认为性是先天的,情却是后天的。文章开头,提纲挈领地揭示了全文的论题。

　　第二段阐明"性三品"及其五个具体内容、情三品及其七个具体内容。他把人性分为上、中、下三品。董仲舒的性三品,指情欲极少的"圣人之性"、情欲极多的"斗筲之性"、仁贪相差无几的"中民之性"。韩愈的性三品与之相近,但注入了新的解释。他认为,上品即"善",下品即"恶",而中品,是处于中间状态,"可导而上下"的。人性的内容包括"五德",即仁、义、礼、智、信五种伦理道德观念。它们是人人先天具有的,但不同的人,所具备的"五德",其程度有明显的差异。上品的人性,以一德为主,通于其他的四德;中品的人性,对五德中的一德有所不足或违背,对其余四德也有所不足或不符合,下品的人性,则违反了一德,也不符合其余的四德。这样,就对性的品类及其内容作了简练、概括的界说。关于"情",韩愈指出它分上、中、下三品,具体表现形态为喜、怒、哀、惧、爱、恶、欲。上品的性必发为上品的情,它基本上符合于五德;中品的性必发为中品的情,它于五德虽有过之与不及,但其中也有符合五德之处;下品的性必发为下品的情,它从本质上是与五德相违背的。"性之于情视其品","情之于性视其品"。在这里,韩愈把"性"和"情"密切联系起来,指出三品的性与三品的情相当。性善则情善,情善则性善,余类推。善恶都根源于性,而表现为是善或是恶,则由于"情"。这无疑是综合了孟轲的性善说,荀况的性恶说和杨雄的性善恶混说的精髓,并在此基础上形成的具有一定独创性的观点。

　　第三段,对性善论、性恶论和性善恶混论加以辨析。先提出孟子、荀子及杨雄的这三种观点,接着指出其不合理、不妥当的要害在于具有片面性:"皆举其中而遗其上下者也,得其一而失其二者也。"然后以实例逐一驳诘性善论、性恶论、性善恶混论。先举出三例驳性善论,第一例,据《国语》记载,叔鱼生下来,他的母亲看他的容貌为虎目而豕喙,鸢肩而牛腹,知道他最终必定因贪欲而死。第二例据《左传》记载,叔向生子杨食我,叔向之母前往探视,走到厅堂,听到他的声音,返回说:这是豺狼的声音,狼子野心,最终将灭族。后,果然应验此言。第三例,据《左传》记载:楚司马子良生了越椒,子文说一定要杀死他,因为这孩子身体像熊虎的形状,声音像豺狼,不杀,会灭家族。子良不肯。子文认为这是极大的忧患,说:"鬼犹求食,若敖氏之鬼,不其馁而。"这三个事例有共同特点,即这三个人一生下来就有恶的征兆,后来果然证明是恶的,因而证明人性不是善的。韩愈据此反问道:"人之性果善乎?"实际上,人性主要是后天的实践形成的,刚生下来,无所谓性善、性恶。韩愈从唯心主义的立场出发批驳"性善论",是站不住脚的。次举二例,驳性恶论,后举五例驳性善恶混论。最后,再次强调此三论的要害是"举其中而遗其上下者也,得其一而失其二者也"。

第四段,指出人性三品虽有严格界线,但上可教,下可制,并批判"杂佛老"而言性。韩愈承认通过后天的封建伦理道德的教育,可使上品之性"就学而愈明","下之性,畏威而寡罪",提出"上可教,下可制"的观点。这是反动的。"上智下愚"理论的翻版,说明韩愈的人性论具有地主阶级的阶级性。文章末尾,对佛老稍带一枪,也表明此文亦针对佛老而发,指出唐朝讨论人性问题,掺杂了佛家道家的异说,同圣人的人性论是根本不同的。

《原性》肯定了"性"和"情"的合法性、合理性,又以人性论为武器,排佛反道,具有一定的进步意义。韩愈的性三品说把"性"与"情"统一起来,"性"是"情"的基础,"情"是"性"的表现,只能因"情"而见"性"。而佛教的人性观点(佛性说),主张"出世",要求灭情以见性;道家的人性主张以天地为不仁,反对所谓的仁义,听任于自然,反对情。韩愈对"情"的肯定显然是这篇论文的精华所在。对"情"产生于后天的看法,也有其合理的内核。

本文论证严密。从总体看,先提出中心论点,次正面展开论述,后从反面批驳,最后得出结论,层次井然,逻辑性强。从具体看,判断斩截有力,如开头,对性与情的产生与渊源,一语道破:"性也者,与生俱来也;情也者,接于物而生也。"采用下定义和定界说的方法,如什么是性三品、情三品的具体含义?文章一一给下定义:"上焉者善焉而已矣,中焉者可导而上下也,下焉者恶焉而已矣。"上焉者之于七也,动而处其中;中焉者之于七也,有所甚,有所亡,然而求合其中者也;下焉者之于七也,亡与甚直情而行者也。""性"与"情"各包括哪些方面?文章予以界说:"其所以为性者五,曰仁、曰礼、曰信、曰义、曰智。""其所以为情者七,曰喜、曰怒、曰哀、曰惧、曰爱、曰恶、曰欲。"这样,从理论上论证"性"与"情"的问题,就没有破绽与漏洞了。当然,由于作者站在维护封建统治的立场,又以唯心主义哲学观探讨人性问题,其谬误,今天来看,是显而易见的。本文除从道理上立论外,还以事实展开论述。第三段几乎全是举例说明，在当时，用这些例子批驳性善说、性恶说、性善恶混说，是有雄辩力量的。我们今天运用辩证唯物主义与历史唯物主义为武器，来分析这些事实，便会发现它们大多只是一种附会，不足为凭。为了增强论述的力量，本文还运用了设问与反问手法。提出性三品，须引起读者注意，所以用设问句式强调："曰：何也？曰：情之品有上、中、下三。"性可否变动，也是个重要问题，因此在篇末也用设问突出之。在批驳性善论、性恶论、性善恶混论时，采用了反问

句："人之性果善乎？""人之性果恶乎？""人之性善恶果混乎？"比起一般的陈述语气，显得更有力。

原毁①

【题解】

本文阐述谗毁的表现及其产生的原因。韩愈25岁登进士第,其后三次试博学宏辞科不第,三次上书宰相自荐不被理睬。30岁时,只好到董晋节度使幕府做推官。他自己就是一个"事修而谤兴,德高而毁来"的人物,长期以来不被当权者所看重。他写此文实际上是自己不幸遭遇的自白,同时也是对黑暗现实的批判。本文通篇用对比的手法。古之君子与今之君子是对比;古之君子责己重以周与待人轻以约是对比;今之君子责人详与待己廉是对比;不以众人待其身与以圣人望于人是对比;某良士与某非良士、应者与不应者、事修与谤兴、德高与毁灭也是对比。层层对比,层层转折深入,说尽了古之君子与今之君子责己、待人的不同。就是在这些对比中,把当时社会嫉贤妒能、尔虞我诈的腐朽现实,暴露无遗。应该指出,"古之君子"不过是作者根据儒家观点而理想化的人物罢了,其实古人中善于搞阴谋诡计的并不乏其人。

【原文】

古之君子,其责己也重以周,其待人也轻以约②。重以周,故不怠;轻以约,故人乐为善③。闻古之人有舜者,其为人也,仁义人也。求其所以为舜者,责于己曰:"彼,人也;予,人也。彼能是而我乃不能是④?"早夜以思,去其不如舜者,就其如舜者⑤。闻古之人有周公者,其为人也,多才与艺人也⑥。求其所以为周公者,责于己曰:"彼,人也;予,人也。彼能是而我乃不能是?"早夜以思,去其不如周公者,就其如周公者。舜,大圣人也,后世无及焉⑦;周公,大圣人也,后世无及焉。是人也,乃曰:"不如舜,不如周公,吾之病也⑧。"是不亦责于身者重以周乎⑨?其于人也,曰:"彼人也,能有是,是足为良人矣;能善是,是足为艺人矣⑩。"取其一,不责其二;即其新,不究其旧⑪,恐恐然惟惧其人之不得为善之利⑫。一善,易修也;一艺,易能也⑬。其于人也,乃曰:"能有是,是亦足矣。"曰:"能善是,是亦足矣。"不亦待于人者轻以约乎?

今之君子则不然,其责人也详;其待己也廉⑭。详,故人难于为善;廉,故自取也少⑮。己未有善,曰:"我善是,是亦足矣。"己未有能,曰:"我能是,是亦足矣。"外以欺于人,内以欺于心,未少有得而止矣⑯。不亦待其身者已廉乎?其于人也,曰:"彼虽能是,其人不足称也⑰;彼虽善是,其用不足称也。"举其一,不计其十;究其旧，不图其新⑱，恐恐然惟惧其人之有闻也⑲。是不亦责于人者已详乎！夫是之谓不以众人待其身，而以圣人望于人，吾未见其尊己也⑳。

虽然，为是者有本有原，怠与忌之谓也㉑。怠者不能修，而忌者畏人修㉒。吾尝试之矣，尝试语于众曰："某良士，某良士。"其应者，必其人之与也㉓。不然，则其所疏远，不与同其利者也㉔。不然，则其畏也㉕。不若是，强者必怒于言；懦者必怒于色矣㉖。又尝语于众曰："某非良士，某非良士。"其不应者，必其人之与也。不然，则其疏远，不与同其利者也。不然，则其畏也。不若是，强者必说于言，懦者必说于色矣㉗。是故事修而谤兴，德高而毁来㉘。呜呼！士之处此世，而望名誉之光、道德之行，难已㉙！

将有作于上者，得吾说而存之，其国家可几而理欤㉚？

【注释】

①原毁：一作"毁原"，非是。　毁：谗毁、诽谤，说别人的坏话。此为《五原》之三，但研究者认为应排在第五。

②责己也重以周：要求自己的时候严格而且全面。　轻以约：宽厚而且简单。此句出自《论语·卫灵公》："子曰：'躬自厚而薄责于人，则远怨矣。'"

③不怠：不怠惰，即勤奋。　怠，懈怠，懒惰。　人乐为善：人们乐于做好事。

④求其所以为舜：探求他因此而成为舜的原因。　责于己：要求自己。彼能是而我乃不能是：他能做到这样而我却不能做到这样。　乃：却。　是：这样。《孟子·滕文公上》："颜渊曰：'舜，何人也？予，何人也？有为者亦若是。'"此句该本此。

⑤就其如舜者：发扬那些与舜相同的品质。

⑥多才与艺人也：是一个多才多艺的人啊。才：才华、才干。艺：技艺、技能。

⑦后世无及焉：后代没有比得上他的。　世：古以三十年为一世。后世，泛指后代。　及：比得上。　焉："之也"的兼词。之：代舜。

⑧吾之病：我的毛病。　病：弊病、毛病。

⑨责于身：要求自己。　身：己称代词，自己。

⑩能有是句：能有这些长处，这就足够称作一个善良的人了，能够擅长做这些事情，这就足够称作有技艺的人了。　良人：好人，善人。艺人：有技艺的人。

⑪取其一句：选取他的一点长处，而不要求他第二点；就他的现在，而不追究他的过去。　即：就，走近，靠近。

⑫恐恐然句：只是非常担心那个人不能得到做好事的利益。　恐恐然：惧貌。　惟：只是。

⑬一善句：一种美德，是很容易修养的；一种技艺，是很容易学会的。

⑭其责人也详：他要求别人周详全面，他对待自己却要求得低和少。详：周详、全面。即烦苛。　廉：低、少。即宽缓不苛。

⑮难于为善:难于做成一件好事。　　　自取也少:自己能够取得的东西就很少。

⑯外以欺于人句:对外欺骗别人,对内欺骗自己,还未有一点点收获就止步不前。　　少:通"稍",稍稍。　　得:收获。

⑰其人不足称:那人是不值得称道的。　　　足:值得。　　称:称赞,称道。

⑱举其一句:举出他的一个缺点,就不考虑他的十个优点;追究他过去的毛病,不考虑他现在的进步。　　计:考虑,计议。　　图:图谋、考虑。

⑲恐恐然句:只是十分害怕那个人有了好名声。闻:名声,声誉。

⑳夫是之谓句:这就是不以一般人的标准要求自己,而以圣人的标准要求别人,我看不出他是尊重自己的。　　一说:众,为"圣"之误。此句是:不以圣人标准要求自己,反以圣人标准要求别人。此说较通顺。望:埋怨,苛责。

㉑虽然句:虽然这样,造成这种情况也是有思想根源的,就是懒惰和嫉妒的原因。　　原:通"源",水源,源泉。

㉒怠者不能修句:懒惰的人自己不能很好的研究提高,而嫉妒的人又惧怕别人研究提高。　　修:研究、学习。

㉓其应者句:那些响应的人,必定是那人的党。　　与:党与、同盟者。

㉔不然句:如果不是这样,那就是彼此关系比较疏远,和他没有利害冲突的人。不与同其利者:不和他有共同的利害冲突。

㉕则其畏也:那就是惧怕他的人。

㉖不若是句:如果不像这些人的情况,态度强硬的人一定会愤怒地说出自己的看法;懦弱的人也一定会把愤怒表现在脸色上。

㉗说于言:高兴地说出自己的看法。　　说:通"悦"。　　说于色:很高兴地表现在脸色上。

㉘事修而谤兴句:事情做得完美了,诽谤却跟着兴起;品德修养得高尚了,而谗毁却跟着来到。

㉙士之处此世句:有才能的人处在这个世界上,而希望名誉的光大,道德的推行,实在太难了。　　士:读书人,有才能的人。　　光:动词,光大,发扬光大。已:通"矣",表已然。

㉚将有作于上者:准备身居高位的人,领会了我的这些意思并且牢记它,大概国家可以说差不多治理好了。　　将:将要,准备。　　得:领会。　　其:大概,恐怕。几:近,差不多。　　理:治。避唐高宗李治的讳。

【集评】

明茅坤《唐宋八大家文钞》卷九:此篇八大比,秦汉来故无此调,昌黎公创之。然感慨古今之间,因而摹写人情,曲邕骨里,文之至者。

清林云铭《韩文起》卷一:篇中揭了怠、忌两字,可谓推见至隐。末写出人情至薄,曲尽其态。以公平日动而得谤,故有是作也。

清何焯《义门读书记》卷三十一:毁人之根在忌,忌人之根又在自怠,节节搜出。

清吴楚材、吴调侯《古文观止》卷七：全用重周、轻约、详廉、怠忌八字立说，然其中只以一"忌"字，原出毁者之情，局法亦奇，若他人作此，则不免露爪牙，多作仇愤语矣。

清过珙《古文评注》卷六：看来是两扇文字，亦似八股文字，责人、待己是一篇之柱。详与廉，毁之枝叶；怠与忌，毁之本根。全文不说毁而毁意自见。

清张伯行《唐宋八大家文钞》卷三：人心不古，责己薄，责人厚，侈己之长，掩人之善，往往善矣。昌黎此篇深有慨乎其言之也。然士君子求其在我而已，岂以悠悠之口为荣辱哉！

【鉴赏】

《原毁》是韩愈"五原"之一，"毁"即文中"事兴而谤兴，德高而毁来"。也就是诽谤、诋毁的意思。"原毁"就是要探求诽谤丛生的根源，韩愈把它归结为"怠"与"忌"，尤其是"忌"。指出，懒惰与妒忌是造成诽谤发生的根本原因，表明韩愈目光的犀利与认识的透辟。文章的写作动机，篇末有所交代；居高位而想有所作为的人，得到这篇论说而存之于心，那么国家大概可以治理好吧！切盼统治者采纳其辨析与建议，用于治理国家，目的性十分明确，足见韩愈对国事的关心。文章针对现实而发；安史之乱后，唐帝国日趋崩溃。统治阶级内部矛盾更加尖锐。执政者及世族大地主结党营私，其子弟靠门荫而直登仕途。而庶族地主知识分子，正如韩愈在《行难》中批评陆傪"选人也已解"那样，由于执政者求全责备，欲登上政治舞台相当困难。即使得官，也"动而得谤"，屡遭排挤。这种情况如任其延续，将给国家带来新的灾难。正是面对这样的现实，韩愈才写《原毁》，希冀引起统治者的重视，抑制诽谤的滋生。

《原毁》与其他"四原"属"正言垂教""文从字顺"的议论文体，理足辞充，沛然

莫御,语不求奇,字不求险,平易不浅露,朴实不枯淡,立论鲜明,论证有力,说理透彻,举例精当,展现了韩文格调的又一风貌。具体地说,有如下几方面的特色:

论证有力,形象生动。全文四段。第一段,从"古之君子"至"不亦待于人者轻以约乎!"提出古之君子待人"重以周",待己"轻以约"的原则。待人待己成了贯注全文的线索。又分三层。先总论责己、待人的正确原则及其效应。责己"重以周",所以自己不懒惰松懈;待人"轻以约",所以别人乐于做好事,从于己、于人都有好处这一结果,肯定了古之君子立身处世的可贵精神。在提出论点后,以例证论证的方法分别加以阐明,进入第二层:古之君子以圣人舜、周公为榜样,在比较中揣摩人之所以成为圣人的原因,去其不如舜、周公的地方,保持、发扬接近圣人的优点。指出要采取"责""求""去""就"等具体行动。小结此层大意,以反问句"是不亦责于身者重以周乎?"收束。把严于责己的问题讲得相当深透。第三层,谈宽以待人。"取其一,不责其二",从横的方面,论对别人的宽厚。"即其新,不究其旧",从纵的方面,说明古之君子"待人轻以约"。"恐恐然惟惧其人之不得为善之利"。写古之君子只怕人家得不到为善益处的焦虑心情。第一段似乎离开"原毁"的题旨而阐述,实则树起正面的楷模,说明要根除诽谤之产生,要向古人君子学习,待己、待人分别采取"重以周""轻以约"的正确态度。不过,这个意思包孕文中而未点破而已。第一段为下面的论述作了有力的铺垫。

第二段,从"今之君子"至"吾未见其尊己也。"写今之君子反其道而行之,责人详,待己廉。论证方法与第一段大体相同。也可分三层。第一层也是先提出论点:"今之君子则不然,其责人也详,其待己也廉。"这句提纲挈领的话,表明第一段在文中发挥了极大作用:第一段所述,全在作为对照,与"原毁"丝丝入扣。作为古之君子的对立面,今之君子由于采取了责人待己的错误做法,所以于人、于己都不利。第二层谓待己"廉",自己没有优点,没有本领,却自我满足,自欺欺人。第三层谈"责人详",即对别人的优点和本领,视而不见或尽力贬低,以要求圣人的标准要求别人。第二段直接触及"毁"的题意,摆出了"毁"的具体表现,谴责了"今之君子"嫉善妒能的恶劣行径,论证比第一段深入一层。

第三段,从"虽然"到"难已"指出"毁"的思想根源在于"怠"与"忌"。慨叹后进之士难于立身安命。可分三层,先从道理上做理论性的概括:"怠"的结果自己不能进德修业,"忌"的结果害怕别人进德修业。其次以破"忌"为主,用自身经历作例证,分析"忌"的心理及表现,然后得出结论:"事修而谤兴,德高而毁来。"这也是全文的结论。感慨万端:读书人处于这样的环境,希望名誉光大,道德传扬,太难了!用了"卒章显志""篇末点题"之法。文章由远及近,由表及里,从古代说到当代,从"毁"的具体表现,谈到"毁"的思想根源,既穷其情状,又抉其本原。摆事实、讲道理,逐层论述,逻辑性强,论辩性强。

第四段,即最后三句,说明写作意图,把正确待人待己,根绝"谤兴""毁来",提高到治国之道的高度来认识。

为了增强论证的说服力,文章还用了形象勾画的方法。如在第一段说理分析中,穿插古之君子责于己的话:"彼、人也;予,人也;彼能是,而我乃不能是?"等等,这是着眼于语言的描述。还有行为的粗线勾勒，如："日夜以思，去其不如周公者，就其如周公者"。也有对情景的生动描摹，写作者当着众人之面评论某人为良士或非良士，众人或表态或不表态，其心情都是嫉妒，文章对此做了生动的心理分析。由于寓理于形，把理论性同形象性结合起来，论证显得更为严密有力。

论述全面，重点突出。诽谤盛行，是种社会现象，也是人与人之间的关系问题。文章从"古"到"今"，从君子待人、待己两个方面展开论述，是从行为表现和思想根源上讲清道理，是全面的。探讨"毁"的思想在于"怠"与"忌"，无顾此失彼之弊。这是就全文而言。从每一局部看，论述也较全面。如第一段论"古之君子"待人、待己的原则——待人"轻以约"，责己"重以周"。先提出这一论点，接着举出古之君子严于律己的例证予以说明，然后谈待人"轻以约"，阐明了待人待己的正确态度。又如第三段，论述"毁"的思想根源在于"怠"与"忌"。"怠者不能修，而忌者畏人修"，一方面是自己懒惰，不肯进德修业，另一方面是怕别人进德修业。有了这两方面，对问题的分析就避免了片面性，有了一定的辩证思想。全面是必要的，但如果面面俱到，或平分秋色，不抓住要害，深入发掘，则会流于表面。所以还须突出重点。《原毁》的重点并非赞颂古之君子，而是抨击今之所谓"君子"的责人详、待己廉，在于挖出其思想根源，因而文章对此着重予以论述。"毁"的思想根源有两方面，但主要是"忌"，文章对"怠"一笔带过，而着重分析了"忌"。由于论述既全面，又有重点，文章给人以立论正确，理由充足的感觉。

有褒有贬，对比鲜明。《原毁》歌颂古之君子对人对己的正确原则，批判今之君子待人待己的错误做法。是非曲直，褒贬抑扬，不取含蓄委婉的措辞，而以直接的、明显的方式表达，旗帜十分鲜明。还运用尖锐对照的手法来强化这种褒贬态度。对比，成为整体构思的特点。"古之君子"与"今之君子"构成贯穿全篇的对比。古之君子，责备自己很重，很周全，要求很严格，对待别人，很宽，很随和，毫不苛求；今之君子要求自己很低，要求别人却很苛刻。这中间，段与段，层与层都采用对比写法，古之君子责己"重以周"与待人"轻以约"，今之君子则相反。"重"与"轻"，"周"与"约"又构成具体的对比。古、今君子的具体行为亦构成对比。逐项对比，使问题的正反两面都得到淋漓尽致的阐发，作者的爱憎褒贬之情也愈益强烈。

善用排偶，舒卷自如。清·蔡铸评《原毁》说："通篇用排偶，惟末处用单行。格调甚奇。"（见《韩愈资料汇编》第4册第1536页。）有工整的对偶句，如，"其责己也重以周，其待人也轻以约"，有略有变化的对偶句式，如"重以周，故不怠；轻以约，故人乐为善。"不仅单句对偶，而且复句对偶。全篇几乎都用对偶、排比句式敷衍而成。不仅用对偶，还用排比，排比中包含对偶，统一中见多样。如"吾常试之矣，尝试语于众曰"为常见的"单行"句式，"某良士，某良士"为反复句式，"其应者，必其人之与也；不然则其所疏远，不与同其利者也；不然则其畏也。"为排句，"强者必怒于言，懦者必怒于色矣。"为对偶句。这样错综配合，笔调庄重中露活泼，一致中呈变化，避去了平板呆滞之病，而富于魅力。

原人①

【题解】

本篇主旨是论述"圣人一视而同仁,笃近而举远"。但却从天、地、人说起,经过五层转折,最后紧扣题旨,写得洋洋洒洒、舒卷自如,是一篇难得的短文。

【原文】

形于上谓之天,形于下者谓之地,命于两间者谓之人②。形于上,日月星辰皆天也。形于下,草木山川皆地也。命于其两间,夷狄、禽兽皆人也。曰:然则吾谓禽兽曰人,可乎?曰:非也。指山而问焉曰③:山乎?曰:山。可也,山有草木禽兽皆举之矣④。指山之一草而问焉曰:山乎?曰:山。则不可。故天道乱日月星辰不得其行⑤;地道乱而草木山川不得其平⑥;人道乱而夷狄禽兽不得其情⑦。天者,日月星辰之主也⑧。地者,草木山川之主也。人者,夷狄、禽兽之主也。主而暴之⑨,不得其为主之道矣。是故圣人一视而同仁,笃近而举远⑩。

【注释】

①原人:人或作仁。
②形于上者句:表现在上的称为天,表现在下的称为地,生活在两者之间的称为人。 形:表现、体现。 谓之天:之、天是谓的双宾语,称它作天。 命:生命,此为动词,生活。
③指山而问焉:指着山并且问他。 焉:之也的兼词。之:代被问的人。
④山有草木句:山上的草木禽兽全都占有它。 举:占领,据有。
⑤故天道乱句:所以上天的运行规律混乱了,日月星辰不能得到运行。 天道:日月星辰运行的规律以及有关吉凶祸福的预测。
⑥地道乱句:地上的运行规律混乱了,草木山川就不能宁静。 平:平静,和平。
⑦人道乱句:人世的运行规律混乱了,夷狄禽兽便不能得到它们的真实情况。 人道:指人事,为人之道,或社会规范。 夷狄:泛指少数民族。夷:古代东方的少数民族。狄:古代北方少数民族。 情:情况,实情。
⑧天者句:天是日月星辰的主宰。 主:主宰,掌管,支配。
⑨主而暴之:主宰它却又要欺凌它。 暴:损害,欺凌。
⑩是故句:所以圣人对人不分厚薄,亲近近处的并且推行到远方。一视而同

仁:博爱之仁。对人不分彼此厚薄,一样看待。笃:亲近,忠诚。　　举:推行。笃近而举远:何焯《义门读书记》:"行而宜之之义。"

【集评】

明茅坤《唐宋八大家文钞》卷九:昌黎不明性命之原,故《原人》篇殊无见解。姑录而存之。

清何焯《义门读书记》卷三十一:宏肆。即以发明君不出令则失其为君数语之义。只就发端三语变出无数层折,宾主相形,波澜汹涌。"圣人一视而同仁"。

【鉴赏】

"五原"是韩愈约六经之旨而成文的代表作,集中体现了韩愈的哲学、政治观点。对于"五原",若仅从思想性的原则对待,则《原毁》评价最高,《原道》次之。至于《原人》,却毁誉不一。林纾认为,《原人》篇可"使学者有涂轨可寻","足以牖学者之识力",而茅绅却说:"昌黎不明性命之原,故《原人》篇殊无见解。"情况究竟怎样呢?首先,要把《原人》纳入"五原"的完整系统作一宏观审视。《原道》是篇具有纲领性意义的论文,提出了建立道统,排佛辟老的主张。《原毁》为实现这一纲领而清扫道路,对诽谤的根源深入考察,指出只有摧毁诽谤的渊薮,道统的建立才能顺利进行。《原性》则从人性论的角度,从人性和人情的合理性方面,对佛老施行攻击,为建立道统,维护封建统治寻找人性上的根据。《原人》比《原性》进入更深的层次,探究人的本原,人在自然界的地位,最后归结于社会学上的"博爱"准则。《原鬼》试图更进一步,从人的世界跨入鬼的世界,思索人、鬼之间的关系,得出鬼神能祸福于民的结论。如果说韩愈从《原道》《原毁》的社会政治学出发的话,那么,《原性》《原人》《原鬼》则越来越沿着哲学思辨的方向前进,其探索的步履也一步比一步艰难。越是进入哲学的领域,韩愈世界观中的阶级偏见、唯心主义、有神论观念就愈更暴露,局限性也愈加突出。当他从社会政治学的观点宣扬儒教,排斥佛老时,还时有真知灼见迸发而出(《原道》)。当他以严峻的态度,解剖现实,鞭挞诽谤丛生的社会现象时,其民主性的精华得到最大程度的发挥(《原毁》)。因此,从"五原"我们看到了颇具眼光的政治家、社会现实的清醒的批判家、蹩脚的哲学家。这三者,矛盾地,然而却是完整地统一于韩愈身上。作为"五原"政治——哲学系统的一个层面,《原人》并非"殊无见解",然而人为地拔高它,也是不科学的。

其次,让我们具体地分析一下,《原人》表达了什么样的思想。韩愈没有孤立地推究人的本原,而是把人同天地、日月星辰、草木山川联系起来,把宇宙万物看成一个整体,而人是"命于"天地之间者。从人与自然的关系上考察人的本原,这种思维方式无疑是正确的,问题在于韩愈无法作更深入的研究,因为他不是哲学家。韩愈在此重复了一个错误:将夷狄与禽兽并举。夷狄,实际上指的是外国和现在我国境内的少数民族。韩愈站在维护儒学的立场上,对于外来思想采取排斥态度,对于外国或外族的态度亦然。这种狭隘的眼光妨碍了他对人的本原作科学的探讨。

《原人》没有从生物学的角度，讨论人的进化，"不明性命之原"；也没有从社会学的角度思考人的本质。因而文章没有达到一定的哲学的理论的高度。但它从部分与整体的关系上，界定了人的概念。虽然着眼于概念的外延，但还是有意义的。生存于天地之间的不仅有人类，还有禽兽。所以简单地说"命于其两间（指天、地）者谓之人"，是不确切的，但也不能笼统地称之为"禽兽人"。这里涉及部分与整体的关系。指着山而说这是山，是对的；但指着山上的一草而说这是山，

那就不对了。因为"山有草木禽兽"，说"山"，就包括了草木禽兽。人也一样，不能说"禽兽人"，因为说"人"，已包括了与人有极密切关系的禽兽，这里的"人"，实际上是"生物"的意思。"命于其两间，夷狄禽兽皆人也。"中的"人"，便指生物。韩愈不使用"生物"的概念，而借用"人"字，有时"人"指的是人类，有时又指生物，造成概念混淆不清。

《原人》试图探索自然与人类的规律，提出了"天道""地道""人道"的观念。韩愈认为这三个"道"（即规律）很重要，若违背了它，就会出现混乱局面。"天道乱"，日月星辰就不能正常运行，"地道乱"，草木山川就不会平定，而"人道乱"，"夷狄禽兽不得其情"。

《原人》强调了人的为"主"地位。在韩愈看来，天是日月星辰之主；地，是草木山川之主；人则是夷狄禽兽之主。也就是说，人为万物之灵。人在生物界起主宰作用。但人在天地、日月星辰、草木山川中，即人在整个自然中的地位如何呢？韩愈未予深究。

韩愈在《原人》中提出了万物同体之说，也就是亲亲仁民爱物、理一分殊之说，发源于孟子的"仁政"思想和博爱精神。"主而暴之"，不行王道，而行霸道，是不得其为主之道的，连对禽兽也讲"情"，讲"爱"，对于人，则不言而喻。他要求按照圣人的思想行事，对人及世间万物，一视同仁，笃近举远。这在施行暴虐统治的封建时代来说，有一定的进步意义。

林纾在《春觉斋论文》中指出："读昌黎'五原'篇，语至平易，然而能必传者，有

见道之能,复能以文述其所能者也。""昌黎生平好弄神通,独于'五原'篇,沈实朴老"。确实,《原人》同其他四篇一样,以其平易朴实见长。从写法上看,它朴实地运用概念、判断、推理来阐明道理,运用对答形式,先提出疑问,后予以解释、说明。从语言风格看,它绝无崛险、怪奇之处,而平易晓畅,不追求文采藻饰,"质过于文"。

这样说,并非认为《原人》平板呆滞,味同嚼蜡。实际上,它谨于布置,命意曲折,有"宏肆"的特点。发端三语"形于上者谓之天,形于下者谓之地,命于其两间者谓之人",揭出全篇纲领。然后紧紧围绕此三语,逐层阐释、深化。第二段,对天、地、人进行解说。第三段,进一步说明何谓天、地、人,澄清易于混乱的概念,进而提出"天道""地道""人道"的问题。最后结穴于"一视同仁""笃近举远"的仁政思想与博爱精神。在论述人、人道、一视同仁时,以天、地、日月星辰、山川草木为陪衬。结构严谨,而有一定变化,清人何焯曾称赞它"变出无数层折","宾主相形""波澜汹涌"。

《原人》全文仅二百十余字,言简意赅,有很强的概括性。短小的篇幅,不仅阐述了天、地、人的概念,辨析了易于模糊的观念,而且提出了"天道""地道""人道"的问题,宣布了"一视同仁""笃近举远"的主张。可谓意丰而言简。

原鬼①

【题解】

韩愈是一位有"鬼"论者。他认为鬼无形、无声、无气,是一种超物质的客观存在。无形无声是它的常态,而当人们"忤于天""违于民""爽于物""逆于伦"而"感于气"的时候,鬼又会有形,有声,降灾祸给人间。其有形有声的关键是"感于气"。气是什么?气是由世界的精神本源派生出来的非物质的东西。当人们干了违背天意,违背民心,违背物理,违背人伦的事情以后,这种非物质的气就会被感动、感化,而产生有形体有声音的"鬼",嫁祸于人间。这时的鬼就由非物质的转化为物质的,也就是由前面的非人格神转化为人格神。韩愈反对佛老神权论的态度是坚决的,但他反对佛老学说的武器是客观唯心主义的认识论,所以不可能彻底驳倒佛老神权论学说。

【原文】

有啸于梁②,从而烛之③,无见也。斯鬼乎?曰:非也,鬼无声。有立于堂,从而视之,无见也。斯鬼乎?曰:非也,鬼无形。有触吾躬④,从而执之⑤,无得也。斯鬼乎?曰:非也,鬼无声与形,安有气⑥?曰:鬼无声也,无形也,无气也,果无鬼乎?曰:有形而无声者,物有之矣,土石是也。有声而无形者,物有之矣,风霆是也。有声与形者,物有之矣,人兽是也。无声与形者,物有之矣,鬼神是也。曰:然则有怪而与民物接者,何也?曰:是有二,有鬼有物⑦。漠然无形与声者,鬼之常也⑧。民有忤于天,有违于民,有爽于物,逆于伦而感于气,于是乎鬼有形于形,有凭于声以应之,而下殃祸焉,皆民之为之也⑨。其既也,又反乎常⑩。曰:何谓物?曰:成于形与声者,土石、风霆、人兽是也。反乎无声与形者,鬼神是也。不能有形与声、不能无形与声者,物怪是也⑪。故其作而接于民也无恒,故有动于民而为祸,亦有动于民而为福,亦有动于民而莫之祸福⑫,适丁民之有是时也⑬。作《原鬼》。

【注释】

①原鬼:何焯《义门读书记》:"五原之序,当以原性为一,原道为二,原人为三,原鬼为四,原毁为五。"

②啸:兽类长声吼叫。　　梁:屋梁。

③从而烛之:跟着就用火炬照它。　　烛:古无蜡烛,故以火炬为烛。此为名

词动用,用火炬照。

④有触吾躬:有接触我身体的东西。　　躬:身体。

⑤从而执之:跟着就来捕捉它。　　执:持,捉。

⑥安有气:哪里会有气。　　安:哪里,何。

⑦然则句:那么这样有奇怪的东西和民众接触的,是什么呀?回答说:有无形无声的鬼,也有有声有形的物。　　民物之"物":公众。有鬼有物之"物";事物。

⑧漠然句:寂静的没有形体、没有声音的状况,是鬼的常态。　　漠然:寂静无声的样子。　　常:常规,常态。

⑨民有怦于天句:人们有违背天理,有违背民意,有违背物理,有悖于人伦而被气所感时,鬼就表现为形体,依凭着声音而应答,并且降下灾祸,这全都是人们自己造成这种情况的。　　怦:违反,抵触。　　爽:违背。　　感于气:为气所感。于:表被动。气:唯心主义认为气是由精神本原派生出来的非物质的客观存在。民之为之:人们自己造成这种情况的。为:成为,造成。之:代表现出形体和声音的鬼。这里的鬼变成了物质形态的人格神。

⑩其既也句:它已经这样了,又返回常态。　　既:已经。

⑪不能有形与声句:不能有形与声,又不能无形与声的,物中之怪就是这样的。　　怪:奇怪。是:这样,指示代词。

⑫故其作句:此句是说当鬼转化成有形与声的时候,与人们接触,是没有常态的,可以给人祸,也可以给人福,也可以无所谓祸与福。

⑬适丁民之有是时也:不过是要恰逢人民遇上这个时候。　　适:正,恰好。丁民:成丁之民,泛指人民。是时:这样的时候。即有"怦于天""违于民""爽于物""逆于伦"的时候。

【集评】

宋朱熹《韩昌黎集·朱子考异》卷十一:李石曰:"退之作《原鬼》,与晋阮千里相表里。至作罗池碑,欲以鬼威猲人,是为子厚求食也。《送穷文》虽出游戏,皆自叛其说也。"退之以长庆四年寝疾,帝遣神召之曰:"骨菆国世与韩氏相仇,欲同力讨之,天帝之兵欲行阴诛,乃更藉人力乎?"当是退之数穷识乱,为鬼所乘。不然,平生强聒,至死无用。

明茅坤《唐宋八大家文钞》卷九:昌黎《原鬼》亦揣摩影响之言。《易》曰:"精气为物,游魂为变。"是故知鬼神之情状。

【鉴赏】

"五原"的写作时间不可确考。贞元二十一年(805),韩愈上兵部侍郎李巽书云:"谨献旧文一卷,扶树教道,有所明白"。注家认为"旧文一卷"当指《原道》等篇。那时韩愈三十八岁。如此推算,"五原"作于早年。对照《原鬼》与《论佛骨表》(作于五十二岁),韩愈在对待鬼神的态度上,前后有所矛盾。《论佛骨表》,敢于指斥释迦牟尼"本夷狄之人"，倘若活着，作为外邦使者来朝，中国皇帝不过尽礼节迎送而已，这是有辱神明的，甚至要求把佛骨投于水中，表现出极端蔑视和憎恶的态度。篇末说："佛如有灵，能作祸祟，凡有殃咎，宜加臣身。"既用一"如"字，就说明对佛之"有灵"，未必相信。因此，《论佛骨表》不仅是排佛辟老之作，而且是反对封建迷信的檄文。同《论佛骨表》相比，《原鬼》暴露了韩愈的天命论和有神论思想，从作品的思想意义看，不足取。

《原鬼》认为鬼是无声、无形、无气的，按无神论观点，既然无声、无形、无气，那便是根本不存在的。但韩愈的有神论思想，使他在论证鬼的无声、无形、无气之后止步不前，仍然承认了鬼的存在，"无声与形者，物有之矣，鬼神是也。"由肯定鬼的存在，他自然而然地得出鬼神能祸福于人的结论。因此，《原鬼》简直是一篇宣传有神论的哲学论文。

韩愈一方面相信有鬼神，另一方面，又自觉不自觉地利用有神论为其恢复儒学，建立道统服务。他指出："民之忤于天，有违于民，有爽于物，逆于伦，而感于气，于是乎鬼有形于形，有凭于声以应之，而下殃祸焉"。人间若有背离先王之道、违反孔子教诲的，必在冥界引起鬼的反应，鬼就会加殃祸于人。得咎获祸，"皆民之为之也。"穷根究底，鬼嫁祸于人，是因人做坏事，有违圣人之教造成的。这实际上是用有神论告诫人们：不得违背先王之道！是用有神论来为复兴儒学运动造舆论。

寺南

如果说《原鬼》思想内容无甚可取的话，那么，在艺术表现上，它却有可资借鉴之处。首先，设问手法贯穿始终，使得文章条理分明，重点突出。作者设计了六问六答，都是在论鬼神之有无，鬼神之特征，鬼神之作用的关键地方，故意设下疑惑，然后一一解答，以吸引读者的注意力。开头三个"斯鬼乎？"的疑问及自问自答，使人产生作者持无神论的错觉，于此转捩要紧处，作一设问:"果无鬼乎?"然后回答:有鬼神。设问在此起强调作用。是否与人接触的怪物只有鬼? 这又是一个关键处,所以作者再次设问,指出不只有鬼神,还有物怪。由于通篇以设问为标志,来划分层次段落,所以显得条分缕析,不紊不乱。

其次,纵横曲折,愈转愈深。这是韩愈"深厚雄博"(欧阳修语)的一个体现。第一段,自"有啸于梁"至"无气也",用三个设问句刻画鬼神的特征:似乎有声、有形、有气,实则无声、无形、无气。《易》曰"精气为物,游魂为变。"韩文在此把《易》之所述具体化,描摹出鬼的情状。第二段,自"果无鬼乎?"至"鬼神是也。"辨析有形无声、有声无形之物,指出,无声与形之物为鬼神。第一段似乎在说明不存在鬼神,这一段扳转文意,肯定有鬼神,命意曲折。第三段,自"曰:然则有怪而与民物接者何也?"至"物怪是也。"分辨与民物接者的两种情况:一是鬼神,二是物怪。鬼神殃祸于人是由于人有忤于天,有逆于伦等等。第二段承认有鬼神存在,第三段则阐述鬼神如何活动——"与民物接"。并说明其原因也在于人。比第二段深入一层。在此充分阐述之后,得出全文结论:鬼神能祸福于人。这便是第四段(自"故其作而接于民也无恒"至结束)内容。文章环环紧扣,不断深入,曲折有致,正所谓"文贵奇","昌黎文奇"也。(刘大櫆《论文偶记》)

第三,排比反复,气势腾跃。林纾说韩愈的许多议论之文,"篇幅虽短,而气势腾跃,万水回环,千峰合抱,读之较读长篇文字为久,即无烦譬冗言耳。"(林纾《春觉斋论文》)短文气盛,不易。造成气势雄放的主要原因,在于本文大量运用排比反复。发端数语,是三个排比句,中间兼用"有……,从而……,无……,斯鬼乎?"构成反复。第二段,"有……,无……者,物有之矣,……是也",排比、反复配合使用,文势如江河奔腾,不可遏抑。三、四段亦然,不赘述。

最后,本文以短句为主,多"也"字判断句,斩截有力。句子短则二字,长则十余字,大多为四、五字。短句节奏急促,铿锵有声。且多"也"字判断句,是与非,旗帜鲜明,语气肯定。如"非也""土石是也""鬼之常也""皆民之为之也"等等,不胜枚举。

由于以上写作方面的四个特色,这篇思想内容糟粕较多的文章,从文学形式上说仍然值得一读。

马说

【题解】

这是一篇寓言式的短论,中心议题是:"世有伯乐,然后有千里马。"只要有了能识别名马的伯乐,千里马就不难发现。这里强调了伯乐的重要性。世上没有伯乐,千里马也会"骈死于槽枥之间"。作者以千里马自喻,通过千里马不被认识,不被优待,"食不饱、力不足"的不幸遭遇,抒发了自己怀才不遇的感慨,同时表达了对负责选拔人才的当权者昏暗不明的无比义愤。本文的说理没有长篇大套的议论,而是通过形象生动而又贴恰的比喻来说明道理,深入浅出,意义深远。今天,伯乐已经成为知人善任者的代名词,亦可见此文影响的深远。

【原文】

世有伯乐,然后有千里马①;千里马常有,而伯乐不常有。故虽有名马,祇辱于奴隶人之手,骈死于槽枥之间,不以千里称也②。马之千里者,一食或尽粟一石③,食马者不知其能千里而食也。是马也,虽有千里之能,食不饱,力不足,才美不外见④,且欲与常马等不可得,安求其能千里也⑤?策之不以其道⑥,食之不能尽其材⑦,鸣之而不能通其意⑧,执策而临之曰:"天下无马⑨。"呜呼,其真无马邪?其真不知马也。

【注释】

①伯乐:相传古之善相马者。一说春秋中期秦穆公之臣曾荐方九堙为秦穆公相马,认为相马必须"得其精而忘其粗,在其内而忘其外"。有人说这就是孙阳,称孙阳伯乐。一说春秋末赵简子之臣邮无恤,字子良,号伯乐,亦称王良,善御马,又善相马。《吕氏春秋·观表》论古之相马者说:"若赵之王良,秦之伯乐、方九堙,尤尽其妙矣。"

②祇辱于奴隶人之手:只是在马夫、奴仆一类人的手中受辱。祇:只,只是。于:表被动。 奴隶人:马夫、仆役,即饲养和驾驭马的人。 骈死于槽枥之间:和普通马一起死在马槽之间。 骈:并列。槽枥:马槽。枥:马槽。 不以千里称:不能因为日行千里而被称赞。 以:因为。 称:称赞,称名。

③一食或尽粟一石:一次有时能吃尽一石粟米。 或:有时。石:一百二十市斤为一石。

④才美不外见:出众的才能不能表现在外。　　才美:出众的才华。见:同"现"。

⑤且欲与常马等不可得:就是想要与普通马一样奔跑尚且不可能办到。且:就,就是。等:等同,指同等对待。　　安求其能千里也:哪里还能要求它日行千里呢? 安:哪里。　　千里:指日行千里。

⑥策之不以其道:鞭打它不能用那正确的方法。　　策:马鞭,此为名词动用,鞭打,驾驭。以:用。道:正确的方法。

⑦食之不能尽其材:饲养它又不能按照它千里马的食量而使它吃饱。食:通"饲",喂养。　　材:日行千里之材。

⑧鸣之而不能通其意:它鸣叫的时候又不能通晓它的意思。

⑨执策而临之句:拿着马鞭来到它的面前时说:"天下没有千里马呀。"　　临:到。

【集评】

清储欣《唐宋八大家类选》卷三:淋漓顿挫,言之慨然。

清何焯《义门读书记》三十一卷:此言士待知己者而伸,在上者无所辞其责。

清吴楚材、吴调侯《古文观止》卷七:此篇以马取喻,谓英雄豪杰,必遇知己者,尊之以高爵,养之以厚禄,任之以重权,斯可展布其材,否则英雄豪杰,亦埋没多矣。而但谓天下无才,然耶? 否耶? 甚矣,知遇之难其人也。

清张伯行《唐宋八大家文钞》卷三:专为怀才不遇者长气。然士君子亦求其在我而已,何尤焉?

清过珙《古文评注》卷六:看其凡提倡千里马者,七便有七样,转变处风云倏忽,起伏无常;韵短势长,文之极有含蓄者。

近人林纾《韩柳文研究法·韩文研究法》:《说马》篇入手伯乐与千里马对举成文,似千里马已得倚赖,可以自酬其知。一跌落"伯乐不常有",则一天欢喜都凄然化为冰冷。且说到"骈死槽枥之间",行文到此,几无余地可以转旋矣。忽叫起"马之千里者"五字,似从甚败之中,挺出一生力之军,怒骑犯阵,神威凛然。既而折人"不知其能"句,则仍是奴隶人做主,虽有才美,一无所用,兴致仍复索然。至云"安求其能千里也","安求"二字,犹有须斯生机,似主者尚可以尽,意尚可以通。若但抹煞一言曰:"天下无马。"则一朝握权,怀才者何能与抗。故结穴以叹息出之,以"真无""真不知"相质问,既不自失身份,复以冷隽语折服其人,使之生愧。文心之妙,千古殆无其匹。

【鉴赏】

《马说》是四篇杂说中流传最广、影响最大的作品。之所以如此,是因为它体现了韩愈"不平则鸣"的创作原则。"文起八代之衰"的韩愈,有远大的政治抱负,他求官心切,一方面是为了寻求个人出路,更主要的还在于想施展才干,报国利民。

四举礼部，三选吏部，三次上书宰相，都未受到重用；虽得一官半职，却由于谏"宫市"，谏迎佛骨，一再遭贬，其内心之压抑、不平，可以想见。他对人才无人赏识、珍爱，有切肤之痛，他以千里马自况自喻，借《马说》一吐为快，显得思深而情厚。假若《马说》仅为个人泄愤之作，则意义不大。其意义还在于它切中时弊，揭露了唐朝中期的社会现实。韩愈所处的德宗、宪宗诸朝，皇帝急需谋臣勇将，以铲除藩镇割据，平削叛乱，中兴大唐，再造"太平"盛世，但大批有德、有才、有学、有识之士长期埋没下层，不得选拔任用。《马说》更有感于此而作。《马说》的深刻之处，更在于它触及封建时代的人才问题。韩愈的思想十分复杂、矛盾，但对人才问题，态度始终如一，鲜明正确。举荐孟郊，为李贺作《讳辩》，便是例子。从根本上说封建制度的落后、腐朽，往往使世家大族拥有特权，庸碌无能之辈，凭稳固靠山，而位高爵显，多少英雄豪杰湮没于草泽之间。疾呼发现人才、重用人才、珍惜人才，使《马说》的主题获得了历史的、普遍的意义。推而广之，《马说》的合理内核对于今天所处的社会主义时期，对于世界各国，都还可资借鉴、吸取。韩愈主张"文以载道"、文道统一，而以道为主，文章倘若缺乏博大精深的思想，难于传世，相反，《马说》散发永久魅力的奥秘之一，便在于它的主题的深刻性，普遍性。

道无文而不行。仅有博大精深的思想，而缺少与之相适应的形式与技巧，易流于空洞的说教，而难收以理服人，以情动人之功效，《马说》巧妙地把对人才问题的透辟之见，依附于伯乐与千里马的故事上，这个出自《战国策·楚策四》的故事为人熟知，适于表现这个有普遍意义的人才问题。《战国策》描述了千里马未遇伯乐所受的折磨和遇伯乐后的欢悦，这段情节对于强调伯乐善于发现、赏识人才无甚作用，因而舍弃不用，《马说》只写了千里马未遇伯乐所感受的悲愤，以吐露被压抑的中下层知识分子的心声，巧于剪裁，于故事中翻出新意。

《马说》通篇都是譬喻，它并不着意于对伯乐、千里马与贤明的执政者、有用之才之间的机械、简单的类比、隐喻，也不追求细节的相近、相肖，而是以伯乐、千里马的关系为论述的重点，将之纳入作品的总体构思，只明写伯乐与千里马，而不写贤明的执政者有用之才，而透过画面、文字，它们所比喻的对象，所包含的意蕴，却十分明朗清

楚,它不像《龙说》有多义性,相反,它具有明确性、单纯性,这是因为伯乐、千里马的比喻义约定俗成,指向性明晰,而作者的构思又恰如其分地暗示了这种比喻义。

《马说》深得文章纵横开阖之妙。首先,它娴熟地运用了正反两面论述的方法。"世有伯乐,然后有千里马",开篇即从正面揭示中心论点,接着,"千里马常有,而伯乐不常有"数句,从反面点出伯乐之不可少。前段指出有了伯乐,千里马方能被发现,提出了全文的中心论点,强调伯乐之重要。第二段阐述千里马不遇伯乐,不能尽其材,从而论证了伯乐之重要性。"马之千里者,一食或尽粟一石"。从正面说明千里马食量所需不同于常马,以与下文相对照。饲马者不知此,造成千里马"食不饱,力不足,才美不外见",甚至跟常马都不能比,更不必说奔驰千里的结果。从反面叙述了千里马的不幸遭遇。第三段,从御马的庸碌之辈这一角度,亦即从反面,论述中心论点——不遇伯乐,千里马便不能被发现。"策之不以其道,食之不能尽其材,鸣之而不能通其意,执策而临之,曰:'天下无马'。"勾勒御马庸碌之辈的反面形象。这一反面形象同作者的正面议论:"呜呼! 其真无马邪?其真不知马也"对比。全文便在这样正面、反面的反复论证中,确立了中心论点。文章也愈见转折变化之妙。在二百字左右的短小篇幅内,正正反反,大开大阖,不意尺幅之内,有如此变幻! 其次,开头结尾尤其精彩。开头一句"世有伯乐,然后有千里马",统摄全文,为一篇纲领,自不待说,即它所包含的哲理则十分深奥。按一般的思维方式,是世有千里马,然后有伯乐。而韩文倒过来说,出人意表,目的是强调伯乐的重要性,也是针对现实而发,因为唐代中期,像作者这样的千里马是常有的,问题的症结在于缺乏伯乐。结尾从反面刻画庸碌的御马者的嘴脸,历数其过错后,忽正面下一断语,一笔收转,这一笔,具体分三个步骤完成,先是慨叹,以感叹词"呜呼!"表露之,接着以反问语气质问:"其真无马邪?"然后做出不容置疑的判断:"其真不知马也!"因而斩截有力! 又与开头相呼应。古人誉之曰:"起如风雨骤至,结如烟波浩渺,寥寥短章,变态无常。"不为过分。

"气,水也;言,浮物也,水大,而物之浮者大小毕浮,气之与言犹是也,气盛,则言之长短与声之高下者皆宜。"(韩愈《若李诩书》)韩愈论文"尚气",他的文章有"气盛"的特征。"气盛"不仅于较长篇幅的著述可见,于短文亦然。"文公之文,能大能小,能长能短,所谓狮子搏象用全力,搏兔亦用全力者,如此小品,亦见其生龙活虎之态。"(见清·李扶九、黄仁黼《古文笔法百篇》)"气盛",指文势宏伟,一气贯下,呈无可遏抑之状。《马说》论伯乐与千里马之关系,于篇首揭出论题后,紧扣千里马发现之难、饲养之难、使用之难逐层展开,而以发现之难作为重点,说理透辟,论述有力,层层递进,对庸碌之御马者予以批判,最后归结于"其真不知马也!"意脉贯通,理直气壮。气势绝非虚张声势所能奏效,气盛除立意高远外,还须以激情作为内在依据。《马说》虽为议论文,但激情蕴蓄于中,形之于外,在文中时有流露,《古文观止》评点此文,谓文中有"五叹",一唱而三叹,感情潜流终于奔涌而出地表,直至大声呼喊"呜呼!"达到高潮,又于高潮处紧收。感情的基调为一"愤"字,愤执政者对人才的无视与践踏,从而表现了对封建统治现状的深深不满。

读荀①

国学经典文库

唐宋八大家散文鉴赏

韩愈卷

【题解】

韩愈借《读荀》这篇读书笔记，阐明了自己儒家道统思想形成的轮廓。读《孟子》而知尊孔子，读扬雄书而知尊孟子，而荀子介于孟子、扬雄之间，他的学说虽有"不粹"之处，但"大醇而小疵"，在传播孔子学说上功不可没，是他学习和研究儒家思想的重要依据。

【原文】

始吾读孟轲书，然后知孔子之道尊，圣人之道易行，王易王，霸易霸也②。以为孔子之徒没，尊圣人者，孟氏而已。晚得扬雄书，益尊信孟氏③。因雄书而孟氏益尊，则雄者亦圣人之徒欤④。

圣人之道不传于世⑤，周之衰，好事者各以其说干时君⑥，纷纷藉藉相乱⑦，六经与百家之说错杂⑧，然老师大儒犹在⑨。火于秦，黄老于汉，其纯而醇者，孟轲氏而止耳，扬雄氏而止耳⑩。及得荀氏书，于是又知有荀氏者也⑪。考其辞，时若不粹⑫；要其归，与孔子异者鲜矣⑬。抑犹在轲、雄之间乎⑭？

孔子删《诗》《书》，笔削《春秋》；合于道者著之，离于道者黜之，故《诗》《书》《春秋》无疵⑮。余欲削荀氏之不合者，附于圣人之籍，亦孔子之志欤⑯！孟氏醇乎醇者也；荀与扬，大醇而小疵⑰。

【注释】

①荀子（约前313～前238），名况，时人尊而号为卿。赵国人，游学于齐，后为祭酒，避谗适楚，春申君用为兰陵令，春申君死而荀卿废，著书数万言而卒，葬于兰陵。他提出了"天行有常，不为尧存，不为桀亡"以及"制天命而用之"的唯物主义思想。他的性恶说，韩愈认为不合于儒家道统。

②王易王，霸易霸句：行王道就很容易称王，行霸道就很容易称霸。　第一个"王"，活用为动词，行王道。王道，即以仁义治天下。　第二个"王"，动词，称王。　第一个"霸"，活用为动词，行霸道。霸道，古代凭借威势，利用权术、刑法等统治天下。第二个"霸"，动词，称霸。

③晚：稍后。　扬雄：西汉蜀郡成都人。他主张"有生者必有死，有始者必有终"，驳斥了神仙方术的迷信。他批判老庄"绝仁弃义"的观点，重视儒家学说，推崇孟子对儒学的贡献。并以孟子自喻。韩愈认为扬雄的人性善恶混说，不符合儒

家的道统。

④因雄书句：由于扬雄的书而孟子更加尊贵，那么扬雄这个人也是圣人的门徒啊。

⑤圣人之道不传于世：指孔子死后，圣人之道不传。

⑥好事者各以其说干时君：谋臣策士分别用他们的学说求见当时的君王。好事者：指春秋末及战国时期的谋臣策士。　　干：求，谒见。　　时君：当时的君主。

⑦纷纷藉藉相乱：络绎不绝交错杂乱。　　纷纷：众多貌，络绎不绝貌。藉藉：交错，杂乱。

⑧六经与百家之说句：儒家学说与非儒家学说相互错杂。　　六经：指孔子参加编订的《诗》《书》《礼》《易》《乐》《春秋》。　　百家之说：指谋臣策士的各种非儒家学说。

⑨老师大儒：指精通儒家学说的大学者，即下文的孟子、扬雄等人。

⑩火于秦句：秦朝立国后烧毁文献典籍，黄帝老子的学说兴盛于汉代，其中纯净而无杂质的学说，只有孟子罢了、扬雄罢了。醇，通"纯"，纯一不杂。

⑪及得荀氏书：等到看见荀子的书，于是又知道荀氏的学说也是纯净的。及：到了，等到。

⑫考其辞句：考察他的文章，有时好像不够纯粹。　　辞：指文章。时：有时。粹：纯粹、精粹。

⑬要其归句：概括他的宗旨，与孔子的学说不同的是很少的。要：总括，概括。归：本，宗旨。　　异：区别。　　鲜：少。

⑭抑犹在轲、雄之间：恐怕还在孟轲与扬雄之间吧。　　抑：连词，表示轻微的转折。

⑮著之：写出它。　　黜之：去掉它。黜，消除，去掉。　　故《诗》《书》《春秋》无疵：所以经过孔子整理编订的《诗经》《尚书》《春秋》没有毛病。　　疵：小毛病。

⑯余欲削荀氏句：我想要删除荀氏不合儒家道统的内容，将他的著作附在圣人的著作后面，这不也像孔子的志向一样吗？

⑰孟氏句：孟子的学说是纯而又纯的，荀子和扬雄的学说，总体上是纯的但却有小毛病。

【集评】

南宋程颐《二程集·河南程氏遗书》卷十八：荀卿才高，其过多；扬雄才短，其过少。韩子称其"大醇"，非也。若二子，可谓大驳矣。然韩子责人甚恕。

明茅坤《唐宋八大家文钞》卷十：昌黎病荀不醇，而末引孔子一转，却安顿自家方好。

清张伯行《唐宋八大家文钞》卷三：孟氏愿学孔子，道自尊也。荀之性恶，扬之剧秦美新，乌足以尊孟氏？故曰荀与扬择焉而不精，则并其大者皆未醇，不但小疵而已。惟朱子谓孟子后，荀、扬浅济不得事，确论也。

　　韩昌黎文集中《读荀》《读鹖冠子》《读仪礼》《读墨子》等四篇,可视为一组文章。它们都是韩愈"识古书之正伪"的辨"正伪"之作。辨"正伪"的标准为儒学,凡符合儒学者,为"正",否则是"伪"。韩愈在《读荀子》中虽未实指荀子"伪"在何处,但明确提出《荀子》"其辞若不粹",其理也有些不合"圣人之籍",辨出了"伪"来。他辨别真伪,谨慎之至,一字不苟。但这些文章不只考订缺漏、文字等,尚带着某种书评的性质。如《读荀》评价荀子的思想"与孔子异者鲜矣",认为荀子与杨雄,是"大醇而小疵"。《读鹖冠子》说《鹖冠子》对国家功德不少。《读仪礼》谓圣人之仪礼制度有用、可取。《读墨子》指出"孔子必用墨子,墨子必用孔子。不相用,不足为孔墨。"韩愈说:"其所读皆圣人之书,杨墨释志之学,无所入其心,其所著皆约六经之旨以成文。"(《上宰相书》)他以"六经之旨"的眼光看待荀、墨,发现他们的学说同儒学有不少共通之处。但哪些地方相通? 由于深入钻研不够,难免有些牵强附会。他主观上想改造荀、墨,将它们纳入孔孟之道,因而产生"欲削荀氏之不合者,附于圣人之籍"的念头。但什么是儒学的精髓?韩愈本身也有点含糊,宋代的张耒曾说:"韩退之以为文人则有余,以为知道则不足。"这看法十分精辟。韩愈的思想确实有些驳杂。正因为驳杂,他没有成为真儒、醇儒,他的作品才具有更多的民主性与进步

性。这组文章还有某些读后感的味道,虽为读荀子而作,却借题而抒己意。评述荀子,本可就荀子及其思想挖掘,但《读荀》却联系孟轲,联系杨雄,联系孔子"删《诗》《书》,笔削《春秋》。"绝不只单纯地谈论荀子,直是对孔、孟等"圣人"作简括的评价与阐述。这种写法,颇有几分读后感的笔致。

　　《读荀》全文仅 300 字,分三段。第一段离题而去,不写读荀子,而写读孟轲书,似不着边际。作者读《孟子》,认识到孔子之道"尊",圣人之道易行,以德服人,不靠武力,统一中国并不难,称霸诸侯的事业更容易做到。这是对儒家至"尊"地位及圣人之道易于施行的总体评价。作者读孟轲书,还认识到孔子的门徒死后,尊奉孔子的只有孟轲一人而已。这是第一层,写读孟轲书之所感。"晚得杨雄书"起至"则雄者亦圣人之徒欤!"为第二层,言读杨雄书,愈益认识到孟子之尊,杨雄也是圣人之徒。杨雄,字子云,成都人,著作有《太玄》(《学周易》)、《法言》(《学论语》)、《方言》等,属儒家学派,曾说:"古者杨、墨塞路,孟子辞而辟之,廓如也。后之塞路

者有矣,窃自比于孟子。"(《法言·吾子篇》)这话是他尊孟的证明,但杨雄也有背离孔孟之处。韩愈就其基本面肯定他为"圣人之徒"。

第二段,由杨雄说到荀子。亦分两层。从"圣人之道"至"杨雄氏而止耳"为第一层。这一层,仍然不论及荀子。真可谓娓娓道来,不急不促。描述孔子逝世之后,儒教失传,百家错杂的情况。好事者想以自己的学说来请用于当时的君王,希望得到施行,学说派别极多,十分混乱。"然老师大儒犹在",像子夏、子贡这样的大儒还存在于世。此后,秦朝焚书坑儒,黄、老之学流行于汉代,保存了孔子学说并纯洁不掺假的,到了孟子、杨雄就没有别人了。此层从儒术与百家消长的历史状况再次盛赞孟子、杨雄。从"及得荀子书"至"抑犹在轲、雄之间乎!"为第二层。写等到读了荀子书,才知道孔子学说还有荀子这样的继承者。荀子的言辞虽不纯粹,但综括大旨,他与孔子不同的地方很少。因此可以认定他是介乎孟轲与杨雄之间的儒家学者。这也是从基本面上评价荀子是儒者。荀子是战国时期著名的唯物主义思想家。他虽为儒者,但长期生活在稷下(当时各学派荟萃和百家争鸣的集中地),受各派思想影响很大,是一个以儒家学说为主体,同时又具有法家思想的思想家、政论家。他反对"天""命""鬼神"的传统说教,认为"气"和"阴阳之变"是宇宙万物的根源。这种唯物主义的观点并非孔子所具备。他提出"性恶"论,基本上属于唯心主义,但强调人的个性可以改造,强调环境和学习对于改造个性的重要作用,又包含唯物主义的因素,尤其是他批判孟子"性善论"的天赋道德观念,则与孔、孟相颉颃。他还提出改造人性的一系列主张,企图通过道德、法律的制裁,为新兴的封建秩序服务。与孔子亦有别,韩愈认为他"与孔子异者鲜矣","犹在轲、雄之间",有一定的根据。但没有具体指出荀子与孔子学说的不同之处,表明韩愈辨"正伪"的本事还不到家。

第三段表示愿学孔子删《诗》《书》,笔削《春秋》之举,欲削去荀子不合儒家思想的地方,使之"合于道者",并对孟轲、杨雄、荀卿三人,做出总结性的论断:"孟氏,醇于醇者也。荀与杨,大醇而小疵。"称荀子"大醇而小疵",这样评价是很高的。

《读荀》在写法上颇具特色。题为《读荀子》,顾名思义,应紧扣荀子生平、思想下笔,而此文却似漫天撒网,从远处叙起,从他人写起,用半篇的篇幅论孟子、杨雄,用来作为论荀子的铺垫,行文至半,才点出荀子,非大家所不敢为,因为易于喧宾夺主。而此文宾主秩然不乱。论孟轲、杨雄为的是理清孔子学说的继承、渊源关系。并用孟子、杨雄同荀子比较,在比较中揭出孟子是醇儒、荀子不得比肩而立,而与杨雄为伍,属"大醇而小疵"的总结性观点。以宾衬主,宾主分明。

《读荀》讲究章法变化。一篇三百字的短文居然起、承、转、合齐全。避免一般开篇点题法,离题而起,起得突兀。第二段"圣人之道,不传于世"承得也突兀,至"火于秦,黄老于汉"转得突兀,结束二句断语,通体意义,尽归于此。尺幅之内有雄阔之势。

《读荀》短小精悍,言简意赅。通篇并不展开分析,而多作判断。这些判断又属提纲挈领式的,语言晓畅明快。所以有人认为它的文笔类似司马迁《史记》中的年表序。

师说

【题解】

中唐社会士大夫阶层中，存在一种不学无术，以从师为耻的不良风气。韩愈反其道而行之，招纳生徒、抗颜为师，因此遭到许多人的指责，讥笑他是"好为人师"的狂徒。韩愈写此文，阐述了何者为师，以及从师的必要性。全文共分四段。第一段提出"古之学者皆从师"的中心论点。第二段运用对比的手法，指出从师的必要性。古之圣人"且从师问"，今之众人却"耻学于师"；童子从师学句读，而今人不能从师解其惑；巫医、乐师、百工之人"不耻相师"，而士大夫之族一提从师则"群聚而笑之"。通过对比，不仅阐述了从师的重要性，而且批判了不从师的陋习，从正面回答了人们对他"抗颜为师"的诬蔑。第三段阐明"圣人无常师"的道理。第四段说明写此文的目的：李蟠"学于余"，"嘉其能行古道"，一所以作《师说》赠送给他。"师"字一线贯穿全篇，全文紧扣"师"字反复阐发中心论点，使文章首尾回环，结构谨严，有很强的逻辑性，具有不可辩驳的气势。

【原文】

古之学者必有师。师者，所以传道、受业、解惑也①。人非生而知之者，孰能无惑②？惑而不从师③，其为惑也，终不解矣。生乎吾前，其闻道也，固先乎吾，吾从而师之④；生乎吾后，其闻道也，亦先乎吾，吾从而师之。吾师道也⑤，夫庸知其年之先后生于吾乎⑥？是故无贵无贱，无长无少，道之所存，师之所存也⑦。

嗟乎！师道之不传也久矣⑧，欲人之无惑也难矣。古之圣人，其出人也远矣，犹且从师而问焉⑨；今之众人，其下圣人也亦远矣，而耻学于师⑩。是故圣益圣，愚益愚，圣人之所以为圣，愚人之所以为愚，其皆出于此乎⑪？爱其子，择师而教之；于其身也，则耻师焉，惑矣⑫。彼童子之师，授之书而习其句读⑬者也，非吾所谓传其道解其惑者也。句读之不知，惑之不解，或师焉，或不焉，小学而大遗，吾未见其明也⑭。巫医、乐师、百工之人，不耻相师⑮。士大夫之族⑯，曰师曰弟子云者，则群聚而笑之。问之，则曰："彼与彼年相若也，道相似也⑰！"位卑则足羞，官盛则近谀⑱。呜呼，师道之不复，可知矣⑲。巫医、乐师、百工之人，君子不齿⑳，今其智乃反不能及，其可怪也欤㉑！

圣人无常师㉒。孔子师郯子、苌弘、师襄、老聃㉓。郯子之徒，其贤不及孔子㉔。孔子曰："三人行，则必有我师㉕。"是故弟子不必不如师，师不必贤于弟子㉖，闻道有先后,术业有专攻,如是而已㉗。

李氏子蟠,年十七,好古文,六艺经传皆通习之,不拘于时,学于余㉘。余嘉其能行古道㉙,作《师说》以贻之㉚。

【注释】

①师者句:老师,是用来传授孔孟之道,传授学业,解决疑难问题的人。

②孰能无惑:谁能没有疑惑?　孰:谁。　惑:疑难问题。

③从师:向老师请教。

④生乎吾前句:生在我的前面,他知道的道理,必然比我早,我跟着就拜他为老师。　乎:于。第一个"乎":在。第二个"乎":表比较。　固:必然,一定。师之:拜他为师。师,意动用法。

⑤吾师道也:我是以儒家学说为老师。

⑥夫庸知句:哪里能知道他的年龄在我先还是在我后呢?　夫:句首语气词。　庸知:岂知、哪里知道。　于:表比较。

⑦道之所存句:儒家学说存在的地方,就是老师存在的地方。

⑧师道之不传也久矣:拜师求学的风气不再流传已经很久了。

⑨古之圣人句:古代圣人,他们超出其他人很远了,还要向老师询问请教。出人:高出、超过一般人。　犹且:还要。　焉:语气词。

⑩下圣人:在圣人以下。　耻学于师:把向老师学习当作耻辱。耻:意动用法,当作耻辱。

⑪圣人之所以为圣句:圣人所以成为圣哲,愚者所以成为愚昧的原因,大概全都出在这里吧?　之:改变结构,无实义。　所以:所:特殊的指示代词。以:因此。　所以为圣:因此成为圣哲的原因。

⑫于其身:对于他自己。　身:己称代词。　则耻师焉:却以拜师为耻。则:却。　耻:意动用法,认为耻辱。　焉:语气词。

⑬授之书而习其句读:教给他们读书并且学习断句分读。　授:传授,教给。之、书是授的共同宾语。之,代童子。　句读:读,也叫句逗。文辞语意已尽处为句,语意未尽而须停顿处为读。书面上用圈(句号)和点(读号)来标识。

⑭句读之不知句:断句分读不知道,疑难的问题不能解决,有的(指前者)拜师求教,有的(指后者)不拜师求教,小的知识学习而大的知识抛弃,我看不出他的明白事理之处。　或:有的,不定代词。　遗:丢弃,抛弃。

⑮百工之人:各种工匠。　不耻相师:不把拜师当作耻辱。相:无实义。

⑯士大夫之族:士大夫一类的人。　之族:之类。

⑰年相若:他们的年龄相像。若:像　道相似:他们对儒家道的掌握也是相近似的。　似:近。

⑱位卑则足羞句:向地位低的人学习求教就足以感到耻辱,向地位高的人学习求教又近于阿谀奉承。

⑲师道之不复:拜师求教的风气不再恢复。

⑳君子不齿:君子不屑于与之同列。　齿:并列,排列。

㉑今其智句:现在他们的(指君子)智慧反而不能比得上巫医、乐师、百工,岂不是奇怪的事情吗!　及:比得上。　其:岂,难道。

㉒圣人无常师:圣人没有固定不变的老师。　常:永久的,固定的。

㉓郯子:郯,春秋时诸侯国名,子爵,故国君称郯子。孔子向他请教少昊氏以鸟名官的原因。《左传·昭公十七年》:"秋,郯子来朝,公与之宴,昭子问焉,曰:'少昊氏鸟名官,何故也?'郯子曰:'我高祖少昊,挚之立也,凤鸟适至,故纪于鸟,为鸟师而鸟名。'仲尼闻之,见于郯子而学之。"苌弘:东周敬王时的大夫。《孔子家语·观周篇》:"孔子访乐于苌弘。"　师襄:春秋时鲁国的乐师,名襄。《史记·孔子世家》:"孔子学鼓琴于师襄子。"　老聃:聃,孔子曾向他问礼。

㉔其贤不及孔子:他们的才能比不上孔子。其,他们,指郯子、苌弘、师襄、老聃等人。　贤:贤能,才能。　及:比得上。

㉕三人行句:《论语·述而》:"三人行,必有我师焉。择其善者而从之,其不善者而改之。"

㉖是故弟子句:因此弟子不一定比不上老师,老师不一定要比弟子贤。　是故:因此。　如:比得上。　于:表比较。

㉗闻道有先后句:懂得道理有先有后,学业技艺的研究各有专长,如此罢了。道:儒家学说。　术业:学业、技术。　专攻:专门的研究。

㉘李氏子蟠:李家的孩子名蟠。　好古文:喜欢三代两汉的散体文章。古文:指夏、商、周三代和两汉的文章,这是韩愈古文运动所大力提倡的典范文章。

六艺:指孔子参与编定的诗、书、礼、易、乐、春秋。　经传:上述六部书的文字称经。解释经的文字称传。　不拘于时:不被当时不从师的风气所束缚。于:表被动。　学于余:向我学习。

㉙古道:古之学者必从师的传统。

㉚贻之:赠送给他。贻:赠给,送给。

【集评】

唐柳宗元《答韦中立论师道书》:孟子称人之患在好为人师。由魏晋氏以下,人益不事师。今之世不闻有师。有辄哗笑之以为狂人。独韩愈奋不顾流俗,犯笑侮,收召后学,作《师说》,抗颜而为师,世果群怪聚骂,指目牵引,而增与为言词,愈以是得狂名。又《答严厚舆论师道书》:言道讲古穷文辞以为师,则固吾属事。仆才能勇敢不如韩退之,故又不为人师。人之所见有异同,吾子无以韩责我。

南宋朱熹《朱子考异》:余观退之《师说》云:"弟子不必不如师,师不必贤于弟子。"其言非好为人师者也。学者不归子厚,归退之,故子厚有此说耳。

明茅坤《唐宋八大家文钞》卷十:昌黎当时抗师道以号召后辈,故为此以倡赤帜云。

清何焯《义门读书记·昌黎集》三十一卷:世得云:无贵无贱,见不当挟贵;无少无长,见不当挟长;圣人出人也远矣,犹且从师,见不当挟贤。后即此三柱而申之。童子之师是年不相若者,引起世俗以年相若相师为耻。巫医、乐师、百工是无名位之人,引起世俗以官位不同相师为耻,而语势错综,不露痕也。

清张伯行《唐宋八大家文钞》卷三:师者,师其道也。年之先后,位之尊卑,自不必论。彼不知求师者,曾百工之不若,乌有长进哉!《说命》篇曰:"德无常师。"朱子释之,以为天下之德无一定之师,惟善是从,则凡有善者皆可师。亦此意也。

(台湾)刘中和《论韩愈的作品》:《师说》是说,《讳辩》是辩,辩自然比较激烈,所以《讳辩》的笔调比较雄悍;说则只需说明而已,所以《师说》不采取强悍雄辩的笔路,乃比较敦厚和缓,并有闲暇加入感叹的穿插,如:"嗟呼,师道之不传也久矣!""师道之不复,可知矣!"全篇文章,只有一句"吾师道也"是主题。第一段先标明主题,打倒年龄的成见;标明之后,穿插一段感叹。中段指出"或师焉,或不焉,小学而大遗。"指出一般人的不明智,又穿插一句感叹。后段说明各有专长,以孔子为例,因此结语说:"闻道有先后",收束前半篇,"术业有专攻",收束后半篇。一开始说"古之学者皆有师",最后说:"余嘉其能行古道",这种首尾呼应,叫作结构。所谓结构,乃指此无虚而言,至于谋篇谋段,那叫作布局,不可误为结构。英文 plot 也是布局之意,现在常误译为结构。布局是全文的设计,结构只是文章的字面衔接联系,好比木器家具接合处的"榫头"。(转引《韩愈传记资料》十四)

【鉴赏】

这是论述从师学习的一篇说理文章。唐代的士大夫之族、世禄之家,自恃其高人一等的门第,无须依靠科举考试而进入仕途,所以总是轻视道德文章和业务知识,不学无术,不肯从师学习。他们常常讥笑"尊师重道"的人,"曰师曰弟子云者,则群聚而笑之";在他们看来,老师的"位卑则足羞,官盛则近谀",一言以蔽之,也就是"耻学于师"。这在当时形成了一种时俗,一种不良的社会风气。柳宗元在

《答韦中立论师道书》中说："今之世不闻有师，独韩愈不顾流俗，犯笑侮，收召后学，作《师说》，因抗颜而为师。愈以是得狂名。"可见韩愈"障百川而东之，回狂澜于既倒"，抨击社会积习，力排世俗讥议，提倡从师学道，主张"道之所存，师之所存"，"弟子不必不如师，师不必贤于弟子，闻道有先后，术业有专攻，如是而已"，又说"人非生而知之者"，"圣人无常师"，这就突破了封建统治阶级的某些偏见，特别是"士大夫之族"的门第观念和等级观念，对于整个社会文化思想起了积极的推进作用。文章中提出的某些主张，对我们今天仍有借鉴和参考的价值，韩愈作为一时代的思想家、文章家和教育家，在他的文章中总结了他的许多人生经验和学术文化工作心得，所以很值得我们重视。

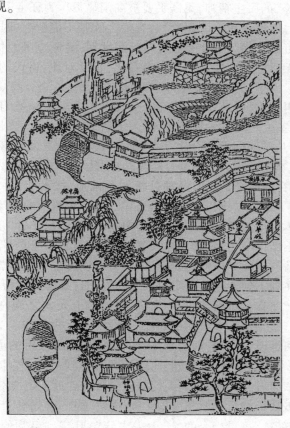

韩愈以先秦两汉的古道为准则，竭力倡导儒家的道统观念。他在文章一开头就明确提出"古之学者必有师"的论点，为他同时代探求学问的人树立了学习的榜样。那么，老师的职责是什么呢？他下了这样的断语："师者，所以传道、受业、解惑也。"老师的任务是传授道理，教给学业，解释疑难问题的。曾国藩说，传道，谓修己治人之道，也即儒家的伦理道德；授业，谓古文六艺之业，即后文说到的"古文"和"六艺经传"；解惑，谓解此二者之惑。曾氏认为，韩公一生学道好文，二者兼营，故往往并言之。"末幅闻道术业，仍作双收。"

（转引《韩昌黎文集校注》）由此可见，韩愈对老师的职责、任务和作用所做的说明，是带有明显的阶级局限性的。但是，在封建社会里，"天地君亲师"并提，把老师戴上了神圣的光环，韩愈的提法打破了对老师的神圣化，联系他在文章中说的"弟子不必不如师，师不必贤于弟子，闻道有先后，术业有专攻"，更觉其合情合理，平易近人，作者并不以高人一等来看待老师，他自己也并不那么"好为人师"，只不过以此来传播古道，推行他所倡导的古文运动就是了。"韩门弟子"之广且众，说明他的影响是深远的。

文章对老师的职责作了界定之后，紧接着阐述从师学习的必要性："人非生而知之者，孰能无惑？惑而不从师，其为惑也，终不解矣。"作者说，不论老师的出生比我早，还是比我晚：他出生比我早，确实比我先学得人世间的道理，我拜他为师，向他学习；他出生比我晚，却比我先学得了人世间的道理，我也拜他为师，向他学习。我学的是他所掌握的道理，又有什么必要去理会他的出生年月比我早，还是比我晚呢？所以，不论地位高还是地位低，也不论年长还是年少，只要谁掌握了道理，那就拜谁为师。"是故无贵无贱，无长无少，道之所存，师之所存也。"韩愈的这个著名论点，对于"士大夫之族"和世禄之家，是一个大胆的挑战，颇有一点"真理面前人人平等"的民主精神，无怪乎要被高门显贵斥为狂生了。

以上正面论证为学"必有师"，无师不能解惑，因此不论贵贱少长，凡先闻道者，都可以为师。下文笔锋转向反面批判，满怀感慨地指明"师道之不传也久矣，欲人之无惑也难矣！"接着作古今对比，正反对比：古代的圣人，他们的道德和学识超出一般人很远，尚且还从师学习，向老师请教；当今的众人，他们的道德和学识比圣人差得很远，可是却耻学于师。因此，圣人越来越圣明神智，愚人越来越变得愚昧无知；圣人之所以成为圣人，愚人之所以成为愚人，恐怕都出于这个原因吧？古之圣人"从师而问焉"，今之众人"而耻学于师。"先立后破，对比鲜明，说服力极强。

第三、四、五，三个自然段，分别从三个方面提出有力的论据，继续进行对比论证，在前两个自然段说理分析的基础上，摆事实，讲道理。一、"爱其子，择师而教之；于其身也，则耻师焉，惑矣！"这是一个鲜明的对比。那小孩子的老师，只是教给书本知识，帮助学习书中的文句而已，并不是作者"所谓传其道解其惑者也。"小孩子不懂得断句，就请老师教练；人世间的大道理弄不清楚，产生了疑难问题，反而不愿请教老师。小道理懂得学习，大道理丢在一边不学习，作者不得不惊讶地说："我实在看不到这些人是明白事理的呀！"这是委婉地指出这些人处事糊涂，轻重莫辨。二、"巫医乐师百工之人，不耻相师。士大夫之族，曰师曰弟子云者，则群聚而笑之。"这又是一个鲜明的对比。那些"士大夫之族"，为什么要"群聚而笑之"呢？他们回答说是，那老师与那学生年龄相近，所懂得的道理也差不太多。老师的地位低，尽管懂道理，有学问，向他学习却感到羞愧；老师的官位高，尽管有满腹的道德文章值得人们求教，但人们向他请教感到近乎阿谀奉承，所以仍不向他学习。作者深慨从师的世风日下，感喟"师道之不复，可知矣。"他说，"巫医乐师百工之人，君子不齿"，可是当今的"士大夫之族"，其辨别事物的才智却反而还不如他们，这不是十分可怪的事情吗？这里，韩愈站在封建统治阶级的立场上，小看"百工之人"，毫无疑问是一种阶级偏见。但我们也不能不看到，他正是在批判那些"君子"之流时，用到"不齿"这个贬义词的，所以颇有"以子之矛，攻子之盾"的意味，即：你们不是十分看不起"巫医乐师百工之人"吗，可是他们却能"不耻相师"，你们却不懂得这个道理，你们的智力岂不是比他们还差得很远吗？另外，作者肯定"巫医乐师百工之人，不耻相师"，并颂扬他们的智力高出于"士大夫之族"、世禄之家的纨绔子弟，这也不能不说是历史的一种进步。三、提出"圣人无常师"的观点，指出被士大夫所崇敬的孔子曾向郯国的国君(郯子)请教过官职的名称,向周朝的大夫苌弘请教过音乐,向名叫襄的乐师请教过弹琴,又向老聃请教过礼仪上的事情。有的可能是传说,却都有经书作了记载的。作者以此作为论据,指明这些人的贤明虽然都不如孔子(孔子是公认的"圣人",这些人却都称不上"圣人"的),但孔子仍然向他们请教学习。作者还援引孔子在《论语·述而》中说的"三人行,必有我师焉",说明孔子不耻从师学习的精神,并以此为前提推导出"弟子不必不如师,师不必贤于弟子,闻道有先后,术业有专攻"的结论。不言而喻,耻于从师的"士大夫之族",在这里显得多么无知和悖谬。以上三个方面的论据,说明观点十分有力,前人刘大櫆评点说:"爱子、百工、圣人,陡起三峰插天"(转引《韩昌黎文集校注》)。吴汝纶则说:"句句硬接逆转,而气体浑灏自然。"怪不得有的学者认为"此篇最近《孟子》"了。(引同上)

　　最后交代写作《师说》的缘由,嘉奖后学李蟠"好古文,六艺经传,皆通习之",而且不被时俗所拘,拜韩愈为师,向韩愈学习,韩愈认为他"能行古道,作《师说》以贻之。"这末尾一段,似乎无关紧要,但却能使文章落到实处,令通篇议论得到集中,恰如画龙点睛,神韵横生,首尾完整,虚实互补,文气贯通,映衬自如。

讳辩①

【题解】

避讳,是封建时代对于君王和尊长的名字,必须避免直接说出和写出的制度。在言谈或写作中,遇到与君王和尊长名字相同的字,必须找一个与此训释相同的字来代替。北齐颜之推《颜氏家训·风操》:"凡避讳者,皆须得其同训以代换之:桓公名白,博有五皓之称;厉王名长,琴有修短之目。"这种繁琐的制度,唐代规定的更为严格,犯讳就是犯法,因而严重的束缚了人们的言论和行动。为了避讳,人们有时会做出一些极其可笑的事情。宋庄季裕《鸡肋编》卷下:"唐冯宿父名子华,及出为华州刺史,乃以避讳不拜。"同样的悲剧也降临到著名诗人李贺身上。康骈《剧谈录》:"时元稹以明经擢第,亦善诗,愿与贺交,诣贺,贺还刺曰:'明经及第,何事看贺!'稹恨之,制策登科,及为礼部郎中,因议贺父名晋肃,不合应进士,竟以轻薄为众所排。愈重惜之,为著《讳辩》,然竟不能上。"韩愈此文,写于避讳之风极盛的中唐时代,表现了无所畏惧的反潮流精神和勇气。李贺父名晋肃,贺举进士是不是犯讳?作者"考之于经,质之于律,稽之以国家之典",反复加以论证,论据充分,理足气盛,有很强的说服力。

【原文】

愈与李贺书,劝贺举进士②。贺举进士有名,与贺争名者毁之曰③:"贺父名晋肃,贺不举进士为是,劝之举者为非④。"听者不察也,和而唱之,同然一辞⑤。皇甫湜曰:"若不明白,子与贺且得罪⑥。"愈曰:"然⑦。"

《律》曰:"二名不偏讳⑧。"释之者曰⑨:"谓若言'徵'不称'在',言'在'不称'徵'是也。"《律》曰:"不讳嫌名⑩。"释之者曰:"谓若'禹'与'雨'、'邱'与'芑'之类是也。"今贺父名晋肃,贺举进士,为犯二名律乎⑪?为犯嫌名律乎⑫?父名晋肃,子不得举进士;若父名仁,子不得为人乎⑬?

夫讳始于何时?作法制以教天下者,非周公、孔子欤⑭?周公作诗不讳,孔子不偏讳二名,《春秋》不讥不讳嫌名⑮,康王钊之孙,实为昭王。曾参之父名皙,曾子不讳"昔"⑯。周之时有骐期⑰,汉之时有杜度⑱,此其子宜如何讳?将讳其嫌,遂讳其姓乎,将不讳其嫌者乎⑲?汉讳武帝名"彻"为"通",不闻又讳车辙之"辙"为某字也⑳。讳吕后名"雉"为"野鸡",不闻又讳治天下之"治"为某字也。今上章及诏,不闻讳"浒""势""秉""机"也㉑。惟宦官宫妾,乃不敢言"谕"及"机",以为触犯㉒。

士君子言语行事,宜何所法守也㉓?今考之于经,质之于律,稽之以国家之典,贺举进士为可邪?为不可邪㉔?

凡事父母,得如曾参,可以无讥矣㉕。作人得如周公、孔子,亦可以止矣㉖。今世之士,不务行曾参、周公、孔子之行,而讳亲之名,则务胜于曾参、周公、孔子,亦见其惑也㉗。夫周公、孔子、曾参,卒不可胜,胜周公、孔子、曾参,乃比于宦者、宫妾,则是宦者、宫妾之孝于其亲,贤于周公、孔子、曾参者邪㉘?

【注释】

①《旧唐书·韩愈传》:"李贺父名晋肃,不应举进士。而愈为贺作《讳辩》,令举进士。盖以是罪公。"

②李贺:中唐诗人,字长吉,福昌(今河南宜阳西)人,唐皇室远支,家世早已没落,生活困顿,曾官奉礼郎。　举进士:参加进士科考取士。　举:科考取士之称,也指赴试和考中。　进士:科举时代称殿试考取的人。唐代科举考试中以进士科为最重要的科目。

③贺举进士有名句:李贺参加进士考试一定会考中,与李贺一起参加进士考试的人诋毁他说。　有名:此指考中。　争名者:指一起参加进士考试的竞争者。　毁:诋毁,攻击。

④这句的意思是:李贺父亲名字叫晋肃,晋与进音相同,应当避讳,李贺不参加科举考试是对的,劝他参加科举考试的人是不对的。　为:是。　是:对,正确。　非:不对,错误。

⑤听者不察也:听到上述说法的人不能仔细分辨这样说法的对错,也随声附和,众口一词。　察:仔细看,仔细分辨。　和而唱之:跟着呼应提倡。即随声附和。和:应和,呼应。唱:一作"倡",提倡。　同然一辞:异口同声。

⑥皇甫湜:韩愈的学生,当时的古文作家。　若不明白:如果不辩论清楚。子:你。　且:将要。　得罪:获罪。

⑦然:是的,是这样的。

⑧《律》曰:二名不偏讳:法律条文上说,两个字的名字不必都避讳。律:法令,规则。这里引的条文见《礼记·曲礼上》:"礼不讳嫌名,二名不偏讳。"郑玄注:"为难辟也。嫌名,谓音声相近。若禹与雨,丘与茝也。偏讳二名,不一一讳也。孔子之母名徵在,言在不言徵,言徵不言在。"

⑨释之者:指郑玄对礼记的注解。

⑩不讳嫌名:不避讳同音字。

⑪为犯二名律乎:是触犯了两个字的名字不必都避讳的法律条文了吗?为:是。　犯:违反,触犯。

⑫为犯嫌名律乎:是触犯了不必避讳与名字同音字的法律条文了吗?

⑬为人:做人。

⑭这句的意思是:制定法令制度来教化天下百姓的人,不就是周公、孔子吗?

⑮周公作诗不讳:周公作诗不避讳。《诗经·周颂》的《噫嘻》和《雍》二首诗,相传为周公所作。《噫嘻》:"骏发尔私,终三十里。"《雍》:"燕及皇天,克昌厥后。"发:周武王名发。昌:周文王名昌。前者为兄,后者为父,周公并不避讳。   孔子不偏讳二名:孔子不同时避讳名字中的两个字。孔子母亲名徵在,《论语·八佾》:"殷礼语能言之,宋不足徵也。"《论语·卫灵公》:"子告之曰:'某在斯,某在斯。'"单独言"徵"、言"在"并不犯讳。   《春秋》不讥不讳嫌名:《春秋》一书中,不批评不避讳名字中的同音字。康王钊,他的孙子是昭王。钊与昭同音,《春秋》中并不避讳这种同音字。"孙子"应为"儿子"之误。《史记·周本纪》:"康王卒,子昭王瑕立。"   讥:指责,批评。

⑯曾参之父名晳句:曾参的父亲名晳,曾参并不避讳晳的同音字"昔"。《论语·泰伯》:"曾子曰:'昔者吾友,尝从事于斯矣。'"曾子讲孝道,敬父母,但并不避讳嫌名。

⑰骐期:春秋时的楚国人。

⑱杜度:东汉章帝时齐国的相。

⑲将讳其嫌句:还是避讳和他们名字同音的字,于是连他们的姓也一起避讳呢,还是不避讳与他们的名字同音的字呢?   将……将……:为选择句式,还是……还是……。

⑳古代彻与辙通,且读音相同,《广韵》标音均为直列切,月部。

㉑今上章与诏句:现在臣子写的奏章和皇帝下的诏书,没听说有避讳浒、势、秉、机的。唐朝太祖名虎,太宗名世民,世祖名昞,玄宗名隆基。虎与浒、世与势、昞与秉、基与机同音,因不讳嫌名,所以说浒、势、秉、机这些字,并不触犯嫌名律。

㉒惟宦官宫妾句:只有宦官和宫女不敢说谕与机字,认为这是触犯了避讳的规则。   谕:与唐代宗李豫的名字同音。   机:与唐玄宗李隆基的名字同音。

㉓士君子言语行事句:正人君子写文章、做事,应该遵守什么样的法律呢?士君子:有学问而品德高尚的人。   言语:指著书立说   宜:应该。

㉔今考之于经句:现在考察经典,对照法令条文,与国家有关避讳的记载相审核,李贺参加进士科考是可以呢,还是不可以呢?考:考察。   质:对质,评判。稽:考核,审核。以:与。   为:是。

㉕事:侍奉。   讥:非难,指责。

㉖止:通"至",至有"善"义,完善,尽善尽美。

㉗今世之士句:当今世上的君子,不力求实行曾参、周公、孔子的德行,却要在避讳父母的名字上,一定要胜过曾参、周公、孔子,也就可以看出他们的糊涂了。务行:力求实行。务:一定,务求。   孔子之行的"行":品行,德行。   亲:指父母。则:那么。   务胜:一定胜过。   惑:困惑。糊涂。

㉘夫:语首语气词。   卒:最终,终究。   乃比于宦者、宫妾:就和宦官、宫女并列为伍。   乃:就。   比:并列,同等。   则是:那么这样。   贤于的"于",表比较。

【集评】

明茅坤《唐宋八大家文钞》卷十：古今以来，如此文不可多得。　此文反覆奇险，令人眩掉，实自显快。前分律、经、典三段，后尾抱前辨难。只因三段中时有游兵点缀，便足迷人。

清储欣《唐宋十大家全集录·昌黎先生全集录》：世有举世回惑沿流日甚者，必诙谐谈笑，使积迷之人，自欲喷饭，则释然解矣。如"父名仁，子不得为人"之类是也。若但正容壮语，公与贺且不免得罪。

清吴楚材、吴调侯《古文观止》卷八：前分律、经、典三段，后尾抱前，婉邑显快，反反复复，如大海回风，一波未平，一波又起。尽是设疑两可之辞，待智者自择。此别是一种文法。

清何焯《义门读书记》三十一卷：此易辩之事，故不难于辩，论之长而美在深厚。《律》曰：二名不偏讳"至"为犯嫌名律乎"，引《律》以明其无罪。但言"晋"本不当讳，况又其嫌乎？"周公作诗不讳"至"曾子不讳昔"，引经以明其是非。二名、嫌名，意双顶来，然当时执以责贺者，乃嫌名也，故辩嫌名尤详。"周之时有骐期"至

"讳其嫌者乎"，但有不讳一层，波澜便狭。妙在将"讳"字对面纵开，与前段文法一样。"今上章及诏，不闻讳浒、势、秉、机也"，又旁引典故，以见当世亦无有行之者。"乃不敢言谕及机，以为触犯"，谕是嫌名，机是二名之嫌，仍有两层，密甚。"今考之于经，质之于律"，先经后律，理当然也。前半先举律者，承上得罪言之也，与下文先曾参语势一也。"不务行曾参、周公、孔子之行"三句，安溪云："此处承上事父母说，故先曾参。以下泛论，故先周、孔。韩文之不苟如此。""夫周公、孔子、曾参卒不可胜"至末，只用反调，截然而止，推辨中有余味。

清张伯行《唐宋八大家文钞》卷三：争名者之毁，似不待辩而明，而昌黎亦必据

律引经,稽之国典,证之圣贤,所谓狮子搏兔,亦用全力者也。

清过珙《古文评注》卷三:昌黎此辩,质之于律,考之于经,稽之于典,三段中反复曲折,如蛇龙之不可羁络。一总处最有归宿。至于末后四转愈奇,如虞人虎网,一动一紧,尤妙在总不直说出一句,似庄似谑,可发一哂,直是以文为戏。

清蔡铸《蔡氏古文评注》卷七:篇中"周公、孔子、曾参"六字凡六用,绝不觉繁数,且愈多愈妙。

【鉴赏】

韩愈是个思想、性格颇为复杂的人物,他高张复兴儒学的旗帜,俨然以卫道者自居,但"亦有戾孔孟之旨"(《旧唐书》本传)于儒学之外,对荀、墨又有所肯定,谓"孔子必用墨子,墨子必用孔子。"(《读墨子》)盛赞管仲、商鞅的事功,敢于向社会公认的《孝行》提出异议。少作《鄠人对》讥刺以割股疗亲为孝,写于壮年的《讳辩》批判以避讳为孝敬的社会现实。《讳辩》的写作,既是韩愈某种"离经叛道"思想和抗衡时俗精神的表露,也是他提携后学、爱惜人才的举动。他与李贺结下忘年之交。李贺七岁能辞章,韩愈、皇甫湜始闻未信,过其家,使贺赋诗,贺援笔立成,两人大惊,自此韩愈非常器重李贺。曾劝李贺参加河南府乡贡进士的考试,以便再参加在长安举行的全国性进士考试。元和五年(810),李贺应试中举。当时韩愈为河南令,曾宴请包括李贺在内的中举秀才,并即席赋诗:"勉哉戒徒驭,家国迟子荣。"(《燕河南府秀才诗》)李贺上京赶考,但其声名招来妒忌,有人散布言论说李贺父名晋肃,"晋"与"进"同音,按子避父讳规定,不应参加进士考试,否则便是对君父的不敬。这就是所谓"嫌名律",它虽非唐朝成文法律,但在社会意识中根深蒂固,被认为是恪守礼法的表示。李贺在压力下退让,不再参加进士考试,韩愈为李贺鸣不平,以《讳辩》向社会和时俗提出抗议。

《讳辩》充满论辩性与战斗性。主要表现在:一、抓住论敌要害,一口咬住不放。批驳性文字,往往由表及里,透过现象分析,揭露问题实质。本文作法与此不同,它一开始就紧盯论敌攻击李贺违背"嫌名律"的根本原因——"争名",给论敌以致命一击,从道义上摧毁它,使之处于劣势,从而掌握了驳诘的主动权。"贺举进士有名",这就埋下争名者"毁"之根,端出诋毁的谬论:李贺父名晋肃,"晋""进"同音,故李贺不举进士为是,劝其举进士为非。这等于树起驳斥的靶子,全文便从各个视角对准它开火。争名者有意诋毁,世俗受此影响,"和而唱之",形成舆论。因此与之论辩十分必要。然后就李贺参加进士考试,不违背法律,不违背国家典章,不违背先圣之道,紧抓论敌谬说不放,单刀直入,笔无藏锋,直驳得对方体无完肤方罢。理直气壮,但又不咄咄逼人。

二、环环相套,如剥笋壳。在指出论敌攻击李贺出自嫉妒、自私心理后,文章根据法律二名不偏讳、不讳嫌名进行驳斥。法律规定两个字组成名的,不单讳一个字,例如孔子的母亲名"征在",假使说了"征",就不说"在";说了"在",就不说"征"。法律上还规定:"不讳同音的字。"如"禹"与"雨","丘"与"蓲",不必避讳。

引用法律条文为据，联系李贺之事，便势如破竹，"晋""进"，不偏讳，同音不讳，李贺举进士，合法。做出假设："父名晋肃，子不得举进士；若父名仁，子不得为人乎？"根据逻辑进行推理，必定得出，儿子不得做人的荒谬结论。这一归谬法的运用，使论敌谬说的荒唐可笑暴露无遗。语中包含李贺举进士合情、合理之意。这段引法律明贺无罪。

从"法"上驳诘尚觉不足，又依"经"进行驳斥。考避讳之历史沿革，制定礼法制度教天下的是周公、孔子，周公作诗云："光昌厥后""骏发尔私"，而周公之父周文王名昌，其兄周武王名发，周公作诗不避讳。"孔子不偏讳二名"，他曾说过："守不足征"，"某在斯"，在孔子所作之《春秋》中，并没有讥笑不讳嫌名的情况。康王钊之孙实为昭王，"昭""钊"同音，昭王并不因祖父名"钊"而讳嫌名。曾参之父名皙，曾子不讳昔，皙、昔同音，曾子也没有讳嫌名。周代的骐、期，汉代的杜、度，子孙怎么能避讳？一避讳就没有姓氏了。"经"乃封建时代最具权威性的书籍，援引经书，列举事例，令诋者哑然。简言之，此段引经以明其是非。

再依"典"批驳。汉代避讳武帝名彻，谓"彻侯"为"通侯"，谓"蒯彻"为"蒯通"。但没听说讳"车辙"的"辙"字为某字；避吕后名雉，称雉为野鸡，但没听说讳"治天下"的"治"字为某字；唐太祖名虎，唐太宗名世民，唐世祖名昞，唐玄宗名隆基，但没听说讳"浒""势""秉""机"字。只有宦官宫妾，才不敢说"谕"和"机"，因为唐代宗名豫，说了就触犯皇帝了。品德高尚的读书人说话行事，只能向周公、孔子、曾参看齐，而不能效法宦官、宫妾。这段根据典章，驳斥讳嫌名。以"二圣一贤"与"宦官宫妾"相对照，无坚不破。用的仍是例证论证的方法。

在质之于律，考之于经，稽之于典之后，收束全文，指出李贺完全可以举进士。至此文意已尽，但结尾仍荡起余波，凡三转，使文章更为深入。"作人得如周公、孔子，亦可以止矣。"一转。"今世之士……亦见其惑也。"二转，"夫周公、孔子"到最后，为三转，愈转愈深，阐明以周公、孔子、曾参为典范，仍以二圣一贤与宦官、宫妾对比，使论敌无可置辩。

三、运用反诘，简洁有力。除开头外，每段末尾，皆以反问作结。第二段"今贺父名晋肃，贺举进士，为犯二名律乎？为犯嫌名律乎？"因前已辩明贺未违反二名律、嫌名律，故答案已明。不做正面回答。反诘语气，大大增强了文章的气势。第三段："此其子宜如何讳？将讳其嫌遂讳其姓乎？将不讳其嫌者乎？"反诘排比连用，使论敌无可招架。第四段："士君子立言行事，宜何所法守也？"仅一句，为"设疑两可之辞，待智者自择。"（《古文观止》评语）第五段，"则是宦者宫妾之孝于其亲，贤于周公、孔子、曾参者乎？"因其理不言而喻，故始终不肯正面点破，别是一种文法。

争臣论①

【题解】

定州(今河北定县)贤士阳城担任五年谏议大夫,没有对朝政的得失提出过一次意见,有失于谏议官的职责。韩愈在这篇文章中,用一问一答方式对此事发表评论。作者借有人向韩愈提问,有议有驳,一连回答了四个问题。第一是身为谏议官的阳城不议朝政,是否是因为富贵而改变了自己的思想?第二是阳城的做法是否是身为臣子,不想用宣扬君主的过错,来提高自己的名声?第三是阳城是不得已才担任了谏官职务,作者的批评是否过于尖刻?第四是君子忌揭人之短,作者的批评是否有碍于道德?前两个问题是就阳城的所作所为发表评论;后两个问题是就自己对阳城的批评做出辩护,并继续指出阳城的错误。作者认为,身为谏官,就应该不顾个人安危,不计荣辱得失,敢于为国为君,冒死犯颜直谏。阳城独善其身的做法,有违于谏官的身份。韩愈对阳城的批评,其实也是自勉。后来韩愈上《谏迎佛骨表》不正是这种精神的具体体现吗?

【原文】

或问谏议大夫阳城于愈②:可以为有道之士乎哉③?学广而闻多,不求闻于人也④。行古人之道,居于晋之鄙⑤;晋之鄙人薰其德而善良者几千人⑥。大臣闻而荐之,天子以为谏议大夫⑦。人皆以为华,阳子不色喜⑧。居于位五年矣⑨,视其德如在野,彼岂以富贵移易其心哉⑩!

愈应之曰:是《易》所谓"恒其德贞,而夫子凶"者也,恶得为有道之士乎哉⑪?在《易·蛊》之上九云:"不事王侯,高尚其事⑫。"《蹇》之六二则曰:"王臣蹇蹇,匪躬之故⑬。"夫不以所居之时不一,而所蹈之德不同也⑭。若《蛊》之上九,居无用之地,而致匪躬之节⑮;以《蹇》之六二,在王臣之位,而高不事之心⑯;则冒进之患生,旷官之刺兴,志不可则,而尤不终无也⑰。今阳子在位,不为不久矣;闻天下之得失,不为不熟矣;天子待之不为不加矣⑱。而未尝一言及于政,视政之得失,若越人视秦人之肥瘠,忽焉不加喜戚于其心⑲。问其官,则曰:"谏议也。"问其禄,则曰:"下大夫之秩也⑳。"问其政,则曰:"我不知也。"有道之士,固如是乎哉㉑?且吾闻之:"有官守者,不得其职则去;有言责者,不得其言则去㉒。"今阳子以为得其言乎哉㉓?得其言而不言,与不得其言而不去,无一可者也。阳子将为禄仕乎㉔?古之人有云:"仕不为贫,而有时乎为贫㉕。"谓禄仕者也㉖。宜乎辞尊而居卑,辞富而居贫,若抱

58

关击柝者可也㉗。盖孔子尝为委吏矣,尝为乘田矣,亦不敢旷其职㉘。必曰:"会计当而已矣。"必曰:"牛羊遂而已矣㉙。"若阳子之秩禄,不为卑且贫,章章明矣,而如此其可乎哉㉚?

或曰:否,非若此也。夫阳子恶讪上者,恶为人臣而招其君之过而以为名者㉛。故虽谏且议,使人不得而知焉㉜。《书》曰:"尔有嘉谟嘉猷,则入告尔后于内,尔乃顺之于外,曰:'斯谟斯猷,惟我后之德㉝。'"夫阳子之用心,亦若此者㉞。

愈应之曰:若阳子之用心如此,滋所谓惑者矣㉟。入则谏其君,出不使人知者,大臣宰相者之事,非阳子之所宜行也㊱。夫阳子,本以布衣隐于蓬蒿之下㊲,主上嘉其行谊,擢在此位㊳,官以谏为名,诚宜有以奉其职㊴,使四方后代知朝廷有直言骨鲠之臣㊵,天子有不僭赏,从谏如流之美㊶。庶岩穴之士闻而慕之,束带结发,愿进于阙下而伸其辞说,致吾君于尧舜,熙鸿号于无穷也㊷。若《书》所谓,则大臣宰相之事,非阳子之所宜行也㊸。且阳子之心,将使君人者恶闻其过乎?是启之也㊹?

或曰:阳子之不求闻而人闻之,不求用而君用之,不得已而起㊺,守其道而不变,何子过之深也㊻?

愈曰:自古圣人贤士,皆非有求于闻用也㊼。闵其时之不平,人之不义,得其道,不敢独善其身,而必以兼济天下也㊽。孜孜矻矻,死而后已㊾。故禹过家门不入㊿,孔席不暇暖而墨突不得黔[51]。彼二圣一贤者,岂不知自安佚之为乐哉[52]?诚畏天命而悲人穷也[53]。夫天授人以贤圣才能,岂使自有余而已[54]?诚欲以补其不足者也[55]。耳目之于身也,耳司闻而目司见;听其是非,视其险易[56],然后身得安焉。圣贤者,时人之耳目也[57];时人者,圣贤之身也[58]。且阳子之不贤,则将役于贤以奉其上矣[59];若果贤,则固畏天命而闵人穷也,恶得以自暇逸乎哉[60]?

或曰:吾闻"君子不欲加诸人[61]",而"恶讦以为直者[62]",若吾子之论,直则直矣,无乃伤于德而费于辞乎[63]?好尽言以招人过,国武子之所以见杀于齐也[64],吾子其亦闻乎[65]?

愈曰:君子居其位,则思死其官;未得位,则思修其辞以明其道[66]。我将以明道也,非以为直而加人也[67]。且国武子不能得善人,而好尽言于乱国,是以见杀[68]。《传》曰:"惟善人能受尽言[69]。"谓其闻而能改之也。子告我曰:"阳子可以为有道之士也。"今虽不能及已,阳子将不得为善人乎哉[70]?

【注释】

①论:文体的一种,用来阐明事理。宋张表臣《珊瑚钩诗话》卷三:"言其伦而析之者,论也。"   争臣:又作诤臣,即谏官。

②或:无定人称代词,有的人。   谏议:谏议大夫,负责对皇帝的过错进行规谏。   阳城:定州北平(今河北定县)人,后徙居夏县(今山西运城东北),曾任谏议大夫,因触犯权贵,改国子司业,又改道州刺史。

③可以为有道之士乎哉:可以是一位有道德的人了吧?   为:是。   乎哉:句末疑问语气词。

④学广而闻多句:学识广博而且见闻丰富,却不想在人们中闻名。

⑤行古人之道句:遵行古人的道德法则,住在晋国的边境地区。　晋国:古代的晋国包括今天的山西大部及河北、河南、陕西一部。　鄙:边邑。指阳城隐居的中条山、夏县一带。

⑥晋之鄙人句:晋国边境地区的人民,受他品德的熏陶而成为善良的人,将近千名。　鄙人:边境地区的人。　几:近,将近。

⑦天子以为谏议大夫:天子让他担任谏议大夫。　以:让,用,任命。为:担任。

⑧人皆以为华:人们全都认为是光彩的事,阳城却没有高兴的表情。以:认为为:是。　华:光彩,荣华。

⑨居于位五年矣:担任谏议大夫的职务已有五年了。阳城于唐德宗贞元四年(788)至贞元九年(793)任该职。

⑩视其德如在野句:看他的操守就像在野为民一样淡泊,他哪里会因为富贵就改变他的思想呢?　德:行为,操守。　在野:与"在朝"相对,谓不做官而当平民。　彼:第三人称代词,代阳城。　岂:哪里,难道。　以:因为。　移易:改变。　心:指思想,志向。

⑪是《易》所谓句:这就是《易经》上所说的长久坚持那种道德操守不变易,对男子来说是不吉利的,哪里能说是有道德的人呢?　是:指示代词,此,这。《易》:指《易经》,古代的卜筮之书。　恒其德贞:出自《易经》恒卦的六五爻:"恒其德贞,妇人吉,夫子凶。"　贞:操守坚定不移。

⑫在《易·蛊》之上九云句:"在《易经》蛊卦上九爻辞说:不侍奉王侯,那样做是高尚的。"　《易·蛊》上九爻辞:"不事王侯,高尚其事。"

⑬《蹇》之六二则曰句:《蹇》卦六二爻辞上却说:"君王的臣子蹇蹇忠告直谏,非为其自身之事,乃为君国之事也。"　蹇蹇:忠直貌,直谏不已。　《易·蹇》六二爻辞:"王臣蹇蹇,匪躬之故。"

⑭夫不以所居之时不一句:不因为所处的时事不同,而遵循的德行操守就不一样。　夫:句首语气词,无实义。　蹈:遵循,履行。

⑮若蛊之上九句:像《蛊》卦上九爻辞所说的情况,处在无用的地位,却要表现出不顾个人安危的节操。　致:达到,引申为表现。　匪躬之节:奋不顾身的节操。　躬:自己。

⑯以《蹇》之六二句:而《蹇》卦六二爻辞所说:处在王臣的位置,却以不侍奉君王的思想为高尚。

⑰则冒进之患生句:那么,才德不称而追求仕进的祸患就会生出,空居官位,不称职的指责就会兴起,这种思想不能效法,而他的过失终究不能没有。　冒进:才德不称而仕进。　旷官:空居官位,不做事,不称职。　则:效法。　尤:错误,过失。

⑱不为:不能说是。　为:是。　熟:详细。　加:通"嘉",美好。优厚。

⑲视政之得失句：看待朝政的得失，就像越人看待秦人的胖瘦一样，漫不经心，在他的心中没有表现出欢喜和忧虑。　　忽焉：同"忽然"，漫不经心。　　戚：忧愁，悲伤。

⑳下大夫之秩：下大夫的俸禄。　　下大夫：古代的职官名。周王室及诸侯各国卿以下有上大夫、中大夫、下大夫。阳城所担任的谏议官为正五品相当于周之下大夫，年俸二百石。　　秩：俸禄。

㉑有道之士句：有道德的人，本应是这样的吗？　　固：本来。如是：像这样。

㉒且吾闻之句：况且我听说过这样的话："有居官守职责任的人，不能尽其职守就应离开；有进言之责的谏争之官，他的话不被采纳就应离开。"　　这句话见于《孟子·公孙丑下》："吾闻之也，有官守者，不得其职则去；有言责者，不得其言则去。"赵岐注："官守，居官守职者。言责，献言之责，谏正之官也。孟子言：人臣居官不得守其职，谏争君不见纳者，皆当致仕而去。"致仕：交还官职，即辞职。

㉓今阳子以为句：现在阳城先生认为自己尽到了进言的责任了吗？

㉔阳子将为禄仕乎：阳城先生恐怕是为了俸禄才做官的吧？　　将：殆，恐怕，大概。

㉕这句话见于《孟子·万章下》："孟子曰：'仕非为贫也，而有时乎为贫。'"赵岐注："仕本为行道济民也，而有以居贫亲老而仕者。"

㉖谓禄仕者也：说的就是为了俸禄而做官的情况。

㉗宜乎辞尊而居卑句：应该辞掉尊贵的职务而担任低下的职务，拒绝富裕的生活而过清贫的生活，像一个守门打更的小吏一样生活也就可以了。　　宜：应该。　　抱关击柝：守门打更的小吏。《荀子·荣辱》杨倞注："抱关，门卒也。击柝，击木所以警夜者。"柝：巡夜者击以报更的木梆。

㉘盖孔子尝为委吏矣句：原来孔子也曾担任过管理粮仓的小吏，也曾担任过管理牲畜的小吏，也不敢荒废他的职守。　　盖：句首语气词，原来是。　　尝为：曾经担任。　　委吏：古代管理粮仓的小官。《孟子·万章下》："孔子尝为委吏矣"。

赵岐注:"委吏,主委积仓廪之吏也。"　　乘田:春秋时鲁国主管畜牧的小官。《孟子·万章下》:"(孔子)尝为乘田矣。"赵岐注:"乘田,苑囿之吏也,主六畜之刍牧者也。"　　刍:用草喂牲口。

㉙必曰二句:出自《孟子·万章下》:"曰:'会计当而已矣。'……曰:'牛羊茁壮长而已矣。'"赵岐注:"不失会计当直其多少而已。……牛羊茁壮肥好长大而已矣。"

㉚若阳子之秩禄句:像阳城先生这样的俸禄,不能算是又低下又贫穷,是十分清楚明白的,而像这样对待他的职务,怎能说可以的呢。　　为:是。　　卑且贫:指官职又低下又贫穷。且:又。　　章章:通"彰彰",清晰,显著。　　其:通"岂",哪里,难道。

㉛夫阳子恶讪上者句:阳城先生是憎恶谤讪君主的人,憎恶身为人臣却要举君主的过失,而以此显扬名声的人。　　恶:厌恶,憎恶。　　讪:毁谤,讥笑。　　上:人主,君王。　　招:举,揭露。　　以:用。　　为:显扬,显示。

㉜这句的意思是:所以虽然进谏而且议论朝政的得失,却不让人知道。

㉝《书》:《尚书》,儒家的六部经典之一。是我国上古历史文献和部分追述古代事迹著作的汇编。　　这句话出自《尚书·周书·君陈第二十三》。孔安国《传》:"汝有善谋善道,则入告汝君于内,汝乃顺行之于外。此善谋此善道,惟我君之德,善则称君,人臣之义。"　　谟猷:谋略。　　后:君王。

㉞夫阳子之用心句:那位阳城先生的用心,也像是这样的吧。夫:那。　　用心:用意,心计。

㉟滋:益,更加。　　惑:困惑,糊涂。

㊱宜行:应该实行。

㊲夫阳子句:那位阳城先生,本来是凭借平民的身份,隐居在草野之中。布衣:布制衣服,古代平民不能衣锦绣,故以布衣代平民。　　蓬蒿之下:草野之中,指隐居山林乡村。

㊳主上嘉其行谊句:君主赏识他的行为,提升他到谏议官的职位上。　　嘉:赞赏,赏识。　　擢:提拔,提升。

㊴这句的意思是:官职以进谏为名,的确应该有奉职尽责的表现。

㊵直言骨鲠之臣:不顾个人得失,敢于直言不讳地劝谏君王的人臣。　　鲠:鱼刺卡在喉中。

㊶天子有不僭赏句:皇上有奖赏得当,听从臣子的劝谏像流水一样顺畅的美德。　　僭赏:错赏。僭,过失,差错。不僭赏,没有错赏,即奖赏得当,赏罚分明。　　从谏如流:听从善意的规劝,就像水从高处流下一样顺畅。

㊷庶:副词,或许,也许。　　岩穴之士:隐居山野之人,即隐士。　　阙下:朝廷。阙:皇宫前面两边的楼台。代指朝廷。　　伸:通"申",申述,阐明。　　辞说:指主张。　　致:引导。　　熙:光明,此为名词动用,传扬。　　鸿号:大名,指隐士的大名。

㊸若《书》所谓句:像《尚书》上所说的话,乃是大臣、宰相的事情,不是阳城先生所应该做的事情。　则:乃,乃是。　所宜行:所应该做的事情。所:特殊指示代词,与“宜行”组成名词性词组,代事情。宜:应该。行:实行,做。

㊹且阳子之心:况且阳城先生的想法,要让统治者厌恶听到自己的过失呢,还是这样做要引导他达到这种地步呢?　将:抑、或。　君人者:统治别人的人,即统治者。　恶:厌恶,讨厌。　其:活用为第一人称,自己的。　启:引导,启发。

㊺不得已而起:在无可奈何的情况下被征聘。　不得已:无可奈何,不能不如此。　起:举用,征聘。

㊻守其道而不变句:坚守他的处世之道不变化,为什么您责备他这样深重呢?　子:对男子的尊称。　过:动词,责备。　深:深重。　过之深:之、深,是“过”的双宾语。

㊼皆非有求于闻用也:都不是有求于闻名和被任用的。　用:被举用。

㊽闵其时之不平句:他们只是忧愁那时世不公平,人民没有治理,懂得了治国的道理,不敢只是用于自身修养,而一定要使天下民众全都受惠。　闵:忧愁,忧虑。　乂,治理。　兼济天下:使天下民众、万物咸受惠益。

㊾孜孜矻矻句:勤勉不懈,终生奋斗。　死而后已:一直到死才罢休。形容终生奋斗。

㊿大禹治水十三年,三过家门而不入,被舜选为接班人。

(51)孔席不暇暖句:孔子家的席子没来得及坐暖就又出发;墨子家的烟突没来得及烧黑就又开始新的奔波。　《淮南子·修务训》:“孔子无黔突,墨子无暖席。”陆贾《新语》:“墨子皇皇,席不暇暖;仲尼栖栖,突不暇黔。”自东汉班固《答宾戏》始颠倒其语:“圣哲之治,栖栖皇皇,孔席不暖,墨突不黔。”韩愈亦沿袭之。

(52)彼二圣一贤者句:那二位圣人一位贤者,难道不知道自己安乐逍遥是快乐吗?　二圣:指前文的禹与孔子。　贤者:指墨子。　莹:安乐逍遥。

(53)诚畏天命句:实在是畏惧上天的旨意而悲叹人民的穷途末路啊。诚:果真,实在。　天命:上天的旨意。　穷:不得志,没有出路。

(54)夫天授人以贤圣才能句:上天授给人圣贤的才能,难道是为了使自己运用起来绰绰有余罢了?　夫:句首语气词,无实义。岂:难道。　使自有余:自己运用起来有余。　而已:罢了。

(55)这句的意思是:实在是想要用他们的才能弥补人民才智的不足啊。

(56)险易:危险和平安。

(57)时人:当时的人民。

(58)身:身体。

(59)且阳子之不贤句:如果阳城先生不贤,那么将被贤者役使去侍奉他的上级。　且:若,如果。表假设。　则:那么。　役于的“于”:表被动。　上:指上级。

⑥若果贤句：假如他果真是贤明的，那么本来应该敬畏上天的旨意而悲叹人民的困穷潦倒了，哪里能只为自己安逸逍遥呢？ 固：本来。 恶：哪里。以：为，为了。

⑥语出《论语·公冶长》："子贡曰：'我不欲人之加诸我也，吾亦欲无加诸人。'"马融注："加，陵也。" 诸："之于"的兼词。

⑥语出《论语·阳货》："恶讦以为直者。"包咸注："讦，谓攻发人之阴私。"邢昺疏："人之为直当自直，己若攻发他人阴私之事以成己之直者，亦可恶也。"

⑥若吾子之论句：像您这样的议论，刚直倒是刚直了，恐怕有碍于道德并且浪费言辞了吧？ 直：刚直。 则：却。

⑥好尽言以招人过句：喜欢尽情地揭发别人的过失，这是国武子在齐国因此被杀的原因。 招：揭露。 国武子：名佐。春秋时齐国的卿士。齐国庆克与齐灵公母孟子私通，为国佐所恨。国佐杀死庆克，后灵公派人杀死国佐。《左传·成公十七年》（前574）："齐庆克通于声孟子，与夫人蒙衣乘辇，而入于闳。鲍牵（鲍叔牙曾孙）见之，以告国武子。武子召庆克而谓之，庆克久不出，而告夫人曰：'国子谪我。'夫人怒。国子相灵公以会，高鲍（高无咎、鲍牵）处守。及还，将至，闭门而索客。孟子诉之曰：'高鲍将不纳君，而立公子角，国子知之。'秋七月壬寅，刖鲍牵而逐高无咎。""齐侯使崔杼为大夫，使庆克佐之，帅师围卢。国佐从诸侯围郑，以难请而归，遂如卢师，杀庆克以穀叛。"成公十八年："齐为庆氏之难故，甲申、晦，齐侯使士华免以戈杀国佐于内宫之朝。"

⑥吾子其亦闻乎：您大概也听说过吧？ 吾子：尊称对方，您。 其：大概，恐怕。

⑥君子居其位句：君子处在那个职位上，就要准备死在那个职位上；没得到职位，就想修养自己的文辞来阐明自己的主张。 死其官：死在那个职位上，即以身殉职。

⑥我将以明道也句：我用上面的议论阐明自己的主张，并不是想以此显示自己的刚直而凌驾别人之上。 将：无实义。 以：用来。"以"的后面省略宾语"之"。之，代上述议论。 以为：以……为。以，用此。为，做，显示。

⑥且国武子不能得善人句：况且国武子没有遇上好人，而又喜欢在一个混乱的国家直言不讳，因此被杀了。 是以：因此。 见：表被动。

⑥《传》曰句：《国语》上说：只有品德优秀的人才能接受别人的全部意见。传：指《国语》，《国语》记述春秋时期各诸侯国贵族的言论，因为它不属于儒家经典，故称《传》。这句话出自《国语·周语》。

⑦今虽不能及已句：今天虽然不能达到这个标准，但是阳城先生难道不能做一个德行善良，能够接受别人批评的人吗？ 及：达到。 将：介词，岂，难道。

【集评】

南宋世彩堂《昌黎先生集注》：阳城拜谏议大夫，闻得失熟，犹未肯言，公作此论

64

讥切之。城亦不屑意。及裴延龄诬逐陆贽等,城乃守延英阁上疏,极论延令罪。慷慨引谊,申直赞等。帝欲相延龄,城显语曰:"延龄为相,吾当取白麻坏之,哭于庭。"帝不相延龄,城之力也。公作此论时,城居位五年矣,后三年而能排击延龄,或谓城盖有待,抑公有以激之欤? 林少颖曰:"退之讥阳城固善矣;及退之为史官,不敢褒贬,而柳子厚作书以责之,子厚之责退之,亦犹退之之责阳城也。"目见泰山,不见眉睫,其是之谓乎?

明茅坤《唐宋八大家文钞》卷九:截然四问四答,而首尾关键如一线。

清何焯《义门读书记》第三十一卷:将进阳子以圣贤之用心,而非徒诋讦为名高,以故其言蔼如也。

清张伯行《唐宋八大家文钞》卷三:词义严正,令人无可置喙。末引《传》言,非为自家避尤也,正是欲阳子改过处。盖君子爱人以德,望之切,故不觉其言之长。但以墨者并二圣而论,则似有未当耳。

【鉴赏】

唐德宗贞元四年,河北贤士阳城被荐担任了谏议大夫,其后五年中,他没有针对朝政发表一次议论,不曾以自己的见解去论述过政治得失。贞元九年,韩愈专门就此事撰写了这篇《争臣论》,对阳城的行为进行评论。"争臣"就是"谏官",争,义同"谏"。在文章中,韩愈从儒家积极入世的态度和维护封建秩序的立场出发,有理有据,层层深入地进行了周密而犀利的说理和辩驳,雄辩地论证和阐述了自己对于"谏官"一职的认识和看法。作为说理文,如何生动而透彻地说明自己的见解,不使行文因过于严肃板滞而缺少吸引力;作为主动发起议论的一方,又如何使论析深入妥帖,论辩雄强有力,使对方没有反驳的余地,一般是此类文章是否获得成功并具有强大说服力和感染力的重要因素。韩愈在这里,首先以他善于把握事物本质和擅长灵活构思的能力与特长,在文章中,采用了层层设问,又逐一给予回答、辩驳的结构手法,主要将论证对方对具体参政的代表性观念以假设的发问形式摆在读者面前。从而使自己的观点据此有条不紊,步步深入地阐述出来。文中的设问和辩答共分为四大段。在第一段中,作者先引出第一个问题,即如果学问广博,见闻丰富的贤士从隐居中被荐出做了谏议大夫,仍然保持过去淡泊无为的操守,算不算是有道德的人?按阳城少时家贫,借任书吏的机会饱览经籍,六年后无所不通,及进士第后先后在中条山、夏县(今山西运城东北)等地隐居,德行高尚,远近仰慕,后被荐应召为谏议大夫,故此作者先提出此说。紧接着作者就此指出,如果处在为人臣子的地位,却要推崇不愿侍奉王侯的志向,也就是身为谏官,却对朝政漠不关心。那么,不顾一切追求仕禄的祸害就会产生,做官为宦放弃职守的弊病就会兴起,这种志向不能效法。这样,谏官本身的过失终究是不可避免的。给予如此斩截的答辩后,文中又转而提出第二个设问,说阳子是因憎恶那种身为臣子却爱宣扬君主过失,借此博取名声的人,所以他的进谏和议论都不使人得知罢了。此时作者的议论便更转向深入犀利:阳子的官职既然为"谏议",那就应该有所作为,认真履行自己

的职责,让各方人士、儿孙后代,知道朝廷里有仗义执言、耿直不阿的臣子,天子有奖誉贤才、从谏如流的美誉,而按阳子的想法,是想引导那统治人民的人厌烦听到自己的过失吧?此处语调之耿直,语气之严厉,简直不亚于声色俱厉的指责,内中流露了作者本人切盼纠正一切流弊、朝政清明、国泰民安的心情。紧接着这种咄咄逼人、近乎尖刻的语势,作者于下面便又自然地宕开一笔,提出阳子本是隐士贤人,参与政治活动是出于不得已,不过是坚持不改变自己的处世之道,就应该受到如此责难吗?这种设问表面上缓和了语气,实际上却把问题进一步展开,从而深刻阐述了圣人贤士与人民、社会的关系及其真正的职责所在;真正的圣人贤士,都不是想要闻名、任职的,他们只是忧虑世道不公平,人民没有得到治理,要用学到的治国的学问来拯救天下,就像耳朵和眼睛对于人的身体的功用、耳朵管听是为辨别是非,眼睛管看能够认清安危,这样身体才会平安。圣人贤士,犹如民众的耳朵、眼睛;民众,犹如圣人贤士的身体。因此,贤士是不能只顾自己安逸消闲的。这样从根本上将道理阐明之后,作者又针对谏议者直言容易涉及个人安危之事毅然指出,君子处在一定的职位上,就想着以身殉职。继之希望阳子作为德行善良的人,能接受别人直言不讳的批评。至此全文首尾呼应,全面揭示出了文章的主旨:身为谏官,就应直言敢谏,不论个人安危;不问政事,独善其身,便是放弃职守,不能算是有道之人。文中截然四段回答,贯穿一线,不仅使行文避开了平板议论,令其整饬文富于变化,而且借此使议论层层转折,使每一问答都是从一个新的递进层次和角度进行辨析论驳,显示作品严密的逻辑方法。

本文另一突出的特点,是行文中大量的援古以证今。作者以他渊博的学识和卓敏的鉴别力,在文章中逐节引据古籍经义,主要目的在于以增强其论据的雄辩性。如在第一部分有几处引用了《周易》;第二部分则评论了《尚书》中的话;第三部分中一连引用了古书所记载"二圣一贤"的三个例子,即禹王治水过家门而不入,孔子"席不暇暖",墨子每次归家等不到灶上烟突烧黑即起程了,来说明古来圣人为了拯救天下,勤奋努力,从不懈怠,死而后已。最后结尾部分又举国武子(春秋时齐国国卿)因揭发齐灵公之母的隐私而被齐王所杀之事,又谈到古书上关于有道之人善于接受批评的话来说明问题。这样处处引经据典,读来并不使人感到厌烦,而只感到其广征博引之妙。这是因为作者在文中并不是一味堆砌典故,而是根据文章意旨和论辩需要进行贴切的使用。如其中有的是正面援引,有的则是反面用例;有的用于进行论辩,有的则用于正、反分析等。最重要的是这些古籍经义与典故的引用,使作者拥有了雄厚的说理、论辩基础,故此能在文中用淋漓直截的语言,痛快剀切地指出阳城的失职之处,批驳某些有关"谏官"的是否应该直言观念,使文章具有很强的说服力。同时,多处恰当地引征古籍的还在客观上拓展了作品的审美空间。

毛颖传①

国学经典文库

唐宋八大家散文鉴赏

韩愈卷

【题解】

这是一篇寓言性的记传文。作者用拟人化的手法，驰骋丰富的想象，给毛笔做了一篇传记，介绍兔毛做成的笔，流传发展以及最后被废弃的经过，处处双关，以笔喻人事，针砭时弊，妙趣横生。文章最后，作者假托太史公的话，感叹毛颖"赏不酬劳，以老见疏"，无疑是对自己命运的愤懑不平。韩愈自称此作为游戏文字，其实是寓谐于庄，看似文字游戏，实则文以载道，表达了作者对仕途坎坷的义愤以及无法掌握自己命运的一种深深的叹息。

【原文】

毛颖者，中山人也②。其先明眎③，佐禹治东方土，养万物有功，因封于卯地，死为十二神④。尝曰："吾子孙神明之后，不可与物同，当吐而生⑤。"已而果然⑥。明眎八世孙𪏣，世传当殷时居中山⑦，得神仙之术，能匿光使物，窃恒娥，骑蟾蜍入月⑧，其后代遂隐不仕云。居东郭者曰㕙，狡而善走，与韩卢争能，卢不及⑨。卢怒，与宋鹊谋而杀之，醢其家⑩。

秦始皇时，蒙将军恬南伐楚，次中山，将大猎以惧楚⑪。召左右庶长与军尉，以《连山》筮之，得天与人文之兆⑫。筮者贺曰："今日之获，不角不牙⑬，衣褐之徒，缺口而长须，八窍而趺居⑭，独取其髦，简牍是资，天下其同书，秦其遂兼诸侯乎⑮！"遂猎，围毛氏之族，拔其豪，载颖而归，献俘于章台宫，聚其族而加束缚焉⑯。秦皇帝使恬赐之汤沐，而封诸管城，号曰管城子，日见亲宠任⑰事。

颖为人强记而便敏，自结绳之代以及秦事，无不纂录⑱。阴阳、卜筮、占相、医方、族氏、山经、地志、字书、图画、九流百家、天人之书，及至浮图、老子、外国之说，皆所详悉⑲。又通于当代之务，官府簿书、市井货钱注记，惟上所使⑳。自秦皇帝及太子扶苏、胡亥、丞相斯、中车府令高，下及国人，无不爱重㉑。又善随人意，正直、邪曲、巧拙，一随其人㉒。虽后见废弃，终默不泄㉓。惟不喜武士，然见请亦时往㉔。累拜中书令，与上益狎，上尝呼为中书君㉕。上亲决事，以衡石自程，虽宫人不得立左右，独颖与执烛者常侍，上休方罢㉖。颖与绛人陈玄、弘农陶泓及会稽褚先生友善㉗，相推致，其出处必偕㉘。上召颖，三人者不待诏辄俱往，上未尝怪焉㉙。

后因进见，上将有任使，拂拭之，因免冠谢㉚。上见其发秃，又所摹画不能称上意㉛，上嘻笑曰："中书君老而秃，不任吾用；吾尝谓君中书，君今不中书耶㉜？"对曰：

"臣所谓尽心者^㉝。"因不复召,归封邑,终于管城^㉞。其子孙甚多,散处中国夷狄,皆冒管城,惟居中山者能继父祖业^㉟。

太史公曰^㊱:毛氏有两族:其一姬姓,文王之子,封于毛,所谓鲁、卫、毛、聃者也^㊲。战国时有毛公、毛遂^㊳。独中山之族,不知其本所出,子孙最为蕃昌^㊴。《春秋》之成,见绝于孔子,而非其罪^㊵。及蒙将军拔中山之豪,始皇封诸管城,世遂有名,而姬姓之毛无闻^㊶。颖始以俘见,卒见任使^㊷;秦之灭诸侯,颖与有功^㊸;赏不酬劳,以老见疏,秦真少恩哉^㊹。

【注释】

①这是一篇寓言性的记传文,写于宪宗元和十一年(公元816年),韩愈四十九岁,正月迁中书舍人,五月下迁为太子右庶子。　　毛颖:毛笔之端,即毛笔。

②中山:战国时期古国名,即今河北定县。此地兔毫最宜制笔,所以把毛颖籍贯定为中山。

③其先明眎:他的祖先叫明视。《礼记·曲礼下》:"兔曰明视。"眎与视同。

④佐禹治东方土句:辅佐大禹治理东方土地,生养万物有功,被封在卯地,死后成为十二神之一。　　兔为十二生肖之一,在地支的排列中属卯位,卯位在东方,是大禹治水,使东方生养万物的方位,故称明视封在卯地,死后成为十二生肖神之一。

⑤当吐而生:古代传说兔口中吐子。《论衡·奇怪篇》:"兔吮毫而怀子,及其子生,从口而出。"

⑥已而:不久。　　果然:果然是这样。

⑦鵵:兔子。《集韵·候韵》:"鵵,江东呼兔子为鵵。"　　当:在。

⑧匿光使物:在阳光下隐蔽身形,指使鬼物为自己效力。　　窃恒娥:指嫦娥窃取后羿从西王母那里求得的不死之药。　　恒娥:嫦娥。因避汉文帝刘恒的名而改成嫦娥。唐人不必避刘恒的讳,故仍称恒娥。　　蟾蜍:癞蛤蟆。

⑨东郭:东边的外城。东郭鵔为狡兔名,故定鵔住在东郭。　　鵔:狡兔。《新序·杂事五》:"昔者齐有良兔曰东郭鵔,盖一日而走五百里。"　　走:跑。　　与韩卢争能:与韩卢比赛才能和本领。争:比赛。能:才能、本领。韩卢:战国时韩国良犬,黑色。《战国策·齐策三》:"韩子卢,天下之壮犬也。"

⑩卢怒句:韩卢发怒,与宋鹊合谋并且杀死他,把他全家人剁成肉酱。　　宋鹊:宋国的良犬。　　醢:肉酱。

⑪秦始皇时句:秦始皇的时候,大将军蒙恬南伐楚国,驻扎在中山,将要大规模围猎以使楚人惧怕。　　蒙恬:秦始皇大将,传说秦时由他造笔,但是战国墓葬中已发现毛笔。　　次:驻扎。　　惧:使动用法,使之惧怕。　　中山:楚国宣州地名。

⑫左庶长:秦代爵位第十级。右庶长:秦代爵位第十一级。军尉:护军都尉。连山:古《易》名。《周礼·春官·大卜》:"掌三易之法,一曰《连山》,二曰《归

藏》，三曰《周易》。"贾公彦疏："其卦以纯艮为首，艮为山，山上山下是名连山，云气出内于山，故名《易》为《连山》。" 天与人文之兆：天文与人文的卦象。兆：卦象。《易·贲》象曰："天文也，文明以止，人文也。观乎天文，以察时变，观乎人文以化成天下。"王弼注："观天之文则时变可知也，观人之文则化成可为也。"

⑬筮者：用蓍草进行占卜的人。 筮：用蓍草进行占卜的迷信活动。 不角不牙：不长犄角，不长犬牙，暗指兔。

⑭衣褐之徒：穿着褐色衣服之人。衣：动词，穿。褐：黄黑色。 缺口而长须：豁唇而长须。 八窍而趺居：八窍而蹲坐。 八窍：指兔的两耳、两眼、两鼻孔、口和肛门。 趺居：蹲坐。趺，蹲。这几句都是用来暗指兔的形象。

⑮独取其髦句：只是选拔豪俊之士，依凭简牍，天下人都用它写字，秦国大概要吞并诸侯了吧！ 髦：毛中的长毫，比喻英俊杰出之士。 简牍：古代书写用的竹简和木片，尚未编成册。资：依凭，依靠。"简牍"是"资"的宾语前置，"是"，复指前置宾语。 天下其同书：天下人将要统一文字。其：将要。同书：同一文字。 秦其遂兼诸侯乎：秦国大概就要兼并六国诸侯了吧。其：大概，恐怕。遂：就，就要。

⑯遂猎句：于是出去打猎，围剿毛氏家族，选拔豪俊之士，用车载着毛颖回来，在章台宫向秦王献俘虏，聚集他的族人然后加以束缚。这里一语双关，暗喻取毛制笔的过程。 豪：长而坚硬的毛，暗喻豪杰之士。 颖：尖端，此指毛尖。这里运用拟人化的手法，故称车载毛颖而归。 章台宫：秦时宫名。

⑰秦皇帝：秦始皇嬴政。 恬：指蒙恬。 汤沐：即汤沐邑。周代供诸侯朝见天子时住宿并沐浴斋戒的封地。 诸："之于"的兼词。 管城：西周管叔的封地，今河南郑县。此用管城暗喻笔管。 日见亲宠任事：一天天被亲近宠信任职理事。 日：做状语，一天天地。 见：被。 任事：上任就职，任职理事。

⑱强记而便敏：记忆力强而且文思敏捷。 便敏：敏捷。 结绳之代：相传远古时代没有文字，以结绳记事。 纂录：编纂记载。

⑲阴阳：古代指有关日月天体运转规律的学问。 卜筮：古代用以预测吉凶的方法。用龟甲称卜，用蓍草称筮。 占相：观察某些自然现象和人的面貌、气色等，以推断吉凶祸福。 医方：医术医道。 族氏：宗族姓氏。 山经：记录山脉的舆地之书。 地志：专记地理情况的书。 字书：解说字的形、音、义的书以及古代的识字课本。 图画：版图、地图。 九流：先秦的九个学术流派：儒、道、阴阳、法、名、墨、纵横、杂、农诸家。 天人之书：研究天道与人事相互关系的书。浮图：佛教。 老子：道家学派的创始人。 外国之说：别的国家的学说。 皆所详悉：全都详细了解。

⑳当代之务：当代的事物。 官府簿书：官府中簿籍文书。 市井货钱注记：市场上货物银钱的账册。市井：市场。注记：账册。 惟上所使：只供皇上使用。

㉑太子扶苏:(?~前210年),秦始皇长子,秦始皇死后,赵高、李斯伪造君命,令其自杀。　胡亥:秦始皇少子,秦二世皇帝。前210—前207年在位,在陈涉、吴广农民大起义的浪潮中,被专权的赵高逼迫自杀。　丞相斯:丞相李斯,秦始皇统一六国后的丞相,后为赵高忌恨,被杀。　中车府令高:中车府令赵高,(?—前207年),秦宦官,任中车府令,兼行符玺令事。秦始皇死,与李斯合谋伪造诏书,立胡亥为二世皇帝,任郎中令,后杀李斯,任中丞相,不久又杀二世,立子婴为秦王,旋为子婴所杀。　无不爱重:没有不喜爱看重他的。

㉒一随其人:完全依随使用他的那个人。　一:完全。

㉓虽后见废弃句:虽然后来被废弃不用,始终沉默不对外人有所宣泄。见:被。

㉔见请:被邀请。　时往:按时前往。

㉕累拜中书令句:最高官职担任中书令,跟皇上的关系更加亲近,皇上曾经称他为中书君。　累拜:最终担任的最高官职。　中书令:官名,掌传宣诏命,以宦者为之。秦时未设此官,不必拘泥。　中书君:指毛颖,后成为毛笔的代名词。狎:亲近。

㉖上亲决事:皇上亲自裁决事情。　以衡石自程:把阅读一百二十斤重的公文,作为自己的工作限度。　衡:称。　石:一百二十斤。　程:限度。用为动词,当作限度。　独:只有。　执烛者常侍:拿着蜡烛的人常常侍奉左右。执烛者:太监一类人物。　上休方罢:皇上休息才退下。　罢:停止。

㉗绛人:唐代绛州,进贡墨。绛州即今山西绛县。　陈玄:取墨的特征以为名。玄:黑色。年代久远者为上品故姓陈。　弘农:唐代虢州古为弘农郡,进贡砚。虢州即今河南灵宝市。　陶泓:取砚的特征以为名。砚为陶制,故姓陶;其中可以容水,故名泓。　会稽:唐代会稽郡治所,进贡纸。会稽即今浙江绍兴。褚先生:以纸的特征相称谓。贡纸为楮木纤维所制,故称褚先生。

㉘相推致句:相互推荐邀请,他们出仕做官或在家闲居一定在一起。推致:推荐延请。　延:引入,邀请。　出处:出仕和隐退。　偕:一起,一块儿。

㉙上召颖句:皇上召见毛颖,那三个人不等诏令下达就一起前往,皇上也未曾怪罪他们。　待:等,等到。　诏:诏令,指皇上召见他们的命令。　辄:则。俱往:一起前往。　焉:"之也"的兼词。

㉚后因进见句:后来由于进见,皇上将有差遣,掸拂他,于是脱帽谢罪。　因进见:由于觐见皇上。　任使:差遣、委用。　拂拭:掸拂,揩擦。　免冠:脱帽,暗喻拔去笔帽。

㉛上见其发秃句:皇上发现他头发已秃,又加上所写出的文字不能使皇上称心如意。　发秃:暗喻笔毛脱落。

㉜上嘻笑曰句:皇上笑嘻嘻地说:"中书君又老又秃,不能胜任我的任命了;我曾经称你为中书,你现在恐怕不能再任中书了吧?"　中书:中书令。此为双关语,中:适合。书:书写。　君今不中书:你现在不适合书写了吧。

㉝臣所谓尽心者：我就是所说的用尽心力的人。

㉞因不复召句：于是不再召见，让他回到封地，老死于管城。终：死。

㉟其子孙甚多句：他的子孙非常多，分散居住在中原和边疆地区，全都自称是管城毛氏，只有居住在中山这一族能继承祖先的事业。 中国：中原。 夷狄：四方的少数民族。 冒称：假冒。 父祖业：祖先的事业。

㊱太史公曰：司马迁说。《史记》每篇纪传文后都有太史公的评论。本文亦仿《史记》的体例，并假托是太史公所做的评论。

㊲封于毛：封在毛地的是文王之子叔郑。 鲁：周公子伯禽封于鲁。卫：文王之子康叔封地。 聃：文王之子聃季戴封于沈。

㊳毛公：战国时赵处士，"藏于博徒"，秦兵攻魏时，曾劝寄居于赵国的魏公子信陵君回国救援，击败秦兵。 毛遂：赵平原君门客。赵孝成王九年，秦国攻赵，王命平原君赵胜赴楚求救，毛遂自荐随同前往。毛遂在楚王面前直陈利害，终使楚王歃血定盟，救赵抗秦。

㊴独中山之族句：只有中山这一族人，不知他们的根出在哪里，子孙特别繁荣昌盛。 本：根，宗族。 蕃昌：蕃衍昌盛。

㊵《春秋》之成句：《春秋》一书完成，毛颖曾被孔子废弃不用，但这并不是他的罪过。 见绝于孔子：相传鲁人狩猎获麟，孔子以为不祥，《春秋》由此搁笔。此语双关，孔子不再写《春秋》，但春秋时没有毛笔。所以说不是他的罪过。

㊶这句的意思是：到了蒙恬将军拔取中山毛氏的毫毛，秦始皇把他们封到管城，世上于是有了名望，而姬姓的毛氏从此默默无闻。

㊷俘见之"见"，出现。 卒见之"见"：被。 任使：差遣。

㊸颖与有功：毛颖参与其中并有功劳。 与：参与。

㊹赏不酬劳句：奖赏不足以报答他的辛劳，因年老而被疏远，秦国真是缺少恩德啊！ 酬：报答。 见：被。

唐柳宗元《读韩愈所著毛颖传后题》：自吾居夷，不与中州人通书，有来南者，时言韩愈为《毛颖传》，不能举其辞，而独大笑以为怪，而吾久不克见。杨子海之来，始持其书，索而读之，若捕龙蛇、搏虎豹，急与之角而力不敢暇。信韩子之怪于文也。世之模拟窜窃、取青媲白、肥皮厚肉、柔筋脆骨而以为辞者之读之也，其大笑固宜且世人笑之也，不以其俳乎？而俳又非圣人之所弃。若《诗》曰："善戏谑兮，不为虐兮。"太史公书有《滑稽列传》，皆取乎有益于世者也。……韩子之为也，亦将弛焉而不为虐欤？息焉游焉而有所纵欤？尽六艺之奇味以足其口欤？而不若是，则韩子之辞若壅大川焉，其必决而放诸陆，不可以不陈也。且凡古今是非，六艺百家，大细穿穴，用而不遗者，毛颖之功。韩子穷古书，好斯文，嘉颖之能尽其意，故奋而为之传，以发其郁积，而学者得之，励其有益于世欤？是其言也，固与异世者语，而贪常嗜琐者犹呫呫然动其喙，亦劳甚矣乎！

唐柳宗元《与杨诲之书》：足下所持韩生《毛颖传》来，仆甚奇其书，恐世人非之，今作数百言，知前圣不必罪俳也。

明茅坤《唐宋八大家文钞》卷八：设虚景摹写，工极古今，其连翩跌宕，刻画司马子长。

又，王遵岩曰：通篇将无作有，所谓以文滑稽者，赞论尤高古，直逼马迁。

明王世贞《艺苑卮言》卷四：退之《海神庙碑》犹有相如之意，《毛颖传》尚规子长之法。

明胡应麟《少室山房丛笔》上卷十三乙部《史书占毕》一：以昌黎《毛颖》之笔，而驰骤古人，奚患其不史也。《毛颖传》足继太史，乃当时诮其滑稽。裴晋公书后世訾其纰缪，使退之而任史，其祸变当有甚此者。柳徒责韩，而莫能自奋，其时故不易也。

清储欣《唐宋十大家全集录·昌黎先生全集录》卷四：以史为戏，巧夺天工。

清林云铭《韩文起》卷七：以文滑稽，叙事处皆得史迁神髓。

清何焯《义门读书记》卷三十三：柳子厚所最喜者《毛颖传》，孙可之所特称者《进学解》。今人不以为俳体，则以为六朝，多见其不知量也。即其用参同契一节，变化深妙至此，宜乎柳子之折服也。参同契云："故《易》统天心，《复卦》建如蒙；长子继父体，因母立兆基。消息应钟律，升降据斗枢。三日出为爽，震庚受西方。八日兑受丁，上弦平如绳。十五乾体成，盛满甲东方。蟾蜍与兔魄，日月气双明。蟾蜍视卦节，兔老吐生光。七八道已讫，屈折低下降。十六转受统，巽辛见平明。艮直于丙南，下弦二十三。坤乙三十日，东北丧其朋。"中山之云，盖当东北也。《类聚》载《广志》云："汉诸郡献兔毫，书鸿都门题，惟赵国豪中用。"《博物志》云："蒙恬造笔。"李白《殷十一赠栗冈砚》诗："洒染中山豪，光辉吴门练。"以三代比三十日，笔始于三代后，故云然。"南伐楚，次中山"，此中山是宣州地名，正楚地。孙大雅赠笔生张蒙序云："昌黎韩子传毛颖为中山人，中山非晋，乃唐宣州中山也。"宣州自唐来多擅名笔,而诸葛氏尤精。孙说疑强为之解,姑备异闻。"及至浮图、老子、外国之说",浮图之说,秦时无之,二字亦信笔写入也。"又善随人意,正直邪曲巧拙"至"然见请亦时往",驰骤,亦用子云心尽之意。"上亲决事"至"上未尝怪焉",又两层旁衬。"见绝于孔子,而非其罪",时所谓笔乃刀削也,故云。"而姬氏之毛无闻",潆洄此句,文法乃见断续曲折。

清沈德潜《唐宋八大家古文读本》卷五:游戏文字,章法谨严,后人拟作,不直一笑矣。

清李扶九、黄仁黼《古文笔法百篇》卷十:通体全是寓言,主意在不任吾用,而犹自谓尽心,则颖之无负于秦,秦之少恩于颖,自在言外。故前半数段,只就任用不任用互说,以予为末段数语作势,是以仅一点睛,而全篇文字俱欲飞去。

清袁枚《随园随笔》卷二十五:古人作文摹仿痕迹未化,虽韩柳未免。退之《送穷文》仿杨雄《逐贫赋》,《毛颖传》以管城封公,仿南朝《驴九锡文》以驴封大兰王。

清焦循《雕楼集》卷十八:昌黎韩氏此文,当时多笑之者,柳州辨之,以明夫张弛拘纵之理,诚通儒之论哉!然而人不能学昌黎,而类能学其《毛颖传》;人不能服膺柳州他论文之言,而类能服膺其题《毛颖传》之言,岂真以蜇吻、裂鼻、缩舌、涩齿之物,而可以常服哉!纵易而拘难,张苦而弛便也。且昌黎之前,未有此文,此昌黎之文所以奇。有昌黎之文,踵而效之则陋矣。是故柳州重其文,而未尝效其作。苏长公乃有黄甘、陆吉、叶嘉、杜处士、温陶君等传,不惮再三为之,其亦好为俳矣。长公吾且不取,他无论焉。

清刘开《刘孟涂集·孟涂文集》卷一:人之情有不可理解者:韩退之之辟浮屠也,其辞有益于世教者也,而柳子厚不以为然。其《毛颖传》也,辞之近于滑稽者也,而子厚见而惊叹。岂嗜好之偏,古人亦有不免者也?非也。柳之于韩,业同而趋向异者也。韩之志在明道,故力排异端,以维圣学。柳之致力于文辞也与韩同,其好奇亦同,故得此传,急欲与之角力而不敢懈。其不能拒浮屠者,根本之学不足也。且柳以远窜不复,与世永弃,故遗物放志,有取乎释氏之言。韩、柳不能强合如此。君子之取友,唯其是而已矣,奚必以同乎己为贤哉!

清张裕钊《濂亭文集》:游戏之文,借以抒其胸中之奇,汪洋自恣,而部勒一丝不乱,后人无从追步。

近人林纾《韩柳文研究法·柳文研究法》:昌黎之文,虽斐度犹以为怪,矧在余人。千秋知己,惟一柳州。故昌黎之哭柳州,尤情切而语挚。即如《毛颖》一传,开古来未开之境界,较诸《饿乡记》尤奇,则宜乎贪常嗜琐者之笑也。昌黎每有佳制,柳州必有一篇与之抵敌。独《毛颖传》一体无之,故有《读毛颖》之作。"徘"字,是通篇之主人翁,以下节节为俳字开释,引诗,引史书,均为昌黎出脱。……见得古文于道理外,拘极而纵,殊无伤也。然使裴晋公读之,则柳州亦将为昌黎分谤矣。

今人钱基博《韩愈志》第六:《毛颖传》特以笔墨游戏入之。然细籀《昌黎集》得传三篇,一《圬者王承福传》,借题抒慨,笔太快利,而蕴蓄不深厚;一《太学生何蕃传》,有意作态,文似矜庄,而波澜不老成;皆实有其人其事。独《毛颖传》以传文具之笔;笔者,取材于兔毫之颖,故托之于毛氏名颖,笔墨游戏,而闳深肃括,自然老健,须玩其神气有余于篇章之外。若《王承福传》,则意到笔随,议论太尽,可以发人深省,而未足耐人咀味。至《何蕃传》,则著意扬诩,语絮意矜,绝不见有苍莽之势,缥渺之神,衹见其气穷而力竭耳。

【鉴赏】

一篇《毛颖传》,曾遭到时人的非议和责难。韩愈的弟子张籍两次致信批评他"尚驳杂无实之说"。《旧唐书·韩愈传》在他死后,严厉地指责《毛颖传》"讥戏不近人情",乃"文章之甚纰谬者"。这是似儒家教化、"温柔敦厚"的传统诗教进行文学批评的结果。然而,也有不少人,看出了韩文在"正言以垂教",形成"气盛言直"的主要美学特征之外,还存在幽默诙谐的另一种美学风格。"设虚景描写,工极古今"(茅坤语),"通篇将无作有,所谓以文滑稽者"(王遵岩语),"以史为戏,巧夺天工"(储欣语),"为千古奇文"(林纾语),此类赞语,都接触到《毛颖传》最重要的审美特征——滑稽。柳宗元的评述更为精彩。他引《诗经》"善戏谑兮,不为虐兮"和司马迁《史记·滑稽列传》为证,说明《毛颖传》能起"息焉游焉"(解倦提神)的作用,具有娱乐性的长处。产生了"读之若捕龙蛇,搏虎豹,急与之角而力不敢暇"的审美效果。确实,《毛颖传》寓庄于谐,"以发其郁积",达到思想内容与艺术形式的完美统一。

庄,是主题的严肃性。这篇作品的主题是什么?有人认为是表扬毛颖能尽其所能,也有人认为是影射讽刺老而无用的执政大臣。后者显然脱离作品实际,因作品对毛颖"褒"多于"贬";前者虽点明了作品一个方面的主要内容,却未免皮相。探究其底蕴,我们认为,它是在讽喻皇帝的寡恩薄情。这篇寓言体散文作于韩愈三十六岁至四十七岁之间,大约是元和元年至元和五年时的作品。韩愈仕路坎坷,早年四度应试,才中进士,三次参加博学宏词考试,均不中选,多方投书求官,亦未成功,后才找到幕僚的职位,又因上《御史台上论天旱人饥状》获罪被贬为连州阳山县令,逢唐德宗去世,顺宗继位,得赦,不久顺宗退位,宪宗登基。韩愈终于回长安任国子监博士,以后 12 年,官职屡经迁调,或降或升。韩愈出自切身体验,又经精细观察,(如看到著名宰相张九龄被罢,将帅封常清受戮,张巡许远忠心报国,身后寂寞)因而对于龙颜易变,皇帝寡恩,群臣倾轧,尔虞我诈,宦海浮沉,人心痛楚,早就蓄积于胸中。遂酝酿而为作品的主题。如何使这种郁积的情志宣泄出来?作者找到了理想的喷射口——寓言体。严肃而重大的主题,便通过嬉笑诙谐的寓言形式得以体现。它同样符合"文以载道"的原则,不过采取了谐谑、特殊的方式罢了。谐谑,即滑稽,是美的基本形态,在《毛颖传》里,明明是描述毛笔这一物的特性,却把它当作人来写,而且郑重其事地为之立传,煞有介事地考证其先祖,这就使整个构思获得了滑稽的性质。写毛笔这样小的题材,却采取了传记的体裁,篇末还有太史公的议论,简直是用《史记》那样的史学家笔调,这种内容与形式的矛盾,更构成了文章的喜剧性。

国学经典文库

唐宋八大家散文鉴赏

韩愈卷

仅止于此,还达不到滑稽的美感效应,《毛颖传》的妙处在于它善于捕捉、把握人与物之间的相似点,在形与神上造成既肖又不肖的独特韵味。文章考察毛笔的发生、发展历史,与一个虚构的人物"毛颖"的身世家史吻合一致。写毛笔的用途广泛,既可记录史事,使用面极大,不是作一般的说明,而是写毛颖这人"为人强记而便敏","自结绳之代以及秦事,无不纂录"。种种学说,九流百家,"皆所详悉","又通于当代之务。"写毛笔作为工具为不同的人所使用这一特点,则把它写成"毛颖"这个人"善随人意","虽见废弃"亦"终然不泄"。这是"肖",简直形神毕肖。但又不肖,妙在介于肖与不肖之间。如叙兔的祖先居东郭者㔻,"狡而善走,与韩卢争能,卢不及。"韩是韩国,卢是黑犬名,狡兔与韩卢争能的故事,见于《战国策·齐策》。这里,明说毛颖的祖先是狡兔,因而毛颖不是人,而是由兔毛制成的笔。似乎故意露出马脚,让读者记住,作者在为毛笔立传,而不是为毛颖这个人物立传。这就是所谓"不肖"。但下面所记言谈举止,遭际处境,又似乎跟人一样,物与人又融为一体了。写毛笔与墨、砚、纸四物为秦始皇同时使用,四者形影不离,是肖;写上召颖,"三人者不待诏辄俱往,上未尝怪焉。"则不肖矣,因为只用笔而没有墨、砚、纸,是写不成字的,秦始皇召毛颖必与其他三者一起。正因为既肖又不肖,才异趣横生。

此外,旁征博引,如说"毛颖者,中山人也。"叙"窃恒娥,骑蟾蜍入月"的传说等,都增添了作品的趣味,令人解颐。

韩愈的散文,大多写得摇曳多姿。《毛颖传》亦是篇"连翩跌宕"的佳作。全文可分为六个小段。第一、二段为第一部分,写毛颖(毛笔)的家世。这一部分像一篇兔传,至"独取其髦",始为毛颖伏笔。至围毛氏族,拔毫载颖,聚族束缚,这才进入传的正文。第三小段为文章第二部分。叙毛笔

的广泛功用(毛颖的"强记而便敏""善随人意"),得到人人的喜爱。第四、五小段为第三部分,通过毛颖被皇帝重用与抛弃,这样亲疏各别的对比,深刻阐明:皇恩并不浩荡,皇帝寡情,对待百姓不过是利用而已。先叙毛颖得到宠幸,"与上益狎"的情况,作为下面被抛弃的反衬。紧接的一段则把文意与情感推向高峰。描述毛颖

免冠,其发秃,"又所摹画不能称上意",因而遭皇帝揶揄,并受到"不复召"的冷遇。第六小段为全文第四部分,是作者对毛颖以俘虏身份进见,受到重用,最后被弃置这一事实发表议论,尖锐地指出:"秦真少恩哉!"篇末点睛,一针见血。文章以事件进行谋篇。四个部分之间联系紧密,一气贯注,但中间峰峦迭起。如毛颖祖先的一支魏(狡兔)遭覆灭之灾,这个毛兔家族交了厄运,接着蒙恬将军"载颖而归",毛颖成了俘虏,不料秦始皇"赐之汤沐",毛颖得到了封爵,"日见亲宠任事",情况发生剧变。毛颖的命运由逆境往顺境转化,此后,愈见发达,君臣、国人,无不喜爱,毛颖达到了事业的峰巅,但一次偶然的机会,毛颖免冠谢皇帝,却暴露了自身的弱点,皇帝也就弃之不顾了。这是文章的一大转折,既是这个寓言故事的高潮,也是它的结局。这个结局是带悲剧性的,它犀利而深刻地道破了皇帝的本质。行文至此,本可收束,但作者却出乎意料地来了个"太史公曰",这段议论阐发了寓言的含意,使主题愈益深化。如此转折变化,曲尽其妙。

这篇散文,学古而出新。其寓庄于谐的写法,类似司马迁《史记》中的《滑稽列传》"以文滑稽,叙事处皆得史迁神髓。"尤其是结尾那段"太史公曰",更与司马迁笔法接近,有人评其"赞论尤高古,直逼马迁"。传后论追述毛颖身世,若有余慨,则真肖史公矣。然而,同韩愈领导的整个古文运动实际上是在进行文学复兴一样,《毛颖传》在继承中有所拓展,有所创新。其选材、立意都与司马迁不同,至于语言,那更是语语乃自家本色。林纾说《毛颖传》"文近《史记》,然终是昌黎真面,不曾片语依傍《史记》。"确乃的论。

蓝田县丞厅壁记①

【题解】

崔斯立,字立之,博学多才,贞元四年举进士,贞元六年中博学宏词科。先任朝官,因两次上书议朝政得失,于贞元十年被贬为蓝田县丞。县丞的职务低于县令,而高于县尉和主簿等官职,本该协助县令掌管全县各方面的工作。由于封建社会的尔虞我诈,主官大权独揽,副手只好投闲置散,无所事事。斯立感叹道:"余不负丞,而丞负我。"崔斯立才高而不见用的事实,揭露了封建官僚制度的专横及压抑埋没人才的弊端。

本文对县丞工作过程的描写绘声绘色,形象生动,并具有讽刺意味。

【原文】

丞之职,所以贰令,于一邑无所不当问②。其下主簿、尉,主簿、尉乃有分职③。丞位高而偪,例以嫌不可否事④。文书行,吏抱成案诣丞⑤,卷其前,钳以左手⑥,右手摘纸尾,雁鹜行以进⑦,平立,睨丞曰⑧:"当署。"丞涉笔占位署惟谨,目吏问可不可⑨。吏曰:"得。"则退,不敢略省,漫不知何事⑩。官虽尊,力势反出主簿、尉下⑪。谚数慢,必曰丞,至以相訾謷⑫。丞之设,岂端使然哉⑬!

博陵崔斯立⑭,种学绩文,以蓄其有,泓涵演迤,日大以肆⑮。贞元初,挟其能,战艺于京师⑯。再进,再出人⑰。元和初,以前大理评事言得失黜官⑱,再转而为丞兹邑⑲。始至,喟曰:"官无卑,顾材不足塞职⑳。"既噤不得施用㉑,又喟曰:"丞哉丞哉!余不负丞而丞负余㉒!"则尽枿去牙角,一蹑故迹,破崖岸而为之㉓。丞厅故有记,坏漏污不可读㉔。斯立易桷与瓦,墁治壁,悉书前任人名氏㉕。庭有老槐四行,南墙巨竹千梃,俨立若相持,水㶁㶁循除鸣㉖。斯立痛扫溉,对树二松,日哦其间㉗。有问者,辄对曰㉘:"余方有公事,子姑去㉙。"

考功郎中知制诰韩愈记㉚。

【注释】

①蓝田:今陕西蓝田县,当时是唐朝的京畿地区。厅壁记:文体的一种。在官员办公厅墙壁上,题写历任官员姓名、升迁情况的文字。《封氏见闻录》卷五:此种文体记载"官秩创置及迁授始末","原其作意,盖欲著前政履历,而发将来健羡者。"

②丞之职句:县丞这个职务是县令的副手,对于一县事务没有不应当过问的。丞:县丞。《旧唐书·职官志三》:"畿县,令一人,正六品下。丞一人,正八品下。" 贰:副。贰令:副县令,因此称是县令的副手。

③其下主簿、尉句:县丞的下面是主簿与县尉,主簿和县尉各有分管的工作。主簿:负责文书、印鉴等事。唐代规定为正九品上。 尉:县尉,负责一县的治安,唐代规定为正九品下。

④丞位高而偪:县丞的职位高而且对县令的职务形成威胁,照例为避嫌疑对事情不加可否。偪:通"逼",威胁,逼迫。县丞是仅次于县令的官员,应辅助县令处理全面工作,很容易形成和县令争权的局面。 以:因为。 不可否事:对事情不置可否。

⑤文书行句:文书已经成文,胥吏抱着已经处理过的公文来到县丞面前。成案:已经处理的案卷。 诣:往,到。

⑥卷其前句:卷起案卷的前部分,用左手夹住。 卷:动词,把物弯转成圆筒形。 钳:通"拑",以手夹物。

⑦右手摘纸尾句:右手拉着纸尾,像大雁野鸭一样列队进来。摘:选取、抽取,指拉着案卷的末端。 鹜:古代泛指野鸭。

⑧平立:排成一行站着,并排站立。 睨:斜视,斜眼看人,这是一种不尊重对方的表情。

⑨丞涉笔句:县丞提起笔估量该签名的地方相当谨慎地签上名,用眼睛看着胥吏问可以还是不可以。 涉笔:动笔,着笔。 占位:选择位置。 目:动词,用眼睛看着。

⑩不敢略省:不敢略微看一眼。省:看。 漫不知:全然不知。漫:副词,全。

⑪这句的意思是:官职虽然尊贵,权力反而在主簿、县尉以下。

⑫谚数慢句:谚语上数到散漫之官,必定会说是县丞,甚至因而攻讦诋毁。 数:点数。 慢:指闲散之官。 相:表示一方对另一方有所动作。 訾謷:攻讦诋毁。

⑬这句的意思是:县丞职务的设立,难道开始就是让它这样的吗?

⑭博陵:郡名。今河北安平县。 崔斯立,字立之,贞元四年进士,元和十年贬为蓝田县丞。

⑮种学绩文:用种谷和绩麻来比喻求学和习文。 以蓄其有:用来积蓄他的丰富的知识。 泓涵演迤:学问渊博文章气势流转绵长。泓涵:水深广貌,比喻学问渊博。演迤:绵延不绝貌,比喻文章的气势流转绵长。 日大以肆:名声一天天扩大并且传扬开去。肆:显示,传扬。

⑯贞元:唐德宗李适的年号,公元785—804年。 挟:凭借,仗恃。 战艺于京师:在京师拼搏于文场。战艺:较量才能,指参加考试。

⑰再进:两次参加考试。崔立之贞元四年举进士,六年中博学宏词科。 再出于人:两次出于众人之上。一作:"再屈千人":使千人屈居其下。

⑱元和:唐宪宗李纯年号,公元806—820年。　　以:因为。　大理评事:大理寺评事。大理:大理寺,相当于最高法院,有评事十二人,属从八品下。　言得失:谈论朝政的得失。　黜官:罢官。

⑲再:第二次　　为:担任。　　兹邑:这个县邑中,指蓝田县。

⑳始至句:刚来的时候,感叹道:"官职没有卑微的,只是考虑自己的才能不够称职。"　　喟:叹息。　顾:顾念,考虑。　塞职:称职。

㉑既嗫句:已经到了闭口不敢表态,才能不能得到施展任用的程度。　　嗫:闭口不言。　　施用:施展任用。

㉒余不负丞句:我不想辜负县丞这个职务,而县丞这个职务却辜负了我。崔斯立虽居县丞的官职,却仍想干一番事业,所以说"余不负丞";然而县丞一职受制于县令,使他根本无法施展才能,故又称"丞负我"。

㉓则尽枿挤去牙角:于是全部砍去枝芽棱角,完全按过去县丞的老规矩办事,破除严峻的性格而随波逐流。　枿:树木的新芽。此处做动词用:砍去新芽。　　蹴:踩,踏。　　崖岸:喻人的性格严肃端庄。　　为:做。此指随波逐流。

㉔这句的意思是:县丞厅壁原来有篇记,因为房屋损坏漏雨污漫,字迹已不可认读。

㉕斯立易桷与瓦句:崔斯立更换了椽子和瓦,用墁子抹平了墙壁,全部写上前任的姓名。　易:换,更换。　桷:椽子。　墁:通"镘",涂抹墙壁的工具。　悉:全部。

㉖梃:竿,此做竿状物的计量单位。　　俨:庄重的样子。　　若相持:好像相互扶持。　　潓潓:水流声。循除鸣:沿着台阶流淌。除:台阶。

㉗痛扫溉:彻底地洒扫了一番。　　树:栽种。　　哦:吟哦。

㉘辄:通"则",就。

㉙这句的意思是:我正有公事,你姑且离开这里。

㉚考功郎中:吏部属官,从五品上,掌京地文武官员的考课。　　知制诰:中书省属官,掌草拟诏令等事项,可由他官兼任。韩愈于贞元九年十二月以考功郎中知制诰,也是兼任。

【集评】

宋洪迈《容斋随笔》卷五:韩退之作《蓝田县丞厅壁记》,柳子厚作《武功县丞厅壁记》,二县皆京兆属城,在唐为畿甸,事体正同,而韩文雄拔超峻,空前绝后,以柳视之,殆犹碔砆之与美玉也。

明茅坤《唐宋八大家文钞》卷八:愤当世之丞不得尽其职,故借壁记以点缀之,而词气多澹宕奇诡。

明茅坤《唐宋八大家文钞》卷八转引唐顺之评:此但说斯立不得尽职,更不说起记壁之意,亦变体也。

清何焯《义门读书记》卷三十一:极意摹写,见其流失非一日。既为斯立发其愤懑,亦望为政者闻之,使无失其官守也。"钳以左手"三句,细琐如画。"丞涉笔占位",更细。"谚数慢必曰丞",又著此语,伏后"故"字。"丞之设,岂端使然哉",应于一邑无不当关,即反呼"故"字。"一蹉故迹",书名之意:寄喟于"蹉故迹",故一篇皆从此感慨,非恐其名氏之将湮也。"悉书前任人名氏",皆不得施用者也。"余方有公事,子姑去",以不问一事反结,跌宕,殊有《简兮》诗人之意。

清沈德潜《唐宋八大家文读本》卷五:末写出从容无闷意,最占身份。

清沈阆《韩文论述》卷六:首节,丞为令压,不能称职,是次节之根由。次节,斯立在官,不得有为,是末节之缘起。末节,修治丞厅,吟诵是事,乃一篇之正面。公以斯立为丞,嗫不得施,则屈辱太甚,为抒其愤懑,不觉制辞之凌厉谲怪,遂使人一时不得其意旨法度云。

清张裕钊《濂亭文集》:此文钝以诙诡出之,当从傲睨一切中玩其神味。

【鉴赏】

韩愈生活的中唐时代,唐王朝正逐步走向衰败。这一时期藩镇割据、王权衰落、佛老泛滥的社会现实,促使韩愈在倡导、推行"古文运动"的过程中,除写了许多深挚感人、含蓄不尽的抒情名篇外,还推出不少寓庄于谐、讽刺时弊的犀利雄健之作。《蓝田县丞厅壁记》,就属于作者后一类发抒内心不平之气、针砭时政的传世小品。厅壁记,据《封氏闻见记》卷五所载,原是唐朝时兴起的一种文体,都写在官府的厅壁上,主要用于记载本处"官秩创置及迁授始末","原其作意,盖欲著前政履历,而发将来健羡焉"。

在这里,韩愈沿用了"壁记"体式,别出心裁地用以反映唐代官场积弊。他针对当时县丞一职有职无权、形同虚设的荒谬现象,秉笔直书,无情揭露和尖锐讪刺了官场内部的朽败和黑暗。文章用近乎白描的手法,通过刻画人物言行状貌展示人物的心理,以逼肖、深刻的感性形象去揭示事物本质,叩击读者心弦,取得了鲜明而强烈的效果。作者首先敏锐、直接地指出:"县丞位高而偪。"唐代县令是正六品上，为一县的最高行政长官。县丞是正八品上，为一县的副长官，以下又有主簿、尉等。因为县丞的职位仅次于县令，所以说"位高"，但他如果认真尽责的办事，又可能会被认为侵犯了县令的职权，因此又说"偪"。偪，是侵迫的意思。由此可以想象，在这种情况下县丞必然遭到县令的嫌忌。但作品对此并没有作直接描述，而是以县丞和县吏两个形象所表现的县丞签署公文的细节，精彩地再现了县丞在任中的具体情形，同时或显或隐地凸现、暗示出县丞、县吏包括县令各等人的心理。当公文发行，吏员要拿成案请县丞签署的时候，吏将公文"卷其前，钳以左手，右手摘纸尾，雁鹜行以进，平立，睨丞曰：'当署。'"而县丞不仅"署唯谨"，并"目吏问可不可"，在得到吏员的首肯后，他才放心退下，对所签署的公文，却"不敢略省，漫不知何事"。在县丞面前，县吏半卷公文，鹅行鸭步，平立，斜看等一系列极具个性化的行为神情，无不显示出他对前者的轻慢、蔑视和小人仗势欺人的心态；县丞的谨言慎行，不敢越雷池一步，也将其备受挟制的情状表现得历历在目。文中虽一字未及县令，但在这两人有悖于常情的神态对比中，县令的骄横、个人权力范围的不容染指也就在无形的衬托中俨然而出。作者细致传神的笔触，使文字的摹形达意如同绘画中工笔与写意相结合，活绘出了一幅官场讽刺图。

　　文章在后半部分又以崔斯立任蓝田县丞的事迹经历对题旨加以具体印证。被黜官降至县丞职位的崔斯立，从开始的认为官职无尊卑，"顾材不足塞职"的踌躇满志，到后来"余不负丞，而丞负余"的痛心长叹，给读者提供了充分的想象空间。一个有才能、有抱负的人是如何在官场倾轧中被磨去棱角、萎靡心志的心路历程，不言而喻地被展现了出来。最后崔斯立虽重修壁记，但人却如赋闲般的日日吟哦于松林间，并冠冕堂皇地回避过问公事。一句"余方有公事，子姑去"，使作品对唐朝此类政治现状的深刻嘲讽，达到了淋漓尽致的表现。

　　韩愈一生仕途多遭坎坷，先后曾受到过两次沉重的打击。一是贞元十九年（803）他向朝廷进《御史台上论天旱人饥状》的奏章，结果被贬官阳山；再是元和十四年（819）因反对迎佛骨上《论佛骨表》，触怒当朝，几乎被杀。郁郁不得施展平生之志，更是他终身所抱的遗憾。在宦海沉浮中他充分认识到唐代官场的丑恶痼疾，写这篇文章，实际也饱含着他自己的亲身体验和沉重忧思。故此前人称之为"……纯用戏谑，而怜才共命之意沉痛自在言外"。正是作者主体生命经验与客观外界事物的融汇升华，使这篇描人绘事的讽刺小品，弥久闪耀着慑人的艺术光泽。

燕喜亭记①

国学经典文库

唐宋八大家散文鉴赏

韩愈卷

【题解】

王仲舒,字弘中,并州祁县(今山西祁县)人,曾任中书舍人,洪州刺史等职,贞元十九年(公元803年),被贬为连州司户参军。本文记述王弘中与两位佛人在连州"其居之后",发现燕喜亭风景区以及其后的修建情况。这里有丘、有谷、有池、有洞,是大自然的鬼斧神工所成。然后写韩愈为之命名情况,通过一一引出那些富于诗意和哲理意味的丘、谷、池、洞、瀑布之名,从正面烘托了燕喜亭风景区的美丽。自然之美被融入诗情和哲理之中。最后详细写王弘中由京师到连州的路途经过,沿途的瑰丽景色,"饫闻而厌见",而来到燕喜亭,却"晨往而夕忘归","其意乃若不足"。这又从反面更加烘托出燕喜亭风景区的美丽。作者用《论语》上的"知者乐水,仁者乐山"一句话,笔锋一转,落墨于王弘中是一位"知且仁"的优秀人物,他被天朝重新起用的日子已经不远了。这里又把燕喜亭山水之美和王弘中的人格之美融为一体。体物写人,构思巧妙,形象鲜明,笔下有神。

【原文】

太原王弘中在连州,与学佛人景常、元慧游②。异日,从二人者行于其居之后,丘荒之间,上高而望,得异处焉③。斩茅而嘉树列,发石而清泉激④,辇粪壤,燔椔翳⑤,却立而视之⑥:出者突然成丘⑦,陷者呀然成谷⑧,洼者为池⑨,而缺者为洞⑩,若有鬼神异物阴来相之⑪。自是,弘中与二人者,晨往而夕忘归焉⑫。乃立屋以避风雨寒暑⑫。既成,愈请名之;其丘曰"俟德之丘"⑬,蔽于古而显于今,有俟之道也⑭;其石谷曰"谦受之谷",瀑曰"振鹭之瀑"⑮,谷言德,瀑言容也⑯;其土谷曰"黄金之谷"⑰,瀑曰"秩秩之瀑"⑱,谷言容,瀑言德也;洞曰"寒居之洞",志其入时也⑲;池曰"君子之池",虚以钟其美,盈以出其恶也⑳;泉之源曰"天泽之泉",出高而施下也㉑;合而名之以屋,曰"燕喜之亭",取《诗》所谓"鲁侯燕喜"者颂也㉒。于是州民之老,闻而相与观焉㉓。曰:"吾州之山水名天下,然而无与燕喜者比㉔;经营于其侧者相接也,而莫直其地㉕。凡天作而地藏之,以遗其人乎㉖?"

弘中自吏部郎贬秩而来㉗,次其道途所经㉘:自蓝田㉙,入商洛㉚,涉浙湍㉛,临汉水㉜,升岘首㉝,以望方城㉞,出荆门㉟,下岷江㊱,过洞庭㊲,上湘水㊳,行衡山之下㊴,繇郴逾岭㊵,猨狖所家㊶,鱼龙所宫㊷,极幽遐瑰诡之观㊸,宜其于山水饫闻而厌见也㊹!今其意乃若不足㊺。《传》曰㊻:"知者乐水,仁者乐山㊼。"弘中之德,与其所好,可谓协矣㊽;智以谋之,仁以居之㊾。吾知其去是而羽仪于天朝也不远矣㊿,遂刻石以记。

【注释】

①记:文体的一种,以叙事为主,兼及议论、抒情及山川景观的描写。

②太原:府名,治所太原,即今山西省太原市。　　连州:今广东连州市。佛人:僧人。

③异日:他日。　　其居:指王弘中的住处。　　丘荒之间:土丘荒野的中间。得:获得,发现。　　异处:奇异的去处,不同寻常的地方。

④这句的意思是:砍倒茅草,秀美的树木排列成行,掀开石块,清澈的泉水就奔涌而出。

⑤辇粪壤句:用车运走脏土,焚烧站立和倒下的枯树。　　辇:车,此作动词用,用车运走。　　粪壤:秽土,脏土。　　燔:烧。　　榴:立死之木。　　殪:通"殰",树木枯死。

⑥却立而视之:退到远处站着看它。

⑦出者突然成丘:高处突兀隆起形成土丘。　　出者:高出的地方。　　突然:突兀的样子。

⑧陷者岈然成谷:凹陷处深阔的样子形成低谷。　　岈:深。

⑨洼者为池:低洼的地方成为池塘。

⑩缺者为洞:豁口的地方成为洞穴。

⑪若有鬼神句:好像有鬼神一类怪异的东西暗中帮助造成的。阴:暗中。相:帮助,辅助。

⑫立屋:指建燕喜亭。

⑬俟德之丘:俟德丘,等待有德之人来到之丘。　　俟:等待。

⑭蔽于古句:隐蔽在古代而显扬在今天,这是有所等待的原因哪。　　道:根源,原因。

⑮谦受之谷:谦受谷。《尚书·大禹谟》:"满招损,谦受益。"孔安国《传》:"自满者人损之,自谦者人益之,是天之常道。"谦受谷。用谦受益之意。　　振鹭之瀑:振鹭瀑。《诗·周颂·振鹭》:"振鹭于飞,于彼西雍。"毛亨《传》:"振振,群飞貌;鹭,白鸟也。"振鹭瀑:形容瀑布之形,像群飞的白鹭。

⑯这句的意思是:石谷是以它的品质命名,瀑布是以它的形状命名。

⑰黄金之谷:黄金谷,土谷的土壤呈金黄色。

⑱秩秩之瀑:秩秩瀑。《诗·小雅·斯干》:"秩秩斯干,幽幽南山。"毛《传》:"秩秩,流行也。干,涧也。"郑《笺》:"喻宣王之德如涧水之源秩秩流出无极也。"秩秩瀑,盖取其义。

⑲寒居之洞:寒居洞,即冬天寒冷时居住之洞,暗喻贬官时所居。　　志其入时:记述进洞的时间。　　志:记述。

⑳君子之池:君子池。　　虚以钟其美:空虚水少的时候,能聚集它的美德。钟:集中,聚集。　　盈以出其恶:满溢涨水的时候,能够排出它的污垢。

㉑天泽之泉:天泽泉。天泽:上天的恩泽。　　出高而施下:出自高处而布施下方。

㉒合而名之以屋句:将这些景观总括到一起命名为燕喜亭,选取《诗经》上"鲁侯燕喜"一句中"燕喜"二字来歌颂它。　　合:总括。　　以:将,把。　　屋:覆盖物,即燕喜亭地区的所有景观。　　鲁侯燕喜:见《诗·鲁颂·闷宫》。郑《笺》:"燕,燕饮也。僖公燕饮于内寝。"

㉓相与:相跟着,结伴。　　焉:"之也"的兼词。

㉔这句的意思是:我们州的山水名闻天下,但是没有能够和燕喜亭相比的。

㉕莫直其地:没有哪一个比这个地方有价值。直:通"值",有价值。

㉖凡天作而地藏之句:大概是上天创造而大地隐藏了它,而遗留给那些人吧?遗:赠送,留给。　　其人:那些人,指当时的连州人。

㉗弘中自吏部郎句:王弘中自吏部员外郎降职降薪来到这里。　　贬秩:贬官降薪。秩:俸禄。

㉘次其道途所经:列举他道路所经过的地方。　　次:顺序,用作动词,按顺序列举。

㉙蓝田:陕西蓝田县。当时属京畿地区。王弘中离开京师,故也可称离开蓝田。

㉚商洛:商县和上洛县的合称,今陕西商县。

㉛淅湍:二水名。淅:淅川,在河南淅川县西南。湍:湍水,出河南内江市北芬山。

㉜汉水:水名。长江最长的支流,源出陕西省西南部的宁强县,东南流经陕西省南部、湖北省西北部和中部,经汉阳汇入长江。

㉝升岘首:登上岘山山顶。　　升:登。　　岘:岘山,在湖北省襄阳区。

㉞方城:山名。在湖北竹山县东南,山顶平坦,四面险固,山南有城,长十余里,名方城。

㉟荆门:今湖北荆门市。

㊱岷江:此指长江。

㊲洞庭:我国最大的淡水湖之一,在湖南境内,北通长江。

㊳湘水:湘江,湖南省最大的河流,源出广西灵川县东海洋山西麓,经衡阳、湘潭、长沙到湘阴县芦林潭入洞庭湖。

㊴衡山:我国五岳之一,在湖南省衡山县西,俯瞰湘江,山势雄伟。

㊵繇:同"由"。　　郴:今湖南省郴县。　　岭:南岭,湘、赣、粤、桂四省边境地区一系列东北—西南走向山地的总称。

㊶猨狖所家:猿猴所居住的地方。　　猨:同"猿"。　　狖:黑色的长尾猿。家:用作动词,居住、栖息。所家:所居住的地方。所:特殊指示代词。

㊷所宫:所藏身的地方。宫:用作动词,居住,潜藏。所:特殊指示代词。

㊸极幽遐瑰诡之观:看尽了深邃、遥远、奇伟、怪异的景象。观:景观、景象。

㊹宜其于山水饫闻而厌见也:他对于山水已经很好地听饱看够了。 饫闻:听得很多,饱闻。 厌见:看够,不愿再见。

㊺这句的意思是:现在他游览燕喜亭却像还没有满足。

㊻《传》曰:指《论语》上说。《论语》记录孔子和他的弟子的言行,不属于《六经》,故称《传》。

㊼《论语·雍也》:"子曰:'知者乐水,仁者乐山。'"包咸曰:"知者乐运其才知以治世,如水流而不知已。仁者乐如山之安固自然不动,而万物生焉。"

㊽这句的意思是:王弘中的品德,与他所喜欢的山水,可以说是十分协调的。

㊾智以谋之句:用智慧来谋划修建它,用仁爱之心来这里居住游息。

㊿去:离开,指离开贬所连州。 羽仪:《易·渐》:"鸿渐于陆,其羽可用为仪。"孔颖达《疏》:"处高而能不以物自累,则其羽可用为物之仪表,可贵可法也。"后以"羽仪"比喻居高位而有才德,被人尊重或堪为楷模。 天朝:朝廷的尊称。

【集评】

明茅坤《唐宋八大家文钞》卷八:淋漓指画之态,是得记文正体,而结局处特高,欧公文大略有得于此。

清何焯《义门读书记》卷三十一:题固记其名文,是当行家语,得其剪裁之法,虽参入议论,仍不碍记事体矣。"太原王弘中在连州",突起,伏后半追叙。"斩茅而嘉树列"二句,地藏。"出者突然成丘"四句,天作。"既成,愈请名之"至"颂也",此段叙致特有古意,非公无此。世得云:"皆伏有弘中之德意。"按:此评即使前后关键分明,又颂字乃美盛德之形容,正总摄得此一段,其非衍文明矣。燕喜二字,非状景物,故并上排胪,复就命名上指叙。"于是州民之老"至"以遗其人乎",恐一往议多

85

于叙,故夹此段虚景在中间。"弘中自吏部郎"至"饫闻而厌见也",前半自丘而亭,层折甚多,追叙此段,文势方配。"今其意乃若不足",然则是乐之也。"智者乐水"二句,两"乐"字关合"喜"字。"智以谋之"四句,终上颂字之意。"吾知其去是而羽仪于天朝也不远矣",收转自吏部贬秩。"遂刻石以记",以作记收,一语不溢。

清沈德潜《唐宋八大家文读本》卷五:以途中所经山水拉杂成文,正借以形仁知之德也。文章平中求奇,每在此处得此一段,通体俱添精彩。

【鉴赏】

韩愈的《燕喜亭记》,是他于唐德宗贞元十九年(公元803年)至贞元二十一年(805)被贬至连州(今广东连州市)任阳山县令时所作。表面上看来,这是一篇记叙山水景物的作品,但细读全篇,便知其不是以描摹山水风光为重点,而是借写山水而写人,是一种将山水游记与颂体文章巧妙融合起来的散文样式。

王弘中,名仲舒,贞元十九年(803)从吏部员外郎贬为连州司户参军。王公在当时以德行、文章并佳而知名,他为官多年不肯阿附权贵,体察民间疾苦,兴利除害,革除弊端,为时人所敬重。韩愈与他交往多年,两度为其部属,对他素怀敬仰之情,交谊深厚。后来在其死后又曾为作墓志铭、神道铭等。此时两人同贬于一地(阳山为连州属邑),韩愈在阳城为他写了这篇《燕喜亭记》。文章从王弘中一日与景常、元慧在他住所背后土丘荒野间发现一处不同寻常的地方开始,记述了燕喜亭风景区被发现,修建的过程和其优美奇特的瑰丽景致。作者以他敏锐的观察和高度的把握能力,用生动而精练的语言,将这当时未为世人所知的胜地的开掘及其全景形神毕肖地展现在读者面前:这里砍倒茅草以后,秀美的树木行行排列;揭去石块,清澈的泉水淙淙急流;运走脏土,烧掉枯树,退到远处看去:高处突兀而起形成山丘;凹处深陷空阔而成涧谷;低洼的地方形成池塘;豁缺的地方成为洞穴。造化之奇风光之美,仿佛有鬼神灵怪之物于冥冥之中相助而成。文章接着叙写王弘中对于此地流连忘返"乃立屋以避风雨寒暑"。由此交代了"亭"的来历。于是作者来一一给此处的山水景物命名。详尽的描绘处处与前相照应,更给人以身临其境之感。但作者在这里并不是单纯以大自然和风景建筑作描述对象,而是通过记叙刻画景物,称颂王弘中有仁有智的君子之德。将两者契合无间地结合一起,以山水精华映衬出了人物的高尚品德。

本文艺术上的第一个特点是善用排比,几乎在文章的各个段落,作者都运用了排比句式,使行文层峦迭出,给人以美不胜收之感。最突出的是文章第二段,也即是韩愈本人给丘、水、瀑、泉等命名的中心部分。从"其丘曰'俟德之丘',蔽于古而显于今,有俟之道也"到"合而名之以屋曰'燕喜之亭',取诗所谓'鲁侯燕喜'者颂也",整段文字呈现并列排比状,像其前面几句用通俗的话来说,就是那土丘叫'俟德之丘',古时隐藏,今天显露,这是有所等待的表现;那石谷叫"谦受之谷",瀑布叫"振鹭之瀑"。石谷的命名是说它的品质,瀑布的命名是说它的形状;那土谷叫作黄金之谷,池塘叫"君子之池",它有时水少空阔,是要集中自己的美德,它有时水涨满溢,是要排出自己的污秽。一连串结构相似的句子,读起来不仅给人以气势磅礴之感,而且使作品语言具有较强的节奏感和旋律美。

　　该作品另一艺术上的长处是在创作构思上的匠心独运。行文开始点出王弘中后,即大写他对自然美景的留恋和开拓,继之对风光景物的描述,似乎专意在写景,而文章接着猛一转折,以写人物之爱好,映衬人物之品德的意旨及效果便全然显出,令人有豁然开朗之感。其间还夹有"于是州民之老,闻而相欢与焉,曰:吾州之山水名天下,然而无与'燕喜'者比。……凡天作而地藏之以遗其人乎?"几句,借用州民父老的话,既说出"燕喜亭"景致的绝佳,更是对王公之德的赞誉与烘托。全文记叙山水,淋漓尽兴,到了"贬秩"一段,一下翻出新意,大有摩空取势之态。末尾直写王公运用聪明智慧来建造这亭子,怀着仁爱之心到此游玩休息,预料他再度回到朝廷之中,成为人们的表率,已为时不远了。整篇文章用衬托手法把人和物结合起来,首尾呼应,神回气合,而作者谋篇布局的高超手段,则给人一种平中出奇、曲折有致的感觉。

画记①

【题解】

一幅画上画出一百二十三个人物,八十三匹马,十一头牛,三十八头犬、羊、骆驼等杂畜,二百五十一件弓矢、旌旗等器物,另有旃车三辆。可谓千姿百态,形象各异。画的精妙可想而知。现在不是用绘画的线条和色彩,而是用文字来表现这幅画的妙处,难度之大,不言而喻。韩愈的《画记》在这一难题面前,交了一份精彩的答卷。他按人、马、牛、杂畜、器物,分门别类地加以叙述,叙述层次井然。每一门类中又按其动作姿态做进一步叙述,人物和牲畜个个呼之欲出,栩栩如生。文如其画,韩愈的确是一位令人折服的大手笔。本文最后记述这幅画辗转流传的经过,特别说到当这幅画物归原主以后,作者写了这篇《画记》,"记其人物之形状与数,而时观之,以自释焉",说明对此画珍爱的程度,这又更加反衬出作者将此画送还赵侍御的举动,令人钦敬之至。

【原文】

杂古今人物小画共一卷②。骑而立者五人,骑而被甲载兵立者十人③,一人骑执大旗前立,骑而被甲载兵行且下牵者十人④,骑且负者二人⑤,骑执器者二人⑥,骑拥田犬者一人⑦,骑而牵者二人⑧,骑而驱者三人⑨,执羁靮立者二人⑩,骑而下倚马臂隼而立者一人⑪,骑而驱涉者二人⑫,徒而驱牧者二人⑬,坐而指使者一人⑭,甲胄手弓矢斧钺植者七人⑮,甲胄执帜植者十人⑯,负者七人⑰,偃寝休者二人⑱,甲胄坐睡者一人,方涉者一人⑲,坐而脱足者一人⑳,寒附火者一人㉑,杂执器物役者八人㉒,奉壶矢者一人㉓,舍而具食者十有一人㉔,挹且注者四人㉕,牛牵者二人,驴驱者四人,一人杖而负者㉖,妇人以孺子载而可见者六人㉗,载而上下者三人㉘,孺子戏者九人,凡人之事三十有二,为人大小百二十三,而莫有同者焉。

马大者九匹。于马之中,又有上者㉙,下者㉚,行者,牵者,涉者,陆者㉛,翘者㉜,顾者㉝,鸣者,寝者,讹者㉞,立者,人立者,龁者㉟,饮者,溲者㊱,陟者㊲,降者㊳,痒磨树者,嘘者,嗅者,喜相戏者,怒相踢啮者㊴,秣者㊵,骑者,骤者㊶,走者,载服物者㊷,载狐兔者。凡马之事,二十有七,为马小大八十有三,而莫有同者焉。

牛大小十一头,橐驼三头㊸,驴如橐驼之数而加其一焉,隼一、犬、羊、狐、兔、麋、鹿共三十,旃车三两㊹,杂兵器——弓矢、旌旗、刀剑、矛盾、弓服、矢房、甲胄之属,瓶盂、簦笠、筐筥、锜釜、饮食服用之器,壶矢、博弈之具二百五十有一,皆曲极其妙㊺。

贞元甲戌年，余在京师㊻，甚无事。同居有独孤生申叔者㊼，始得此画，而与余弹棋㊽，余幸胜而获焉。意甚惜之，以为非一工人之所能运思㊾，盖丛集众工人之所长耳㊿，虽百金不愿易也〔51〕。明年〔52〕，出京师，至河阳〔53〕，与二三客论画品格〔54〕，因出而观之。座有赵侍御者，君子人也，见之戚然若有感然〔55〕，少而进曰："噫！余之手摸也，亡之且二十年矣〔56〕！余少时，常有志乎兹事〔57〕，得国本〔58〕，绝人事而摸得之〔59〕，游闽中而丧焉〔60〕。居闲处独，时往来余怀也〔61〕，以其始为之劳而夙好之笃也〔62〕。今虽遇之，力不能为已，且命工人存其大都焉〔63〕。"余既甚爱之，又感赵君之事，因以赠之〔64〕；而记其人物之形状与数，而时观之，以自释焉〔65〕。

【注释】

①记，文体的一种，以叙事为主，兼及议论、抒情及山川景物的描绘。本文以叙事为主，兼及抒情。

②杂古今人物小画共一卷：错杂着古今人和物形象的小画共在一幅画卷上。

③骑而被甲载兵立者：骑马并且披着铠甲拿着兵器站立的。　被：通"披"。载：置，陈设，此处指拿着。　兵：兵器。

④且下牵者：并且下面有牵马的人。

⑤骑而负者：骑马并且背着东西的。　负：背。

⑥骑执器者：骑马而手执器物的。

⑦骑拥田犬者：骑马牵着猎犬的。　拥：执持，此指牵。　田犬：猎犬。

⑧骑而牵者：骑马又牵马的。

⑨驱：鞭马前进。

⑩执羁靮立者：拿着马笼头马缰绳站立的。　羁：马笼头。　靮：马缰绳。

⑪骑而下句：骑马下边还有倚马而立、臂上架着隼鹰的人。　臂隼：臂上站着隼鹰。臂：用作状语，在胳膊上。　隼：一种猛禽。此为名词动用，站着隼鹰。

⑫骑而驱涉者：骑马并且用马鞭打马过河的。　涉：蹚水过河。

⑬徒而驱牧者：徒步行走并且赶马放牧的。

⑭坐而指使者：坐在那里指使别人的。

⑮甲胄手弓矢句：身披铠甲、头戴头盔、手持弓箭斧钺而直立的。　甲胄：铠甲头盔。　钺：兵器的一种，圆刃或平刃，安装木柄，持以砍斫。　植：树立、站立。

⑯甲胄执帜植者：披甲戴盔，手持旗帜而站立的。　帜：旗帜。

⑰负者：肩背东西的。　负：以背载物。

⑱偃寝休者：仰卧休息的。　偃寝：仰卧、躺下。

⑲方涉者：正在渡河的。　方：正在。

⑳坐而脱足者：坐在那里脱成光脚的。

㉑寒附火者：因寒冷而向火取暖的。　附火：向火取暖。

㉒杂执器物役者：一起拿着各种器物干活的。　杂：俱，一起。　器物：指

各种劳动工具。　　　役:事,干事。

㉓奉壶矢者:捧着投壶用具壶与矢的。　　　奉:通"捧"。　　　壶矢:投壶用具。以矢投壶,命中为胜。

㉔舍而具食者:在房中准备饭食的。　　　舍:作状语,在房中。具:准备。

㉕挹且注者:用瓢舀水并注入另一容器的。　　　挹:酌,以瓢舀取。　　　注:倒入。

㉖杖而负者:拄着拐杖并且背着东西的。

㉗妇人以孺子载句:妇女带着小孩乘车而形象清晰可见的。　　　以:及,和。载:乘车、坐车。

㉘载而上下者:乘坐车中有上有下的。　　　上下:用作动词,有上有下。

㉙上者:上面的,一指在山上的。

㉚下者:下面的,指在山下的。

㉛陆者:指过了河上岸的。

㉜翘者:向上昂着头的。　　　翘:向上昂起。

㉝顾者:回头看的。

㉞讹者:正在活动的。　　　讹:通"吪",动。

㉟齕者:吃草的。　　　齕:咬嚼。

㊱溲者:正在大小便的。　　　溲:排泄大小便。

㊲陟者:登高的。　　　陟:由低处向高处走。

㊳降者:下山的。　　　降:由高处往下走。

㊴怒相踶啮者:发怒而相互踢咬的。　　　啮:咬,啃。

㊵秣者:正在吃草料的。　　　秣:喂马的饲料。此为名词动用,吃草料。

㊶骤者:奔跑的。　　　骤:马奔驰。

㊷载服物者:拉着衣服器物的。

㊸橐驼:即骆驼。

㊹骈车三两:毡篷车三辆。　　　两:通"辆"。

㊺瓶盂簦笠句:盂:器皿名。圆口,盛汤浆或饭食。　　　簦:古代有柄的笠,相当于后来的伞。　　　笠:笠帽。用竹箬或棕皮等编成。　　　筐笪:盛物竹器,方形为筐,圆形为笪。　　　锜釜:炊器名,釜:敛口,圆底,或有两耳。锜:三足釜。壶矢:投壶用具。　　　博弈:局戏和围棋。局戏:弈棋一类的游戏。　　　曲极其妙:曲折深入地将其奥妙处表达出来。极:尽。

㊻贞元甲戌:唐代宗贞元十年,公元794年。　　　京师:长安。

㊼同居有独孤生申叔者:在一起居住的有一个名叫独孤申叔的人。　　　独孤:复姓。申叔:名。韩愈《独孤申叔哀辞》赞扬他:"濯濯其英,晔晔其光。如闻其声,如见其容。乌乎远矣,何日而忘!"

㊽与余弹棋:和我一起做弹棋游戏。　　　弹棋:古代博戏之一,两人对局,黑白棋各二十四枚,先列棋相当,更先弹之,其局以右为之。

㊽幸胜:侥幸获胜。　　获焉:获得它。焉:"之也"的兼词。之:代此画。运思:构思设计。

㊿盖丛集句:一定是聚集众多工人的专长构思的结果。　　盖:句首语气词。丛集:聚集,汇集。

51百金:百金黄金。金:计算货币单位。战国时代一金为二十两,汉代以一斤为一金,宋代又以一钱为一金。　　易:交换。

52明年:第二年。唐代宗贞元十一年,公元795年。

53河阳:今河南省孟州市。

54论画品格:讨论画的质量风格。

55侍御:唐代称殿中侍御史、监察御史为侍御。

君子人也:具有君子风范的人啊。　　戚然若有感然:悲伤的若有所感。戚然:悲伤的样子。

56少而进曰:过了一会儿又进一步说。少:稍稍。　　摸:一作"摹",仿照他人的画临摹。且:将近。

57兹事:此事,指临摹画的事。

58国本:一国中技艺高超画工所绘或国家收藏的画本。

59绝人事句:断绝人事往来并且临摹获得了它。

60闽中:指福建一带。　　丧焉:丢失了它。焉:"之也"的兼词。

61时往来余怀:在我心中往来徘徊。

62以其始为之句:因为自己当初曾为它付出劳动,并且平素喜欢它特别深厚的原因。　　其:活用为第一人称,自己。　　夙:平素,过去。　　笃:深,甚。

63今虽遇之句:今天虽然遇到了它,心力已不能再把它临摹下来,就让画工保存它的大概吧。　　为:指临摹。　　大都:大概。

64因以赠之:于是将它赠送给赵君。　　以:将。省略宾语"之",代画。赠之的"之",代赵侍御。

65自释:自我安慰。　　释:消溶,消除。

【集评】

宋苏轼《苏轼文集》卷六十六:永叔作《醉翁亭记》,其辞玩易,盖戏云耳,又不以为奇特也,而妄庸者亦作永叔语云:"平生为此最得意。"又云:"吾不能为退之《画记》,退之又不能为《醉翁记》。"此又大妄也。仆尝谓退之《画记》近似甲名帐耳,了无可观,世人识真者少,可叹亦可愍也。

明茅坤《唐宋八大家文钞》卷八:妙处在物数庞杂,而诠次特悉,于其记可以知其画之绝世矣。

清何焯《义门读书记》卷三十一:"骑而立者五人"至"而莫有同者焉",此段人,骑而立是形状,五人是数。"马大者九匹"至"皆曲极其妙",此段物,晁无咎《莲社图记》本此意为之。

清沈德潜《唐宋八大家文读本》卷五:叙次错综,后因赵侍御戚然有感,卷而归之,尤见旷怀高识,不同寻常处。

清方苞《方望溪先生全集》:周人以后,无此种格力,欧公自谓不能为,所谓晓春深处,而东坡以所传为妄,于此见知言之难。

清张裕钊《濂亭文集》:读此文固须求其参错之妙,尤当玩其精整。

近人林纾《春觉斋论文·流别论》:书画古器物之记,务尚考订,体近于跋尾。韩昌黎之《画记》,专摹《考工》,后人仿效,虽语语皆肖,究同木偶。记古器物因须刻划,必一一摹拟,又似凿矣。

【鉴赏】

本文名为"画记",作者的意图是要再现所喜爱的"杂古今人物小画",以"时而观之",自然主要篇幅要用于记述画面上的"人物之形状与数"。这幅画上绘制了人、马、禽、兽、车辆、兵器、杂物等共五百余数。对于这样一幅长卷,要一一记录下来,即便是只记其大概,一般也恐怕难免行文的板滞或杂乱。而韩愈的这篇文章,其佳妙处正在于精整之中又错落别致。作者巧妙的营构和灵活生动的文字不仅将绘制精密的原画极细腻、形象地展现了出来,同时也生成了文章本身独特的审美价值。

全文条理清楚,构架井然。文中将画面上的人与物,分别归纳成类。即一百二十三个人、八十三匹马、四十九个杂畜、杂禽、杂兽及二百五十四件兵车、杂器等等。然后有主有次地一一进行记述。同时,在记述的过程中,各段落间、段落中的笔法、句式又都随时变换、不拘一格,将这极易陷入单调罗列的文字做得活泼灵动。如文章的前三段以各自有别的笔调先后介绍、描写画中众多的人物、场面、马匹禽畜及器物之后,在第四自然段则又一反前面客观描述的写法,专门自述这幅画得而复失的经过和交代写作本文的目的。这在表明了作者的某些生活情趣的同时,使读者进一步了解了这幅画的来龙去脉。这样不仅在形式上显出变化,而且在客观上拉开了读者的审美心理距离,促使其从更全面的审视角度,对文章精心描摹的画面乃至全文进行艺术鉴赏。

其次是在段之中句子亦自为变换。像文章在开头写下"骑而立者五人,骑而被甲载兵立者十人"之后,又穿插描述道:"一人骑,执大旗前立",使文字立见起伏;又如在第三段的"牛大小十一头、橐驼三头"后,紧接着作者笔锋一转,写道"驴如橐驼之数而加其一焉,隼一,犬、羊、狐、兔、麋、鹿共三十。"这类句式、语言节奏的自然改变在文中比比皆是,曲折宛转而又气韵流贯,有"大珠小珠落玉盘"之美。"杂古今人物小画"上的人和物尽管十分繁杂,只因为用了这种错综的写法,使文章做到了繁而明,简而曲。尤其精彩的是,其简练、多变的笔致,详尽又引人入胜地表现出了画中人马多种多样的神情意态。如所叙人物中有胳膊上架着鹰倚马而站的(倚马臂隼而立者)、坐着指挥别人的(坐而指使者)、戴头盔坐着入睡的(甲胄坐睡者)、坐着脱鞋的(坐而脱足者)、畏冷而靠近火取暖的(寒附火者)、把水或酒正舀出来灌进另一个器皿中的(挹且注者)等等,都是从细微处,从人物的动态落笔,人的动作、表情乃至个性被作者用文字摹写得活灵活现。写马仍是多写其动态,有"翘者、顾者、鸣者、寝者""人立者、龁者、溲者……痒磨树者、嘘者、嗅者、喜相戏者、怒相踶齧者"……凡马的诸般神态差不多都被准确而贴切地表现了出来,仿佛可以从纸上呼之而出。人与马皆"曲尽其妙"。全文看来静中有动,动静对比,画卷中的许多场景描写做到了互相映衬,显示了高度的和谐美。而作者超人的笔底功力,则使这其中的人或物,都被充分体现出了各自所处的情境。完满地表现并突出了这幅画面统一而又多主题的鲜明特点。

新修滕王阁记①

【题解】

元和十四年(公元 819 年)正月,韩愈因上《谏迎佛骨表》,被贬为潮州刺史。如陆行必过洪州(今江西南昌),可一睹滕王阁的风采。可惜作者"便道取疾以至海上",没能如愿。这年冬天遇赦移刺袁州(今江西宜春市),袁州是南昌的属邑,有了在公事之余游览滕王阁的机会。元和十五年六月,朝廷任命王仲舒为洪州刺史、御史中丞、充江西观察使。王公政治清明,深得民心,以至韩愈所在的袁州"无一事可假而行者",这又使韩愈无机会到洪州并游览滕王阁。九月,王公燕宾客,人们提议重修滕王阁。修毕,王公命韩愈作记,这就是《新修滕王阁记》。

本文没有正面描写滕王阁的壮观,而极写对滕王阁的向往以及始终不能如愿观赏的遗憾心情。这虽与作者始终没有到过滕王阁有关,但这种向往和遗憾心情的描写,却可以令读者展开想象天地,自己完成对滕王阁壮美的塑造。这是以虚衬实的手法,新修后的滕王阁"无侈前人,无废后观",保持了原来的风貌。那么三王(王勃、王绪、王仲舒)对滕王阁的记叙,便足以令后人欣赏,而这篇文章次列三王之后,记于壁上,所以凡三王文中已有之义,这里都可以略而不记,这又是韩愈的高明之处。

【原文】

愈少时则闻江南多临观之美②,而滕王阁独为第一,有瑰伟绝特之称③。及得三王所为序、赋、记等,壮其文辞,益欲往一观而读之,以忘吾忧④。系官于朝,愿莫之遂⑤。十四年以言事斥守揭阳,便道取疾以至海上,又不得过南昌而观所谓滕王阁者⑥。其冬,以天子进大号,加恩区内,移刺袁州⑦。袁于南昌为属邑,私喜幸自语,以为当得躬诣大府⑧。受约束于下执事,及其无事且还,倘得一至其处,窃寄目偿所愿焉⑨。至州之七月,诏以中书舍人太原王公为御史中丞,观察江南西道⑩,洪、江、饶、虔、吉、信、抚、袁悉属治所⑪。八州之人前所不便及所愿欲而不得者,公至之日,皆罢行⑫。大者驿闻,小者立变⑬;春生秋杀,阳开阴闭,令修于庭户数日之间,而人自得于湖山千里之外⑭。吾虽欲出意见,论利害,听命于幕下⑮,而吾州乃无一事可假而行者,又安得舍己所事以勤馆人⑯?则滕王阁又无因而至焉矣⑰。

其岁九月,人吏浃和,公与监军使燕于此阁,文武宾士皆与在席⑱。酒半,合辞言曰⑲:"此屋不修,且坏。前公为从事此邦,适理新之⑳。公所为文,实书在壁。今

94

三十年而公来为邦伯,适及期月,公又来燕于此,公乌得无情哉㉑?"公应曰:"诺㉒。"于是栋楹梁桷板槛之腐黑挠折者㉓,盖瓦级砖之破缺者㉔,赤白之漫漶不鲜者㉕,治之则已㉖。无侈前人,无废后观㉗。

工既讫功,公以众饮㉘,而以书命愈曰:"子其为我记之。"愈既以未得造观为叹,窃喜载名其上㉙,词列三王之次,有荣耀焉,乃不辞以承公命㉚。其江山之好,登望之乐,虽老矣,如获从公游,尚能为公赋之㉛。

元和十五年十月某日,袁州刺史韩愈记。

【注释】

①滕王阁:故址在江西新建区西章江门上,西临大江。唐显庆四年(公元659年)滕王李元婴为洪州都督时所建。　　本文作于元和十五年(公元820年)袁州刺史任上。

②则:就。　　临观之美:高大楼台之美。临:高大。观:台榭,楼台。

③独为第一:独自成为第一。独:单独,独自。　　瑰伟绝特:雄伟壮丽超出寻常。瑰伟:谓事物珍美奇异或雄伟。

④及得三王句:等到有了三王所做的序、赋、记等,以他们的文辞为壮,更加想要前往一看并且读一读这些文章,用来忘记我的忧愁。　　及:到了,等到。三王:王勃作《滕王阁诗并序》,王绪作《滕王阁赋》,王仲舒作《修阁记》。　　壮:认为……壮。意动用法。

⑤系官于朝句:被官职拴在朝中,愿望莫能实现。　　系:拴缚。遂:成,实现。

⑥十四年以言事句:宪宗元和十四年因谏迎佛骨事被贬至潮州,即行求快而到了海边,又未能路过南昌并观览滕王阁。　　十四年:宪宗元和十四年(公元819年)。　　斥守揭阳:贬为潮州守臣。揭阳:即潮州。时韩愈为潮州刺史。　　便道:即行,指拜官后不必入朝谢恩,直接赴任。　　海上:海边。潮州治所在海阳(今潮安),辖境相当今广东平远、梅县、丰顺、普宁、惠来以东地区,故称海上。

⑦其冬句:那年冬天,因为皇上发布命令,施恩泽于天下,调迁为袁州刺史。　　其冬:元和十四年(公元819年)冬天。　　大号:帝王的号令。　　区内:宇内,天下。　　袁州:因境内袁山得名,治所在宜春(今属江西)。唐代辖境相当今江西萍乡市和新余以西的袁水流域。

⑧袁于南昌为属邑句:袁州是隶属于南昌的地区,私下里暗自庆幸地自语,认为应当有机会亲自前往上级官府。　　属邑:隶属于别的地方的地区。　　窃:私下里。　　幸:庆幸。　　躬:亲自。　　大府:公府,丞相府。此泛指上级官府。

⑨受约束于下执事句:接受上级长官的约束指导,到了没事将回来的时候,假如有机会得到一次去那里的机会,私下前去观看以实现我的愿望。　　下执事:对洪州长官的敬称。执事:有职守的人。古人不敢言尊,故称长官属僚以示对上级长官的尊敬。　　且:将要。　　傥:假如。　　寄目:注视,观看。　　偿所愿:实

⑩至州之七月句:到达袁州的七月,皇帝诏令将中书舍人太原王公仲舒调为御史中丞、江南西道观察使。 中书舍人:掌制诰(撰拟诏旨),以有文学资望者充任。 太原王公:太原人王仲舒。 御史中丞:御史中丞为御史大夫之佐。唐代设御史大夫,但往往缺位,由御史中丞代行其职。 江南西道:唐玄宗开元二十一年(公元733年)将江南道分为东西两道。西道治所在洪州(今江西南昌市),辖境相当今湖南洞庭湖,资水流域以东和东道以西地区。

观察:观察使,为一道的行政长官,掌考察州县官吏政绩,兼理民事。

⑪洪、江、饶、虔句:洪州、饶州、虔州、吉州、信州、抚州、袁州全都属于江南西道管辖。 洪:洪州,治所南昌,即今南昌市。 江:江州,治所浔阳,即今九江市。虔:虔州,治所赣县,即今赣州市。 吉:吉州,治所庐陵,即今吉安市。 信:信州,治所上饶,即今上饶市。 抚:抚州,治所临川,即今抚州市。 袁:袁州,治所宜春,即今宜春市。 治所:治理、管辖的地方。

⑫这句的意思是:八州人民先前认为不方便和想要实行而不能实行的政策法令,王公到达之日起,全都免除和实行之。

⑬大者驿闻句:重要的事情通过驿使报告给君王,小的事情立即改变。

⑭这句的意思是:春季萌生秋季肃杀,阳气上升阴气闭塞,法令制度在室中几天之内就制定出来,而人民却在湖山千里之外得到了益处。

⑮吾虽欲出意见句:我虽然想要提出意见,论说利害,在幕府中听从教诲。 幕下:幕府,军政大臣的府署。

⑯而吾州乃无一事句:但是我的州中却没有一件事可以借机向幕府请示而前往,又哪里能舍掉自己的工作而去辛苦那些掌管馆舍的人。 假:借机。 馆人:古代掌管馆舍的人,指到南昌去。

⑰则:于是。 无因:没有理由。 焉:"于是"的兼词。

⑱人吏浃和:百姓、官吏的关系和洽。 浃:融洽。 监军使:监督军队的官员。 燕:通"宴"。 与:陪从,陪侍。

⑲酒半句:酒宴过半,大家异口同声地说。 合辞:众口一词,异口同声。

⑳此屋不修句:这座阁楼不修,将要毁坏。先前王公在这里担任从事之官,恰好将此楼整治一新。 此屋:指滕王阁。 且:将。 公:指王仲舒。从事:州郡长官自辟的僚属。 此邦:指洪州。 适:恰好,刚好。 理新:整治一新。理:讳唐高宗李治的名。

㉑今三十年而公来句:三十年后的今天而王公来这里担任观察使,刚好到了一周月,王公又来这里宴请宾客,王公哪里能没有重修滕王阁的愿望呢? 今三十年:《旧唐书·列传第一百四十》:穆宗即位(公元821年),(王仲舒)复召为中书舍人。其年出为洪州刺史、御使中丞、江南西道观察使。 邦伯:州牧,古用以称一方诸侯之长。后因称刺史、知州等一州的长官。此指王仲舒。 无情:没有愿望。情:意愿、欲望。

㉒公应曰句:王公答应道:"同意。"　诺:表示同意、遵命的答应声。

㉓栋:屋的正梁。　楹:厅堂的前柱。　梁:屋梁,也指檩。　桷,方形的椽子。　槛:栏杆。　腐黑挠折者:腐烂变黑弯曲折裂的。

㉔盖瓦级砖句:覆盖的瓦、阶级的砖残破缺损的。　盖瓦:房顶上遮盖的瓦。级砖:地上阶磴的砖。级:阶、磴。

㉕赤白句:红白模糊不可辨别不鲜明的。　漫漶:模糊不可辨别。

㉖这句的意思是:修治它于是完毕。

㉗无侈前人句:修整后的滕王阁,制式不超过前人,也不荒废后人的观看。　侈:超过。　废:荒废、废弃。

㉘工既讫功句:工程已经完工,王公与众人同饮。　讫:完,毕。　功:完成,成功。　以:与。

㉙愈既以未得造观句:我已经因为未能得到前往观看的机会而感叹,又暗喜能够把自己的名字记在滕王阁的壁上。　造:往、到。

㉚词列三王之次句:文章排列在三王文章的旁边,有美好的声誉,于是就没有拒绝而承担了王公让我做记的使命。　词:指《新修滕王阁记》。次:旁边,近旁。　荣耀:美好的声誉,好名声。　辞:拒绝。

㉛这句的意思是:那江山的美好,登望的快乐,虽然老了,如果得到跟从王公游览的机会,还能为王公作文歌颂它。

【集评】

明徐时泰《东雅堂昌黎集注》卷十三:滕王阁在洪州,公自袁州作此记,凡五百五字。首尾叙其不一到为叹,而终之曰:"其江山之好,登望之乐,虽老矣,如获从公游,尚能为公赋。"盖叙事之外,所以寄吾不尽之意。欧阳永叔为襄守史中辉记岘山亭,尹师鲁为襄守燕公记岘山亭,苏子美为处守李然明记照水堂,苏子瞻为眉守黎希声记远景楼,四者其辞虽异,而大意略同,岂作文之法当如是耶? 抑亦祖公此意而为之也?

97

明茅坤《唐宋八大家文钞》卷八：通篇不及滕王阁中情事，而止以生平感慨作波澜，婉而宕。

清何焯《义门读书记》卷三十一：切新修，切王公，切袁州刺史作记。"愈少时"至"愿莫之遂"，凌空而起，便是新修，发端又不着迹。走笔书大意，自是超妙绝伦，其胸次要无点尘也。"而滕王阁独为第一"，直入。"及得三王所为序、赋、记等"，并关会弘中，紧甚。"春生秋杀，阳开阴闭"，魁弘。八字非此老无此心胸。"令修于庭户数日之间"二句，兼之以颂，却于不得造观中点出，都化云烟，了无痕迹。"吾虽欲出意见"三句，断续穿漏。"前公为从事此邦"至"实书在壁"，照应文辞句，以前一层衬新修，前后以此为关锁，中间又一提醒。"于是栋楹梁桷板槛之腐黑挠折者"六句，新修记。"无侈、无废"二句，极造语之妙。"其江山之好"至"尚能为公赋之"，照应临观之美句，以后一层衬作记。"老、少"二字首尾关键，摇曳不尽。

清沈德潜《唐宋八大家文读本》卷三：总以未得造观生情作态，此记体中别行一路法也。末段意言俱不尽，读者徘徊赏之。

【鉴赏】

《新修滕王阁记》，篇名似是写景，但与一般写景文字迥然不同。

滕王阁是初唐时高祖之子滕王李元婴官洪州(今江西南昌市)都督时所建，筑于章江门城上。危楼高耸，下临赣江，远览山川，俯瞰城府。后又曾改建，壮丽非凡。素有"江西第一楼"之称。韩愈在此正是以对滕王阁的赞美开始行文的："愈少时则闻江南多临观之美，而滕王阁独为第一，有瑰伟绝特之称……"。后面的"及得三王所为序赋记等"，系指初唐王勃作《滕王阁序》，另有王绪关于此阁做过赋，今(元和十五年)中丞王公为从事日作修阁记。滕王阁如此壮观，又有这些"壮其文辞"的序赋记等，作者自然"盖欲往一观而读之"，以忘却自己的烦忧。下面笔势一转，却是"系官于朝，愿莫之遂。"并未能如愿前去观赏。至此这一部分文字可看作全篇的序，即先说明了对滕王阁极欲往观而未能如愿。下文开始叙述几次想去滕王阁而没能去成的经历始末。一是在元和十四年，作者因"言事"(指上《论佛骨表》)被贬斥潮州(今广东省潮安区一带，揭阳，潮阳地区的古称)，前往任所时，本来可途经南昌去观阁，因取便道走的是海路，所以没去成。是年冬，移职于袁州，袁州为南昌的属邑，因此作者"私喜幸自语"，窃自盼望能一至其处得偿所愿。当不久后御史中丞王公(王公，王仲舒，其时亦仅江西观察使)前来观察江南西道时，属邑八州之人，凡"公至之日，皆罢行之"。此时作者却又因"无一事可假而行者"，丧失时机，"则滕王阁又无因而至焉矣！"屡次想去而不得去的遗憾，至此已渐渐流溢于字里行间。及至后文又叙写王公如何与监军及众文武宾士宴(燕，同宴)于滕王阁，并起意修葺此阁，又如何在工讫后以书命作者为记此事。"愈既以未得造观为叹，……乃不辞公命"，至此句总收上文，点出了一个"叹"字，萦回往还地反复抒发了不得登临滕王阁的感叹。末尾是："其江山之好，登望之乐，虽老矣，如获从公游，尚能为公赋之。"则在叙事之外，又以不尽之言，寄寓了作者的满腔不尽之意。较之一般的写景抒情文,这篇文章可谓独辟蹊径。全篇除用少数文字扼要记叙了滕王阁的修建过程外,几乎全是围绕登阁一事倾诉心向往之与不得偿愿之情。而在作者这种情真意切,余味缭绕的感情抒发中,不得见的滕王阁的美景便越发容易引起人们的遐想,促使读者和作者一起,去尽力想象滕王阁的美。那种扑朔迷离的想象之美与人们对美好事物的憧憬追求融合在一起,便升成了朦胧美妙的审美意象。正像姜夔在《白石道人诗说》中所指出的:"辞意俱不尽者,不尽之中固已深尽之矣"。同时,不得揽胜之叹原是人们常有的情感,韩愈将此宛转摹状而出,正是道出了"人人心中皆有,人人笔下皆无"的一种感情状态,故而容易引起人们的共鸣和新奇之感。马通伯的《韩昌黎文集校注》中针对此文说:"欧阳永叙为襄守史中辉记岘山亭,尹师鲁为襄守燕公记岘山亭,苏子美为处守李然明记照水堂,苏子瞻为眉守黎希声记远景楼:四者其辞虽异,而大意略同;岂作文之法当如是耶?抑亦祖公此意而为之也。"由此可见这篇作品的影响之大。

子产不毁乡校颂①

【题解】

唐德宗贞元十五年(公元799年),太学生薛约因进言得罪当权者,被迫离开京师,迁往连州(今广东连州市)。国子司业阳城十分同情薛约的遭遇,亲自设宴为他送行。这一行动被视为袒护罪人,亦被贬为道州刺史。太学生二百七十人来到朝廷请愿,要求朝廷收回成命,留下阳城。但太学生的奏疏因当权者的阻挡,根本没有晋上。当权者压制太学生的作法,引起耿介忠直之士的不满。这一年任徐州节度使张建封推官的韩愈,来到京城。"愈发言直率,无所畏避"(见《旧唐书·韩愈传》),写了《子产不毁乡校颂》一文,借古喻今,用子产不毁乡校,广开言路,反喻当今的当权者拒纳忠言,堵塞进言之路。作者一针见血地指出:"川不可防,言不可弭;下塞上聋,邦其倾矣。"这无疑是对当权者的警告。本文以"我思古人"开头,以"我思古人"结尾,首尾回环,反复强调子产这类精于治国的古人不可多得,这也正是大唐"有君无臣"的原因,可谓针砭时弊入木三分。

【原文】

我思古人,伊郑之侨,以礼相国②;人未安其教,游于乡之校,众口嚣嚣③。或谓子产:"毁乡校则止。"曰:"何患焉?夫岂多言?亦各其志④。善也吾行,不善吾避,维善维否,我于此视⑤。川不可防,言不可弭⑥。下塞上聋,邦其倾矣⑦。"既乡校不毁,而郑国以理⑧。在周之兴,养老乞言⑨;及其已衰,谤者使监⑩。成败之迹,昭哉可观⑪。维是子产,执政之式⑫。维其不遇,化止一国⑬。诚率是道,相天下君,交畅旁达,施及无垠⑭。於乎,四海所以不理,有君无臣⑮。谁其嗣之?我思古人⑯。

【注释】

①子产不毁乡校:事见《左传·襄公三十一年》:"郑人游于乡校,以论执政。然明谓子产曰:'毁乡校如何?'子产曰:'何为?夫人朝夕退而游焉,以议执政之善否。其所善者,吾则行之;其所恶者,吾则改之,是吾师也,若之何毁之?我闻忠善以损怨,不闻作威以防怨。岂不遽止?然犹防川,大决所犯,伤人必多,吾不克救也;不如小决使导,不如吾闻而药之也。'"   乡校:学校。   颂:文体的一种。《文心雕龙·颂赞》:"原夫颂惟典雅,辞必清铄,敷写似赋,而不入华侈之区;敬慎如铭,而异乎规戒之域。"

②我思古人句：我思念古人，这就是郑国的公孙侨，他能用礼来治理国家。
伊：此，这。　　郑之侨：郑国执政大夫公孙侨，字子产，为郑简公、郑定公时的辅相。

③人未安其教句：人们未安心于他们的教育，在乡校游玩，众人议论纷纷。
嚣嚣：议论纷纷貌。

④或谓子产句：有人对子产说："废掉乡校，议论就会停止。"子产说："忧虑什么呢？哪里是众说纷纭呢？也是各自表达他们的志向罢了。"　　或：有的人。
患：忧虑。

⑤善也吾行句：好的意见我实行，不好的意见我回避，是好是坏，我从这些谈话中观察判断。　　维：句中语气词，帮助判断。否：坏。

⑥川不可防句：河水不能够筑坝防堵的，言论不能够强行消除的。　　防：堤坝。活用为动词。筑堤坝。　　弭：消除。

⑦这句的意思是：下面的意见被堵塞，上面像聋子一样听不到声音，国家将要倾颓了。

⑧既乡校不毁句：既然乡校没有废弃，郑国因此得以治理。　　以：因此。

⑨在周之兴句：在周朝兴盛的时候，养年老的人征求他们对国政的意见。
养老乞言：《礼记·王制》："五十养于乡，六十养于国，七十养于学。"　　乞言：征求意见。

⑩及其已衰句：到了它已经衰落的时候，便派人监视议论朝政的人。　　及：到了，等到。　　谤：议论。　　谤者使监：《国语·周语上》："厉王虐，国人谤王，王怒，得卫巫，使监谤者，以告，则杀之。"

⑪这句的意思是：成功失败的事迹，明显地可以由此观察。

⑫维是子产句：这位子产，是执政者的榜样。　　维：句首语气词，无实义。
是：此。　　式：榜样，典范。

⑬维其不遇句：他没遇到明主，只施政一国而已。　　维：句首语气词。
化：教化。此指施政。

⑭诚率是道句：果真遵循这些主张，交互畅通普遍达到，可以推及至无边际的地方。

⑮於乎：叹词。　　四海所以不理：天下因此不治的原因。四海：指中国。理：避唐代皇帝李治之讳。　　有君无臣：有明君而没有贤臣。

⑯谁其嗣之：谁将继承他，我思念古人子产。

【集评】

明茅坤《唐宋八大家文钞》卷十：子产之识远，故不毁乡校。退之之思深，故为颂。

清林云铭《韩文起》卷七：此欲国家大开言路而作也。所引乞言监谤，明明是人君之事，因不便斥言人君，故归重于执政；又不便突言子政，故借子产之相郑国，惜其不得大用,而以"有君无臣"四字,作笼统语,逼出立言本旨,多少浑雅。起结皆用"我思古人"句,见得是道必不可复见于今之意。妙在"谁其嗣之"四字,乃国人诵子产现成语,不即不离间,有无穷之味。

【鉴赏】

　　子产是春秋时代郑国的大夫,名公孙桥,字子产。他是历史上一个比较开明的、有影响的政治家。他"不毁乡校"的事迹,最早见于《左传·襄公三十一年》。"乡校",是古代乡间办的学校,也是乡人,特别是文人学士容易聚集议论政事的地方。"颂",是古代的一种文体,以称颂褒扬某人某事为内容,一般是韵文,偶尔也有无韵的。

　　本文约作于唐德宗贞元十五年(公元799年)。其时朝廷忌疾太学生对于朝政的建议,曾有二百七十名太学生诣阙乞留国子司业阳城出任事,但经数日,吏加以阻止,疏不得上。故此韩愈针对时弊,有感而发。他特地将《左传》中关于子产的记载改写成浅近畅达的韵文,在文中通过对子产事迹德行的反复赞颂,来表达他对当时执政者忌言讳贤,闭塞视听状况的忧虑和感时忧世的沉重感情。

　　本文在艺术上的突出成就,是将前人所记录下来的事实加以巧妙的改写,使这篇不足三百字的短文,融叙事、议论、抒情于一炉,形成了一篇较有深度的美文。

　　文章开首叙述子产不毁乡校的经过和由此而产生的政绩。子产广开言路,并不因当时郑人纷纷出入乡校去议论他治国的措施就去毁掉乡校,而是从乡校的舆论中去检视治国的政令是否得当。他开明的政治作风,使郑国得到了好的治理,并且很快安定下来。在这里作者把《左传》中的散文改作韵文,却不用当时

一般韵文中常见的难字或拗句,仍然袭用了散文的法度,明白畅晓、娓娓道来。文中既严格遵照史载事实,又不受古已有之的记载的约束,字字句句仿佛信手拈来,自然合拍,全然语由已出,浑无牵强滞涩之感。韩愈一生致力的古文运动,主要就是摒弃六朝以来的骈俪文体,反对写作中的虚浮风气;倡导内容形式统一的文道合

韩愈卷

一说,讲求务去陈言、文从字顺的清新文风。韩愈又擅长将古代书面语言与当时的口语融为一体,推陈出新,融铸新词。在这篇《子产不毁乡校颂》中,他善于选择和组织字意浅显却又富于表现力的古代书面语言。象"游于乡之校,众口嚣嚣""川不可防,言不可弭,上塞下聋,邦其倾矣"等等,前者是描述郑人聚于乡校议论的情景,后者是比喻民言像河水一样不可阻塞,文字都深入浅出,刘勰《文心雕龙·赞颂》中说:"颂惟典雅、辞必清烁",韩愈此文可说二者兼而有之,读来如江河流水,顺势而下,表现了作者独特的艺术优长。

　　然而只将子产的事情用出色的文笔转述出来,虽然已传达出了作者的感情倾向,但在作品本身来说,还只是下面继之以赞颂和议论的依据;对美文整体而言,也主要是尚未予以开拓的具体事象。作者紧接着在下面举出了周朝兴衰的例子:"在周之兴,养老乞言;及其已衰,谤者使监"。据《诗·大雅·行苇》的序和《国语·周语》中先后所载,在周文王姬昌的十一世祖公刘时,已举行奉养老人的典礼,请求年高有德的老人发表意见,并把他们的话当作施政的标准。当到了周厉王姬胡的时期,厉王暴虐无道,引起国人非议。他便派卫巫去监视人们,听到谁骂他,就把说话的人杀掉,使国人敢怒不敢言。后来人民终于起来一致反抗他,将他放逐了出去。这样从子产之事又转到周朝兴衰的例子上去,从形式上来看,属于一种"垫高"式写法。前人包世臣的为文之说中有云:"为其立说不足耸听也,故垫之使高,……高则其落也峻"。垫高即好比提高水位,使水下落时更加有力。作者记述了子产的畅通民意、治国有方。如此再加以周朝达民意和阻言路所引起的兴亡正反两方面例子,便进一步加强了作品论证的力量,使文章显得波浪层叠,更富有吸引力。同时作者不将眼光局限在个别事物上,而是由此延伸,在更广阔、深远的历史范围内引征更多的事例来共同论证,无疑也增加了作品叙事、议论的美感厚度。由此在文章最后部分再过渡到对子产的热烈赞颂,抒发作者对其"化止一国"的惋惜和"后无来者"的感叹,直至"我思古人",思古以慨今,首尾呼应,将文章进一步推向了深入。作者寄寓遥深的思想情感,给人留下了难忘的印象。

伯夷颂①

【题解】

伯夷是商代孤竹国君的长子。孤竹君临死前指定次子叔齐为继承人。孤竹君死，叔齐让位其兄，他不受。后兄弟二人一起投奔周，正逢武王伐纣，二人叩马而谏，认为以臣伐君是不义的。武王灭商后，二人耻食周粟，饿死在首阳山。封建时代把伯夷当作义士的典型加以歌颂。韩愈称赞伯夷"特立独行"，"穷天地亘万世而不顾者也"。伯夷所以如此，是因为他"信道笃而自知明者也"。用今天的眼光看，伯夷是一个不值得歌颂的人，作者立论的偏颇是十分明显的。

【原文】

士之特立独行，适于义而已，不顾人之是非，皆豪杰之士，信道笃而自知明者也②。一家非之，力行而不惑者寡矣③；至于一国一州非之，力行而不惑者，盖天下一人而已矣④；若至于举世非之⑤，力行而不惑者，则千百年乃一人而已耳。若伯夷者，穷天地亘万世而不顾者也⑥。昭乎日月不足为明；崒乎泰山不足为高；巍乎天地不足为容也⑦。

当殷之亡、周之兴，微子贤也，抱祭器而去之⑧。武王、周公圣也，从天下之贤士与天下之诸侯，而往攻之⑨，未尝闻有非之者也。彼伯夷、叔齐者，乃独以为不可⑩。殷既灭矣，天下宗周⑪。彼二子乃独耻食其粟，饿死而不顾⑫。繇是而言，夫岂有求而为哉⑬？信道笃而自知明也⑭。

今世之所谓士者，一凡人誉之，则自以为有余；一凡人沮之，则自以为不足⑮。彼独非圣人，而自是如此⑯。夫圣人乃万世之标准也⑰。余故曰：若伯夷者，特立独行，穷天地亘万世而不顾者也。虽然，微二子，乱臣贼子接迹于后世矣⑱。

【注释】

①伯夷：姓墨胎，名允，字公信。　　颂：文体名。参见《子产不毁校乡颂》注①。

②士之特立独行句：士人志行高洁有坚定的操守，只是适合于"义"的标准罢了，不考虑别人对自己看法如何，全都是豪杰之人，信奉"道"很笃诚并且有自知之明。　　特立独行：志行高洁，不随波逐流。　　是非：意动用法，认为对还是不对。　　豪杰之士：才能出众之人。　　笃：忠诚，厚道。　　自知明：自知之明，

104

能够正确认识自己,了解自己的长处和短处。

③一家非之句:一家人非难他,能够努力实行而不怀疑自己所作所为的人是很少的。　　非:非难,责难。　　力行:竭力而行,努力实行。　　惑:怀疑,疑惑。

④一国:一个诸侯国。诸侯的封地为国。

⑤举世而非:整个世上全都非难他。　　举:所有,全部。

⑥若伯夷者句:像伯夷这样的人,则是整个天地的中间,绵延万世之中而不顾虑人们非难的一个人。　　穷:终端,终极。穷天地,即整个天地中间。　　亘:绵延。　　顾:眷念,顾虑。

⑦昭乎日月句:跟伯夷比,光明的日月不足以称为明亮;高峻的大山不足以称为高大;高远的天地不足以称为包容万物。　　昭:光明,明亮。　　崒:高峻。　　泰山:大山。　　巍:高大,高远。　　容:包容,容受。

⑧微子贤句:微子是一个有道德有才能的人,见商将亡,抱着祖宗的祭器并且离开商都殷。　　微子:名启(一作开),商纣王的庶兄,封于微(今山东梁山西北)。因见商代将亡,数谏纣王,王不听,遂抱祭器出走。周灭商后,封于宋,成为周代宋国的始祖。

⑨从天下之贤士句:使天下的贤士和诸侯跟从他们,前去攻打殷纣王。从:使动用法,使跟从,带领。

⑩彼伯夷句:伯夷、叔齐却单独认为不可以伐纣。　　彼:句首语气词,无实义。　　乃:却。

⑪天下宗周:天下尊奉大周。　　宗:尊奉,归往。

⑫彼二子句:那两个人却独自认为吃周的粮食是耻辱的,宁可饿死也无所顾忌。　　耻:意动用法,认为耻辱。

⑬繇是而言句:由此而言,难道是他们有所追求才这样做的吗?繇:通"由",从,自。

⑭信道笃句:对古代的政治主张和思想体系信仰的坚定并且有自知之明。道:政治主张和思想体系。　　笃:坚定。

⑮今世之所谓士者句:当今世上所说的贤者和智者,一旦人们赞美他,就自己认为有长处;一旦人们诋毁他,就自己认为做得不够。　　一:一旦,一经。　　凡人:世上的人们。　　沮之:诋毁他。　　沮:诽谤,诋毁。

⑯彼独非圣人句:他独圣人,并且自认为这样做是对的。　　独:独自。而:并且。　　自是:自认为对。

⑰这句的意思是:那圣人乃是万代的楷模啊。

⑱虽然句:虽然如此,如果没有伯夷、叔齐两个人,乱臣贼子就会足迹相接着出现在后世了。　　虽然:虽然如此,虽然这样。微:无。　　接迹:足前后相接,形容人多。

【集评】

宋王安石《王临川先生文集》卷六十三:夫伯夷,古之论有孔子、孟子焉。以孔孟之可信而又辩之，反复不一，是愈益可信也。孔子曰：不念旧恶，求仁而得仁，饿于首阳之下，逸民也。孟子曰：伯夷非其君不事，不立恶人之朝，避纣居北海之滨，目不视恶色，不事不肖，百世之师也。故孔孟皆以伯夷遭纣之恶，不念以怨，不忍事之，以求其仁，饿而避，不自降辱，以待天下之清，而号为圣人耳。然则司马迁以为，武王伐纣，伯夷叩马而谏，天下宗周而耻之，义不食周粟，而为采薇之歌。韩子因之，亦为之颂，以为微二子，乱臣贼子接迹于后世。是大不然也。夫商衰而纣以不仁残天下。天下孰不病纣，而尤者伯夷也。尝与太公闻西伯善养老，则往归焉。当是之时，欲夷纣者，二人之心岂有异邪？乃武王一奋，太公相之，遂出元元于涂炭之中。伯夷乃不与，何哉？盖二老所谓天下之大老，行年八十余，而春秋固已高矣。自海滨而趋文王之都，计亦数千里之远。文王之兴以至武王之世，岁亦不下十数。岂伯夷欲归西伯而志不遂，乃死于北海也？抑来而死于道路邪？抑其至文王之都，而不足以及武王之世而死邪？如是而言，伯夷其亦理有不存者也。且武王倡大义于天下，大公相而成之，而独以为非，岂伯夷乎？天下之道二：仁与不仁也。纣之为君，不仁也。武王之为君，仁也。伯夷固不事不仁之纣，以待仁而后出。武王之仁焉，又不事之，则伯夷何处乎？呜呼，使伯夷之不死，以及武王之时，其烈岂独太公哉？

南宋程颐《二程集·河南程氏遗书》卷十八：韩退之颂伯夷，甚好，然只说得伯夷介处。要知伯夷之心，须是圣人。语曰："不念旧恶，怨是用希。"此甚说得伯夷心也。

明唐顺之《文编》：昌黎此文，分明从《孟子》中脱出来，人都不觉。

明茅坤《唐宋八大家文钞》卷十：昔人称太史公传酷吏、刺客等文，各肖其人。今以此文颂伯夷亦尔。然不如史迁本传。

清何焯《义门读书记》卷三十一卷："士之特立独

行"三句，圣一层。"信道笃而自知明者也"，智一层。"一家非之，力行而不惑者寡矣"至"千百年乃一人而已耳"，总上二层。"昭乎日月"至"不足为容也"，六语颂，"昭乎"句以知言；"崒乎"句以行言；"巍乎"句以知行之极言。"夫岂有求而为哉"，应适于义句。张南轩无所为而为之谓义，盖出于此。"彼独非圣人而自是如此"，应"未有非之者也"句。言非武王、周公之所为而自以为是。"夫圣人乃万世之标准也"，圣人二字从"武王、周公圣也"生下。"余故曰"至"亘万世而不顾者也"，结"特立独行"。圣人万世之标准，彼非圣人，是不顾万世矣。

清张伯行《唐宋八大家文钞》卷三：特立独行，适于义，乃为万世标准。然非信道笃而自知明，乌能力行不惑如是？闻伯夷之风者，固宜顽廉懦立，慨然兴起也。此人真说得圣人身份出。

【鉴赏】

《韩昌黎文集》中仅有三篇"颂"——《子产不毁乡校颂》《河中府连理木颂》和《伯夷颂》，可见韩愈不轻易使用这种文体。

伯夷，是商朝末年孤竹国国君的长子，叔齐为其弟。孤竹君死后，两人互相推让，不愿自立为君，最后共同弃国而走，这便是"伯夷，叔齐让国"之事。周武王讨伐残暴的殷纣王，他们认为是"以臣弑君"，曾"叩马而谏"。武王灭殷后，两人逃避到首阳山，不食周粟而死，这便是"饿死首阳山"之事。

对于这样的历史人物，古往今来评价不一，而以褒扬为多。孔子称赞他们"求仁而得仁"，孟子称他们为"圣之清者"，司马迁认为他们是"积仁挈行"的"善人"，韩愈更对其推崇备至。王安石反对司马迁《伯夷列传》，反对韩愈《伯夷颂》赞颂伯夷，谓"大不然也"。"后世偏见独识者之失其本也。"（《临川先生文集》卷六十三）毛泽东认为，韩愈写《伯夷颂》"那是颂错了"，因为他"颂的是一个对自己国家的人民不负责任、开小差逃跑、又反对武王领导的当时的人民解放战争、颇有些'民主个人主义思想'的伯夷。"（《别了，司徒雷登》）或褒或贬，各有其理由，共同之处：都针对现实而发。举例来说，汉代存在"争利""争国"的社会现象，司马迁便作《伯夷列传》赞其"奔义""让国"。韩愈使用"颂"这种他轻易不用的文体来称颂伯夷"信道笃而自知明"的品质和"不顾人之是非""穷天地亘万世而不顾"的反抗世俗精神，他是以伯夷自况，通过表彰伯夷，表现自己与当时社会环境格格不入——"特立独行""信道笃而自知明"。

当时的社会环境特点——藩镇割据、宦官擅权，庶族地主受到压抑，佛老盛行，骈文因袭成风……。韩愈以其"特立独行"为社会环境所不容，主要表现在：一、排击佛老。他"素不喜佛"（《旧唐书·韩愈传》），先有《原道》，后有《论佛骨表》问世。尤其是《论佛骨表》矛头直指迎佛骨的唐宪宗，结果，被贬往潮州。二、主张削平藩镇。元和十年（公元815年），宪宗准备用兵淮西，遭朝臣元老反对，韩愈条陈利害，坚决主战；藩镇威胁朝廷，派人刺杀宰相武元衡，刺伤兵部侍郎裴度，韩愈力排众议，坚决主张"兵不可息"，结果又被贬官；镇州节度使王庭凑叛乱，韩愈被朝廷派往宣抚叛军，韩愈大义凛然，单车驰入镇州，责以大义，折其逆焰而归。《伯夷颂》末尾说："虽然，微二子，乱臣贼子接迹于后世矣。""乱臣贼子"当是指割据一方的藩镇而言。韩愈借伯夷反对周武王（当时是臣）征讨殷纣王（君），表示他反对藩镇（臣）背叛朝廷。问题在于他没有分清二者的正义、非正义性质。三、扫荡骈体时

四、"以文为戏"，写《毛颖传》等，受到非议，而不改初衷。五、收召后学，作《师说》，"以是得狂名"而我行我素。

韩愈的政治思想较为复杂，主要渊源于儒家，《伯夷颂》是其维护儒家"君臣大义"思想的流露。

全文仅三百十余字，短小精炼，由三段组成。首段提出中心论点：对"士"的要求"特立独行""不顾人之是非""信道笃而自知明"。立身行事，决不随波逐流，是"士"对待外界环境总的态度；不顾别人的批评、议论，是对外界反应采取独立的看法，乃"特立独行"的具体化；有坚定的信念又了解自己，是对内心世界的要求，也是挖掘"特立独行"的力量源泉。第二段紧扣中心论点展开论述，赞叹伯夷"特立独行"，不为世俗所囿。可分三层。第一层就"不顾人之是非"阐发、议论。全家人都批评他不对，仍能坚持不动摇的人，是很少的，"一国一州非之""举世非之"而"力行不惑者"，则"天下一人""千百年乃一人"也。谓"不顾人之是非"之难。第二层，紧承前意，点出伯夷之名，予以高度评价。伯夷，乃"穷天地亘万世而不顾者"，所以，日月没有他光明，泰山没有他高峻，天地没有他宏大。

先颂后叙，以伯夷、叔齐"叩马而谏"，"饿死首阳山"的事迹印证"穷天地亘万世而不顾"。第三层，指出他们能这样做，没有别的企求，原因在于"信道笃而自知明"。第三段，联系现实，总结全文，提出伯夷"特立独行"精神对后世影响之大。"今世之所谓士者"与伯夷完全相反，普通人称赞他，他就以为了不起；毁坏他，他就以为自己不行。而伯夷、叔齐却与众不同，敢于"非圣人而自是"，而"圣人乃万世之标准"，并不因伯夷的反对，就失去其"圣"。在韩愈看来，伯夷最可贵之处就在于"非圣人而自是"。这是一方面，另一方面，"圣人乃万世之标准"，这句并非打马虎眼，而是表白韩愈对圣人的崇敬。可见韩愈并不否定周武王伐纣之伟业。他在文章第二段曾说："武王、周公，圣也。"这与他一贯推尊尧舜禹汤文武周公孔孟相一致。韩愈所肯定的主要是伯夷"非圣人而自是"的"特立独行"的精神。在做以上的阐释之后，自然地得出结论："若伯夷者，特立独行，穷天地亘万世而不顾者也。"再次赞颂伯夷，并论及这种精神对后世的影响——没有他们，后世"以臣弑君"的"乱世贼子"将会无所畏忌，不断出现。

本文在写作上的特点,主要是:一、前呼后应,对比、递进。篇首揭出"士之特立独行",篇末仍以"特立独行"作结。第二段有"伯夷者,穷天地,亘万世而不顾者也",后面则有若伯夷者,"穷天地,亘万世而不顾者也"与之呼应。第一、二、三段论真正的"士",第四段则用"今世之所谓士者"与之对照。第三段写殷、周交替之际,殷纣王的庶兄微子,抱着祭祀祖先的用具,到武王军前投诚,武王伐纣,未尝闻有非之者,跟伯夷、叔齐"乃独以为不可",宁可饿死,也不食周粟对比,以强调伯夷、叔齐"特立独行""不顾人之是非"。从不顾人之是非,说到不顾一家、一国、一州、天下之人是非,再说到不顾天地万世之是非,逐层推进,从而突出伯夷、叔齐的特立处。呼应、对比、层递的灵活使用,使得文章论点鲜明,论证有力。二、一议到底,气势旺盛。本文与一般史论文章先叙述史实,再发表议论的写法不同,而是立足于议。题为《伯夷颂》,却以泛论"士之特立独行"发端与收束。全文以论为主,伯夷不过作为这种议论的例子而已。议论实际上也是"颂"伯夷。议与赞相辅相成,论与叙结为一体。由于以议论开篇,取得高屋建瓴之势,语气连贯,气势非凡,运用排句,更见力量。如"昭乎日月不足为明,崒乎泰山不足为高,巍乎天地不足为容"。一连三个排句,宛若长江大河,奔泻千里。

鳄鱼文①

【题解】

韩愈因谏迎佛骨,被贬至潮州。《新唐书·韩愈传》:"初,愈至潮,问民疾苦,皆曰:'恶溪有鳄鱼,食民畜产且尽,民以是穷。'数日,愈自往视,令其属秦济,以一羊一豕,投溪水而祝之。是夕,暴风震电起溪中,数日水尽涸,西徙六十里,自是潮无鳄鱼患。"韩愈驱鳄鱼事真,而在"暴风震电"之中,潭水西徙六十里,潮州自此便无鳄鱼患,则带有一种神秘色彩。现在已无法考订事之真伪。通观全文,实在是一篇讨伐鳄鱼的檄文。全文正文三段。第一段表明身为朝廷命官,不能与鳄鱼"杂处"的决心。第二段历数鳄鱼为害一方,残害民众的罪恶。第三段令鳄鱼七日内尽数离开,否则"必尽杀乃止",等于给鳄鱼下了最后通牒。人们评论此文,往往只注意驱鳄本身的前因后果,而没有注意此文的更为广泛的意义。韩愈实际上是把为害一方的酷吏恶政比成鳄鱼之害。这篇驱鳄鱼文,同时又是一篇讨伐贪官污吏,铲除恶政弊端的檄文,是作者就任潮州刺史的就职纲领和为民除害、为民造福的宣言书。

【原文】

维年月日,潮州刺史韩愈②,使军事衙推秦济③,以羊一、猪一,投恶溪之潭水,以与鳄鱼食,而告之曰④:

昔先王既有天下,列山泽,罔绳擉刃,以除虫蛇恶物为民害者,驱而出之四海之外⑤。及后王德薄,不能远有⑥,则江汉之间,尚皆弃之以与蛮夷楚越,况潮岭海之间,去京师万里哉⑦?鳄鱼之涵淹卵育于此,亦固其所⑧。今天子嗣唐位,神圣慈武,四海之外,六合之内,皆抚而有之⑨,况禹迹所掩,扬州之近地,刺史县令之所治,出贡赋以供天地、宗庙、百神之祀之壤者哉⑩?鳄鱼其不可与刺史杂处此土也⑪!

刺史受天子命,守此土,治此民,而鳄鱼睅然不安溪潭⑫,据处食民畜、熊、豕、鹿、獐,以肥其身,以种其子孙⑬,与刺史亢拒,争为长雄⑭。刺史虽驽弱,亦安肯为鳄鱼低首下心⑮,伈伈睍睍,为民吏羞,以偷活于此邪⑯?且承天子命,以来为吏,固其势不得不与鳄鱼辨⑰。

鳄鱼有知,其听刺史言:潮之州,大海在其南。鲸鹏之大,虾蟹之细,无不容归,以生以食⑱。鳄鱼朝发而夕至也。今与鳄鱼约⑲:尽三日,其率丑类南徙于海,以避天子之命吏⑳。三日不能,至五日;五日不能,至七日。七日不能,是终不肯徙也㉑,

是不有刺史听从其言也②;不然,则是鳄鱼冥顽不灵,刺史虽有言,不闻不知也②。夫傲天子之命吏,不听其言,不徙以避之,与冥顽不灵而为民物害者,皆可杀④。刺史则选材技吏民,操强弓毒矢,以与鳄鱼从事,必尽杀乃止⑤。其无悔⑤!

【注释】

①一作《祭鳄鱼文》。祭文:文体名。在告祭死者或天地、山川等神祇时所通读的文章。体裁有韵文和散文两种,此篇为散文。维:句首语气词,无实义。祭文中的年、月、日,可以具体写,也可以不写。

②潮州:州治在今广东潮安区。　　刺史:唐制:一州的最高行政长官。

③使:派遣。　　军事衙推:州刺史的属官。

④以羊一句:拿一只羊、一头猪,扔到恶溪的潭水之中,用来给鳄鱼吃,并且告诉他说。　　恶溪:又称鳄溪,即今之广东韩江。

⑤昔先王句:从前先王已经据有天下,放火焚烧荒野沼泽的草木,以绳结网去捕捉,用刀刃去刺杀,以此除掉成为百姓祸害的虫蛇一类恶物,把他们赶至中国以外。　　先王:古代的明君圣王。列:通"烈",烧。　　罔绳:以绳结网去捕捉。罔:通"网"。用作动词。　　擉刃:以刀刃去刺杀。擉:刺。　　四海:指中国。

⑥及后王句:到了以后君王的时代,德业淡薄,不能拥有很远的边境。　　及:到了……时,等到……时。后王:后来的君王。

⑦则江汉之间句:即使是长江、汉水流域,尚且全都抛弃了它,而交给蛮夷楚越管辖治理,何况潮州在五岭和南海之间,离京师长安有万里之遥呢?　　蛮夷:对南方少数民族的蔑称。　　楚越:古代南方两诸侯国名。　　岭海之间:五岭以南,南海以北。岭:指越城、都庞、萌诸、骑田、大庾等五岭。

⑧鳄鱼之涵淹句:鳄鱼潜伏繁殖在这里,也本来就是你们的住所。　　涵淹:潜伏。　　卵育:孵育繁殖。鳄鱼卵生。　　固:本来。　　其:活用为第二人称,你们的。

⑨今天子句:现在的天子继承大唐的皇位,崇高尊贵,仁慈威武,中国以外,普天之下,全都安抚占有它。　　神圣:形容崇高尊贵,庄严而不可亵渎。　　六合:东西南北加天地,统称六合,即普天之下。　　抚:占有,治理。

⑩况禹迹句:何况这里是大禹治水足迹所到之处,古代扬州所辖的近地,是刺史、县令所治理的地方,每年缴纳贡品赋税用以供祭祀天地、宗庙、众神的地方呢?扬州:大禹治水,把天下分为九州,扬州是其一,潮州属其下。

⑪鳄鱼其不可句:鳄鱼一定不可以跟刺史同处在这块土地上。其:加强语气。杂处:混杂而居,共处。

⑫鳄鱼睅然不安溪潭:鳄鱼竟然鼓着眼睛,不在恶溪的潭水之中安守本分。睅:鼓着眼睛,眼睛突出。

⑬据处食民畜句:依凭着潭水吃百姓的牲畜、熊、猪、鹿、獐,用来养肥它们自己,用来繁衍它们的子孙。据处:依凭着占据的地方。　　以:用来。　　肥

111

其身:养肥它们自己。肥:用作动词,养肥。身:已称代词。　种其子孙:繁殖它们的子孙。种:用作动词,繁衍,繁殖。

⑭亢拒:抗拒。亢:通"抗"。　争为:争做。　长雄:为首,称雄。

⑮驽弱:才能低下,力量薄弱。驽:喻低劣无能。　安肯:岂肯。安:岂,哪里。　低首下心:形容屈服顺从。

⑯伈伈睨睨句:恐惧怯懦,被百姓官吏所耻笑,而偷安苟活在这里吗?　伈伈:恐惧貌。　睨睨:小视貌,形容怯懦不敢正视。　为:被。

⑰且承天子命句:况且接受天子的任命,来到潮州做刺史,本来那情势就不得不与鳄鱼辨清楚谁应是这里的主宰。　为吏:做官。　固:本来。　势:情势。　辨:分辨,指分辨清楚谁应主宰此地。

⑱鲸鹏之大句:大的鲸和鹏,小的虾和蟹,没有不容纳回归到大海中去的,凭借大海生活和觅食。　鲸:鲸鱼,海中最大的哺乳类动物。　鹏:传说中最大的鸟。《庄子·逍遥游》:"北冥有鱼,其名为鲲。鲲之大不知其几千里也。化而为鸟,其名为鹏。鹏之背不知其几千里也。"　细:小。　以:凭借。

⑲今与鳄鱼约:现在和鳄鱼订下条约。　约:活用为动词,定下共同遵守的条件。

⑳尽三日句:再过三天,你要率领所有的同类向南迁到海中,以躲避天子任命的官吏。　其:活用为第二人称代词,你。　丑类:同类,指鳄鱼。

㉑这句的意思是:七天做不到,这就是最终不想迁徙了。

㉒这句的意思是:这就是不把刺史放在眼里,不听从他的命令。

㉓不然句:如果不是这样,那么就是鳄鱼愚昧而又顽固,刺史虽然有命令在先,它们既没听见,也不懂他的意思。　不然:不是这样。　则是:那么这样。冥顽不灵:愚昧无知而又顽固不化。

㉔夫傲天子之命吏句:那些傲视天子任命的官吏,不听从他的命令,不迁徙到南海而躲避他的,和愚昧无知而又顽固不化并且成为民众祸害的东西,全都应该杀掉。　夫:那。　民物:民众。　物:公众。

㉕刺史则选句:刺史就要选拔有才能、有技艺的官吏和百姓,拿着硬弓和毒箭,来和鳄鱼周旋一番,一定要全部杀光才罢休。　从事:较量、周旋。　止:停止,罢休。

㉖其无悔:你们不要后悔。　其:活用为第二人称代词,你们。指鳄鱼。

【集评】

明茅坤《唐宋八大家文钞》卷十六:词严义正,看之便足动鬼神。

清储欣《唐宋十大家全集录·昌黎先生全集录》:先喻以义,继道其归,末复慑之以威。

清何焯《义门读书记》卷三十三:浩然之气,悚慑百灵。诚能动物,非其刚猛之谓;此文曲折,次第曲尽情理,所以近于六经。古者猫虎之类俱有迎祭,而除治虫兽蛙龟,犹设诸官,不以为物而不教且制也。韩子斯举,明于古义矣,辞旨之妙,两汉以来未有。"昔先王既有天下"至"驱而出之四海之外",发端先提破,必无可容之道。"况潮岭海之间"至"亦固其所",开其前愆。"鳄鱼其不可与刺史杂处此土也",责其更新。"刺史虽驽弱"至"以偷活于此耶",乎之以情。"且承天子命以来为吏"二句,又一提,谕之以体。"潮之州"至"鳄鱼朝发而夕至也",导之以路。(应前驱而出之四海之外。)"今与鳄鱼约"至"至七日",宽之以期。"七日不能"至"不闻不知也",逐层逆卷,后复顺下三段,有千层万叠之势。"不有刺史"应"与鳄鱼辨"。"冥顽"三句应"有知听刺史言"。"夫傲天子之命吏"至"皆可杀",竦之以法。"为民物害"应"恶物为民害"句。"刺史则选材技吏民"至末,迫之以威。"强弓毒矢"应"罔绳擉刃"句。

清吴楚材、吴调侯《古文观止》卷八:全篇只是不许鳄鱼杂处此土,处处提出"天子"二字、"刺史"二字压服他。如问罪之师,正正堂堂之阵,能令反侧于心寒胆栗。

清沈德潜《唐宋八大家文读本》卷六:从天子说到刺史,如高屋之建瓴水,一路逼拶而来,到后段运以雷霆斧钺之笔,凛不可犯。

清余诚《古文释义》卷七:开卷提先王作案,笼起全篇大旨,随接入后王宽其既往,放松一笔,跌宕取势。以下盛称唐家天子德威切指,刺史治民责任,总见鳄鱼不可杂处此土。其言刺史处,语语亦仍归到天子,

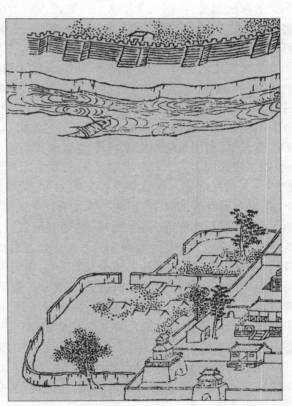

义最严重,势最堂皇。入后乃言及驱,至末并言及杀。次第、位置、结构,直令一片精神流溢楮墨间。

今人钱基博《韩愈志·籀读录第六》:或谓:"告鳄鱼文,文气似《谕巴蜀檄》。"然司马相如《谕巴蜀檄》,以责备为安慰,辞气似严而意实宽。而愈《驱鳄鱼文》,以慰遣为放逐,意思本宽而辞特峻。又相如捭阖有纵横之意;而昌黎严峻得诰谕之体,未免拟不于伦。

113

韩愈因谏迎佛骨,被贬为潮州刺史。任上,为地方做了些好事,除鳄鱼,便是其中一件。据《新唐书·韩愈传》记载,他在驱除鳄鱼之际,写了此文。时为元和十四年(819)。当天晚上,"暴风雷电起溪中,数日,水尽涸,西徙六十里。自是潮无鳄鱼患。""溪水改道,鳄鱼迁徙,"乃自然现象,不会因为韩愈作了这篇《鳄鱼文》(亦名《祭鳄鱼文》)就能奏效。但此种附会,却反映了人民对韩愈驱鳄举动的欢迎,也说明人民对此文的推崇。

这篇祭文的思想内容,远远超过了驱逐鳄鱼、解民困于一时的表层含义,而具有丰富的深层意蕴,包括三个层次:一、表现作者为民除害的精神和讨伐一切"为民物害者"的意志;二、流露作者除恶务尽的决心;三、表达作者有理有节,教而后诛的策略思想。

全文分四段,第一段为祭文的开头语,交代了祭鳄鱼的时间("元和十四年四月二十四日")、地点(恶溪)、人物(潮州刺史韩愈、军事衙推秦济)、事件(以羊、猪各一,投诸潭水,与鳄鱼食,并告之)。第二段,自"昔先王"至"亦固其所",叙述鳄鱼从被驱出境到重来盘踞的来由。又分两层。先摆心目中理想的先王之治。上古之帝王占有天下,利用焚烧山野水泽茂盛草木和结绳为网,以锋利刀剑刺杀的办法,把"虫蛇恶物为民害者"驱逐出境。先王之治之所以合乎韩愈的理想,是因为它"德厚"——为民除害。这就触及本文的主旨,发端先提破必无可容之道。在此映衬下,指出东周以后的君主"德薄",未能有广大的疆域,长江、汉水流域,尚被抛弃,送给了蛮、夷、楚、越外族,何况潮州,地处五岭之外,大海之内,离京城万里之遥?以致造成鳄鱼卷土重来,潜藏卵育的恶果。此段对比鲜明,"'民害'二字是通篇大题目",(蔡铸《蔡氏古文评注补正全集》卷六)句句围绕是否为民除害而发。"亦固其所",意谓鳄鱼也算找到了它们适宜的地方。似乎鳄鱼潜居潮州,"食民蓄产",顺理成章,无可厚非。这是擒敌故纵,先宕开一笔,以为下文铺垫。第三段,自"今天子嗣唐位"至"不得不与鳄鱼辨",多从侧面陈述不容鳄鱼猖獗的原因,表白与鳄鱼势不两立的态度。可分三层。第一层,写驱鳄的第一个原因:当今天子(宪宗李纯)圣明威武,潮州为重要之地。大唐帝国,土地广阔,潮州为大禹足迹所至,属古扬州地域,乃大禹分天下为九州之一州,是刺史、县令之治所,是人民缴纳粮税,供应皇家库用之地,"鳄鱼其不可与刺史杂处此土也。"此句是一篇纲领,(《古文观止》评语)"土""壤"二字是一篇之主。前面就古今帝王立仪,以下专在"与刺史争土"上发论。文意曲折,境界另辟。第二层,写驱鳄的第二个原因:刺史旨在治民而鳄鱼旨在害民,二者势不两立。鳄鱼不安于栖息之处,肆无忌惮地掠食民畜,以肥其身,繁殖子孙。历数鳄鱼的罪恶,显示出驱鳄之举伸张正义,消弭灾害的合理性。第三层,将鳄鱼掠食民畜等行径归结为抗拒刺史,与刺史争雄的实质,表达"刺史虽弩弱,亦安肯为鳄鱼低首下心""其势不得不与鳄鱼辨"的决心。行文至此,从发端严重至故意放宽,一路布势,而至步步紧逼,呈剑拔弩张之状。第三段自"鳄鱼有知"至结束,限期劝令鳄鱼迁徙,申明若不听从,将斩尽杀绝的坚决态度。第二段末,文势大"张",此段始,势转"弛",一张一弛,张弛相生。分二层。先对鳄鱼以礼相待。敦促鳄鱼离开潮州,迁往大海,导之以路,限其三日,延至五日,乃至七日,——宽之以期,做到仁尽义尽。于紧中放宽,又渐次收紧。倘若七日不迁,不是鳄鱼眼中没有刺史,不听其言,就是鳄鱼冥顽不灵,对刺史的话,"不闻不知"。这里,有知、无知并举,概括了鳄鱼的恶性:猖狂、愚蠢。逼出第二层,宣布对鳄鱼先礼后兵:若不听从,刺史必将用武,"尽杀乃止"。指出鳄鱼"为民物害者",上述两种情况,均应诛灭,既竦之以法,又迫之以威。篇末如闪电轰雷,一齐俱发,而又戛然而止,气势逼人。全文以千层万叠之势,大"张"、大"弛"之道,推成剑拔弩张之状,又忽作跌宕,善于敛气蓄势,再渐收渐紧,而至万弩齐发,达到高潮。气势雄放,曲尽其致,体现了韩文"奇诡""恢奇"的风格特征。

《鳄鱼文》小中见大,义正词严。古人把笔、砚、鳄鱼文三篇归为一类(笔即《毛颖传》、砚即《瘗砚铭》),或标为"杂文",它们都属韩愈喜爱的"驳杂无实之说",是"以文为戏"的"戏谑"之作。写法上把鳄鱼拟人化。借题发挥,以驱鳄之"小",见除害之"大"。若仅为驱赶潮州恶溪里之鳄鱼,本不必如此小题大做,既晓之以理,又交代"政策",更慑之以威,也不必搬出"天子"来。实际上,《鳄鱼文》是借驱鳄表示,要铲除一切"为民物害者",包括自然与社会领域一切残害人民的"虫蛇恶物"、藩镇军阀、贪官污吏。所以,篇中从先王说到天子,段段提出"天子"二字,又从天子说到刺史,称刺史又不脱天子,如问罪之师,大有奉天子之命而讨伐的架势,"能令反侧子心寒胆傈"、可视为"一篇讨贼檄文"。(《古文观止》评语)全篇词严义正,一步紧一步,字字风霜毫不可犯。不仅文章雄深,更见韩愈胸中浩然之气。

《鳄鱼文》全篇用散体句写成,长短相间,错综变化。最长的句子共计48字,如"刺史受天子命,守此土,治此民,而鳄鱼睊然不安谿潭,据处食民畜、熊、豕、鹿、麚,以肥其身,以种其子孙,与刺史抗拒,争为长雄。"一气贯下,滔滔不绝。最短的句子仅三字,如:"三日不能,至五日,五日不能,至七日。七日不能,是终不肯徙也。""其无悔!"节奏急促,遒劲有力。长句、短句交错使用,完全依据文意变化,顺应自然语气和语法的需要,所以明畅奔放,挥洒自如。

送李愿归盘谷序①

【题解】

　　朋友李愿归隐盘谷,韩愈为他写了这篇赠序。本文除开头交代盘谷名字的由来,及结尾对盘谷的歌咏以外,中间三段全用李愿的话。第一段写大丈夫的得意骄矜;第二段写隐者的志趣高洁;第三段写得势小人的趋炎附势。两宾夹一主,第一段和第三段与第二段之间构成了一种对比反衬关系。大丈夫和得势小人的丑行与隐者的德行形成鲜明的对比,并且更加反衬出隐者行为的高尚。用李愿自己的话为他自己的行为做了注解:不慕富贵,不图虚名,不苟且不阿谀,立志做一名安贫乐道的隐士。中国封建时代的知识分子不得志时,往往产生这种出世归隐的思想。这时的韩愈从徐州到洛阳,再从洛阳到长安,求职于宫阙之下,也有许多不得意处,所以他写《送李愿归盘谷序》,也是他自己心志的流露。韩愈在《卢郎中云夫寄示送盘谷子诗两章歌以和之》诗中道:"我今进退几时决,十年蠢蠢随朝行;家请官供不报答,无异雀鼠偷太仓;行抽手版付丞相,不待弹劾还耕桑。"便是明证。本文大量使用对偶句式,骈句与散句交错,语言华美而富于节奏感,有便于吟诵的特点。

【原文】

　　太行之阳有盘谷,盘谷之间,泉甘而土肥,草木丛茂,居民鲜少②。或曰③:"谓其环两山之间,故曰盘④。"或曰:"是谷也,宅幽而势阻,隐者之所盘旋⑤。"友人李愿居之。

　　愿之言曰:"人之称大丈夫者,我知之矣。利泽施于人⑥,名声昭于时⑦,坐于庙朝⑧,进退百官⑨,而佐天子出令⑩。其在外,则树旗旄⑪,罗弓矢⑫,武夫前呵⑬,从者塞途⑭,供给之人各执其物⑮,夹道而疾驰⑯。喜有赏,怒有刑⑰。才俊满前,道古今而誉盛德,入耳而不烦⑱;曲眉丰颊,清声而便体,秀外而惠中⑲;飘轻裾,翳长袖,粉白黛绿者,列屋而闲居⑳,妒宠而负恃,争妍而取怜㉑;大丈夫之遇知于天子,用力于当世者之所为也㉒。吾非恶此而逃之,是有命焉,不可幸而致也㉓。"

　　"穷居而野处,升高而望远㉔,坐茂树以终日,濯清泉以自洁㉕。采于山,美可茹㉖;钓于水,鲜可食㉗。起居无时,惟适之安㉘。与其有誉于前,孰若无毁于其后㉙;与其有乐于身,孰若无忧于其心㉚。车服不维,刀锯不加,理乱不知,黜陟不闻㉛。大丈夫不遇于时者之所为也,我则行之㉜。"

　　"伺候于公卿之门,奔走于形势之途㉝;足将进而趑趄,口将言而嗫嚅㉞;处秽污

116

而不羞,触刑辟而诛戮㉟。侥幸于万一,老死而后止者,其于为人贤不肖何如也㊱?"

昌黎韩愈闻其言而壮之㊲,与之酒而为之歌曰:

盘之中,维子之宫㊳。盘之土,可以稼㊴。盘之泉,可濯可沿㊵。盘之阻,谁争子所㊶?窈而深,廓其有容㊷。缭而曲,如往而复㊸。嗟盘之乐兮,乐且无殃㊹。虎豹远迹兮,蛟龙遁藏㊺。鬼神守护兮,呵禁不祥㊻。饮且食兮寿而康,无不足兮奚所望㊼。膏吾车兮秣吾马,从子于盘兮,终吾生以徜徉㊽。

【注释】

①李愿:隐士,陇西人,世称盘谷子。韩愈有《卢郎中云夫寄示送盘谷子诗两章歌以和之》诗。生平不详。　盘谷:在今河南省济源市北。　序:赠序,文体的一种。唐初,亲友离别,赠言互勉,谓之赠序。

②太行:太行山,在河北、山西两省交界处。　阳:山之南为阳。　甘:甜。鲜少:很少。

③或:有的人。

④这句的意思是:因为它环绕在两山的中间,所以称为盘谷。

⑤宅幽而势阻句:居住之地幽静而地势险阻,是隐者所盘桓之地。　宅:居住。　盘旋:犹盘桓,徘徊,逗留。

⑥利泽:利益恩泽。　施:施加,给予。

⑦昭于时:显扬于当时。　昭:显著,显扬。

⑧庙朝:专指朝廷,君主听政的地方。

⑨进退:升降。

⑩佐天子出令:辅助皇帝发号施令。　佐:辅佐,辅助。　出令:发出命令。

⑪树:竖立,建立。　旗旄:各种旗帜。　旄:竿头饰以牦牛尾或鸟羽的旗帜。

⑫罗:罗列。　弓矢:弓箭。

⑬武夫前呵:武士在前面吆喝开道。　呵:怒责,大声呵斥。

⑭从者塞途:随从人员塞满道路。

⑮供给之人:服侍大官的仆役。　各执其物:各自拿着他们所要供应的物品。

⑯夹道:在道路的两侧。　疾驰:打马快跑。

⑰这句的意思是:他高兴了就有赏赐,他发怒了就施刑罚。

⑱才俊:才能出众的人。　满前:站满眼前。　道古今:说古论今。誉盛德:赞誉他们的美德。誉:赞美。盛德:品德高尚,高尚的品德。　入耳而不烦:听入耳中却一点也不厌烦。

⑲曲眉:弯弯的眉毛。　丰颊:丰润的面颊。　清声:声音清亮。　便体:轻盈的体态。　秀外:秀丽的外表。　惠中:聪明的内心。惠:通"慧"。

⑳裾:衣襟。　翳:遮蔽。　粉白黛绿:以粉傅面,以黛画眉,谓女子容颜

修饰之美。　黛：青色，不纯黑。　　　绿：近青，此指青色。　　　列屋：站在屋中。

闲居：清闲地呆着。

㉑妒宠：忌妒争宠。　　负恃：自负所恃的美色和技艺。　　争妍：比赛美艳。妍：美丽。　　取怜：博取欢爱。怜：爱。

㉒遇知：受到赏识。　　于天子的"于"：被。　　用力：效力。　　当世：当代。　　所为：所做的事情。为：做。

㉓吾非恶此而逃之句：我不是厌恶这些而逃避它，这是因为有一定的命运，不能侥幸得到它。　　恶：厌恶，讨厌。　　命：命运，运数。　　幸：侥幸。　　致：获得，得到。

㉔穷居：住地偏僻。穷：偏僻、闭塞。　　野处：栖息在野外。　　升：登。

㉕这句的意思是：坐在茂树之下终了一天，在清澈的泉水中洗浴而洁身自好。

㉖茹：吃。

㉗鲜可食：新鲜的活鱼味美可食。　　鲜：鲜鱼、活鱼。

㉘惟适之安：只是安于舒适罢了。　　惟：只是。适：舒适。是"安"的宾语前置，"之"，复指前置宾语。

㉙这句的意思是：与其人前听到赞誉，哪如人后不受毁谤。

㉚这句的意思是：与其身体安逸快乐，哪如心中无忧无虑。

㉛车服：古代官吏坐的车子和穿的衣服的制式，实际代表他的品级。这里用"车服"代官职。　　维：维系，约束。车服不维，是说不受官职的限制。　　刀锯：指刑具。刀锯不加，指刑罚用不到我身上。　　理：治讳唐高宗李治的名。　　黜陟：指官职的升降。

㉜这句的意思是：这是不受赏识的大丈夫所做的事情啊，我就实行它。

㉝公卿之门：高官家的大门。公卿：三公九卿的简称，此泛指高官。　　形势之途：趋奉权贵的道路。形势：权势、权位，引申为权贵。

㉞足将进句：脚刚想向前迈进又犹豫不决，嘴刚想讲话又迟迟不语。　　趑趄：想前进又不敢前进，形容疑惧不决，犹豫观望。嗫嚅：欲言又止貌。

㉟处秽污句：处在肮脏的地位而不知羞耻，触犯刑律就要被杀戮。　　秽污：即污秽，肮脏。　　刑辟：刑法、刑律。辟：法，法律。

㊱侥幸于万一句：企盼得到哪怕只有万分之一机会的幸运，一直到死而后停止追求，他们在为人方面贤与不贤将如何评价呢？　　侥幸：意外获得成功和免除灾害，犹幸运。　　万一：万分之一。极言机会之少。　　不肖：不贤。　　何如：即如何，怎么样。

㊲昌黎：地名，今辽宁省义县，韩愈本为河阳（今河南孟州市）人，其远祖从北魏时期起就在此居官，郡望高，故作者自称昌黎韩愈。　　壮之：认为他的话豪壮。之：代李愿上面的话。壮：认为豪壮，意动用法。

㊳盘之中句：盘谷之中，是你居住的地方。　　惟：是。　　宫：室。

㊳土：土地。　　稼：用为动词，种庄稼。

㊵濯:洗涤。　　沿:沿着水边散步。

㊶盘之阻句:盘谷地势险阻,谁来和你争夺这个住所。

㊷窈而深句:幽静深远,空阔可以容身。　　　　幽:深远。　　廓:空旷,广大。

有容:宽宏大量,有所包含。

㊸缭而曲句:盘绕曲折,好像过去了又返回来。　　缭:盘绕,弯弯曲曲。
复:返。

㊹嗟:嗟叹,赞叹。　　无殃:没有灾祸。一作"央",尽,止。

㊺虎豹远迹句:虎豹的踪迹远去了,蛟龙悄悄逃跑躲藏。　　远:用作动词,远
去。　　遁:悄悄溜走,不知去向。

㊻鬼神守护句:鬼神看护防守,呵斥禁止不吉利的东西靠近它。呵禁:斥责禁
止,即喝止。　　祥:吉利。

㊼寿而康:长寿而且健康。　　奚所望:还有什么期望的事情。奚:何。所望:
所期望的事情。所:特殊指示代词。

㊽膏:油脂,此为名词
动用,给车轴处抹油。
秣:喂马的饲料,此为名词
动用,用草料喂马。　　徜
徉:徘徊,安闲自在地步行。

【集评】

宋苏轼《苏轼文集》卷
六十六:欧阳文忠公尝谓晋
无文章,惟陶渊明《归去来》
一篇而已。余亦以为唐无
文章,惟韩退之《送李愿归
盘谷》一篇而已。平生愿效
此作一篇,每执笔辄罢,因
此笑曰:"不若且放退之独
步。"退之寻常诗,自谓不逮
李杜,至于昔寻《李愿向盘
谷》一篇,独不减子美。

明茅坤《唐宋八大家文
钞》卷七:通篇全举李愿说
话,自说只数语,此又别是
一格,而其造语形容处,则
又铸六代之长技矣。

清金圣叹《天下才子必读书》卷十一:"前只数语写盘谷,后只一歌咏盘谷。至

国学经典文库

唐宋八大家散文鉴赏

韩愈卷

119

于李之归此谷,只用李自己两段说话。自言欲为第一段,人不得,故甘为第二段人。便见归盘谷者,乃是世上第一豪华无比人,非朽烂不堪人。

清储欣《唐宋八大家文类选》卷十:公文有为人用坏者,《与于襄阳书》前半篇是也。有用不坏者,《送李愿序》。

又:公作此文,才三十四岁。公尝云:辞不备不可谓成文。看此文,于李愿口中描三种人,各极情状,如化工之付物。信乎其辞之备也。学者解之,最利举扬。

清储欣《唐宋十家全集录·昌黎先生全集录》卷三:结构意趣,夫人知之,所难尤在设辞。欧阳、苏到此等处,未免带俗,所以自笑不若,且放教退之独步。

清何焯《义门读书记》卷三十二:其中稍有六朝余习者,少作故也。化议为序,归字、送字浑然融释其中,创变一体。"太行之阳有盘谷"至"隐者之所盘旋",先叙盘谷。"愿之言曰",以两或曰,愿之言曰,为之歌曰,作章法。"吾非恶此而逃之",此句中反带归盘谷,势方不懈。"不可幸而致也",幸而致,并起后一段。"穷居而野处"至"孰若无忧于其心"。总只"无不足兮奚所望"意。"我则行之",正落归字。"伺候于公卿之门"至"老死而后止者",此不遇而求遇者,加此一段,见不归不可。"侥幸于万一",对有命句。"其于为人贤不肖何如也",有非逃之则行之二句,故只如此虚结。"可以稼",应土肥。"可濯可沿",应泉甘。"谁争子所",应居民鲜少。"窈而深",是谷;"缭而曲",是盘。"无不足兮奚所望",中一段。"膏吾车兮秣吾马",送字余音。"从子于盘兮"二句,收出送字,透过一步。

清吴楚材、吴调侯《古文观止》卷八:一节是形容得意人,一节是形容闲居人,一节是形容奔走伺候人,都结在"人贤不肖何如也"一句上。全举李愿自己的说话,自说只数语写盘谷,后一歌咏盘谷,别具一格。

清张伯行《唐宋八大家文钞》卷二:大丈夫处世非行则藏,岂可不顾廉耻以求富贵?纵使求之而得,已可羞矣,况未必得耶?何如洁身归隐之为高也。借题写意,警人愦愦。

清余诚《重订古文释义新编》卷七:前以盘之可隐起,后以秀谷之可乐结。中间虽有一篇流流滚滚大文,其实是复述愿言,除"壮之"二字外,绝未尝置一语。既不叙愿为何人,亦不叙愿为何归。几于笔尖不肯着纸。须知是为愿以罪去职,归就故居。此等题目,实难着笔;故不得不尔也。读者正须于造格上想见良工苦心处,宜坡仙让为退之独步。

清刘大櫆《唐宋八大家文百篇》:兼用偶俪之体,而非偶俪之文,则哲匠之妙用也。

清曾国藩《求阙斋读书录》卷八:别出奇径,跌宕自喜。

日本赖山阳:此文有六代习风,惟其造语依然昌黎本色。(转引《韩愈传记资料》十四)

【鉴赏】

在韩愈诸赠序中,这篇《送李愿归盘谷序》可谓"别具一格",历来受到读者的喜爱。相传大文豪苏轼特别称赏它,说:"唐无文章,惟韩退之《送李愿归盘谷序》

一篇而已。"(《东坡题跋》卷一,引自《唐宋文举要》上二二九页)

　　韩愈写这篇文章时三十四岁。他从十九岁到京师求仕,仕途一直坎坷不平,有"四举于礼部乃一得",三次上书宰相而不理的遭遇,还有多年节度使"幕府吏"的惨淡生涯。贞元十七年,他回长安等候调选,十八年春,才被授予四门博士的小学官。因此,韩愈这段时期的诗文,不时流露出不遇之叹,不平之鸣,流露出相信命运、羡慕隐居的想法。也就在贞元十七年,韩愈的朋友李愿要去归隐盘谷。这个李愿,唐人高从所《跋盘谷序后》说他是"不干誉以求进","寄迹人世,心游太清"(转引自《唐宋文举要》上二三二页)的大隐士。韩愈和他算得是同乡,有老交情。李愿归隐的盘谷,又是韩愈的故里,这真叫他思绪万千!于是写了这篇赠序,一吐心中块垒。

　　一开篇,作者就通过叙述和考释,简要地介绍了盘谷的地理环境和社会状况。用了两个"或"字,重点在后一个,强调盘谷"宅幽势阻",是隐者盘旋的好去处。"友人李愿居之",轻笔一点,把人、地两相绾合,落到送别的题面,惜墨如金,写得非常简净。

　　接着,作者没有按赠序的一般写法,在临别时说些颂扬和勉励的话,而是笔酣墨饱、痛快淋漓地记述了李愿的一番宏辞。这番宏辞,描绘了三种不同的人物形象,表达了李愿的褒贬。

　　第一种是"用力于当世者"的形象。这种人挖空心思取悦皇帝,手握重权,飞扬跋扈,凭自己一时的喜怒论赏行罚;出则"武夫前呵,从者塞途",耀武扬威,大讲排场;入则清客满前,歌功颂德之词不绝于耳;奴婢众多,养尊处优;姬妾成群,生活荒淫腐化。这种人名为"大丈夫",其实是"国贼禄蠹",应当予以鄙弃。而李愿的态度却是"吾非恶此而逃之",并且相信命中注定非我所有,这说明他不是一个忘情富贵的人。

　　第二种是"不遇于时者"的形象。他们"无官一身轻",远离名利场,过着无拘无束、安闲自在的生活,在"坐茂树""濯清泉"、采山钓水中度过时光。他们"理乱不知",不为升沉荣辱而烦恼,也不担心受刑就戮。他们与富贵利达者有着完全不同的生活理想。富贵利达者追求"有誉于前",迷恋于权势和金钱,追求"有乐于身",一辈子养尊处优;他们则追求"无毁于其后",想着留个清白的名声,追求"无忧于其心",乐得安闲自在。这种人是隐士,李愿归盘谷就是要做这样的人。他们与那些利禄之徒形成了鲜明的对比。

　　行文至此,写了两种截然不同的人物。对于利禄之徒,李愿的态度是"吾非恶";对于"不遇于时"的隐者,李愿的态度是"我则行"。可见两段文字,第一段是陪衬,第二段才是正意。但是第一段写得很充分,对那些利禄之徒的专横、残暴和腐化极尽形容之能事。这样写,不是"喧宾夺主",而是"借宾定主",有利禄之徒做对比,才更显出隐逸的可贵可乐。只此两段,就已为李愿大壮行色了。

　　但作者还嫌不够,又描绘出一群干谒者的嘴脸与之相映衬。这些干谒者不择手段向上爬,在达官贵人面前奴颜婢膝,人格丧尽。作者特别传神地描绘了他们

"足将进而趑趄,口将言而嗫嚅"的丑态,"处秽汙而不羞,触刑辟而诛戮"的冒险行为,却不急于给他们下判断,而只用"其于为人贤不肖何如也"一宕,很自然地引导读者把他们和前两种人进行对比,看出他们卑污的灵魂。有了这一段余波,隐逸一流的难能可贵就更加突出了。

最后,用一个"壮之"写出作者听"愿之言"的感受。听其言而壮其人,是因为韩愈已经被李愿的宏论深深打动,感慨系之,心向往之,于是发而为歌。这段歌辞,与前面的文虽有繁简伸缩之分,但意思是"关通"的。大抵说,前十二句与文中第一段的意思一致,是说盘谷可隐。中间八句与"愿之言曰"三段,都是叙述归盘的原因。只是歌比文更带有视政治为畏途的色彩。末尾三句,声称自己亦欲"从子于盘",乃是文中"闻其言而壮之"的生发,也含有劝李愿终身归隐之意。微情妙旨,都在读者体会之中。

这篇文章使我们看到了唐代知识分子对待人生、仕途的不同态度,看到了唐代为什么隐逸成风的一个侧面,也看到了韩愈由于仕途坎坷而在思想上产生的犹豫和动摇。这种情况,在他一年后写的《祭十二郎文》中再次表现出来了。

文章四百余字,写作者的话才七十余字,却用了三百多字记述李愿的一番言论。在"愿之言"三段中,作者浓墨重彩、全神贯注地描画了三种不同的人物形象,写出他们对人生和仕途的三种不同态度,并且运用对比衬托,突出了隐逸者思想行为的高尚。其实,李愿并非真有这番言论,这是作者运用虚托手法,借李愿的口,表达自己对人生和仕途的看法,这样构思,既赞扬了李愿的归隐,歌颂了他的高风亮节,又避免了溢美之嫌;既把当时那些得意和不得意的小人骂得痛快淋漓,又显得这些都是出自他人之口,"与己一些无涉。"同时,又通过这种丹青手笔,突出了李愿的"一团傲貌不平之概",把他的归隐盘谷写成笑傲王侯,鄙视功名的高尚行为。韩文篇篇出奇,这是本文最奇特的地方。

本文描写三种人,极力形容,各具情状,用词奇瑰而丰富,加以交错地使用骈、散句,因而造成一种浏亮顿挫而又富于辞采的格调,有六朝文的遗风。但细味起来,它不只有六朝文的富丽,还有六朝文很少有的刚健。不错,韩愈确实吸收了骈文的一些优点,把它变为古文写作的艺术技巧,提高了他的散文的艺术性。过去许多人只注意韩愈"文起八代之衰",殊不知他也是集八代之成的。蒋湘南说得好:"浅儒但震其起八代之衰,而不知其吸六朝之髓也。"(《与田叔子论古文第二书》,转引自孙昌武《唐代古文运动通论》一三五页)没有对六朝以至初唐骈文的吸收,韩愈就写不出这样的散文精品。

送孟东野序①

国学经典文库

唐宋八大家散文鉴赏

韩愈卷

【题解】

孟东野在中唐以诗名世,才华横溢,但一生郁郁不得志。韩愈在《贞曜先生墓志铭》中说:"年几五十始以尊夫人之命来集京师,从进士试,既得即去,间四年,又命来选为溧阳尉。"这一年是贞元十九年(公元803年),韩愈写了这篇赠序,为孟东野送行。"东野之役于江南也,有若不释然者,故吾道其命于天者以解之"。命运是上天决定的,故在上不足喜,在下不足悲。看似劝慰和宽解,实则对孟东野怀才不遇的处境表达了极大的愤慨。在这篇序中,韩愈提出了一个著名的论点:"大凡物不得其平则鸣。"他从自然界到人类社会,举出大量事实加以证明,理足气盛,气势充沛。从上古唐虞时代到韩愈生活的中唐,四十余位作家及知名人物各以其不同的方式和风格而"善鸣",充分说明了作为观念形态的文学与社会和人生的密切关系。这四十余位作家的列举,可以看作是中国文化史、中国文学史大纲,显示了韩愈对中国历史和中国文化史、文学史深刻的洞察力和高度的概括力。全文紧紧围绕一个鸣字展开论述,凡四十"鸣",首尾回环,浑然天成,流畅自如,如行云流水,此乃大手笔之所为也。

【原文】

大凡物不得其平则鸣②。草木之无声,风挠之鸣;水之无声,风荡之鸣③。其跃也,或激之④;其趋也,或梗之⑤;其沸也,或炙之⑥。金石之无声,或击之鸣⑦。人之于言也亦然⑧。有不得已者而后言,其歌也有思,其哭也有怀⑨。凡出乎口而为声者,其皆有弗平者乎⑩!

乐也者,郁于中而泄于外者也,择其善鸣者而假之鸣⑪。金、石、丝、竹、匏、土、革、木八者,物之善鸣者也⑫。维天之于时也亦然,择其善鸣者而假之鸣⑬。是故,以鸟鸣春,以雷鸣夏,以虫鸣秋,以风鸣冬⑭。四时之相推夺,其必有不得其平者乎⑮!其于人也亦然。人声之精者为言,文辞之于言,又其精也,尤择其善鸣者而假之鸣⑯。

其在唐虞,咎陶、禹其善鸣者也,而假以鸣⑰。夔弗能以文辞鸣,又自假于《韶》以鸣⑱。夏之时,五子以其歌鸣⑲。伊尹鸣殷,周公鸣周⑳,凡载于《诗》《书》六艺,皆鸣之善者也㉑。周之衰,孔子之徒鸣之,其声大而远㉒。传曰:"天将以夫子为木铎㉓。"其弗信矣乎㉔?其末也,庄周以其荒唐之辞鸣㉕。楚,大国也,其亡也,以屈原

123

鸣㉖。臧孙辰、孟轲、荀卿,以道鸣者也㉗。杨朱、墨翟、管夷吾、晏婴、老聃、申不害、韩非、慎到、田骈、邹衍、尸佼、孙武、张仪、苏秦之属,皆以其术鸣㉘。秦之兴,李斯鸣之㉙。汉之时,司马迁、相如、扬雄,最其善鸣者也㉚。其下魏晋氏,鸣者不及于古,然亦未尝绝也㉛。就其善者,其声清以浮,其节数以急,其辞淫以哀,其志弛以肆㉜。其为言也,乱杂而无章㉝。将天丑其德莫之顾也㉞?何为乎不鸣其善鸣者也㉟。

唐之有天下,陈子昂、苏源明、元结、李白、杜甫、李观,皆以其所能鸣㊱。其存而在下者,孟郊东野始以其诗鸣㊲。其高出魏晋,不懈而及于古,其他浸淫乎汉氏矣㊳。从吾游者,李翱、张籍其尤也㊴。三子者之鸣信善矣㊵。抑不知天将和其声而使鸣国家之盛邪?抑将穷饿其身,思愁其心肠,而使自鸣其不幸邪㊶?三子者之命,则悬乎天矣㊷。其在上也,奚以喜?其在下也,奚以悲㊸?

东野之役于江南也,有若不释然者,故吾道其命于天者以解之㊹。

【注释】

①序:赠序,临别赠言。本文写于贞元十九年(803),孟东野赴任溧阳尉时。

②大凡句:一般说来,事物失去了平衡状态,就会发出声音。 大凡:表示总括一般的情况,犹言大抵,一般说来。 物:事物,物体。 平:平衡。 鸣:发出声音。

③草木之无声句:草木没有声音,风吹动它就发出声音;水没有声音,风激荡它就发出声音。 "草木之无声"之"之":无实义。 挠之:吹动它。挠:摇动。之:代草木。 "水之无声"之"之",无实义。 荡之:摇动它。荡:摇动,激荡。之:代水。

④其跃也句:它腾跃的时候,是有什么东西阻遏了它。 跃:跳动,跳跃。或:不定代词,有的。 激之:阻挡它。激:阻挡水流。之,代水。

⑤其趋也句:它疾速流淌的时候,是有什么东西堵塞了它。 趋:本义疾行。此指水的飞速流淌。 梗:阻塞,梗阻。

⑥其沸也句:它沸腾的时候,是有什么东西烧灼它。 炙之:烧灼它。炙:烤,烧灼。

⑦金石之无声句:钟、磬一类的乐器本来没有声音,有人撞击它才发出声音。 金:指钟 石:指磬 或:不定人称代词,有的人。 击:撞击,敲击。

⑧人之于言句:人们对于语言的表达也是这样的。 于:对于。 然:这样。

⑨有不得已者句:有了不能控制的感情而后把它倾吐出来,他的歌唱有所思念,他的哀恸有所感触。 已:止,控制住。 怀:感触,情意。

⑩凡出乎口句:凡是从口中发出并且成为声音的,大概全都是不能保持平衡的原因吧! 乎:同"于",从。 其:大概,恐怕。

⑪乐也者句:音乐,是感情积郁在心中并且宣泄到外面形成的,选择那些善于发声的东西,并且借助它们来表达感情。 中:心中。 假:借,凭借。 假之鸣之"鸣":抒发和表达感情。

国学经典文库

唐宋八大家散文鉴赏

韩愈卷

124

⑫金、石、丝、竹句：金、石、丝、竹、匏、土、革、木这八种东西，是善于发出声音的器物。　　金：钟与铃。　　石：磬。　　丝：琴、瑟、琵琶等弦乐器。　　竹：箫、管、笛等管乐器。　　匏：笙竽一类的乐器。　　土：埙。《宋书·乐志一》："烧土为之，如鹅卵，锐上平底，形似秤锤，六孔。"　　革：鼓类乐器。《周礼·春官·大师》郑玄注："革，鼓鼗也。"　　木：柷、敔一类乐器。柷：木制，形如方斗，奏乐开始时击之。敔：形如伏虎，雅乐将终时击之。

⑬维天之于时句：上天对于时令也是这样的，选择那些善于发声的事物，并且凭借它们来发出声音。　　维：句首助词，无实义。之：结构助词，无实义。

⑭是故句：因此，用鸟的鸣声来表现春天，用雷声来表现夏天，用虫的鸣声来表现秋天，用风声来表现冬天。　　是：此。为"故"的宾语前置。　　鸣：表现，表达。

⑮四时之相推夺句：一年四季的推移，岂不是一定有不能保持那个平衡的原因吧！　　相：表示一方向另一方有所动作。　　推夺：推移，转移。　　"其必有"之"其"：岂，岂不。

⑯人声之精者句：人们声音的精华是语言，文辞对语言，又是精中之精，尤其要选择那些善于表达思想感情的文辞，并且凭借它们来表达和抒发感情。　　精：精华。　　又其精：又是精中之精。其：指"人声之精者"。　　鸣：表达和抒发感情。

⑰其在唐虞句：在唐尧虞舜的时代，皋陶，大禹那是擅长文辞的，并且凭借文辞来抒发感情。　　唐：传说尧所建朝代名，又称陶唐。　　虞：传说舜所建朝代名。咎陶：又作皋陶。舜时掌刑狱之官。《尚书》中有《皋陶谟》，主要记录他的言论。　　禹：建立夏朝。《尚书》中有《禹贡》，记载了大禹治水，把天下分为九州的事迹。

⑱夔弗能句：夔不能用文辞来抒发感情，又自己借助于《韶》乐来抒发感情。夔：舜时乐官。《礼记·乐记》："昔者舜作五弦之琴，以歌《南风》。夔始作乐，以赏诸侯。"郑玄注："夔，舜时典乐者也。"相传《韶》乐为其所作。

⑲夏之时句：夏代的时候，大禹的孙子太康游乐无度，太康的五个弟弟作《五子之歌》表达他们的怨愤之情。　　五子之歌：《尚书·五子之歌》："太康尸位以逸豫，灭厥德，黎民咸贰，乃盘游无度，畋于有洛之表，十旬弗反。有穷后羿，因民弗忍，距于河。厥弟五人，御其母以从，徯于洛之汭。五子咸怨，述大禹之戒以作歌。"

⑳伊尹鸣殷句：伊尹表达了殷代之声，周公表达了周代之音。　　伊尹：商汤王的相。相传伊尹有一天做梦，自己驾着船从日月身边经过，不久便被商汤王请出做相，帮助商汤打败了夏桀。　　周公：文王子，武王弟。武王死后，辅佐年幼的成王，巩固了周的统治。

㉑凡载于《诗》《书》句：凡是记载在《诗经》《尚书》等六部经典中的，都是表达思想感情最好的。　　六艺：孔子整理的诗、书、礼、易、乐、春秋等六部儒家经典。

㉒这句的意思是：周代衰落的时候，孔子和他的弟子表现这个时代，他们的声音宏大而久远。

㉓传曰句：论语上说："上天将要把孔老夫子当作木铃。"　　夫子：指孔子。

木铎:以木为舌的大铃,铜质,古代宣布政教法令时,巡行振鸣以引起众人注意。
铎:铃。

㉔其弗信矣乎:难道不可信吗? 其:岂,难道。

㉕其末也句:周的末世,庄周用那广大无边的文辞来表现那个时代。 其:它的,指周。 庄周:约公元前369~约前286年,战国宋蒙地人,曾为漆园吏。著书十余万言,主张清静无为。 荒唐:漫无边际。 鸣:表现。

㉖楚,大国也句:楚国,是一个大国,将要灭亡的时候,凭借屈原来表现那个时代。 其:将要。 屈原:约公元前340年~约前278年,曾任左徒等职,他痛心国势日益危迫,自投汨罗江而死。有《离骚》《九歌》《九章》等二十五篇作品。

㉗臧孙辰句:臧孙辰、孟轲、荀卿,用学说来表达他们的主张。臧孙辰:春秋时鲁国大夫。《左传·襄公二十四年》:"鲁有先大夫曰臧文仲,既没,其言立。"孟轲:约公元前372年—前289年,字子舆,战国中期邹国人,是孔子之后儒家学派的主要代表。《孟子》一书是他和学生万章等共同编著。 荀卿:约公元前313年~前238年,名况,战国赵人,学者尊为荀卿。著书数万言,今传《荀子》三十二篇,其学以孔子为宗。

㉘杨朱句:杨朱、墨翟、管夷吾、晏婴、老聃、申不害、韩非、慎到、田骈、邹衍、尸佼、孙武、张仪、苏秦等人,全都用他们的主张来表现那个时代。 杨朱:战国魏人,字子居。其说重在爱己,不以物累,不拔一毛以利天下。著述不传,其说散见于《孟子》《庄子》《荀子》《韩非子》中。 墨翟:约公元前478年~约前392年,春秋、战国之际思想家。翟,鲁国人,做过宋国大夫,死于楚国。他主张兼爱、非攻、尚贤、尚同,反对儒家的繁礼厚葬,提倡薄葬、非乐。《墨子》一书是墨子门徒继承并发展墨子思想的著作。 管夷吾:?~公元前645年,名仲,字夷吾。春秋齐颍上人。相齐桓公,九合诸侯,一匡天下。《管子》一书旧题管仲撰,实为后人假托之作。 晏婴:?~约公元前500年。春秋齐夷维人。字平仲,相景公,以节俭力行,名显诸侯。《晏子春秋》旧题晏婴撰,所述皆晏婴遗事,当为后人撮集而成。 老聃:春秋、战国时楚苦县人,曾为周藏书室史官。著《道德经》五千言(又称《老子》),主张自然无为。 申不害:?~公元前337年。战国时郑国京人,相韩昭侯,十五年国治兵强。申子之学本于黄老而主刑名。《汉书·艺文志》载有《申子》六篇。 韩非:约公元前280年~公元前233年,战国韩诸公子,建议韩王变法,不见用。后使秦,李斯忌其才,入狱自杀。尝著《孤愤》《五蠹》《内外储》《说难》等篇,十余万言。今传《韩非子》二十卷。 慎到:战国赵人,著《慎子》一卷,四十二篇,今存七篇,主齐万物为首,循自然而立法。其重势之说,为韩非吸收继承。

田骈:战国齐人,又称陈骈。骈,主"贵齐","齐生死,等古今。"所著《田子》二十五篇,已亡佚。 邹衍:战国齐临淄人。阴阳家,著《终始》《大圣》等十万余言,皆不传。 尸佼:战国郑人,为秦相商鞅的宾客,鞅被杀,佼逃亡入蜀,著《尸子》二十卷,六万余言,已亡佚,清有辑佚本。 孙武:春秋时齐人,又称孙武子,以兵法求见吴王阖庐,用为将,西破强楚,北威齐晋。有《孙子兵法》传世。 张仪:?~前309年,战国时魏人,纵横家,相秦惠王,以连横之策说六国,使六国背合纵之

约而共同事秦。　　苏秦：？～前 317 年，战国时东周洛阳人，纵横家，说六国合纵抗秦，佩六国相印，为纵约之长。　　属：等辈，等人。　　术：主张。

㉙秦之兴句：秦代兴起，李斯以他的主张表现它。　　李斯：？～前 208 年，战国楚人。战国末入秦拜为客卿，秦统一六国以后，官至丞相，主张废分封，立郡县，统一文字和度量衡，有《谏逐客书》等传世。

㉚汉之时句：汉代，司马迁、司马相如、扬雄，是最善于表达思想感情的人。　　司马迁：约公元前 145 年—？，字子长，夏阳（今陕西韩城南）人，元封三年（前 108）继其父司马谈任太史令，太初元年（前 104）开始着手《史记》的编写，征和初年（前 92）基本完成，为我国第一部纪传体的通史。　　相如：司马相如，公元前 179 年～前 118 年，西汉成都人，字长卿，武帝时因献赋被任命为郎，著有《子虚》《上林》《大人》等赋，铺张皇帝打猎，观赏歌舞的享乐生活，以及游仙故事。　　扬雄：公元前 53 年～公元 18 年，西汉蜀郡成都人，字子云。成帝时献《甘泉》《河东》《羽猎》《长杨》四赋，拜为郎。　　其：加强语气，无实义。

㉛其下魏晋氏句：它们的下面三国魏、西晋东晋时，表现那个时代的人，达不到古人的水平，但是也未曾断绝。　　其：指秦汉。魏晋氏：古代一个朝代是一姓的天下，故朝代亦可称"氏"。及：达到。　　然：但是。

㉜这句的意思是：就其中表达思想感情较好的说，他们的声音清朗而浮泛，他们的节奏细密而急促，他们的文辞奢华而哀婉，他们的志向松弛而放纵。

㉝其为言也句：他们创作的文章，混乱庞杂而没有章法。　　其：他们，指魏晋时作家。　　为：作。　　言：指文章。

㉞将天丑其德句：或许是上天认为他们的德行丑陋不肯顾及他们吧？　　将：连词，抑，或许。　　丑：意动用法，认为丑陋。　　莫之顾："之"是"顾"的宾语前置，即"莫顾之"，不能顾及他们。

㉟何为乎句：为什么不使那些善于表达思想感情的人来表达呢？何为：为什么。疑问代词"何"作"为"的宾语前置。　　不鸣之"鸣"，使动用法，使之鸣。

㊱唐之有天下句：唐朝统一天下，陈子昂、苏源明、元结、李白、杜甫、李观，全都用他们最擅长的方式来表现那个时代。　　陈子昂：公元 661～702 年，唐梓州射洪人，其诗首倡冲淡，开一代风气，故极为唐人所推崇，感遇诗三十八篇最著名。

苏源明：字弱夫，唐武功人，曾任国子司业，考功郎中。作品大都亡佚，今仅存文五篇，诗二首。　　元结：公元 719～772 年，唐河南人，字次山。他继承陈子昂反对六朝骈俪文风，致力于古文写作，是唐代古文运动的先驱之一。著有《元子》十篇、《浪说》七篇、《漫记》七篇等。　　李白：公元 701～762 年，唐陇西成纪人，字太白，号青莲居士。天宝初，入长安，任供奉翰林，以蔑视权贵，遭谗出京，其诗飘逸、奔放、雄奇、壮丽。　　杜甫：公元 712～770 年，字子美，巩义市人。他的诗真实地反映了广阔的社会生活，充满了强烈的忧国忧民感情，被誉为"诗史"。　　李观：公元 766～794 年，字元宾，陇西人，贞元进士，官太子校书郎。有文名于时，有《李元宾文集》。

㊲其存而在下者句：那些现在活在世上而水平在他们下面的，孟东野开始用他

的诗表现那个时代。　　存:存活,指活在世上。

㊳其高出魏晋句:他的作品高出魏晋,不松散而达到了古代的水平,其他作品也接近于汉代水平。　　懈:松散。　　浸淫:渐近,接近。　　汉氏:汉代。汉代刘姓,故称汉氏。

㊴从吾游者:跟我交往的人中,李翱、张籍是杰出者。　　游:交往。　　李翱:公元772—841年,字习之,陇西成纪人。贞元进士,从韩愈学古文,为古文运动的参加者。有《李文公集》。　　张籍:公元765～约830年,唐吴郡人,寓和州乌江,字文昌,贞元十五年进士,工诗,尤长乐府,有《张司业集》。尤:优异,突出。

㊵这句的意思是:这三个人表达思想感情的确是很好的。

㊶抑不知句:可是不知道是上天将和谐他们声音而使之表现国家的昌盛呢?还是将要穷困饥饿他们的身体,愁苦他们的思想,而使他们来表现自己的不幸呢?　　抑:第一个"抑",可是。第二个"抑",还是。　　心肠:思想,心情。

㊷三子者之命句:这三个人的命运,就高挂在天上了。　　三子者:指孟郊、李翱、张籍。　　悬:谓高挂在空中。此指命运决定于上天。

㊸这句的意思是:他们处在上位,有什么值得高兴呢? 他们处在下位,有什么值得悲伤呢?

㊹东野之役于江南句:孟郊到江南溧阳供职,有点像是不高兴的样子,所以我说了他的命运决定上天的话来劝解他。　　役:供职。　　释:通"怿",高兴。

解:劝解,解脱。

【集评】

宋李耆卿《文章精义》:一鸣字发出许多议论,自《周礼》"梓人为筍虡"来。

宋谢枋得《文章轨范》卷七:此篇凡六百二十余字。"鸣"者四十,读者不觉其繁,何也? 句法变化,凡二十九样。有顿挫,有升降,有起伏,有抑扬,如层峰叠峦,如惊涛怒浪,无一句懈怠,无一字尘埃,愈读愈可喜。

明唐荆川《荆川先生文集》卷七:此篇文字错综,立论乃尔奇,则笔力固不可到也。

此篇将牵合入天成,乃是笔力神巧,与《毛颖传》同,而雄迈过之。

明茅坤《唐宋八大家文钞》卷七:一"鸣"字成文,乃独倡机轴,命世笔力也。前此惟《汉书》叙萧何追韩信,用数十"亡"字。

清储欣《唐宋十大家全集录·昌黎先生全集录》卷二:历叙古来著作,而以孟郊东野诗继之。闪烁变化,诡怪惶惑,其妙处公自言之矣。"言之短长声之高下皆宜"是也,气盛则宜,后人有如许气,才许模仿他四十个鸣字。

又卷八:直是论说古今诗文,写得如许灵便。通篇数十鸣,如回风舞雪。后人仿之,辄纤俗可憎,其灵蠢异也。

清何焯《义门读书记》卷三十二:只说文章如何关系,便有酸气。旁出侧见,突兀峥嵘。"鸣"字句法虽学《考工》,然波澜要似庄子。"其在唐、虞,咎陶、禹其善鸣者也",在上。"夔不能以文辞鸣",又自为波澜。"周之衰,孔子之徒鸣之",在下。

"其他浸淫乎汉氏矣",其他盖以杂文言之。"李翱、张籍其尤也",又入二子,前半千波万嶂,不容此处太平也。"三子者之鸣,信善矣",结过前半。"抑不知天将和其声而使鸣国家之盛耶",以下始因其不释然而解之。"其在上也,奚以喜"二句,一宾一主,三子之上下,系国家之盛衰,却说得蕴藉不流于夸毗,又藏过弃才,则国家之盛可卜,极得体。但吾终疑"不得其平"四字,与圣贤之善鸣及鸣国家之盛处,终不能包含,此韩子之文尚未与经为一耳。

清吴楚材、吴调侯《古文观止》卷七:此文得之悲歌慷慨者为多,谓凡形之声音,皆不得已;于不得已中又有善不善;所谓善者又有幸不幸之分,只是从一鸣中发出许多议论。句法变换,凡二十九样,如龙之变化,屈伸于天,更不能逐鳞逐爪观之。

清蔡铸《蔡氏古文评注补正全集》卷六:文以鸣字为骨,先以不平则鸣句提纲,通篇言物之鸣及古人之鸣、今人之鸣,总不出"不平则鸣"之意,文成法立,奇而不诡于正。

清沈德潜《唐宋八家文读本》卷四:从物声说到人声,从人声说到文辞,从上古之文辞历数以下说到有唐,然后转落东野,位置秩然,而出以离奇惝恍,使读者呵叹其言,其实法律谨严,无逾此文。通篇表其文辞,未以所性分定,解其中怀抑郁。此竿头更进,非余波游衍可比。外间但赏其连用四十"鸣"字,犹皮相也。

清余诚《古文释义》卷七:凭空结撰,除其"存而在下"及"东野之役于江南"一二语外,未尝粘定东野究之。言物、言人、言乐、言天时、言历代、言本朝善鸣者,及言李、言张,无非为东野发议。自首至尾不肯使一直笔,顿挫抑扬,离合缓急,无法不备,而又变化诡谲不可端倪。那得不横绝古今。谢叠山谓篇中鸣字四十,变化出二十九样句法,读者亦须细心寻绎。

【鉴赏】

这是一篇"赠序",与"书序"不同。赠序发端于晋,盛行于唐宋,它是由诗序演变而来。古人在亲朋故旧临别之际,常设宴饯别,饮酒赋诗,并由某人为这些诗作序,说明有关情况。这种诗序和一般的书序性质相近。后来,并无诗歌唱和,只是写一篇文章送别,这就是赠序了。赠序既然是赠人之作,其内容必须从对象的具体情况出发,除此之外,写作是非常自由的,或叙事,或抒情,或议论,挥洒自如,不拘一格。韩愈是赠序写作的高手,《韩昌黎文集》收有赠序三十余篇,《送孟东野序》就是其中的名篇之一。

孟东野(751~814),名郊,中唐著名诗人。壮年屡试不第,四十六岁始中进士,五十岁才谋得一个小小的县尉,以后也一直不得志,可谓穷愁潦倒一生。韩愈早年仕途也很坎坷,颇有怀才不遇之感。大致相同的遭遇,加上志趣相投,使两人成了忘年之交。他们在文字上交往颇多,这篇赠序就是送孟郊赴溧阳县尉时所作,一方面表达了为友人鸣不平的愤懑之情,另一方面又用深刻的哲理来劝慰和激励孟郊,希望他摆脱愁苦和烦闷,振作精神,做时代的善鸣者。

这是一篇产生过深远影响而又蒙受了许多误解的作品。它提出了一个精警的命题"物不得其平则鸣",由这个命题演变而成的成语"不平则鸣",千百年来在群众中广为流传。这篇赠序蕴含丰富,思路复杂,有些语句又比较委婉含蓄,人们难以揣摩本意,探其幽微,以致造成许多误解,影响了对它的公正评价。下面就想针对这些误解,谈谈我们的看法。

有些评论家认为,"不得其平则鸣"只是指被压抑者自鸣其不幸,不能包括圣贤之鸣与鸣国家之盛者,并由此得出结论,这篇赠序的主旨与例证不合。(见何焯《义门读书记》,周振甫先生在《古文鉴赏辞典》中也有同样看法。)

很难设想,作为"文起八代之衰"的古文大师,居然会写出主旨与例证明显不合的文章!这很可能是评论家们以今度古,把"不平则鸣"这个成语的今义强加到韩愈的头上了。

我们认为,韩愈所提的"不得其平则鸣"是一个具有普遍适应性的命题,含有深刻的哲理。所谓不平,就是不平衡,不平静。自然现象如此,社会现象也如此。就情感而言,它不但指愤郁,也包括欢乐在内,因为任何情感都是内心不平静的一种表现。韩愈在文章中实际上已表述得十分明确了:"大凡物不得其平则鸣……人之于言也亦然:有不得已者而后言,其歌也有思,其哭也有怀,凡出乎口而为声者,其皆有弗平者乎!"所谓"不得已",就是指人受到外界的影响有所感触,极不平静,不得不倾吐出来。所以,失意者自鸣其不幸固然是不平之鸣,得意者鸣国家之盛也是不平之鸣。总之,"凡出乎口而为声者",都是不平之鸣。只有这样理解,才符合韩愈的原意;只有这样理解,才会觉得文章并无扞格之处,其论点和论据是和谐统一的;也只有这样理解,才符合客观实际。就文学而言,任何时代既有得意者的欢歌,也有失意者的悲鸣,即使是失意者,也不可能一味地愤愤不平,他们也会有欢歌笑语。在黑暗的时代,我们也不能把一切歌颂的、闲适的、平和的文学一概斥之为毫

无价值的伪文学,何况昌明的盛世呢!

有人说,作者写作此序的目的是劝孟东野"知其为天所假,自当听天所命"(见林云铭《韩文起》,转引自《韩愈资料汇编》九九〇页)。

不错,赠序的最后一段的确是说了"故吾道其命于天者以解之""三子者之命则悬乎天矣"一类的话,这也的确反映了作者的天命观。但揣摩全文,作者的真正用意似乎并不在于劝友人用消极的天命观来麻醉自己。如果仅止于此,就用不着一开始就发那么一通"物不得其平则鸣"的议论了,也用不着列举那么多的历史事实来证明"择其善鸣者而假之鸣"的观点了。全文的意思无非是说,个人的幸与不幸是由国家的盛衰、政治的清浊、当权者对人才的爱惜与否等因素所决定(作者不便直言,只好笼统地假托于"天"),不是个人的力量所能改变的,但幸与不幸都可以成为时代的善鸣者。而不幸者由于对生活的感受更深,更具有真情实感,其作品往往更能撼人心魄而流传千古,政治上的失意很可能带来诗歌创作上的丰收,因此劝孟郊不要太看重个人的沉浮升迁,应该摆脱苦闷,振作精神,加强自身的修养,不懈地努力,争取成为时代的最善鸣者。全文的议论针对孟郊善诗的特点,有的放矢,入情入理,既表示了对友人的充分理解,又寄托了作者的深切同情,但更多是思想上的开导,精神上的激励。

"拉杂散漫,不可捉摸",这是对此文的又一种误解。(见过珙《古文评注》评语,转引自《韩愈资料汇编》一一五八页)

这篇文章凭空发论,转接突兀,驰骋古今变幻莫测,乍看是有点眼花缭乱,难以捉摸,但是只要把握了它的结构特点,就会觉得脉络清晰,条理井然,形散神不散。这篇文章采取的是层层推进、步步深入的连锁式结构。全文紧扣"鸣"字着笔,先立"不得其平则鸣"作为论述的出发点,立论的前提。同是不平之鸣,但有善与不善之别,所以第二段把议论引申一步,转入对"择其善鸣者而假之鸣"的论证。音乐、天时的"择其善鸣者而假之鸣"只是陪衬,重点还是为了说明人的不平之鸣,"尤择其善鸣者而假之鸣"。至此,作者不惜笔墨,从古到今,列举历代的善鸣者,其中有幸者,也有不幸者,而其目的又在于陪衬出"存而在下"的善鸣者——孟郊。最后落脚到"三子者之命,则悬乎天矣。其在上也奚以喜,其在下也奚以悲!"论述中,多方取譬,反复阐述,纵横恣肆,变幻莫测,然脉络清晰,条分缕析,似无拉杂散漫、不可捉摸之处。或许有人要说,此序既为东野而作,以古证今,落到孟郊处已可收束,何以又陪出李翱、张籍?答曰:李、张与孟郊,才气相当,命运相似,又同为作者好友,以今陪今,孟郊将会倍感亲切,岂不是更能减少一些寂寞之感?不知东野以为然否?

"征引太繁,颇伤冗蔓",这是又一种议论。(见曾国藩《求阙斋读书录》卷八,转引自《韩愈资料汇编》一四八九页)

所谓"征引太繁"显然是指所列举的历代善鸣者太多,太滥。繁乎?冗蔓乎?不能抽象而论,得看这些例证是否有助于突出中心思想,是否有助于实现作者的写作意图。

在列举的大量历史人物中,有盛世的,也有衰世、乱世的;有以学术思想鸣的,也有以文章诗歌鸣的;有鸣国家之盛的,也有自鸣其不幸的。这就说明,任何学术思想、文学创作都是一定时代的产物，每个时代都会有自己的善鸣者，即代表作家；同时也说明，不管是当权的得意者，还是不得志的失意者，只要能以自己的作品体现时代精神，都可以成为自己时代的代表而流传千古。以此来激励以诗采自鸣其不幸的孟郊，不是很有说服力吗？

作者在列举的大量历史人物中，从排列的次序上，词语的选择上，句式的变化上，画龙点睛的评议上，又特别突出了孔子、庄子、屈原、司马迁等人，其目的就是要说明，作为一个善鸣者，必须具有各自的思想、真实的内容和出色的文采。韩愈在哲学思想上是尊儒重道、辟排异端的，在文学思想上是主张文道合一而以道为主的。他倡导的"古文运动"，就是要恢复先秦两汉文章的传统，以反对六朝以来的浮艳文风。因此他突出孔子及其儒家学派而贬抑魏晋以来的作者就是理所当然的了。撇开"道"的具体内容不说，他强调文章要有正确的思想和充实的内容，则完全是对的。庄周是儒家的对立派，但他对社会现实有很深的不满，其文章又想象丰富，诗意浓郁，论辩雄健，文辞瑰丽。作为文学家的韩愈，能摈弃学派的偏见，对其"荒唐之辞"（即汪洋恣肆的文辞）特别欣赏，将他从以"术"鸣的诸子中挑出来，使之与孔子、屈原并列，这显然是一个创见。韩愈虽然认为失意者、得意者之鸣皆属不平之鸣，都可以成为善鸣者，但他也深深知道"欢愉之辞难工，穷苦之言易好"（《荆潭唱和诗序》），因为失意者之鸣往往更具有真情实感。所以，他特别推重忧国忧民、把个人的忧患与国家的兴亡紧密联系在一起的屈原，特别推重"意有郁结，不得通其道"，于是发愤著书，写出了"无韵之《离骚》"的司马迁。韩愈正是把自己的美学思想体现在对历史人物的含蓄评价中，从而给友人树立了学习的榜样，也寄托了自己的殷切期望，希望友人在创作上更加孜孜以求，"不懈而及于古"，成为自己时代的最善鸣者。这种含而不露的写法，是由被送者，一个比自己大十七岁的善于以其诗鸣的友人的特点所决定的，这也正是韩愈笔法的高明之处。

由此可见，作者不厌其烦地列举大量例证，不仅很好地起到了陪衬主体的作用，对突出中心思想、实现写作意图，也是非常必要的，完全不是什么"征引太繁，颇伤冗蔓"。

澄清上述误解，就更能看出这不是一般的应酬文字，而是一篇立论正确、内涵丰富、论证严密、气势磅礴的佳作。当然，我们也不是说这篇文章已臻于炉火纯青、完美无缺的境界，不足之处也还是有的。如对魏晋以来的作者全盘否定，就未免失之偏颇；把元结置于李白、杜甫之前，无论从时序上还是从重要性上来说都是不当的；说孟郊"始以其诗鸣"，尽管林纾说用了"急救之法"以补救，也难以自圆其说。但这一切毕竟是微疵，无损于它在文学史上的名篇地位，也无损于它在文论史上的重要地位。

赠崔复州序[1]

【题解】

崔君任复州刺史，韩愈作序相赠。全序分三段。先说刺史位高禄厚权重，决定一州之人的喜与惧。次说小民见吏之难，下情难以上达，“民就穷而敛愈急”，介于节度使与县令之间的刺史十分难当。再说崔君做复州刺史，顶头上司节度使便是于公頔。“崔君之仁足以苏复人，于公之贤足以庸崔君”，刺史不再难当，复州的百姓将有幸承受崔君的恩泽。通篇充满了对崔君的歌颂，对复州百姓的祝福。但山南东道节度使于頔，为官一方，急敛暴征，民不堪命。韩愈在《送许郢州序》中，对于頔的为人已委婉提出批评。可见，这篇赠序表面上是祝颂，实则是劝谏崔君施仁政，不过是更加迂曲罢了。

【原文】

有地数百里，趋走之吏，自长史、司马已下数十人[2]，其禄足以仁其三族及其朋友故旧[3]。乐乎心，则一境之人喜[4]；不乐乎心，则一境之人惧。丈夫官至刺史，亦荣矣[5]。

虽然，幽远之小民，其足迹未尝至城邑[6]。苟有不得其所，能自直于乡里之吏者鲜矣，况能自辨于县吏乎[7]！能自辨于县吏者鲜矣，况能自辨于刺史之庭乎[8]！由是刺史有所不闻，小民有所不宣[9]。赋有常而民产无恒[10]，水旱疠疫之不期，民之丰约县于州[11]，县令不以言，连帅不以信[12]，民就穷而敛愈急，我见刺史之难为也[13]。

崔君为复州，其连帅则于公[14]。崔君之仁，足以苏复人；于公之贤，足以庸崔君[15]。有刺史之荣，而无其难为者，将在于此乎[16]？愈尝辱于公之知，而旧游于崔君[17]。庆复人之将蒙其休泽也，于是乎言[18]。

【注释】

①复州：唐辖相当今湖北沔阳、天门、监利等县地，为山南东道节度使于頔的属邑，治所在沔阳。　　崔：名字、里居不可考。时任复州刺史。

②有地数百里句：管辖土地数百里，听任长官驱使、东奔西走服役的属官，从长史、司马以下有几十人。　　有地：据有土地。有：据有，拥有，引申为管辖。驱走之吏：东奔西走服役的官吏。驱：急走。走：快跑。　　长史：唐制，州刺史下设长史，佐刺史掌军事。　　司马：军府之官，唐为刺史的佐官，综理一府之事，参

预军事计划。唐代刺史为一州最高行政长官,兼管军事,故刺史下有长史、司马之官职。　　已下:以下。

③其禄足以仁其三族:他们的俸禄足够用来施惠给父党、母党、妻党三族以及他们的朋友旧交。　　足以:足够用来。　　仁:施恩惠。用作动词。　　三族:父党、母党、妻党,合称三族。党:亲族。　　故旧:旧友、旧交。

④乐乎心句:刺史心中快乐,那么全州的人都会跟着高兴。　　乎:于。一境:全境,一州之内。

⑤这句的意思是:大丈夫官职做到刺史的职位,也就很荣耀了。

⑥虽然,幽远之小民句:虽然如此,幽静偏远地区的小百姓,他的足迹未曾到达过城镇。　　虽然:虽然这样,虽然如此。　　幽远:闭塞偏远。　　城邑:城和邑,泛指城镇。

⑦苟有不得其所句:假如有不能得适当安顿的情况,能够自己到乡长里正等官吏面前申诉说理的人就很少了,何况能到县官面前申诉呢!　　苟:假如。　　不得其所:不得善终,引申为不能得到适当的安顿。　　直:申诉、申雪。　　鲜:少。

⑧这句的意思是:能够自己到县官面前申诉的人就很少了,何况能够自己到刺史的大堂上去申诉呢!

⑨由是刺史句:由于这样刺史就有听不到的下情,老百姓就有不能倾吐的冤情。　　由是:因此,由于这样。　　所不闻:所字词组。所:特殊指示代词。闻:听说。所不闻:听不到的事情。　　所不宣:所字词组。宣:宣泄,公开说出。

⑩赋有常句:赋税收取固定不变但是百姓的收获不能固定不变。常:固定不变。　　而:但是。　　民产:百姓的收获。　　恒:长久,固定。

⑪水旱疠疫句:水灾旱灾瘟疫一类的灾害,未经约定就来到,百姓的丰足贫困全都维系于州官。　　疠疫:瘟疫。　　不期:未经约定。　　丰约:丰足和贫困。县:通"悬"。维系,拴系。

⑫县令不以言句:县官不将实情上报给州官,节度使也不把州官的报告当作是真实的。　　不以言:不把实情上报。以:将,把。言:说,上报。　　连帅:古代十国诸侯之长。唐代多指节度使。信:真实,意动用法,当作真实的。

⑬民就穷句:百姓到了贫穷的地步但是税收的征收却更加急迫,我看刺史夹在县令与节度使中间是十分难做的。　　就:趋向,到。敛:收,征税。　　为:做。

⑭这句的意思是:崔君做复州的刺史,他上面的节度使就是于頔。

⑮崔君之仁句:崔君的仁慈,完全可以使复州之人民复苏;于公的贤明,完全可以酬劳崔君的功劳。　　苏:使动用法,使……复苏。庸:酬其功劳。

⑯有刺史之荣句:有刺史的荣耀,却没有那难当的情况,大概就在这里吧?荣:荣耀。　　而:转折性连词,却。　　难为:难做。指刺史难做的情况。将:大概,恐怕。

⑰愈尝辱于公之知句:我曾蒙于公的赏识,并且同崔君是昔日交游的朋友。辱:承蒙。　　知:知遇、赏识。　　旧游:昔日交游之友。

⑱庆复人句:庆幸复州人民将要蒙受他的恩惠,在此说了这些话。 休泽:恩泽,美好的恩泽。

【集评】

明徐时泰《东雅堂昌黎集注》卷二十:公此序,大概与送许郢州之意同。郢、复在唐皆隶山南东道,两序皆言于公頔,又皆言民穷敛急,意必有所属也。頔时为山南东道节度使云。

明茅坤《唐宋八大家文钞》卷六:此与《送许郢州序》同意,而规讽于公处最含蓄。

清张伯行《唐宋八大家文钞》卷二:大吏之赋敛难宽,小民之疾苦莫诉,损上益下既不能,剥下奉上又不忍;刺史难为,可胜浩叹!隐望于公宽赋恤民。仁义之言,其利溥哉!

清沈德潜《唐宋八大家文读本》卷四:极言民穷敛急,见刺史之难为,后转到崔君之仁,又遇于公之贤,则难者不难,而复人可蒙其休泽矣。篇中有颂无规,而规即寓颂中,与送许郢州作意同,而作法又别。

【鉴赏】

崔复州,名字无考,因他于贞元十九年被任命为复州刺史,故称崔复州。复州在唐代属山南东道,当时与郢州一样,都是观察使于頔的监管范围。从编次看,本文当作于《送许郢州序》之后。其写作意图与《送许郢州序》一样,都是规讽于頔,希望他停止横征暴敛,可看作《送许郢州序》的姊妹篇。但写法有些不同。《送许郢州序》是婉曲地规讽于頔,这篇文章则是颂扬的口气,规讽之意隐隐见于言外。究其原因,除了避免写作上的雷同之外,便是考虑到于頔的心理承受能力。对于这个"身居方伯之尊"的于公,作者在《送许郢州序》中已通过"道刺史之事",委婉地指责他横征暴敛,不恤民命了,如若连篇累牍地指责他,惹怒他就难以达到进规的目的了。前文有规讽,本文有颂扬,岂不是说明于公真有"忠乎君而乐乎善"的美德吗？这样写，于公听起来就会感到顺耳。至于颂扬之中的弦外之音，言外之意，于公自然能体会出来。

前文"道刺史之事"，以情贵相通为要；本文也是道刺史之事，而以"荣""难"二字立论。所谓"难"，关键是难以情通。立意如此，看作者怎样敷衍成文吧。

第一段说刺史之"荣"。刺史是唐代州郡的首席长官。州统若干县，所以"有地数百里"。刺史在州群发号施令，为他奔走的僚属、皂隶、佣人达数十之多。出外时"树旗旄、罗弓矢，武夫前呵，从者塞途"，声势煊赫，权倾一境。他可以凭自己的喜怒发布政令，施行赏罚。乐有赏，故"一境之人喜"；怒有刑，故"一境之人惧"。俸禄优厚，足以恩施三族，惠及朋友故旧。逢迎拍马者比比皆是，歌功颂德之词不绝于耳。这种殊荣是许多封建知识分子梦寐以求的，而享受者真是凤毛麟角！然而作者在赞叹之余，也提出了一个问题：刺史之心，实在系一州人之心；刺史所作所为，实在系一州人死活。刺史的责任如此重大，比刺史更"荣"的观察使当然更大了。可见文章在颂扬之中，暗含着为官之难，从而警醒崔君和于公意识到自己所负的重任。这样就为下面的论述作了有力的衬垫。

第二段用"虽然"一转，说到刺史的"难为"，用意却在旁及于公。先说刺史直接了解民情很难，因为百姓荒居野处，没见过大世面，遇有冤屈，能"自直"于乡里之吏的很少，能"自辨于县吏"的就更少，何况"自辨于刺史之庭"呢！作者用层层递进的手法，极写百姓申冤之难，以见得刺史了解民情的不易。言外之意，观察使了解民情就更难了。接着写刺史与县令、观察使难以情通。比如，本州何处减产了，何处发生了水灾，何处出现了旱情，何处疾疫流行。这些情况，"县令不以言，连帅不以信。""不以言"，是置百姓生死于不顾，堵塞言路，欺上压下，报喜不报忧，以保住自己的名位。"不以信"，是不明下情，或知情不悯，而急于聚敛，以致巧取豪夺，不恤民命。刺史处在县令和连帅之间，上下都有隔膜，于是出现"民就穷而敛愈急"的可悲现实。这里虽然县令、连帅并提，但笔锋是指向连帅的。"县令不言"，是为了迎合上司而有情不报；"连帅不信"，一意孤行，才是"民就穷而敛愈急"的罪魁祸首。正是在这些轻重有别的措辞中，作者表达了他的微言深讽。

第三段转入对崔君、于公的颂扬，措辞极为深婉，很有分寸。对崔君用一"仁"字，用一"苏"字。"仁"是赞扬崔君仁民爱物，其实是要他以恻隐之心体察复州人民的苦难。"苏"是要他切实负起刺史的责任，把复州百姓从虐政中解救出来，也含有对于公横征暴敛的讥讽。写于公，着一"贤"字，着一"庸"字。"贤"在这里是善的意思，与《送许郢州序》中的"乐乎善"同意。说于公从善如流，一定能用（庸）好崔君，这话似乎是赞扬于公，其实是要于公相信崔君，停止横征暴敛，支持崔君做好"苏复人"的工作。果然如此，则崔君去复州，便"有刺史之荣，而无其难为者"。这两句承前面意思做出推断，回应一、二两段，双双作结，章法严谨。含有警醒于公勿使崔君掣肘之意，讽喻之意，使于公难以觉察。

最后，作者叙述与于公、崔君的交往，以见得前面的颂扬，都是知人之论。这样，"庆复人之将蒙其休泽也"便显得有本有根，文章就在这颂扬的高潮中结束。

这篇赠序使我们看到封建官吏的权重禄厚和对人民的残酷压榨,也反映了人民有冤难伸的悲惨现实。作者把"民就穷而敛愈急"的灾难说成是封建官吏之间,以及封建官吏与百姓之间情况阻隔造成的,这固然为于公作了开脱。然而作者的用意,在借此旁敲侧击,警醒于公,停止横征暴敛。本文和《送许郢州序》都提出情通的问题。情,主要指民情。韩愈是主张民情上达,按实情办事的,这反映了他思想中比较开明的一面。

本文没有一般赠序"规"与"赠"的内容,而是泛泛地"颂",在颂中隐含规讽之意。语言时而机带双敲,时而意在言外,比《送许郢州序》更含蓄,是序文中的"又一赠法"(储欣《昌黎先生全集录》,引自《韩愈资料汇编》第九一九页)。

送区册序^①

国学经典文库

唐宋八大家散文鉴赏

韩愈卷

【题解】

贞元十九年(公元803年),在监察御史任上的韩愈,因上《论天旱人饥状》获罪,被贬为阳山县令。这篇赠序高度概括地叙述了韩愈在阳山的生活:穷山恶水,地僻民穷,鸟言夷面,言语不通。在如此恶劣的环境中,韩愈的心情是可想而知的。就在韩愈情绪极度低落的情况下,从南海划船而来的区册,来到他的身边,谈经论文,见识超绝,气度非凡,给韩愈带来极大的乐趣,在区册回乡探亲时,韩愈写了这篇赠序,表达了依依惜别之情。

【原文】

阳山,天下之穷处也^②。陆有丘陵之险,虎豹之虞^③。江流悍急,横波之石廉利侔剑戟^④,舟上下失势,破碎沦溺者往往有之^⑤。县郭无居民,官无丞、尉^⑥。夹江荒茅篁竹之间,小吏十余家,皆鸟言夷面^⑦。始至言语不通,画地为字,然后可告以出租赋、奉期约^⑧。是以宾客游从之士,无所为而至^⑨。

愈待罪于斯且半岁矣^⑩。有区生者,誓言相好,自南海挐舟而来,升自宾阶,仪观甚伟^⑪。坐与之语,文义卓然^⑫。庄周云:"逃空虚者,闻人足音跫然而喜矣。"况如斯人者,岂易得哉^⑬!入吾室,闻诗书仁义之说欣然喜,若有志于其间也^⑮。与之翳嘉林,坐石矶,投竿而渔,陶然以乐,若能遗外声利,而不厌乎贫贱也^⑯。岁之初吉,归拜其亲,酒壶既倾,序以识别^⑰。

【注释】

①韩愈贞元十九年(公元803年)因上《论天旱人饥状》获罪,贬为阳山县令,冬天赴任,大约到第二年五六月才到达阳山。在阳山遇到区册。"岁之初吉"区册回故里探亲,则当是贞元二十一年(公元805年)年初,韩愈写了这篇赠序。

②阳山:县名。在广东省北部,北江支流连江中游,邻接湖南省。 穷处:贫瘠闭塞之地。

③陆有丘陵之险句:陆地上有山陵的险阻,虎豹的忧患。 丘陵:连绵不断的山丘。 虞:忧患。

④江流悍急句:江水湍急,横在江中的石头,锋利得等同剑戟。悍急:湍急。廉利:锋利。 侔:齐等,相当。

⑤舟上下失势句:船只上下航行失去控制,常常有破碎沉没的情况发生。失势:失去常态,指失去控制。　　沦溺:沉没、淹没。　　往往:常常。

⑥县郭无居民句:县城中没有居民,官员中没有县丞和县尉。　　县郭:县城。丞:县丞,县令的副手,相当于今副县长。　　尉:县尉,负责一县的治安。

⑦夹江荒茅篁竹之间句:江两岸荒芜的茅草和竹林之间,居住着职位低级的官吏十余家,全都说难懂的方言,长着夷人的面孔。　　夹江:江两岸。　　篁竹:竹林。　　小吏:职位低级的官员,即办事员、衙役一类。　　鸟言:形容阳山方言之难懂。　　夷面:少数民族的面孔,形容面孔与中原人不同。

⑧始至言语不通句:刚到的时候,语言不通,在地上写字,这以后才可以告诉他们缴租赋、遵奉契约规定。　　始:刚。　　奉:遵奉、执行。　　期约:约定共同信守的事项。

⑨是以宾客游从之士句:因此相随同游的宾客,到这里没有什么作为。　　宾客:客人的总称。　　游从之士:相随同游的人。此为宾客的定语后置。　　无所为:没有什么作为。

⑩待罪:古代官吏任职的谦称,意谓不胜其职而将获罪。　　于斯:在此。斯:此,指阳山。　　且:将近。

⑪有区生者句:有一位姓区的年轻人,以言相约彼此友好,从南海郡划船而来,登上西阶,仪表很出色。　　区生:区姓,册名。区生:对读书人的通称。　　誓言:约誓,以言相约。　　南海:唐置南海郡。　　挐舟:划船。挐:通“桡”,船桨,用如动词,用船桨划。　　宾阶:西阶,古时宾主相见,宾自西阶上,故称。　　仪观:仪表。　　伟:奇异,出色。

⑫与之语:跟他谈话。　　文义:文辞。　　卓然:卓越貌。

⑬《庄子·徐无鬼》:“夫逃空虚者,藜藋柱乎鼪鼬之径,踉位其空,闻人足音跫然而喜矣。”玄成英《疏》:“柱,塞也。踉,良人也。跫,行声也。夫时遭暴乱,运属饥荒,逃避波流于虚园宅,唯有藜藋野草,柱塞门庭,狙蝯鼪鼬,蹊径斯在,若于堂宇人位,虚广闲然,当尔之际,思乡滋甚,忽闻佗人行声,犹自欣悦。”

⑭这句的意思是:何况像这样的人,难道是容易得到的吗?

⑮这句的意思是:进入我的室内,听到诗书仁义的道理欣然而喜,好像有志在那些学问之中。

⑯翳:蔽,此指乘凉。　　嘉林:美好的树林。　　石矶:水中突出的岩石。遗外声利:抛弃外界的名利。

⑰岁之初吉句:今年年初,回家探望他的父母,送别的酒席已经过后,写这篇序来纪念这次分别。　　初吉:阴历初一至初八为初吉。岁初吉,即这一年年初。序:作序。用如动词。　　以:用来。　　识别:纪念这次分别。识:记住,纪念。

【集评】

明茅坤《唐宋八大家文钞》卷七:昌黎谪官时,调信凄婉慨慷。

清沈德潜《唐宋八大家文读本》卷四：处极穷之境，而能不顾险阻，以后辈礼定交世外，真能遗外势利，求得于《诗》《书》仁义说者也。前铺叙穷境，镌镵造化，笔笔有神。

【鉴赏】

贞元十九年(公元803年)冬，韩愈作为监察御史，写了一篇《御史台上论天旱人饥状》的奏章，把京畿地区遭受严重干旱人民痛苦不堪的情况如实揭露出来，要求缓征赋税，以救民命。结果触怒了京兆尹李实及最高统治者，被贬到连州的阳山(今广东省阳山县)去当县令。当时阳山是一个极为穷苦的偏僻小县，交通不便，言语不通，宾客不至，满目凄凉，韩愈自然倍感孤寂。贞元二十年秋，忽然有一个名叫区册的人，自南海泛舟而来，誓言相好。后来，他们相处果然十分投机。贞元二十一年正月，区册要回南海省亲，韩愈就写了这篇赠序为他送行。

这篇赠序固为嘉勉区生而作，但也有自勉自慰之意。

第一段，极写阳山的僻陋。先总提，次铺写，最后落脚到"是以宾客游从之士无所为而至"，为区生的到来作有力的反衬。在铺写中，仅仅用了八十五个字，就把山川的险阻，交通的困难，县郭的荒凉，官署的简陋，文化的落后，言语的障碍，都生动地描绘出来了，可说是一幅绝妙的风景风俗画。作者就生活在这样的环境中！一般的游从之士，多为趋炎附势、追名逐禄之徒，对以待罪之身处荒凉之地的韩愈，避之犹恐不及，怎么会远道来访呢？"无所为而至"，寥寥五字，

就把世态的炎凉、人情的淡薄揭露无遗。"愈待罪于斯且半岁矣"是承上启下的句子，虽是简短的交代，却蕴藏着作者无限的凄凉与苦闷，给人以度日如年之感。

第二段，正面描写区生。在"宾客游从之士无所为而至"的情况下，南海区生居然不顾荒凉险阻，至穷邑而访逐臣，"誓言相好"，这一行动本身已使人感到惊喜。

观其容仪,英俊魁伟,已非同一般,听其言谈,思想文采,又卓然不群,与"鸟言夷面"者迥异。作者在寂寞无聊之时,竟然遇到这样的嘉宾,自然欣慰不已,于是引用《庄子·徐无鬼篇》中的一句话来衬托这种喜悦的心情。巡行于故墓间的人,满目荒凉,听到别人跫跫的足音,便感到无限的欢喜,何况遇到这样难得的人才呢? 这番感慨本可置于写完区生的志守之后,现在却放在初叙其仪观言辞之后,简直有点按捺不住的意味了。待到进一步了解到他有志于"《诗》《书》仁义之说"的志向,又"能遗外声利而不厌乎贫贱"的操守之后,其喜悦之情就更是可想而知了。作者就是这样从直观的角度,一层深入一层地把区生的形象逐步展现出来,其间又适时地穿插了作者的议论,不仅与首段遥相呼应,而且使叙述陡起波澜,给文章增添了无限韵味。

作者身处荒凉之境,常与鸟言夷面之人为伍,陡见斯文,激动中难免有溢美之词,于是在写区生的志守时加上两个"若"字予以限制,这就使语气显得活脱,大有回旋余地,同时又使嘉奖中带有劝勉的意味,这正是文章严密之处。

还应指出的是:第二段虽然明写区生,但作者的志操也跃然纸上:身处逆境,然尊儒传道之志未变,一见区生,便用诗书仁义之说加以诱导;赞许区生"若能遗外声利而不厌乎贫贱",实际上也就表明了自己要安贫乐道、不为名利所扰的坚定信念。所以我们说,这篇赠序虽然是为嘉勉区生而作,但也含有自勉自慰之意。

送石处士序①

【题解】

　　石处士,名洪,字浚川,洛阳人,曾任黄州录事参军,罢归后十年不仕。元和五年(公元810年)四月,乌重胤任河阳节度使。当时成德军节度使王士真卒,其子王承宗叛乱。乌重胤奉命讨逆,召石洪入幕府参谋。本文是作者为洛阳人士送石洪赴乌重胤幕府时所赋诗写的序文。欧阳修曾说:"洪始终无可称,而名重一时,以尝为退之称道耳。"这篇序中韩愈如何称道石洪的呢?全文分二段。第一段是乌公与从事的对话。通过从事的介绍,说明石洪是一位德行极高的隐者。第二段是洛阳人士送别时与石洪的对话。称赞石洪决定去乌公幕府是"以道自任",深明大义。本文运用两段对话,表现人物形象,表达送别之意,笔法灵活自如,不拘一格;语言洗练,生动活泼,具有较强的表现力。

【原文】

　　河阳军节度御史大夫乌公,为节度之三月,求士于从事之贤者②,有荐石先生者③。公曰:"先生何如?"曰:"先生居嵩、邙、瀍、穀之间,冬一裘,夏一葛④;食,朝夕饭一盂,蔬一盘⑤。人与之钱,则辞;请与出游,未尝以事辞;劝之仕,不应⑥。坐一室,左右图书。与之语道理,辨古今事当否,论人高下,事后当成败,若河决下流而东注,若驷马驾轻车就熟路⑦,而王良、造父为之先后也⑧,若烛照、数计而龟卜也⑨。"大夫曰:"先生有以自老,无求于人,其肯为某来邪⑩?"从事曰:"大夫文武忠孝,求士为国,不私于家⑪。方今寇聚于恒,师环其疆⑫,农不耕收,财粟殚亡⑬。吾所处地,归输之涂⑭,治法征谋,宜有所出⑮。先生仁且勇,若以义请,而强委重焉,其何说之辞⑯?"于是撰书词,具马币,卜日以授使者,求先生之庐而请焉⑰。

　　先生不告于妻子,不谋于朋友,冠带出见客⑱,拜受书,礼于门内⑲。宵则沐浴,戒行事,问道所由,告行于常所往来⑳。晨则毕至,张上东门外㉑。酒三行,且起,有执爵而言者曰:"大夫真能以义取人,先生真能以道自任,决去就,为先生别㉒。"又酌而祝曰:"凡去就出处何常㉓?惟义之归,遂以为先生寿㉔。"又酌而祝曰:"使大夫恒无变其初,无务富其家而饥其师;无甘受佞人而外敬正士,无味于谄言㉕,惟先生是听,以能有成功,保天子之宠命㉖!"又祝曰:"使先生无图利于大夫,而私便其身㉗。"先生起,拜祝辞曰:"敢不敬蚤夜以求从祝规㉘?"于是东都之人士,感知大夫与先生果能相与以有成也㉙。遂各为歌诗六韵,退,愈为之序云㉚。

【注释】

①石处士:石洪,字浚川。处士:有才学而隐居不仕的人。石洪赴乌重胤幕府,韩愈曾有诗相送:"长把种树书,人云避世士。忽骑将军马,自号报恩子。风云入壮怀,泉石别幽耳。钜鹿师欲老,常山险犹恃。岂惟彼相忧,固是吾徒心。去去事方急,酒行可以起。"韩愈在《集贤院校理石君墓志铭》中称赞石洪:"佐河阳军,吏治民宽。"

②乌公:乌重胤,元和五年(公元 810 年)四月任河阳军节度使、御史大夫。河阳:治所在今河南孟州市西,南临黄河,向为洛阳外围重镇。唐德宗建中年间始设河阳三城节度使于此。　　为节度之三月:担任节度使三个月。即元和五年六、七月间。　　求士于从事之贤者:向属官中的贤者访求贤士。于:向。从事:唐朝节度使等官职可以自辟属官,称从事。

③这句的意思是:有人推荐石洪先生。

④先生居嵩、邙、瀍、毂之间句:石先生居住在嵩山、邙山、瀍水、毂水之间,冬天穿一件皮衣,夏天穿一件葛布长衫。　　嵩:嵩山,五岳之一,在河南省登封市北。邙:山名,在河南省西部。　　瀍:水名。源出河南洛阳市西北,东南流经旧县城东入洛水。　　毂:水名。发源于河南陕县东部,在洛阳西南与洛水会合,又称涧水。　　裘:皮衣。葛:葛布衣。一裘、一葛,为名词动用,穿一件皮裘,穿一件葛衣。

⑤食,朝夕饭一盂句:吃的是早晚一碗饭,一盘菜。　　盂:盛饮食的圆口器皿。　　蔬:蔬菜。《尔雅·释天》郭璞注:"凡草菜可食者通名为蔬。"

⑥这句的意思是:人们给他钱,就拒绝;请求与他一起外出游览,未曾因为有事而推辞;劝他出来做官,不答应。

⑦与之语道理句:跟他谈论道理,辨别古代和现代一些事情的做法合适还是不合适,评论人的才能的高低,事情过后将会成功还是失败,说起来就像黄河之水决堤奔流而下,一直向东流淌,又像是四匹马驾着轻便的车子奔上熟悉的路。与:跟、同、和。辨:分辨。　　当否:合适还是不合适。　　河:特指黄河。东注:向东流淌。东:名词作状语,向东。注:流入,灌入。驷马:驾一辆车子的四匹马。　　就:上,趋向。

⑧而王良、造父为之先后也句:并且有王良、造父这样优秀的御者从旁辅助。　　王良:春秋时晋之善御者。　　造父:周时之善御者。传说曾取骏马献周穆王、王赐造父以赵城。　　先后:犹左右,辅助。

⑨若:像。　　烛照:蜡烛照射一样明亮,比喻洞察秋毫。　　数计:用数字计算,比喻精确无误。　　龟卜:用龟甲占卜,比喻料事如神。

⑩大夫曰句:乌公说:"石先生有自己隐居到老的条件,不须求助于别人,岂肯因为我的邀请前来呢?"　　有以:有……条件。自老:自己隐居到老。　　其:岂,哪里。某:我,乌公自称。

⑪大夫文武忠孝句:乌公您能文能武忠孝两全,为国家访求贤士,不是偏爱自己的势力范围。　　大夫:对御史大夫乌公的尊称。称职务,表示尊敬。　　私:偏爱。　　家:古指卿大夫的采邑。乌公守河阳,相当于古时的采邑。

⑫方今寇聚于恒句:当今叛军聚集在恒州,讨逆大军四面包围了它的疆界。
冠聚于恒:元和四年(公元809年)三月,成德军节度使王士真卒,其子王承宗叛乱。十二月朝廷诏吐突承璀率诸道兵讨之。成德军治恒州,即今之河北石家庄市和正定、藁城、灵寿、行唐、井陉、获鹿、平山、阜平等县地。

⑬农不耕收句:农民不能耕作收获,钱财粮食尽光。　　殚,尽。　　亡:通"无"。

⑭吾所处地句:我们所住的河阳,是漕运粮草等军用物资的必经之路。　　归输:漕运,运输。归:通"馈",漕运。　　涂:通"途",道路。

⑮治法征谋句:治军的方法,征讨的计谋,应该有能做出决定的人。　　宜:应该。　　所出:能做出决定的人。所:特殊指示代词。

⑯先生仁且勇句:石先生又仁义又勇敢,假若用符合正义的道理请求他,并且勉励他委以重任,他还能说什么推辞的话吗?　　且:又。　　义:符合正义的道理。　　强:勉励。　　焉:"之也"的兼词。　　之:代石洪。　　辞:拒绝,此指拒绝的话。

⑰于是馔书词句:于是撰写聘书,准备好马匹和礼品,选择吉日交给使者,寻找先生的庐舍并且请他出来任职。　　馔:通"撰",撰写。　　书词:指聘书。具:准备。　　币:礼物。　　卜日:占卜吉日。　　求:寻找。　　庐:简陋的居室。　　焉:"之也"的兼词。　　之:代石洪。

⑱谋:商量。　　冠带:用作动词,整理帽子和衣带,形容穿戴齐整。

⑲拜:敬词。　　受书:接受了书信。　　礼于门内:在家中行礼。门内:家中。

⑳宵则沐浴句:晚上濯发洗身,准备起行事宜,问明路途所经由的地方,并向经常往来的人报告了行期。　　宵:晚上,夜。　　沐:洗发。　　浴:洁身。戒:准备。　　所由:所经由的地方。　　所往来:经常往来的人。

㉑晨则毕至句:早晨送行的人全都到达,在东门外张设送行。张:一作"帐",张设,准备酒食为其送行。

㉒酒三行句:斟酒过了三遍,将要起身,有人举着酒杯并且说道:"大夫真能以符合正义的标准来选取人才,先生真能把道义自觉承担在肩上,决定去职还是就职,这杯酒为先生送别。"　　三行:斟酒三遍。　　且:将要。　　爵:酒杯。自任:自觉承担,当作自身的职责。

㉓又酌而祝曰句:再次斟酒并且祝愿道:"大凡是离职还是就职,出任还是退隐,哪里会有固定不变的规律?"　　酌:斟酒。　　出处:出仕和退隐。　　常:固定不变。

㉔惟义之归句:只要归属于义就行,就用这句话为先生祝寿。惟:只有。

义之归:归属于义。归:归属。之:复指前置宾语。　　遂:就。　　以:用。"以"后省略"之"。之:代前面这句话。　　为:替。

㉕使大夫恒无变其初:希望乌公永远不要改变他的初衷,一定不要富了他的家而使他的军队饥饿;不要甘心情愿接纳巧言善辩之人并且疏远了端肃忠正之人,不要专听献媚讨好的话。　　佞人:巧言善辩之人。　　外:疏远。　　敬:端肃。正士:忠正之士。　　谄言:献媚讨好的话。　　味:体会,引申为专听。

㉖惟先生是听句:只听先生的忠言,因此才能有所成就,保全天子所赋予的光荣的使命。　　惟:只。　　先生是听:听先生的意见。"先生"是"听"的宾语前置。是:复指前置宾语。　　以:因此。　　成功:成就功业。　　宠命:加恩特赐的任命。

㉗使先生无图利于大夫句:希望先生不要在乌公面前图谋私利,而单独有利于自己。　　使:希望。　　私:单独的。　　便:有利。

㉘先生起句:石洪先生站起来,答谢祝辞说:"哪里敢不从早到晚恭敬职事,用来实现这些祝愿和规劝呢?"　　蚤:通"早",早晨。　　求:追求。　　从:追随。

祝规:祝愿和规劝。

㉙于是东都之人士句:这时东都洛阳的人士,都确知大夫乌公和石洪先生果然能相互支持而有所成就。　　感知:感激知遇。　　相与:相互。

㉚遂各为歌诗六韵句:于是各自作了十二行的古体诗,回家以后,我为这些诗歌写了序言。
歌诗:泛指诗歌。　　六韵:古代诗歌二行为一联,即一韵,六韵即十二行诗。参见注①韩愈《送石处士诗》。

【集评】

明茅坤《唐宋八大家文钞》卷六:以议论行叙事,当是韩之变调,然予独不甚喜此文。

清张伯行《唐宋八大家文钞》卷二:石处士怀抱高才,不苟应聘,而幡然赴乌公之命。写得有声有色。但当时藩镇权重,聘士皆引为私人;而士之游幕下者,孳孳为利而已。故欲乌

公听处士之谋划,以保宠命;又欲处士无怀利以事大夫。此作序之大旨,妙在尽托他人之言,使观者浑然不觉,而深味无穷。

清何焯《义门读书记》卷三十二:"送石处士与赠石处士不同。序己诗与序众人诗又不同。无限议论都化在叙事中。此篇命意,盖因处士之行,望重胤尽力转轮,使朝廷克成讨王承宗之功;不可复若卢从史阴与之通,而位置有体,藏讽谕于不觉。'先生居嵩、邙、瀍、谷之间'至'左右图书',此一层明石洪非图利便私之人。'与之语道理'至'烛照数计而龟卜之也',此一层明重胤能敬信其言而后可以保其禄位。'当否成败',即为后祝规伏脉,人之高下,亦视此而已。'其肯为某来耶',顿挫。'吾所处地,归输之涂',眼目在此。'有执爵而言者'至'而私便其身',议论妙有裁剪,于送行上更有生色,不寂寞也。宋人便一片写去,了无风神。侧重大夫,却藏在中间,与许郢州序法同。'无务富其家而饥其师',切归输。'无甘受佞人而外敬正士',如卢从史之于孔戣,此重胤前车之鉴。

清沈德潜《唐宋八大家文读本》卷四:或叙事,或议论,一路虚景,而总结以相与有成,所谓不以颂而以规。

【鉴赏】

石处士,名洪,字濬川,洛阳人。有至行,举明经,曾为冀州录事参军,后退隐于洛,十余年不仕,故称为处士。元和五年(公元810年)六七月间被河阳军节度使乌重胤聘为从事,其时韩愈正为河南令,有诗、序相送。

本序分前后两部分。作者除做简短的交代和穿针引线的叙述外,主要内容均借旁人之口说出。前半主要由乌公与从事的两段对话构成,侧面介绍石洪;后半主要由送行者的四转祝词组成,表达作者的规谕。这在赠序中可谓别具一格。

从事的第一段答话,直接介绍石洪其人。说来极有层次,也极生动。言住处,不说居洛阳之境,而说"居嵩、邙、瀍、谷之间",有意为先生安置一个清幽的环境,用山光水色来烘托他的隐士形象。接着又说他衣食俭朴,甘于过"冬一裘,夏一葛""饭一盂,蔬一盘"的淡泊生活。"人与之钱,则辞;请与出游,未尝以事辞;劝之仕,不应;坐一室,左右图书",这是对其志趣与情操的刻画,不追名逐利,唯以游览读书为乐。隐士之所以成为隐士,关键还在于有才,"隐"而无才,乃沽名钓誉之徒,又有何用?正因为才是关键,所以连用三个比喻,从多方面来渲染先生的才智:"若河决下流而东注",则状其口若悬河的辩才;"若驷马驾轻车就熟路,而王良造父为之先后也",则状其胸有成竹、应对自如的仪态;"若烛照数计而龟卜也",则突出其目光之敏锐,论析之精密,预见之准确。通过以上的介绍,一个有才有识、无求于人的隐士形象就展现出来了。

先生既然屡劝不仕,无求于人,这次能否应聘呢?乌公很自然会提出这样的问题。从事的第二段答话是从两方面来释疑的。就乌公说,"求士为国,不私于家",完全是"义请"。就形势而言,王承宗正聚反叛之众于恒州,师陈边界,农不耕收,财粟殚亡,形势危急,而河阳又地处归输之途,急需贤才共商"治法征谋"。先生既仁且勇,仁则易为义请所感动,勇则敢于临危受命。在这种情况下,如果告之以大义,坚决敦请,并委以重任,又有什么理由推托呢? 这段话虽然不是直接说石洪,但又处处为石洪占地步,为他的毅然应聘张目。

"于是"一词,很自然地由对话转入过渡性的叙述。作者用简短的句式,紧促的节奏,很好地突出了乌公求士的急切心情,石生急国家之急的果决态度。

唐自安史之乱后,藩镇割据,常网罗人才以自重,许多隐士也往往把隐居作为沽名钓誉、待价而沽的手段。韩愈对此一贯持反对态度。石洪原本无求于人,"劝之仕不应",现在却一反常态,"不告于妻子,不谋于朋友",立即应乌公之聘,因此,有人认为此序是"讥其轻出"。其实这是误解。作者对石洪的这次应聘倒是持肯定态度的。在赠诗中就有"去去事方急,酒行可以起"的诗句,勉其速往共事的意思是很明显的。因为这时朝廷正讨伐王承宗的叛乱,乌重胤又承担补给军需的重任。情势有所不同,评价自然有别。作者不仅通过从事之口表明了自己的观点,而且最后又借送行者的祝词再次表示了自己的祝愿。

四转祝词,前二祝是对上文的总结,重在赞颂;后二祝是对今后的期望,重在规讽。其实赞颂也是为了达到规讽的目的:赞大夫能以义取人,就是希望他始终如一地以义取人;赞先生能以道自任,就是希望他坚持不渝地以道自任。既规大夫,又规先生,但能否相与有成,保天子之宠命,关键还在乌公,所以规乌公时,一连用了四个"无"字,从多方面加以强调,特别是针对当时的形势和任务突出强调"无务富其家而饥其师",有的放矢,义正词严。这些话本来都是作者要说的,现在全由送行者口中说出,不仅在行文上显得灵活多变,而且减少了刺激性,使听者易于接受。

此文上半篇用对话,下半篇也用对话,有意相犯,但又不显得重复雷同。因为上半篇是介绍人物,下半篇是进行规讽,内容迥然不同;在形式上也尽量求变化,上半篇是一问一答,答详问略,下半篇则是四祝一答,祝详答略。四祝的提示语也在同中求异:一祝是"执爵而言",二、三祝则是"酌而祝",四祝就只祝不酌了。

由于全文主要是通过对话来进行叙述和表达祝愿,故以短句为主,整句(偶句、排句)较多,节奏明快,简洁有力。但在必要时也用长句,如叙说石生的才智时,由于内容复杂,就选用了一个五十六字的长句,显得文气浩荡,思维精密。一切从内容的需要出发,则言之短长与声之高下皆宜。

送董邵南序①

【题解】

董邵南,寿州安丰人,参加举进士考试,不为当权者赏识,落第而游河北,韩愈为他写了这篇赠序。全文一百五十余字,却表达了丰富的内容,可谓赠序中的名篇。全文共分三段。第一段说燕赵多感慨悲歌之士,董生怀抱利器去河北,一定会有所成就。第二段笔锋一转,强调当今的燕赵已今非昔比,那里的节度使们飞扬跋扈,各霸一方,董生去此处寻求发展,其潜伏的危机是可想而知的。"聊以吾子之行卜之也。"一个"卜"字,透露出作者的担心。第三段嘱咐董生前去探望望诸君乐毅之墓,并且看一看市面上还有没有屠狗高渐离一类的人物。显然是希望董生遍访燕赵使义之士,宣传"明天子在上,可以出而仕矣",联络燕赵侠义之士为朝廷效力。一篇赠序,有祝福,有担心,有希望,曲折多变,婉而有致,一唱三叹,余韵无穷。

【原文】

燕赵古称多感慨悲歌之士②。董生举进士,连不得志于有司,怀抱利器,郁郁适兹土③。吾知其必有合也④。董生勉乎哉⑤!

夫以子之不遇时,苟慕义疆仁者,皆爱惜焉,矧燕、赵之士出乎其性者哉⑥!然吾尝闻风俗与化移易⑦,吾恶知其今不异于古所云邪⑧?聊以吾子之行卜之也⑨。董生勉乎哉!

吾因子有所感矣,为我吊望诸君之墓⑩,而观于其市,复有昔时屠狗者乎⑪?为我谢曰:"明天子在上,可以出而仕矣⑫。"

【注释】

①董邵南,寿州(治所在寿春,今安徽寿县)安丰(今安徽寿县南、安丰北)人。韩愈《嗟哉董生行》:"寿州属县有安丰,唐贞元时,县人董生邵南,隐居行义于其中。刺史不能荐,天子不闻名声。爵禄不及门,门外惟有吏,日来征租更索钱。嗟哉董生朝出耕,夜归读古人书,尽日不得息。或山而樵,或水而渔。入厨具甘旨,上堂问起居。父母不慼慼,妻子不咨咨。"录以备考。　序:赠序。

②燕:古国名,在今河北北部和辽宁西部一带。赵:古国名,在今河北南部和山西、河南部分地区。　感慨悲歌之士:司马迁《史记·游侠列传》:"今游侠,其行虽不轨于正义,然其言必信,其行必果,已诺必诚,不爱其躯,赴士之厄困,既已存亡

死生矣。"感慨悲歌之士,即指这种轻生死守信义的游侠。

③举进士:由乡里推荐而赴京城长安参加科举考试。　有司:官吏,古代设官分职,各有专司,故称。此指负责主考的礼部官员。　怀抱利器:怀抱杰出的才能。利器:精良的工具,比喻突出的才能。　郁郁:忧伤、沉闷貌。　适:往,到。　兹土:这块土地。指燕赵一带。

④必有合:一定有所成就。合:成。

⑤这句的意思是:董生努力吧。

⑥夫以子之不遇时句:因为你生不逢时,假如是一个仰慕道义而努力实行仁政的人,都会爱惜你这种人的,何况是燕赵一带的人士重信义轻生死,是出于他们的本性呢?　夫:语气词,无实义。不遇时:没有遇到好时候。　苟:假如,如果。慕义疆仁者:仰慕道义勤勉于仁政的人。疆:勤勉,勉力。　焉:"之也"的兼词。之:代董生。　矧:何况,况且。

⑦然吾尝闻句:但是我曾经听说世俗风气是随着当权者的教化而转移的。然:但是。　尝:曾经。　风俗:社会风气。化:统治者的教化。

⑧吾恶知句:我哪里知道那里现在的情况不会同古时所说的有所区别呢?恶知:哪里知道。　异:区别,不同。

⑨聊以吾子句:姑且用你河北之行来占卜吉凶吧。　聊:姑且。　卜之:占卜吉凶。之:代去河北的结果。

⑩吾因子有所感句:我因为你远游河北而有所感触啊,请替我凭吊一下望诸君乐毅的坟墓。　望诸君:乐毅被赵国封于观津,号曰望诸君。乐毅为燕昭王大将,伐齐有功。后昭王死,惠王即位,齐使反间计成功,惠王使骑劫代将而召乐毅回,乐毅知惠王"不善代之,畏诛,遂西降赵"。事见《史记·乐毅列传》。

⑪而观于其市句:并且到街面上看一看,还有从前高渐离一类的屠狗人物吗?市:泛指城中店铺较多的街道或临街的地方。　复有:还有。复:还,又。屠狗者:指高渐离一类的侠义之士。《史记·刺客列传》:"荆轲既至燕,爱燕之狗屠及善击筑者高渐离。荆轲嗜酒,日与狗屠及高渐离饮于燕市,酒酣以往,高渐离击筑,荆轲和而歌于市中,相乐也;已而相泣,旁若无人者。"

⑫为我谢曰句:替我向他们致意说:"英明的天子在上,可以出来做官了。"谢:问候,告知。

【集评】

明茅坤《唐宋八大家文钞》卷七:文仅百余字,而感慨古今,若与燕赵豪俊之士相为叱咤,呜咽其间,一涕一笑,其味不穷,昌黎序文当属第一首。

清储欣《唐宋八大家类选》卷十:古今二意是关键。"五知""吾恶知"是仰俯呼应处,深意顿挫,字字司马论赞风神。

清林云铭《韩文起》卷四:通篇以"风俗与化移易"句为上下过脉,而以"古""今"二字呼应,曲尽吞吐之妙。坊本惟极口虚赞,全未解了此义。甚矣,读书之难言也。

清张伯行《唐宋八大家文钞》卷二：此因送董邵南而讽藩镇归顺之意。先言燕赵多豪士，仁义出于其性，此行必有遇合；继又虑风移俗染，人心不古，其不遇亦未可知也；遇不遇不关于一身，而关于世道，故曰："以吾子之行卜之也。"忽然转一感慨，以为乐毅之才、荆轲之侠，彼中应自有人，当令其奋身报国，为明天子佐太平，方是豪士，何若为跋扈不臣之徒乎？所以警动而招徕之者，微旨可想。此等沉郁顿挫文字，韩昌黎下无人攀跻得到。

清何焯《义门读书记》卷三十二：无限曲折，忠厚之至，视争臣论德加进矣。南部新书，贞元中仕进道塞，奏请难行，东省数月闭门，南台唯一御史令狐楚为桂府白身判官，七八年奏官不下，由是两河竞辟才隽，抱器之士往往归之。同为谋主，日以恣横。元和以来，始进用有序，公此文正从事汴、徐二府时作。董生此去游河北，盖有以也。《隋书·地理志》："冀、幽重气侠，好结朋党，其相赴生死，亦出于仁义。"故班志述其土俗悲歌慷慨、椎剽掘冢，亦自古之所患焉。发端议论，亦从此出。"苟慕义强仁者，皆爱惜焉"，此句见中朝未必终无知己也。"矧燕、赵之士出乎其性者哉"，性下当有情字，犹今谚云脾胃也。"然吾尝闻风俗与化移易"，暗伏明天子。"吾恶知其今不异于古所云耶"，不亦翻然能慕义强仁耶？"为我吊望诸君之墓"，此句勉董生，恐其怨朝廷而为藩镇用，故讽以望诸君不敢谋燕之语。"而观于其市"至末，此五句勉燕赵之士，燕赵之士犹欲招之使出，况董生耶？能化其俗则可，不然亦可以无往，讽而止之即在言外，有无穷之味。乐毅卒于赵，冢在邯郸西，吊墓观市分应燕赵，意既深婉；于文章复点缀有情，所以为国能也。

清吴楚材、吴调侯《古文观止》卷七：董生愤己不得志，将往河北，求用于诸藩镇，故公做此送之。始言董生之往必有合，中言恐未合，终讽诸镇之归顺，及董生不必往。文仅百余字，而有无限开阖，无限变化，无限含蓄，短章圣手。

清过珙《古文评注》卷七：劝其往又似劝其不必往，言必有合又似恐其未必合。语意一半是爱惜邵南，一半是不满蕃镇。通篇只以"风俗与化移易"句为上下过脉，而以"古""今"二字呼应，含蓄不露，曲尽吞吐之妙。唐文惟韩奇，此又为韩中之奇。

清蔡铸《蔡氏古文评注补正全集》卷七：此文言婉而多讽，妙在含蓄不露，结处提了"明天子在上"，名义凛然，茅鹿门谓昌黎序中以此为第一，可不诬矣。

清余诚《古文释义》卷七：河北诸镇久不奉命朝廷，自非可往求用之地。然既作序以送之，此意自难明言。文妙将董生求用之意绝不提，止言其与燕赵不得志之士当必有合，而原其必合之。故则以燕赵之士仁义出于性，生但恐习俗移人以致今异于古，然正可以董生合不合卜之，末忽嘱以吊古劝今，虽亦是颂词而微讽以不必往矣。通篇大略如此，而言外实借燕赵之士讥指藩镇之不臣，故用"古""今"二字作呼应，以曲致其吞吐，卒复浑涵，绝不轻露。昔茅鹿门称为县鎏序中第一，信非诬也。

　　韩愈是唐代古文运动的领导者。他在散文创作上有杰出的成就。他主张"词必己出,文从字顺各识职",就是写文章要有创造,要写得文从字顺。他还主张文章要写得"气盛言宜",也就是气势旺盛,语言恰当。他还注意文章要有深厚的内容,像树那样根深叶茂。他的散文创作贯彻了这些理论,这篇《送董邵南序》就是一个例证。

　　这是一篇"赠序"。赠序就是临别赠言,朋友要走了,说一番话送他。韩愈这篇赠序是写给一个名叫董邵南的朋友的,所以就叫作《送董邵南序》。

　　董邵南当时正要离开京城,去投奔河北藩镇。在一般情况下,临别的时候,总要说一些勉励和祝福的话,表示惜别的感情。这样的题目不容易写得好,又怎么能写出有创造性的文章来呢?可是韩愈这篇赠序就写得与众不同。不仅内容深刻,有创造性,而且有高度的技巧。

　　这篇文章很短,只有一百多字,可以分成两段。前一段勉励朋友这次出去要好好努力,后一段说出自己送别时候的感想。照表面上看,这好像和一般赠序的写法差不多,可是就具体内容来看,却完全不同。

　　先看前一段。韩愈开头是说:在古代的燕、赵,是个慷慨悲歌侠义的人很多的地方。接着就说:董邵南考中了进士,屡次向主管官员请求分配职位都没有结果,很不得志。他具有做一番事业的本领,带着被压抑的、郁郁的苦闷心情,要到这样的地方去。我知道他一定会和那里的人合得来的。韩愈还对董邵南说:凭着你的才干,在这时候没有碰到赏识的人,假使有羡慕义气、努力上进的人,看到了你,都会爱惜的。何况燕赵地方的人士,他们的侠义是从本性发出的呢!说到这里,韩愈又把笔锋一转说:然而我曾经听说一个地方的风俗会跟着政治教化改变,我怎么知道燕赵现在的风俗,不是同古代所说的不一样了呢,姑且凭你这次去考验一下罢。在这一段话里,韩愈的主要意思是说:风俗会跟着时代变化。董邵南这一次去,会看到当时的河北和古代的燕赵不同,因而就不一定合得来了。

再看后一段。韩愈对董邵南说:请你替我到望诸君坟上去吊一下,并且观察那里的市集上,还有像古代杀狗的侠义的人吗?替我告诉他们,就说现在在朝廷上有英明的天子,可以到朝廷里来做官了。

这段话从表面上看,好像韩愈是由于董邵南要到河北去,因而想起了古代河北的人物,表达了自己的感想。实际上并不是这样。韩愈这段话的真正意思,却是暗示董邵南不该到河北去。要是当时的河北还有像古代杀狗的侠义的人,也该劝他到朝廷里来做官。那么本来在京里的董邵南,不是就更不该到河北去了吗?

韩愈为什么要反对董邵南到河北去呢?因为自从安史之乱以后,河北各地掌握了军政大权的节度使,都成为封建割据的小王朝,当时的朝廷,对他们一点办法也没有。这种封建割据是破坏了唐朝的统一、违反了历史的发展和人民的利益的。韩愈反对封建割据,在当时是进步的。他既然反对封建割据,自然要反对董邵南到河北去帮助这些封建小王朝。这个"反对"就含着这样深刻的意思。

这篇文章的结构很紧密。开头的一句"燕赵古称多感慨悲歌之士",是跟第二段里的"望诸君"和"屠狗者"互相呼应的,"望诸君"就是乐毅,他是战国时代的一位杰出人物。当时燕国受到齐国的侵略,燕昭王为了报仇雪耻,就在都城修筑了一个黄金台来招募天下人才,乐毅被聘请了去,后来为燕昭王合五国诸侯之兵打败了齐国。"屠狗者"指的是荆轲的朋友高渐离。荆轲刺秦王以前,在燕国常跟他在一起喝酒唱歌。他们正是燕赵的感慨悲歌之士。第一段里还说到风俗的变化,今古可能不同,第二段就承接这种不同来发挥。由于风俗不同了,侠义之士在那里也合不来了,所以要劝"屠狗者"出来做官。全篇就这样紧密呼应,互相衔接。

韩愈在这篇文章里,把自己的意思分成三层来说:第一层先说从古代的河北看来,董邵南这次去一定是合得来的,这是临别赠言的一般说法,也是一种陪衬;接着语气一转,转在风俗教化古和今不一定相同上去,于是董邵南这次去河北,合不合得来也就不一定了,这是第二层,逐渐在转出作者的真正意思了,可是真正的意思还是没有透露;第三层要董邵南去吊乐毅的坟,劝"屠狗者"出来做官,这才进一步说出自己的真意。用意一层深一层,一转再转,可见韩愈多么善于运用转折的手法。在一个短篇里,写得这样转折,就显得文章不是平铺直叙,而是波澜起伏。

这篇文章还善于用含蓄的手法。比如,韩愈本意要贬低河北的藩镇割据,可是他欲抑先扬,先赞美那里古时"多感慨悲歌之士",然后才说风俗会随着政治教化改变,含蓄地贬低了当时的河北藩镇。河北地方在安禄山做节度使的时候,就使用了大批的胡人。他们的落后的风俗习惯,对河北民间的风俗习惯是会有影响的,韩愈说的"风俗与化移易",并不是一句空话,正是针对着这种情况说的。这句话表面上好像是在说明一种道理,实际上是在贬低当时的河北藩镇,是含蓄的说法。

文章最后,不说反对董邵南到河北去,却希望董邵南去吊乐毅的坟,劝"屠狗者"到京里来做官,这也是一种含蓄的说法。他为什么要董邵南去吊乐毅坟呢？这可以同劝"屠狗者"来京城做官的话联系起来看。乐毅的才干远远超出于"屠狗者","屠狗者"还要劝他到京城里来做官,那么要是乐毅生在唐代,自然就更应该劝他到京城里来做官啦！因此在"吊望诸君之墓"这句话里含有感叹乐毅生不逢辰,要是生在唐代,他的才干就可以得到更大发挥的意思;也含有人才应该为朝廷出力,不应该去帮助藩镇的用意。

　　韩愈所以用了这样含蓄的手法来写,因为在临别赠言里不便说反对朋友前去的话,但如果只是一般地说说祝福的话,又不能表达出作者的真正意思。韩愈不愿意说违心之论,这时候,他就巧妙地运用了含蓄的表达方式,把他的真正意思含蓄地透露出来。这样既说出了心里的真话,又说得同送别的情景相合,这里就显示出文章写作技巧的作用来了。

　　在这篇文章里,还显示了韩愈善于运用错综变化的手法。一篇篇幅不长的短文,要是写得一览无余,就不耐人看。所以一定要写得错综变化,加强它的艺术技巧。在这篇文章里,韩愈巧妙地把古和今、合和不合交错起来写,就显得有变化。先讲古:河北是古之燕赵,在那里,古代"多感慨悲歌之士"。因此从古看,董邵南去是合得来的。再看今:人们无从知道今是否不异于古。那么,由于今天的河北不同古代的河北,所以合不合就不一定了。最后联系到乐毅和"屠狗者",在古代,他们只能局处在燕国,要是他们生在今天,就可以到京城里来发挥才能。

　　在全篇文章的这三层意思里,就这样把古和今、合和不合交错起来,说得十分变化。这种错综变化的写法,就和反复唱叹相结合,使这篇散文更具有反复唱叹的音节之美。在这个短篇里,含有这样深刻的意思和高度的技巧,从这里,我们就可以看出韩愈散文杰出成就的一斑。

送杨少尹序①

【题解】

【题解】

　　杨少尹,名巨源,字景山,贞元五年(公元789年)进士,官至国子司业,年满七十,辞官归隐,朝廷嘉其德业,又任命他担任家乡所在地河东郡的少尹。少尹为郡守副职,没有什么实权,实际上等于继续拿朝廷的俸禄颐养天年。一个封建官僚能够有如此善始善终的官运,令人艳羡不已,这是韩愈为之作序的原因。序中写杨巨源告老还乡的经过时,间或插进汉代疏广、疏受辞官归乡的故事,相互映衬,且繁简得当。写二疏回乡时,送行者洒泪而别,相当感人,而写杨侯离京回乡,以猜测之语与二疏相对比,若即若离,意在言外,给读者留下无穷的想象余地。杨侯回归故里,旧地重游,其对儿时记忆的真切令作者赞叹不已,"诚子孙以杨侯不去其乡为法"。此文杨侯回乡与二疏回乡交替叙述,笔法错落有致,极尽变化之能事,收到了跌宕起伏,委婉而不直白的艺术效果。

【原文】

　　昔疏广、受二子,以年老,一朝辞位而去②。于昔疏广、受二子,以年老,一朝辞位而去②。于时公卿设供张,祖道都门外,车数百两③;道路观者多叹息泣下,共言其贤④。汉史既传其事,而后世工画者又图其迹,至今照人耳目,赫赫若前日事⑤。

　　国子司业杨君巨源方以能诗训后进⑥,一旦以年满七十,亦白丞相去归其乡⑦。世常说古今人不相及,今杨与二疏,其意岂异也⑧?

　　予忝在公卿后,遇病不能出⑨。不知杨侯去时,城门外送者几人,车几两,马几匹?道边观者,亦有叹息知其为贤以否⑩?而太史氏又能张大其事,为传继二疏踪迹否⑪?不落莫否⑫?见今世无工画者,而画与不画固不论也⑬。

　　然吾闻杨侯之去,丞相有爱而惜之者⑭,白以为其都少尹,不绝其禄⑮。又为歌诗以劝之,京师之长于诗者,亦属而和之⑯。又不知当时二疏之去,有是事否⑰?古今人同不同未可知也⑱。

　　中世士大夫以官为家,罢则无所于归⑲。杨侯如冠举于其乡,歌《鹿鸣》而来也⑳。今之归,指其树曰:"某树,吾先人之所种也㉑;某水某丘,吾童子时所钓游也㉒。"乡人莫不加敬,诚子孙以杨侯不去其乡为法㉓。古之所谓"乡先生没而可祭于社"者,其在斯人欤,其在斯人欤㉔!

154

①杨少尹:名巨源,字景山。　　少尹:唐初诸郡皆置司马,开元元年改为少尹,是府州的副职。

②疏广、受二子:疏广,字仲翁,东海兰陵人,少好学,明《春秋》,汉昭帝地节三年(公元前67年),为太子太傅。广兄子受为少傅。二子:二位先生。子:对男子的尊称。　　以年老:因为年老。　　一朝:一天。　　辞位:辞退官职。　　去:离开。

③于时:于是。　　公卿:朝中高官,大臣。　　供张:指供宴饮用的帷帐、用具、饮食等物。张:通"帐"。古代送别朋友,在郊外设帷帐摆宴席。　　祖道都门外:在都城门外祭祀路神。祖道:古代为出行者祭祀路神,并宴饮送行。　　百两:百辆。

④这句的意思是:道路边旁观的人大多叹息落泪,全都称颂他们的贤良。

⑤汉史既传其事:班固《汉书》传七十一:"(广)在位五岁,皇太子年十二,通《论语》《孝经》。广谓受曰:'吾闻"知足不辱,知止不殆"。功遂身退,天之道也。今仕至二千石,宦成名立,如此不去,惧有后悔。岂如父子相随出关,归老故乡,以寿命终,不亦善乎?'受叩头曰:'从大人议。'即日父子皆移病,满三月赐告。广遂称笃,上疏乞骸骨。上以其年笃老,皆许之,加赐黄金二十斤,皇太子赠以五十斤。公卿大夫故人邑子设祖道,供张东都门外,送者车数百两,辞决而去。及道路观者皆曰:'贤哉二大夫!'或叹息为之泣。"　　后世工画者:后代善于绘画的人。图:用作动词,描绘。　　迹:形迹。　　照人耳目:如闻其声,如见其人。　　赫赫:光明炫耀貌。

⑥国子司业:学官、国子监帮助祭酒(相当于大学校长)教授生徒,相当于副校长。　　方以能诗训后进:正凭借能写诗教导晚辈。方:正。以:凭借。训:教导。后进:后辈,指学识、资历较浅的人。　　能诗:以能写诗而闻名。曾有"三刀梦益州,一箭取辽城"的诗句。白居易赠诗:"早闻一箭取辽城。"从此诗名大振。

⑦这句的意思是:一天因为年满七十,也禀告丞相离职辞官回归故乡。

⑧古今人不相及:古人今人不能相互比较。及:比得上。　　其意岂相异也:他们的胸怀难道有什么不同吗?意:胸怀,胸襟。异:不同,区别。

⑨忝:谦辞,有愧于,羞辱。　　在公卿后:韩愈当时任吏部侍郎,故称。

⑩道边观者句:道旁观看的人,也有叹息了解他是贤与不贤的人吗?为:是。以:与。

⑪太史氏:史官。　　张大其事:表彰他的事迹。张大:发扬光大。　　为传继二疏踪迹否:是否作传继承二疏留下的行踪。为……否:是否。传:立传。踪迹:遗留下的行踪。

⑫不落莫否:是否冷落寂寞。莫:通"寞"。

⑬见今世无工画者句:当今世上没有善于作画的人,画他还是不画他的确不

155

论说了。　　　　见:通"现"。　　　　固:的确。

⑭然吾闻杨侯之去句:但是我听说杨侯辞官归隐的时候,丞相有爱重他的才能,并且对他的离去感到惋惜之意。　　　然:但是。　　　杨侯:杨巨源。侯:古时对士大夫的尊称。　　　爱:吝惜,爱惜。

⑮白以为其都少尹:禀告皇上让他担任家乡所在郡的少尹。　　　白:禀报。以:让。　　为:担任。　　都:古代十州为都。唐指郡。　　　不绝其禄:不使他的俸禄断绝。绝:使动用法。

⑯又为歌诗以劝之句:又创作诗歌并且鼓励他,京城长安擅长写诗的人,也都聚在一起为他写了和诗。　　为:作,创作。　　劝:鼓励,勉励。　　歌诗:配有乐谱可以演唱的乐府诗。此泛指诗歌。　　属:聚会,会合。　　和:依韵写诗。

⑰这句的意思是:也不知道疏广、疏受二位先生辞官归隐的时候,有这种诗歌唱和的事没有。

⑱这句的意思是:古人今人相同和不相同的情况,没法知道啊。

⑲中世士大夫以官为家句:中古时代的士大夫把官府当作家,辞官以后,就没有归去的地方。
中世:中古时代,次于上古的时代,由于人们所处时代不同,对中古的称谓无定指,韩愈所称的中古是指秦汉时代。　　　罢:指辞官。　　于归:归去的地方。于:词头,无实义。

⑳杨侯如冠句:杨侯达到束发戴冠的年龄就在他的家乡科考中选,唱着《鹿鸣》诗来到京城。
如冠:达到戴冠的年龄。古代男子二十岁束发戴冠,表示成年。如:及,达到。　　　举:科考中选。
《鹿鸣》:《诗经·小雅》首篇,为古代的宴乐诗之一。

㉑今之归句:现在回来,指着那树说:"这棵树,是我死去的父亲亲手栽种的。"
某:指一定的不明说的人或事物。此指树。先人:亡父。

㉒这句的意思是：这条河这座小丘，是我儿童时钓鱼和游玩的地方。

㉓乡人莫不加敬句：乡里人没有谁不更加敬佩他，告诫子孙以杨侯不离开家乡为榜样。　　加：更。　　法：榜样，法则。

㉔古之所谓句：古代所说的年老而有学问的人死后可以在土地庙里祭祀的，大概就在这样的人中间吧，大概就在这样的人中间吧！　先生：古代称年老而有学问的人。　　没：通"殁"，死。　　社：古代称土地神为社。　　斯人：此人。

【集评】

明徐时泰《东雅堂昌黎集注》卷二十一：《送杨少尹序》，一有巨源二字。新旧史无传。《艺文志》云：字景山，贞元五年第进士，以能诗名，尝有"三刀梦益州，一箭取辽城"之句。白乐天赠诗云："早闻一箭取辽城。"以此诗遂知名。既引年去命为其都少尹。盖公河中人，即其乡也。张籍有诗送云："官为本府当身荣，因得还乡任野情。"意盖指此。二疏事，见《前汉》。此序长庆中公为侍郎时作。故序谓余忝在公卿后云。

明唐顺之《文编》：前后照应，而错综变化不可言。此等文字，苏、曾、王集内无之。（转引茅坤《唐宋八大家文钞》卷六）

明茅坤《唐宋八大家文钞》卷六：以二疏美少尹，而专于虚景簸弄，故出没变化不可捉摸。

清何焯《义门读书记》卷三十二：反复咏叹，言婉思深。"于时公卿设供张"至"赫赫如前日事"，详叙为设影地。"世常说古今人不相及"，下文从此句生出。"遇病不能出"，下文从此句生出，虚景。"不知杨侯去时"至"而画与不画固不论也"，此段乃谓恐世之知其美者少也。然绝无痕迹。不善作文，则此等皆平实直叙，无复意味。道旁观者二句兼讽难退者，常因乞身者而有动于中也。"白以其为都少尹"，注："白"或作"署"。按：作"署"为是，唐时宰相得自除人也。"古今人同不同未可知也"，仍放活。"杨侯始冠"三句，反将始仕翻转相形，波澜更妙。"指其树曰"四句，亦有一段虚景，妙。有此余波，与前相配。"以杨侯不去其乡为法"，主意在此，归亦何所苦哉，此一段又歆动之。"其在斯人欤"二句，所见唯一老而已矣。

清张伯行《唐宋八大家文钞》卷二：羡杨少尹能全引退之义，却将二疏来相形，言其事迹之同不同未可知，而清风高节则不同也。文法错综尽态，意在言外，令人悠然想见。末段遂言其归故乡之乐，贤于世之贪爵慕禄者远矣。唐人诗云："相逢尽说休官去，林下何曾见一人"。士大夫出处之际，可念也夫。

清沈德潜《唐宋八大家文读本》卷四：储同人云："只杨与二疏不异，一句便了。凭空撰出不知杨侯去时一段，又转出不知二疏云云，奇幻极矣。要写杨与二疏之同，反从未知其同不同，以极写其同。此种文心最有补于后学。"前说二疏所有或少尹所无，后说少尹所有或二疏所无。婉转回环，无中生有，乃看破韩文胜人处，只是翻空若沾沾粘滞实说，乃后人应训文字，而近代以此为得体，可怪也。

157

上古时代，士大夫年满七十即辞官归家，老于乡里。中世以来，"以官为家"的风气逐渐盛行。士大夫一旦为官，即举家离乡，随官而居，罢官之后自然就"无所于归"了。凡以官为家的人，看来都是想终身为官，永远不罢的。唐代以来，此风未减。韩愈对此是很不以为然的，他向往的是古代淳朴的风情。

杨君巨源，字景山，河中人，贞元五年进士，有诗名，官国子司业，年满七十，即告老归乡，韩愈对此极为赞赏，于是作序相送，意在张扬其事，以振古风。

怎样着笔呢？铺写送行的场面以壮其行吧，可饯行的场面并不热烈；宣扬朝廷的恩宠以嘉其行吧，可也不过是让他到他的故乡当少尹，不停止他的俸禄，算不上特殊恩典；列举其功绩以颂其德吧，可杨君官位不显，政绩平平，并不足道。看来很难着笔，可作者却从汉代找出了一个绝好的典故，又从其相同不相同之处翻出许多波澜，做成了这一篇绝妙的文章，既显示了杨君告老归乡的特殊意义，又抒发了作者对世风日下的无穷感慨。

全文分三段。

第一段，介绍汉代二疏年老辞位的典故，处处为后文的对照设伏。

疏氏叔侄的事迹无疑是很多的，但作者只突出了两点：一是年老及时告退；二是其行动得到了人们的充分理解和肯定，不仅送行场面热烈，连路旁的观众也共言其贤，汉史既传其事，后世工画者又图其迹，所以至今照人耳目。

第二段，从与二疏对比的角度写杨君告老归乡。先肯定其同，再展示其异。

杨君和二疏一样，也是年满七十，即主动求归，这是二者相同之处。作者首先肯定其同，不仅是为了提高杨君的地位，突出他归乡的意义，而且也是为了批驳"古今人不相及"这个当时颇为流行的错误观点。这种观点认为，由于时代不同，古人和今人就不好进行比较，就不能用古代的标准来要求今人，这无疑也就否定了儒家道统的存在。而韩愈却是一个儒家道统论者，并以道统的继承者自居，到处鼓吹先圣先王之道。他认为七十而致仕，归老乡里，这也是儒家道统的一种表现。杨君与二疏在这方面的一致，正好说明儒家道统可以继承，岂不是对"古今人不相及"这个观点的最好驳斥？

杨君告老归乡的行为既然可以和二疏媲美，那么他就应该得到人们同样的理解和赞扬，可实际情况却完全两样。杨君去时，既没有看到热烈的送行场面，也没有听到发自内心的赞扬，史既不传其事，图其迹的画当然就更谈不上了。丞相虽有爱惜之心，告之于朝，为其邑少尹，不绝其禄，又为歌诗以劝之，京师的诗友，也相属而和，这些似乎可以减少一点冷落，但是，他们诗歌的主旨都落在那个"劝"字上，"劝"什么？无非是劝其继续为官，不归其乡罢了。可见他们都为"以官为家"的时尚所束缚，并没有真正了解杨君的志趣，没有真正理解杨君此行的意义，他们并不是杨君真正的知音。正因为如此，所以作者在篇末才发出了那么深沉的感叹。这段文字写得扑朔迷离，令人眼花缭乱。前说二疏所有，或杨君所无；后说杨君所有，或二疏所无。实际上前后说的都是一个意思:杨君的告老归乡没有像二疏那样得到世人的理解和肯定,不过表现形式有所不同罢了。为什么作者不态度鲜明地直陈其事,而采取这种闪烁其词的说法呢?《古文观止》的解说是:因为古今事相同与否"不可确言"。我们说,这不是不可确言,只是作者不忍确言罢了。杨君去时,作者即使真的"遇病不能出",未能目睹,但也有耳闻,送行的情况应该是清楚的,大概是作者不忍心让杨君重睹那冷落的场面,更不忍心让他在鲜明的对照下倍觉寒心吧,所以托病佯装不知,从而由"不知"引出那一连串的问句。作者的关切与感慨,期望与失望,全都蕴含在那一连串的问句之中了。

第三段,直接摹写杨君的归乡情趣,点明杨君告老归乡的意义。

这段文字不长,但内容丰富。作者先用"中世士大夫以官为家,罢则无所于归"的不良现象作反衬,意在突出杨君告老归乡的意义。这儿的"中世"应该理解为中世以来,而且主要是影射当时的官场。有人说,不去其乡,这在唐代属"本等之常事"(见林云铭《韩文起》,转引自《韩愈资料汇编》九九六页)。就科举制度而言,年老致仕归乡,应该是本等常事,但中国的官场历来都是原则归原则,行动归行动。像杨巨源这样按例归乡的官员很可能还是凤毛麟角。唯其稀少,才觉得珍贵,唯其稀少,才值得大力提倡。作者之所以如此热心地宣扬杨君的事迹,其用意大概就在此吧。接着作者又补写一句杨君初出仕的情景,说他是刚成年就离开了家乡,这可能是为了突出他对故乡的深厚感情。你看,尽管经历了五十来年的风风雨雨,可故乡的一山一水一草一木却依然珍藏在他的心中,年老归乡时还指点着树说:"某树,吾先人之所种也;某水某丘,吾童子时所钓游也。"一片爱乡思乡之情溢于言表!可见他的叶落归根完全是纯真的思乡之情所驱使。这怎能不令乡人更加肃然起敬呢?乡人告诫子孙要"以杨侯不去其乡为法",这是对他的行动的充分肯定,也是全文的主旨所在。最后,作品以深沉的感慨作结:"古之所谓'乡先生没而可祭于社'者,其在斯人欤!其在斯人欤!"这是对杨君的高度赞扬,也是对世风日下的无穷感叹。

一篇普通的赠序写得如此动情,高超的写作技巧固然很重要,但更重要的,可能还是作者那思古之幽情在起作用吧!

送高闲上人序①

【题解】

高闲是一位高僧,乌程(今浙江吴兴县)人。宣宗(李忱)曾召他进宫赐宴,赏以紫衣,后来住湖州开元寺,直到逝世。高闲擅书法,韩愈在这篇序中对高闲的书法技巧加以评论。但全文没有正面评论高闲书法的短长,而是先举出张旭的书法技巧加以赞颂:"旭之书,变动犹鬼神,不可端倪。"这是张旭精神专注,贯通四方的结果。而高闲是位僧人,淡泊人生,精神靡顿。因此,他的书法便不可能与张旭相比。表面上这是从精神和技巧两方面的关系,谈论书法理论,实则是对佛家学说的婉转的批评。韩愈一生辟佛,但此时的辟佛再也没有《谏迎佛骨表》时的激情和勇气,这是经历了更多的人生体验所致,岁月的霜刀风剑已磨平了他往日的锋芒。

【原文】

苟可以寓其巧智,使机应于心,不挫于气,则神完而守固②,虽外物至,不胶于心③。尧、舜、禹、汤治天下,养叔治射,庖丁治牛,师旷治音声,扁鹊治病,僚之于丸,秋之于弈,伯伦之于酒,乐之终身不厌,奚暇外慕④?夫外慕徙业者,皆不造其堂、不哜其胾者也⑤。

往日张旭善草书,不治他伎⑥。喜怒窘穷,忧悲愉佚,怨恨思慕,酣醉无聊不平,有动于心,必于草书焉发之⑦。观于物,见山水崖谷,鸟兽虫鱼,草木之花实,日月列星,风雨水火,雷霆霹雳,歌舞战斗,天地事物之变,可喜可愕,一寓于书⑧。故旭之书,变动犹鬼神,不可端倪⑨。以此终其身,而名后世⑩。

今闲之于草书有旭之心哉⑪?不得其心而逐其迹,未见其能旭也⑫。为旭有道,利害必明,无遗锱铢;情炎于中,利欲斗进;有得有丧,勃然不释;然后一决于书,而后旭可几也⑬。今闲师浮屠氏,一死生,解外胶,是其为心,必泊然无所起⑭;其于世,必淡然无所嗜⑮。泊与淡相遭,颓堕委靡,溃败不可收拾⑯。则其于书,得无象之然乎⑰?然吾闻浮屠人善幻多伎能,闲如通其术,则吾不能知矣⑱。

【注释】

①上人:对僧人的尊称。高闲,擅草书,喜用湖州雪川白绫书真草为世人楷模。

②苟可以寓其巧智句:假如可以把灵巧机智寄托在身上,使巧智和思想相互感应,不挫伤元气,于是精神得到保全并且固守专一。苟:假如。　　寓:寄寓,寄托。

巧智:灵巧机智。 机:灵巧,机巧。 应:相应,感应。 心:思想。

气:人的元气。 完:保全,完备。 守固:防守的牢固。

③虽外物至句:即使外界事物加到身上,思想也不会处于胶着状态,僵持不下。

虽:即使。 至:到。此指加到身上。 胶:胶着,比喻僵持不下的一种状态。

④养叔治射:养由基,春秋楚人,善射。蹲甲而射,可以射彻七札,去柳叶百步而射,百发百中。七札:七层皮革的军服。 治:练习。

庖丁治牛:《庄子·养生主》:"庖丁为文惠君解牛,手之所触,肩之所倚,足之所履,膝之所踦,砉然响然,奏刀騞然。……文惠君曰:'谙,善哉,技盖至此乎?'……庖丁释刀对曰:'良庖岁更刀,割也;族庖月更刀,折也;今臣之刀十九年矣,所解数千牛矣,而刀刃若新发于硎。'"治:分解。 师旷治音声:春秋晋国乐师,名旷,字子野,生而目盲,善辨声乐。治:辨。 扁鹊治病:战国时名医,原名秦越人,勃海郡鄚人。受禁方于长桑君,历游齐赵。扁鹊吸取前人的经验,创造切脉医术,精通内科、妇科、五官科、小儿科。 僚之于丸:熊宜僚,春秋楚国勇士,善于弄丸。《左传·哀公十六年》:"胜谓石乞曰:'王与二卿士,皆五百人当之,则可以。'乞曰:'不可得也。'曰:'市南有熊宜僚者,若得之,可以当五百人矣。'" 秋之于弈:弈秋,善弈棋。《孟子·告子上》:"弈秋,通国之善弈者也。"弈:围棋。秋:弈人之名。 伯伦之于酒:刘伶,字伯伦,晋沛国人,竹林七贤之一,终日饮酒,放浪不羁,乘鹿车,携酒一壶,使人荷锸相随,曰:"死便埋我。"著《酒德颂》:"惟酒是务,焉知其余。" 乐之终身不厌:把这些事当作快乐终了一生也不厌倦。乐:意动用法,当作乐事。之:代上述那些人的专长。 奚暇外慕:哪里有空闲羡慕自身爱好以外的事。

⑤夫外慕徙业者句:那些羡慕自身爱好以外的技艺而改学别的专业的人,全都不能登堂入室学到真本领,尝不到其中真正的滋味。徒:移,改变。 造:到达。

堂:阶上室外称堂。《论语·先进》:"由也升堂矣,未入于室也。"皇侃疏:"窗户以外曰堂,窗户以内曰室。" 哜:尝。 胾:肉块。不哜其胾:意思是说不能领略其中的滋味。

⑥张旭:《新唐书》卷二百二:"旭,苏州吴人。嗜酒,每大醉,呼叫狂走,乃下笔,或以头濡墨而书,既醒自视,以为神,不可复得也,世呼张颠。" 治:学习。

伎:通"技"。

⑦喜怒窘穷句:喜欢发怒窘迫失意,忧愁悲哀愉悦快乐,幽怨遗憾思念羡慕,酖酊大醉后的无聊及不平,凡是心中有所感动,必定要在草书中表现它。 穷:潦倒失意。 恨:遗憾。 动:感动。 焉:语助词,用于句中,表停顿。发:表现。

⑧花实:花和果实。 列星:罗布天空定时出现的恒星。 雷霆:震雷。霆:响雷。 霹雳:震雷,此指雷的声威。 战斗:竞斗。 愕:惊讶。

一寓于书:全部寄寓在书法之中。一:皆,全。书:书法。

⑨故旭之书句：所以张旭的书法，千变万化犹如鬼神一样不可捉摸。　　端倪：窥测，捉摸。

⑩这句的意思是：凭借书法终了他的一生，而名声传播后世。

⑪这句的意思是：现在高闲在草书上有张旭这些思想吗？

⑫不得其心句：不能领会他的思想却想要追求他外部形迹，看不出他能有张旭的水平。　　心：思想。　　得：领会。　　逐其迹：追逐他的外部形迹，即模仿形似。

⑬为旭有道句：要成为张旭这样的书法家有一定的道路，利害必须分明，极微小的差别也不放过；感情在心中升腾起来，欲望大量收进；有获得也有丧失，感情突然兴起而不消散；这以后把全部感情倾注到书法上，这样张旭的成就才可以接近了。　　为：成为。　　锱铢：最小的量度单位，形容极其微小。锱：六铢为一锱，二十四铢为一两。　　炎：升腾。　　斗进：大量地收进。　　勃然：突然兴起貌。释：消散。　　决：倾泻，倾注。　　几：近。

⑭今闲师浮屠氏句：现在高闲以佛家为师，把生死看作是同等的事情，解除了对外界一切事物的留恋，这样他表现出来的思想，必然是平静而没有什么起伏。师：意动用法，当作老师。　　浮屠：梵文"佛"的译音。　　一：意动用法，当作同等的。胶：胶着，粘住。引申为留恋。　　是：指示代词，这、此。为：表现。泊：淡泊，恬静。

⑮其于世句：他对于世事，必定十分淡漠而没有什么嗜好。　　于：对于。嗜：喜好，爱好。

⑯泊与淡相遭句：平静与淡漠相遇，精神颓废衰惫而不振作，破败而不可收拾。相遭：相遇。　　颓堕：精神颓废衰惫。　　委靡：颓唐，不振作。　　溃败：破败。

⑰则其于书句：那么他对于书法，岂不要像这样吗？　　得无：岂不，能不。然：这样。

⑱然吾闻浮屠人句：但是我听说学佛的人善于幻化有许多技能，高闲如果精通那些法术，那么我就不能知道了。　　然：但是。幻：变幻的法术。　　伎：通"技"，技能。

【集评】

南宋朱熹《朱子考异》卷六：今按韩公本意，但谓人必有不平之心，郁积之久而后发之，则其气勇决而伎必精，今高闲既无是心，则其为伎宜其溃败萎靡而不能奇，但恐其善幻多伎，则不可知耳。此自韩公所见，非如画史祖师之说也。

南宋谢枋得《文章轨范》卷一：此序奇诡放荡，学庄子文。文虽学庄子，又无一句蹈袭。

明茅坤《唐宋八大家文钞》卷七：其用意本《庄子》，而其行文造语叙实处，亦大类《庄子》。

清储欣《唐宋十大家全集录·昌黎先生全集录》卷四:道及张颠,公文即与之俱颠。长史颠于书者也,昌黎颠于文者也。其诡变大约与《南华》相似。

又卷十:高闲以草书名,公讥其师浮屠氏,颓堕委靡,恐草书亦不能如旭也。用意深奥,文亦变动,犹鬼神不可端倪。

清林云铭《韩文起》卷四:高闲善草书,想颇得张旭形似,而昌黎特拿一"心"字发出许多妙谛。细择大旨,纯是一副辟佛口角。

清张伯行《唐宋八大家文钞》卷二:"乐之终身不厌,奚暇外慕"数句,可谓名言。艺士之于艺,君子之于道,其致一也。

清过琪《古文评注》卷三:闲师浮屠氏也。昌黎一生不许浮屠,故绝无可表扬。单就草书一节,略为铺张,其意思连草书亦不甚许。却妙在转折间,间间然意贬而辞不露。中论张旭一段,笔势怒突,玩之却有至理。然此非浮屠氏所知也,便实有讽意。

清沈德潜《唐宋八大家古文读本》卷四:汪洋恣肆,善学庄子之文,亦可谓文中之颠矣。

【鉴赏】

韩愈一生辟佛,却与僧人多有往来,本文中的高闲就是僧人。高闲善草书,赞宁《高僧传》说他在宣宗朝时"名人对御前草圣,遂赐紫衣"。又说他"好将雪川白纡书真草之踪,与人为学法焉"。(引自《唐宋文举要》上第二二〇~二二一页)张祜《高闲上人诗》也说他的书法"卷轴朝廷钱,书函内库收"。(引同上)高闲成名,虽在韩愈死后,但说明佛教徒同样可以学好书法。然而,韩愈"一生不许浮屠",他辟佛,有时是连同其人其技一概加以贬抑的,这篇文章就是如此。他把高闲的草书与唐代大书法家张旭进行比较,认为张旭的成功,除了"不治他伎",用心专一外,主要还在于他的草书反映了"天地事物之变"和书法家的内心情感。而高闲却一心二用,既学草书,又"师浮屠氏",对世事无所爱好,空静淡泊,没有张旭的内在情感,因而不可能学好草书。文章名为论艺,其实是借论艺对佛教的宗旨进行批判。

开关从正面立论,大意是说:如果一个人能在某一术业上寄托自己的技巧和智慧,充分掌握其原理和规律,使"机应于心",即行动和想法内外相应,不使自己的志气受到挫伤。这样,他就会精神充实,用心专一,对自己的述业坚守不移,即使有其他事物干扰,他的思想也不会受影响。这番道理,是古往今来许多成功者的经验,也概括了韩愈为学的切身体会。所谓"机应于心",粗言之,固然是指行动和想法一致;细言之,想法是与人的性格、志趣、信仰、文化素质等分不开的。一个热情豪迈的人,决然耐不住寂寞和孤独,而一个心地淡泊的人,也难以成就豪壮的事业。因此,人们所从事的术业,只有与自己的意趣、信仰等相一致,才会被他所热爱,他才会为此发挥全部巧智,做到"机应于心",术业精熟。进一步说,如果一个人的术业精熟了,他就越来越自信、自谦,他的志气就不会受到挫伤,也不会因其他事物的干扰而心神不定。所以要使术业达到"入乎道"的地步,首先应做到心之所爱,用心专一。这些道理,似乎与送高闲上人毫不相干,是所谓"横空而来",然而它却笼罩全篇,引发出后面许多论述。

　　紧接着,作者援引一系列成功者的事例证明上述观点的正确。这些事例,大而至于兴邦治国,小而至于寻常技艺,有恰当的,也有"伯伦之于酒"这样不伦不类的,拉杂写来,浑浩流转。作者的用意,在强调事无巨细,贵在心之所好,用心专一。心之所好则专心致志,专心致志才能发挥自己的"巧智",做到"机应于心",使术业达到出神入化的境地,"乐之终身不厌",当然也不会"外慕徙业"了。写到这里,作者掉转笔锋,用生动的比喻,讥讽那些"外慕徙业"、用心不专的人,其实都是"不造其堂不哜其胾者",也就是没有升堂入室,领会其中奥妙,并尝到甜头的人。这些话的讽刺矛头,其实是指向高闲的,妙在旁敲侧击,不加点破。

　　第二段,在许多成功者中着重写"张旭善草书",向着文章的中心推进一层。张旭的成功,在"不治他伎",亦即不一心二用、"外慕徙业";在把自己的爱好和感情都倾注在书法上,寄情于书,在书法中表现自己的情感和个性;也在于他为治书法而勤于观察,把客观的物理物态"一寓于书",使之穷"天地事物之变",达到"变动犹鬼神,不可端倪"的境界。这些论述,既充实了第一段提出的论点,同时与下文对高闲的评论形成鲜明的对照。这段连用两个长句,曲折腾挪,造成充沛的气势,以表达对张旭的极力推重。"重旭正

所以轻闲耳。"(林纾《韩柳文研究法·韩文研究法》,引自《韩愈资料汇编》第一六一七页)对张旭越推崇,下面对高闲的贬抑就越具有讽刺的意味。

　　经过一番翻空盘折,第三段落到高闲身上。高闲的草书师法张旭,想来颇为相似。然而作者却从一个"心"字提出问题:"高闲善草书,有旭之心哉!不得其心而逐其迹,未见其能旭也。"语气虽不定,意思却是肯定的。高闲既没有张旭的思想感情,学习张旭草书就只能舍本逐末,肯定不能得其神似。为了说明这个问题,作者将张旭和高闲的"心"进行对比。张旭的心,能正确辨明事物的是非利害,专一于草

书，"不治他伎"；能对生活怀着炽热的感情，大胆让公义和私欲交锋，让生活中的得丧激发自己的不平之气，始终保持饱满的情绪，并且把这些充分表现在草书之中。这是一个积极功利主义者的心。而高闲由于"师浮屠氏"，恰恰不得张旭之心：张旭"利害必明"，专一于草书，高闲则误入浮屠，深受其害；张旭"情炎于中，利欲斗进"，高闲则"泊然无所起"，更没有"利欲斗进"的奋发精神；张旭关心世事，情绪"勃然"饱满，高闲则"淡然无所嗜"，与世无争，并且竭力排除外界事物对自己的影响。作者对高闲的这些推断，完全是以佛教教旨为依据的。因为佛教宣传"一死生，解外胶"，要人们把生与死看作一回事，抛弃世俗的欲望，摒除外来事物的缠绕，空静淡泊，对一切无动于心。高闲既是佛教徒，他的心就必然是淡泊的。以淡泊的心师法一个积极功利主义者的草书，怎么能得其神似呢？在韩愈看来，高闲既有意于书法，就不应当外慕浮屠，因为浮屠之心，颓堕、萎靡、溃败，不堪世用。高闲"外慕浮屠"，又师法张旭，一心二用，因此他在书法上根本不可能升堂入室，更不可能达到"机应于心"的地步。这样抓住"心"字引发议论，把贬高闲深入到对佛教宗旨的批判，贬得深，也批得巧妙。

文章最后掉转笔锋，说高闲的草书或许得"无象之然"，也就是一种恍惚的境界；又说他若是通晓浮屠人的幻术，或许变戏法似的把书法学好。这些话似以宽笔替高闲解脱，其实是转向了含蓄的讥讽。

书法在儒学中为六艺之一。但作为一种艺术，它不只属于儒家，僧人道士同样可以进入这个殿堂。苏轼《送参寥师》诗曾对历史上这场书法论争发表看法说："退之论草书，万事未尝屏。忧愁不平气，一寓笔所骋。颇怪浮屠人，视身如丘井。颓然寄淡泊，谁与发豪猛？细思乃不然，真巧非幻影。欲令诗语妙，无厌空且静。静故了群动，空故纳万境。阅世走人间，观身卧云岭。咸酸杂众好，中有至味永。"从艺术构思的角度看，苏轼的评论是中肯的。因为将"忧愁不平气"寓于书法，确实需要"收视反听"（陆机《文赋》）虚静心胸，排除其他干扰。当然虚静心胸并非无思无虑，一片空白，而是"了群动""纳万境"，使神与物游，超以象外。所以作为书论，这篇文章持论有些偏颇，"似未知书中三昧。"（林纾《韩柳文研究法·韩文研究法》，引自《韩愈资料汇编》第一六一七页）但韩愈写这篇文章，本意不在论书，而在借论书以辟佛。作为一篇辟佛文章，它抓住草书一事"有触而发"，深入到批判佛教宗旨，把佛教教义拒之于人情物理之外，大至兴邦治国，小至一技一能，都不堪为用。比起韩愈其他辟佛文章来，这篇文章显得具体而微，沉着痛快。

本文有论理，有形象。深刻的理论和奇幻的形象交织在一起，动人耳目启人心智。结构也颇有特色。开手破空而来，末尾用"幻"字作余波，行文来去无迹。中间三段则兴云作雨，盘折腾挪，极尽变化。三段中以正面论高闲一段为中心，前两段虽是陪衬，但文思幽深，气势充沛。特别是张旭一段，笔势怒突，如天风海雨逼人，为下文抑闲辟佛作了充足的蓄势。全文围绕一个"心"字引发议论，处处论艺，处处不离"心"，真是百转迎环，中心不乱。

应科目时与人书①

【题解】

本文写于唐德宗贞元九年(公元793年)试博学宏词科的前夕,意在乞求主考官予以提携。本文构思巧妙,干求仕禄之词不便直说,乃以物为喻。天池之滨,大江之濆,有一怪物,得到水,就能变化风雨,上下于天;不得水,不过是寻常尺寸之间。这个怪物,宁愿烂死于泥沙,也不愿摇尾乞怜,切盼有力者以举手投足之劳,转之清波,以实现其"上下于天"的宏伟志向。这封书信实则是一篇形象鲜明,声情并茂的寓言文,表达了作者仕途艰难之时,渴望提携和宦达的愿望。

【原文】

月日,愈再拜:天池之滨,大江之濆,曰有怪物焉,盖非常鳞凡介之品汇匹俦也②。其得水,变化风雨,上下于天,不难也③;其不及水,盖寻常尺寸之间耳④。无高山大陵旷途绝险为之关隔也,然其穷涸不能自致乎水,为獱獭之笑者,盖十八九矣⑤。如有力者哀其穷而运转之,盖一举手一投足之劳也⑥。

然是物也,负其异于众⑦,且曰:烂死于泥沙,吾宁乐之⑧;若俯首帖耳摇尾而乞怜者,非我之志也⑨。是以有力者遇之,熟视之若无睹也,其死其生,固不可知也⑩。今又有有力者当其前矣,聊试仰首一鸣号焉⑪,庸讵知有力者不哀其穷,而忘一举手一投足之劳而转之清波乎⑫?

其哀之,命也;其不哀之,命也⑬。知其在命而且鸣号之者亦命也,愈今者实有类于是。是以忘其疏愚之罪,而有是说焉⑭。阁下其亦怜察之⑮。

【注释】

①一题作《应科目时与韦舍人书》。

②月日:指写信的月份和日子,唐人写信,写信日子在前。再拜:敬词,古人写信时用于信首或信尾。　　天池之滨:大海的边上。天池:指大海,因大海非人功所造,故曰天池。滨,水边。　　大江之濆:长江岸边。大江:指长江。濆:水边,崖岸。　　常鳞凡介:平常鳞甲。　　品汇:品种类别。　　匹俦:同类。

③这句的意思是:它得到水,变化成风雨,上下在天地之间是不困难的。

④盖:句首语气词,原来是。　　寻常:平常。　　耳:罢了。

⑤无高山大陵句:没有高山大道极其危险之处成为它的阻隔,但是它干涸不能

自己到达水边,被猿獭嘲笑的时候,大约有十分之八九了。　　　　大陵:大山。陵:山头。　　旷途:大路。　　绝险:极险之处。　　关隔:阻隔。　　穷涸:枯竭,干涸。涸:怕,水枯竭。　　为猿獭之"为":被。　　猿獭:居水中,食鱼。郭璞《三苍解诂》:"猿似狐,青色,居水中,食鱼。"

⑥如有力者哀其穷句:如果有势力的人可怜它的穷途末路并且把它转运到水中,不过是轻而易举地劳动罢了。　　哀:可怜。穷:困窘,穷途末路。　　运转:使动用法。运转之:把它运转到有水的地方。之:代怪物。　　一举手一投足:形容轻而易举就可办到。

⑦然是物也句:但是这个怪物啊,抱负可是与众不同。　　是物:这个怪物。负:抱持,抱负。　　其:加强语气。　　异于众:与众人不同。异:区别。

⑧且曰句:并且说:腐烂枯死在泥沙之中,我宁愿乐于这样。宁:宁愿,宁可。

⑨若俯首帖耳句:如果很驯服地摇着尾巴讨人的欢喜,那不是我的志向啊。俯首帖耳:形容走兽驯服的样子。　　摇尾乞怜:摇着尾巴讨主人的喜欢。用以比喻卑躬屈膝,不顾人格地向别人谄媚讨好。

⑩这句的意思是:因此有势力的人遇到它,经常看见它却又像没有看到一样,它的生死,的确就不能预知了。

⑪今又有有力者句:今天又有有势力的人来到它的面前,姑且试着仰起头做一长声鸣叫。当:向着,对着。　　聊:姑且。

⑫庸讵知有力者句:岂知有势力的人不可怜它的困窘,并且忘记了举手投足的辛劳,而把它转运到清澈的水中呢?　　庸讵知:岂知,宁能知。　　劳:辛苦。转:使动用法。转之,把它转运到水中。

⑬其:句首语助词,无实义。　　命:天命,命运,犹云命里注定。

⑭是以忘其疏愚之罪句:因此忘记了自己粗疏笨拙的罪过,而有了上面这些言论啊。是以:因此。　　其:活用为第一人称,自己的。　　疏愚:粗疏笨拙,懒散愚昧。　　是说:这些言论。说:言辞,言论。

⑮阁下:对收信人的敬称。　　其:加强语气。　　怜察:详察其情而怜惜之。

【集评】

明归有光《文章指南》义集:诗有比有兴。比者,以彼物比此物也;兴者,以彼物引起此物也。体虽有二,而取喻之义则同。孟子文法多本于此,故后世文章皆例用之。或专以彼物发挥,而未含一句正意者,如韩退之《应科目时与人书》是也。

明茅坤《唐宋八大家文钞》卷二:空中楼阁,其自拟处奇,而其文亦奇。

清何焯《义门读书记》卷三十二:应科目是已举进士及第,人非布衣隐逸仕进无阶者比,故谓已在池之滨、江之濆,但未及水耳。世得云:怪物者,士也;得水不得水者,穷达也;有力者,援引也。劈头便分三柱,以下复应三段:"哀之,命也",结"庸讵知"数句;"不哀之,命也",结"熟视无睹"数句;"知其在命而且鸣号",又回护"宁泥沙而不乞怜"意,要之亦命也。见己之出处制之于天,仍自负是怪物之意。难于致辞,则托物为喻,此诗人比兴之道也。直道正意,丑不可耐,晚唐四六启是已。"天池之滨"三句,开口即切应科目时,龙为水之怪,见《国语》。"盖寻常尺寸之间耳"三句,即起运转之易,从上滨字、渍字生下。"然是物也"至"非我之志也",此一段,若引咎,若叹息,公卿之不先下人,将从前安顿得好。"摇尾乞怜",此"常鳞凡介"也能。"其死其生,固不可也",起下以鸣号卜兴废。"聊试仰首一鸣号焉",此句斟酌,虽告以穷,仍与摇尾者异。"其不哀之,命也",生平之志固在。"知其在命而且鸣号者,亦命也",所以观吾道废兴之机,故曰亦命也。"愈今者实有类于是",今者谓应科目,类是谓在滨渍。

今人钱基博《韩愈志》第六:《应科目时与人书》,笔臻浑化,能以沉郁顿挫,泯尽铺张排比之迹。于清之中,不失兀傲之意;难于措辞,则托物为喻;此诗人比兴之遗也。

【鉴赏】

韩愈于贞元八年登进士第,次年(公元 793 年)参加吏部博学宏辞考试,《应科目时与人书》就是给韦舍人的一封信,如果去掉标题和称呼就是一篇寓言式的杂著。韩愈往往借用这种文体,感慨议论,或庄或谐,寄托心怀。海外学者陈幼石认为该文是韩愈文学风格发展中第一阶段的代表作,运用古典寓言形式和风格表现了一种独创的艺术技巧。(《韩柳欧苏古文论》第 10 页)也有人认为反映了韩愈求仕心切,有失人格。如果本着"知人论世"和艺术审美精神来做评析,那么可以显示它应有的价值的。

统篇是托物喻志,譬喻到底,文末一句点出自己,乃是要旨。但波兴浪作,层层深入揭示主题。全文可分四个层次。首先点出"怪物",其质不凡,富有才能,然处境困窘,亟冀援引。此所以为怪物,在于不俗,其不俗之处有三:生活处所不凡,南冥天池,影射了要津之地;素质不凡,非一般鳞甲属类所能比,若有一定条件可以变化风云,驰骋天宇;欲愿不凡,不甘心于囿于困陁,才能压抑不展,更不愿受俗人嘲谑。笔锋一转,希盼援引,即可"转运之",而这只不过是举手蹬足之劳。这既为转

国学经典文库

唐宋八大家散文鉴赏 韩愈卷

入下文作过渡，又巧妙地表露了怪物的心态。接着用一"然"字转入第二层次，点明怪物的骨气。盼援引，决不摇尾乞怜，仰人鼻息，不然宁乐死泥沙，这就区别于一般凡俗之流了。言辞卑中有亢，情则恳切，希望取得同情和援助。但有力者明明看到而熟视无睹，一味责怪则仍不能达到目的，因此用死活不可预料的哀叹作了回旋，俾使进一步打动对方，于是下面的"鸣号"也顺理成章了。第三层还是从怪入手，它具有为展翅鹏飞而不断希求援引的韧性。它仰首号鸣，抱有希望。又用了反问语句来寄托诚挚的感情，这样有力者怎么一定没有怜惜之心呢？确是委婉哀切，刺心的悲鸣。这虽告以穷困，仍与摇尾者相异。为了坦露真诚的心迹，接用三个不同可能的"命运安排"来加深，似乎是做最后的倾诉了，感情弥见深沉和凄切。行文至此，把怪物的品行和内心世界充分表现出来了，然而这仅是一种譬喻，其题旨还在于最后层次，即托物喻志，寄寓了怀才不遇的悲愤和亟望援引的希冀。实际上也反映了在封建时代有识之士往往受困阨，才能得不到施展的严峻现实。二年后他在《杂说四》中进一步设喻揭露埋没和摧残人才的现象，讽刺了当权者的昏庸，立意更深了，但这也是本文主题的发展和深化。

韩愈毕竟生活在那个时代，只有在一定地位上才能施展济世理想，走援引之路也不得不然，再说作为一个长期受封建儒家思想的熏陶，不愿屈膝与急切求援引的内心矛盾也可以理解的，对于那种穷通利达，戚戚于心，也应从历史时代上来加以掂量了。

文章在艺术上值得称道的是，借助于形象生动的譬喻，委婉含蓄的语言和结构上的曲折回荡等手段表达了主题。从另一个角度来看，韩愈融书信体与寓言于一炉，这无疑是一个创造，如果说有点类似庄子寓言的风格与色彩，因为这是他提倡古文的开始阶段的实践，有模仿的因素，但从对古代散文的陈腐形式和风格地冲击，以推进古文来说，意义也就不容小看了。

后十九日复上书①

【题解】

韩愈上宰相第一书发出后，一连等了十九天，没有回音，情急之下又写了第二封信。后人对这封信中韩愈自比盗贼与管库者，颇有微词，认为是摇尾乞怜，不知廉耻。其实这是一种误解。本文通篇用比。前半说一个蹈水火的人大声呼救，即使是一个对他厌恶的人，也不会见死不救，一定会"狂奔尽气，濡手足，焦毛发救之而不辞也"。如果可救而不去救，作者问道："阁下且以为仁人乎哉？"在这一比喻中，蹈水火者是作者自喻；见死不救者则比不回信的宰相。这里直接指斥宰相不是一个仁人，连一般人都不如，批评可谓辛辣大胆之至。最后作者说："古之进人者，或取于盗，或取于管库。"取于盗者指管仲，管仲遇群盗，尚能在其中选取二人做桓公的大夫。管仲推举的盗贼，实为贤者而没入盗贼之中。取于管库的是赵文子，赵文子推举七十余人做晋国的大夫，后人评论赵文子知人善任。作者把自己比为盗贼和管库，显然是把自己比作埋没于世俗的贤者，渴望求取功名，为国效力。进而指责当时的宰相远不如管仲和赵文子，是一些目光短浅的政客。如果第一篇还是讲道理，那么第二篇便是愤怒地指斥和责问，对自己怀才不遇的处境表现了极大的义愤，根本看不出向当权者摇尾乞怜之意。

【原文】

二月十六日，前乡贡进士韩愈谨再拜言相公阁下②。

向上书及所著文后，待命凡十有九日，不得命③，恐惧不敢逃遁，不知所为，乃复敢自纳于不测之诛，以求毕其说而请命于左右④。

愈闻之：蹈水火者之求免于人也，不惟其父兄子弟之慈爱，然后呼而望之也⑤。将有介于其侧者，虽其所憎怨，苟不至乎欲其死者，则将大其声疾呼而望其仁之也⑥。彼介于其侧者，闻其声而见其事，不惟其父兄子弟之慈爱然后往而全之也⑦。虽有所憎怨，苟不至乎欲其死者，则将狂奔尽气、濡手足、焦毛发救之而不辞也⑧。若是者何哉？其势诚急，而其情诚可悲也⑨。愈之强学力行有年矣，愚不惟道之险夷，行且不息，以蹈于穷饿之水火，其既危且亟矣⑩，大其声而疾呼矣，阁下其亦闻而见之矣，其将往而全之欤⑪？抑将安而不救欤⑫？有来言于阁下者曰：有观溺于水而爇于火者，有可救之道而终莫之救也，阁下且以为仁人乎哉？不然⑬。若愈者，亦君子之所宜动心者也⑭。

或谓愈：子言则然矣，宰相则知子矣，如时不可何[15]？愈窃谓之不知言者[16]。诚其材能不足当吾贤相之举耳[17]。若所谓时者，固在上位者之为耳，非天之所为也[18]。前五六年时，宰相荐闻尚有自布衣蒙抽擢者，与今岂异时哉[19]？且今节度观察使及防御营田诸小使等，尚得自举判官，无间于已仕未仕者，况在宰相，吾君所尊敬者，而曰不可乎[20]？

古之进人者，或取于盗，或举于管库[21]；今布衣虽贱，犹足以方于此[22]。情隘辞戚，不知所裁，亦惟少垂怜焉[23]。愈再拜[24]。

【注释】

①这是上宰相的第二书。　　复：再。

②唐人写信款式是：写信日期、写信人、收信人都写在信的开头。　　前进士：进士及第称前进士。　　乡贡：不经学馆考试，而由州县推举参加科考。

③向上书及所著文后句：先前送上书信和所写论文，一共等待了十九天，没有回音。　　向：先前，从前。　　上：送上，奉上。信中表达对收信人的尊敬。待命：等待命令。　　凡：共，总共。　　十有九日：十九天。复数的表示方法是：在整数与零数之间加"有"，前面是整位数，后面是个位数。　　不得命：没有得到任命，即没有得到任用的消息。

④恐惧不敢逃遁句：惊恐不安不敢偷偷逃跑，不知道应该做些什么，于是再一次冒昧把自己摆在难以预测的责罚之中，以求说完自己的见解并且请求宰相予以指示。　　遁：偷偷逃跑。　　为：做。所为：所做的事情。　　乃：于是。复：再。　　敢：谦辞，冒昧地。纳：入，进入，即站在、摆在之意。　　不测之诛：难以预测的责罚，极大的责罚。　　毕其说：说完自己的想法。说：想法、意见。左右：对宰相的敬词。不说向宰相请教而说向宰相身边的人请教，是对宰相的尊敬。　　请命：请求指示。

⑤愈闻之句：我听说这样的事：投入水火的人请求人们帮助逃避，不只是他的父兄子弟仁慈爱人然后招呼并且期望他得救。　　"闻之"的"之"：代词，因为下面的这句话很长，故用"之"来代替。　　蹈：投入，踏入。　　免：逃避，避免。不惟：不只。

⑥将有介于其侧者句：如果有处在旁边的人，即使那是他所憎恶的人，也不至于想让他死，却要大声疾呼并且希望他能得救。将：假如，如果。　　介：居间。介于其侧者：即居处在他身边的人。　　苟：表示推测和希望之词。　　仁：或作"人"。望其人：希望他活着。

⑦彼介于其侧者句：那些处在他身边的人，听见他求救的声音并且看见他投入水火的现实，不仅仅是他的父兄子弟仁慈爱人然后才能前往保全他的性命。全：保全。全之：保全他的性命。

⑧虽有所憎怨句：即使对他有所憎恶和怨恨，也不至于希望他死的人，就将飞奔而去用尽气力，沾湿手足、烧焦毛发不顾一切拯救他却不会推辞。　　濡：沾湿，

浸湿。　　　焦:烧焦、烤焦。　　　辞:推迟。

⑨若是者何哉句:像这样做是为什么呢?那形势的确很紧急,而那情态的确值得悲哀。　　　若是:像这样。　　　势:形势,情势。　　　情:情态,情景。　　　诚:的确。

⑩愈之强学力行句:我勤奋学习努力实践已经有好多年了,我不考虑仕进之道的艰险和平坦,实行起来就不止息,因此投到困窘饥饿和水火之中,已经是又危险又紧急了。　　　强学:勤勉地学习。　力行:努力实践,认真地实行。　　　有年:多年。　　　愚:谦称自己。　　　惟:思考。　　　险夷:艰险和平坦。　　　行且不息:行动起来就不停息。　且:就。　　　穷饿之水火:困窘饥饿和水火。之:连词、和。其:加强语气。　　　危且亟:又危险又紧急。且:连词,译为"又……又……"。亟:紧急。

⑪大其声而疾呼矣句:张大他的声音疾呼求救,阁下岂不也听到和看见这一情景了吗?岂不要前往救他并且保全他的性命吗?　　　阁下:尊称宰相。　　其:岂,难道。　　　将:就要,将要。　　　欤:疑问语气词,犹"吗"。

⑫这句的意思是:还是将要安坐不动而不救助呢?

⑬有来言于阁下者句:有人前来对阁下说:有人看见被水淹、被火烧的人,有能救助的办法却最终没能救助,阁下难道认为他是个具有仁爱之心的人吗?不会是这样的。　　　溺于水:被水淹。于:被。溺:沉于水,水淹。　　　爇于火:被火烧烤。爇:烧,烧烤。于:被。　　　且:难道。　　　以为:认为。　　　仁人:有德行的人。不然:不是这样的。

⑭这句的意思是:像我这样的遭遇,有道德有才学的君子也应该在心中有所触动啊。

⑮或谓愈句:或许会对我说:你的话就是这些了,宰相早已了解你了,如果时世不允许又怎样呢?　　　或:或许。假设之词。"宰相则"之"则":连词,表逆承,原来,早已。　　　时:时世,形势。

⑯愈窃谓句:我私下里认为这样说的人是不理解我的话呀。　　　窃:私下里。谓:通"为",认为。　　　之:代认为"如时不可何"的人。

⑰诚其材能句:的确是他的才能不值得面对我们贤能的宰相推荐罢了。诚:的确,果真。　　　其:他的。指说"如时不可何"的人。　　　不足:不值得。当:面对。　　　举:推荐。

⑱若所谓时者句:至于所说的时世,本来是居上位的人创造的,不是上天创造的。　　　若:至于。用于句首引起下文。　　　固:本来。　　　在上位者:当权者。为:创造。

⑲前五六年时:五六年以前的时候,宰相推荐著名人物,尚有从平民中选拔的人,与今天相比难道时世有什么区别吗?　　　荐闻:推荐知名的人物。闻:著名,有影响的。此指著名的人物。　　　布衣:平民。布衣本指布制衣服,古代平民不能衣锦绣,故称。　　　蒙:承蒙。　　　抽擢:提拔。擢:举拔,提升。　　　异:区别,不同。

⑳且今节度观察使句:况且当今的节度使、观察使以及防御使、营田使这些小

官吏,还有自己推荐任命官吏的权力,不问他是已经做官还是未做官,何况位居宰相,是人君所尊敬的人,却能说不能做到这些吗? 　　节度使:唐制:在一道或数州之上设节度使统管辖区的军事、民政。 　　观察使:在不设节度使的地区设观察使。防御使:在大郡要害之地设防御使,由刺史兼任,以治军事。营田使:掌管屯田诸务,多由节度、观察使兼之。 　　判官:节度、观察、防御、营田诸使自辟的属官,不经朝廷任命。 　　间:一作闻,或作问。 　　君:人君、皇上。

㉑古之进人者句:古代推荐人才,有的人是从盗贼中选取的,有的人是从管库房钥匙的人中推荐的。 　　进人:推荐人才。 　　或:有的人。 　　取于盗:《礼记·杂记下》:"管仲遇盗,取二人焉,上以为公臣,曰:'其所与游辟也,可人也。'"郑玄(注):"言此人可也,但居恶人之中,使之犯法。"孔颖达《疏》:"管仲遇盗取二人焉者,谓管仲逢遇群盗,于此盗中简取二人焉。上以为公臣者,谓管仲荐上此二人,以为桓公之臣。曰其所与游辟也,可人也者,此管仲荐其盗人之辞,言此盗人所与交游是邪辟之人,故犯法为盗。可人也者,谓其人性行是堪可之人,可任用之。"

举于管库:《礼记·檀弓下》:"(赵文子)所举于晋国,管库之士,七十有余家。"郑玄《注》:"管库之士,府史以下官长所置也,举之于君以为士大夫也。管,键也。库,物所藏。"

㉒今布衣虽贱句:今天平民的身份虽低贱,还足够用来和他相比。 　　足以:足够用来。 　　方于此:与他们相比。方:比拟。此:指盗贼和管库。

㉓情隘辞戚:情绪扼制言辞戚切。隘:扼制,控制。 　　戚:戚切,戚惨。不知所裁:不知道节制。裁:节制,约束。惟:希望。 　　少:稍稍。 　　垂怜:赐予怜悯。

㉔信尾的敬辞,再次拜谢。

【集评】

明茅坤《唐宋八大家文钞》卷二:所见似悲蹙,而文则宕逸可诵。

明徐时泰《东雅堂昌黎集注》题注:张子韶曰:"退之平生木强人,而为饥饿所迫,累数千言求官于宰相,亦可怪也。至第二书乃复自比盗贼管库,且云大其声而疾呼矣。略不知耻何哉!岂作文者其文当如是,其心未比然邪?"

清沈德潜《唐宋八家古文读本》:文不嫌于熟,然太熟而薄,则不能味美于回。昌黎如《与张仆射书》之类,编中汰之,嫌其熟实,嫌其薄也。若昌黎后二次《上宰相书》之类,又因其摧挫浩然之气,当分别观之。

清何焯《义门读书记》卷三十二:文势如奔湍激箭,所谓情隘词戚也。与第一书气貌迥异。故是神奇。"以求毕其说",就前书不获其所意,更切望之。十有九日不得命,则宰相不能及远可见,故不复及山林遗逸之云也。"其势诚急"二句,上句束求者,下句束救者。"愈之强学力行有年矣,愚不惟道之险夷,行且不息",上句本前书积二十年,下句本前书行道句。"有来言于阁下者"至"阁下且以为仁人乎哉",到难转身处,忽用反照收上二句,萦回反复,又变出一层,愈婉愈迫。"有可救之

173

道"，本前书中古君子之道。"如时不可何"，时字对前书中古字。"固在位者之为耳"，先深一层。"与今岂异时哉"，非无时。"况在宰相，吾君所尊敬者"，又未尝不可。"或取于盗"二句，复自顾才能句。"情隘辞戚"，果然。

【鉴赏】

《上宰相书》后十九日，"不得命"，又作第二书，"以求毕其说"。因而与第一书气貌迥异，不实写详写，不以待士统体而言，单就自己而陈述，"其势诚急"，更切望之了。全文仅六百多字，而跌宕多变，不用庄语软语，发言激宕，也未视宰相为巍巍然，而文势奔湍激箭，"情隘辞戚"，不亢不卑。重点表述了两层意思。

第一书已作详尽述说，不必更写，但为了使能具有直感性，显示紧迫性，故设喻

开端，从而再吐心意。韩愈处困顿之中，穷不自存，如蹈水火中而求救于人一样危急，用此比喻马上把问题引到紧急的情况中，使具体感受于对方，请他们要深于谋思。接着从"求救"与"救援"两个不同角度来深化这个比喻。求救者出于危急，即使与自己有过怨恨，还不至于希望自己死掉，都向他们大声疾呼，盼求解救；而援救者并不是因为出于父子兄弟的慈爱之情，即使有些仇怨，只要还不到盼望他死去的地步，也会拼命去救他，哪怕沾湿手脚，烧焦毛发也在所不辞，这都是为了他的处境危急，心情确实可怜的缘故。韩愈和宰相们的关系，并非兄弟父子，但处于危难之际，同样没有理由袖手旁观，不闻不问。为了进一步激发对方这种恻隐之心，便用了一个选择反问句来强化，紧接着又用一个设问，如不救人之急，岂能是"仁人乎哉？"又用"不然"来否定，如就此滞住，则显然缺乏应有的力量，因此进而提出韩愈自己，形成一个肯定的结论，即韩愈其人值得宰相同情和援救的。

希望宰相不拘一格提拔人才是第二层意思。第三段开始即用反驳方式引入本题，或有人说，"时势"不合，实则不然，"时势"与否，关键在于君相上位是否去做，并不在于"上天"的安排。并举出了古今两个例证：就近而言，就有宰相从平民中推荐出人才的事，即指李泌荐阳城，这同现在的"时势"有什么不同呢？再退一步说，当今那些节度使，观察使，防御使，营田使等品位较低的官吏尚且可以自己选用判官，何况受到皇上尊敬的宰相呢，那更有权利来推荐和录用了；就古代而言，也累见

不鲜,如管仲曾在盗贼中提拔两人为官,晋国赵文子在管仓库人中选用了七十多名人才,而韩愈和这些人比一下,才能恐怕还要高出一点了。韩愈在信中所举古今两方面的例证是事实,确能说明不拘一格选用人才的观点。

韩愈长于说理,论证严密,在这里也充分发挥他这个特长,达到有理有据,体现了雄辩性。他所提出的这个观点是正确的,也不能因为联系到自己就认为有失自重了,应该看他所陈述的内容是否正确,是否有价值,是否单纯为了取得一官半职。自我推荐的本身并没有什么错,自古就有,毛遂自荐成了佳话,不过由于长期的传统观点所囿,人们从习惯地把自我推荐看成为求官求位的手段,含有贬义了,前人对韩愈这种上书和自我推荐有微词,恐怕与受传统的观点束缚有关,今天我们应实事求是,根据韩愈的实际情况来考察,客观地来评述这些上书的意义。仕进心切,又郁郁不得志,为了实现自己舒展才能的政治理想,碰壁多次,走一下权贵的门路,求得引荐推举,这绝不能说是人格卑下的。清人沈阁说:"当日急于进取,并非贪荣慕禄,特以年少气锐,自负其学,以为我一出而仕,自可致天下于大治,即我求进,至于不已,亦就古人相君,周游列国也,其情事如此而已。故公非无可责,但当责其自视太高,自信太深耳。"(《韩文论述》卷首)这个说法较为公允。

自我推荐的陈述是较难下笔的,既不能太过,又不能不及,韩愈毕竟是善于文墨,借助确切比喻来强化题旨,但太露会失自重,故又用反问、设问、反驳等形式作转折缓婉的陈述和论证。第二段写到"阁下且以为仁人乎哉"这句时,到了难转身处,忽用反照收上两句,达到潆洄反复,又变出一层,愈婉反显愈迫,欲表露的心意层层脱出而尽致了。

答崔立之书①

【题解】

本文写于贞元十一年(公元795年)。韩愈三试吏部而不售,好朋友崔斯立写信对他表示慰问。韩愈以此信作答。信中尖锐地批评了科举考试这种桎梏人的制度。无论是礼部之试,还是吏部之试,就其内容而言,"可无学而能",虽未考上,"余亦无甚愧焉"。古代的豪杰之士屈原、孟轲、司马迁、司马相如、扬雄如果参加这种考试,一定会感到万分的羞愧。这里道出了一个真理、真正有才能的人,不一定是状元或者进士出身。韩愈从自己屡试不第的痛苦经历中,悟出了人生的真谛,开始了他新的人生追求。心高气傲;充满自信、自尊、自强之志,不屈于命运的多舛,这种精神是十分可贵的。本文先叙答书之旨,次写科举考试的诸种弊端以及自己未及第但亦无愧的心境,最后抒写自己的抱负,曲折多变,流转自然,于悲愤郁闷之中见出磐石般的意志。

【原文】

斯立足下②:仆见险不能止,动不得时,颠顿狼狈,失其所操持,困不知变,以至辱于再三③,君子小人之所悯笑,天下之所背而驰者也④。足下犹复以为可教,贬损道德,乃至手笔以问之⑤,扳援古昔,辞义高远,且进且劝,足下之于故旧之道得矣⑥。虽仆亦固望于吾子,不敢望于他人者耳⑦。然尚有似不相晓者,非故欲发余乎⑧?不然,何子之不以丈夫期我也⑨!不能默默,聊复自明⑩。

仆始年十六七时,未知人事,读圣人之书,以为人之仕者皆为人耳,非有利乎己也⑪。及年二十时,苦家贫,衣食不足,谋于所亲,然后知仕之不唯为人耳⑫。及来京师,见有举进士者,人多贵之,仆诚乐之,就求其术⑬,或出礼部所试赋诗策等以相示,仆以为可无学而能,因诣州县求举⑭。有司者好恶出于其心,四举而后有成,亦未即得仕⑮。闻吏部有以博学宏辞选者,人尤谓之才,且得美仕,就求其术⑯,或出所试文章,亦礼部之类,私怪其故,然犹乐其名,因又诣州府求举⑰,凡二试于吏部,一既得之,而又黜于中书,虽不得仕,人或谓之能焉⑱。退自取所试读之,乃类于俳优者之辞,颜忸怩而心不宁者数月⑲。既已为之,则欲有所成就,《书》所谓"耻过作非"者也⑳。因复求举,亦无幸焉,乃复自疑,以为所试与得之者不同其程度㉑;及得观之,余亦无甚愧焉㉒。夫所谓博学者,岂今之所谓者乎㉓?夫所谓宏辞者,岂今之所谓者乎㉔?诚使古之豪杰之士若屈原、孟轲、司马迁、相如、扬雄之徒进于是选,必知其怀惭乃不自进而已耳㉕。设使与夫今之善进取者竞于蒙昧之中,仆必知其辱焉㉖。然彼五子者，且使生于今之世，其道虽不显于天下，其自负何如哉㉗？肯与夫斗筲者决得失于一夫之目而为之忧乐哉㉘？故凡仆之汲汲于进者，其小得，盖欲具裘葛、养穷孤；其大得，盖欲以同吾之所乐于人耳㉙。其他可否，自计已熟，诚不待人而后知㉚。今足下乃复比之献玉者，以为必俟工人之剖，然后见知于天下，虽两刖足不为病，且无使勒者再剐㉛。诚足下相勉之意厚也，然仕进者岂舍此而无门哉㉜？足下谓我必待是而后进者，尤非相悉之辞也㉝。仆之玉固未尝献，而足固未尝刖，足下无为为我戚戚也㉞。

方今天下风俗尚有未及于古者，边境尚有被甲执兵者，主上不得怡而宰相以为忧㉟。仆虽不贤，亦且潜究其得失，致之乎吾相，荐之乎吾君，上希卿大夫之位，下犹取一障而乘之㊱。若都不可得，犹将耕于宽闲之野，钓于寂寞之滨，求国家之遗事，考贤人哲士之终始㊲，作唐之一经，垂之于无穷，诛奸谀于既死，发潜德之幽光，二者将必有一可㊳。足下以为仆之玉凡几献，而足凡几刖也㊴？又所谓勒者果谁哉㊵？再剐之刑信如何也㊶？士固信于知己，微足下无以发吾之狂言㊷。愈再拜。

【注释】

①崔立之，字斯立，贞元四年(公元 788 年)进士。韩愈的朋友。

②足下：对对方的敬词。古人有称代身体某一部分来表示对对方尊敬的习惯。

③仆见险不能止句：我看见危险不能自动停止，行动起来不能得到合适的时机，颠沛困顿艰难窘迫，失去了那把握的方向，困惑不知变化，以至于一次又一次的遭受耻辱。　　得时：于时得宜，适宜。　　颠顿：颠沛困顿。　　狼狈：艰难窘迫。　　操持：掌握，把握。　所操持：所把握的方向。　　辱：受屈辱。　　以·至辱于再三：指"四选于礼部乃一得，三选于吏部卒无成"。

④君子小人之所悯笑句：君子和小人都怜悯讥笑，我是天下的背时之人。悯笑：怜悯讪笑。　　背而驰者：背道而驰的人，向相反方向前进的人，即是一个背时背运倒霉的人。

⑤足下犹复以为可教句：您还认为我是可以教育的，贬低自己的道德，竟然写信来慰问我。　　犹：还。　　复：再。犹、复同义。　　以为：认为。　　贬损：贬低减损，损害。　　道德：是人们共同生活和其行为的准则与规范。　　手笔：用如动词，用手写信。　　问之：慰问我。之：活用为第一人称代词。

⑥扳援古昔句：援引古代的事情，文义高超深远，又是褒扬又是勉励，您对于朋友的开导我已领会了。　　扳援：引用。扳：通"攀"。　　辞义：文辞的意义。指信的内容。　　高远：高超深远。　　且进且劝：又褒扬又劝勉。且：又。进：推重，褒扬。劝：鼓励。　　道：开导，教导。　　得：知晓，明白。

⑦虽仆亦固望于吾子句：虽然我也的确景仰您，不能冒昧地景仰他人罢了。仆：我。　　固：的确。　　望：景仰、瞻视。　　吾子：对对方的敬称，用于男子之间。

⑧然尚有似不相晓者：但是好像还有不能了解的地方，你的信中岂不是要故意开导我吗？　　然：但是。　　相：表示一方向另一方有所动作，不是"相互"的意思。　　非：岂非。　　发：启发，开导。

⑨不然句:不是这样的话,为什么你不用大丈夫的标准来期待我呢? 不然:不是这样。 何:为什么。 丈夫:大丈夫,指有作为的人。 期:期待。

⑩这句的意思是:不能沉默不语,姑且再自己辨明真相。

⑪仆始年十六七时句:我的年龄刚刚十六七岁的时候,不了解世上的事情,读孔子的书,认为做官的人全都是为别人的,不是为自己谋利益的。 始:刚刚。为人:为别人。 有利乎己:有利于自己。乎:于。

⑫这句的意思是:到了二十岁的时候,苦于家中贫寒,吃穿不足,向所亲近的人求助,这以后才知道做官不只是为别人罢了。

⑬及来京师句:等到来到京城长安,看见有人考取了进士,人们大多看重他,我的确以此为乐,顺便探求他们进取的方法。 及:等到,到了。 京师:指长安。 贵之:以他为贵。贵:意动用法,认为贵,即重视之义。 乐之:以它为乐。乐:意动用法,认为乐。之:指举进士事。 就:顺便。 术:方法,指考取进士的方法。

⑭或出礼部句:有人拿出礼部考试的赋、诗、策问的题目给我看,我认为可以不经学习就能做到,于是前往州县参加科举考试。 或:有的人。 礼部:六部之一,掌礼仪、祭享、贡举等职。 所试赋诗策:考过的赋诗策的题目。唐代以诗、赋、策问取士。 相示:给我看。相:表示一方向另一方有所动作,不能解为"相互"。 因:于是。 诣:往,到。 求举:参加科考。

⑮有司者句:主考的官吏好坏的标准出在他自己心中,四次考试才取得成功,也未能立即得到官职。 有司:官吏。古代设官分职,各有专守,故称。此指主考官。 即:立即。 得仕:得官。唐代取得进士资格后,必须参加博学宏词科考试,中选才能得官。

⑯闻吏部句:听说吏部有凭博学宏词科选人的制度,人们尤其认为中选的人有才能,并且能够得到美差,顺便探求他们的考试方法。吏部:唐为六部之首,掌官吏的任免、考课、升降、调动等职。 以:凭。 博学宏词:科考名目之一,始于唐代开元中,为吏部选官的考试科目。 谓:通"为",认为。 美仕:好的官职,即美差。

⑰或出所试文章句:有人拿出吏部考试的文章给我看,也就与礼部考试的文章相似,私下里责怪它的内容陈旧,但是还是乐得其名,于是又前往州府参加考试。 类:类似。 故:陈旧。

⑱凡二试于吏部句:一共两次参加吏部考试,其中一次已经中选,却又被宰相除名,虽然不能得到官职,人们或许会说我是有才能的。 凡:总共,一共。既:已经。 黜:除,摈弃。 "黜于"的于:被。 中书:宰相。唐以中书令、侍中、尚书令共议国政,俱为宰相。 谓之能:双宾语句:之、能共为"谓"的宾语。之:活用为第一人称,代指作者自己。

⑲退自取所试读之句:考试以后自己取出所考的文章读它,竟然同戏子的唱词相类似,脸色羞愧而心中不平静一连有几个月。 退:退下来,指考试以后。 所试:指试卷。所:特殊指示代词,与后面的"试"字组成名词性词组。 俳优:古代以乐舞谐戏为业的艺人。 颜:面容,脸色。 忸怩:羞愧,惭愧。 不

宁：不平静。

⑳既已为之句：既然已经这样做了，就要有所成就，这就是《尚书》上所说的耻过误而文之，遂成大错。　既：既然。　为：作。指已经参加了博学宏词科考试。　则：就。　书：《尚书》。《尚书·说命中》："无耻过作非。"孔安国《传》："耻过误而文之，遂有大非。"孔颖达《疏》："小人之有过也必文，耻有过误而更以言辞文饰之，望人不觉其非，弥甚遂成大非也。"

㉑因复求举句：于是又去参加科考，也没有希望中选，于是又怀疑自己，认为考试的题目与中选者的实际水平程度并不相同。　幸：希望。　乃：于是。　得之者：博学宏词科中选的人。不同其程度：指作者开始时错误地认为考试题目与中选者的答卷的水平不同。意谓：虽然考试题目与进士科题目大同小异，但考中者的实际水平要高得多。

㉒这句的意思是：等到获得他们的试卷观看它，我也没有什么特别的惭愧。

㉓夫所谓句：那些所说的学识渊博的人，难道就是今天所说的这样的人吗？　夫：那。　博学：学识渊博。

㉔这句的意思是：那些所说的有高明见解的人，难道就是当今所说的人吗？

㉕诚使古之豪杰句：假使古代的杰出人物像屈原、孟轲、司马迁、司马相如、扬雄一类的人进入这种选拔之中，一定知道他们心怀惭愧于是不能自己举荐罢了。　诚使：假使。　豪杰之士：才能出众的人。　屈原：（约前340—约前278），名平，字原，战国时代楚国人，我国古代第一位有巨大成就的诗人。　孟轲：（约前372—前289）名轲，字子舆，战国中期邹国人，是孔子之后儒家学派的主要代表，主张施仁政、行王道。　司马迁：（约前145—？），字子夏，夏阳（今陕西韩城南）人。他写的《史记》为我国第一部纪传体的史书。　相如：司马相如，（前179—前117），字长卿，蜀郡成都人，西汉著名辞赋家，《子虚赋》《上林赋》是其代表作。　扬雄：（前53—前18），字子云，蜀郡成都人，西汉著名辞赋家和哲学家。《长杨赋》《甘泉赋》《羽猎赋》是其代表作。

㉖设使与夫今之善进取者句：假设让他们与那些参加科考中选的人在昏迷糊涂之中参加竞争，我一定知道他们会感到耻辱。　设：假设。　使：让。后面省略宾语"之"，代豪杰之士屈原等人。　夫：那，那些。　善进取者：优秀的考生，即参加科考中选的人。　蒙昧：昏迷，迷糊。　辱：意动用法，感到耻辱。

㉗然彼五子者句：然而那五个人，就是让他们生在当今世上，他们的主张即使不能显扬于世，他们的自欺自许将会怎么样呢？　彼：那。指屈原等人。　且：就。　道：主张。　自负：自许，自认为了不起。　何如：如何，怎么样。

㉘肯与夫斗筲者句：难道愿意和那些能力低贱的人在个人的看法上较量胜负并且为它忧愁和欢乐吗？　肯：愿意。　斗筲：斗容十升；筲，竹器，容一斗二升，皆容量小的器皿。斗筲者：才识短浅，气量狭窄的人。　决：较量，决定胜负。　一夫之目：一个人的看法。目：看法。

㉙故凡仆之汲汲于进者句：所以大凡是我心情急切地仕进求职，那小的得益，不过是要满足穿衣之需，抚养困穷无依的人；那大的得益，不过是使天下人与我同乐罢了。　凡：大凡是。　仆：第一人称谦辞。　之：改变句子结构，无实

179

义。　　汲汲：心情急切。　　小得：小的得益，小的收获。　　盖：句首语气词，不过是，原来是。　　具：准备，满足。　　穷孤：穷困无依的人。

㉚其他可否句：其他方面可以还是不可以，自己考虑已很周密，的确不必等待别人指点就可以知道该如何努力了。　　可否：可以还是不可以。　　计：考虑。　　熟：周密。　　诚：的确。

㉛今足下乃复比之献玉者句：现在您却又把我比作献玉的卞和，认为一定要等到玉工的雕琢，然后才能被天下人了解，即使是剁去两只脚也不是耻辱，就是不要强有力者再截断一次。　　乃：却。　　复：又。　　见：被。　　比之献玉者：把我比作献玉的人。之：活用为第一人称，自己。献玉者：见《韩非子·和氏第十三》："楚人和氏得玉璞楚山中，奉而献之厉王。厉王使玉人相之。玉人曰：'石也。'王以和为诳，而刖其左足。及厉王薨，武王即位。和又奉其璞而献之武王。武王使玉人相之，又曰：'石也。'王又以和为诳，而刖其右足。武王薨，文王即位。和乃抱其璞而哭于楚山之下，三日三夜，泪尽而继之以血。王闻之，使人问其故，曰：'天下之刖者多矣，子奚哭之悲也？'和曰：'吾非悲刖也，悲夫宝玉而题之以石，贞士而名之以诳，此吾所以悲也。'王乃使玉人理其璞而得宝焉，遂命曰：'和氏之璧'。"　　俟：等待。工人：或作良工，即玉工。　　剖：雕琢。　　病：耻辱。　　勍：有力，强。　　剋：截断。

㉜诚足下相勉之意句：的确您劝勉我的情意是十分深厚的，但是谋求官职的人难道舍弃了这条道路就没有别的门路了吗？　　相：表示一方向另一方有所动作。相勉：勉励我。　　无门：没有门路。

㉝足下谓我句：您说我一定要等待这个机会而后才能做官，尤其不是相知之词啊。　　谓：说。　　是：这。指参加博学宏词科的考试。　　相悉：相知，相互了解。

㉞仆之玉固未尝献句：我的玉本来未尝献出，而我的脚也本来未尝剁掉，您不必为我而忧惧了。　　玉固未尝献：比喻自己的才能还未能得到显露。　　足固未尝刖：比喻虽未中选，也不曾受辱。无为为：一本或作"无为"，当是。　　戚戚：

忧虑不安貌。

㉟方今天下风俗句:当今天下风气习俗还未有达到古代的水平,边境上还有披着铠甲拿着兵器打仗的人,皇上不能心情安乐而宰相也把这些当作忧虑之事。　　方:当。　　风俗:相沿积久所形成的风气和习俗。　　被甲执兵:穿坚固甲胄,握锐利武器,谓上阵战斗。被:通"披"。　　主上:皇上。　　怡:和悦,愉乐。

以为:把这个当作忧虑。以:把。其后省略"之"。之:代"风俗未及古"和"被甲执兵"事。为:作为。

㊱仆虽不贤句:我虽然没有才能,也还潜心研究了其中的得失,把意见报告给我们的宰相,推荐给我们的国君。在上面希望得到卿大夫的职位,在下面还可以得到一个小小的要塞来镇守它。　　潜究:深入探讨。　　致:送达。　　荐:推荐。

取一障而乘之:选取一个要塞并且登上它。事见《资治通鉴》卷十九:"是时,博士议以为和亲使,上以问张汤,汤曰:'此愚儒无知。'狄山曰:'臣固愚,愚忠;若御史大夫汤,乃诈忠。'于是上作色曰:'吾使生居一郡,能无使虏入盗乎?'曰:'不能。'曰:'居一县?'对曰:'不能。'复曰:'居一障间?'山自度,辩穷且下吏,曰:'能。'于是上遣山乘障。"师古注:"障,谓塞上要险之处,别筑为城,因置吏士,而为蔽障以御寇也。"

㊲这句的意思是:如果都不能得到,还可以耕种于宽阔僻静的田野,垂钓于寂静无声的水边,探求国家前代留下来的事迹,考察有才德的杰出人物的生平。

㊳作唐之一经句:撰述唐朝的一部经典著作,流传于无限的空间和时间之中,讨伐已经死去的奸邪谗佞之人,阐发不为人知的美德的光辉,二者之中必定会有一个是可以的。　　作:撰述,写作。　　唐之一经:唐朝的一部经典。　　垂:流传。

诛:讨伐。　　奸谀:奸诈诒媚。　　发:开发,阐发。　　潜德:不为人知的美德。

幽光:潜隐的光辉。

㊴这句的意思是:您认为我的玉一共献了几次,而我的脚一共剁了几次?

㊵这句的意思是:所说的强有力的人到底是谁呢?

㊶这句的意思是:再次断足的刑罚果真会这样吗?

㊷士固信于知己句:读书人的确取信于知己,只是足下不要因此而阐发我的狂妄之言。　　固:的确。　　微:只是,仅仅是。　　无以:不要因此。　　发:发挥,阐发。　　狂言:放肆之言。

【集评】

明茅坤《唐宋八大家文钞》卷五:公三试吏部不售,斯立遗公书,故答之云云。盖崔斯立属公相知之深,故吐露如此。

清何焯《义门读书记》卷三十二:题注:唐进士,礼部既登第后云云。按:吏部乃宏词试耳。未即得仕,非不许其入仕也。公迄不预宏词选,遂从董晋于藩幕。来书盖有戒其崛强、惜其冷落之意,其为不知公也甚矣。前后作两段分析,却将崔书点在中间,文势妙,有断续,自觉激昂磊落。"仆始年十六七时"至"余亦无甚愧焉",此段先叙失所操持,辱至再三。"以为人之仕者皆为人耳",为人致君泽民也。"夫所谓博学者"至"而为之忧乐哉",此一段先辩明必俟工人之剖,然后见知于天下。

二句明己之道非可决得失于一夫之目,斯立不当劝之自卑。"故凡仆之汲汲于进者"至"足下无为为我戚戚也",此一段辩两刖不为病,二句明己宏词再试特游戏以求禄;若其道甚大,不可遽谓其再献再刖,待之甚浅。"盖欲以同吾之所乐于人耳",为人。"今足下乃复比献玉者"至"且无使刖者再刖",将来书叙之中间,文势便不直,此昔人所谓断续也。"又所谓刖者果谁哉",刖者句只轻带。"无以发吾之狂言",应"发余"句。

今人钱基博《韩愈志》第六:《答崔立之书》……不论篇幅长短,韩公自言"其文亦时有感激、怨对、奇怪之辞",写出胸中一段愤郁,直起直落,文势极衍,而气自紧括,沉郁顿挫,学太史公神到秋毫颠,须与太史公《报任少卿书》同读,方知其妙。

【鉴赏】

韩愈自贞元九年开始,接连三次参加吏部博学宏词试,均以失败而告终,这时朋友崔立之托书来慰勉,欲其图再举以俟知音,并委婉让他戒屈强之意。韩愈复书直抒胸臆,谈出了对考试和"有司者"的看法,也表露自己的悲愤和怀抱,信笔拈来,有劲悍之气。前人认为可与司马《报任》相当,马悲韩豪,其快一耳。

信略分四段,开首述失所操持,困不知变,乃至辱于再三。点明参加三次宏词试,均名落孙山,被人讥笑,而崔立之认为不要沮丧冷落,可再举以得佳音,这对当时的韩愈,确是一种慰勉,送来一丝暖意,但韩愈自负绝大,科举场中的弊端也深有感触,又觉察崔立之也还不完全理解自己,因此不能默默,要慨发心怀,表明态度,从而引出了以下三段有叙有议的文字,也是复书的主要内容,真是郁勃雄劲,真气动人的精彩之处。

下面三段可看成一个部分,痛快淋漓地谈出他心头郁积之情,不堪之愤。

首先,(即第二段)叙说自己隐忍就试之由,三试不就皆非文章之罪,愤慨仕进之门,要得主司赏识。这一大段文字不单纯叙述考试经过,而结合在京师的生活感受,抒发意见。对仕进的目的,前后也有了不同看法:读圣贤书,以为仕进唯为人,现实生活的感受,后来才认识到,一是致君济民,二是为了生活,坦露真情,这也符合客观实际。今所以提出,主要希图他人理解,因此他的仕进,非沽名钓誉,争荣得利,也非庸俗之举。经过四次吏部考试,得出一条认识,考中者未必都有真才,落第者未必没有英才,关键在于有司者之赏识和得选者伎俩,而不在文章的优劣,因此仕进要有术,要善于迎合上峰的口味。显然韩愈无有此术,事后对自己应试文章很不满意,好像写了类似滑稽演员为取悦于人而说的一些拍马屁话,很长时间觉得不安。韩愈第二次吏部考试,初试已入选,中间却兴波折,在其《上考功虞部书》中也提到此事,"执事既上名之后,三人之中,其二人者,固所闻矣,华实兼者也。果竟得之,而又升焉"。"其一者则莫之闻矣。实与华违,行与时乖,果竟退之"。被中书省剔除了。另两人即是李观和裴度。他不得不承认自己"不识仕进之门"。在这些记叙中,固然是痛苦的回忆,同时又是对当时科举和官场黑暗的揭露,让朋友崔立之理解个中情由,或许也会触发些感受,可进一步了解自己。

其次,(即第三段)鸣其悲愤而又寄其清高之志。三次落选,既着于与今世之中选者比伦,又不能不隐忍与之同试,确陷入极端苦恼与矛盾之中,于是发古之幽情,寻求慰藉,抒发悲愤。他认为古代豪杰之士,若屈原、孟轲、司马迁、相如、扬雄之徒,决不会参加那种所谓博学宏词考试,他们会感到惭愧,如果他们也像现在的人那样因图谋进取而盲目参加这种竞争的话,他们也会感到羞愧的。如果他们生活在现在,按照他们的心志道德,即使不能兼济天下,也决不会与俗子们角逐和求知音。显然这是借题发挥,在悲愤中欲与五子同志,显示自己的清高与磊落,这是可以理解的,这样可以在心理上得到一定平衡,矛盾心情暂时得到缓解,同时也要回护自己不是凡夫俗子,取得谅解,当然韩愈的内心是十分复杂的,恐怕也难于表白清楚,尽管如此,韩愈追求仕进的目的是要施展济世之才,与君相分忧,这还是积极的,确与当时那些唯利唯官者有所区别的。

最后,是顺势写其怀抱。斯立以卞和献玉作喻来劝勉,韩愈认为这是劝之自卑,是不理解自己的言辞,因此顺势写下自己怀抱。自家已有打算,即有两副本领:出则行道,处则著书。韩愈自我许期甚高,正如储欣所说,如大鹏翱翔乎千仞之上,背负青天。当今天下风俗不纯,边境不安,他立志要为君相分忧,为国家出力。退一步,如达不到,可以在闲暇耕鱼之余做一些有益的事,心地坦然,也请朋友不要为他而"戚戚"。事实上后来韩愈在这方面也确做了有益的工作,元和九年(公元814年)任史馆修撰转考功郎中时,写《顺宗实录》中,就实践了他"诛奸谀于既死,发潜德之幽光"的愿望。总之韩愈自觉激昂磊落,自负极大胸怀,实际上正是透露他悲愤激越并求得心理慰藉的复杂感情。

气势劲悍,畅所欲言,是本文表达上第一个特点。韩愈行文很强调气势,所谓"猖狂恣睢,肆意有所作"(柳宗元《答韦珩示韩愈相推以文墨事书》),表现了一种散文新风貌。从自己隐忍就试谈起,顺势而下,用自己内心感受倾泻了悲愤,无所顾忌地阐发了对科举考试的看法,叙述中带有锋芒,气势高扬中转入发古之幽情,酣畅肆意地袒露自己胸怀,一气贯注,用一定语气,把郁积的深沉不平之气喷射出来,但又利用这种气势融和了内心复杂矛盾。因此这种有激而发之情,形成劲悍之气,沛然莫御。

文脉层层顿挫,起伏中推出感愤。这是本文第二个特点。如第三段,不中选,又不是文章之罪,一层;愿与古代五贤同志,但又不能像他们那样不与斗筲者决得失,二层;心感羞愧而行又不能从,自己所耻而他人又不能理解,三层。这样层层推进,曲折顿挫,把感愤之情,清高磊落之志,进露言表,接着坦露心怀,亮出了欲与君相分忧的志向,文笔又一抑,如不能"出",则另有"处"的打算,又是一扬。这种反复舒扬,形成整体,贯通了文脉,笔力尤见绝劲。

答张籍书①

【题解】

贞元十一年(公元795年),韩愈与张籍在汴州相识。张籍性狷直,尝写信责备韩愈"喜博塞及为交杂之说,议论好胜人,其排佛老,不能著书若扬雄、孟轲以传世"。韩愈以此书作答。首先表明力排佛、老,矢志不遗的决心:"仆自得圣人之道而诵之,排前二家有年矣。"至于著书,"请待五六十然后为之,冀其少过也"。不求流芳百世,但求抨击时弊,净化社会风尚,表现了一位儒者力行圣人之道的坦荡胸怀。这是朋友间的通信,无所顾忌,无话不谈,真实地表露心迹,使我们看到了一位直率而又真诚的韩愈。文中多处恰到好处的比喻,使文章增色不少。

【原文】

愈始者望见吾子于人人之中,固有异焉②;及聆其音声,接其辞气,则有愿交之志③。因缘幸会,遂得所图,岂吾子之不遗,抑仆之所遇有时焉耳④。近者尝有意吾子之阙焉无言,意仆所以交之之道不至也⑤。今乃大得所图,脱然若沈疴去体,洒然若执热者之濯清风也⑥。然吾子所论:排释、老不若著书,嚣嚣多言,徒相为訾⑦。若仆之见,则有异乎此也⑧。

夫所谓著书者,义止于辞耳⑨。宣之于口,书之于简,何择焉⑩?孟轲之书,非轲自著。轲既殁,其徒万章、公孙丑相与记轲所言焉耳⑪。仆自得圣人之道而诵之,排前二家有年矣⑫。不知者以仆为好辩也⑬;然从而化者亦有矣,闻而疑者又有倍焉⑭。顽然不入者,亲以言谕之不入,则其观吾书也,固将无得矣⑮。为此而止,吾岂有爱于力乎哉⑯?

然有一说:化当世莫若口,传来世莫若书。又惧吾力之未至也⑰。"三十而立,四十而不惑",吾于圣人,既过之犹惧不及⑱;矧今未至,固有所未至耳⑲。请待五六十然后为之,冀其少过也⑳。

吾子又讥吾与人人为无实驳杂之说,此吾所以为戏耳,比之酒色,不有间乎㉑?吾子讥之,似同浴而讥裸裎也㉒。若商论不能下气,或似有之,当更思而悔之耳㉓。博塞之讥,敢不承教㉔?其他俟相见㉕。

薄晚须到公府,言不能尽㉖。愈再拜。

【注释】

①韩愈于贞元十一年(公元795年)试博学宏词,不第。三次向宰相上书自荐

求官,不被理睬,愤而离京。贞元十二、十三、十四三年在汴州董晋幕府任观察推官。本文最后说:"薄晚须到公府。"公府,即董晋幕府。故此文当写于公元796～798年之间。

②愈始者望见吾子句:我最初见到您在众人之中,的确有不寻常之处。　　始者:当初,最初。　　吾子:对对方的敬称。一般用于男子之间。　　人人:众人。固:的确。　　异:特异,不平常。

③及聆其音声句:等到听到你的声音,接触了你的谈吐,就有了愿意交往的志向。　　及:等到,到了。　　音声:声音。　　"聆其""接其"之其:活用为第二人称代词:你的。　　辞气:言辞、谈吐。　　则:就。　　志:志向,愿望。

④因缘幸会句:由于有缘分荣幸地会面,于是实现了自己的抱负,莫非是您不遗弃我,还是我与您相逢的时机适合罢了。　　图:抱负,愿望。所图:盼望相逢的抱负。　　遗:遗弃,抛弃。　　抑:还是。　　遇:相逢。所遇:相逢的时机。有时:适宜,合于时宜。

⑤近者尝有意句:近来曾经注意到您沉默不语,我猜测是我的用来交友的原则不完善吧。　　阙焉无言:沉默寡言。阙焉:间断。"意仆"之意:料想,猜测。道:原则。　　不至:不善,不完善。

⑥今乃大得所图句:今天才得到希冀的教诲,舒服得好像沉重的疾病离开身体,畅快得好像拿着热东西沐浴清凉的风。　　所图:所希望的教诲。　　脱然:舒服貌。　　洒然:畅快貌。　　沈疴去体:重病治愈。沈疴:久治不愈的病。去体:离开身体,谓治愈。　　濯:洗涤。

⑦然吾子所论句:但是您所议论的问题:抨击佛、老不如著书立说,嘈嘈杂杂,只是相互指责。　　嚣嚣:多言貌。　　徒:只是。　　訾:指责,诋毁。

⑧若仆之见句:至于我的见解,却有不同于此之处。　　若:至于。　　异:不同。

⑨这句的意思是:那些所说的著书立说的主张,意义只限于文辞罢了。

⑩宣之于口句:从口中宣布它,在简牍上书写它,有什么区别呢?　　宣:宣布。　　简:简牍。此指纸张。　　"宣之""书之"的之:它。代排佛、老的言论。择:区别。

⑪轲既殁句:孟轲死后,他的学生万章、公孙丑相继记录孟轲的言论罢了。殁:死。　　徒:指学生。　　万章:战国时人,孟轲弟子。《孟子》有"万章篇",主要记录孟子与万章的对话。　　公孙丑:战国时齐人,孟轲弟子。《孟子》有"公孙丑篇",主要记录孟子与公孙丑的对话。

⑫这句的意思是:我自从获得圣人的学说并且记诵它,排斥佛、老二家的谬说已经有多年了。

⑬这句的意思是:不了解情况的人认为我是喜欢辩论。

⑭然从而化者句:但是听从我的见解并且改变信仰的人也是有的,听到以后怀疑不相信的人又是成倍地增加。　　从:听从。指听从作者排斥佛、老的辩说。化:改变人心风俗。指改变原来对佛、老的信仰。　　倍:照原数增加。此指数

185

量多。

⑮顽然不入者句:愚钝无知听不进去的人,就要用语言教导这些人,那么他们观看我的书,本来也就不会有所收获。　　顽然:愚昧无知貌。　　谕:教导,感化。　　之:此,这。　　固:本来。　　将:无实义。　　无得:没有收获。

⑯为此而止句:因为这个原因才停止著书立说,我哪里是吝啬自己的力量呢?　　爱:吝啬,爱惜。

⑰然:但是。　　化当世:教化当世。　　莫若口:没有什么比得上口传。若:比得上。　　传来世:流传后代。　　莫若书:没有什么比得上著书。　　未至:未达到。

⑱"三十而立,四十而不惑":见《论语·为政》。何晏《集解》:"三十而立,有所成也。四十而不惑,孔曰:不疑惑。"　　于:对于。

既过之犹惧不及:就是超过了这个年龄也担心达不到这个水平。既…犹…:就是…还是…。　　过之:超过孔子说的年龄。之:代"三十""四十"这个年龄。不及:指达不到有所成就和不疑惑的水平。

⑲矧今未至句:况且现今未达到这个水平,本来就有未达到的原因。　　矧:况且,何况。　　所未至:未达到的原因。所:特殊指示代词,与后面的动词共同指事。

⑳请待五六十句:请允许我到五六十岁以后再从事写作,希望能少一些错误。　　待:等到。　　然后:这以后。　　为之:从事写作。为:作,从事。之:代写作。　　冀:希望。　　其:可。表祈使。

㉑吾子又讥吾句:您又批评我与众人作无实际内容驳杂的辩论,这是我用以做游戏罢了,把它比做酒色,没有什么差别吧?　　讥:讥刺,非议。　　无实驳杂之说:无实际内容混杂不纯的辩论。不有间乎:没有差别吧? 间:差别。　　酒色:美酒和女色。

㉒吾子讥之句:您批评这些,就像一同洗澡而讥刺裸体一样。　　裸裎:赤身露体。

㉓若商论不能下气句:如果说磋商讨论问题不能平心静气,有时好像有这样的情况,应当再思并且改正它罢了。　　商论:磋商讨论。　　下气:态度恭顺,平心静气。　　或:有时。　　更思:再思。更:又,再。　　悔:改过。悔之:改正它。

㉔博塞之讥句:游戏的讥刺,岂敢不接受教诲?　　博塞:即六博、格五等博戏。《庄子·骈拇》:"问穀奚事,则博塞以游。"成英玄《疏》:"行五道而投琼(即骰子)曰博,不投琼曰塞。"承教:接受教令。

㉕这句的意思是:其他问题等到见面再说。

㉖薄晚须到公府句:傍晚须到董公幕府,话不能全都说完。　　薄晚:傍晚。公府:汴州节度使董晋幕府。

【集评】

唐张籍《上韩昌黎书》:顷承论于执事,尝以为世俗陵靡,不及古昔,盖圣人之道废弛之所为也。宣尼没后，杨朱、墨翟恢诡异说，干惑人听。孟子作书而正之，圣人之道复存于世。秦氏灭学，汉重以黄老之术教人，使人寝惑。扬雄作《法言》而辨之，圣人之道犹明。及汉衰末，西域浮屠之法。入于中国。中国之人，世世译而广之，黄老之术，相沿而炽。天下之言善者，唯二者而已矣。昔者圣人以天下生生之道旷，乃物其金木水火土谷药之用以厚之。因人资善，乃明乎仁义之德以教之。俾人有常，故治生相存而不殊。今天下资于生者，咸备圣人之器用，至于人情，则溺乎异学，而不由乎圣人之道，使君臣、父子、夫妇、朋友之义沉于世，而邦家继乱，因仁人之所痛也。自杨子云作《法言》，至今近千载，莫有言圣人之道者。言之者惟执事焉耳。习俗者闻之，多怪而不信，徒相为訾，终无裨于教也。执事聪明，文章与孟子、扬雄相若，盍为一书以兴存圣人之道，使时之人、后之人知其去绝异学之所为

乎？曷可俯仰于俗嚣嚣多言之徒哉？然欲举圣人之道者，其身亦宜由之也。比见执事多尚驳杂无实之说，使人陈之于前以为欢，此有以累于令德。又商论之际，或不容人之短，如任私尚胜者，亦有所累也。先王存《六艺》，自有常矣。有德者不为，犹以为损。况为博塞之戏，与人竞财乎？君子固不为也。今执事为之，以废弃时日，窃实不识其然。且执事言论文章，不谬于古人，今所为或有不出于世之守常者，窃未为得也。愿执事绝博塞之好，弃无实之谈，宏广以接天下士，嗣孟子、扬雄之作，辨杨、墨、老、释之说，使圣人之道复见于唐，岂不尚哉！

明茅坤《唐宋八大家文钞》卷四：籍所遗昌黎书甚当，而昌黎答籍，特气不相下耳。

清张伯行《唐宋八大家文钞》卷一：能言距杨、墨者，圣人之徒也；谓必待著书以排之，似迂缓矣。但文公以口排释老，而自己未免好为无实驳杂之说，亦何以动人敬信乎？张文昌讥之甚是。而公犹以戏自解，何耶？故张横渠有言：戏谑不惟害事，志亦为所动；不戏谑，亦持志之一端。须晓此意，方得儒者气象。

【鉴赏】

韩愈于唐德宗贞元十一年（公元795年）至十五年（公元799年）结识了张籍。张籍，字文昌，贞元进士，以诗鸣于世。历任太常寺太祝，水部员外郎，国子司业等职。他曾写信给韩愈，就其从事古文及处世态度等方面直率地提出批评和意见。《新史》载："籍性狷直，尝责愈喜博塞，及为驳杂之说，论议好胜人，其排佛老，不能著书若扬雄孟轲以垂世。"韩愈据此作复，便产生了这篇《答张籍书》。作者在文中

针对张籍的责备与指摘一一进行答复或给予照应,态度鲜明地阐述了他对著书传世等问题的看法。同时,文章既意在辩驳,作者并没有在行文中板着面孔说话,而是或据理力争,或恳切辨析,或谦虚自承,抑扬顿挫,理中有情,充分显示了作者在说理、议论方面的艺术才能。

跌宕多姿、气势充沛,是本文艺术表现的主要魅力所在。曹丕在《典论·论文》中说:"文以气为主"。在这里,作者那纵横波动、开阖自如的气势便始终引导和流贯于全篇。"愈始者望见吾子于人人之中,固有异焉,及聆其音声,接其辞气,则有愿交之志。"文章开篇,首先赞赏张籍人才德能的不同寻常,表明与他交往是自己的愿望。接着又说自己十分愿意听到他的意见,然而对他信中提出的看法,自己却不能同意"则有异乎此也。"在这第一段中,文字便显出起伏,先扬后抑,既表示谦恭,又指明意见不能苟同。下面进行具体分析辩驳。先就张籍说他"排释老不若著书,嚣嚣多言,徒相为訾,"述以己见。这其中又分为两个层次,第一层说对兴存圣人之道,"宣之于口"和"书之于简",没有什么两样,并说明自己宣扬传播儒家学说并没有惜力,"不知者"以为是"好辩"。第二层从"然有一说"开始,语势又一转折,申明自己之所以未著书,是"又惧吾力立未至也",大约本来就是因为怕有所达不到的地方吧?"请待五六十然后为之",希望到那时能少些过错。单驳著述论说问题的这两个层次,一为反驳,一为解释,说理非如此不能周密,然而先直辩,后婉解,辞气自生回旋。继之最后部分关于"讥吾与人为人为无实驳杂之说",作者指明那是诙谐、开玩笑之作,对方讥之无益,其语亦略带诙谐;而对与人"商论不能下气"他则虚心承认,"或似有之",表示要加以改进,直至后面的"博塞之讥,敢不承教",语调又陡然一变,斩截利落,断然不予接受。这里的"博塞",是指古代的博戏,《庄子·骈拇》中写:"问谷奚事,则博塞以游"。杜甫的《今夕行》中亦曰:"咸阳客舍一事无,相与博塞为欢娱。"上面的"无实驳杂之说"和博塞之戏,世多谓是指韩愈写《毛颖传》,也有后人考证认为不确。关于驳杂之说,韩愈认为文学创作完全可以写诙谐,与开玩笑的作品,不必大惊小怪。其实在这类作品中,作者只是在变换了的形式与写法中,融进自己对社会及生活的认识和见解,因此他对于博塞这类纯粹的游戏头衔要坚决拒绝。由此整个末尾一节可谓一波三折。统观全篇,始终流贯着一种曲折起伏、一往奔泻的气势与活力,因此显得内涵丰沛,论述酣畅。

调动不同的修辞方式,更兼形容得当,是本文表现上的另一特点,也是使其文气畅通的重要因素。文中叙述句、并列和递进的排比句式、反问句式和谐交织,使语言节奏很好地表达出辞意的抑扬起伏。此外形容词汇十分准确,像第一段中说作者盼望对方的意见,及至"得所图"便"脱然若沈疴去体,洒然若执热者之濯清风也",想象丰富,用句新颖而得体。另有最后一段说在文学创作中诙谐玩笑之作便如同人生活中的酒色,讥讽这一点便"似同浴而讥裸裼也"。一句话便充分说明了其讥之不当。作者遣词造句的深厚功力,于此可见一斑。

与孟东野书①

【题解】

贞元十五年(公元 799 元)二月,汴州节度使董晋死了,韩愈护送董晋的灵柩到洛阳。离开汴州的第四天,汴州兵变,杀死继任御史大夫陆长源及幕府中大小官吏。韩愈虽脱险、但无法返回汴州,于是来到徐州张建封节度使幕府,一如在董晋节度使幕府一样,任推官一职,无所事事,郁郁寡欢。韩愈贞元八年(公元 792 年)考取进士,至今已经八年,仍然一事无成。他在给张建封的信中曾说:"晨入夜归,非有疾病事故辄不许出。当时以初受命,不敢言。古人有言曰:人各有能有不能。若此者非愈之所能也,抑而行之必发狂疾。"现实的压抑几乎要把他逼疯,心中的苦闷不言而喻。大约在张建封幕府待到一年光景,也就是贞元十六年(公元 800 元)三月,韩愈给孟东野写了这封信,记述了"言无听也,唱无和也,独行而无徒也,是非无所与同也"的孤独,抒发了心中的愤懑。应该说只有在交情深厚的朋友之间,才能有这种推心置腹的倾吐。本文文字质朴,感情真挚,政事、心事、家事娓娓道来,寂寞凄切之情油然起于笔端。

【原文】

与足下别久矣,以吾心之思足下,知足下悬悬于吾也②。各以事牵,不可合并,其于人人,非足下之为见,而日与之处,足下知吾心乐否也③?吾言之而听者谁欤④?吾唱之而和者谁欤⑤?言无听也,唱无和也,独行而无徒也⑥,是非无所与同也⑦,足下知吾心乐否也?

足下才高气清,行古道,处今世,无田而衣食,事亲左右无违,足下之用心勤矣⑧,足下之处身劳且苦矣⑨。混混与世相浊,独其心追古人而从之⑩。足下之道,其使吾悲也⑪。

去年春,脱汴州之乱,幸不死,无所于归,遂来于此⑫。主人与吾有故,哀其穷,居吾于符离睢上⑬。及秋,将辞去,因被留以职事;默默在此,行一年矣⑭。到今年秋,聊复辞去。江湖余乐也,与足下终,幸矣⑮。李习之娶吾亡兄之女,期在后月,朝夕当来此⑯。张籍在和州居丧,家甚贫⑰。恐足下不知,故具此白⑱。冀足下一来相视也⑲。自彼至此虽远,要皆舟行可至,速图之,吾之望也⑳。春且尽,时气向热,惟侍奉吉庆㉑。愈眼疾比剧,甚无聊,不复一一㉒。愈再拜㉓。

【注释】

①孟东野:孟郊,字东野。五十岁才中进士,任溧阳县尉,一生不得志,与韩愈交谊深厚。

②足下:对对方的敬称。古人经常用称代身体的某一部分来表示对对方的尊敬。　以:从。　悬悬:惦记,牵挂。

③各以事牵句:各人因为事情的牵制,不能够聚在一起,能够见到其他人,就是不能见到您,却要每天和那些人相处,您知道我心中是快乐还是不快乐?　合并:犹聚会。　其于人人:指能够见到其他人。人人:所有的人,一般人。　非足下之为见:不能见到您。"足下"是"见"的宾语前置。　日:状语,每天。与之处:跟他们相处。之:代一般的人。

④这句的意思是:我谈论道理,但是听的人是谁呢?

⑤我唱之句:我吟诵诗篇,但是酬答的人是谁呢?　唱:吟诵。之:代诗篇。和:以诗歌酬答。依对方诗篇的题材和体裁作诗。

⑥独行而无徒也:品德高尚,独来独往,但是却没有志同道合的人。　独行:独来独往,比喻节操高尚,不随俗浮沉。　徒:同僚,指志同道合的人。

⑦是非无所与同也:谈论是非,却没有跟自己意见相同的人。　与同:与之相同。　之:活用为第一人称,自己。

⑧足下才高气清句:您才能高超而气质清俊,实行古代之道,身处当今世上,没有田地却要穿衣吃饭,侍奉在老母身边没有违背母亲的意愿,您的用心是辛苦的。气清:风神清雅,气质清俊。古道:古代之道。泛指古代的制度、学术、思想、风尚等。　衣食:用作动词,穿衣吃饭,指谋求生计。　事亲:侍奉双亲。这里指侍奉老母。　左右:指身边。　勤:辛苦。

⑨足下之处身句:您立身处世真是又疲劳又困苦了。　之:助词,改变句子结构,无实义。　处身:对待自身,即立身处事。且:又。

⑩混混与世相浊句:世道混乱,只能与世上的混浊之人相杂处,只是那心中追念古人的风范并且跟从效法他们。　混混:混杂貌。　与世相浊:世人皆浊,只好与这些污浊之人相处。独:只是。　其:那。　从之:跟从他们。之:代古人。

⑪足下之道句:您的处世之道,岂不使我悲伤吗?　道:指为人处世之原则。其:岂。

⑫去年春句:去年春天,逃脱了汴州兵变之乱,侥幸没有被杀死,没有归去的地方,于是来到这里。　去年春:贞元十五年(公元799年)二月。　汴州之乱:指节度使董晋死后,汴州兵变杀死御史大夫陆长源事。汴州:即今河南开封市。遂来于此:指来到徐州节度使张建封幕府。

⑬主人与吾有故句:主人张建封与我有旧交情,哀怜我的穷困潦倒,让我住在符离集的睢水岸边。　主人:指徐泗濠节度使张建封。　居:使动用法,使我

居住,让我居住。　　　符离:唐属宿县,故城在今安徽宿县符离集。　　　睢上:睢水岸边。睢水:古代鸿沟支派之一,故道自开封县东从鸿沟分出,流经安徽宿县等地。

⑭及秋,将辞去句:到了秋天,将要辞职离开这里,于是被留下来并且授给节度推官的职务;沉默不语极不得意地待在这里,已经过了一年了。　　　及秋:贞元十五年(公元799年)秋天。　　　默默:不得意的样子。　　　行一年矣:过了一年。韩愈贞元十五年二月底到徐州。行一年,即贞元十六年三月。

⑮江湖余乐也句:遨游江湖是我的快乐呀,和你一起终此一生,是最大的荣幸啊。　　　江湖:用作动词,遨游江湖,指辞官归隐。

⑯李习之娶吾亡兄之女句:李习之娶我亡兄的女儿为妻,日期定在下个月,不久就会来这里。　　　李习之:李翱,字习之,陇西成纪人,凉武昭王暠之后,从愈学为文,贞元十四年(公元798年)登进士第。　　　亡兄:韩愈的堂兄韩弇。　　　朝夕:早晚,犹言不久,很快。

⑰张籍在和州居丧句:张籍在和州乌江家中居丧,家中生活甚贫寒。　　　张籍:字文昌,原籍吴郡(今江苏苏州),少时寓居和州乌江(今安徽和县乌江镇),韩门弟子之一,贞元十五年(公元799年)登进士第。　　　居丧:在直系亲长丧期之中。

⑱故具此白:所以陈述这些告诉您。　　　具:陈述。　　　白:告白,告语。

⑲冀:希望。　　　相:表示一方向另一方有所动作。不能理解为"相互"。

⑳自彼至此句:从您那里到这儿虽然路途远,总之都能坐船到达,快些计划来此之事,这是我的希望啊。　　　彼:那。当时孟郊在常州。　　　要:总而言之,总之。　　　图:考虑,谋划。

㉑春且尽句:春天将要过去,气候将会更热,只是希望您侍奉老母健康多福。　　　春且尽指三月。　　　且:将要。　　　向热:趋向炎热。　　　吉庆:祝颂套语,健康长寿多福多禄。

㉒比剧:比较厉害。　　　比:比较。　　　不复一一:不再一一详述。

㉓再拜:拜了又拜。信的末尾表敬之词。

【集评】

明茅坤《唐宋八大家文钞》卷四:两情凄切。

清张伯行《唐宋八大家文钞》卷一:公于朋友笃挚之情如此。然观"才高气清"数语,东野之人品,倏然出于尘俗之外,所以得公悬悬之思者,其故可想矣。

【鉴赏】

一般来说,在亲朋好友的书信往来中,言事诉情,最易表现出人们真实自然的情感。韩愈至情之人,又兼撰文高手,他的一些书信,常常迸射着极深挚动人的情感光辉,其中《与孟东野书》便是这样一篇优秀的抒情之作。

孟东野,名郊,是韩愈十分推重的挚友。这封信是韩愈于唐德宗贞元十六年

191

（公元 800 年）在徐泗濠节度使（驻徐州）张建封处任节度推官时所写。其时正是韩愈中进士（贞元八年）后初期求仕遭受冷遇的阶段。贞元十一年，他怀着不平和失望离开长安，先在驻汴州（今河南开封）的宣武节度使董晋幕中任职。四年后董晋死，他随着出丧灵柩离开汴州，刚走不久，那里即发生兵变，杀了留后陆长源。所以韩愈在此信中有"脱汴州之乱，幸不死"等语。这之后他来到徐州，但仍感难以遂志，其间便在想念故人、渴望倾诉衷曲的心情下写了这封信。文中主要叙述了作者对好友的深切思念和相知之情。韩愈和孟郊既是道义之交，又以文会友，他们之间有过不少互慰互励、相与唱和的诗作。彼此志同道合，相知之深，非一般友情可比。而韩愈在文章中正是将这种彼此情志的了解和思想的共鸣，作为叙说情谊、抒发感情的基础与内核，从而使贯穿全文的主观抒情内容充实，格调诚朴而自然。在文中，作者先诉说了大家彼此挂念，但为人事牵羁不能同处一地（"各以事牵，不可合并"）。接着便强调了自己因此而感到的落寞和孤独："吾言之而听者谁欤！吾唱之而和者谁欤！"语调感慨凄楚，实为知音远隔，"言无听，唱无和"也。下面的"独行而无徒也，是非无所与同也"，进而说自己在目前环境中，没有思想情趣相投到可以与之共行的人，因是"道不同不相为谋"吧，由此便可"知我心乐否也！"如此述说了自己的不堪思念之情后，作者又将笔转向对方。此时孟郊身在常州，亦怀才不遇，生计困难。韩愈显然是了解他的具体情况，因此在这里并没有殷勤问讯，而是从"足下才高气清……"到"足下之用心勤矣，足下之处身劳且苦矣"，"独其心追古人而从之"等，赞美了孟郊过人的才能和气质，也写到他的"无田而衣食"，还要孝顺地侍奉父母（这里指孟郊奉养母亲）为生存不得不在污浊的世间委曲周旋："混混与世相浊"，对知友的生活处境和处世行为，直接表示了深深的理解、同情，同时也为此感到悲愤。正是这种相互理解的感情流露，比任何虚泛的言辞都更能给人以友情的慰藉，而情感的表达唯其充实，才自然地带有了恳切淳厚之美。作者在后面又叙述了自己一年中的行止，"无所于归，遂来于此"，"默默在此，行一年矣"等语，既是叙事，亦是抒情。在叙述语言中，潜隐了作者不得志的情感活动。故此虽然主人（指张建封）跟他有老交情，让他居住在符离睢水岸边（符离，今安徽宿县符离集），又阻止他离去，给他安排了职务，他还是准备辞掉公职，愿意和孟郊一起归隐江湖，钓鱼自乐。现在切盼老朋友能来会晤。末了还谈及几件家事与朋友近闻，寥寥几语，自然亲切，与前文叙故人之情形成天然关照。对友人的款款深情，一直贯穿全文。

该文的淳朴恳挚，还得之于另一个重要的因素，即作品文字的简朴畅达。文中不用典故，不用难字。大部分语句随着作者感情的起伏扬抑，体现出较强的节奏感，曲折有序，言简意深，大大增强了作品的感人力量。

国学经典文库

唐宋八大家散文鉴赏

韩愈卷

答尉迟生书①

【题解】

尉迟生，名汾，是一位韩愈古文写作的崇拜者。他向韩愈请教写文章的道理，韩愈首先说"君子慎其实。实之美恶，其发也不掩"。这同《答李翊书》所阐发的"气盛言宜"的道理是一样的。其次，韩愈说明"古之道，不足以取于今"，这又同《答李翊书》中"志乎古，必遗乎今"的观点完全一致。最后韩愈告诉尉迟生，"子欲仕乎"？要做官就去请教那些达官显贵；不做官而要学习古文，则今后还可以继续谈下去，表现了他淡泊名利，矢志古文运动的理想和志向。文中大量的排比和对偶句的运用，使文章如江河直下，气势充沛。

【原文】

愈白尉迟生足下②：

夫所谓文者，必有诸其中。是故君子慎其实③。实之美恶，其发也不掩④。本深而末茂，形大而声宏，行峻而言厉，心醇而气和，昭晰者无疑，优游者有余⑤。体不备，不可以为成人；辞不足，不可以为成文⑥。愈之所闻者如是；有问于愈者，亦以是对⑦。今吾子所为皆善矣，谦谦然若不足，而以徵于愈，愈又敢有爱于言乎⑧？抑所能言者，皆古之道⑨。古之道，不足以取于今，吾子何其爱之异也⑩，贤公卿大夫，在上比肩；始进之贤士，在下比肩⑪。彼其得之，必有以取之也⑫。子欲仕乎？其往问焉，皆可学也⑬。若独有爱于是而非仕之谓，则愈也尝学之矣，请继今以言⑭。

【注释】

①尉迟生：名汾。生：古代读书人的通称。这是一篇阐述古文运动主张的重要书信。

②白：说。　足下：古代用称代身体的某一部分来表示对对方的尊敬。

③夫所谓文者句：人们所说的文章，一定有思想内容包含在它的中间。因此有道德有才学的人都慎重对待他的思想修养的实质。夫：句首语气词。　诸："之于"的兼词。之：代文章的思想内容。　君子：有道德有才学的人通称。　实：实质，实际内容，此指思想道德修养的实质。

④实之美恶句：思想修养的好与坏，他表达在文章上也就不能掩盖。发：表达。此指思想修养体现在文章中。　掩：同"掩"，掩盖。

193

⑤本深而末茂句:根深枝叶就繁茂,身体高大声音就洪亮,品行严肃文章就严厉,心地宽厚脾气就温和,看得清楚的人就没有疑虑,从容不迫的人就会有余暇。　本:树根。　　末:树梢。　　形大:身体高大。　　行峻:品行严肃。峻:严厉,严肃。　　厉:严厉,严肃。　　醇:酒味醇厚,以喻道德风尚的淳厚质朴。昭晰:清楚,明显。　　优游:悠闲自得,从容不迫。

⑥体不备句:继承的东西不完备,就不能够成为一个德才兼备的人;文辞不充足,就不能写成好的文章。　　体:继承,沿袭。　　成人:德才兼备的人。辞:文辞,语言。　　成文:有文采的文章。

⑦这句的意思是:我知道的就是这些,有人向我请教,也就用这些道理来回答。

⑧今吾子所为皆善矣句:今天您在写文章上所做的努力都很好了,但又十分谦逊好像还很不够,并且询问我的意见,我又哪里敢吝啬这些话呢?　　谦谦然:谦逊貌。　　征:征求,询问。　　爱:吝啬。　　言:指写作古文的道理。

⑨这句的意思是:可是我所能谈的,全都是学习写作古文的道理。

⑩古之道句:学习写作古文的道理,不能够被当世所取用,你又何必那样特别的爱惜它呢?　　取于今:被今世取用。　　于:被。　　吾子:对对方的敬称,用于男子之间。　　异:特别,奇异。

⑪贤公卿大夫句:优秀的公卿大夫,在上面有许多人;刚刚选进的有才能的人,在下面有许多人。　　贤:优秀的,杰出的。　　公卿大夫:朝廷的官员。公卿:三公九卿的简称,泛指高官。大夫:周代在国君以下有卿、大夫、士三等。大夫可指中级官员。　　贤士:志行高洁,才能杰出的人。　　比肩:肩膀靠着肩膀,形容人多。

⑫这句的意思是:他们得到官职,必定有得到它的原因。

⑬其欲仕乎句:你想要当官吗?那就去问他们好了,全都可以学习效法的。“其欲”的其:活用为第二人称:你。　　仕:做官。　　“其往”的其:那。焉:“之也”的兼词。之:代公卿大夫们。

⑭若独有爱于是句:如果只是喜欢学习古文,而不是为了做官,那么我曾经学习写作古文,请允许我继续今天的谈话。　　若:如果,假如。　　独:只,只是。是:这,指学习古文。　　仕之谓:做官。谓:通“为”,做。“仕”是“谓”的宾语前置,“之”复指前置宾语。　　请:请你允许我如何如何。　　继今以言:意谓这个问题今后还可以继续谈下去。

【集评】

清张伯行《唐宋八大家文钞》卷二:论文精要之语,此篇与《答李翊书》尽之。学者玩味而有得焉,自不敢鲁莽以为文矣。

清何焯《义门读书记》卷三十二:固非公不能言。“体不备”四句,兼及其外。“若独有爱于是”至末,结得澹宕。

今人钱基博《韩愈志》第六:《答尉迟生书》,仍《李翊书》意,分两层:第一层说

"君子慎其实",只是"养其根而俟其实"之意;而以孟子之排调,运《论语》之偶句,动宕开阖,气充以沛。第二层说"古之道,不足以取于今",只是"无诱于势利";而称"贤公卿大夫","始进之贤士",意存嘲诙,语极尖冷;兀傲之意,妙以嘲诙出之;而嘲诙之词,又妙在振襟而谈;真学太史公而得其沈郁之意者也。

【鉴赏】

韩愈一生致力于提倡古文,同时也十分重视培养与奖掖青年后辈。一些年轻人给他写信请教或讨论古文问题,他总是认真作答,并提出自己的观点和见解。他的这类信札,便成为唐代论文作品中的名篇,如《答李翊书》《答刘正夫书》等。这封《答尉迟生书》,也是其中的一篇。

尉迟生,名汾。生平事迹不详。据文中看,他是一个文章、品学兼优的年轻学子。韩愈在给他的这篇复信中,运用多种比喻,生动、简明地再次阐明了文以载道、气盛言宜的文学主张。书信一开头:"夫所谓文者,必有诸其中"。直截了当地指出,写文章的人必须注重自己的道德修养和学识。因为在其发而为文章的时候,这些方面的好、坏差别,就会在作品中无所掩蔽地表达出来("实之美恶,其发也不揜"。揜:同"掩",遮蔽的意思)。其后作者一连用多种事物对此做了比喻。从"本深而末茂。……"到"优游者有余",说

明人的思想、学识之于文章的内涵、质量,就好比树根之于枝叶:树根深长,枝叶一定茂盛;又好比人的体格品性之于他的仪表言行:身体高大、声音就洪亮;品行严肃的人说话严厉;心地宽厚的人则性情温和;明白事理的人做事不犹疑;悠闲自得的人必有许多余暇——事物的因果关系在哪儿都会必然地显现出来。在充分喻示了人的德、识素养对于文章内容的决定作用之后,作者仍以人作譬喻,转而从文章的语言要求方面,将论点做了完美的收束:"体不备,不可以为成人;辞不足,不可以为

成文。"身体四肢没有长足,不能算作是成人;言词苍白贫乏,也不能算是完整的文章。这实际上是与前面的为文必须"有诸其中"在形式上相呼应。经过这了无痕迹的转捩,作者关于应如何为文的文学主张至此便全面阐述了出来。

接下来作者对尉迟生的文章表示赞赏,并称赞了他的好学和虚心。同时抒发了"古之道,不足以取于今"的感慨,指出上至许多公卿大夫,下至许多刚任职的低级官员,他们的得到官爵,一定是有一些另外的手段。言外之意而不是靠作古文的道理。这里暗示了后辈文人只有不一味追求仕途经济,才能学好和写好古文。

本文抓住一个问题,采取博喻手法,集中进行阐述。文字简练而富于形象,论证严整明晰、言浅意深。全篇短短二百三十余字,层次分明、笔势沉着圆转;文章前半部分多用比喻,笔力劲直,后半部分则极委婉曲致,充分显示了作者的长者风度。同时使行文迂回曲折,饶有趣味,是一篇不可多得的精粹短文。

论佛骨表①

【题解】

　　唐宪宗元和十四年(公元819年),韩愈因《论佛骨表》一文抗颜直谏,触怒皇帝,险些丢了性命。宪宗即位之初,平定藩镇叛乱,大刀阔斧整顿江淮赋税,增加朝廷的财政收入。使唐朝出现了中兴之象。后期笃信佛教,朝纲日衰。据《旧唐书·韩愈传》记载:长安西的凤翔法门寺,内有护国真身佛塔,塔中藏有释迦牟尼手指骨一节。每三十年开塔一次,让人们瞻仰佛骨,便可"岁稔人泰"。元和十四年正是开塔之年。这年正月,宪宗皇帝派遣宦官杜英奇带领三十名宫女、宦官,手捧香花,将佛骨迎入大内,供奉三天,然后又转到长安各佛寺供吏民瞻仰膜拜。一时间王公士庶奔走相告,甚者竟焚指烧顶以祈福祐。面对朝政混乱的现实,面对上自皇帝,下至臣民的愚昧无知,韩愈疾首痛心,愤然写下了这篇《论佛骨表》。文中最后说:"乞以此骨付之有司,投诸水火,永绝根本,断天下之疑,绝后代之惑,使天下人知大圣人之所作为,出于寻常万万也,岂不盛哉!岂不快哉!"应该说韩愈把佛祖不足信,奉佛不可能得到福田的道理,说得透彻淋漓,至深至诚。可惜韩愈忘记了这是一篇写给皇帝的奏章,正在虔诚信佛的宪宗李纯,哪里受得了如此严厉的指责?读完此表,宪宗皇帝勃然大怒,说:"愈言我奉佛太过,犹可容;至谓东汉奉佛以后,天子咸夭促,言何乖刺也?愈,人臣,狂妄敢尔,固不可赦。"韩愈的悲剧是必然发生的,一道圣旨下达,他便去了蛮荒的潮州做刺史。通观全文,充满了辟佛的激情,咄咄逼人的气势。强烈对比的手法,使文章的说理明晰深刻。首先是我国古代不信佛的帝王寿命长与信佛的皇帝寿命短的对比,说明求长寿不必信佛;其次以宪宗即位之初不信佛而现在信佛前后自相矛盾的对比,说明信佛必将伤风败俗,传笑四方;最后假使释迦牟尼本人来中国所应受到的礼遇与今天一节佛骨在中国所受到的顶礼膜拜相对比,说明佛祖并不可信。如此层层对比,便把辟佛建立在一种无可动摇的基础之上,大气磅礴,涵盖天地,产生了震慑鬼神的威力,真乃千古第一奇文。

【原文】

　　臣某言:伏以佛者夷狄之一法耳②。自后汉时流入中国,上古未尝有也③。昔者黄帝在位百年,年百一十岁;少昊在位八十年,年百岁④;颛顼在位七十九年,年九十八岁⑤;帝喾在位七十年,年百五岁⑥;帝尧在位九十八年,年百一十八岁④;帝舜及禹年皆百岁⑧。此时天下太平，百姓安乐寿考，然而中国未有佛也⑨。其后殷汤亦年百岁，汤孙太戊在位七十五年，武丁在位五十九年，书史不言其年寿所极，推其年数，盖亦俱不减百岁⑩。周文王年九十七岁，武王年九十三岁，穆王在位百年，此时佛法亦未入中国，非因事佛而致然也⑪。汉明帝时，始有佛法，明帝在位才十八年耳⑫！其后乱亡相继，运祚不长⑬。宋、齐、梁、陈、元魏已下，事佛渐谨，年代尤促⑭。惟梁武帝在位四十八年，前后三次舍身施佛，宗庙之祭，不用牲牢，昼日一食，止于菜果，其后竟为侯景所逼，饿死台城，国亦寻灭⑮。事佛求福，乃更得祸。由此观之，佛不足事，亦可知矣⑯。

高祖始受隋禅，则议除之⑰。当时群臣材识不远，不能深知先王之道，古今之谊，推阐圣明，以救斯弊，其事遂止，臣常恨焉⑱。伏惟睿圣文武皇帝陛下，神圣英武，数千百年以来，未有伦比⑲。即位之初，即不许度人为僧尼道士，又不许创立寺观，臣常以为高祖之志必行于陛下之手⑳。今纵未能即行，岂可恣之转令盛也㉑？今闻陛下令群僧迎佛骨于凤翔，御楼以观，舁入大内，又令诸寺递迎供养㉒。臣虽至愚，必知陛下不惑于佛，作此崇奉，以祈福祥也㉓；直以年丰人乐，徇人之心，为京都士庶设诡异之观，戏玩之具耳㉔。安有圣明若此，而肯信此等事哉！然百姓愚冥，易惑难晓，苟见陛下如此，将谓真心事佛，皆云："天子大圣，犹一心敬信；百姓何人，岂合更惜身命㉕！"焚顶烧指，百十为群；解衣散钱，自朝至暮；转相仿效，惟恐后时；老少奔波，弃其业次㉖。若不即加禁遏，更历诸寺，必有断臂脔身以为供养者，伤风败俗，传笑四方，非细事也㉗。

夫佛本夷狄之人，与中国言语不通，衣服殊制，口不言先王之法言，身不服先王之法服，不知君臣之义，父子之情㉘。假如其身至今尚在，奉其国命，来朝京师，陛下容而接之，不过宣政一见，礼宾一设，赐衣一袭，卫而出之于境，不令惑众也㉙。况其身死已久，枯朽之骨，凶秽之余，岂宜令入宫禁㉚？孔子曰："敬鬼神而远之㉛。"古之诸侯行吊于其国，尚令巫祝先以桃茢祓除不祥，然后进吊㉜。今无故取朽秽之物，亲临观之，巫祝不先；桃茢不用，群臣不言其非，御史不举其失，臣实耻之㉝。乞以此骨付之有司，投诸水火，永绝根本，断天下之疑，绝后代之惑，使天下之人知大圣人之所作为，出于寻常万万也，岂不盛哉㉞！岂不快哉！佛如有灵，能作祸祟，凡有殃咎，宜加臣身㉟。上天鉴临，臣不怨悔㊱。无任感激恳悃之至，谨奉表以闻㊲。臣某诚惶诚恐㊳。

【注释】

①表：古代奏章的一种。

②臣某言句：臣韩愈说：恭敬地认为佛教是外族传来的一种礼法罢了。某："我"的谦辞。　　伏：敬词。　　夷狄：对华夏族以外各族的蔑称。　　法：礼法。

③自后汉时句：从东汉时传入中国，上古时代未曾有过这种宗教。　　后汉时：东汉明帝永平十年（公元67年）传入中国。　　上古：远古。指先秦时期。

④黄帝：传说中的中原各族的共同祖先，姬姓，号轩辕氏。他打败炎帝，击杀蚩

198

尤,使他从部落首领被拥戴为部落联盟的领袖。　　少昊:传说东夷集团首领,名挚,号金天氏,黄帝之子,己姓之祖。相传少昊曾以鸟为图腾,并以鸟为官名。

⑤颛顼:号高阳氏,相传为黄帝之孙,昌意之子,生于若水,居于帝丘。十岁佐少昊,二十登帝位。

⑥帝喾:号高辛氏,少昊之孙,初受封于辛,后即位称帝,故称。传说有四妻四子:姜嫄生弃(即后稷),是周族的祖先;简狄生契,是商族的祖先;庆都生尧;常仪生挚。

⑦帝尧:帝喾之子,号陶唐氏。《史记·五帝本纪》:"帝喾崩,而挚代立,帝挚立不善,而帝放勋立,是为尧帝。"

⑧帝舜:姚姓,有虞氏,史称虞舜。相传因四岳推举,尧命他摄政。他巡行四方,除去鲧、共工、驩兜和三苗等四人,尧去世后即位。　　禹:夏后氏部落首领,姒姓,鲧之子,舜命禹治洪水,他三过家门而不入,治水有功,被舜选为继承人。其子启建立了第一个奴隶制国家夏。

⑨这句的意思是:这时天下太平,百姓安乐长寿,但是中国却没有佛教。

⑩殷汤:商朝的汤王,又称成汤、武汤,商朝的建立者,原为商族的领袖,任用伊尹执政,打败夏桀,建立商朝。殷:商的国都后来迁到殷(今河南安阳西北),故商亦称殷。　　汤孙太戊:汤的子孙太戊,殷中宗。　　武丁:汤的子孙武丁,殷高宗。书史:即史书。　　年寿:人的寿命。　　所极:所达到的年龄。极:至,达到。盖:句首语气词。　　俱:全,都。　　不减百岁:不少于一百岁。

⑪周文王:商末周族领袖,姬姓、名昌。商纣封为西伯,建立丰邑为国都,在位五十年。　　周武王:西周王朝建立者,姬姓,名发。继承其父文王遗志,牧野(今河南汲县北)之战,取得大胜,灭商建立西周王朝,建都于镐京(今陕西西安西南)。穆王:周穆王,姬姓,名满,昭王之子。曾西击犬戎,东攻徐戎,在涂山(今安徽怀远东南)会合诸侯。　　非因事佛而致然:并不是由于信佛而达到这样的高龄。致:达到。然:这样。

⑫汉明帝时句:东汉明帝时,开始有了佛教,明帝在位时间才十八年罢了。汉明帝:刘庄,公元58年至公元75年在位。明帝永平十年(公元67年)佛教始传入中国。《资治通鉴·汉纪三十七·明帝永平八年》:"初,帝闻西域有神,其名曰佛,因遣使之天竺求道,得其书与沙门以来。其书大抵以虚无为宗,贵慈悲不杀;以为人死,精神不灭,随复受形;生时所行善恶,皆有报应,故所贵修炼精神,以至为佛。善为宏阔胜大之言,以劝诱愚俗。精于其道者,号曰法门。于是中国始传其术,图其形象。"袁宏《汉纪》:"后明帝夜梦金人,顶有白光,飞行殿庭,乃访群臣,傅毅始以佛对。帝遣郎中蔡愔等使天竺,写浮屠遗范,乃与沙门摄摩腾、竺法兰东还洛阳,中国有沙门跪拜之法由此始。愔之还,以白马负经而至,汉因立白马寺于洛城雍关西。"

⑬其后:此后。　　乱亡相继:指明帝死后至汉献帝退位的一百四十五年间,朝政混乱,后来爆发黄巾起义,三国鼎立,东汉随之灭亡。　　运祚不长:国运流传的不长久。祚:流传。

⑭宋、齐、梁、陈句：宋、齐、梁、陈、北魏以下，事奉佛祖逐渐恭敬，统治的年代尤其短促。　　元魏：北朝时期的魏朝，以孝文帝迁都洛阳，改本姓拓跋为元，故史称元魏，即北魏。　　宋、齐、梁、陈：为南朝的四个朝代。宋：宋武帝刘裕所建。齐：齐高帝萧道成所建。梁：梁武帝萧衍所建。陈：陈武帝陈霸先所建。

⑮惟：只，只是。　　梁武帝：萧衍，公元502年至公元550年在位。　　前后三次舍身施佛：在位其间，大建寺院，三次舍身同泰寺事佛。　　宗庙之祭，不用牲牢：对祖庙的祭祀，不用猪、牛、羊。宗庙：帝王的祖庙。牲牢：供祭祀用的家畜：猪、牛、羊。《资治通鉴·卷一百五十九·武帝大同十五年》："上为人孝慈恭俭，博学能文，阴阳、卜筮、骑射、声律、草隶、围棋无不精妙。自天监中用释氏法，长斋断鱼肉，日止一食，惟菜羹、粝米而已。非宗庙祭祀、大飨宴及诸法事，未尝作乐。"侯景：魏大将，后降梁，封河南王，后梁与东魏讲和，怕于己不利，起兵叛乱。梁武帝被围台城，饿病而死。《资治通鉴卷一百六十二·武帝太清三年》："上虽外为侯景所制，而内甚不平。景欲以宋子仙为司空，上曰：'调和阴阳，安用此物！'景又请以其党二人为便殿主帅，上不许。景不能强，心甚惮之。景使其军士入直省中，或驱驴马，带弓刀，出入宫廷，上怪而问之，直阁将军周石珍对曰：'侯丞相甲士。'上大怒，叱石珍曰：'是侯景，何谓丞相！'左右皆惧。是后上所求多不遂志，饮膳亦为所裁节，忧愤成疾。五月，丙辰，上卧净居殿，口苦，索蜜不得。再曰：'荷！荷！'遂殂，年八十六。"　　台城：本为三国吴后苑城，东晋成帝时改建，为东晋、南朝台省（中央政府）及宫殿所在地，故名。故址在南京市鸡鸣山南乾河沿北。寻灭：不久灭亡。

⑯这句的意思是：事奉佛祖希求福分，却反而得到祸患。由以上这些事实观察事佛：佛祖不值得信奉，也就可以知道了。

⑰高祖：唐高祖李渊。　　始受隋禅：隋王朝在农民大起义的打击下土崩瓦解，他乘机起兵反隋，攻取长安，立炀帝孙侑为帝，次年（公元618）逼杨侑让位，建

立唐朝。禅：以帝位让人。 则议除之：就议论废除它。之：代佛教。

⑱当时群臣句：当时群臣才能见识不够远大，不能深刻理解先王之道，古今符合道德的规范，阐发圣明皇帝的思想，用来挽救这些弊端，那禁佛的事情于是停止，我常常遗憾这件事。 材识：才能和见识。 谊：符合正义和道德的规范。 推阐：阐发。 圣明：皇帝的代称。 以：用来。 斯：是，此。 其事：指废除佛教事。 恨：遗憾。 焉："之也"的兼词。之：代禁佛事。

⑲伏惟：臣对君的敬词。 念及，想到。 睿圣文武皇帝：唐宪宗在位时的尊号。 已来：以来。 伦比：等同，比并。

⑳即：就。 度人：佛教语。使人出家。 为：作。 僧尼：和尚和尼姑，为男女佛教徒。 道士：道教徒。 寺观：佛教的寺院和道教的道观。

㉑今纵未能句：今天即使不能立即实行，难道可以放纵它反而让它兴盛吗？ 纵：即使。 恣：放纵，听任。 转：反而，反倒。

㉒今闻陛下令群僧句：当今听说陛下让众僧人从凤翔迎来佛骨，亲自到楼上观看，抬进宫中供奉，又让所有寺院轮流迎入奉祀。 凤翔：唐府名，治所在天兴（今凤翔），辖境相当于今陕西宝鸡、岐山、凤翔、麟游、周至等地。法门寺在岐山。 御：皇帝临幸到某处。 御楼以观：皇帝亲自到楼上观看。 舁：抬。 大内：皇宫，宫中。 递迎：轮流迎入。 供养：佛教称以香花、明灯、饮食等资养三宝（佛、法、僧）为供养，并分财供养、法供养两种。香花、饮食等为财供养，修行、利益众生为法供养。

㉓这句的意思是：我虽然极其愚昧，一定知道陛下不被佛祖所惑，做出迎佛骨这样的崇奉，是用以祈求幸福吉利呀。

㉔直以年丰人乐句：仅仅因为年丰人乐，顺应民心，为京城百姓设置怪异奇特的观览，玩乐的供置罢了。 直：仅仅，只是。 年丰人乐：五谷丰登人民安乐。 徇：依从，顺应。 士庶：士人与普通百姓，犹言官民。 诡异之观：奇怪的观览。 戏玩之具：游戏玩耍的供置。具：供置，设施。

㉕然百姓愚冥句：但是百姓愚昧无知不通事理，容易被迷惑而难以通晓道理，假如见到陛下这样敬佛，将会认为是真心事奉佛祖，都会说："天子是大圣人，还专心敬信佛祖；百姓是什么人，难道应该再怜惜自己的生命！" 冥：冥顽，不通事理。 谓：通"为"，认为。 一心：专心致志。 合：应该。 更：又，再。 身命：自己的生命。

㉖焚顶烧指：佛教徒以身供养于佛，焚灼头顶，自烧其指，以示虔诚事佛。 解衣散钱：脱下衣服施舍钱财。 转相仿效：相互效法。 惟恐后时：只担心落在后面。 弃其业次：抛弃了他们的生业。业次：生业，赖以谋生的职业。

㉗若不即加禁遏句：如果不立即加以禁止，再传到各寺院去供奉，一定会有砍断手臂割下身上的肉来奉祀佛祖的，败坏良好的风俗，被四方之人传为笑话，这可不是一件小事啊。 禁遏：禁止。 更：再。 历：遍及，到。 断臂脔身：以此表达对佛的虔诚。脔：碎割。脔身：从身上割下肉。

㉘夫佛本夷狄之人句：那佛祖本来是外域之人，和中国人言语不相通，衣服与

我们也是不同的制式,口中不能说符合先王礼法的言论,身上不能穿符合先王礼法的服饰,不懂得君臣的道理和父子的感情。　　夫:那。　　殊制:不同的制式。　　法言:符合礼法的言论。　　法服:符合礼法的服饰。

㉙假如其身至今尚在句:假如这个人至今还活在世上,奉他国家的使命,来到京城长安朝拜天子,陛下答应接见他,不过是宣政殿接见一次,在礼宾院设宴招待一次,赏赐给他衣服一套,然后派人护送他出境,不让他迷惑老百姓。　　其身:他这个人。指释迦牟尼本人。　　尚在:还活在世上。　　朝:朝拜,朝见。　　容而接之:应允接见他。容:允许,答应。　　宣政:宣政殿,在长安大明宫内,凡隆重仪式,多于此举行。　　礼宾:礼宾院,唐代所设接待宾客的官署。　　一袭:一套衣服。袭:衣服成套为袭。

㉚况其身死已久句:何况他已经死了很久,枯槁腐朽的手指骨,凶邪污秽的残余物,难道应该让它进入宫中禁地吗?　　其身:他自己。指释迦牟尼本人。释氏约死于公元前486年,故云"身死已久"。　　凶秽:凶邪污秽。凶秽之余:指尸体腐烂后的剩余物。　　宜:适宜,应该。　　宫禁:宫廷禁地。皇帝居住、视政的地方,禁卫森严,臣下不得任意出入,故称。

㉛孔子曰句:孔子说:尊敬鬼神但是要远离它。语见《论语·雍也》:"樊迟问知,子曰:'务民之义,敬鬼神而远之,可谓知矣。'"邢昺《疏》:"言当务所以化道民之义,恭敬鬼神而疏远之,不亵渎,能行如此可谓知矣。"

㉜古之诸侯行吊其国句:古代的诸侯在他的国内吊丧时,还让巫祝之人用桃枝笤帚扫除不祥,然后进入吊唁。　见《礼记·檀弓下》:"君临臣丧,以巫祝桃茢执戈,恶之也,所以异于生也。"郑玄注:"为有凶邪之气在侧。君闻大夫之丧,去乐卒事而往,未袭也。已袭,则止巫,去桃茢。桃,鬼所恶;茢,萑苕,可扫除不祥。"孔颖达《疏》:"臣丧未袭之前,君往临吊,则以巫执桃,祝执茢,又以小臣执戈,所以然者,恶其凶邪之气。必恶之也,所以异于生人也。"袭:以衣殓尸。巫祝:古代称事鬼神者为巫,祭主赞词者为祝。　茢:笤帚。古用以扫除不祥。

㉝今无故取朽秽之物句:现在没有缘故就取出腐朽污秽的指骨,陛下亲自前来观看,巫祝不先行,桃枝笤帚也不使用,臣子们不谈这样做的不对,御史不言说它的失当。我实在为这件事感到耻辱。　　御史:御史大夫,从三品,掌邦国刑宪典章之政令,以肃政朝列。　　耻之:认为这个事耻辱。耻:意动用法。之:代拜佛骨之事。

㉞乞以此骨付之有司句:请求将这节指骨交给官吏,把它投到水火之中,永远断绝它的基础,斩断天下人的怀疑,断绝后代的迷惑,使天下人民了解大圣人皇帝陛下的所作所为,超出平常人甚远,难道不是盛事吗!　　乞:请求,乞求。　　有司:官吏。古代分职设官,各有所司。　　大圣人:指皇帝。　　万万:远远胜过,超出甚远。

㉟佛如有灵句:佛祖果有灵验,能制造祸端,所有的灾祸,应该加到我一个人身上。　　作:制造,造成。　　祸祟:鬼神所兴作的灾祸。　　殃咎:灾祸。宜:应该。

㊱上天鉴临句:上天监视审察,臣没有怨言没有悔恨。　　鉴临:监视审察。

㊲无任感激句：不胜感动奋发、恳切忠诚达到极点，恭敬地献上此表而使陛下闻知。 无任：不胜。 恳悃：恳切忠诚。悃：至诚，诚恳。 谨：恭敬。 闻：使国君听见。

㊳诚惶诚恐：封建时代奏章中的套话，表示惶恐不安。

【集评】

明茅坤《唐宋八大家文钞》卷一：韩公以天子迎佛，特以祈寿护国为心，故其议论亦只以福田上立说，无一字论佛宗旨。

清储欣《唐宋十大家全集录·昌黎先生全集录》卷八：韩文公以《谏佛骨表》穷，亦以《谏佛骨表》争光二曜。又：《唐宋八大家类选》卷一：所争关国家大体，贾生而后，此表可与日月争光。文之古质，是西汉诸公谏疏；而法度章整，殆于过之。

清张伯行《唐宋八大家文钞》卷一：韩公此文，斥异端，扶世道，明目张胆，不顾利害，是宇宙间大有关系文字。

清何焯《义门读书记》卷三十三：惑之大者则用借鉴，失之小者则用直陈，极得因事纳诲立言之体。宪宗奉佛求寿，故前半只从年寿上立论。“夷狄之一法耳”，见非中国天子所当奉。“惟梁武帝在位四十八年”，又变。“臣常以为高祖之志”二句，倒跌。“今闻陛下令群僧迎佛骨于凤翔”，以下指其失。“臣虽至愚”至“而肯信此等事哉”，此数句是前后关键绾结处。祈福无验，上已开陈，故入迎佛骨本事后，一句撇过，只以国家大体反复言之。“然百姓愚冥”至“非细事也”，就诡异戏玩上推言其不可，即加禁遏，破上“递迎供养”。“夫佛本夷狄之人”至“岂宜令入宫禁”，破上“舁入大内”。“假如其身至今尚在”至“不令惑众也”，与前“高祖之志必行于陛下之手”一样文法。长史云：有此推驳，方是论佛骨，不是论佛法。“使天下之人”至“岂不快哉”，与前天子大圣一段相对。“佛如有灵”四句，安溪云：后段既欲上奋然投之水火，便只言其不足畏以推广上心可矣；复欲以身任其祸，是欲使上冥行也。

清蔡世远《古文雅正》卷八：无《原道》一篇，不见韩公学问；无《佛骨》一表，不见韩公气节。

清姚范《援鹑堂笔记》卷四十二：叙次论断简质明健处，见公文字之老境。

近人林纾《韩柳文研究法·韩文研究法》：昌黎《论佛骨》一表，为天下之至文，直臣之正气。

今人钱基博《韩愈志》第六：其中《论佛骨表》，辨切而多风，急言竭论，气自宽衍。学佛本非为长生；而事佛必以凶折，却亦并无证据，韩公无中生有，两两相形，语出悬揣，却说来凿凿有据，可以悟文章翻空易奇之妙。然其意实用唐高祖时，傅奕《诋浮屠法疏》，见《唐书·傅奕传》。

【鉴赏】

元和十三年（公元818年），淮西战事刚一结束，“中兴令主”唐宪宗即诏令天下，征求方士，炼制仙药，以为长生不老之计。次年，迎佛骨入京师，向佛求福，保佑他多做几年"太平天子"。迎佛骨入京,长安城为之轰动,国家糜费大量财富,早已盛行的佛教更喧嚣一时。据载,凤翔(今西安西北)法门寺护国真身塔内藏有一节指骨,说是释迦牟尼的遗骨,称为"佛骨"。佛骨每三十年展览一次,可使"人安岁丰"。元和十四年(公元819年)正月,宪宗派员迎佛骨进皇宫,供奉三日后送到寺院公开展出。皇帝的愚妄举动,百姓的宗教狂热,使韩愈一贯的反佛思想再度被激发,出于维护唐王朝的"长治久安"和中国皇帝的无尚尊严,他上谏迎佛骨表,希望皇帝采纳忠言,中止佛骨之事。时韩愈五十二岁,在刑部侍郎任上。但宪宗阅表大怒,欲加极刑,幸裴度等人营救,才贬官潮州刺史。"忠犯人主之怒",为韩愈所始料未及。

韩愈写《论佛骨表》可谓煞费苦心,他揣摩皇帝迎佛骨的心理状态在于"事佛求福"、益寿延年,所以他只字不提佛理,表的前半只从年寿上立论。表分四大段由六个自然段组成。

第一大段包括一、二自然段,以佛教传入中国之前、之后的大量历史事实,从正反两方面证明"佛不足事",事佛有害。第一自然段指出佛教传入中国之前,君王长寿。开篇简捷有力地做出判断:佛是夷狄的宗教,东汉时流入中国。(按,据今人考证,佛教在西汉时已传进中国。)点出"夷狄",以同"中国"相区别,想从皇帝至高无上的自尊心方面打动宪宗。接着列举上古时期黄帝、少昊、颛顼、帝喾、尧、舜、禹、殷汤、大戊、武丁、周文王、武王、穆王等都长寿的历史现象,说明长寿的原因并非"事佛"。这就隐含不必事佛的意思在内。第二自然段,以佛教传入后,皇帝"事佛求福,乃竟得祸"的事实,说明"佛不足事"的道理。举了三个事例:一、汉明帝时,始有佛教,明帝在位才十八年,不仅皇帝短命,国家也短命,"乱亡相继,运祚不长"。二、魏晋南北朝"事佛渐谨,年代尤促"。此二例略述,第三例详写:梁武帝虽在位年久,却"前后三度舍身施佛",最后人亡国灭。这三个例子分别从君王年寿短促与王朝年代短促来立论,逼出"事佛求福,乃竟得祸"之断语。由以上正反两方面的事例,提出全文中心论点——"佛不足事",事佛有害。暗含迎奉佛骨荒谬的意思。

第二段即第三自然段,以唐高祖对佛教"则议除之"的历史与唐宪宗违背祖宗遗教,迎奉佛骨造成危害的现实,从正反两个方面说明"佛不足事",事佛有害。先叙述高祖对佛教采取"除之"措施。由于唐初政局变动,秦王李世民杀皇太子李建成与齐王李元吉后,高祖失去权位,新登基的唐太宗李世民用"大赦"和"复浮图、老子法"等措施收拢人心,稳定局面。高祖除佛落空。这段史事难于秉笔直书,故作者巧妙地把它推给"群臣才识不远"。作者高度评价除佛之议,认为是"先王之道,古今之宜,推阐圣明,以救时弊",并明确表示对停止除佛的不满:"臣常恨焉"。次叙宪宗即位之初,实行高祖遗志,"不许度人为僧、尼、道士,又不许创立寺、观"。使作者欢欣鼓舞。但情况剧变,现在不仅未行诏令,反而放纵佛教蔓延扩展,使它兴盛。"今纵未能即行,岂可恣之转令盛也?"此句在文中起承接、关锁作用,文意一大转折。前面从正面立论,以为下文之对比。下文叙宪宗迎奉佛骨"伤风败俗,传笑四方。"从反面劝谏宪宗停止迎奉佛骨之举。委婉地替宪宗开脱,故意说他"不惑于佛",迎佛骨只是迁就众人贪乐之心,为人们设怪异戏玩之具。实际上,韩愈深知宪宗为佛教虚妄所迷。从称颂宪宗"神圣英武,数千百年以来,未有伦比",到为之推诿责任,足见韩愈上表时切盼宪宗接受诤谏和小心翼翼的心理。"安有圣明若此,而肯信此等事哉?"不想触怒宪宗,而搬给宪宗一个改变初衷,停迎佛骨的楼梯。表文把迎奉佛骨造成恶果的责任推给"百姓愚冥",虽为韩愈"上智下愚"观点的流露,但更是一种策略。百姓以皇帝"真心事佛",因而出现狂热、怪异情况:焚顶烧指、解衣散钱、弃其业次,甚至断臂脔身。这几项为狂热、怪异的表现。"自朝至暮"从时间上写狂热怪异的程度,"百十为群""老少奔波",言狂热,怪异人数之众。作者对此现象做出评判:"伤风败俗,传笑四方",不是小事。第一段言先朝故事以影射现实:迎奉佛骨无益而有害。第二段则言本朝时事,以批评现实:迎奉佛骨,带来祸害。虽为宪宗开脱,但宪宗实负重责,此不言而喻。

第三段包括第四、五自然段,从佛本夷狄之人与对鬼神应敬而远之两个方面阐述迎奉佛骨有背先王之道,再次论证佛不足事,事佛有害。第四自然段指出佛骨乃"枯朽之骨,凶秽之余",不得入宫禁。"夫佛,本夷狄之人",这是从排斥外来思想的角度探究佛祖的来由。佛并不神圣,其祖释迦牟尼也不过是肉眼凡胎的人,而且是夷狄之人。鄙夷之情溢于言表。从佛祖这一根本上否定佛,说明韩愈反佛相当彻底。佛祖作为夷狄之人,语言、衣服诸方面都与中国人不同。"口不言先王之法言,身不服先王之法服,不知君臣之义,父子之情。"着眼于先王

之道来贬抑佛祖。总之,在韩愈看来,佛祖不仅值不得尊奉,而且可以鄙视。"假如其身至今尚在",假设释迦牟尼还活着,不过作为一个外国使臣晋谒宪宗皇帝而已。这一假设大胆而巧妙。韩愈认为中国皇帝至尊无比,佛祖根本无法与之比拟。这一假设照理十分迎合皇帝的自尊心。由此可窥韩愈上谏表时善于揣度皇帝的心理状态。假使佛祖活着,作为使臣出入国境,绝不让他"惑众"。那么,死了留下指骨,就更不应让它"惑众"、招祸。不过这个意思没有说出罢了。在假设之后,文章指出,佛祖活着不过如此待遇,死后更不应尊奉。"其身死已久",那骨头乃腐朽、凶秽

唐宋八大家散文鉴赏

韩愈卷

205

末之反诘,十分有力。第五自然段指出按先王礼法,佛骨绝不应进京入宫。先引用孔子"敬鬼神而远之"作为理论依据,然后以上古礼仪,君临臣丧,必先以桃枝(鬼所恶)和苇苕拂之,以去不祥,作为事实依据,批评宪宗违背君臣之礼(释迦牟尼只是王子,而宪宗却是天子),迎奉佛骨,"亲临观之"是错误的。但韩愈把话说得十分委婉,他不数君王之过,而非臣子之失。群臣不说迎奉佛骨不对,作为谏官的御使也不指出这一过失,韩愈对此感到羞耻。实际上,这正是皇帝的羞耻!不过未敢点破而已。第三大段,与前面两大段一样,都集中笔力,批评迎奉佛骨一事。从造成的现实危害与违背先王礼法两个方面论述"佛不足事",事佛有害。

第四大段在上述条陈事佛有害的基础上,提出"永绝根本"的排佛措施,表示若能如此,"岂不盛哉!岂不快哉!"排佛措施是什么呢?"以此骨付之有司,投诸水火"。这一措施的深远意义是"永绝根本",使天下之人消除疑惑。作者忍不住于此插入抒情语句,以表达欢欣之情。然后作一假设,"佛如有灵,能作祸祟,凡有殃咎,宜加臣身。"作者甘愿承担一切风险,表现出为国为民牺牲一己的精神,既言"佛如有灵",这就透露作者未必相信佛能作祟,说明韩愈思想可能徘徊于有神、无神之间。

《论佛骨表》以大量历史事实与现实状况作为例证,阐述"佛不足事"这一中心论点,并引经据典,用先王之教与先王礼法作为理论论据,由远及近,从古到今,环环紧扣,逐层深化,严肃批评唐宪宗迎佛骨、崇佛教的荒谬性与危害性,始终体现摆事实、讲道理、诚恳劝谏的风范。文章善用对照写法,从历史看,有佛教传入中国之前与传入中国之后不同情况的对比;从现实看,有唐高祖与唐宪宗对佛教所持不同态度的对比;从唐宪宗本人看,有前后不同时期不同思想、作法的对比。正反两面的对比,使作者之立论愈见正确、鲜明。文中穿插生动的描写,增强了形象性与说服力。如谈到迎佛骨的危害,不做抽象议论,而是简洁勾画长安百姓舍身事佛的场景,让人从形象的画面中体味迎佛骨的荒唐可笑与严重祸害。又如读到佛祖倘若活着,来朝晋见所受礼遇,也出之以形象的描述,把佛祖那外邦使者的臣子面目,活灵活现地展示于人们的眼前,因而使之失去了神圣的光圈,而突现其"夷狄之人"的屈辱地位。这些形象性的描写,作为论证的辅助手段,收到了独特的效果。在语言运用上,作为上行公文之一种,"表"本来就具有如同标帜一般明白揭示的特征。因此,表状的语言较之"五原"等论文,更见通俗晓畅。《上佛骨表》只举实例,不用典故,无冷僻字眼,有日常口语,以散句为主,夹以排句,自然洒脱,娓娓道来,晓之以理,动之以情。宪宗实在是求长生不老之心太切,否则,不致如此重罚韩愈。

林纾盛赞"昌黎《论佛骨》一表,为天下之至文,直臣之正气。"不为过誉。

潮州刺史谢上表①

【题解】

唐宪宗元和十四年(公元819年)韩愈因《论佛骨表》一事,被贬为潮州刺史。"正月十四日蒙恩除潮州刺史,即日奔驰上道",三月二十五日到达潮州,即上表谢恩。文中首先感谢皇上"既免刑诛,又获禄食"的不杀之恩。再写来潮州后广布皇上恩德,百姓"惟知鼓舞欢呼"。三写潮州地处偏远,"毒雾瘴气,日夕发作"。自己年老多病,"死亡无日"。四写自己朝中没有亲党,乞望皇上能够时时记起,并予以提携。最后顺理成章介绍自己善写文章,可以为陛下歌功颂德。有人对此表颇有非议。认为《论佛骨表》写得如此刚烈正直,而此表又写得奴颜婢膝,大有摇尾乞怜之状。其实这是一种偏见。论佛骨,是为了免除佛教对皇帝的迷惑,对国家的危害。这是对皇上尽忠。而现在被贬到潮州,离开了政治中心长安,要想再为国家尽忠,必须得到皇上的认可和提拔。在封建社会这是唯一一条正确的选择。这总比结党营私投奔奸佞之人要好得多。本文写得沉哀凄苦,为的是博得皇帝的怜悯,从而改变自己的政治命运。

【原文】

臣某言:臣以狂妄戆愚,不识礼度,上表陈佛骨事,言涉不敬,正名定罪,万死犹轻②。陛下哀臣愚忠,恕臣狂直,谓臣言虽可罪,心亦无他,特屈刑章,以臣为潮州刺史③。既免刑诛,又获禄食,圣恩弘大,天地莫量④;破脑刳心,岂足为谢⑤!臣某诚惶诚恐,顿首顿首⑥。

臣以正月十四日蒙恩除潮州刺史,即日奔驰上道,经涉岭海,水陆万里,以今月二十五日到州上讫⑦。与官吏百姓等相见,具言朝廷治平,天子神圣,威武慈仁,子养亿兆人庶,无有亲疏远迩,虽在万里之外,岭海之陬,待之一如畿甸之间,辇毂之下⑧。有善必闻,有恶必见,早朝晚罢,兢兢业业,惟恐四海之内,天地之中,一物不得其所,故遣刺史面问百姓疾苦,苟有不便,得以上陈⑨。国家宪章完具,为治日久,守令承奉,诏条违犯者鲜,虽在蛮荒,无不安泰⑩。闻臣所称盛德,惟知鼓舞欢呼,不劳施为,坐以无事⑪。臣某诚惶诚恐,顿首顿首。

臣所领州,在广府极东界上,去广府虽云才二千里,然来往动皆经月⑫。过海口,下恶水,涛泷壮猛,难计程期;飓风鳄鱼,患祸不测;州南近界,涨海连天、毒雾瘴氛,日夕发作⑬。臣少多病,年才五十,发白齿落,理不久长⑭;加以罪犯至重,所处又极远恶,忧惶惭悸,死亡无日⑮。单立一身,朝无亲党,居蛮夷之地,与魑魅为群,苟非陛下哀而念之,谁肯为臣言者⑯?

臣受性愚陋,人事多所不通,惟酷好学问文章,未尝一日暂废,实为时辈所见推许⑰。臣于当时之文,亦未有过人者⑱。至于论述陛下功德,与《诗》《书》相表里⑲;作为歌诗,荐之郊庙⑳;纪泰山,之封,镂白玉之牒㉑;铺张对天之闳休,扬厉无前之伟迹㉒,编之乎《诗》《书》之策而无愧,措之乎天地之间而无亏,虽使古人复生,臣亦未肯多让㉓。

伏以大唐受命有天下,四海之内,莫不臣妾,南北东西,地各万里㉔。白天宝之后,政治少懈,文治未优,武克不刚㉕;孽臣奸隶,蠹居棋处,摇毒自防,外顺内悖㉖;父死子代,以祖以孙,如古诸侯自擅其地,不贡不朝六七十年㉗。四圣传序以至陛下,陛下即位以来,躬亲听断,旋乾转坤,关机阖开㉘;雷厉风飞,日月清照,天戈所麾,莫不宁顺㉙;大宇之下,生息理极㉚。高祖创治天下其功大矣,而治未太平也㉛;太宗太平矣,而大功所立,咸在高祖之代㉜;非如陛下,承天宝之后,接因循之余,六七十年之外,赫然兴起,南面指麾,而致此巍巍之治功也㉝。宜定乐章,以告神明,东巡泰山,奏功皇天,具著显庸,明示得意,使永永年代,服我成烈㉞。当此之际,所谓千载一时不可逢之嘉会,而臣负罪婴衅,自拘海岛,戚戚嗟嗟,日与死迫,曾不得奏薄伎于从官之内、隶御之间㉟;穷思毕精,以赎罪过,怀痛穷天,死不闭目㊱;瞻望宸极,魂神飞去,伏惟皇帝陛下,天地父母,哀而怜之,无任感恩恋阙,惭惶恳迫之至㊲。谨附表陈谢以闻㊳。

【注释】

①本文写于元和十四年(公元819年)三月二十五日到贬所潮州以后。"臣以正月十四日蒙恩除潮州刺史","以今月二十五日到州上讫"。　潮州:州名,治所在海阳,即今广东省潮州市。

②某:自称之词,代指"我"或本名。　狂妄戆愚:放肆狂为,愚昧拙直。不识礼度:不知君臣礼法制度。　涉:涉及,关连。　正名定罪:辨正名分,罪名与事实相符。

③哀:可怜。　狂直:疏狂率直。　谓臣言虽可罪:认为臣的言论虽然可以论罪。　谓:通"为",认为。　罪:活用为动词,论罪,定罪。　特屈刑章:竟然宽用刑法。屈:使动用法,使……委屈。有放宽之意。刑章:刑法。

④既免刑诛句:既免去了按照律例诛杀之罪,又获得俸禄,皇上的恩德广大,天地没法容纳。　刑诛:按刑律诛杀。　禄食:俸禄。　弘:大。　量:容量、容纳。

⑤破脑刳心:犹剖心沥血,比喻竭尽忠诚。　刳:剖开而挖空。　岂足为谢:哪里值得作为谢恩的表示。

⑥诚惶诚恐,顿首顿首:实在是恐惧万分,再拜再拜。此为封建时代奏章中的套话。

⑦臣以正月十四日句：我在正月十四日承蒙皇上的恩德任命为潮州刺史，当日就奔走上路，跋山涉水，水陆行程万里，在本月（三月）二十五日到达州治所上书完毕。　以：在。　　除：任命，授职。　　奔驰：车马疾行。　　经涉岭海：跋山涉水。　　上讫：上书完毕。　　讫：完结，完毕。

⑧具言：详细地说。　　治平：政治清明，社会安定。　　威武慈仁：威风勇武慈爱仁义。　　子养：像对待子女一样养育。　子：名词作状语。　　亿兆人庶：千万人民。十万为亿，十亿为兆。人庶：人众，人民。　　远迩：远近。迩：近。岭海之隅：五岭、南海偏远地区。岭海：五岭之南，南海之北，即两广地区。隅：四隅，边远偏僻之地。　　一如畿甸之间：就像京城地区一样。畿：古代王都所领辖的千里地面。　　辇毂之下：皇帝的车舆之下，代指京城。

⑨有恶必见：有恶事一定要暴露出来。见：显示，暴露。早朝晚罢：很早上朝，很晚退朝。　　四海之内：古人对中国的称谓。　　一物不得其所：一件事物不能得到恰当的安顿。　　面问：当面询问。　　苟有不便，得以上陈：假如有不适宜不方便之处，可以向上陈述。　得以：可以。

⑩国家宪章完具句：国家的典章制度完备，治理太平的日子已经长久，遵守法令，承命奉行，违犯皇帝条令的人是很少的，虽然在不开化的荒远之地，无不安定康泰。　宪章：典章制度。　　完具：完善，完备。　　为：治理。　　承奉：承命奉行。　　诏条：皇帝发布的考察官吏的条令，亦可泛指条令。　　鲜：少。

⑪闻臣所称盛德句：听臣所称赞的皇上的盛大恩德，只知欢欣鼓舞，不必劳苦地实行政令，因而全州太平无事。　　施为：实行，行事。　　坐：因。

⑫领：统领，管辖。　　广府：岭南东道。　　去：离开，距离。　　来往动皆经月：往来行动一次就须一个月。

⑬过海口，下恶水句：通过边境，渡过恶水，急流大波汹涌猛烈，难以计算行程日期，台风鳄鱼，祸患难以预测；潮州南部边界，南海与天相接，有毒的瘴气，每天傍晚发作。　　海口：古以我国四周都是海，因以海口指边境。　　恶水：污水，脏水。　　涛泷：急流大波。　　涨海：南海的古称。《旧唐书·地理志四》："南海在海丰县南五十里，即涨海，渺漫无际。"　　毒雾：即瘴气，我国南方山林间湿热蒸发能致病之气。

⑭这句的意思是：臣年少时就多病，现在年龄才五十，头发变白，牙齿脱落，按道理说已经活不长久了。

⑮加以罪犯至重句：加上因为罪过特别严重，所处之地又极偏远险恶，忧愁惶恐惭愧恐惧，死亡的日子不远了。　　至重：极重，特别严重。　　忧惶：忧愁惶恐。　　惭悸：羞愧害怕。

⑯单立一身句：孤身一人，朝中没有亲信党与，居住在少数民族地区，与妖魔鬼怪群居，假如不是陛下可怜并且顾念我，谁肯为臣说句好话呢？　　单立：孤立，独立。　　亲党：亲信党与。　　蛮夷：南方少数民族。　　魑魅：古谓能害人的山泽之神怪。亦泛指鬼怪。《汉书》颜师古注："魑，山神也；魅，老物精也。"　　为

群：成为一群，即群居一处。

⑰臣受性愚陋句：臣生性愚钝浅陋，人情事理多不通晓，只是特别爱好学问和文章，未曾有一日暂时放弃，确实被当时有名的人物推重赞许。　　受性：生性，赋性。　　愚陋：愚拙浅陋。　　人事：人情事理。　　为：被。　　时辈：当时的知名人物。　　推许：推重赞许。

⑱当时之文：当时流行的骈文。　　未有过人者：未有超过别人的地方。

⑲至于论述陛下功德句：至以论述皇帝陛下的功绩德业，可以与《诗经》《尚书》互为内外，相互补充。　　《诗》：《诗经》，我国最早的诗歌总集。　　《书》：《尚书》，我国古代最早的散文集。《礼记·经解》："温柔敦厚，《诗》教也；疏通知远，《书》教也。"表里：内外，引申为互为补充，不相上下。

⑳作为歌诗句：写成诗歌，进献给郊庙。　　郊庙：古代帝王祭天地的郊宫和祭祖先的宗庙。

㉑纪泰山之封：记载封禅泰山的功业。　　镂白玉之牒：将简札雕刻在白玉之上。牒：古代可供书写的简札。

㉒铺张对天之阂休：铺叙渲染对上天的大业美德。　　铺张：铺叙渲染，宣扬。阂休：大业美德，伟大的德业。　　扬厉无前之伟迹：发扬光大前所未有的伟大的事迹。扬厉：发扬光大。　　伟迹：伟大的事迹或业绩。

㉓编之乎《诗》《书》之策句：把它编在《诗经》《尚书》的书简之间而问心无愧，把它安放在天地之间而心不虚，即使让古人再生，臣也不肯向他们多让一步。"编之""措之"的"之"，代词，代作者写出的歌颂皇帝功德的诗文。　　策：古代用以记事的竹、木片，编在一起的叫策，亦代书简。　　措：安放。　　无亏：不心虚。亏：心虚，胆怯。

㉔伏以大唐受命有天下句：恭敬地认为大唐受上天之命得到天下，整个国土，没有不管辖的地方，南北东西，相距各一万里。　　伏：古时臣对君启奏时用的敬词。　　以：认为。　　四海之内：国内。古中国四周都是海，故以四海之内代中国。　　臣妾：古时对奴隶的称谓。男为臣，女为妾。此活用为动词，使之为奴，统治，管辖。　　地各万里：路程各有一万里。地：路程，相距。

㉕自天宝以后句：自唐玄宗天宝年间以后，治理国家所实行的一切措施稍稍松懈，以文教的方法治民不够充分，以武力制敌的手段也不坚强。　　天宝：唐玄宗李隆基的年号。　　文治：以文教礼乐治民。　　武克：以武力制敌。

㉖孽臣奸隶：奸邪之臣及其属下。　　孽臣：奸邪嬖幸之臣。　　奸隶：奸邪的附属。隶：附属，属下。　　蠹居棋处：如蠹虫一样深居，如棋一样密布。喻坏人隐蔽很深，散布很广。　　摇毒自防：骚扰为害，自设关防。防：关防，要塞。　　外顺内悖：外表服从内心背叛。

㉗父死子代句：节度使们父亲死了儿子代替，从祖父到孙子，像古代诸侯一样自己据有他的领地，不进贡不朝拜已经有六七十年。以祖以孙：从祖到孙。"以祖"的"以"：自，从。"以孙"一作"继孙"。　　擅：据有，占有。　　贡：把物品进献给

皇帝。朝:臣下朝见君王。

㉘四圣:四位圣明的皇帝:肃宗、代宗、德宗、顺宗。　　传序:父死子继,世代相传。　　陛下:指宪宗李纯。　　即位:继承皇位。　　躬亲听断:亲自听取陈述而做出决定。　　旋乾转坤:旋转乾坤。乾:指天;坤:指地。扭转乾坤,改换天地。　　关机阖开:计谋开合运用。关机:心计、计谋。

㉙雷厉风飞:雷厉风行。比喻声势猛烈,行动迅速。　　日月清照:日月清澈照耀。比喻政治清明。　　天戈所麾:皇帝军队所指向的地方。麾:指向,指挥。莫不宁顺:没有不安宁顺服的。

㉚大宇之下:大唐之内。大宇:王朝,天下。指唐王朝。　　生息理极:生殖繁衍达到了最高标准。

㉛高祖创治天下句:唐高祖开创并治理大唐天下,他的功业是伟大的,但是国家的治理并未太平。　　高祖:唐高祖李渊,武德元年(公元618年)受隋禅位而建立大唐。

㉜太宗太平矣句:唐太宗时天下太平了,但是所创立的大功业,全都在高祖时代基础上实现的。　　太宗:唐太宗李世民,武德九年(公元626年)即位。

㉝非如陛下句:并不像陛下,继承天宝年间的混乱,接替承袭下来的余波,六七十年以后,声势盛大的兴盛起来,登上皇位面南指挥,并且达到这样崇高伟大的太平之功。　　陛下:对皇帝的称谓。此指宪宗李纯。

天宝之后:指天宝十四年(公元755年)安禄山起兵叛乱,导致藩镇割据,国家分裂的局面。　　因循:沿袭,承袭。　　赫然:声势盛大的样子。　　南面指麾:坐北面南发令调遣。南面:帝王登基要坐北面南。指麾:即“指挥”。发令调遣。　　巍巍:崇高伟大的样子。

㉞宜定乐章句:应该核定入乐的诗词,用来祷告神明,巡视东方的泰山,将功绩奏给上天,详细写出明显的功劳,明白表示称心满意之处,使长久的年代,佩服我皇

成就的功业。　　　乐章:可以入乐的诗章。　　　东巡泰山:古代帝王有祭祀泰山以显示文治武功的传统。这是韩愈向宪宗皇帝建议,东巡泰山,以刻石纪功。　　　奏功:向上报告功绩。　　　皇天:上天。　　　显庸:"庸"通"融"。明显的功劳。永永年代:一作"永永万年"。永永,长久。成烈:成就的功业。

　　㉟当此之际句:在这个时候,所说的千年一次不可遇到的昌盛的机遇,而臣身负重罪,自己拘禁在海岛之上,忧伤嗟叹,每天与死亡相迫近,竟然不能进献微薄的技艺在君王的近臣之中、奴仆之间。　　　当:当……时。　　　嘉会:昌盛的际会、机遇。　　　负罪:背负罪名,获罪。　　　婴罾:获罪。罾通"罾",过失,罪过。　　　海岛:潮州治所海阳,即今潮安,应在半岛之上。　　　戚戚嗟嗟:忧愁怨嗟,忧伤嗟叹。迫:逼近,靠近。　　　从官:君王的属官,近臣。　　　隶御:奴仆。

　　㊱穷思毕精:费尽心思,竭尽精力。　　　以赎罪过:用来赎回自己的罪过。怀痛穷天:满怀沉痛终了一生。穷天:终天,终生。

　　㊲瞻望宸极句:遥望帝王所在的北方,魂灵飞去,恭敬地思考皇帝陛下,是我的天地父母,如果可怜我,不胜感怀恩德眷恋宫阙,羞愧惶恐恳切达到极点。　　　瞻望:远望,遥望。　　　宸极:北斗星,此代帝王。　　　魂神:魂灵。　　　无任:不胜,禁不住。　　　感恩恋阙:感怀恩德思恋宫阙,表达对皇帝的思念。　　　惭惶:惭愧惶恐。　　　恳迫:恳切。　　　至:极。

　　㊳谨:恭敬。　　　附:寄,托人捎带。　　　表:奏章。指此表。陈谢:表示谢意。以:并且。　　　闻:使动用法,使闻知。

【集评】

　　宋欧阳修:前世有名人,当论事时,感激不避诛死,真若知义者;及到贬所,则戚戚怨嗟,有不堪之穷愁,形于文字,虽韩文公不免此累。或者又罪其以封禅谀帝,皆非也。(转引《东雅堂昌黎集注》卷三十九)

　　南宋洪迈《容斋五笔》卷九:韩文公《谏佛骨表》,其词切直,至云:"凡有殃咎,宜加臣身。上天监临,臣不怨悔。"坐此贬潮州刺史。而《谢表》云:"臣于当时之文,未有过人者。至论陛下功德,与《诗》《书》相表里,作为歌诗,荐之郊庙,虽使古人复生,臣亦未肯多逊,而负罪婴罾,自拘海岛,怀痛穷天,死不闭目。伏惟天地父母,哀而怜之。"考韩所言,其意乃望召还。宪宗虽有武功,亦未至编之《诗》《书》而无愧。至于"纪泰山之封,镂白玉之牒","东巡奏功,明示得意"等语,摧挫献佞,大与《谏表》不侔。当时李汉编定文集,惜不能为之除去。东坡自黄州量移汝州,上表云:"伏读训词,有'人材实难,不忍终弃'之语,臣昔在常州,有田粗给饘粥,欲望许令常州居住,辄叙徐州守河及获妖贼事,庶因功相除,得从所使。"读者谓与韩公相类,是不然。二表均为归命君上,然其情则不同。坡自列往事,皆其实迹,而所乞不过见地耳。且略无一佞词,真为可服。

　　明茅坤《唐宋八大家文钞》卷一:昌黎遭患忧谗,情哀词迫。

　　清何焯《义门读书记》卷三十三:此文亦仿虞仲翔《交州上吴大帝书》,须玩其位置之巧，篇中并无迄怜，只自伤耳。若以文章自任，非惟时辈见推，即宪宗亦自深知之也。孔子曰："文莫吾犹人也。"班固云："著作者，前烈之余事。"公固不仅以文章自任者，勿谓其不谦也。议之者适见其眼孔之浅耳。封禅之事，自宋以后始同辞非之，前此儒者多以为盛事，未可守一师之学，疑其导人主以侈心也。《汉书·艺文志》封禅录于礼十三家之中。"臣受性愚陋"至"所见推许"，接缝处有痕无迹。"伏以大唐受命有天下"至"以致陛下"，拓开。"旋乾转坤"四句，十六字虽扬子云不能过也。"天地父母，哀而怜之"，只一语见意，亦使之得奏薄技，以赎罪过，非为禄位计也。

清贺涛《贺先生文集》卷一：欧阳公云：人当议事时，若知义者，乃到贬所，则怨嗟不堪，虽韩公不免。吾意不然。《潮州谢表》，情迫而辞切，真所谓倦倦不忘君者。故天子见之，以为爱我，与夫图宠冒进，既黜，则戚戚以愤懑蹈隙而希复用者，则有辨矣。子厚与故人书，词旨亦略同，惟赋骚及诸杂说，词多激，望益深，尤取世讥。吾尝反复其文而深思之，怨矣，有悔心焉，读其书者，固当哀其志而嘉与之。况《国风》《小雅》、屈子之作，其怨嫉皆不减子厚所为。惜才之不见用，而不能恝吾君民，忧思愤悱，形诸文章，才志忠恳之士之所同也，又乌取夫中无所有，退托淡泊，而以矫为高者哉？吴先生（闿生）论韩、柳多怨词，因推其意书于集后，以质世之读韩、柳集者。

今人钱基博《韩愈志》卷六：《潮州刺史谢上表》，情高以全采，仰首鸣号，文却雅壮。跌宕昭彰，不为缥缈浮音。

【鉴赏】

韩愈似乎有双重人格。一方面，他汲汲于功名，曾三上宰相书，求告于豪门，且有"谀墓"之讥；另一方面，他犯颜直谏，两次被贬，一次"上疏极论宫市"，被贬为阳山令，又一次谏迎佛骨，宪宗大怒，声言"愈人臣狂委敢尔，固不可赦"，"将以抵死"，经群臣力救，才从轻处罚，贬任潮州刺史。在这相互矛盾的思想性格中，犯颜直谏，"鲠言无所忌"居主导地位。阿谀奉承往往出现于地位卑下或身临厄运，企图改变处境之际，有时作为手段而采用。犯谏直谏与阿谀奉承，二者相辅相成，演变转化，此消彼长，构成了有趣的悲喜剧。从《论佛骨表》到《潮州刺史谢上表》，演出的正是这样的一幕悲喜剧。

潮州（今广东潮安）离长安7600余里。五十二岁的韩愈在离长安不远的马上，吟出了哀怨的诗篇《左迁至蓝关示侄孙湘》，诗云："一封朝奏九重天，夕贬潮州路八千。欲为圣明除弊事，肯将衰朽惜残年？云横秦岭家何在，雪拥蓝关马不前。知汝远来应有意，好收吾骨瘴江边。"他后悔自己直言无忌，一到潮州，就写了这封《谢上表》，乞求皇帝宽恕，以达到生还的目的。《谢上表》收到了效果，宪宗得表，谓愈"大是爱我"决定赦免，准备加以重用，因宰相皇甫镈妒才，遂调任袁州（今江西宜春）刺史。《谢上表》是怎样打动了皇帝的？

表分六段。首段对宪宗表示服罪与感激。先概括自己的性格特征是"狂妄戆愚，不识礼度"，此乃获罪的内因，获罪的事实为"上表陈佛骨事"，罪行性质严重，"万死犹轻"。在表示认罪后，对宪宗的宽大为怀极表感激，"破脑刳心，岂足为谢!"第二段陈迹到任并宣传"圣德"的情况，交代启程的日期，路上及到任日期。着重汇报与百姓相见，宣传皇恩圣德，问民疾苦的情形。歌颂宪宗对待百姓"无有亲疏远迩"之别，唯恐"一物不得其所"等功德，指出百姓听后鼓舞欢呼。第三段诉说潮州地远、自己年老体衰，朝无亲党，唯望宪宗垂怜。从自然条件、本人身体、人际关系三个方面阐述自己处境的艰难，表明自己把唯一的希望寄托在皇帝身上，切盼皇帝"哀而怜之"。第四段自荐学问文章。说自己"酷好学问文章"，从不间断，极为努力，获得好评，自我评价时文"未有过人者"，但歌颂宪宗的诗文都写得很好。第五段集中歌颂宪宗功德。简述唐代历史，突出安史之乱后衰落局面，颂扬宪宗功劳之大，并在同唐高祖、唐太宗的比较中强调宪宗在削平藩镇、实现国家统一方面的贡献。建议宪宗定乐章，告神明，"东巡泰山，奏功皇天"，举行封禅大典。归结于自己远拘海岛，不能参加千载一时的嘉会，忏悔自己的罪过。第六段表白对宪宗的思念，乞求宪宗"哀而怜之"。

　　归纳表文的内容，大体有四个方面：一、流露服罪、痛苦的心情，这自然易于勾起皇帝的恻隐之心。二、歌颂宪宗的功德，并建议举行封禅大典，这当然会赢得皇帝的欢心。三、夸说自己的学问文章，这是希望皇帝用其一技之长。四、希望得到皇帝的赦免。全文表现了委曲求怜之态，与《论佛骨表》的犯颜敢谏之姿，恰成鲜明对照。也正是这种委曲求怜之态平息了宪宗心中的怒火。

　　此表以情动人。其感情基调为哀伤痛悔。随着行文的铺排，感情不断变化、深化。开始时愧悔与感激交织，接着代之以诚惶诚恐的歌颂的情感。之后，转入哀切的低诉，后又突然露出几分自信与自豪，这便是那段自评道德文章的文字。然后以热烈的情感颂扬皇帝的功德，于颂扬之中又渗入自己的忧伤情怀，最后则收束于思念与乞怜。整篇表文充满负罪自卑的情调。也正是这种情感打动了皇帝所谓垂怜忠臣、爱惜人才之心吧？

　　《谢上表》的语言颇具特色。一是通俗晓畅，运用大量口语词汇，如"天地莫量""破脑刳心""鼓舞欢呼""涨海连天，毒雾瘴气""发白齿落"等。二是句式多变，长句、短句互相配合，短句三、四字，长句数十字，大量使用四字句和长句。散句、排句、对偶句交错使用，造成抑扬顿挫，委婉纡徐的情韵，成功地表达了表文的内容。

　　《论佛骨表》与《潮州刺史谢上表》中的韩愈，前后判若两人。宋代的欧阳修以韩愈继承者自居，对《谢上表》也不能不有所批评："前世有名人，当论事时，感激不避诛死，真若知义者。及到贬所，则戚戚怨嗟，有不堪之穷愁，形于文字。其心欢戚，无异庸人。虽韩文公不免此累。"这个批评是中肯的。

柳子厚墓志铭^①

【题解】

韩愈与柳宗元同为唐代古文运动的倡导者和领袖人物。双方均有称道对方文采的文章传世，可见交谊的深厚。但两人的政治见解不同。柳宗元是王叔文政治革新集团成员，而韩愈却与王叔文集团势不两立，韩愈甚至怀疑他的被贬阳山与王叔文有关。在俊才满庭的情况下，偏偏柳宗元与刘禹锡得到重用，则使他大惑不解。"同官尽才俊，偏善柳与刘。或虑语言泄，传之落冤仇。二子不宜尔，将疑断还否。"（《赴江陵途中寄赠王二十补阙、李十一拾遗、李二十六员外翰林三学士》）政见的不同，使好朋友也难以相知下去。韩愈毕竟是幸运的，他几次被贬，但最终还是重返京城。而柳宗元在永贞革新失败以后，就再也不能重回京城，直到死于贬所。柳宗元的不幸遭遇，使韩愈找回了往日的友情，他不仅写了祭文，还写了这篇墓志铭。在此文中，韩愈首先肯定了柳宗元的文学才能及巨大成就。由于政治上的不得志，"闲居，益自刻苦，务记览，为词章，泛滥停蓄，为深博无涯涘，而自肆于山水间。"生活成就了柳宗元。作者假定柳宗元政治上春风得意，为将相于一时，必不能有如此丰富的诗文传之后世。"以彼易此，孰得孰失，必有能辨之者。"文学家的柳宗元是做将相的柳宗元无法替换的，这是很有见地的结论。柳宗元贬所为柳州，而同为王叔文政治革新集团的刘禹锡被贬到更为荒凉的播州，刘禹锡有老母在堂，柳宗元则表示"愿以柳易播，虽重得罪，死不恨"。韩愈抛开政治立场的偏见，充分肯定柳宗元"士穷乃见节义"的品质。政治归政治，人品归人品，这种大胆地看人方法和角度，在当时难能可贵，对后人也是一种启迪。本文虚实结合，褒贬结合。对柳宗元参加王叔文集团，虽未涉及具体事情，但字里行间流露出贬义，是虚写；对柳宗元的人品以及在贬所的政绩，饱含赞美之情，是实写。文中关于人品和文学成就的两大段议论，议叙结合，更使叙事锦上添花，显示了韩愈文章理足气盛的特点。

【原文】

子厚讳宗元。七世祖庆，为拓跋魏侍中，封济阴公^②。曾伯祖奭，为唐宰相，与褚遂良、韩瑗，俱得罪武后，死高宗朝^③。皇考讳镇，以事母弃太常博士，求为县令江南^④。其后，以不能媚权贵，失御史^⑤。权贵人死，乃复拜侍御史；号为刚直，所与游皆当世名人^⑥。

子厚少精敏，无不通达^⑦。逮其父时，虽少年，已自成人，能取进士第，崭然见头角⑧。众谓柳氏有子矣⑨。其后以博学宏词授集贤殿正字⑩。俊杰廉悍，议论证据今古，出入经史百子，踔厉风发，率常屈其座人，名声大振，一时皆慕与之交⑪。诸公要人争欲令出我门下，交口荐誉之⑫。贞元十九年由蓝田尉拜监察御史⑬。顺宗即位，拜礼部员外郎⑭。遇用事者得罪，例出为刺史⑮。未至，又例贬永州司马⑯。居闲，益自刻苦，务记览，为词章，泛滥停蓄，为深博无涯涘，而自肆于山水间⑰。

元和中，尝例召至京师，又偕出为刺史，而子厚得柳州⑱。既至，叹曰："是岂不足为政邪⑲？"因其土俗，为设教禁，州人顺赖⑳。其俗以男女质钱，约不时赎，子本相侔，则没为奴婢㉑。子厚与设方计，悉令赎归㉒。其尤贫力不能者，令书其佣，足相当，则使归其质㉓。观察使下其法于他州，比一岁，免而归者且千人㉔。衡湘以南，为进士者，皆以子厚为师㉕。其经承子厚口讲指画为文词者，悉有法度可观㉖。

其召至京师而复为刺史也，中山刘梦得禹锡亦在遣中，当诣播州㉗。子厚泣曰："播州，非人所居，而梦得亲在堂㉘。吾不忍梦得之穷，无辞以白其大人，且万无母子俱往理㉙。"请于朝，将拜疏，愿以柳易播，虽重得罪，死不恨㉚。遇有以梦得事白上者，梦得于是改刺连州㉛。呜呼！士穷乃见节义。今夫平居里巷相慕悦，酒食游戏相征逐，诩诩强笑语以相取下，握手出肺肝相示，指天日涕泣，誓生死不相背负，真若可信㉜；一旦临小利害，仅如毛发比，反眼若不相识，落陷阱，不一引手救，反挤之又下石焉者，皆是也㉞。此宜禽兽夷狄所不忍为，而其人自视以为得计㉟。闻子厚之风，亦可以少愧矣㊱。

子厚前时少年，勇于为人，不自贵重顾藉，谓功业可立就，故坐废退㊲。既退，又无相知有气力得位者推挽，故卒死于穷裔㊳，材不为世用，道不行于时也㊴。使子厚在台省时，自持其身，已能如司马、刺史时，亦自不斥；斥时，有人力能举之，且必复用不穷㊵。然子厚斥不久，穷不极，虽有出于人，其文学辞章必不能自力，以致必传于后如今，无疑也㊶。虽使子厚得所愿，为将相于一时，以彼易此，孰得孰失、必有能辨之者㊷。

子厚以元和十四年十一月八日卒，年四十七㊸。以十五年七月十日，归葬万年先人墓侧㊹。子厚有子男二人：长曰周六，始四岁；季曰周七，子厚卒乃生㊺。女子二人，皆幼。其得归葬也，费皆出观察使河东裴君行立㊻。行立有节概，重然诺，与子厚结交，子厚亦为之尽，竟赖其力㊼。葬子厚于万年之墓者，舅弟卢遵㊽。遵，涿人，性谨慎，学问不厌㊾。自子厚之斥，遵从而家焉，逮其死不去㊿。既往葬子厚，又将经纪其家，庶几有始终者[51]。

铭曰：是惟子厚之室，既固既安，以利其嗣人[52]。

【注释】

①此文作于韩愈在袁州刺史任上。

②讳：已故尊长者之名。　　　　为：是。　　　　拓跋魏：北魏皇族姓拓跋。　　　　侍中：官名，常侍皇帝左右。北魏以侍中辅政，为枢密之任，有小宰相之称。　　　　封济阴公：柳庆封为平齐公。六世祖柳旦封为济阴公。"侍中"以下，为缺"封平齐公，

六世祖旦为周中书侍郎"等字。此文应刘禹锡之嘱而作,恐传写有误。

③曾伯祖奭:柳奭是子厚父之曾伯祖,与子厚之高祖子夏为从父昆弟,故"曾"当作"高"。柳奭在高宗朝为中书令,是高宗王皇后的外祖,因反对高宗废王皇后立武后,被杀于爱州刺史任上。 褚遂良:字登善,唐代大书法家,博涉文史。太宗时任起居郎,累官至中书令,直言敢谏,受太宗遗诏辅政。因谏高宗废王皇后,为武后所恶,贬为爱州刺史,忧愤而死。 韩瑗:字伯玉,曾任侍中,高宗欲废王皇后,韩瑗泣谏,不被采纳,后被贬振州刺史。

④皇考:古代父母死后称考妣,皇考就是死去的父亲。 以:因为。 事:侍奉。 太常博士:太常寺博士,从七品上,掌辨五礼,接王公三品以上功过善恶为之谥。 为:做,担任。

⑤其后句:此后,因为不能取媚于权贵,失去了侍御使的官职。权贵:当朝宰相窦参。柳镇后任殿中侍御史,因不肯与窦参一起诬陷御史穆赞,被贬为夔州司马。

⑥权贵人死句:权贵死后,于是又授给他殿中侍御史官职;称他为刚直不阿,和他交游的人都是当代名人。 权贵人死:指窦参因罪被诛事。 乃:于是。 复:又。 拜:授官。 号:称。

⑦这句的意思是:子厚年少时精细敏捷,没有不通晓洞达的学问。

⑧逮其父时句:在他父亲在世时,虽然年轻,已经自己锻炼成一名德才兼备的人,能够考取进士,超出一般显露才智。 逮:当……时。 成人:完人,德才兼备的人。 崭然:超出一般的。 见头角:显露才智。柳宗元于贞元九年(公元793年)二十一岁中第。

⑨这句的意思是:众人都说,柳家有了继承祖业的人了。

⑩其后以博学宏词句:此后凭借吏部博学宏词科考试合格,授给集贤殿正字官职。 以:凭借。 博学宏词:唐制考生先参加礼部进士科考试,及第,再参加吏部博学宏词科考试,中选,才能授给官职。 集贤殿:全称集贤殿书院,掌管刊辑经籍,搜求佚书。正字:官名,掌雠校典籍,刊正文章,正九品下。

⑪俊杰廉悍:才智杰出峻峭精悍。 议论证据今古:证引古今之事发表议论。 出入:涉猎广博,融会贯通。 百子:诸子百家。 踔厉风发:形容雄辩恣肆,议论纵横。 率常:经常,通常。 屈:使动用法,使屈服。

⑫诸公要人句:王公贵人急着收他出在自己门下,一齐推荐赞美他。 我:自己。 交口:众口,齐声。

⑬贞元十九年:公元803年。 蓝田尉:蓝田县尉,负责一县治安。蓝田:今陕西省蓝田县,位于秦岭北麓,渭河支流灞河上游。县尉:从九品上。 监察御史:唐制监察御史大夫一人,从三品;中丞二人,正五品;侍御史四人,从六品下。柳宗元为侍御史,掌纠举百僚,推鞫狱讼。

⑭顺宗:李诵。 即位:就位,继承皇位。 拜:授官。 礼部员外郎:礼部掌天下礼仪、祭享、贡举之政令。有尚书一人,正三品;侍郎一人,正四品下;郎中一人,从五品上,员外郎一人,从六品上。

⑮遇用事者获罪：用事者：执政者，当权者，指王叔文和韦执谊。王叔文，越州山阴人。德宗时侍读东宫。顺宗即位，任翰林学士。深得顺宗信任，提升韦执谊为尚书左丞、同中书门下平章事(相当宰相)，并任用王伾、柳宗元、刘禹锡等人，进行政治改革，贬斥贪官京兆尹李实，罢去宫市，并进一步策划夺取宦官兵权，执事一百四十六天，宦官俱文珍等逼迫顺宗让位于宪宗。王叔文被贬为渝州司户，次年被杀。柳宗元因参加王叔文集团获罪被贬。　　　例：按照旧规惯例。　　　出：遣出。

为：担任，做。　　　刺史：州的最高行政长官。根据州的位置大小不同，刺史可为从三品上、正四品上、正四品下三个级别。

⑯未至句：未到任，又按照旧规惯例贬为永州司马。　　　永州：州名，唐时辖境相当今湖南零陵、东安、祁阳和广西全州、灌阳等县地。　　　司马：刺史的属官，从六品上，无实权。柳宗元永贞元年(公元805年)被贬为邵州刺史，未到任，旋即被贬为永州司马。

⑰居闲句：平居无事，更加自己刻苦学习，努力记诵阅览，写作诗文，广博深沉，堪称深邃广大没有边际，并且自己放情于山水之间。　　　泛滥：像大水一样汪洋恣肆，形容诗文内容广博、广大貌。　　　停蓄：像水的积蓄，形容诗文内容的深沉、丰富。为：称为，堪称。　　　涯涘：水边。　　　肆：纵情，不受拘束。

⑱元和中句：元和年间，曾经按照惯例被召至京城，又一起被外派做刺史，而子厚被派到柳州做刺史。　　　元和：唐宪宗李纯年号。元和十年三月柳宗元任柳州刺史。　　尝：曾经。　　　京师：京城长安。　　　偕：一同，一起。　　　出：出京。

⑲既至句：已经到达柳州，柳宗元感叹地说："这里怎么不可以推行政令呢！"岂：难道，怎么。　　　不足：不值得，不可以。　　　为政：施政，推行政令。

⑳因其土俗句：依托当地的风俗，为他们施行教化设置禁令，柳州人民顺服和信赖。　　因：利用，依托。　　　土俗：当地的风俗习惯。　　　设：设置，施行。教禁：教化和禁令。

㉑其俗以男女质钱句：那里的风俗拿男人和女人为借贷的抵押钱，约定不能按时赎回，等到借款利息和本金相等的时候，人就被罚没成为奴婢。　　　质钱：典钱。相侔：相等。　　　奴婢：没有人身自由，无偿为主人服劳役的人。男为奴，女为婢。

㉒子厚与设方计句：柳子厚帮助他们想方设法，让他们把人质全部赎回。与：帮助。

㉓其尤贫力不能者句：那些家境贫困没有能力赎回人质的，就让债主记下他们做工的佣金，佣金够得上与本金相抵时，就让债主把那些人质归还。　　　佣：指奴婢做工的佣金。　　　足：够得上。　　　相当：相抵，相等。

㉔观察使下其法句：观察使把他的解放奴婢的方法推广到其他州，不到一年，免除奴婢身份回到自己家中的将近千人。　　　观察使：唐代在不设节度使的地区，设观察使统管数州事务，掌丰稔、省刑、办税。　　　比：近，靠近。比一岁：不到一年，将近一年。且：将近。

218

㉕这句的意思是:衡山、湘江以南,参加进士科考的人,全都把柳子厚拜作老师。

㉖其经承子厚口讲句:那些写文章经过柳子厚评点的人,文章全都符合规范值得观看。 经承:经过。 口讲指画:嘴讲解手比画,谓以手势助讲授。 法度:规范,规矩。

㉗其召至京师句:那次被召至京城却又外出担任刺史,中山人刘禹锡也在被遣出的人当中,应当前往播州任职。 遣:派遣,出京做官。 中山刘梦得禹锡:名禹锡,字梦得。唐代著名诗人,彭城人。因参与王叔文集团,被贬职。先祖刘胜封为中山靖王,故称祖籍中山。中山:今河北定县。 诣:往,到。 播州:州名,治所在恭水,辖境相当今贵州遵义市、县和桐梓等县地。

㉘子厚泣曰句:柳子厚哭着说:“播州不是人所居住的地方,并且梦得的母亲还健在。 在堂:母亲健在。

㉙吾不忍梦得之穷句:吾不忍心梦得的穷困潦倒,没有言辞向他的母亲陈述,并且万万没有母子一同前往播州的道理。 穷:政治上失意潦倒。 无辞:无言,无话。 白:说,陈述。 俱:一起。

㉚请于朝句:向朝廷请求,将要上奏章,愿意以他去的柳州换梦得去的播州,即使重新获罪,死而无憾。 拜疏:上奏章。 易:换,换取。 恨:遗憾。

㉛遇有以梦得事白上者句;偶然有人把梦得的事情报告给皇上,梦得于是改任连州刺史。 遇:同“偶”,偶然,恰巧。 白:报告。 上:皇上。 刺:出任州刺史。 连州:州名。唐代辖境相当于今广东连州市、连山、阳山等县地。

㉜这句的意思是:一个人在他困窘的时候,才能看出他的节操和道义。

㉝今夫平居里巷句:现在那些平日居住在街巷中相互爱慕欢悦,酒食游戏交往过从,怡然自得地强作笑脸以恭顺的态度迎合别人,握手时好像要拿出肺肝给对方看,指着天和日哭泣,发誓死生不相背叛,真好像可以信赖的人。 里巷:街巷。 征逐:交往过从。 诩诩:自得之貌。 取下:以恭顺的态度迎合他人。 背负:背弃,违戾。

㉞一旦临小利害句:一旦碰上一个小的利害冲突,仅仅可以同一根毛发相比,翻脸好像不认识,朋友落进陷阱,不伸手拉他一把,反而挤对他又扔进石头,这样的人到处都是啊。 临:碰上,遇上。 反眼:翻脸。 引手:伸手。

㉟此宜禽兽夷狄所不忍为句:这种做法应该是飞禽走兽和夷狄之人都不忍心做的,而那些人自己看待却认为是计策得当。 宜:应当,应该。 夷狄:对未开化的少数民族的蔑称。 自视:自己看待。 以为:认为。 得计:计策得当,契合心意。

㊱闻子厚之风句:听听子厚的风范,也可以因此稍稍感到羞愧了。 风:风范,节操。 少:稍稍。

㊲子厚前时少年句:子厚先前年轻的时候,勇于帮助别人,不看重顾惜自己,认为功业可以立即取得,所以判罪贬官。 为人:帮助人。 顾藉:顾念,顾惜。

不自贵重顾藉：不看重顾念自己。自：在否定句中做"贵重顾藉"的宾语前置。谓：认为。　立就：立即成功。　坐：判罪。　废退：黜退，贬黜。

㉈既退句：已经贬官以后，又没有相互了解有势力居要职的人推荐，所以最终死在穷乡僻壤。　有气力：有权势，有势力。　得位者：身居要职的人。推挽：前牵后推，引荐，推荐。　卒：终于。　穷裔：荒远之地。

㊴材不为世用句：才能不被当世所用，政治主张不能推行在当世。　为：被。道：政治主张和措施。

㊵使子厚在台省时句：假使子厚在中央政府时，自我克制他自己的言行，就像后来做司马和刺史时那样，也就自然不会被贬斥；被贬斥时，有得力的人推荐他，也一定会重新起用不会困窘潦倒。　台省：政府的中央机构，唐代将中书、门下、尚书三省和御史台合称为台省。　自持：自我克制，自我约束。　身：己称代词，自己。　不斥：不被贬斥。

㊶然子厚斥不久句：但是如果子厚被贬斥时间不长，穷困潦倒没有达到极限，虽然在仕途上有超过别人的可能，在诗文创造上一定不会竭尽全力，而取得如今天这样流传后世的成就，这是毋庸置疑的。　极：极限，极点。　自力：尽自己的力量。　致：达到，取得。

㊷虽使子厚得所愿句：即使让子厚实现了他的愿望，一时间担任了将相，拿政治上的将相换他的文学成就，哪个是得哪个是失，一定有人能辨别清楚的。虽：即使。　使：让。　所愿：仕途上有所成就的愿望。　为：做，担任。孰：哪个。

㊸以：在。　元和十四年：公元 819 年。

㊹归葬：人死后将尸体运回故乡安葬。　万年：京兆府的属县。治所在长安城内。

㊺季：兄弟姊妹排行最小的。　子厚卒乃生：为遗腹子。

㊻其得归葬也句：他得以归葬到先人墓侧，费用全都出自桂管观察使河东人裴行立。　费：归葬费用。　裴君行立：裴行立，绛州稷山人。元和十二年（公元817 年）任桂管观察使。柳宗元的柳州亦是裴所辖范围。稷山原为河东郡所辖，这里称旧郡名。

㊼节概：节操气概。　重然诺：重视信义。然、诺，应对之词，表示应允，引申为言而有信。　竟：最终。　赖其力：依赖他的力量才回葬故土。

㊽葬子厚于万年之墓者：把子厚安葬在万年县祖坟的人，是内弟卢遵。　舅弟：内弟，妻之弟。

㊾涿人：涿州人。涿州：治所在范阳，今涿州市。辖境相当今河北涿州市、雄县及固安县地。　学问不厌：做学问总也不满足。厌：通"餍"，满足。

㊿这句的意思是：自从子厚遭贬斥，卢遵一直跟从他并且在他家中一起生活，一直到子厚死也没有离开。

51既往葬子厚句：已经前往万年安葬了子厚，又将管理照料他的家庭，算得上是一个有始有终的人。　　　经纪:管理照料。　　　庶几:差不多,近似。

⑤这句的意思是:铭词说:这是子厚安息的墓室,又坚固又安静,以利于他的子孙后代。

【集评】

明茅坤《唐宋八大家文钞》卷十五:昌黎称许子厚处,尺寸斤两不放一步。

清储欣《唐宋十大家全集录·昌黎先生全集录》卷五:有抑扬隐显不失实之道,有朋友交友无限爱惜之情,有相推以文墨之意,即令先生自第所作墓志,亦当压卷此篇。昌黎墓志第一,亦古今墓志第一。以韩志柳,如太史公传李将军,为之不遗余力矣。

清林云铭《韩文起》卷八:一片血泪,不忍多读。

清何焯《义门读书记》卷三十三:此文失当时碑额。公此文亦在远贬之后作,故尤淋漓感慨。"俊杰廉悍",此是雅健;后云"汎滥停蓄",则更雄深也。合此八字,略尽柳氏一家诗笔之长矣。"因其土俗"三句,简括。《罗池庙碑》著其有功德于斯土,可以世祀者,故详叙政事;志则所重者在其文章必传后,区区下州之理,特余事也,故只用三语虚括。"衡湘以南"至"悉有法度可观",通篇重文学,故此事不得略。"其召至京师"至"梦得于是改刺连州",详柳待刘之厚,所以愧他人有力不救子厚者。"士穷乃见节义"至"亦可以少愧矣",以子厚无人推挽,故发此论。"子厚前时少年"至"且必复用不穷",持论极严,精神亦打得紧。

上既叙子厚之笃于朋友,因反复嗟惜人莫能推挽,言子厚始诚有过,及其能改,奈何使之终穷?后以文之必传慰死者,而生者之失才,盖无可解矣。"勇于为人","为"犹"助"也。"不自贵重顾藉",犹顾惜也。"谓功业可立就",言子厚欲藉叔文辈引用以就功业,非饕富怙权,不枉子厚用心。"材不为世用"二句，许之者不小。"然子厚斥不久"至"如今无疑也"，此是笃论，使子厚见用，诗不窥建安，文不到西京，不过与常、杨辈争伯而已，即有功业，岂能数有唐第二人也。"其得归葬也"至"庶几有始终者"，复详裴、卢之待子厚，以愧有力者，与前一段感慨亦相配，且以深著子厚之穷也。"既固既安"二句，子厚已矣，不复能伸其志矣，庶几以待后之人乎？铭词盖深痛之也。

清吴楚材、吴调侯《古文观止》卷七：子厚不克持身处，公亦不能为之讳，故措辞隐约，使人自领，只就文章一节，断其必传，下笔自有轻重。

清方苞《方望溪先生全集补遗》卷三：《罗池碑》载治柳政绩甚详，此以三语括之而独书免归奴婢一事，可知文尚体要，各有所宜。

沈德潜《唐宋八大家文读本》卷二：子厚之失足于叔文，躁进则有之，阿党则非也。昌黎不没其事，感慨惋惜在隐跃间，先表其好学，其详其政绩，次述其交谊，而归结于文章之必传，噫郁苍凉，墓志中千秋绝调。

清刘海峰：柳州之政，止载一事，而于其交友，文章反复感叹，淋漓生色。（转引《古文辞类纂》卷四十二）

清过珙《古文评注》卷七：于叙事中夹入议论，曲折淋漓，绝类史公《伯夷》《屈原》二传。

清吴闿生《古文范》卷三：韩、柳至交，此文以全力发明子厚之文学风义，其酣恣淋漓，顿挫盘郁处，乃韩公真实本领，而视所为墓铭以雕琢奇诡胜者，反为别调。盖至情至性之所发，而文字之变格也。

今人钱基博《韩愈志》第六：《柳子厚墓志铭》，悲子厚之不自贵重，为交道言之也。《柳州罗池碑》，记柳侯之民有遗爱，以民意言之也。《柳子厚墓志铭》，长篇浑灏，出以雄沛，陵纸怪发，感慨淋漓，太史公之健笔也。

《柳子厚墓志铭》，看似顺次叙去，其实驾空立论，并不实叙子厚生平；只就其早达终蹶前后盛衰相形，以议论见意；沈郁以出顿挫，唱叹而能雄实，不同桐城末流之虚腔摇曳，其源出太史公《六国年表》《秦楚之际月表》及《游侠》《货殖列传》诸序。中间"呜呼士穷乃见节义"一段，淋漓感喟，若为子厚泣刘梦得，愿以柳易播，赞其风义；其实因自己从前贬阳山令，疑柳、刘之挤，发我冤愤。集中《赴江陵途中寄赠王二十补阙、李十一拾遗、李二十六员外翰林三学士诗》曰："适会除御史，我当得言秋。……谓言即设施，乃返迁炎州。同官尽才俊，偏善柳与刘。或虑言语泄，传之落冤仇。二子不宜尔，将疑断还否。"是即所谓"落陷阱，不一引手救，反挤之，又下石焉"者也。"今夫平居里巷相慕悦，酒食游戏相征逐，诩诩强笑语以相取下，握手出肺肝相示"云云，乃为"偏善柳与刘"之"善"作影。"士穷乃见节义"，"乃"字可玩味，见得节义见于子厚之穷日；而子厚得意未穷时，乃不见节义也。入后"使子厚在台省时，自持其身，已能如司马刺史时，亦自不斥"，前后呼应；正为"士穷乃见节义"之"乃"字出精神；言下见得从前在"台省时"，汝挤人，人亦挤汝；在"台省时"，子厚得意未穷之时；而"司马刺史时"，则子厚"穷乃见节义"之日也。末乃叙子厚之卒葬，赖友朋之力，以"子厚亦为之尽"；抑扬咏叹，将微言讽刺之意，一笔掩盖，令

人读之，不觉其满腹饮恨；抑遏掩蔽，茹含吞吐，而出之沛然，读之铿然；荡轶俊迈，不见其抑遏掩蔽，祇见其吐，而罕会为吐，此太史公之笔妙，惟愈能会之也。

【鉴赏】

韩愈为悼念柳宗元曾先后写了祭文、墓志铭和庙碑，被赞为无一语雷同，绝顶出色之作，篇篇充溢深情笃谊。韩柳在见解上有很大不同，但并不影响他们间的友情，韩愈写这篇墓志铭时，态度严肃，采史传褒贬兼用笔法，写出了富有鲜明个性的柳宗元形象，留给人们远不止一种艺术美感鉴赏，还有更丰富的内容。尽管韩愈当时凭的是艺术良心，留给后世的则是历史社会的图景和缩影，并从柳宗元的创作实践结合自己的体会，概括出某种艺术哲理。

如果结合其他两篇纪念文字，寻求一下作者撰写这篇志铭的构思思路，那么更能把握它的历史意义和艺术价值了。《祭文》是以情为主，用有韵散文形式，以为世不用的惋惜来立意的，从而也赞扬了他的为人和文学成就；《庙碑》突出他治柳时的政绩及柳州人民用美好的意愿来寄托哀思，是最晚写的一篇。本篇则另具思路，不妨可以这样表述：选择墓主颇具个性的史实为纵线，以影射当时现实和世态为横面，从而构成墓主形象主要精神面貌这样的设计构架。被前人认为是作者志铭中的压卷之作，吴汝纶赞扬它是"至性至情之所发"，"文字之变格"，是"韩公真实本领"。

全文六个段落，一、五、六写先世事迹，丧葬及铭文，惯用写法，而中三段是文章的中心，也是作者的心血所在。现从以下三个方面来做鉴赏。

才能、词章、声誉和生活遭际的不平衡，显示了有识之士在封建社会的倾轧中生存的痛苦和愤慨。

柳宗元年少精敏，早露头角，为人俊杰廉悍，议政踔厉风发，名声因而大振，甚至有权势和显跃的诸公要人也交口称颂，争相罗致自己门下，足见柳才智过人，富有政治胆略，照理可以扶摇直上，前途无量的，然而新旧势力倾轧，尽管王叔文属革新派，柳宗元并未找错方位，（韩愈用"勇于为人"数句微词，实是一种偏见。）但严遭打击，"例出"复"例贬"，最后酿成死于穷荒的悲剧。作者首先抓住这一矛盾——才能与仕途的不平衡——作为揭示点，这既是柳宗元一生命运的焦点，也是揭示主旨的契机。人们从字里行间也明显体会到作者的愤慨和叹息，似乎在隐约诉说：多么不公正的世道！正直的知识分子内心埋藏着多么巨大的痛苦啊！下面用了两个侧面来叙写，即文学造诣极高，"泛滥停蓄，为深博无涯涘"，借水喻文，其文笔汪洋恣肆，风格雄厚凝炼，像无边的海水那样精深博大。后来衡山、湘江以南准备考进士的人，都拜他为师，经过他的指点，所作文章的章法和技巧都很有可取之处。在治绩上也非常突出，关心民间疾苦，移风易俗，推行教化和政令，千方设法，把作人质而沦为奴婢的赎回来，解放了近千名奴婢，观察使把他用的办法推行到其他州。这一切还都是处于困境下进行的，这也是可说明柳宗元仁治善政的能力和爱民疾苦的心怀。这两个侧面都具有典型性，因此也丰富了情感内容，也更加突出了黑暗现实的可憎可恨。值得一提的是,作者选用富有个性的事例,用饱含感情的文笔来强化不平衡两端的差距,反差愈大,矛盾愈明显,情感也愈激荡,这种表现手段无疑会取得更大的艺术效果。

笃于友情和舍己为人的美德与见利勇为,反眼不认的对比,赞颂柳宗元的方正为人,感慨世涂交态之薄。

韩愈用了重笔描写了在困窘中以柳易播的动人事迹。特别引用原话,更富有情境感了,"子厚泣曰",用"泣"来表现他声泪俱下的真挚感情,并表示要向朝廷上疏请求,即使因此得罪,至死也不遗憾。最后终于感动了皇帝,刘梦得改任连州刺史。这个细节十分典型表现了柳宗元的为人,笃于情谊,可以舍己为人。接着文笔一转,当人处于困窘之时最易显示出为人的气节与道义,顺势展开了一番议论。与上面行为相反,那些见利勇为的小人,安居无事时,可以握手言欢,似乎肝胆相照,指天赌咒,可是到了利害相关时,翻脸不认人,投井下石。这是抨击了当时世态炎凉人情纸薄,也把官场中势利凶恶的形状摹写得穷形极相了,从而也可想见,柳宗元的遭际与势利者的推波助澜也有密切关系,因此这番议论既是对那个社会现象的揭露,又是有的放矢,暗中有所指的。最后用两句作结,形成一种鲜明的对比,激起对柳更多的同情和悼叹。

这种善于用人们在生活中最有感受的事例做对比手法,也是值得称道的艺术成功之处,对比最易激起人们对正反两面做出判断,生发理性的思考,又用了一些当时俗语,增加了表现力,再加上记叙和议论的紧密结合,使抨击更见锋利了。

从前人和柳宗元的文学生涯中,概括了"文穷而后工"的艺术哲理。

韩愈借写墓志铭之机,根据前人、个人和柳宗元的文学实践经验,认为文学成就与政治遭际有密切关系,政治上的失意,导致文学上的发奋,柳宗元是一个典型:如果子厚被排斥的时间不长,困厄不深重,即使才能比别人高,在文学著作上必然不会下苦功,以致达到像现在这样必定会流传于后世的成就,这是毫无疑问的。因此结论是:何者为得,何者为失,人们一定会做出判断的,即如司马迁说的"富贵而名磨灭,不可胜记;唯傲倪非常之人称焉。""文穷而后工"的正式提出是欧阳修,钱谦益,也是根据韩愈的认识概括出来的。韩愈在《荆潭唱和诗序》中还说过:"夫和平之音淡薄,而愁苦之声要妙;欢愉之辞难工,而穷苦之言易好也。"这个说法在古代社会是站得住脚的,也有大量震撼人心的作品证明这一点,算得上是一条艺术规律,所以"文穷而后工"成了过去时代文人的口头禅,也确起过激励人的作用,不过也要做具体分析,不能套用。然而韩愈概括出这个认识,也不妨说是一种痛苦的总结,多少不幸文人悲惨命运换来了震撼人心的辞章,这到底是幸呢还是不幸?需要做出痛苦的回答。

故太学博士李君墓志铭①

【题解】

这篇墓志铭一反记墓主郡望、官阶的旧模式,只以李于服方士柳泌的秘药而死作引子,引出工部尚书归登以下七位达官显贵,误食丹砂毙命的事实,而作为世人的警戒。作者感叹:"薪不死,乃速得死",真是太不聪明了。中唐社会,人们服食丹砂以求长生不老之风极盛。宪宗皇帝就是服食丹砂而亡。韩愈此文名为墓志铭,实则是以事实为依据,揭露丹砂杀人的罪恶,实在是一篇向愚昧无知发起进攻的檄文。可惜的是由于科学不发达,他对丹砂的成分,为害的机理尚不能做出正确的解释。但从作者的鲜明对比中,可以感受到强烈的批判意识。"五谷三牲、盐醢果蔬,人们常御",现在却有人说:"是皆杀人,不可食。""一筵之馔,禁忌十常不食二三。"而对丹砂,却情有独钟,明明是服丹砂得病,反说:"药动故病,病去药行。"愚昧无知,达到了实可悲哀的境地。警世是本文所要达到的最终目的。

【原文】

太学博士顿丘李于,余兄孙女婿也②。年四十八,长庆三年正月五日卒③,其月二十六日,穿其妻墓而合葬之,在某县某地④。子三人,皆幼。

初,于以进士为鄂岳从事,遇方士柳泌,从受药法,服之往往下血⑤。比四年,病益急,乃死⑥。其法:以铅满一鼎,按中为空,实以水银,盖封四际,烧为丹砂云⑦。余不知服食说自何世起,杀人不可计,而世慕尚之益至,此其惑也⑧。在文书所记及耳闻相传者不说,今直取目见、亲与之游以药败者六七公,以为世诫⑨。

工部尚书归登,殿中御史李虚中,刑部尚书李逊,逊弟刑部侍郎健,襄阳节度使、工部尚书孟简,东川节度御史大夫卢坦,金吾将军李道古,此其人皆有名位,世所共识⑩。工部食水银得病,自说若有烧铁杖自颠贯其下者,摧而为火,射窍节以出,狂痛号呼乞绝⑪;其茵席常得水银,发且止,唾血十数年以毙⑫。殿中疽发其背死⑬。刑部且死,谓余曰:"我为药误⑭。"其季健,一旦无病死⑮。襄阳黜为吉州司马,余自袁州还京师,襄阳乘舸邀我至萧洲⑯,屏人曰:"我得秘药,不可独不死,今遗子一器,可用枣肉为丸服之⑰。"别一年而病,其家人至,讯之,曰:"前所服药误,方且下之,下则平矣⑱!"病二岁竟卒。卢大夫死时,溺出血肉,痛不可忍,乞死乃死⑲。金吾以柳泌得罪,食泌药,五十死海上⑳。此可以为诫者也。薪不死,乃速得死,谓之智,可不可也㉑?

五谷三牲,盐醯果蔬,人们常御^㉒。人相厚勉,必曰:"强食^㉓。"今惑者皆曰:"五谷令人夭,不能无食,当务减节^㉔。"盐醯以济百味,豚鱼鸡三者,古以养老,反曰:"是皆杀人,不可食^㉕。"一筵之馔,禁忌十常不食二三^㉖。不信常道而务鬼怪,临死乃悔^㉗。后之好者又曰:"彼死者皆不得其道也,我则不然^㉘。"始病,曰:"药动故病,病去药行,乃不死矣^㉙。"及且死,又悔^㉚。呜呼,可哀也已,可哀也已^㉛。

【注释】

①太学博士:《旧唐书·职官志三》:"太学博士三人,正六品上;助教三人,从七品上,学生五百人。"　　李君:李于,一说李干。元和十年(公元815年)进士,长庆三年(公元823年)卒,年四十八岁,官终太学博士。

②顿丘:唐县名,在今河南清丰县西南,为唐澶州治所。

③长庆三年:公元823年。长庆:穆宗李恒年号。

④穿:挖开。　　合葬:夫妻同葬一墓穴。

⑤初,于以进士句:最初,李于凭借进士身份担任鄂岳观察使幕府的从事,遇见道士柳泌,从他那里学到了丹砂药的服用方法,吃了它以后常常便血。　　初:追述往事。　　以:凭借。　　进士:元和十年(公元815年),于中进士第。　　鄂岳:此指鄂、岳、蕲、安、黄团练观察使幕府。元和十一年(公元816年)李道古为鄂岳观察使,辟李于为从事。　　从事:唐代州郡长官及观察节度使自聘的僚属。方士:以炼丹等方术惑人的道士。　　柳泌:当时道士,因能炼长生不死之药被宪宗封为台州刺史,以便上天台上采药炼丹。元和十五年(公元820年)正月,宪宗服其所炼金丹暴卒。泌畏罪潜逃,穆宗即位,诏令交京兆府决杖处死。　　受:学习。　　往往:常常。　　下血:便血。

⑥比:近,将近。　　病益急:病情越来越重。急:危急。　　乃:就。

⑦其法句:他的炼丹方法是:将铅粉装满一鼎,将中间按成一个洼坑,灌满水银,盖上鼎盖密封鼎口四周,在鼎下加火炼成丹砂。　　鼎:炼丹煮药之器。为空:成为坑穴。　　实以水银:用水银灌满它。　　四际:四周。际:边缘。

⑧余不知服食说句:我不知道服食丹砂的说法从何世开始,杀人不能计算,但是世人向往推崇的越来越多,这真是让人困惑呀!　　慕尚:向往推崇,崇慕迷信。益至:越来越多。至:多。其:加强语气。

⑨在文书所记句:在文献书籍上记载和耳闻相互传播的不说,现在只举亲眼所见、亲自跟他们交游因为吃丹药而死的六七位,把他们当作世人的警戒。　　直:仅仅,只是。　　取:选取,列举。败:失败,此指死亡。　　以为:把他们当作鉴诫。"以"后省略宾语"之",代"以药败者"。为:作,当作。

⑩工部:六部之一,掌管各项工程、工匠、屯田、水利、交通等政令。长官为工部尚书。　　归登:字冲之,官终工部尚书。《旧唐书·归登传》:"晚年颇好服食。有馈金石之药者,且云先尝之矣。登服之不疑,药发毒几死。"元和十五年(公元820年),终死于误食金石。　　殿中御史:官名,全称殿中侍御史,属殿院,掌殿廷

仪卫及京城的纠察。　　李虚中:字常容。好道士说,服食水银而死。　　刑部:六部之一,掌管国家的法律、刑狱事务。　　李逊:字友道,官终刑部尚书,长庆三年(公元823年)卒。　　侍郎:六部副职。　　李健:字杓直。官终刑部侍郎,长庆二年(公元822年)卒。　　襄阳节度使:孟简时任襄州刺史,山南东道节度使。襄阳:州名,辖境相当于今湖北襄阳、谷城、光化、南漳、宜城等县地,治所在襄阳。节度使:唐初于重要地区设总管,总揽数州军事。玄宗天宝以后,节度使权力日大,总揽一区的军、民、财、政,本身兼任所在州的刺史。　　孟简:字几道。长庆三年(公元823年)卒。东川:全称剑南东川,唐方镇名,治所在梓州(今三台),辖梓、遂、绵、普、陵、泸、荣、剑、龙、昌、渝、合十二州。　　卢坦:字保衡,元和十二年(公元817年)卒。　　金吾将军:负责京城防守戒备的将军。　　李道古:曹成王李皋之子,向宪宗皇帝推荐柳泌,宪宗因服此丹药毙命。

⑪工部食水银得病:工部尚书归登吃了水银炼制的丹砂得病,自己说好像有烧热的铁杖从头顶直穿到下面,摧残得好像被火烧,激荡着从七窍和关节中冒出,狂痛呼号乞求绝命。　　工部:指归登。　　颠:头顶。　　贯:从中间穿过。摧:摧残,毁坏。为:被。　　射:激荡。　　窍:孔。人的眼、耳、鼻、口等器官的孔。　　节:关节。

⑫其茵席常得水银句:他的褥垫上常常能找到水银,疾病时好时坏,吐血十几年而死。　　茵席:褥垫,草席。　　发且止:时好时坏。发:疾病发作。止:指停止发作。　　且:又。

⑬殿中:指殿中御史李虚中。　　疽:中医指局部皮肤肿胀坚硬的毒疮。

⑭刑部且死句:刑部将要死去的时候,对我说:“我被丹药所误。”　　刑部:指刑部尚书李逊。　　且:将要。

⑮季:兄弟姊妹排行最小。　　一旦:一天之间。　　无病死:指身体健康服丹砂中毒而死。

⑯襄阳:指襄阳节度使孟简,元和十五年(公元820年)贬为吉州司马。黜:贬官。　　吉州:州名,治所在庐陵(今江西省吉安市)。　　司马:州的佐官。

袁州:州名,治所在今江西宜春。元和十四年(公元819年)韩愈因上《谏迎佛骨表》获罪,贬为潮州刺史。冬移袁州刺史。元和十五年春至袁州,冬回长安。

余自袁州还京师:当是元和十五年冬。　　乘舸:乘船。舸:小船。　　萧洲:清冷的小洲。

⑰屏人曰句:屏退在场的人说:“我得一种秘药,不能只使自己不死,现在赠送给你一盒,可用枣肉做成丸剂服食它。”　　秘药:即丹砂之类的药。　　独:只,仅仅。　　遗:赠送。　　一器:一盒,一瓶。

⑱其家人至句:他的家人到长安来,问他的情况,说:“以前所服食的药害了他。还要再服食丹砂,服了以后就康复了。”　　误:害,耽误。　　方且:还要。　　下之:服食丹砂。　　平:健康,康复。

⑲卢大夫:指卢坦。　　溺出血肉:小便中带血并有溃烂的肉。乞死:乞求速

死。　乃:就。

⑳金吾:指李道古。　以柳泌得罪:李道古向宪宗皇帝推荐柳泌,宪宗皇帝误食柳泌所制丹砂而死,因而获罪,贬为循州司马。死海上:循州治所在广东惠阳区,地处南海故云。

㉑这句的意思是:祈求不死,却迅速死去,说这样的人聪明,可以还是不可以呢?

㉒五谷:说法不一,本文当指稻、黍、稷、麦、菽。　三牲:指鸡、鱼、猪。醯:醋。　常御:经常食用的东西。御:食用,进用。

㉓人相厚勉句:人们相互深深的勉励,一定会说:"多吃一点。"厚:深深地。强食:努力加餐。

㉔这句的意思是:现在那些迷信道士的人全都说:"五谷能让人早死,不能不吃,应当务求减少和节制。"

㉕济:调和,调济。　豚:小猪,此泛指猪。　养老:奉养老年人。　是:此,这些。指盐醯及豚鱼鸡等。

㉖一筵之馔句:一桌食物,避免食用常常是十样之中不能吃到二三样。筵:宴席。　馔:食物。　禁忌:避免食用。

㉗常道:通常的方法。　务鬼怪:致力于神奇莫测的炼丹之法。鬼怪:神奇莫测。　临:到。　乃:才。

㉘这句的意思是:后来喜欢丹药的人,又说:"那些死者全都是不能领会那个服食丹药的方法,我就不是这样了。"

㉙始病句:刚刚得病的时候说:"药力发作所以得病,病根去掉药力也就疏通了,就可以长生不死了。"　始:刚刚,才。　动:发动,指药力发作。　行:疏通,流动。　乃:就。

㉚及且死句:等到将要死去的时候,又后悔(服食丹药)。　及:到了,等到。且:将要。

㉛呜呼:感叹词。　也已:表感叹。

【集评】

南宋朱熹《朱子考异》卷三十四:江邻几云:"此志略不叙于世代行事,不知何也。"

明茅坤《唐宋八大家文钞》卷十五:公志李君而独撮其服泌药一事,以为世诫,亦变调也。

清何焯《义门读书记》卷三十三:志子弟墓,不嫌于直。深切著明,笔力亦健。时主好方士、服金丹,公之为世诫者,微词也。故非胪列故人之失以讦为直也。"余不知服食说自何世起"至"以为世诫",宪宗服柳泌药,躁怒,为左右所弑。公作此文,盖所戒者远,不嫌于讦也。凡作文立论,须权轻重耳,以此立坊,而武宗又服赵归真之药矣。

【鉴赏】

世有"杜诗韩碑"之说,"退之墓志篇篇不同,相题而设施"(《文章精义》),王安石也赞"退之善为铭",但也有"谀墓"之说(李商隐《齐鲁二生》诗中提出刘叉说的"谀墓"),最近仇永明在《韩愈谀墓辨》一文中进行考辨,认为"他撰写碑铭的态度是严肃的,""虽也有应酬之作,但不妄加褒美,据实撰碑的"。就是这篇李君墓志是为他的侄孙婿李于写的,也打破惯例,不惟颂扬,违避过失,写李于仅八十四个字,且无赞美之辞,而大量篇幅倒是对某种风尚进行论证分析,提出看法,起到了匡正时弊的作用。

志铭写了五段,可分三部分,第一部分主要是对李于的简要介绍,而二三两部分则是着力所写,也是深刻用意所在。李于死于服丹药,在那时是不足为怪的,而韩愈却不这样认为,可怕的不在于李于为丹药所误,而在于当时这种风气造成了极恶劣的社会影响,因此由此及彼,做一番议论。第二部分就用了七个事例来说明,方士惑众,丹药误人严重,应引为世诫。实际上这段文字远远超出"世诫"的范围,还有更深远的意义:首先,他列举的人皆有名位,有尚书,御史,节度使,金吾将军等,非一般白衣之士,他们都受丹药的多年折磨,痛苦而死,有的临死前已察觉为药所误,

然而已晚。因此这些事例有较大说服力,也有尖锐的揭露性和讽刺性,把官僚们欲求不死反速死的愚昧精神面貌兜出来了。其次,它还有匡正时弊的针对性。当时佛、道盛行,皇帝、大臣迷信佛道,听信妖妄之言,求长生而服方士丹药,"君相沉迷于妖妄之宗教",唐宪宗也如此,结果上行下效,蠹政伤俗,实是个严重的社会问题。清人何焯说:"时主好方士,服金丹,公之为世诫者,微词也。"(《义门读书记》昌黎集评语)韩愈当时也确不怕得罪好多有权势的人,敢于直言批判,所以有人说,这篇墓志铭简直是一篇论据充足的批判"药石"的论文,也是一篇反迷信长生服金丹的

橄文。再次，在列举事例后写道："蕲不死，乃速得死，谓之智，可不可也？"前两句是简短的结论，是有力的批判，尖锐的讽刺；后两句反问，让人们得出这是一种极为愚昧无知的回答，具有警世作用。

第三部分是作深一层的议论，揭示有为而作的目的。文章先从平常维持生活的必需食物谈起，对五谷三牲百味，正常人要相勉多吃，而惑者则要减节，皆是杀人之物；正常人用以养老，而惑者则不可食。两两相比，本是常识，但迷信方士丹药者不信常道，而务鬼怪，到头来还是后悔不及。即使如此，总还有执迷不悟者，认为他们不得其道，自己不然，有讽刺意味的，到头来，还是悔之不及。韩愈用对话表达针锋相对的言论，并用结果都后悔的事实来揭示孰对孰错，最后连用两个"可哀也已"作结，这种生动具体的议论方式，进一步地揭露了服丹药求长生的愚昧与可怜，同时也表达了作者沉痛的感情。

韩愈对迷信惑众活动一向持反对态度的，并还给予揭露的，《谢自然》一诗里揭露了白日飞升，方士毒害人民的事实，在《谁氏子》诗里又揭露了方士愚弄青年的骗人伎俩，在《卫府君墓志铭》中也写了以有用之才偏要炼丹服药的愚昧行为，就是在晚年写的《论佛骨表》仍保留了这种锐利锋芒。这说明韩愈一直把这类妖言惑众的行动看成是影响极坏的社会时弊，竭力加以抵制的，这也表明了他的进步思想。

本文在艺术上除不为陈规所囿，因题设施外，还有一个显著的特点，即用描绘色彩的方式来枚举列证，如写归登和卢大夫的死，着重描写死时的痛苦形状，发病时如烧红了铁杖从头一直统下来一般，狂痛号呼，令人发指。对孟简则着重写他得秘药后的愚昧可笑行动，真乃有声有色。这种描写可以突出情境感，而且还加强了痛苦的刺激性，起到更大的"世诫"作用。

南阳樊绍述墓志铭①

【题解】

樊绍述是将门之子,但自己却没有将帅的事迹,故韩愈先写他的著作甚丰,又安贫乐道,然后写他的于辞于声的天赋,写他文学上的追求:辞必己出,不袭蹈前人一言一句。一生的文学追求在于创新。对他文学上的成就给予了极高的评价。樊是韩愈的朋友,这篇墓志铭写得平实冷静,但笔法多变,选材角度颇有新意。将门之后,却叙述他的文学成就,然后笔锋一转,描写他的安贫乐道,如闻其声,如见其人,只几笔便刻画出樊宗师的形象。紧接着再用议论的笔调,写他"辞必己出"的追求和志向,阐述他的文学见解。本文定格在阐述樊宗师的文学成就和文学主张上,以此来表达对友人的怀念之情,与大哭大悲式的写法又有不同。此时作者已重病在身,故此文写得缺少激情。

【原文】

樊绍述既卒,且葬②。愈将铭之,从其家求书,得书号《魁纪公》者三十卷,曰《樊子》者又三十卷,《春秋集传》十五卷,表笺、状策、书序、传记、纪志、说论、今文赞铭凡二百九十一篇③,道路所遇及器物门里杂铭二百二十,赋十,诗七百一十九④。曰:多矣哉!古未尝有也。然而必出于己,不袭蹈前人一言一句,又何其难也⑤!必出于仁义,其富若生蓄,万物必具,海含地负,放恣横从,无所统纪,然而不烦于绳削而自合也⑥。呜呼!绍述于斯术其可谓至于斯极者矣⑦!

生而其家富贵,长而不有其藏一钱⑧。妻子告不足,顾且笑曰:"我道盖是也⑨!"皆应曰:"然。"无不意满⑩。尝以金部郎中告哀南方,还,言某师不治,罢之,以此出为绵州刺史⑪。一年,征拜左司郎中,又出刺绛州⑫。绵、绛之人至今皆曰:"于我有德⑬。"以为谏议大夫,命且下,遂病以卒,年若干⑭。

绍述讳宗师,父讳泽,尝帅襄阳、江陵,官至右仆射,赠某官⑮。祖某官,讳泳。自祖及绍述三世,皆以军谋堪将帅策上第以进⑯。

绍述无所不学,于辞于声天得也,在众若无能者⑰。尝与观乐,问曰:"何如?"曰:"后当然。"已而果然⑱。

铭曰:惟古于词必己出,降而不能乃剽贼,后皆指前公相袭,从汉迄今用一律⑲。寥寥久哉莫觉属,神徂圣伏道绝塞⑳。既极乃通发绍述,文从字顺各识职,有欲求之此其躅㉑。

①樊绍述于宪宗死时曾告哀南方,回朝后出为绵州刺史,一年后又出为绛州刺史,后来任命为朝官,未到任便病逝。故樊当死于穆宗长庆三年以后。本文亦当写于此时。

②樊绍述,名宗师。河中府人。标题称南阳,以山之南,水之北称之。　既卒:已死。　且葬:将要安葬。且:将要。

③铭之:为他写墓志铭。铭:活用为动词。墓志铭刻之于石,埋于墓中。《魁纪公》《樊子》:为樊氏所著书名。　《春秋集传》:《春秋》是孔子根据鲁国史料编纂的编年体史书。集传:汇集诸家对同一经典的解释。《春秋集传》是樊氏汇集诸家对《春秋》这部经典解释为一书。　表:奏章的一种,用于陈请谢贺。牋:表文的一种。　状:向上级陈述意见或事实的文体。策:古代应试者对答的一种文体。亦指一种议论文体。　书:书信。序:赠序。古时的临别赠言。　传记:记载人物事迹的文字。　纪:记帝王的事迹及有关大事。志:一种记事的著作。　说论:学术著作。　今文赞铭:骈体的赞铭。赞:用于对人物的歌颂,多用韵语。铭:古时刻于碑版或器物之上,用以称功或用于自警的文体。

④门:类别。　杂铭:随遇而作的铭文。　赋:讲究文采、韵律、对仗、铺叙,是韵文与散文的综合体。

⑤然而必出于己句:但是文辞必是从自己心中创造出来,不能沿袭前人的一言一句,又是何等的困难啊!　袭蹈:因循,沿袭。

⑥必出于仁义句:内容上一定要表达儒家的仁义思想,它内容的丰富就像滋生聚积一般,万物全都具备,含容大海,覆盖大地,放纵自如,没有统率总括之处,但是不用被修改所烦劳就会自然与写作意图相合。　富若生蓄:内容的丰富就像万物的滋生聚积。　海含地负:大海容纳它大地背负它。即是含容大海覆盖大地之意。指樊的文章内容丰富。《汉书·叙传》:"函之如海。"颜师古注:"函,容也,读与含同。"《后汉书·光武纪》:"地者任物至重,静而不动者也。"　放恣:放纵。　横从:随意自如。从:通"纵"。　统纪:统率,总括。　不烦于绳削:不被修改所烦劳。于:被。绳削:纠正,修改。　自合:自己与文章的主旨相合。

⑦绍述于斯术句:绍述对于这门写作技术真可以说达到了如此绝妙的地步。斯:是,此。　术:指写作的技艺。　其:加强语气。　极:顶点,最高地位。

⑧这句的意思是:出生时家中富贵,长大以后家中却没有为他积蓄一点钱财。

⑨妻子告不足句:妻子和子女告诉他家中不充足,回头看着他们并且笑道:"我的主张就是这样的。"

⑩皆应曰句:全都响应说:"是这样的。"没有不满意的。　妻子:妻与子。顾:回头看。　道:政治主张。

⑪尝以金部郎中告哀南方句:曾经凭借金部郎中的官职,到南方去报宪宗驾崩

的丧事,回京后,报告某位军帅没有政绩,朝廷罢了他的官,因此出任绵州刺史。

金部:户部下属的一个部门。　　郎中:该部的主官。　　告哀:报丧。宪宗死,朝廷派官员到各地去报丧。　　某师:一作"某帅"。　　不治:没有政绩。《周礼·天官·小宰》:"二曰以叙进其治。"郑玄注:"治,功状也。"　　出为:出京担任。

绵州:四川罗江上游以东、潼河以西江油、绵阳间的涪江流域。治所在巴西,今绵阳东。　　刺史:州的最高行政长官。

⑫征拜:征召授官。　　左司郎中:官职名。　　刺:活用为动词,做刺史。

绛州:治所正平,今新绛。辖境相当今山西曲沃、稷山、新绛、绛县、翼城、垣曲、闻喜等县地。

⑬这句的意思是:绵州、绛州的人民直到今天全都说:"刺史对于我们有恩德。"

⑭以为:让他担任。"以"后省略"之"。之,代词。　　谏议大夫:隶门下省,掌侍从规谏。　　命下:任命将要下达。且:将。　　遂:于是,接着。　　年若干:享年若干。这里没有具体写樊绍述的年岁。

⑮讳:指已故尊长的名。　　父讳泽:父亲名樊泽。曾任襄阳、江陵节度使。父泽建中元年(公元780)举贤良方正直言极谏科,累官山南东道、荆南节度使,治所襄州、江陵。加检校右仆射(尚书省长官),卒官,赠司空。

⑯祖某官,讳泳:祖父樊泳。开元中举草泽科,试大理评事,累赠兵部尚书。

皆以军谋堪将帅策上第以进:全都凭借军事谋略胜任将帅的应试对答及第并且得以晋升。堪:胜任。策:古代考试,以问题令应试者回答为策。上第:及第。元和三年(公元808)绍述举军谋宏远堪任将帅科。军谋堪将帅:为唐代武举科目之一。

⑰绍述无所不学句:绍述没有不学的东西,对于辞章对于声律是天然具备的才能,在众人之中,好像没有这样的能人。天得:得之于天,天然具备。若:像。

⑱尝与观乐句:曾经与人一起欣赏音乐,问他:"怎么样?"说:"后面应当这样。"不久果然是这样。何如:即"如何",怎么样。当然:应当这样。指预测后面演奏的情况。已而:不久。

⑲铭曰句:铭文说:古人的文辞一定要自己创造出来,等而下之者就抄袭。这句话后来指从前的人全都是相互抄袭,从东汉到今天全都用一种规则。　　剽贼:剽窃,抄袭。　　前公:指东汉至今使用骈文的人。　　从汉迄今:一本"从"当作"后"。韩愈文起八代之衰,是指从东汉至隋八代,并不包括西汉。　　一律:一种规则,一个模式。

⑳寥寥久哉莫觉属句:孤独寂寞长久了没有觉醒之辈,神明消逝圣贤隐藏道路断绝堵塞。　　寥寥:孤独寂寞貌。　　莫:否定性不定代词,没有谁。　　觉属:觉醒之辈。属:侪辈。徂:往,消逝。伏:隐藏。

㉑既极乃通发绍述句:已经到了尽头才开始畅通是由绍述这里开始的,文字通顺很好地在文章中表达它们的意思,有要学习他的经验的人这就是他的足迹。极:终点,尽头。　　文从字顺:行文用字妥帖通顺。　　躅:足迹,踪迹。

【集评】

明茅坤《唐宋八大家文钞》卷十五：昌黎文多奇崛，然亦多生割处。

清方苞：守官一语括之，盖志以文为主，详其行身治官则于首尾不称。樊文甚奇，恐世无识，故举其辞与声之学，以奇于声有独得，证于其词无可疑耳，章法与《蓝田县丞厅壁记》同。（转引《古文辞类纂》卷四十三）

清沈德潜《唐宋八大家古文读本》卷六：韩公于文，无倾倒至斯者，又所载卷帙如许之多，而今所传樊绍述文，惟《锋守居园池记》一篇，又极僻涩。王晟、刘忱各为句读，未必有当，与所云"文从字顺"者不合。岂今所传者，只传其僻涩，而文从字顺者，俱亡失耶？不然，以韩公之修辞立诚，不应反言之，以误来学也。志铭字必生新，字必独造，可云陈言务去。

清刘大櫆《论文偶记》：《樊志铭》云："惟古于词必己出，降而不能乃剽贼，后皆指前公相袭，自汉迄今用一律。"今人行文，翻以用古人成语，自谓有出处，自矜其典雅，不知其为袭也，剽贼也。昔人谓"杜诗、韩文无一字无来历"。来历者，凡用一字二字，必有所本也，非直其语也。况诗与古文不同，诗可用成语，古文则必不可用。故杜诗多用古人句，而韩于经史诸子之文，只用一字、或用两字而止。若直用四字，知为后人之文矣。大约文字是日新之物，若陈陈相因，安得不自为臭腐？原本古人意义，到行文时却须重加铸造。一样语言，不可便直用古人。此谓去陈言，未尝不换之，却不是换字法。人谓"经对经，子对子"者，诗赋偶俪八比之时文耳。若散体古文，则六经皆陈言也。

清刘海峰：绍述非能文者，公特与其交好，又与己"务去陈言"之意相合，以著"词必己出"之宗尔。（转引《古文辞类纂》卷四十三）

清曾国藩《求阙斋读书录卷八·韩昌黎集》：退之言属文，皆亲切有味。又曰：若叙知声如叙其于辞，则冗长不警拔矣。前半叙其文辞，铭亦专赞其文，而此言其于声云云，警绝。

近代马其昶《韩昌黎文集校注》卷七：欧阳文公云："退之与绍述作铭，便似樊文。"诚不虚语。

今人钱基博《韩愈志》卷六：韩愈碑志之文，可大别为三：有豪曲快字，原本孟子之跌宕昭彰，而运以司马迁之浩气逸致者，如……《南阳樊绍述墓志铭》是也。……

【鉴赏】

樊绍述是韩愈的文友。韩愈在《荐樊宗师状》里，对他的人品和才识，倍加称美，竭力为之荐引。韩愈提倡古文，樊和韩志同道合，也曾给以积极的赞助。因两人交往甚深，故而在这篇文章的题目中，不题樊绍述的官阀而直称其字。

这篇墓志铭，在结构上分为两个部分。文章前面这一部分是志，附在志后结尾的那一段是铭。

志的部分是文章的主体，记述了死者的生平事迹和世系。共有四小段。

第一段,以叙事、议论和抒情相结合的手法,从"多""难""极"三方面,赞扬了樊绍述在著作上的成就。这段记述最详,是作者着力渲染的内容。

第二段,记叙了他居家和居官的情况。行文虽简,但突出了他仗义轻财、安贫乐道的情志和施行德政的成绩。跟上文"必出入仁义"的儒家思想相呼应。

第三段,简述家世。先叙父,后说祖,只逆叙二代。

第四段,略写他在音乐上的天资。

有些文章只有志而无铭。本文是前有志,后有铭。铭是用韵语写的,其实是一首七言古诗。它的作用和《史记》《汉书》在纪传末尾的赞评略同。它是配合志文,概括性地评价、赞扬了樊绍述,对改变长期因袭前人的文风,和恢复古代圣贤的道统所做出的功绩。文章的末尾加上这一段赞评之后,进一步突出了樊绍述对古文运动所做出的重要贡献,同时也加强了文章的艺术感染力。

韩愈是撰写碑志的名家。他所写的碑志不仅数量多,而且其中有许多墓志铭,从内容到形式并非是千篇一律、固定不变的格局。而是文随人异,所记的内容、笔法、风格多彩多姿。例如在《试大理评事王君墓志铭》等作品中,有故事情节,有对话,有细节描写,注重刻画人物形象,写得生动活泼。继承了史传文学的传统,具有小说化的特点。而这篇《南阳樊绍述墓志铭》,对樊绍述的生平事迹却写得概要质直,并无传记文学之意味。志和铭的重点落在盛赞樊绍述在文学上的成就。在内容上经过这番取舍剪裁,使行文繁简适当,突出了重点,体现了这篇墓志铭的特色。

其实樊绍述的文章艰涩难读,并不完全像韩愈所推崇的那样好。所以后人对樊绍述的文章和韩愈对他的推崇是颇有微词的。李肇说樊文"苦涩"(《国史补》)。欧阳永叔说"孰云已出不剽袭,断句欲学《盘庚》书"(《居士集》卷二)。韩愈之所以未能据实撰志,而有此溢美之辞,实为借题发挥而已。其用意是在宣扬自己的古文理论,谈论自己的创作经验。文章所谈到的"词必己出","出入仁义"和"文从字顺",这些正是韩愈古文理论中的著名观点,是他在古文运动中所定下的律条。"汪洋恣肆"的文笔,也正是韩文的特色。从这个角度来说,这篇墓志铭倒是具有特殊的重要意义,它成了研究韩愈古文理论的一篇重要著作。

欧阳生哀辞①

【题解】

欧阳詹是韩愈的朋友,韩愈很早就仰慕其文名。贞元八年(公元792年)两人同登进士第,始相识。除了詹归闽中一段时间,两人分别较久以外,其他时间,"率离不历岁","移时则必合,合必两忘其所趋"。两人相知之深,由此可想而知。为相知的朋友写哀辞,要写的事情应该说是很多的。但作者只抓住两点:一是交友,一是孝亲,画龙点睛般的描绘欧阳詹的形象,叙事与议论相结合,表达对死者的哀思。"以舒余哀,以传于后,以遗其父母而解其悲哀,以卒詹志。"本文遵照为贤者讳的原则,对其死因讳莫如深,一字不提。对其治病的过程也写得闪烁其词:"友朋亲视兮,药物甚良;饮食孔时兮,所欲无妨。"据《太平广记》引《闽川名士传》,詹尝游太原,遇一歌妓,相爱,并订了生死之盟:"至都当相迎耳。"洒泣而别。回京途中还寄诗给这位歌妓:"驱马渐觉远,回头长路尘;高城已不见,况复城中人。去意既未甘,居情谅多辛。五原东北晋,千里西南秦。一屦不出门,一车无停轮;流萍与系瓠,早晚期相亲。"回京不久,詹做了国子四门助教,没有实践诺言前去迎接歌妓。歌妓相思而死,死前剪下发髻装入匣中。题诗云:"自从别后减容光,半是思郎半恨郎。欲识旧时云髻样,为奴开取缕金箱。"詹派使者去太原迎接未果,回来具白其事,詹启函、睹髻,诵诗,一恸而卒。欧阳詹为负心而悔恨交加,不幸早逝。作者如何说欧阳詹这段艳情遗事呢?实在难以启齿,更难以下笔,只好用交友诚、事亲孝两事加以掩盖,对病中情况,只好虚着一笔带过。因此本文就寄托哀思来说,写得真挚哀婉;就欧阳詹之死的原因来说,本文又写得闪烁其词。

《题哀辞后》是独立成篇的短文。彭城刘伉喜古文,八九次到韩愈家中求此文。于是韩愈将此文抄录给他。文中提出一个重要的思想:"愈之为古文,岂独取其句读不类于今者耶?思古人而不得见,学古道则欲兼通其辞。通其辞者,本志乎古道者也。"学古道,通其辞只是入门,入其门后才能志在古道。文以载道,道是根本,文是形式,学习古代的文辞,只是学习古道的一种手段而已。

【原文】

欧阳詹世居闽越,自詹已上皆为闽越官,至州佐县令者,累累有焉②。闽越地肥衍,有山泉禽鱼之乐,虽有长材秀民通文书吏事与上国齿者,未尝肯出仕③。

今上初,故宰相常衮为福建诸州观察使,治其地④。衮以文辞进,有名于时,又做大官,临莅其民,乡县小民有能诵书作文辞者,衮亲与之为客主之礼,观游宴飨,必召与之⑤。时未几,皆化翕然⑥。詹于时独秀出,衮加敬爱,诸生皆推服,闽越之人举进士由詹始⑦。

建中、贞元间,余就食江南,未接人事,往往闻詹名闾巷间,詹之称于江南也久⑧。贞元三年,余始至京师举进士,闻詹名尤甚⑨。八年春,遂与詹文辞同考试登第,始相识⑩。自后詹归闽中,余或在京师他处,不见詹久者,惟詹归闽中时为然⑪;其他时与詹离率不历岁,移时则必合,合必两忘其所趋,久然后去⑫。故余与詹相知为深⑬。

詹事父母尽孝道,仁于妻子,于朋友义以诚⑭。气醇以方,容貌嶷嶷然⑮。其燕私善谑以和,其文章切深喜往复,善自道⑯。读其书,知其于慈孝最隆也⑰。十五年冬,余以徐州从事朝正于京师,詹为国子监四门助教,将率其徒伏阙下举余为博士,会监有狱,不果上⑱。观其心,有益于余,将忘其身之贱而为之也⑲。呜呼!詹今其死矣!

詹,闽越人也。父母老矣,舍朝夕之养以来京师,其心将以有得于是而归为父母荣也,虽其父母之心亦皆然⑳。詹在侧,无离忧,其志不乐也;詹在京师,虽有离忧,其志乐也㉑。若詹者,所谓以志养志者欤?詹虽未得位,其名声流于人人,其德行信于朋友,虽詹与其父母皆可无憾也㉓。詹之事业文章,李翱既为之传,故作哀辞,以舒余哀,以传于后,以遗其父母而解其悲哀,以卒詹志云㉔。

求仕与友兮,远违其乡;父母之命兮,子奉以行㉕。友则既获兮,禄实不丰;以志为养兮,何有牛羊㉖。事实既修兮,名誉又光;父母忻忻兮,常若在旁㉗。命虽云短兮,其存者长,终要必死兮,愿不永伤㉘。友朋亲视兮,药物甚良;饮食孔时兮,所欲无妨㉙。寿命不齐兮,人道之常;在侧与远兮,非有不同㉚。山川阻深兮,魂魄流行;祀祭则及兮,勿谓不通㉛。哭泣无益兮,抑哀自强;推生知死兮,以慰孝诚㉜。呜呼哀哉兮,是亦难忘㉝。

题哀辞后㉞

【原文】

愈性不喜书,自为此文,惟自书两通㉟:其一通遗清河崔群。群与余皆欧阳生友也,哀生之不得位而死,哭之过时而悲㊱;其一通今书以遗彭城刘君伉。君喜古文,以吾所为合于古,诣吾庐而来请者八九至,而其色不怨,志益坚㊲。

凡愈之为此文,盖哀欧阳生之不显荣于前,又惧其泯灭于后也㊳。今刘君之请,未必知欧阳生,其志在古文耳㊴。虽然,愈之为古文,岂独取其句读不类于今者邪㊵?思古人而不得见,学古道则欲兼通其辞㊶。通其辞者,本志乎古道者也㊷。古之道,不苟誉毁于人㊸。刘君好其辞,则其知欧阳生也无惑焉㊹。

【注释】

①欧阳生：名詹，字行周，泉州晋江人。生：先生。《汉书·儒林传》："欧阳生，字和伯，千乘人。"颜师古注："生，先生也。"　　哀辞：文体名。古用以哀悼夭而不寿者，后亦用于寿终者。詹卒年四十余岁，为夭而不寿者。当死在德宗贞元末。

②欧阳詹世居闽越句：欧阳詹世代居住在闽越一带，从欧阳詹以上全都担任闽越地方官，官职达到州的副职和县令的，有很多人。闽越：古族名，越人的一支，居浙江南部福建北部一带，后亦称这一带为闽越。詹原籍泉州晋江，泉州治所在晋江，今福建晋江市，属古闽越地。　　州佐：州刺史的副职。　　累累：屡屡，多次。

③闽越地肥衍句：闽越的土地肥沃，有青山、泉水、飞禽、游鱼的乐趣，虽然有才能出众、德性优异的平民通晓公文政务，能够与京师之人并列，未曾有肯于出来做官的。　　肥衍：肥沃。　　长材：才能杰出、出众的人。　　秀民：德才优异的平民。　　文书：公文、案牍。　　吏事：政务。　　上国：京师。　　齿：并列，同等。

④今上初：当今皇上刚刚即位的时候。上：当指德宗李适。　　故宰相常衮：原来的宰相常衮。衮：常衮，京兆人，天宝末及进士第，由太子正字、累为中书舍人，拜门下侍郎，同中书门下平章事。建中初改任福建观察使。　　观察使：唐制：在不设节度使的地区设观察使，统管数州政务。

⑤衮以文辞进：常衮因为文章写得好而得以仕进。　　有名于时：在当时很出名。　　临莅其民：来到他的百姓之中。　　诵书：背诵书籍。　　作文辞：写文章。　　衮亲与之为客主之礼：常衮亲自跟他们行主客之礼。为：行。客主之礼：主人与客人的礼节。此用以说明常衮礼贤下士，重视人才。　　观游：观赏游览。

宴飨：以酒食祭神。　　召与之：召集并让他们陪从。与：使动用法，使陪从，使跟从。

⑥时未几：时间未过多久。未几：不久。　　化：教化。　　翕然：一致貌。皆化翕然：全都教化的整齐一致。指能诵书作文辞。

⑦独秀出：超群出众，特别突出。　　加：更。　　诸生：指跟随常衮的众儒生，众弟子。　　推服：推许佩服。　　闽越之人举进士由詹始：长溪薛令之于唐中宗神龙二年（公元706年）擢第，作者说闽越人举进士由詹始，恐考之未详。

⑧余就食江南：我到江南去谋生。德宗建中元年（公元780年）其兄韩会死。建中二年为避兵乱，随其嫂郑氏避居江南宣城。就食：外出谋生。　　未接人事：没接触人世间事。人事：人世间事，人情事理。　　往往：常常，经常。　　闾巷：乡里。　　称于江南：称名于江南。称：称名，称扬。

⑨贞元三年：公元787年，韩愈在宣城告别其嫂郑氏赴京城长安应试。　　尤甚：特别大。尤：格外，特别。甚：盛，大。

⑩八年春：贞元八年，公元792年。　　遂：于是。　　文辞：文章。指凭借文章。登第：登科。第：指科举考试录取列榜的甲乙次第。　　始：开始，才。

⑪自后詹归闽中句:自那以后欧阳詹回到闽中,我有时在京师或者别处,不见欧阳詹的时间长久,只是欧阳詹回闽中的一段时间是这样的。　　余或在京师他处:韩愈进士科考试后,紧接着参加三年吏部博学宏词科考试,留在京师,后又离京去汴州任职。而欧阳詹进士科考试后,回闽中待选。故韩愈说"不见詹久者"。

　　或:有时。　　惟:只是。　　为然:是这样的。

⑫离率不历岁:分离一般不超过一年。率:一般,大都。不历岁:不超过一年。历:越过,超过。　　移时则必合:经过一段时间就一定会遇合。移时,经过一段时间,不久。合:遇合,相逢。　　合必两忘其所趋:相遇以后双方一定都会忘记那将要去的地方。所趋:所趋向的地方。所:特殊指示代词,与后面的动词结合在一起,组成名词性词组。　　久然后去:待久了然后才离开。去:离开。

⑬这句的意思是:所以我与欧阳詹相互了解是很深的。

⑭詹事父母尽孝道句:欧阳詹侍奉父母极尽孝顺之道,对妻子仁爱,对朋友守信义并且真诚。　　事:侍奉。　　尽:极尽,达到极点。　　孝道:以孝为本的理法规范。　　仁于妻子:对于妻子儿女仁爱。仁:对人亲善仁爱。于:对于。妻子:妻子和子女。义以诚:守信义并且诚恳。以:而,并且。

⑮气醇以方句:气质淳厚质朴并且方正刚直,仪态聪慧卓异。气:气质,气概。醇:指道德淳厚质朴。　　方:刚直方正。　　容貌:仪态,容颜相貌。　　巍巍然:卓异聪慧貌。

⑯其燕私善谑以和句:他闲居休息的时候善于开玩笑并且平和,他的文章恳切率直特别喜欢反复论述,善于自己阐明道理。　　燕私:闲居休息。谑:开玩笑。　　和:和顺,平和。　　切:恳切率直。形容议论犀利。　　往复:往而复来,循环不息。形容议论时反复阐述,道理说得透彻。

⑰慈孝:孝敬。　　隆:指感情深厚。

⑱十五年冬句:贞元十五年(公元799年)冬天,我以徐州节度使观察推官的身份进京朝见天子,欧阳詹担任国子监四门助教,将率领他的学生拜伏在宫阙之下,推荐我担任博士,正好赶上国子监有诉讼案件,终于没有奏给皇帝。　　十五年冬:贞元十五年冬天,韩愈由徐州张建封幕府进京朝正。朝正是臣子朝见天子之礼,在每年岁首元旦进行,故韩愈所说的冬天,应为十二月末。　　徐州从事:当时韩愈在张建封幕府担任观察推官。从事:唐时通称幕僚为从事。　　国子监:封建时代的最高学府。　　四门助教:四门馆助教。助教:辅佐博士分"经"讲授儒学课程。四门馆:大学,隶属于国子监,生源品级较低,收七品以上官员子弟及庶民中有才能的子弟。　　伏阙:拜伏在宫阙之下。多指直接向皇帝上书陈事。　　举:推荐,推举。　　博士:相当于现在的大学教授。　　狱:讼案。　　不果上:终究没有奏上。果:终于,终究。上:奏上,进奏给皇帝。

⑲这句的意思是:观察他的意思,对于我是有助益的,就忘了他自己地位的卑贱而做这样的事。

⑳父母老矣句:父母年老了,放弃了早晚的奉养而来到京城,他的意思是希望

因此在这里有所收获,而回到故乡成为父母的光荣,即使是他父母的意思也全都是这样的。　　朝夕之养:从早到晚的奉养,形容长时间的奉养。　　将:欲,打算。　　以:因。其后省略代词"之",因此。　　有得:有所收获。指做官。　　为:成为。　　虽:即使。　　心:思想,意思。

㉑这句的意思是:詹在身边,父母没有离别的忧愁,但是他们的心志不快乐;詹在京城,虽然父母有离别的忧愁,他们的心志是快乐的。

㉒若詹者句:至于欧阳詹的行动,就是所说的以自己的心志来侍奉父母的心志吧?　　若:至于。　　以志养志:用自己争取功名的心志来奉养父母盼望儿子做官的心志。以:用。志:心志,志向。

㉓詹虽未得位句:欧阳詹虽然没有得到官职,他的名声传布到所有人中,他的道德品行被朋友所信服,即使是欧阳詹和他的父母全都可以没有遗憾了。　　流:传布,流传。　　人人:所有的人,每个人。　　"信于"的于:被。　　"虽詹"之虽:即使。

㉔詹之事业文章句:欧阳詹的事业文章,李翱已经为他作了传记,所以作了这篇哀辞,用来抒发我的悲哀,用来传布后世,用来赠给他的父母并解除他们的悲哀,用来了却欧阳詹的心愿。　　李翱:字习之,陇西成纪人,凉武昭王暠之后,娶韩愈从兄弇之女为妻。从愈学古文,贞元十四年(公元798年)进士,官至国子博士,史馆撰修。　　舒:抒发,发泄。　　遗:赠送,赠给。　　卒:终了,完毕。

㉕仕:为官,任职。　　远违:远离。违:离开。　　父母之命:父母的嘱托。命:差遣,指派。　　子奉以行:你奉命实行。子:你。奉:尊奉。

㉖禄实不丰:俸禄不丰厚。实:果实,子实。禄实:即禄米。　　以志为养兮:用心志作为对父母的奉养。即上言"归为父母荣"之意。　　何有牛羊:哪里用得着牛羊。有:用。《商君书·弱民》:"故民富而不用,则使民以食出,各必有力,则农不偷。"高亨注:"有,犹以也。"以:用。

㉗事实既修兮句:事实已经有条不紊啊,文名声誉又发扬光大;父母欣喜得意啊,常常好像儿子就在身旁。　　修:整饬,有条不紊。事业既修:指欧阳詹按计划已进士及第。　　光:发扬光大。　　忻忻:欣喜得意貌。

㉘命:生命。　　云:说。　　其存者长:那能存留的东西是长久的。指欧阳詹的文章可以流传后世。　　终要必死:人终究会有一死。终:终究。必:一定。　　愿:希望。　　永伤:长久的悲伤。

㉙友朋:朋友。　　视:探视。　　孔时:及时。　　所欲无妨:所喜爱的人对你没有妨碍。所欲:所字结构,组成名词性词组,这里当指人。即欧阳詹所爱慕的妓女,对詹应该无妨。为猜测之语。

㉚齐:整齐,一致。　　人道:人伦。　　常:规律。　　侧:身边。　　远:远离。离父母远出,指死亡。

㉛山川阻深:山河险阻幽深。　　魂魄:古人想象中的一种脱离人体而独立存在的精神。人死,但魂魄还独立存在。　　流行:流动。　　祀祭:祭祀。　　则:

就。　　及：来到。　　　勿谓不通：不要说生死之间不能相通。

㉜抑哀自强：抑制悲哀，自己努力图强。　　推生知死：推算生的情况就可以知道死的情景。　　　以慰孝诚：以此来慰藉孝敬的诚心。

㉝呜呼哀哉：表示悲痛之词，用以表示对死者哀悼。　　是亦难忘：这是难以把你忘记的。

㉞本文写在《欧阳生哀辞》后，说明为什么把这篇哀辞抄写两遍送人的原因，阐明了学古文而志在古道的道理。

㉟性：生性，本性。　　书：书写，抄录。　　自为此文：自从作了这篇文章。此文指《欧阳生哀辞》。　　惟：语助词，用于句首，无实义。　　自书两通：自己写了两遍。通：量词，用于动作。

㊱其一通：其中的一篇。通：量词，用于书信、文章。　　遗：赠送。　　清河：县名，今河北南部，南运河西岸，邻接山东省。　　崔群：韩愈的朋友，韩、崔与欧阳同年登进士第。　　不得位而死：没有得到适当的官职就死了。詹曾任国子四门助教，官职卑微，不应视为根本没有"得位"。　　哭之过时而悲：悼哭他时间过长并且悲哀。过时：超过了时间。

㊲彭城：唐置彭城郡，治所在徐州。　　刘君伉：刘伉，生平不详。　　以吾所为合于古：因为我所作的文章符合古文的要求。以：因为。所为：所作的文章。为：作。指《欧阳生哀辞》。　　诣：往，到。　　庐：庐舍，居室。　　色：脸色，面容。志益坚：求文的志向更加坚定。

㊳凡愈之为此文句：大体上说我做这篇文章，原来是悲哀欧阳詹在生前没有显赫荣耀，又担心他死后名声的消失。　　凡：大旨，大略。　　盖：句首语气词，可译为"原来是"。　　显荣：指仕宦上的显赫荣耀。　　泯灭：消灭，消失。

㊴这句的意思是：今天刘君求此文，不一定知道欧阳先生的志向也在古文方面罢了。

㊵虽然句：虽然这样，我写作古文，难道只是选取那些句读同今文不一致的吗？虽然：虽然如此。然：这样。　　之：结构助词，无实义。　　句读：古人指文辞休止和停顿处。读：文章语意已尽为句，书面上用"。"来表示；未尽而须停顿处为读，书面上用"、"来表示。　　类：像，似。　　今者：指当时流行的骈体今文。

㊶思古人而不得见句：思念古人却不能见到，学习古道就要一起通晓他们的文辞。　　古道：古人的主张。道：政治主张或思想体系。　　则：就。　　欲：要。兼通：一起通晓。

㊷这句的意思是：通晓他们的文辞，根本的目的是立志在学习古人的主张。

㊸古之道句：古人的主张，不是随便被人称赞和毁谤的。　　苟：随便，马虎。誉毁：赞美与诋毁。　　于：被。

㊹刘君好其辞句：刘伉喜欢这篇文章，就可以知道欧阳先生死而无憾了。"其辞"的其：指示代词：这，此。这篇文辞：指《欧阳生哀辞》。即爱这篇文辞，因文及人，而喜爱其人，故称欧阳生"无惑"。　　惑：迷惑，怀疑。

【集评】

明茅坤《唐宋八大家文钞》卷十六：小序极工，多凄怆呜咽之旨，而哀辞特尔雅。

清何焯《义门读书记》卷三十三："古之道，不苟毁誉于人。"此专为孟简误信穆玄道之语，有为太原妓怃怨而殁之谤，又以其事不足辨，故但自明其不苟誉，则毁者之为非，实可见矣。

清张伯行《唐宋八大家文钞》卷三：数行题跋，而有千回百折之势，文以情生也。盖公于欧阳生，敦友谊而悲其死，故托之辞，以使之不没于后，非徒文焉而已。爱其文则知其人；知其人，则知公之所以交之者，有道义之孚，无生死之异，所谓古道者也。欧阳生哀辞，世久脍炙，故不录；录其题跋于此而论之云。

近人林纾《春觉斋论文·流别论》：昌黎集中，哀辞凡两篇：一《哀独孤申叔文》，无序。一为《欧阳生哀辞》，哀欧阳詹也，其序曰："父母老矣，舍朝夕之养以来京师，其心将以有得于是，而归为父母荣也。虽其父母之心亦皆然。詹在侧，虽无离忧，其志不乐也；詹在京师，虽有离忧，其志乐也。若詹者，所谓以志养志者欤！"辞中既哀詹矣，又哀其父母，见詹之死，尚有父母悲梗于上，所以可哀也。《元丰类稿》有《王君俞哀词》。王宫殿中丞，然卒时年始二十六，子固之叙曰："夫为人如前之云，而不享于贵寿，曾未少施其所学，又负其所承之心，是于众人之情不能泯哀也。"正以君俞有老母在，且孝而不昌其年，此所以可哀也，则亦仍守前人之法律。至于辞中之哀婉与否，则子固、震川皆不长于韵语，去昌黎甚远。

【鉴赏】

哀辞，是哀悼文中的一种，最初只用于未成年人，后来也逐渐用于成年人了。以辞表哀，故称哀辞。欧阳詹，字行周，福建省泉州晋江人。韩愈与他"同考试登第"，两人"合必两忘其所趋。"一说：趋，同趣，即意趣，说两人都脱略形迹，忘其所以。另一说:趋,往,说两人情投意合,常在一起,不愿再往别处去。所以他们"相知为深",詹曾率其徒跪伏在宫阙之下,向最高统治者上书呼吁,举愈为博士,虽适逢国子监有讼事(其事不详),上书未能成功,但也实为愈之益友。詹年仅四十余,即不幸短命而死,挚友韩愈怎能不做哀辞以舒悲恸之深情,以慰其父母,解其悲哀,以卒詹志,悼念其英灵呢!

哀辞,首先交代詹生的家庭情况和被福建诸州观察使赏识的经过。詹生家世世代代居住在土地肥沃平衍的闽越,即今福建省,是古闽越地,因此称闽越。这里物产丰富,可常常享受山水禽鱼之乐,所以一些具有突出的才能,通晓典章制度和法令设施,能与京师和中原等文化较高地区的人才并列,人民中的佼佼者,也未必肯出来做官办事。但詹家的人却不是这样,他们不贪图清闲,有事业心,要求上进,从詹生以上,都是闽越地方官。根据唐制:闽中郡县官不由吏部选用,只派京官五品以上一人做专使,就地选补,因此詹的上世得为地方官,做过州佐、县令的人多得很。詹生出生在这样一个世代书香仕宦之家,从小受到好的熏陶和教育,自然是品学兼优,文才独秀。今上初(德宗建中元年),以文辞著称的故宰相常衮为福建诸州观察使,他能礼贤下士,"乡县小民有能诵书作文辞者",衮就亲自以客礼对待,毫无官气。他对詹生倍加敬爱,据李贻孙所做的《欧阳行周文集序》说,衮见詹"比为芝英"。当时诸生对詹也很推崇信服。唐代由州县选出来应科举的士子叫乡贡,詹生是闽越人中以由州县选出的乡贡来京应进士试的第一人。

其次,叙述詹生与自己交往、情谊之深和詹生之为人。韩愈在建中元年至贞元元年共六年间,居于江南,正是求学时期,还没外出交友、做官办事,就常常从小街僻巷里听到詹生的名声;贞元三年,作者才到京师应进士考,听到詹生的名声更大了;到贞元八年春,作者与詹生同考进士登第,才彼此相识。除及第后,詹生回闽省亲居二年外,其他时间是两人离不历岁,"移时则必合,合必两忘其所趋,久然后去。"由久慕盛名至同时及第相识,由离不历岁至合必两忘其所趋,他们交往之深、情谊之厚,就可想而知了。詹生为人淳朴正直,端庄厚重,闲暇时喜说笑话而又不讽刺伤人,他侍奉父母极尽孝道,对妻子以仁,对朋友义而且诚。詹生能成为韩愈的挚友,不仅由于他的文辞好,更重要的是他具有这种为人的优良品德。

再次,叙说詹生之死固可悲,但詹与其父母皆可以无憾也。詹生舍弃老父母之养,来到京师,是要求得官位和朋友,再衣锦还乡,以扬名声,显父母。父母的心意也是这样:儿在身旁,虽无离忧,但心意不觉得欢乐;儿在京师,虽有离忧,而心意倒觉得欢乐。因此,詹生来京师,就是以父母的意志为意志来奉养父母。他在京师虽没有得到高的官位,只当过国子监四门助教,但他的名声已遍闻于京师,人人皆知,他的德行已得信于朋友,生则相知为深,死则哭之而悲。能如此,詹生与其父母也就没有什么可遗恨的了。即使这样,但父母恸子之心、朋友追念之情,还是必然萦回脑际,回肠九转,"故作哀辞以舒余哀,……以遗其父母,而解其悲哀",生者死者都可以更无遗恨了。

最后,用"兮"字句,以诗赋形式,概括全文意旨,特别指出"哭泣无益",要"抑哀自强"。詹生为求官求友而远离家乡,这是奉父母之命。今友已求得,"相知为深",官虽只到四门助教,禄实不丰,但父母以此为乐,奉养何必一定要用牛羊肉食?事实上已名誉满京师,有事业文章传于后世,父母高高兴兴,喜笑颜开。人生自古谁无死,命虽短,也不必悲伤!而且,短命并不是没有经过诊治、护理,而死于非命。抱病时,朋友亲自看护,服以良药,饮食都是很合乎口体、卫生的最好的时新物品,什么都能及时办到,因此寿命的长短不齐,是人道之常情。请安息吧!死生相距虽远,但往来相通,及时祭奠,望魂来临。死则死矣,哭泣何益,只有化悲痛为力量,奋发自强,使死者事亲交友的优良品德和习文谋事的进取精神,更加发扬光大起来,造福于人民,才是对詹生英灵最好的安慰。

末尾的"题哀辞后",是文体的一种,相当于附在卷末的"跋"。跋的作用是介绍、推荐某一著作或某一材料,说明写作的目的、过程、主要内容和精神实质等等,有的还说明与本文有关的一些事情,以帮助读者更好地阅读和理解。"题哀辞后"也是如此,它说明了作哀辞的目的是"哀欧阳生之不显荣于前,又惧其泯灭于后",因詹生不显荣,没有得到高的官位,无其他丰功伟绩可叙,就只得着重写了事亲交友两件事,言词恳恻,语意缠绵。哀辞称赞詹文"切深喜往复",哀辞正采用了詹文的风格,达到了切深喜往复的境界。

说明了做古文,不只是为了句读(指文词句法)不类于今,即有别于当时士大夫中流行的对偶工整的骈文,而是要学古道,兼通其辞;通其辞,本志在于学古道,这就把文和道合而为一了。哀辞称颂詹生事亲能养志,待朋友义以诚,这就是道的实践,做到了文道统一。

说"古文之道不苟誉毁于人"就是对别人"不虚美,不隐恶",是则是,非则非,一秉至公,毫不苟且,表明自己的文章是以道为标准,没有誉毁,哀辞是如此,其他文章也是如此。道是有阶级性的,所谓誉和毁都是各阶级根据自己的标准来评定的。我们阅读古典作品,要用历史唯物主义的观点进行具体分析,才可以做出比较正确的评价。

从上可见，"题哀辞后"帮助读者了解了哀辞中的不少问题，是全文不可缺少的一个组成部分。

韩愈在《送孟东野序》中提出了"大凡物不得其平则鸣"的论点，哀辞中反复指出："其名声流于人人，其德行信于朋友"，却"未得位"；"哀生之不得位而死"；"哀欧阳生之不显荣于前"。这是为詹生打抱不平之鸣，也是对当时不平的现实环境的反映之一。他冲破了道统的束缚，古文并不是古人意思的简单复写，而要能反映一定的社会现实，成为中下层人士的心声和喉舌，即今天我们所说的古为今用。他又在《答李翊书》中提出了"惟陈言之务去"的论点。由此可见，在哀辞中提出要"学古道"，要"通其辞"，并不是以拟古为贵，而是从语言形式到思想内容都有创新的要求，这是他所提倡的古文有别于三代两汉的古文，所表现的崭新的精神面貌。但韩愈的立场还是封建主义的，他冲破道统的束缚力，反映现实矛盾的深度和广度，都必然要受到限制。他所见到并为之呼吁的，主要是统治阶级内部错综复杂的矛盾，多为中下层失意分子鸣不平，有些就是为自己和朋友在仕途上的不得意而鸣不平的，如《进学解》和《欧阳生哀辞》等等，还没有触及社会问题的本质。虽然如此，但客观上揭露了当时腐朽制度的一些黑暗面，对推进社会发展是有积极作用的。

祭田横墓文①

【题解】

田横,本齐国贵族,秦末从兄儋起兵重建齐国,楚汉战争中自立为齐王。后被汉将灌婴败于垓下,亡走梁,归彭越。高祖即位惧诛,与其徒五百余人入海,居岛中。高帝闻齐人贤者多附横,恐后有乱,乃使使赦横罪而召之。横与其客二人乘传(驿车)诣洛阳。至尸乡厩置遂自刭,令客奉其头,从使者驰奏。高帝流涕,以王礼葬横。既葬,二客穿其冢旁,皆自刭从之。其余客在海中者,闻横死,亦皆自杀。韩愈为何在事近千年后祭田横?文中"感横义高能得士",恐为一篇题眼。田横尚有五百义士从死,从而太息当今执政者不能礼贤下士,知人善任。历史是现实的一面镜子,它照射出中唐社会压制、窒息人才的社会悲剧。宋代晁补之在《续楚辞》中说:"唐宰相如董晋,亦未足言。而晋为汴州,才奏愈从事,愈始终感遇,语称陇西公而不姓。后从裴度,亦自谓度知己。然度亦终不引愈共天下事。故愈踌躇发愤,太息于区区之横,以谓夫苟如横之好士,天下将有贤于五百人者至焉。"韩愈怀才不遇的生活经历,是他祭田横的感情基础。而"苟余行之不迷,虽颠沛其何伤",则是他面对坎坷仕途的自我安慰。

【原文】

贞元十一年九月,愈如东京,道出田横墓下,感横义高能得士,因取酒以祭,为文而吊之②。其辞曰:

事有旷百世而相感者,余不自知其何心;非今世之所稀,孰为使余歔欷而不可禁③!余既博观乎天下,曷有庶几乎夫子之所为④?死者不复生,嗟余去此其从谁⑤?当秦氏之败乱,得一士而可王,何五百人之扰扰,而不能脱夫子于剑铓⑥?抑所宝之非贤,亦天命之有常⑦。昔阙里之多士,孔圣亦云其遑遑⑧。苟余行之不迷,虽颠沛其何伤⑨?自古死者非一,夫子至今有耿光⑩。跽陈辞而荐酒,魂仿佛而来享⑪。

【注释】

①祭文:文体名。在告祭死者或天地、山川等神祇时所诵读的文章,体裁有韵文和散文两种,此篇为韵文。　田横墓:在偃师尸乡,洛阳东三十里。

②贞元十一年:公元795年。　如:往,到。　东京:东都洛阳。韩愈于

贞元十一年九月去河阳,而后到东京洛阳。　　义高能得士:道德高尚能得到很多有才能的人支持。　　因:于是。为文:作这篇祭文。　　吊之:凭吊他。之:代田横。

③事有旷百世句:事情有远隔百代还能使人感动的,我不知道自己那是何种心情;不是当今世上这种事情太少,为何能使我歔欷叹息却又不能控制住自己的感情!　　旷:远离,远隔。　　百世:指久远的岁月。　　孰为:为什么,为何。歔欷:叹息声。禁:禁止,控制住。

④余既博观乎天下句:我已经广泛地观察了天下,哪里有差不多接近于他这样作为的人?　　博观:广泛地观察。　　乎:于。　　曷有:哪里有。曷:何,哪里。　　庶几:差不多,近似。　　夫子:对男子的尊称。　　所为:有这样作为的人。所,特殊指示代词,所为,代指人。

⑤死去不复生句:死去的人不能再活过来,感叹我离开这里以后将跟从谁?复生:再活过来。　　去此:离开这里。　　其:将要。

⑥当秦氏之败乱句:遇到秦末的动乱,得到一位有才能的人就可以称王,何至于纷纷扰扰的五百人,却不能使他脱离利刃割颈之灾?　　当:值,遇到。　　秦氏:指秦朝。　　士:有才学的人。　　可王:可以称王。　　王:用如动词,称王。　　扰扰:纷乱貌。　　脱:使动用法,使之脱离。　　剑铓:剑的锋刃。铓:刀剑的锋刃。

⑦抑所宝之非贤句:还是认为宝贵的人并不是贤者,也是上天的旨意有一定的规律。　　所宝:认为宝贵的人。所:特殊指示代词。宝:意动用法,认为宝贵。抑:还是。　　天命:上天的意志,上天主宰的命运。　　常:规律,通例。

⑧昔阙里之多士句:从前孔子故里阙里有很多有才能的人,孔圣人也说他心神不安。　　阙里:孔子故里,今山东曲阜城内阙里街,因有两石阙而得名。孔子曾在此讲学,学生很多,故称"多士"。　　遑遑:惊恐匆忙,心神不定。

⑨苟余行之不迷句:假如我的行动不迷失方向,即使是困顿挫折那又感伤什么呢?　　苟:假如。　　虽:即使。　　颠沛:困顿挫折。此句化用屈原《涉江》:"苟余心之端直兮,虽僻远之何伤?"

⑩自古死者非一句:从古以来死的贤者并不是一人,他至今还有光辉。　　死者:指死去的贤者。　　耿光:光辉,光明。

⑪踣陈辞而荐酒句:跪着读完祭文并且洒酒而祭,你的魂灵好像已来享用祭品。　　踣:两膝着地,上身挺直。　　陈辞:诵读祭文。　　荐:进献。　　来享:鬼神前来接受祭祀,歆享供品。

【集评】

明归有光《震川先生文集》:寥寥数言,而悲感之意无穷。

明茅坤《唐宋八大家文钞》卷十六:借田横发自己一生悲感之意。

清张伯行《唐宋八大家文钞》卷三:田横五百人,守死海岛,可谓义矣。昌黎借题以抒感愤之情。推之圣人尚然,何况其他?固是吊横,亦以自慰。

247

清何焯《义门读书记》卷三十三：此拟《吊屈原文》，不当有"墓"字。

近人马其昶《韩昌黎文集校注》卷五：词意皆腾空际，似为横发，又似不为横发，此等文不徒以雕琢造语为工也。

【鉴赏】

唐德宗贞元十一年，即公元795年。这一年九月，韩愈去东京洛阳，路过田横墓边，"感横义高能得士，因取酒以祭，为文而吊之。"作者先交代写这篇祭文的由来。田横，是秦汉之际的一位壮士，韩信虏齐王广，他曾经自立为王。汉高祖刘邦统一了全国，他率领五百壮士逃到一个海岛上。刘邦派人招安，田横随同二客行至洛阳东三十里处（一个叫作"尸乡"的驿站），拔刀自刭，二客随之自刭；消息传到海岛，海岛上的五百壮士也都自杀。这就是作者所说的，"感横义高能得士"的具体历史内容。田横墓就在洛阳以东三十里处的尸乡，也就是韩愈正好道出其下，取酒以祭，为文而吊的地方。

祭文一开头就满含感情地说，从田横及其五百壮士的自杀，到今天（贞元十一年）已经相隔近千年之久了，但是还那么使人动情，以至产生强烈的共鸣，我连自己都说不清楚这究竟是怎样的一种心理和心态！况且，像田横那样义高而得士的风气，又不是今世所崇尚的，那么，因为谁的缘故而使我如此激动、感喟，以至达到情不自禁的地步呢？"非今世之所稀"，童第德的《韩愈文选》引沈钦韩的意见："稀当作希，言非今世所尚。"并发挥说："这是说当时的统治阶级没有一个能继承田横的义高得士，不崇尚这种风气。"

接着，作者从自己对现实社会的观察出发，表示了他对田横"义高能得士"的向往和景仰之情。他说，他在广泛观察整个中国的社会、政治情况之后，竟找不到哪个人的所作所为同田横的"义高能得士"能够有所接近，这显然是对当时的宰相和

国学经典文库

唐宋八大家散文鉴赏

韩愈卷

248

封建统治阶级的一种无情而又愤激的抨击。他说,像田横那样"义高能得士"的人已经死去不再复生,现实社会中再也找不到这样的人,那就只好感喟:"我不向往、追随田横的精神,又能向往和追随什么人呢!"

然后,作者提出了一个很值得思索的问题:当秦末败灭之时,只要能够得到一个真正有才能的人才,就可以南面称王;为什么田横的五百壮士纷纷攘攘地活动了一番之后,竟不能使田先生摆脱刀剑的灾难? 这究竟是因为田先生所看重的五百义士并非真正的贤材,还是因为天命有常,天下只能由时势来造就英雄,而英雄却无力改变自己的命运呢?"田横既能得士",为什么到头来还是免不了自杀,是因为"所宝之非贤",还是因为"天命之有常"? 从下文的回答来看,对于这个选择判断,作者显然是否定前者而肯定后者。作者说,从前在山东曲阜县的阙里,孔圣人有弟子三千,而身通六艺者七十余人,可以说得上"多士"的了,但他不同样东奔西走,不得安息的吗? 遇事在人,成事在天,作者的意思是大可不必以成败论英雄。因此紧接一句写出了自己的人生态度:"苟余行之不迷,虽颠沛其何伤!"只要我的行动能保持正确的方向而不迷失道路,那么,即使跌跤,失败,也没有什么可以伤心的了。这就是说,田横虽然以自杀告终,但他仍不失为壮士,为英雄,仍然值得我们效法和学习,尤其是他的"义高能得士",正是当时的执政者所望尘莫及、不能做到的。这无疑是在承认"天命"的基础上,又向"天命论"提出了挑战。

最后以歌颂和祭奠点题,结束全文。"自古死者非一,夫子至今有耿光",自古以来死去的人何止十百千万,当然不是田先生一个人,但是独独田先生一人至今还活在人们的心中,精神的火花光芒四射,灿烂辉煌!作者跪读祭文,洒酒祭奠,好像看到了田先生的英魂仿仿佛佛来歆飨了酒食一般,心灵上感到了某种安慰。

古人评议本文,虽只寥寥二百来字,但却"变化不可方物";尽管是作者青年时期的作品,却仍不失为大家手笔。文章以今溯古,以古及今,借田横讽喻当世,感慨良深。作者紧扣"感横义高能得士"这个中心命题,层层翻剥,纵横反复地进行议论和抒情,使我们感到文短而气盛,情浓而理壮。

祭十二郎文①

【题解】

韩愈有兄三人：韩介、韩会和韩弇。韩介有子二人：百川与老成。韩会无子，以老成为继子。老成在家族兄弟中排行十二，故称十二郎。韩愈三岁而孤，其兄韩会及嫂郑氏把他抚养成人。十九岁以前，韩愈和韩会的继子老成朝夕相处，感情深笃。贞元十九年（公元803年），十二郎不幸早逝，韩愈悲痛万分，以与十二郎形影相随，时聚时散的往事为题材，写成此文，于淡泊中见真情，读之令人回肠荡气。祭文一般用韵文写成，韩、柳、欧、苏开创散体祭文的先河，而《祭十二郎文》则是散体祭文之最，一般认为只有欧阳修的《泷冈阡表》可与之媲美。

【原文】

年月日②，季父愈③，闻汝丧之七日，乃能衔哀致诚④，使建中远具时羞之奠⑤，告汝十二郎之灵⑥：

呜呼！吾少孤，及长，不省所怙⑦，惟兄嫂是依⑧。中年，兄殁南方⑨，吾与汝俱幼，从嫂归葬河阳⑩。既又与汝就食江南⑪，零丁孤苦，未尝一日相离也⑫。吾上有三兄，皆不幸早世⑬。承先人后者，在孙惟汝，在子惟吾⑭。两世一身，形单影只⑮。嫂尝抚汝指吾而言曰："韩氏两世，惟此而已。"汝时尤小，当不复记忆；吾时虽能记忆，亦未知其言之悲也！

吾年十九，始来京城⑯。其后四年，而归视汝。又四年，吾往河阳省坟墓⑰，遇汝从嫂丧来葬⑱。又二年，吾佐董丞相于汴州⑲，汝来省吾，止一岁，请归取其孥⑳。明年，丞相薨，吾去汴州，汝不果来㉑。是年，吾佐戎徐州，使取汝者始行，吾又罢去，汝又不果来㉒。吾念汝从于东，东亦客也，不可以久㉓；图久远者莫如西归㉔，将成家而致汝㉕。呜呼！孰谓汝遽去吾而殁乎㉖？吾与汝俱少年，以为虽暂相别，终当久相与处㉗，故舍汝而旅食京师，以求斗斛之禄㉘。诚知其如此，虽万乘之公相，吾不以一日辍汝而就也㉙。

去年，孟东野往㉚，吾书与汝曰："吾年未四十，而视茫茫，而发苍苍，而齿牙动摇㉛。念诸父与诸兄，皆康强而早世㉜，如吾之衰者，其能久存乎㉝？吾不可去，汝不肯来，恐旦暮死，而汝抱无涯之戚也㉞。"孰谓少者殁而长者存，强者夭而病者全乎㉟？呜呼！其信然邪？其梦邪？其传之非其真邪㊱？信也，吾兄之盛德而夭其嗣乎㊲？汝之纯明而不克蒙其泽乎㊳？少者强者而夭殁，长者衰者而存全乎？未可以

为信也^㊴！梦也，传之非其真也，东野之书。耿兰之报，何为而在吾侧也^㊵？呜呼！其信然矣！吾兄之盛德而夭其嗣矣，汝之纯明宜业其家者，不克蒙其泽矣^㊶！所谓天者诚难测，而神者诚难明矣^㊷！所谓理者不可推，而寿者不可知矣^㊸！

虽然，我自今年来，苍苍者或化而为白矣，动摇者或脱而落矣，毛血日益衰，志气日益微，几何不从汝而死也^㊹。死而有知，其几何离^㊺？其无知，悲不几时，而不悲者无穷期矣^㊻！汝之子始十岁，吾之子始五岁^㊼，少而强者不可保，如此孩提者，又可冀其成立邪^㊽？呜呼哀哉！呜呼哀哉！

汝去年书云："比得软脚病，往往而剧^㊾。"吾曰："是疾也，江南之人，常常有之。"未始以为忧也^㊿。呜呼！其竟以此而殒其生乎⁵¹？抑别有疾而至斯乎⁵²？汝之书，六月十七日也；东野云：汝殁以六月二日；耿兰之报无月日。盖东野之使者不知问家人以月日；如耿兰之报，不知当言月日⁵³；东野与吾书，及问使者，使者妄称以应之耳⁵⁴。其然乎？其不然乎？

今吾使建中祭汝，吊汝之孤与汝之乳母⁵⁵。彼有食可守以待终丧，则待终丧而取以来⁵⁶；如不能守以终丧，则遂取以来⁵⁷。其余奴婢并令守汝丧。吾力能改葬，终葬汝于先人之兆⁵⁸，然后惟其所愿⁵⁹。

呜呼！汝病吾不知时，汝殁吾不知日，生不能相养以共居，殁不能抚汝以尽哀，敛不凭其棺⁶⁰，窆不临其穴⁶¹。吾行负神明，而使汝夭⁶²；不孝不慈，而不得与汝相养以生，相守以死。一在天之涯，一在地之角，生而影不与吾形相依，死而魂不与吾梦相接，吾实为之，其又何尤⁶³！彼苍者天，曷其有极⁶⁴！自今已往，吾其无意于人世矣⁶⁵！当求数顷之田于伊、颍之上，以待余年⁶⁶。教吾子与汝子，幸其成长；吾女与汝女，待其嫁⁶⁷。如此而已！

呜呼！言有穷而情不可终，汝其知也邪？其不知也邪？呜呼哀哉！尚飨⁶⁸！

【注释】

①十二郎：起居舍人韩会的继子老成，因在家族兄弟排行十二，唐人习惯于以行第称人，故称老成为十二郎。　祭文：文体的一种。祭祀或祭奠时表示哀悼或祷祝的文章。刘勰《文心雕龙·祝盟》："若乃礼之祭祀，事止告飨；而中代祭文，兼赞言行。祭而兼赞，盖引申而作也。"

②年月日：某年某月某日。祭文开头要写祭奠的日子，可以确指，可以泛指。此为泛指。《文苑英华》录此文，作"贞元十九年五月二十六日"。非是。

③季父：叔父。韩愈兄弟四人：会、介、弇、愈。韩愈排在最末，对十二郎而言，故称季父。

④闻汝丧句：听说你去世消息的第七天，才能强忍悲痛表达诚挚的心意。衔哀：心怀悲痛。　致诚：表达真情。

⑤使建中句：派建中在远离你的地方准备下应时菜肴的祭品。　建中：人名，韩愈指派祭祀十二郎的人。　具：准备。　时羞：应时菜肴。羞：通"馐"，菜肴。　奠：此指祭品。

⑥告汝句：告祭你十二郎之英灵。　告：告祭。

⑦吾少孤:韩愈《祭郑夫人文》:"我生不辰,三岁而孤。"孤:幼年丧父或父母双亡。韩愈出生不满三岁死了父亲。　　　及长:等到长大。　　　不省所怙:不记得父母亲的模样。　　　怙:依靠。《诗·小雅·蓼莪》:"无父何怙,无母何恃?"　　省:记得。　　　所怙:所依靠的父母。

⑧惟兄嫂是依:只是依靠哥哥嫂子生活。　　　惟:只是。　　　是:复指前置宾语。"兄嫂"是"依"的宾语前置。

⑨中年:正当盛年,指四五十岁的年龄。　　　兄殁南方:韩会死在南方。死年四十二岁。　　　南方:指古代的韶州,治所在曲江,辖境在今韶关、曲江等地。韩会当时被贬至此。

⑩从嫂归葬河阳:跟随嫂嫂郑氏将韩会尸体运回故乡河阳安葬。归葬:人死后将遗体运回故乡安葬。　　　河阳:今河南省孟县西。

⑪既:即,便。　　　就食:出外谋生。

⑫零丁孤苦:无依无靠,孤独困苦。　　　尝:曾。

⑬吾上有三兄句:我上面有三位哥哥,全都不幸早早去世。　　　韩愈的哥哥韩会、韩介、韩弇,皆早世。

⑭承先人后者句:能够继承亡父事业的后代。在孙字辈只有你,在儿字辈只有我。　　　此时除会、介、弇亡故以外,韩介的儿子百川也已死去,故云"在孙惟汝,在子惟吾"。

⑮两世一身,形单影只:两世都是只有一人,极其孤单。　　　形单影只:形容孤单。

⑯吾年十九句:我十九岁那年,才来到京城长安。　　　年十九:当为唐德宗贞元二年(公元786年)。

⑰吾往河阳省坟墓:我前往河阳祭扫坟墓。　　　省:问候,察看。

⑱遇汝从嫂丧来葬:遇到你护送嫂嫂的遗体回老家安葬。　　　丧:人的遗体。

⑲又二年:又过两年,我在汴州辅佐董晋相公做他的观察推官。又二年:唐德宗贞元十二年(公元796年)。　　　董丞相:董晋曾任丞相,现为汴州节度使。韩愈为他下属,时任观察推官。　　　汴州:治所在开封县,辖境相当于今天的开封市及开封、封丘、兰考等县。

⑳汝来省吾句:你来探视我,住了一年,请求回南方接家眷。省:探视。取:接,迎接。　　　孥:妻子和儿女。

㉑明年:唐德宗贞元十五年(公元799年)。　　　薨:死的别称。《新唐书·百官志一》:"凡丧,三品以上称薨,五品以上称卒,自六品达于庶人称死。"　　去:离开。　　　不果来:终究没有前来。果:终究,终于。

㉒是年句:这一年,我在徐州节度使幕府协理军务,派去接你的人刚出发,我又辞官离开这里,你又终于不能前来。　　　佐戎:协理军务,此时韩愈在张建封节度使幕府任观察推官。　　　取汝者:迎接你的人。　　　吾又罢去:唐德宗贞元十六年(公元800年)张建封去世,韩愈离开徐州回到洛阳。

㉓吾念汝句:我想到你跟从我到东方的汴州、徐州来,在东方也是客居他乡,不

可能长久地呆下去。　汴州、徐州，就家乡河阳来说，在东方。

㉔图：谋划，计议。　莫如：不如。　西归：向西回到故乡。

㉕成家：安家。　致汝：把你接来。致：使来，使动用法。

㉖孰谓汝句：谁料想到你会这么快离开我而死去呢？　孰：谁。谓：意料，料想。　遽：仓猝，匆忙。

㉗俱：都，皆。　少年：年轻。　相与处：共同生活，相互交往。

㉘舍汝：丢下你。舍：舍弃。　旅食：客居，寄食。　斗斛之禄：微薄的俸禄。斛：十斗为斛。

㉙诚知其如此句：果真知道那结果会像现在这样，即使是一个万乘之封的公侯、相国，我也不会因此离开你一天而去就职。　诚：果真，假如。　万乘：万辆兵车。乘：古代一车四马为一乘。　辍：舍弃，离开。

㉚去年：指唐德宗贞元十六年（公元800年）。　孟东野往：孟东野前往江南任溧阳县尉。　唐代著名诗人孟郊字东野。

㉛吾书与汝曰句：我写信给你说："我年龄不到四十，而眼睛视力昏花，而头发已经斑白，而牙齿已经动摇。　书：名词动用，写信。　茫茫：模糊不清，指视力衰退。　苍苍：灰白色。齿牙：牙齿。齿：门牙；牙：槽牙。

㉜康强而早世：身体健康并早早去世。

㉝如吾之衰者句：像我这样衰弱的人，哪里能够长久地活下去呢？　其：岂，哪里。

㉞无涯之戚：无限的悲伤。　涯：边际。　戚：悲伤，忧愁。

㉟这句的意思是：谁能料到年轻的死了而年长者却活在世上；强壮者早死而病弱者却保全身体呢？

㊱这句的意思是：真是这样呢？还是梦境呢？还是传递的消息不是真实的呢？

㊲信也句：真是这样的，我哥哥德行盛大却要使他的继嗣夭折吗？　夭：使动用法，使夭折。嗣：继嗣，后代。

㊳汝之纯明句：你纯朴贤明却不能承受先辈的恩泽吗？　纯明：纯洁明达，纯朴贤明。　蒙：承蒙，承受。　泽：恩泽，恩惠。

㊴未可以为信也：不可以把这些当作是真实的。　以：把，将。其后省略"之"字。　为：作，当作。

㊵梦也句：是梦境呢，还是传递的消息不是真实的呢？东野的信、耿兰的报告为什么偏偏就在我的身边呢？　何为：为什么。　耿兰：江南宣州韩门仆人。

㊶宜业其家：应该继承他先人的家业。　业：活用为动词，继承。

㊷这句的意思是：这就是所说的老天的确难以推测，而神明的确是难以明察的。

㊸这句的意思是：这就是所说的天理不可以推究，人寿不可以知晓啊。

㊹毛血：人的毛发与气血，代表人的健康情况，可以译为"体质"。　志气：意志和气概，代表人的精神。这句的意思是：体质一天天地衰老，精神一天天地微弱。

　　几何：多少，此处主要指少。不久。

㊺这句的意思是：死后如有知觉，那我们之间的分离就不会太久。

㊻其无知句：假如死后无知，我的悲哀就没有多久了。　　其：连词，表假设，假如，如果。　　不悲者无穷期：不悲伤的时候却是无穷无尽的。

㊼汝之子：指韩湘。老成有二子：湘与滂。老成是过继给韩会的。此时老成的生父韩介及哥哥百川已死，老成的次子滂又回归其祖韩介门下。　　吾之子：指韩昶。

㊽少而强者句：年轻而强健的人不能保全生命，像这样的幼儿，又能够指望他们长大成人吗？　　少：年轻。　　孩提：幼儿。幼童。冀：希望。

㊾汝去年书云句：你去年的信中说："近来得了软脚病，常常剧痛。"　　比：近，近来。　　软脚病：脚病名，北方人到南方，不服水土，往往得此病。　　往往：常常，经常。　　剧：甚，极。指痛得厉害。

㊿未始句：未曾把这个病当作是忧虑的事。　　未始：从未，未曾。　　以：把，将。其后省略宾语"之"。之，代软脚病。　　为：作，当作。

(51)其竟以此句：难道竟因为这个病丧失了你的生命吗？　　其：岂，难道。　　殒：丧生。　　"其生"之其：活用为第二人称，你的。

(52)抑：还是，或者。　　至斯：导致死亡。斯：是，此。代死亡。

(53)如耿兰之报句：而耿兰报丧，不知道应当谈月日。　　如：犹"而"。

(54)东野与吾书句：孟东野给我写信，才问使者死的月日，使者冒称而应付他罢了。　　书：活用为动词，写信。　　妄称：妄加称说，冒称。

(55)吊：祭奠死者或对遭丧事及不幸者给予慰问。此指后者。　　孤：指老成的遗孤。　　乳母：奶妈。

(56)彼有食可守句：他们能维持生活为你守丧而等到三年丧事完毕，那么就等到三年丧事完毕再接他们回来。　　彼：他们。指老成的遗孤和奶妈。　　有食：有吃的，指能够维持生活。　　终丧：服满父母去世后的三年丧期。

(57)如不能句：如果不能守丧到三年完了。那么就前去接他们回来。　　遂：前往。

(58)吾力能改葬句：我有能力迁坟，一定会把你葬到先人的墓地。改葬：另择墓地安葬。　　终：最终。　　先人之兆：祖先的坟地。兆：墓地。

(59)然后惟其所愿：这以后只听凭他们的愿望自便。其：指老成家中的奴婢。　　惟：只是。

(60)敛不凭其棺：入殓时不能依凭你的棺椁。　　敛：通"殓"。人死入棺为殓。

(61)窆不临其穴：下葬时不能来到你的墓穴前。　　窆：下葬。　　临：到。

(62)吾行负神明句：我的行为辜负了神灵，而使你夭折早死。　　行：行为，所做所为。

(63)吾实为之句：我实在是自己造成这一切，难道还能责备别人吗？　　实：实在，的确。　　为：成，造成。　　之：指与老成生死别离的事情。　　其：岂，难道。　　尤：责备，责怪。

(64)彼苍者天：见《诗经·秦风·黄鸟》："彼苍者天，歼我良人。"呼苍天以表示极度悲伤。　　　曷其有极:见《诗经·唐风·鸨羽》:"悠悠苍天,何其有极。"这句的意思是:那遥远的苍天啊,我的悲伤哪里才是尽头啊!

⑥⑤自今已往句:从今以后,我将没有心情在人世间求取功名利禄了。　　已往:以后。　　其:将。　　无意于人世:没有在世上求取功名的打算。无意:没有打算。

⑥⑥伊、颍:伊水和颍水。伊水:洛水支流,在河南西部,源出栾川县伏牛山北麓,东北流,在偃师县杨村附近入洛河。颍水:淮河最大支流,源出河南省登封县嵩山西南,东南流,至安徽省正阳关入淮河。伊颍之上,指韩愈的家乡。　　以待余年:用来作为晚年的依靠。待:依凭,依靠。

⑥⑦幸其成长:希望他们长大成人。幸:希望。　　待其嫁:等待他们出嫁。

⑥⑧尚飨:请享用祭品吧。　　古代祭文的结束语。尚:庶几,希冀之词。飨:鬼神享用祭品。

【集评】

明茅坤《唐宋八大家文钞》卷十六:通篇情意刺骨,无限凄切,祭文中千年绝调。

清储欣《唐宋十大家全集录·昌黎先生全集录》:以痛苦为文章,有泣、有呼、有诵、有絮语、有放声长号。此文而外,惟柳河东《太夫人墓表》同其惨制。

清张伯行《唐宋八大家文钞》卷三:昌黎曾为其嫂服三年丧,君子以为知礼。况韩氏两世之语,于心极不忘乎!固宜此篇之情辞深切,动人凄恻也。

清何焯《义门读书记》卷三十三:杜拾遗志其姑万年县君墓志曰:"铭而不韵,盖情至无文。"公似用其例。"告汝十二郎子之灵",旧注:"郎子"是当时语,虽不必存,亦不可不知也。"吾上有三兄",曰介、曰会,一人失其名。"吾年十九始来京城",以后渐相离。"请归取其孥",自是长别矣。

清金圣叹《才子必读》卷十一:情辞痛恻,何必又说?须要看其通篇,凡作无数文法,忽然烟波窈渺,忽然山径盘纡,论情事只是一直说话,却偏有许多文法者,由其平日戛戛乎难,汩汩乎来,实自有其素也。

清吴楚材、吴调侯《古文观止》卷八:情之至者,自然流为至文。读此等文,须想其一面哭一面写,字字是血,字字是泪;未尝有意为文,而文无不工。祭文中千年绝调。

清沈德潜《唐宋八大家文读本》卷六:直举胸臆,情至文生,是祭文变体,亦是祭文绝调。祭文谇词,六朝以来无不用韵者,此以散体行之,故曰变体。

清过洪《古文评注》卷三:想提笔作此文,定自夹哭夹写、乃是逐段连接语,不是一气贯注语。看其中幅,接连几个"乎"字,一句作一顿,恸极后人,真有如此一番恍惚猜疑光景。又接连几个"矣"字,一句作一顿,恸极后人,又真如此一番捶胸顿足光景。写生前离合,是追叙处要哭;写死后惨切,是处置处要哭。至今犹疑满纸血泪,不敢多读。

清袁枚《随园随笔》卷二十五:古人作文,摹仿痕迹未化,虽韩柳未免。《祭十二郎文》"汝病吾不知时,汝死吾不知日",用宇文护《与母书》"我寒不得汝衣,我饥不得汝食"也。

清陶元藻《泊鸥山房集》卷十一:《十二郎》言情,虽滔滔汩汩,畅所欲言,然浅而太直,剿而不留,于文章纪律已荡然无存。

清余诚《古文释义》卷七:自始至终,处处俱以自己伴讲。写叔侄之关切,无一语不从至性中流出,几令人不能辨,其是文是哭?是墨是血?而其波澜之纵横变化,结构之严谨浑成,亦属千古绝调。

清曾国藩《求阙斋读书录·韩昌黎集》:述哀之文,究以用韵为宜,韩公如神龙万变,无所不可,后人则不必效之。

近人林纾《韩柳文研究法·韩文研究法》:至痛彻心,不能为辞,则变调为散体,饱述其哀,只用家常话,节节追维,皆足痛苦。又《柳文研究法》:子厚《祭弟宗直文》,不如昌黎《祭十二郎文》绵亘其哀音,然真挚处,乃不之逊。

今人钱基博《韩愈志·韩集籀读录第六》:《祭十二郎文》,骨肉之痛,急不暇修饰,纵笔一挥,而于喷薄处见雄肆,于呜咽处见深恳,提震转折,迈往莫御,如云驱飙驰,又如龙吟虎啸,放声长号,而气格自紧健。

【鉴赏】

在韩愈诸多优秀的抒情散文里,《祭十二郎文》当推为其中的佼佼者;该文在我国浩繁的古代散文作品中,亦是不可多得的珍贵名篇,历来被誉为"祭文中千年绝调"。十二郎,是韩愈的侄子,名老成,系韩愈二哥韩介的次子,因大哥韩会没有儿子,自幼过继在韩会膝下;他在韩氏族中排行第十二,故称为十二郎。韩愈与十二郎从小生活在一起,情逾一般骨肉。唐德宗贞元二十年(公元 804 年),在京城长安(今西安)任监察御史的韩愈骤闻十二郎死讯,悲不自胜,痛悼万分。在这种巨大的感情压力下,自他胸臆涌出了这篇千古至文。

祭文通常是祭奠亲友的有固定形式的文辞,也有用以祭神祭物的。自汉魏以来,祭文的形式多是四言韵语或骈文。在内容上,"古之祭祀,止于告飨而已。中世以还,兼赞言行,以寓哀伤之意,盖祝文之变也。"(徐师曾《文体明辨》)韩愈的这篇《祭十二郎文》,却一改过去惯例,不单在形式上用的是散句单行,在内容指向上也一任情感的激荡,通篇追叙他与十二郎的共同生活和深厚情谊,以及宣泄十二郎之死所带给他的莫大哀痛。这种对祭文体的创变,适应了作者情感表达的需要,进而也使该文形成了"以情胜"的鲜明艺术特色。在这里作者独特的表现手法,是使其真挚、深沉的情感紧紧融注在日常平凡琐事的叙述之中。让绵密深沉的主体情感,直接投射于与十二郎有关的生活细节之中,反复抒吐,与之融铸成完整的审美意象,释放出强烈、隽永的感情光芒。文章起首一小自然段,是祭文固有的开头形式。"年月日",这是一种省略具体时间的写法,古人在拟草稿时经常如此,一般待誊抄正文时再补上。季父,即最小的叔父,是韩愈对十二郎的自称。这里是说韩愈在京城于闻知十二郎死讯的第七日,令家人建中从远处备办应时的鲜美食品,为其设祭。

作者抑制着悲痛的情感,以循例的开头,为全文拉开序幕。

作者的笔触，以对过去的回忆为起点，"呜呼！吾少孤，及长，不省所怙，惟兄嫂是依。"韩愈三岁时丧失双亲，跟随长兄韩会夫妇生活。后韩会由起居舍人贬为韶州刺史（治所广东省曲江县），不久死于任上，韩愈始十岁。文章在"中年，兄殁于南方"后接着从"吾与汝俱幼，从嫂归葬河阳；既又与汝就食江南……"到"吾时虽能记忆，亦未知其言之悲也。"选择记叙了韩愈与十二郎幼年"零丁孤苦，未尝一日相离"，因三兄皆早世，嫂"抚汝指吾"感叹"韩氏两世，惟此而已"等充满坎坷、辛酸的生活境况、情形，充满感情地说明了叔侄二人从儿时孤苦相依发

展起来的特殊深刻关系，以及两人在韩门"承先人后"的独特地位。作者饱经沧桑的笔调挟带了身世、家世之悲来悼十二郎，令人在一开始就感受到其悲痛之情的绵远深重。其后追忆延展，写两人成年后的几次见面和离别。特别点出近年间作者与十二郎几度约好会合又因变故使其"不果来"，突出了两人相互依恋的感情。宦海浮沉造成韩愈行踪的漂泊难定，最后一次从汴州分手。正欲谋长久相处之计却未能再见而成永诀。夙愿终付虚幻，作者的痛悔不可自释。固然对此结果始料不及，他还是谴责自己"……舍汝而旅食京师，以求斗斛之禄"，如果早知是这样，即使是做拥有万乘兵车的大国的公卿宰相，我也一天不会离开你去赴任的。至此作者开始着重倾诉十二郎之死在他心中引起的万般痛苦。如他先谈到曾给十二郎信告诉他自己未老先衰，"年未四十，而视茫茫，而发苍苍，而齿牙动摇。…'如吾之衰者，其能久存乎？"促十二郎早来相会，同时也暗示出年少于他的十二郎是康强健壮的。然而正因如此，后者的骤然离世在这种反衬下才更显得不合常情，令人越发恻怛悲哀。作者在此时紧接着的一句"孰知少者殁而长者存，强者夭而病者全乎？"深深表明了他心中的惊诧叹惋和无比痛惜，也在读者心里激起了强烈的震动。下面"其信然耶？其梦耶？其传之非其真耶？"三点设疑，进一步表现了韩愈对这一重大打击的犹不敢置信，然而在一侧的"东野之书，耿兰之报"（东野：孟东野，韩愈好友；耿兰，估计是十二郎家人），又无情地证明了这一严酷的事实。始信之余，作者

又把他的怨痛绝望转向天、转向神,转向不可推的理、不可知的寿数,抱怨命运的不公和难测。这里,对死讯生疑给被伤痛死死压住的心灵带来的瞬间、报丧书信反转来造成的更大绝望、伤心绝望至极而转生的悲愤,一系列急速变化的心理活动,都在作者毫无遮蔽的情感屏幕上清晰地显现出来。及至文中回复谈到自己的神衰体弱,说是不久就会从十二郎而死("几何不从汝而死也?"),因莫大的痛苦重负把这将死视为幸事,又由此想到他们的孩子都尚弱小,悲痛的情感越发汹涌,"如此孩提者,又可冀其成立乎?"此时作者的抒情围绕十二郎的生前身后事,犹如湖水被猛掷进巨石,波动的涟漪在尽力迅疾地扩大;又好似滔滔急流的江水,波波相拥。问十二郎究竟患何病,何时殁等语,表面语气较低缓,却令人觉着作者锥心的痛楚。同时在行文中,造成了一种时起时伏、回旋跌宕的抒情效果。正如在艺术技巧上"抑"是为了"扬",紧接着文中表现出无边无涯的死别的折磨,终于把作者的情感推向了最高潮,"呜呼!汝病吾不知时,汝殁吾不知日,生不能相养以共居,殁不得抚汝以尽哀……"直到"彼苍者天,曷其有极!"将作者最终未能面见死者的深深痛憾、因大恸而导致的深刻自责等一齐爆发出来,其罕见的激烈、深细与真实,使读者怀着战栗的心灵看到了人类生命情感的无尽深处。这种感受,一直延续到作者交代了"教吾子与汝子,幸其成;长吾女与汝女,待其嫁"后,合并入"言有穷而情不可终"的无限余韵之中。

《祭十二郎文》之所以能将诚挚的抒情与日常琐事的叙述紧密融合在一起,深切地表达出对亡故亲人的悼念和对人生浮沉离合的无限感叹,其另一个重要的艺术特点不能忽略,即成功的语言运用。作者首先善于极贴切、生动地使用语言,使其文字不但切"情"而且切"境",即描写什么人在什么时间场合,便用什么样的语言手法使之凸现出来、活动起来。如第一段在回顾家世后写"嫂尝抚汝指吾而言……"一段,因事情已经过去很久了,如平平而叙恐怕不会收到作者想望的效果,于是就用了现在的白描手法。这样便如同疏淡而生动的墨笔画,将寡嫂和两个幼龄孩子的形貌神情都勾勒映衬了出来,突显在惨淡的背景上,十分触目。仿佛一个特写镜头,将其时的情形、酸楚久久印在作者心头。另外就整篇祭文来说,差不多全部用的是第一人称和第二人称即"吾"和"汝"的对语手法。这样仿佛直接出现了在祭奠过程中作者同十二郎的絮絮对话,语调诚恳朴直,不加修饰,极有效地生成了祭文真切、朴素的感人力量。其次是作者在用语方面擅长变化。人的情感活动本来就处在时刻张弛起伏的规律之中,所用于表达的语言如果平板单调,就万不能表现好情感世界的微妙深奥。而韩愈这篇文章的语调句式随着自身情感的发展变化段段变、时时变。句式或长或短、或口语或雅句;语调则或急促或迂缓、或高亢或低回,真正做到了情至笔随。从而使文章收到了情文并生的最佳效果。

唐宋八大家散文鉴赏

柳宗元卷

韩 愈 等 ◎ 著

线装书局

柳宗元简介

柳宗元(公元 773～819 年),是我国唐代杰出的文学家和思想家。字子厚,祖籍河东(今山西省永济市),故世称"柳河东""河东先生";曾贬官柳州,所以又称"柳柳州"。唐德宗贞元九年(公元 793 年),二十一岁考中进士;十四年(公元 798 年)登博学宏词科,授集贤殿正字。后调蓝田县尉,两年后回朝任监察御史里行。唐顺宗永贞元年(公元 805 年),参加主张政治革新的王叔文集团,被提升为礼部员外郎。革新失败后,被贬为永州(今湖南省零陵县)司马。柳宗元时年仅三十三岁。十年后(公元 815 年)改贬柳州(今广西壮族自治区柳州市)刺史,又四年后病逝于柳州。

柳宗元是唯物主义的进步思想家,也是力主革新和勤政爱民的一位政治家,更是唐代古文运动的积极倡导者。他与韩愈一起推行散文革新运动,文章以"韩柳"并称,并被列入"唐宋八大家"之中。他主张"文者以明道"(《答韦中立论师道书》),明确提出"以辅时及物为道"(《答吴武陵论书道书》),"文之用,辞令褒贬,导扬讽喻而已"(《杨评事文集后序》),非常重视社会教化功能。他在反对形式主义文风的同时,又很看重文章的艺术形式,他说:"言而不文则泥"(《答吴武陵论非国语书》),写出来的作品,如果"阙其文采,固不足辣动时听,夸示后学。立言而朽,君子不由也"(《杨评事文集后序》)。他的创作态度十分严肃,在《答韦中立论师道书》中,柳宗元自述说:"吾每为文章,未尝敢以轻心掉之,惧其剽而不留也;未尝敢以怠心易之,惧其弛而不严也;未尝敢以昏气出之,惧其昧没而杂也;未尝敢以矜气作之,惧其偃蹇而骄也。"他推崇先秦西汉经典文章,主张广泛汲取其长处,为己所用。在同上文章中,柳氏说他在创作中本之《书》《诗》《礼》《春秋》和《易》,以分别"求其质""求其恒""求其宜""求其断""求其动";参之谷梁氏、《孟》《荀》《庄》《老》《国语》《离骚》、太史公,以分别"厉其气""畅其支""肆其端""博其趣""致其幽""著其洁",作者说他正是这样"旁推交通而以为文也。"

柳宗元的文学成就是多方面的。就他的散文来说,可谓各体兼备,形式多样,"精裁密致,璨若珠贝"(《柳宗元传》)。其中最受称誉的是他的论说、传状、杂文、寓言,尤为出色的是他的山水游记文章;但书、启、铭、序和骚体文中,也不乏佳作。论说,包括哲学的,政治的,历史的理论文章,有的洋洋大篇,以《封建论》为代表,林纾称之为"古今至文,直与《过秦》抗席"(《韩柳文研究法》);有的短小精悍,如《桐叶封弟辨》,读之"如眺层峦,但见卷翠"(《古文观止》)。不论长篇短制,揭露社会矛盾和批判现实政治,都是笔锋犀利,结构谨严。传状以《梓人传》《种树郭橐驼传》《童区寄传》和《段太尉逸事状》为代表,从批判现实的角度选取人物,通过剪裁、描写,写出了各种不同的典型人物性格,寄托了作者自己的政治理想。杂文、寓言以《敌戒》《三戒》《蝜蝂传》《捕蛇者说》《罴说》为代表,篇幅短小,形象生动,于讽刺挖苦中,极尽批判暴露之能事。脍炙人口的山水游记,以《永州八记》最为著名,展示给读者的不仅仅是一幅幅山水胜景,更重要的是有作者的主体情感灌注其间,因而能够情景交融,使人如临其境,如见其心。文笔简练生动,清丽峭拔,常常三言两语,就能点画出有声有色的艺术境界。他如《寄许京兆孟容书》《与韩愈论史官书》《送薛存义之任序》《愚溪诗序》以及骚体文《惩咎赋》《囚山赋》《吊屈原文》《骂尸虫文》,也都写得声情并茂,极有特色。总的行文风格是峭拔矫健,与韩文的雄浑奔放有别。

与韩愈论史官书

【题解】

柳宗元《与韩愈论史官书》，为读韩愈《答刘秀才论史书》而作，时在元和九年（公元814年）。韩书认为"夫为史者，不有人祸，则有天刑"，表示不愿再当史官，"行且谋引去"，流露出害怕风险的胆怯心理。柳书列举实例，论证史官遭受刑祸别有他因，而并非必然；勉励韩愈作为史官"宜守中道，不忘其直"，即坚持正义，秉笔直书，真实反映历史的本来面目。显现出柳宗元忠于职守，刚正不阿，无所畏惧的优秀品格。书中正气凛然，措辞严厉，劈头说破，逐层批驳，是一篇疾风骤雨之文。然而褒贬适宜，言说侃侃，"今学如退之，辞如退之，好议论如退之，慷慨自谓正直行行焉如退之，犹所云若是，则唐之史述其卒无可托乎？"确"有质直而无讪笑，意中仍以能受尽言之君子期退之。"（《柳文指要》卷三十一）退之亦能解子厚之至诚。子厚谢世后，退之所为设祭志墓等所为言辞，可资佐证。

【原文】

正月二十一日①，某顿首十八丈退之侍者前②：获书言史事③，云具与刘秀才书④，及今乃见书稿，私心甚不喜，与退之往年言史事甚大谬。

若书中言，退之不宜一日在馆下⑤。安有探宰相意⑥，以为苟以史荣一韩退之耶？若果尔，退之岂宜虚受宰相荣己而冒居馆下⑦，近密地⑧，食奉养，役使掌固⑨，利纸笔为私书⑩，取以供子弟费？古之志于道者，不若是。

且退之以为纪录者有刑祸⑪，避不肯就，尤非也。史以名为褒贬⑫，犹且恐惧不敢为，设使退之为御史中丞大夫⑬，其褒贬成败人愈益显⑭，其宜恐惧尤大也，则又扬扬入台府⑮，美食安坐，行呼唱于朝廷而已耶⑯？在御史犹尔，设使退之为宰相，生杀、出入、升黜天下士⑰，其敌益众，则又将扬扬入政事堂⑱，美食安坐，行呼唱于内廷外衢而已耶⑲？何以异不为史而荣其号利其禄者也⑳？

又言"不有人祸，则有天刑"，若以罪夫前古之为史者㉑，然亦甚惑。凡居其位，思直其道㉒，道苟直，虽死不可回也㉓；如回之，莫若亟去其位。孔子困于鲁、卫、陈、宋、蔡、齐、楚者，其时暗，诸侯不能行也；其不遇而死㉔，不以作《春秋》故也。当其时，虽不作《春秋》，孔子犹不遇而死也。若周公、史佚㉕，虽纪言书事㉖，犹遇且显也，又不得以《春秋》为孔子累。范晔悖乱㉗，虽不为史，其宗族亦赤。司马迁触天子喜怒㉘，班固不检下㉙，崔浩沽其直以斗暴虏㉚，皆非中道。左丘明以疾盲，出于不幸;子夏不为史亦盲㉛,不可以是为戒。其余皆不出此㉜。是退之宜守中道不忘其直,无以他事自恐。退之之恐,唯在不直、不得中道,刑祸非所恐也。

凡言二百年文武士多有,诚如此者㉝。今退之曰,我一人也何能明㉞?则同职者又所云若是,后来继今者又所云若是,人人皆曰"我一人",则卒谁能纪传之耶㉟?如退之但以所闻知孜孜不敢怠,同职者,后来继今者亦各以所闻知孜孜不敢怠,则庶几不坠㊱,使卒有明也。不然,徒信人口语,每每异辞㊲。日以滋久,则所云"磊磊轩天地"者㊳,决必沉没,且乱杂无可考,非有志者所忍恣也㊴。果有志,岂当待人"督责迫蹙"然后为官守耶㊵?

又凡鬼神事,渺茫荒惑无可准,明者所不道。退之之智而犹惧于此㊶。今学如退之,辞如退之,好议论如退之,慷慨自谓正直行行焉如退之㊷,犹所云若是,则唐之史述其卒无可托乎?明天子、贤宰相得史才如此,而又不果,甚可痛哉!退之宜更思,可为速为㊸,果卒以为恐惧不敢,则一日可引去,又何以云"行且谋"也㊹?今当为而不为,又诱馆中他人及后生者㊺,此大惑已。不勉己而欲勉人,难矣哉!

【注释】

①"正月"句:写此"书"的日期,年份是唐宪宗元和九年(公元814年)。

②某:作者自谓。　顿首:叩头。古人书信中通用的客套话。十八丈:指韩愈。"丈"是对年长者的通称,韩愈又排行第十八,因称之"十八丈"。　退之:韩愈的字。　侍者:指韩愈的侍从。在收信人的名下加"侍者前",也是一种客套话,表示不敢与收信人平等相对,只能请"侍者"转达。

③获书:收到韩愈的信。

④云:来信中说。　具:通"俱"。　与刘秀才书:给刘秀才的信,即韩愈《答刘秀才论史书》。刘秀才,名轲。给韩愈信,勉励其修好国史。秀才是对应举的读书人的美称。

⑤馆:史馆,即编修史书的官署。其时韩愈以比部郎中兼任史馆修撰。

⑥安有:哪有。　探宰相意:揣度宰相的意图。《答刘秀才》中说,宰相"哀其老穷,……苟加一职荣之耳"。

⑦冒:假充,这里是"充数"的意思。

⑧密地:机密要地,这里指朝廷皇宫。

⑨掌固:掌故,史馆内的小吏。

⑩为私书:做私己的文章。

⑪纪录者:史官,编修史书的人。　有刑祸:指韩愈《答刘秀才》所谓"夫为史者不有人祸,则有天刑"的话。

⑫名:这里指文字。

⑬御史中丞:官名,司职对政府官员的监察、弹劾。

⑭成:成全。　败:毁败。　显:显明。

⑮扬扬:得意的样子。　台府:指御史中丞的官署。

国学经典文库

唐宋八大家散文鉴赏

柳宗元卷

⑯行:行使,施行。   呼唱:臣子上朝,一要"呼"皇帝"万岁",二要自"唱"个人的姓名。

⑰出入:指京官调出或调入。   升黜:升迁或罢免。

⑱政事堂:指宰相的官署。

⑲外衢:宫禁之外,谓宫内宫外不离皇帝左右。

⑳不为史:不做史官该做的事,即不履行史官的职责。

㉑罪:归罪,加罪。

㉒直:正,正确实行。

㉓回:掉转,这里是"改变志向"的意思。

㉔不遇:没有得到君主的信任。遇,遇合明主。

㉕周公:传说周公作《周礼》。   史佚:西周初期的史官,名佚,史乃官名,亦称尹佚。《汉书·艺文志》有《尹佚》二篇,今亡。

㉖纪言书事:古代有"左史纪言,右史纪事"的说法,后世以"纪言书事"为史官的职责。

㉗范晔:南朝宋史学家,著有《后汉书》。宋文帝元嘉二十二年(公元445年)因涉谋反案被杀。   悖乱:叛乱。

㉘触天子喜怒:触犯了皇帝的情感。   喜怒:这里借代情感。

㉙班固:东汉史学家,著有《汉书》。因牵连窦宪案而被免官。他的奴仆曾骂过洛阳令种兢,种兢便借机将其收捕入狱,死在牢中。   不检下:不约束手下人。

㉚崔浩:北朝魏人,官至司徒,史学家,著有《国书》。魏太武帝太平真君十一年(公元450年),被灭族。   沽其直:兜售他的正直。崔浩主张发展汉族大地主势力,并刻石自夸正直,为北魏统治者鲜卑贵族所忌恨。   暴虏:对北方少数民族的蔑称。

㉛子夏:姓卜名商,孔子的学生,因死了儿子流泪过多而双目失明。

㉜其余:韩愈列举"不有人祸则有天刑"的其他史官,如陈寿、王隐、魏收、吴兢等。

㉝"凡言二百年"句:针对韩愈"唐有天下二百年矣,圣君贤相相踵,其余文武之士,立功名跨越前后者,不可胜数"而言。

㉞"今退之曰"二句:针对韩愈"岂一人卒卒能纪而传之耶"而言。

㉟纪传:称帝王的传记为"纪",其他名人的传记叫"传"。

㊱庶几:表示可能或期望,"也许可能"的意思。

㊲每每:往往,常常。   异辞:说法不同。

㊳磊磊轩天地:引用韩愈的话。原文是"夫圣唐巨迹,及贤士大夫事,皆磊磊轩天地,决不沉没"。   磊磊:卓越的样子。   轩天地:高大如天地。

㊴忍恣:忍心于放任自流。

㊵督责迫蹙:督察紧迫。引用韩愈的话,原文是"苟加一职荣之耳,非必欲督责迫蹙令就功役也"。

㊶惧于此：指韩愈所言"若有鬼神，将不福人。……实不敢率尔为也"。

㊷行行：刚强的样子。

㊸可为速为：认为能够做就马上去做。

㊹行且谋：将要考虑。行且，行将。韩愈原话是"行且谋引去"。

㊺"诱馆中"句：此句针对韩愈"今馆中非无人，将必有作者勤而纂之。后生可畏……亦宜勉之"而发。　　诱：误导。

【集评】

宋黄震《黄氏日钞》卷六十：盖正论也。

明茅坤《唐宋八大家文钞》卷十九：子厚之文多雄辩，而此篇尤其卓荦峭直处。但太露、气岸，不如昌黎浑涵，文如贯珠。

明蒋之翘辑注《柳河东集》卷三十：昌黎之意，只为褒贬足以取祸，故巧为其说云云。子厚攻之，极得肯綮，看他反复横说必胜，故能奇肆有逸气。

清金圣叹《天下才子必读书》卷十二：句句雷霆，字字风霜。柳州人物高出昌黎上一筹，于此可见。

清谢枋得《文章轨范》卷二：如此辩论，乃极精极强，无一字放空处。然在辩论家，要看他有体度处，不似世人逼窄，有斗口景状；文章家，要看

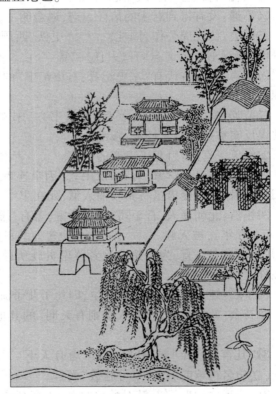

他在事理情中，转换出收纵紧缓来，非凿空硬顿放，不中听者心解。

清林云铭《古文析义初编》卷五：柳州挈定不作史不宜居馆下一句作主，而以人祸天刑细细翻驳，复为作史设策于不易作中，寻出可作之法。末为退之自诿，为唐史之虑，且为天子宰相痛惜，正所谓深惜退之也。笔力奇横极矣。

清沈德潜《评注唐宋八家古文读本》卷七：孙可之云：作史者明不顾刑辟，幽不见鬼神，若梗避于其间，其书可烧也。柳州亦持此见。其攻诘处，与《争臣论》相似，而韩则委曲条畅，柳则峭直峻削，各自不同。

清汪基《古文喈凤新编》：诛奸谀于既死，发潜德之幽光。韩公自明于作史之

法,但以忧谗畏讥,时有所不敢为耳。然居其职,则当行道。柳州是书直同《争臣论》《与范司谏书》并寿千古。

清孙琮《山晓阁评点唐柳柳州全集》卷一:篇中一起总驳韩书之非,下分段备细痛责:一段责其避人祸不肯作史;一段责其避天刑不肯作史;一段责其推委同列不肯作史;一段责其惑信鬼神不肯作史;一段责其下负所学上负君相不肯作史。末幅一收作三段看:一段勉励之,一段激发之,一段切责之。皆是疾风骤雨之文,劈头劈脸而来,令人不可躲避,又是一种笔法。

近代林纾《柳文研究法》:词意严切,文亦彷佛退之。此为子厚与书类中之第一篇。退之《答刘秀才书》,言为史者"不有人祸,必有天刑",柳州则以为退之之身兼史职,既畏刑祸,则不宜领职。故劈头说破……综言之,特直恃道,则一无所恐。不惟斥驳退之,语中亦含推崇与慰勉二意。后幅将恐字遏下,言恐刑祸者非明人。而学如退之,议论之美如退之,生平秉直如退之,似不必惧,乃仍惧而不为,则《唐史》将何望?抬高退之,不遗余力,亦见得朋友相知之深,故责望如此。文逐层翻驳,正气凛然。

现代章士钊《柳文指要》卷三十一:义门所谓是年者,乃元和九年也,当时退之挥洒史笔,志得意满,忽而横逆之来,使之神志沮丧,而裹足不敢前者,有二事:一则平淮西碑,为李愬之党所谤,一则顺宗实录,为内官所潜是也。义门先后列举二者,为退之致书刘秀才之真实近因,且嘉其逊词自晦,合乎中道,乃迁就子厚书旨而为之辞。殊不知义门将利禄与史实连为一系,从而折衷,而谓之有合乎道,此绝非子厚所祈向之大中也。退之于子厚为先友,故呼为十八丈,然书中言说侃侃,有质直而无讪笑,意中仍以能受尽言之君子相期退之,其实同时亦唯有退之能解子厚所谓中道之出于至诚,卒以是迫蹙退之,对子厚之文若行倾服靡已。

【鉴赏】

这是柳宗元与韩愈辩论史官问题的一封信。元和九年(公元814年)写于永州。韩愈元和八年六月为史馆修撰,不久,给刘秀才信中说"为史者不有人祸,必有天刑",严重歪曲历代史官不幸遭遇,并以"行且谋引去"为借口不肯修史。柳宗元看后"以为不然",一针见血地指出韩愈不修史的根本原因在于"不直、不得中道",即不正直,不能守"中庸"之道,实为维护自己既得地位进行辩解。宗元认为"凡鬼神事渺茫荒惑无可准",韩愈说为史有天刑不过是借口。宗元痛惜因此"'磊磊轩天地者',决必沉没,且乱杂无可考"的损失。这封信鲜明地表现了柳宗元是一位反天命的唯物论者。他主张弘扬历史上的杰出人物,鄙视"美食安坐,行呼唱于朝廷""不为史而荣其号、利其禄者"的卑劣行为。他不因为和韩愈有私交而放弃原则,表明自己坚定的政治立场和为人正直的品德。

这封信具有鲜明的驳论特征。抓住对方要害,逐层予以批驳。既驳对方论点又驳对方论据。反驳中推理严密,不乏形象性,时有讽刺,堪为一篇理晰情笃的论辩佳作。

如,驳韩愈"以为纪录者有刑祸,避不肯就"的谬论,就采用设比,对照其言行不一的表现层层推理,深刻地揭露韩愈恐惧的实质是"荣其号,利其禄"。推理步骤是,如果说为史不敢为褒贬,那么做了御史中丞大夫,"其褒贬成败人愈益显",尤其不敢为了。如果说这种逻辑成立的话,那么掌握生杀、升黜大权的宰相,"其敌益众",岂不更不敢为? 那还要政治法律有何用? 然而事实并非如此! 其中连用三个反诘句,"扬扬入台府,美食安坐,行呼唱于朝廷而已邪?","扬扬入政事堂,美食安坐,行呼唱于内庭外衢而已邪?""何异不为史而荣其号利其禄者也?"把向上爬者和不为史者对比起来,揭露他们"荣其号利其禄"的本质,有力地戳穿韩愈"有志于道"的虚伪性,笔力充满咄咄逼人的气势。

韩愈在给刘秀才的信中提到一系列历史人物,加以歪曲,作为他"天刑论"的论据。论据是支持论点的根据,只有把论据驳倒了,受其支持的论点才能彻底动摇,以至不攻自破。柳宗元据此采用枚举例证法,针锋相对地逐一批驳韩愈的论据。指出孔子、范晔、司马迁、班固、崔浩、左丘明、子夏等都不是因作史而遭不幸的,各有其原因,跟为史无关,驳得韩愈体无完肤!

文章结尾语重心长,饱含深情,寄予厚望。先指出"学如退之,辞如退之,好议论如退之,慷慨自谓正直行行焉如退之"的有力事实激励韩愈勇敢地担起修史的任务,又责备韩愈"谋引"而不去的犹豫态度,催其自决,最后劝诫韩愈不要"不勉己而欲勉人",真是晓之以理,动之以情。充分表现了柳宗元不徇私情的原则性,求真理而不妥协的斗争精神。体现了柳文说理深透、气势恢宏、感情质朴的特点。

答刘禹锡《天论》书

【题解】

在柳宗元写出批评韩愈所谓天有赏罚观点的《天说》之后,刘禹锡对此给予补充和发挥,连写三篇《天论》。这是柳宗元读过《天论》后写给刘禹锡的回信。信中肯定刘禹锡和自己观点的一致之处,所谓"凡子之论,乃《天说》传疏耳"。对"空者"并非无形,只是"无常形"的论点表示完全赞同。刘禹锡在《天论》中认为:"天之能"表现为以强凌弱,"人之能"表现为有礼义、法制。将以强凌弱也看作是"天之能",是明显的错误,故柳宗元指出这是"过罪乎天","法制与悖乱,皆人也",从而坚持了天不干预人事的唯物主义观点。但,柳宗元在批驳"天人交胜"的论证中,否定了刘禹锡人务胜天的命题,不免陷入形而上学的泥淖。

这是一篇驳论文,驳"天人交胜"的论点,采用归谬法,灵活巧妙;驳以旅者为喻的论据时,则以子之矛攻子之盾,针锋相对,雄辩有力。

【原文】

宗元白:发书得《天论》三篇①。以仆所为《天说》为未究,欲毕其言②。始得之,大喜,谓有以开吾志虑。及详读五六日,求其所以异吾说,卒不可得③。其归要曰:非天预乎人也④。凡子之论,乃吾《天说》传疏耳,无异道焉⑤。谆谆佐吾言,而曰有以异,吾不识何以为异也⑥。

子之所以为异者,岂不以赞天之能生植也欤?夫天之能生植久矣,不待赞而显⑦。且子以天之生植也,为天耶?为人耶?抑自生而植乎⑧?若以为为人,则吾愈不识也⑨。若果以为自生而植,则彼自生而植耳,何以异夫果蓏之自为果蓏,痈痔之自为痈痔,草木之自为草木耶⑩?是非为虫谋明矣,犹天之不谋乎人也⑪。彼不我谋,而我何为务胜之耶⑫?子所谓交胜者,若天恒为恶,人恒为善,人胜天则善者行,是又过德乎人,过罪乎天也⑬。又曰:天之能者生植也,人之能者法制也。是判天与人为四而言之者也⑭。余则曰:生植与灾荒,皆天也;法制与悖乱,皆人也,二之而已⑮。其事各行,不相预,而凶丰理乱出焉,究之矣⑯。凡子之辞,枝叶甚美,而根不直取以遂焉⑰。

又子之喻乎旅者,皆人也。而一曰天胜焉,一曰人胜焉,何哉⑱?莽苍之先者,力胜也⑲;邑郛之先者,智胜也⑳;虞芮,力穷也㉑;匡宋,智穷也㉒。是非存亡,皆未见其可以喻乎天者㉓。若子之说,要以乱为天理,理为人理耶?谬矣㉔。若操舟之

269

言人与天者,愚民恒说耳;幽厉之云为上帝者,无所归怨之辞尔,皆不足喻乎道㉕。

子其熟之㉖!无羡言侈论,以益其枝叶。姑务本之为得,不亦裕乎㉗?独所谓无形为无常形者甚善㉘。宗元白。

【注释】

①白:书信的款式,向同辈陈说叫"白"。　　发书:打开书信。

②"以仆"二句:意思是说,你作《天论》,是认为我写的《天说》没有把道理讲透,来充实我的论述。　以:认为。　仆:柳宗元的自谦之称。　未究:未能透彻。究,终极,到底。　毕:完毕,结束。

③"始得"六句:意思是说,刚收到《天论》的时候,我很高兴,觉得能够启发我的思想。等我仔细地阅读五六天,想从中找出不同于《天说》的重要论点,结果没有找到。　始:初。　开:开导,启发。　卒:最终。

④"其归"二句:意思是说,《天论》的大要,概括说就是:不是天干预人事。　归要:大要,指最基本的思想、观点。　预:干预。

⑤"凡子"三句:意思是说,你在《天论》中的主要论述,如同给我的《天说》作注释,所讲的道理并没有什么不同。　传疏:犹言注释。阐述经书经义的文字叫"传",对经书传注所做的解释叫"疏"。

⑥"谆谆佐"三句:意思是说,你耐心地给我的《天说》作补证,却说与我有不同的看法,我不明白你是根据什么认为有不同的。谆谆:教诲不倦的样子。　佐:佐证,辅正。

⑦"子之所"四句:意思是说,你所认为的不同,难道不是因为你赞颂天能够生长万物吗?天能够生长万物已经很久很久了,这一点,不去赞颂它也是显而易见的。　赞:赞颂,赞叹。　生植:使……生长。植,同"殖",繁殖、生长。显:明显。

⑧"且子"四句:意思是说,再说,你认为天生长万物,为了天本身呢?为了人呢?或者万物为了自生而生呢?　抑:或者。

⑨"若以"二句:意思是说,如果你认为是为了人,那我更加不明白了。

⑩"若果"五句:意思是说,如果你真的认为是为了自生而生,那么万物只是自生自长罢了,这与瓜果的自长为瓜果,痈痔的自成为痈痔,草木的自结为草木有什么不同呢?　果蓏:瓜果。蓏,瓜类植物的果实。

⑪"是非"二句:意思是说,瓜果、痈痔、草木这些东西不是为虫着想的,这是很明显的,如同天的生长万物,并不是为人着想的一样。　是:指代果蓏、痈痔、草木。　谋:谋思。

⑫"彼不"二句:意思是说,天既然不为我们人着想,我们人为什么一定要胜过它呢?

⑬"子所谓"六句:意思是说,你讲的"天人交相胜"的观点,好像说天经常作恶,人经常行善,人胜过天,好的东西就能通行。这种观点未免过分褒奖人,过分责

备天了。　　　交胜:指刘禹锡《天论》关于"天与人交相胜"的观点。　　　过:过分,太甚。

⑭"又曰"四句:意思是说,你又说:天的职能在于生长万物,人的职能在于坚持法制。这样的说法,就是把天和人分成四个方面了。　　　是:指刘禹锡言天"恒为恶",又言天"能生植",言人"恒为善",又言人"能法制"的说法。　　　判:分。四:四个方面,即善、恶、生植、法制。

⑮"余则曰"六句:意思是说,我却认为:生植与灾荒,是属于天即自然界的事,法制与悖乱,是属于人即人类社会的事,只有天、人两个方面罢了。

⑯"其事"四句:意思是说,天之事与人之事,各行各的事,不相互干预,荒年与丰年、安定与混乱,是它们各自产生的,如此说,就把关于天的道理讲透了。

⑰"凡子之"三句:意思是说,一般讲,你的论述,枝叶问题谈得很丰满,可是根本问题却没有正面阐发出来。　　　枝叶:喻指次要的问题。　　　根:喻指重要的根本的问题。　　　遂:成长。

⑱"又子之"五句:意思是说,还有你用旅行所做的比喻,都属于人的活动,而你把一种情况说成是天胜过人,把一种情况说成是人胜过天,这是为什么呢?　　　喻乎旅者:用旅行之事所做的比喻。刘禹锡在《天论》中打了两个比喻,讲了两个典故,四个例子都属于人事活动。

⑲莽苍之先者:刘禹锡《天论》说:人们旅行到野外,疲倦了要找树林休息,口渴了要找泉水解饮,一定是强而有力的人占先,这是"天胜"。　　　莽苍:草色青青,此指野外。莽,草,草丛。先:占先。

⑳邑郛之先者:刘禹锡《天论》说:在城市,人们要住华丽的房屋,要吃丰盛的饭菜,一定是贤德之人占先,这是"人胜"。　　　邑郛:城市。郛,外城。

㉑虞芮:商末的两个小诸侯国。《史记·周本纪》载,虞芮两国发生边界纠纷,去找周文王裁决。至周,见周人讲礼让,受到感染,从而不再争执,也成了礼义之邦。《天论》援引这个典故说,经过虞芮的人,受礼义的感染,即使到了郊外,也会讲礼让,并认为这是"人胜"。

㉒匡宋:春秋时郑国的匡地和宋国。《史记·孔子世家》载,孔子周游列国,路过匡地被老百姓围困,路过宋国差一点被杀。《天论》援引这个典故说,在匡宋这样的地方,受不到礼遇,这是"天胜"。　　　智穷:意谓智与力相较,智不敌力,智乃占下风。

㉓"是非"二句:意思是说,在这四个例子中,无论属于"是非存"还是属于"是非亡",我都找不到能够用来说明白天的地方。是非存亡:这里是借用刘禹锡的话。《天论》说,"是非存"则"人理胜","是非亡"则"天理胜"。　　　喻:告诉,使人明白。

㉔"若子"四句:意思是说,照你的说法,归结要点就是认为社会混乱是由于"天理",社会安定是由于"人理",这是不对的。要:概括,总括。

㉕"若操"五句:意思是说,你讲的驾船的例子,人们有时讲天命,有时讲人事,

不过是老百姓的常识罢了;周幽、厉王时的诗篇,多有呼喊上帝,那是怨愤无处发泄,无可奈何的言辞罢了,这些,都不能用来说明关于天人关系的道理的。　　操舟:驾船。《天论》说,在小河中行船,容易控制,是否顺利,人们不把原因归之于天。在大河中行船,风涛莫测,难于驾驭,此时人们就把安全与否归之于天了。　　幽厉:西周后期的周幽王和周厉王。当政无道,人民怨恨,无可奈何,呼救上帝,《诗经》中多有反映。　　云:指《诗经》所云。

㉖其:表示期望。　　熟:详思。

㉗"无羡"四句:意思是说,写文章不要讲些多余的话,增加枝枝叶叶,还是在根本上多下功夫,那不是能使文章更充实丰满吗?羡言侈论:多余的言论。羡、侈,滥,多余。　　益:增加。裕:丰满,充实。

㉘"独所"句:意思是说,只有你所说的天的"无形为无常形"这个见解很好。无形为无常形:刘禹锡《天论》说,所谓没有形状的"空",只是没有固定的形状罢了。

【集评】

明蒋之翘辑注《柳河东集》卷三十一:子厚于天人之际,析理虽未能尽之,然其发越亦俊。

现代章士钊《柳文指要》卷三十一:柳子厚作《天说》,刘梦得认为未尽天人之际,因撰《天论》三篇以极其辩,子厚见之,谓足为《天说》传疏耳,无异道也。然则二子之道,果有异焉否乎?今之治柳刘两家文者,谓两家主旨皆唯物,而刘比于柳为进一阶,然则刘果进一阶焉否乎?吾尝详考两家本文,及今之申柳或申刘诸说,敢为之断曰:两家由无异出发,而中途微有异,中途有异,而卒归无异。何以言之?夫两家之主旨在唯物,此固不容有异,而能贯彻始终者。其中途有异,则柳子所谓辞之枝叶,固

国学经典文库

唐宋八大家散文鉴赏

柳宗元卷

272

与主旨无涉。其第一异处，柳言天无预乎人，而刘言天人交相胜。既言天人交相胜，又言"生乎乱者，人道昧不可知，故由人者举归乎天，非天预乎人耳"，其卒乃与柳一致，故吾曰中微异而终不异也。推原其朔，在柳所用之天字一义，而刘所用之天字有歧义。歧义者何？刘言天在虞芮，虽莽苍犹郏邑，天在匡宋，虽郏邑犹莽苍，是虞芮一天，匡宋又一天也，天不容有虞芮匡宋之分，而刘子歧而二之，故不能为柳子所理解，此在逻辑，刘所犯为四词之悖。……柳州崭崭言天不预乎人，宾客则一面言天人不相预，一面又言天人交相胜，辞情缴绕，难于割断，二适似以刘深明易象，而柳漫无所知，即此足数刘柳优劣之据。嘻！谈何容易？此之谁优谁劣，岂能一言论定？……以两家说纳入哲学范围，则天之为天，体固有在，人而天之，天存乎心，于是宾客立论不期而开后代心物二元之门。此覈之柳州斩截划分天人，訾欲望于天者的大误；舍是非而言同异，之二家者固非可冶于一炉均其功罪之哲学形象，昭昭以明。

【鉴赏】

这是一篇驳论文。韩愈曾对宗元说有天之赏罚，宗元遂写《天说》批驳韩愈的谬论。其主要论点是当以仁义自信而不信天。本不是全面阐述天人之际的理论，可刘禹锡看后却以为有未尽之意，于是连写《天论上》《天论中》《天论下》三篇文章寄给宗元。宗元见后经过认真研读，觉得刘文只是《天说》的传疏，并无独立见解，乃写此文作答。

此文主要就刘文中"天人交胜"的观点及其以旅者为喻的论据进行批驳。批驳有序，要言不烦，击中要害，充满逻辑力量，但无刻薄言辞，语气委婉，商讨如宾。此种文风，对当前不正的评论之风，具有启迪意义。

文章首先提出自己对刘文总的看法"非天预乎人也"，作为自己批驳的立足点，高屋建瓴，置对方于劣势。然后有层次地逐一批驳，提缰注坡，充溢雄辩力量。

刘文认为"天能生植"，宗元认为这是长久的客观存在，不是因人而致。连用三个设疑句"为天耶？为人耶？抑自生而植乎？"暗示有天生的、自生的，唯独没有为人而生的，从而否定了刘文的观点。退一步说，天自生而植，和果蓏、痈痔、草木自为有什么不同呢？果、病、草、木不为虫谋，跟天不为人谋一样，暗示天之生植为天而已。文章就这样以假言推理的方式，导出"彼不我谋，而我何为务胜之耶"的结论。柳氏否定人务胜天，那是形而上学的，人类是可以发挥主观能动性，认识和改造自然的。天不能干预人类的社会活动，但人是可以战胜自然的，柳宗元看不到这一点，抹杀了刘禹锡的辩证观点，不能不说是一种历史的局限。

柳宗元继而以他上述的观点为大前提，采用"归谬法"，驳倒刘文"天人交胜"的观点。推理如下：如果天胜人，天恶人也该恶，可是人善；如果人胜天，那么人善天该是善，可是有时天恶，这样前后不是矛盾了吗？可见刘文"天人交胜"的观点是荒谬的。

支持刘文"天人交胜"观点的根据是"天之能者生植也，人之能者法制也"，即天之道在生植,其用在强弱;人之道在法制,其用在是非。宗元则认为生长草木谷果与闹灾荒,全是天造成的,社会太平与动乱,乃是人造成的,各行其是互不干预,可见天之强弱与人之是非没有必然的联系。如果人之法能治天,凶丰现象就不会屡屡发生,如果天之能胜法,那么理乱也不会层出不穷。哪有什么"天人交胜"?就这样条分缕晰地驳倒刘文的论据,使其观点孤立无援,不攻自破。宗元用枝叶与根形象地指出刘文的弊端,在于本末倒置。其实刘禹锡是受"天人合一"的影响,误入困境,柳宗元之所以能批驳刘禹锡的观点,乃因为他掌握天人有别的唯物观点。

刘文还有用旅者作比的论据,曰:"夫旅者,群适乎莽苍,求休乎茂木,饮乎水泉,必强有力者先焉,否则虽圣且贤莫能竞也,斯非天胜乎?群次乎邑郛(城郭),求荫于华榱,饱于饩牢,必圣且贤者先焉,否则强有力莫能竞也,斯非人胜乎?"(刘禹锡《天论中》)宗元一语中的,强有力者或圣贤者皆人也,二者的确有力与智不同之别,但强力者饮泉休木不是天胜人,圣贤美食华屋也非人胜天(而是权势所致)。甚至虞、芮力穷,匡宋智穷,是非存亡,也都是人为的,"皆未见其可以喻天者",哪有什么天预人之理。如果按刘说,乱为天理,治为人理,那是同意"操舟之言"。如果说,幽、厉之凶残是天造成的话,那无疑等于说对幽、厉暴君没怨恨可言,这岂不是为统治者辩护吗?宗元抓住对方漏洞,亦即天胜人的一面,直斥其害,以子之矛攻子之盾,批驳得体无完肤。令人称快。

文章论理严密,不独在结构缜密,还表现在看问题全面。宗元最后肯定刘禹锡"无形为无常形"的观点。刘说:"空者(即无形),形之希微者也,为体也不妨乎物,而为用也恒资乎有,必依于物而后形焉"(《天论中》)即承认物质不灭,又处于运动之中。即,所谓无形者,只不过体希(稀)微,还是物,用它则有,这时它又依物显形。形体变化不否定物的存在,物的存在又常变形而动。它包含辩证观点,宗元肯定它,说明宗元已初步意识到辩证法,这使得此文具有特殊的哲理意义。

答吴武陵论《非国语》书①

国学经典文库

唐宋八大家散文鉴赏

柳宗元卷

【题解】

这是柳宗元继《与吕道州温论〈非国语〉书》之后,又一封讨论《非国语》的信。公元808年吴武陵被流放永州,与柳宗元一同游览山水,谈文论道,成为挚友。这封信一针见血地揭露《国语》一书的欺骗性和危险性,指出《国语》歪曲事实,"益之以诬怪,张之以阔诞","务富文采","犹用文锦覆陷阱也",非《国语》的目的在于"明圣人之道"即阐明圣人的大中之道。

言而无文,行而不远。这封短信由于妙用比喻,使抽象的道理、情思深入浅出,历历在目。以"文锦覆陷阱"比喻《国语》用华丽文采掩盖鬼神、迷信,以"居泥涂若蚓蛭"比喻被贬永州后的孤独无援,形象生动,富有情趣。

【原文】

濮阳吴君足下②:仆之为文久矣,然心少之,不务也,以为是特博弈之雄耳③。故在长安时,不以是取名誉,意欲施之事实,以辅时及物为道④。自为罪人,舍恐惧则闲无事,故聊复为之。然而辅时及物之道,不可陈于今,则宜垂于后。言而不文则泥,然则文者固不可少耶⑤!拘囚以来,无所发明,蒙覆幽独,会足下至,然后有助我之道⑥。一观其文,心朗目舒,炯若深井之下,仰视白日之正中也⑦。足下以超轶如此之才,每以师道命仆,仆滋不敢⑧。每为一书,足下必大光耀以明之,固又非仆之所安处也⑨。

若《非国语》之说,仆病之久,尝难言于世俗⑩。今因其闲也而书之,恒恐后世之知言者,用是诟病,狐疑犹豫,伏而不出,累月方示足下⑪。足下乃以为当,仆然后敢自是也。吕道州善言道,亦若吾子之言,意者斯文殆可取乎⑫?

夫为一书,务富文采,不顾事实,而益之以诬怪,张之以阔诞,以炳然诱后生,而终之以僻,是犹用文锦覆陷阱也⑬。不明而出之,则颠者众矣。仆故为之标表,以告夫游乎中道者焉⑭。

仆无闻而甚陋,又在黜辱,居泥涂若蚓蛭然,虽鸣其音声,谁为之听⑮?独赖世之知言者为准,其不知言而罪我者,吾不有也⑯。仆又安敢期如汉时列官以立学,故为天下笑耶?是足下之爱我厚,始言之也⑰。前一通如来言以污箧牍。此在明圣人之道,微足下,仆又何托焉⑱?不悉⑲。宗元顿首。

①吴武陵:唐信州(今江西上饶县)人,宪宗元和初年中进士,元和三年因事流放永州,成为柳宗元的好友。

②濮阳:吴武陵祖籍濮阳县,地属河南省,在濮水之北,故名。

③"仆之"四句:意思是说,我写作文章的历史很长了,但是心中不重视它,行动上不追求它,认为这同下棋一样,不过下得好罢了。　　少:轻视。　　务:追求。　　特:只,不过。　　博弈:六博和围棋。弈,只行棋;博,先掷采后行棋。雄:杰出。

④"故在"四句:意思是说,因此在长安为官,其间,不拿文章去博取声誉,写文章只是想把它应用于实际,以辅助时政、利于社会为原则。　　辅时及物:辅助时政利于社会的意思。物,事物,包括人。

⑤"自为"数句:意思是说,自从成为罪人,除了担惊受怕就闲着没事干,因此姑且又写写文章。然而,文章中种种辅时及物的主张,不能向今世的社会陈述,就应当使它流传后世。文章没有文采就流传不远,既然如此,文采就是文章本来不可缺少的要素。　　舍:弃。　　聊:姑且,暂且。　　不文:没有文采。文,有文采。泥:滞,不流。

⑥"拘囚"数句:意思是说,失去自由以来,没有什么新的建树,处在偏远地区,被蒙蔽、覆盖、幽深、孤独,恰巧你来到这里,那以后,你对我的思想有所帮助。拘囚:拘禁关押;这里指受到监视,失去自由。　　蒙:蒙蔽。　　覆:覆盖。幽:深暗。　　独:孤独。　　有助:"有助于"的意思。

⑦"一观"四句:意思是说,一见到你的文章,我就心胸开朗,眉目舒展,深深感到光明,就像在深井中抬头望见正午的太阳。炯:光亮。　白日:太阳。　正中:正午,太阳处在最高点。

⑧"足下"三句:意思是说,你的才能如此超群出众,还常常让我做你的老师,我更为不敢当。　　超轶:超群。　　每:常常。

⑨"每为"三句:意思是说,我每写一篇文章,你一定张大光耀来赞美它,这当然又不是能够使我心安的。　　明:明亮,光明。

⑩"若非"三句:意思是说,这本《非国语》中的见解,我被它忧虑许久,期间,曾经感到难以向世俗之人讲明白。　　病:忧虑。　　世俗:指因循守旧的习惯势力。

⑪"今因"数句:意思是说,现在趁着闲空,就把它写了出来,常怕后代明白此道的人,因为此书而耻笑我,我自疑、犹豫,把书藏起没有拿出来,隔了几个月才送给你看。　　诟病:耻辱。　　狐疑:多疑,不决断。　　伏:藏。

⑫"足下"数句:意思是说,你竟认为得当,这以后我才敢自以为然。道州刺史吕温擅长此道,他的意见也像你说的那样,想来这本书大概是有可取的地方吧?　　当:合适,得当。　　自是:自以为是。是:正确。　　意者:想来大概是……

斯文:这本书,指《非国语》。

⑬"夫为"数句:意思是说,写作一本书,极力富厚文采,无视客观事实,甚至增加文章靠虚妄离奇的东西,扩大文章靠荒诞无稽的东西,用光彩的外表引诱后学的读书人,最终把他们引入邪路,这样的做法如同用华美的锦绣覆盖陷阱之上。 诬怪:虚妄的东西。 阔诞:荒诞的东西。 炳然:光亮的样子。 僻:邪僻。 文锦:彩色织品。 陷阱:伪装起来的捕兽之坑。

⑭"不明"四句:意思是说,用文锦覆盖陷阱,《国语》即是。这一点,不明显地把它揭示出来,那么,不留心跌落陷阱的人就众多了。我因此写了《非国语》,给《国语》树一个标记,用以告诫尚未真正掌握大中之道的人。 颠者:此指跌落陷阱的人。颠:跌倒。 标表:标记,标志。 告:警告。 游:漂浮。中道:即大中之道。

⑮"仆无"数句:意思是说,我是一个孤陋寡闻的人,又正在遭贬受辱之中,处境像生活在泥土里的蚯蚓蚂蟥一样,虽然鸣叫几声,谁来听它的呢? 陋:知识浅薄。 蚓:蚯蚓。 蛭:蚂蟥。

⑯"独赖"三句:意思是说,只有依赖于世间明白此道的人,以他们的评判为准,那些不明白此道又定我罪名的人,我不放在心上。 赖:依赖,依靠。 准:标准,准则。 不有:无有。

⑰"仆又"四句:意思是说,在这种境况下,我又怎么敢期望像汉代那样设官讲学,而因此被天下人耻笑呢?你对我的亲爱深厚,我才说了这些话。 期:期望。 列官以立学:列官授学。汉有五经博士之官,讲授儒家经典。 始:才。

⑱"前一通"四句:意思是说,此前送上的一套《非国语》,就照你来信说的,留给你吧,权且玷污你的书箱。这本书是说明圣人之道的。如果没有你,我又怎么托付它呢? 一通:一套书。 箧椟:犹言书箱。箧,箱子。 微:如果没有,如果不是。

⑲不悉:不全面、详尽。书信末尾用语。

【集评】

清何焯《义门读书记》卷三十六:清古。二书皆柳子得意者,虽无所有,然极反复驰骤之态也。

现代章士钊《柳文指要》卷三十一:子厚著《非国语》,上三十一篇,下三十六篇,共六十七篇,列在外集。……子厚之学,靡所不苞,彼在《答韦中立论师道书》,自六艺以逮诸子,凡为其所循名而取实者,曾切切言之。而世人见子厚喜讼言《国语》,因谓作者一生得力在此,词条理致,俱无一而不似。不知子厚亦祇言参之《国语》以博其趣云尔,为间行文而求其趣之博也,较之取道之原,而殚精于诗书易礼春秋,以及旁推交通,而肆力于孟荀庄老骚史,其大小轻重之量为何如?非惟此也,论者见子厚著《非国语》,又仿孔颖达之讥刘炫,谓子厚勤习《国语》而复非之,亦犹炫之治杜而攻杜氏。

　　柳宗元于公元805年被贬谪为永州司马,公元808年吴武陵也因事被流放到永州,他们都是进士,文才超群出众,同来到湘南穷山恶水、瘴雨蛮烟之中,很快成为挚友。所处环境正如屈原在《涉江》中所说:"深林杳以冥冥兮,乃猿狖之所居;山峻高而蔽日兮,下幽晦以多雨;霰雪纷其无垠兮,云霏霏而承宇"。虽然如此恶劣,但他们却隐忍而生,"将以有为",因而交往密切,友谊深厚,在恐惧之余闲着无事时,即一同寻乐:或游山玩水,如《小石潭记》中,就有"同游者吴武陵"等语;或谈文论道,本文就是他们讨论《非国语》的一封信。全文可分为三段:

　　第一段,指出要将大中之道传于后代,必须有文采;言之无文,行而不远。又可分为四层:一、作者说他写文章虽然很久了,可是思想并不重视,没有专心去写,认为这只是像擅长下棋一样罢了。所以在长安时不以文章去谋求名誉,一心想把精力用在实际事业上,以辅助时政,利于社会为目的。这是作者的谦词,他从来没有轻视过写文章,从小勤奋好学,十三岁就有文名,二十岁中进士,后又应博学宏词科及第,只是在长安时改革弊政之心比写文章更为强烈罢了。二、作者说他被贬谪到永州后,辅助时政,利于社会的主张既不能实现了,就应当把"辅时及物之道"传给后代。如言

之无文,行而不远,可见文采是必不可少的了。三、作者说他来永州后,言行受到监视,耳目闭塞,无所创建。一看到武陵的文章,他就心胸开阔,眉目舒展,眼睛亮堂,像在深井之下,仰望着正午太阳的光辉。四、作者说武陵的文才如此超群,还称他为老师,他每写一篇文章,武陵都要大加夸奖和表扬,这是他所不能安心接受的。可见,武陵来到永州,打破了沉闷,使作者心明眼亮,得到了写文章的精神力量;武陵也拜作者为老师,虚心求教。两人情投意合,互敬互爱,为讨论《非国语》打下了

基础。

第二段，指出要将"大中之道"传于后代，必须写《非国语》，撕下《国语》美丽的外衣，以免后代被骗受害。又可分为二层：一、作者说，他为《非国语》伤脑筋很久了，曾认为难于对世俗人讲通。现在趁空闲把它写出来了，又怕后代有见识的人，对他进行指责非难。武陵和吕道州都认为正确，他才敢相信，料想这本书是有可取之处了。二、指出《国语》专门追求华丽的文采，无视客观事实，加以虚妄离奇，荒唐无稽，夸张铺叙，以便用美丽的外衣来诱骗青年，堕入邪门歪道。这不是用美丽的锦绣来覆盖陷阱吗？作者特意写《非国语》把这个陷阱揭露出来，告诉爱好大中之道的人，不要失足受害。这是本文的中心思想，也是作者改革当时弊政的主张。这些合乎大中之道的改革的主张，应由谁来阐明呢？自然过渡到下一段。

第三段，指出要将《非国语》中所宣扬的大中之道得到阐明，传于后代，必须托付吴武陵。又可分为二层：一、作者谦称自己既没有名声和学问，又处在贬谪受辱之时，像泥土中的蚯蚓和蚂蟥，即使拼命地叫出声来，又有谁听呢？他只以世上有见识的人的评论为标准，对那些不明是非的糊涂虫的指责，是不会理睬的。二、作者说，他哪敢希望像汉代那样设专门学官来研究《非国语》，以引起天下的嘲笑呢？《非国语》的目的在于阐明圣人的大中之道，除了武陵，就没有可以托付的人了。这是对武陵的殷切期望，也是对武陵的高度信赖。

以对武陵的信赖、感激之情为线索贯串全文：开头，作者说自从"拘囚以来，无所发明"，"会足下至，然后有助我之道"，"每为一书，足下必大光耀以明之"，因而心朗目舒，鼓舞了他从新作文的勇气。接着，作者说《非国语》写成之后，"恒恐后世之知言者，用是诟病"，"伏而不出"，今"足下乃以为当"，才敢相信这书是有可取之处，因而斗志昂扬，增强了为阐明大中之道而努力，不让青年被骗受害的信心。最后，作者说他"在黜辱"，"虽鸣其音声，谁为听之？"《非国语》的目的在于阐明圣人之道，以传后代，"微足下"，又能托付给谁？读到如此语重心长的书信，武陵怎能不铭刻在心，毅然肩负起宣扬《非国语》精神的历史使命呢？这样既体现了全文的内在联系，又突出了中心思想，结构紧严，首尾呼应。

本文的语言形象生动，最突出的是巧妙地运用了一系列的比喻。如：以"特博弈之雄"来比喻思想上不重视写文章；以"炯若深井之下，仰视白日之正中"来比喻看到武陵的文章就心明眼亮；以"文锦覆陷阱"来比喻《国语》用华丽的文采掩盖宣扬天命鬼神的迷信思想，诱骗青年；以"居泥涂若蚯蛭"来比喻被贬之后，言行受监视，说话无人听。被喻体如不重视写文章、得到武陵文章的启发、《国语》陷害青年、被贬后的艰难处境，等等，其情其景，比较抽象，都是人们所不易感受得到的，而喻体下棋、正午的阳光、文锦覆盖的陷阱、泥土中的蚯蚓和蚂蟥，都是人们所熟悉的具体的事物。作者用千锤百炼的语言，信手拈来一比，本来不了解的情况或难懂的道理，就豁然开朗，觉得历历在目，了如指掌，仿佛身临其境。柳宗元是继孟子之后运用比喻的能手。

与友人论为文书

【题解】

这是柳宗元贬为永州司马时因友人索看文章而写的复信。信中集中阐明了文学创作和文学评论的两个重要问题,一个是"得之为难",一个是"知之愈难"。所谓"得之为难",阐明了文学创作之"难"首先在于思想正确、见解独到,如"得其高朗,探其深颐",虽有芜败,也无损其宝贵的价值。这是对《答韦中立论师道书》所谈为文之道的进一步深化。所谓"知之愈难",阐明了真正认识作品、鉴赏作品的艰难,分析了作者的遭遇、荣辱、升降和读者的好恶是造成"知之愈难"的重要方面,与现代接受美学的观点颇有相通之处。尤其对文坛"荣古虐今"的坏风气的批评,表达了进步的文学观点,和他在政治上主张改革、反对守旧的思想完全一致。

文章视野开阔,纵览古今,从"孔氏以来"论到唐代"为文之士",在历史演进中阐述"得之为难"和"知之愈难"的复杂原因,立意高远,见解超拔。运用史实灵活自如,富于变化,论"得之为难"时,谓"波及后代,越不过数十人耳",其余"率皆纵臾而不克,踯躅而不进,力蹙势穷,吞志而没",这是概括性的事实论据,宏观审视,气势豪迈。而论"知之愈难"时,则谓"扬雄没而《法言》大兴,马迁生而《史记》未振","况乎未甚闻者哉",又用列举法的具体事实论据,言之凿凿,确切无疑。凭此妙文,柳宗元无愧雄峙百代的古文大家。

【原文】

古今号文章为难,足下知其所以难乎①?非谓比兴之不足,恢拓之不远,钻砺之不工,颇颣之不除也②。得之为难,知之愈难耳③。

苟或得其高朗,探其深赜,虽有芜败,则为日月之蚀也,大圭之瑕也,曷足伤其明、黜其宝哉④?且自孔氏以来,兹道大阐,家修人励,刓精竭虑者,几千年矣⑤。其间耗费简札,役用心神者,其可数乎⑥?登文章之篆,波及后代,越不过数十人耳⑦!其余谁不欲争裂绮绣,互攀日月,高视于万物之中,雄峙于百代之下乎⑧?率皆纵臾而不克,踯躅而不进,力蹙势穷,吞志而没⑨。故曰得之为难。

嗟呼!道之显晦,幸不幸系焉;谈之辩讷,升降系焉;鉴之颇正,好恶系焉;交之广狭,屈伸系焉⑩。则彼卓然自得以奋其间者,合乎否乎,是未可知也⑪;而又荣古虐今者,比肩迭迹,大抵生则不遇,死而垂声者众焉⑫。扬雄没而《法言》大兴,马迁生而《史记》未振⑬。彼之二才,且犹若是,况乎未甚闻者哉⑭。固有文不传于后祀,声遂绝于天下者矣⑮。故曰知之愈难。

　　而为文之士亦多渔猎前作，戕贼文史，抉其意，抽其华，置齿牙间，遇事蜂起，金声玉耀，诳聋瞽之人，徼一时之声⑯。虽终沦弃，而其夺朱乱雅，为害已甚⑰。是其所以难也⑱。

　　间闻足下欲观仆文章，退发囊笥，编其芜秽，心悸气动，交于胸中，未知孰胜，故久滞而不往也⑲。今往仆所著赋、颂、碑、碣、文、记、议、论、书、序之文，凡四十八篇，合为一通，想令治书苍头吟讽之也⑳。击辕拊缶，必有所择，顾鉴视其何如耳，还以一字示褒贬焉㉑。

【注释】

　　①"古今"二句：意思是说，从古到今，人们都认为写文章是一件难事，你知道导致难的原因吗？　　号：称，认为。　　足下：对平辈或晚辈的敬称。

　　②"非谓"四句：意思是说，难，不是说表现方法不完善，意境不高远，用词炼句不精巧，文理不通的毛病没有去掉。　　比兴：诗歌创作的两种表现方法，这里用以代指一般作文的表现方法。　　恢拓：扩展，拓宽。这里指文章意境的扩展。　　钻砺：钻研、磨砺。这里指文章词句的研磨。　　颇纇：偏差，缺点毛病。这里指文理不通之类的毛病。纇，丝上的结。

　　③"得之"二句：意思是说，在我看来，做文章要获得成就是困难的，而文章被人所器重就更加困难了。　　得：有所得。　　知：被知。

　　④"苟或"数句：意思是说，假如得到某种高明的见解，探索某种深刻的哲理，即使文章中存有败笔之处，也宛如日月发生亏蚀，玉器有些斑点，怎么能够损害它的光辉、废弃它的珍贵呢？　　苟或：假如。　　高朗：高明。这里指文章的见解。　　深赜：深奥。这里指文章的哲理。　　芜败：杂乱坏败。这里指文章的缺点。大圭：大玉。圭：用作凭信的玉器。　　瑕：疵点。　　明：光明。　　宝：珍贵。

　　⑤"且自"数句：意思是说，况且，从孔子以来，做文章的风气大开，家家研习，人人自勉，全力以赴，绞尽脑汁的势头，将近一千年了。　　兹道：指写作文章的风气。　　大阐：大开。阐，开，开辟。　　修：研究，学习。　　励：勉励。　　刊：刻削。　　几：将近，接近。

　　⑥"其间"三句：意思是说，在这近千年的时间里，所消耗掉的书写材料，用尽心思致力于写作的人，难道数得清吗？　　简札：竹简木札，古代书写材料。这里泛指书写材料。　　役用：使用。

　　⑦"登文"三句：意思是说，能够文刊书册、名誉文坛，并对后代有一定影响的人物，只不过几十人罢了。　　登：记载，登记。篆：簿籍。越：发语词。

　　⑧"其余"四句：意思是说，没能入围"数十人"的人，谁不想在华美的文坛争夺一席之地，交错地攀登文坛的更高峰，凌驾于万物之上，称雄于千秋万代呢？绮绣：本指带有花纹的丝织品，这里喻指文坛。　　互：交错。　　日月：喻指文坛高峰。　　高视：居高临下。　　雄峙：傲立，称雄。　　百代之下：百代之后。

⑨"率皆"四句:意思是说,然而,一般都是力不从心,却怂恿自己勉强去做,目的达不到,处于徘徊不前、力困势阻的境地,一直到含恨而死。　率:大抵,一般。

纵臾:怂恿。　克:战胜,攻破。　踯躅:徘徊。　蹩:窘迫。　穷:阻塞不通。

⑩"道之显"数句:意思是说,思想主张的行通行不通,决定于幸运不幸运,谈吐的善辩不善辩,决定于地位高不高;鉴赏的偏颇不偏颇,决定于被喜欢不被喜欢;交际的广泛不广泛,决定于得志不得志。　道:道理。这里指文章所表达的思想、观点、主张。　幸:幸运,机遇。　谈:言谈,谈吐。　辩:有口才,会说话。讷:木讷,不善言谈。　升降:高低。这里指官职、地位。　鉴:鉴赏。　颇正:偏与不偏。　交:交际。　屈伸:俯仰。比喻得志不得志。　系:连结。焉:相当于"之"。

⑪"则彼"三句:意思是说,那么,那些突出的有独到见解的奋斗在文坛上的人,能不能合于社会,这个问题现在还不能知道。　卓然:高超,超群出众。　自得:自有所得,与众不同。　奋:奋斗。

⑫"而又"四句:意思是说,而且社会上还存在厚古非今的人,络绎不绝,比比皆是。如此看来,"卓然自得"者的多数人,大概就要生前不遇、死后流声了。　荣古虐今:犹言厚古非今。　比肩迭迹:肩膀挨着肩膀,足迹连着足迹。形容人数众多,络绎不绝。　垂声:流传名声。

⑬扬雄:西汉末年的哲学家、文学家。《法言》是他的代表作品。　兴:兴起。马迁:司马迁,西汉中期的史学家、文学家,著《史记》,成一家之言。　振:奋起。

⑭"彼之"三句:意思是说,扬雄、司马迁这样的有才学之人尚且如此,更何况在当时没有知名度的人呢!　二才:指扬雄、司马迁。　且:尚且。　况:况且,何况。　未甚闻者:不太被社会闻知的人。

⑮"固有"二句:意思是说,在"死而垂声者"之外,当然还有文章未能流传到后代,名声就随之消失于世的人了。　固:当然,固然。　后祀:后代。　遂:于是,就。　绝:断。

⑯"而为文"数句:意思是说,从事文章写作的人,也多有剽窃前人的作品,戕害文章的发展史,断章取义,抄袭名句,挂在口头上,遇到事情就蜂拥而起,振振有词,夺人耳目,以此来欺骗见识短的人,求得一时的声誉。　渔猎:犹言剽窃。戕贼:杀害。　文史:文章的发展轨迹。　金声玉耀:像金属的敲击声那样响亮,像磨光的玉石那样光耀。这里比喻文章华而不实。　诳:欺骗。　聋瞽:耳聋眼瞎。　徼:求取。

⑰"虽终"三句:意思是说,"徼一时之声"的文章,虽然最终是要沦落、淘汰的,但是它的假冒伪劣造成的危害是非常严重的。　沦弃:沉沦、被抛弃。　夺朱乱雅:《论语·阳货》:"恶紫之夺朱也,恶郑声之乱雅乐也。"紫,紫色。朱,大红色。郑声,指春秋郑国的民间音乐。雅乐,指春秋时期统治阶级的正统音乐。

⑱"是其"句：意思是这就是导致作文难的原因。

⑲"间闻"数句：意思是说，近来听说你想看我写的文章，我退掉裹书的口袋，打开盛书的竹箱，整理旧作，紧张激动的情感交集胸中，说不准哪些文章好，因此耽搁了很久，没有给你送过去。退发囊笥：退囊发笥。退，退掉。囊，裹书的口袋。发：打开。　　笥：盛书的竹箱。　　心悸：心跳。形容心情紧张。气动：气涌。形容心情激动。　　孰：哪一个。　　胜：美好的。　　往：送往。

⑳一通：一份。通，量词，用于文书，表示一份。　　治书苍头：管理书籍的奴仆。奴仆以深青色头巾包头，故称奴仆为苍头。

㉑"击辕"四句：意思是说，低级粗糙的东西，也一定会有可供采择的地方，只是怎么样鉴别、看待罢了，请用一个字来表示褒贬之意回复我。　　击辕拊缶：敲击车辕，拍打瓦器，比喻古代早期简单粗放的音乐。这里是用来表示作者自谦，称自己的作品品位不高，简单粗糙。　　顾：只是。　　何如：怎么样。　　一字：一个字。

【集评】

明蒋之翘辑注《柳河东集》卷三十一：议论亦确，自奕奕有风骨。

清何焯《义门读书记》卷三十六：世得云：此文所云得之，盖老苏所云天之与者。其云"比兴恢拓"四语，则人工虽至，而非天之所与者也。得之难者，天也；知之难者，人也。李云：尽历代文章作者传者之弊，而隐寓其所为卓然自信者。

清孙琮《山晓阁评点唐柳柳州全集》卷一：作文固难，知人不易。子厚是作文之人，友人是知文之人。以旷古难觏之事一席相遇，岂不大快？今却反写作者之难得，知者之难识，立一篇议论。说得甚难，愈见其大快，于是自己之地位既高，而友人之品鉴亦隆，真是一时知己，不可有两。

近代林纾《柳文研究法》：柳州《与友人论为文书》与昌黎异。昌黎诸书是论作文之艰苦，及回甘之滋味，柳州则但叙文人之遇，及为文之流弊而已。意盖轻藐流辈之不知文，虽有独得之秘，世亦莫知。故破题说一难字，不惟得之为难，知亦愈难。其下遂分得与知之难,擘为两大段;其言得之难,意为文者不必无瑕累,求传者不能无期望,然得名者寡,湮没者多,此其所以难也。其言知之难,则系乎"道之显晦","谈之辩讷","鉴之颇正","交之广狭",似其中皆有运命存焉。彼扬雄、马迁之文运昌荣,皆在身后,犹有"文不传于后祀,声遂绝于天下",此则子厚自方,汲汲防其无名,即是文高而知寡耳。于是痛詈当世文家之流弊,"夺朱乱雅,为害已甚",又回顾到得者之难。通篇大意均未言作文之法,但切指弊病,实则能去弊病,则文体自趋于正。

现代章士钊《柳文指要》卷三十一:篇首古今号文章为难云者,乃谓文章之流传为难,与作文之利弊固无涉也。第一,人之所得,是否能号为文章?故曰得之为难。得矣,是否为人所知?故曰知之愈难。今友人来求文章,即请子厚出示自己所做文章,子厚因逊言我之文章,未必能达到文章标准,假定达矣,亦未必生前能为世人所知。

【鉴赏】

这封信原是因友人索看宗元所著文章而写的复信。但由于其中着重谈了为文得到独立见解或流传下来很难,尤其被人理解更难的道理,又可看作是一篇阐述文道的出色论文。

此文堪称是《答韦中立论师道书》的姊妹篇。二者都谈到为文之道,但此文见解较《答韦中立论师道书》更为深刻。是对其"文以明道",为文不可"掉以轻心",为文"旁推交通"等观点的发展。尤其从接受美学角度谈"知之愈难"的道理,见解超过同时代人的水平,对今天的文学鉴赏、文艺评论,提供了有益的启示。

文章首先以设问的方式提出问题,鲜明地阐述自己的观点,立意高远,发人深省。纵览古今,探究为文困难的原因,把人引入历史长河中去思索文学现象,起笔不凡,见解超俗。传统观念,一直认为作文是技巧问题,其实不然,所以宗元顺势折笔否定"比兴之不足,恢拓之不远,钻砺之不工,颇颣(毛病)之不除"的表面现象,为自己亮出观点,扫除纠缠细末的障碍,打下了坚实基础。

接着论证自己正面的观点。条理分明,层层推进,逻辑严密,论据宏远,令人折服。"得之为难"的"得",指有独立见解,并能流传于世,雄峙百代。他论证文章"得之为难",难在"得其高朗,探其深赜",如若文章有了高明的见解,探求深刻精微的道理,即使有些缺点,那也只是像日月有蚀,宝玉有瑕一样,何足伤害它的光辉,降低它的价值呢?柳宗元主张"文以明道",非常看重文章的精神实质。他从孔子算起,纵观千余年的历史,"登文章之篆,波及后代,越不过数十人"。不独难在"耗费简札,役用心神",还难在"争裂(列)绮绣,互攀日月,高视万物",又要"雄峙百代"受时间、社会、历史的考验。许多作家都是勉为其难,全力以赴,而达不到预期的目的,常常"踯躅而不进,力蹙势穷,吞志而没"所以说要写出具有独到见解而有补于世的好文章来是十分困难的。本文就是这样从历史的高度,精辟论证"得之为难"的论点。笔力雄健恢宏。

"知之愈难",是顺势而下,深论真正认识作品的难处。从三个层次阐述:第一层,对文章的认识和评价,往往受到作者的遭遇、升降、荣辱和读者的好恶等外部条件的影响,好文章能否合人口味,是很难预料的。第二层,"大抵生则不遇,死而垂声者众","荣古陋今,"易忽略今之作家和作品,其中著名的作家和作品被埋没的也很多。第三层,有些文士,象渔人猎人一样,剽窃前人的作品,"戕贼文史,抉其意,抽其华,置齿牙间",一遇事则"蠚起",以"金声玉耀",炫耀一时,以诳(诓)骗无知的人。虽然最终会被识破,但这种"夺朱乱雅"(《论语》:"恶紫之夺朱也,恶郑声之乱雅乐也。")的坏风气,为害极大,也是"知之愈难"的原因。文章以分类、列举、比喻、援引等多种手法全面、生动、深刻地论证了这一论点。不难看出,这是对"得之为难"的生发、补充、深化。

其中,批判"荣古陋今",阐述自己正确的古今文学观,对今天的文学创作、遗产继承等提供了有益的经验。

文章结尾,写自己尽力收集,并赋颂碑碣文记议论书序俱呈,虚心听取意见,又一次呼应"得之为难,知之愈难"的观点,并使文章落到实处,以望友人"还以一字示褒贬焉。"

报崔黯秀才论为文书①

【题解】

　　这是柳宗元在永州时写给崔黯的回信。信中着重论述为文之道,提出文以"明道""之道"的主张,强调"道之及,及乎物而已",即文章必须阐明正确的思想和主张,使其对社会有益。有力地批判了当时"贵辞而矜书",抛弃"明道""及物"的浮华文风和学风。认为只有去掉"好辞工书"的病癖,才能使"及物之道专而易通",弘扬"及物之道",表现出作者运用文学为改革弊政服务的思想意识。

　　说明"好辞工书"成癖的危害,以"吾早得二病"与崔黯所言道"匪辞而书"类比,以"病心腹人"思吃土炭、嗜酸咸,与崔黯"潜块积瘕""恬而不悟"类比,这种批评尖锐辛辣,催人醒悟,又不乏动之以情的循循善诱。

【原文】

　　崔生足下②:辱书及文章,辞意良高,所向慕不凡近,诚有意乎圣人之言③。然圣人之言,期以明道,学者务求诸道而遗其辞④。辞之传于世者,必由于书⑤。道假辞而明,辞假书而传,要之之道而已耳⑥。道之及,及乎物而已耳,斯取道之内者也⑦。今世因贵辞而矜书,粉泽以为工,遒密以为能,不亦外乎⑧?吾子之所言道,匪辞而书,其所望于仆,亦匪辞而书,是不亦去及物之道愈以远乎⑨?

　　仆尝学圣人之道,身虽穷,志求之不已,庶几可以语于古⑩。恨与吾子不同州部,闭口无所发明⑪。观吾子文章,自秀士,可通圣人之说⑫。今吾子求于道也外,而望于余也愈外,是其可惜欤⑬!吾且不言,是负吾子数千里不弃朽废者之意,故复云尔也⑭。

　　凡人好辞工书,皆病癖也⑮。吾不幸蚤得二病⑯。学道以来,日思砭针攻熨,卒不能去,缠结心腑牢甚,愿斯须忘之而不克,窃尝自毒⑰。今吾子乃始钦钦思易吾病,不亦惑乎⑱?斯固有潜块积瘕中子之内藏,恬而不悟,可怜哉⑲!其卒与吾何异⑳?均之二病,书字益下,而子之意又益下,则子之病又益笃㉑。甚矣,子癖于伎也㉒!

　　吾尝见病心腹人,有思啗土炭、嗜酸咸者,不得则大戚㉓。其亲爱之者不忍其戚,因探而与之㉔。观吾子之意,亦已戚矣。吾虽未得亲爱吾子,然亦重来意之勤,有不忍矣㉕。诚欲分吾土炭酸咸,吾不敢爱,但远言其证不可也,俟面乃悉陈吾状㉖。未相见,且试求良医为方已之。苟能已,大善,则及物之道专而易通㉗。若积

结既定，医无所能已，幸期相见时，吾决分子其哈嗜者㉘。不具㉙。宗元白。

【注释】

①报：回信答复。　　　崔黯：字直卿，卫州（今河南汲县）人，唐文宗太和二年中进士，官至谏议大夫。

②足下：对朋友的敬称。

③"辱书"四句：意思是说，你给我寄来的信和文章，文辞好，意境高，所追求的不是平凡浅近的东西，真可说是有志于圣人的所言所论。　　　辱：谦词。　　　辞意：文辞意境。　　　所向慕：所向往羡慕的。　　　凡近：平凡浅近。　　　诚：确实，的确。　　　有意：有心意，有意图。

④"然圣"三句：意思是说，然而，圣人的言论，目的是用来阐明道的，学习它就务必研究道而忽略它的文辞。　　　期：期望。　　　明道：说明"道"。　　　遗：遗留，忽略。

⑤传：流传。　　　世：世间。　　　书：书写。

⑥"道假"三句：意思是说，道，借助文辞才能阐明；文辞，借助书写才能流传；总而言之，文辞、书写都归于道而已。　　　假：借助。　　　要之：概括而言之。　　　之道：归于道。

⑦"道之及"三句：意思是说，道的作用，在于影响社会的人和事罢了，抓住了这一点，才是抓住了道的内在的东西。　　　及乎物：达于物。物，事物，指社会的人和事。　　　道之内者：道的内在的东西，即实质性的东西。内，内部。

⑧"今世"四句：意思是说，现世的人因贵重文辞而注重书法，以字的姿态好看为精妙，以字的刚劲紧凑为能事，这不是在追求外在的东西吗？　　　贵辞：贵重文辞。　　　矜书：注重书法。　　　粉泽：化妆，此指字的姿态美。　　　遒：刚劲。密：紧凑。

⑨"吾子之"数句：意思是说，你所谈的道，不是关于文辞就是关于书法的，你所期望我谈的，也是关于文辞和书法，这不是离开道的内在实质更加远了吗？　　　匪辞而书：不是关于文辞就是关于书法。匪，同"非"。　　　去：离开，距离。

⑩"仆尝"四句：意思是说，我曾经学习圣人之道，虽然处境不佳，求学的志向却从未消失，寄望自己的，是说话写文章能够本于古圣人。　　　尝：曾经。　　　庶几：希望。　　　语于古：说话有根据，本于古圣人。

⑪"恨与"二句：意思是说，遗憾的是与你不住在一个地区，不能面对面交谈、阐述这些圣人之道。　　　恨：遗憾。　　　州部：行政区划名称。　　　闭口：即口闭，意为不可面对面交谈。　　　发明：阐述、说明。

⑫"观吾子"三句：意思是说，看了你的文章，觉得你是个天资聪明有才干的人，可以通晓圣人的学说。　　　自：自然。　　　秀士：聪明有才华的人。　　　通：通晓，通达。

⑬"今吾子"三句：意思是说，今日你探索道却脱离了它的实质，而拘拗外在的

东西,寄望于我的更是外在的东西,对你来说,这不是太可惜了吗!

⑭"吾且"三句:意思是说,如果我不说什么话,那就辜负了你在几千里外还不嫌弃我这"朽废"之人的感情,所以还是谈谈看法、意见。　　且:姑且,暂且。

⑮"凡人"二句:意思是说,一般地讲,嗜好文辞或精工书法的人,都是害了癖病。　　病:作动词,害病。　　癖:癖病。

⑯蚤:通"早"。　　二病:指"好辞工书"。

⑰"学道"数句:意思是说,自从学习圣人之道以来,每天都在想方设法医治二病,终究不能除掉,因为病根太牢,缠结心腑,忘掉一会儿也不可能,所以我曾经暗里自恨。　　砭针:以针刺穴的疗法。　　攻熨:敷贴药物的疗法。熨,用药热敷。斯须:时间短。一会儿。　　不克:不能。　　窃:私下。　　自毒:自我怨恨。

⑱"今吾子"二句:意思是说,现在你竟开始念念不忘地把我的病移到你身上,这不是糊涂吗?　　乃:竟。　　钦钦:思念不忘的样子。　　易:换。

⑲"斯固"三句:意思是说,这种情况就说明本来已有积久的肿块在伤害你的内脏,你却泰然处之而不醒悟,未免可怜啊!　　潜块:潜伏的肿块。　　积瘕:腹中久胀。　　中:伤害。　　恬:坦然,不在乎。

⑳"其卒"句:意思是说,现在症状如此,将来的结果与我的病态有什么不同呢?

㉑"均之"四句:意思是说,权衡一下"好辞"与"工书"二病,"工书"更为下,而你更注重"工书",想法也就更为下,你害的病也就更加严重。　　均:犹言权衡。笃:深,甚。

㉒癖于伎:过分地偏爱技巧的东西。　　伎:技巧,技艺。

㉓病心腹:害了心腹病。　　啗土炭:吃土吃炭。啗,吃。　　戚:悲伤。

㉔亲:爱。　　因:于是,就。　　探:搜寻。

㉕"观吾子"数句:意思是说,我看你的心情也已悲伤了,我虽然还算不上亲爱你的人,可也重视你来信之意的渴望,产生了不忍之心。　　勤:企望。

㉖"诚欲"四句:意思是说,你真的想要分得一些我的土炭酸咸,我不敢吝惜,只是相距太远,很难把病症说清楚,等我们见面时再详细诉说我的症状。　　爱:吝惜。　　证:通"症",病症。　　俟:等待。　　陈:陈述。

㉗"未相见"数句:意思是说,在我们二人见面之前,你暂且找个好医生开药方,试着医治你的病。如果能够治好,那就太好了,你可以专心及物之道,弄通并不难。方:药方。　　苟:假设,如果。　　及物之道:指圣人之道的实质部分,与文辞、书法等外伎相对。　　专:专心致志。

㉘"若积"四句:意思是说,若是病根已久,缠结已牢,医生没有治好的办法,希望等到相见的时候,我一定把你爱吃的东西分给你。　　积结:积滞缠结。定:固定。　　幸期:希望,期望。

㉙不具:不详尽。书信末尾常用语。

明蒋之翘辑注《柳河东集》卷三十四：子厚以好辞攻书皆为病癖，岂自有进于伎者乎？文亦辨而俊。

清爱新觉罗·弘历《唐宋文醇》卷十四：礼、乐、射、御、书、数，皆艺也。德成而上，艺成而下。其下焉者，君子之所游。游之云者，所执愈卑，所达弥上，莫非所以养其德也。若溺焉而进乎技，则是以其养德者害德矣。唐世重文章，尤重书法，其试士以身言书判拔萃乃得为近职。故以文章书法为问，而宗元欲悉屏之，使及物之道，专而易通，又以及物为取道内，卓然名儒语也。宗元可为既没，其言立矣。宗元善书，今"龙城柳"石刻犹存。

现代章士钊《柳文指要》卷三十四：子厚能书，且自诩工书，而集中言书道者，惟与黯一书，故此书最足珍重，至书辞之跳脱及坦白，饶有风趣，犹其余也。……报黯书首言学者务求诸道而遗其辞，遗者留也，道不可见，所留者唯辞，犹齐桓公读书于堂上，所读者祇古人之糟粕耳。辞既糟粕，而学者又泥于糟粕之形式，日以工书为事，此其去道何止千里？宜子厚以外之又外而訾之也。此论全就崔生之癖好而惩之，故其为说如此，倘与他人论文，辞又不尽然矣。

【鉴赏】

这封信，实为一篇论述为文之道的论文。

文章深刻而系统地论述"辞""书""道""物"之间的关系，批判了当时"贵辞""矜书"，不重"及物之道"的文风，指出只有去掉"好辞工书"的弊病，才能弘扬"及物之道"。这些观点，较《答韦中立论师道书》与《答沈起书》有关内容又有进一步发展。《答韦中立论师道书》，只谈到"文以明道"，这个"道"不外乎儒家明经之道，

289

而本文却强调"及物之道",这不仅扩大了"道"的内涵,而且更符合文学本身的规律。《答沈起书》虽则谈及文章"高下丰约""长短大小"都要以"质文相生"为本,但也只停留在怎样表达上,对"古今之变"与"质文相生"的关系,即社会生活与文章的关系,没有论及,而本文则对"道"要"及物"这个"源"与"流"的关系加以阐发,较系统地论述了创作全过程的科学内容,具有重要的理论意义。

文章针对性很强。"书""辞""道"本是一个完整的体系,但有不同的理解,一种是"书"—"辞"—"道";一种是"道"—"辞"—"书"。宗元针对两种不同思维方向及作法,反复强调二者是一个完整的过程,暗示强调任何一端都是片面的。这种统揽全局的论述,具有不可置辩的力量。又用层进式,论述"道"与"物"的关系,强调物对道的重要性,使"书""辞""道"成为深层次的体系,显示了柳宗元对为文之道的超识卓见,令人信服。

纵观全文,在结构上采用了反证法,具有令人反思的力量。在论证过程中,又使用了对比法、比较法、比喻法,变化多端,炳炳煌煌。

如,宗元的主张与今世"贵辞""矜书"的对比,自己志求不已与崔黯希望"匪辞而书"远离及物之道的对比;又如,自己早年得"好辞工书"之病成癖与崔黯糊涂、可怜、成癖的比较。都鲜明地批判了"好辞工书"的不良倾向及其危害,有力地说明了自己的立论。文章结合自己的亲身经历,又联系社会实际(包括崔黯的实际)晓之以理,动之以情。

尤其用病结心腑,砭针攻熨(针灸、汤药治疗),卒不能去,"愿斯须(一会儿)忘之而不克,窃尝自毒"。不治而受害的完整过程比喻"好辞工书"之害,又以得心病的人,思吃土炭,嗜爱酸咸,不得则悲伤不已的事例,说明"好辞工书"的危害,劝诫崔黯觉悟,深刻而形象,不乏辣味,再一次有力地反论自己的立论。文章挥洒自如,丝丝入扣。

正如刘勰所说:"……才冠鸿笔,多疏尺牍,比九方堙(皋)之识骏足,而不知毛色牝牡也"。宗元用书体(即尺牍),把为文之道写得如此切中肯綮,确实是文坛的九方桌。因此,柳宗元的"书"不可轻视,是柳集重要的组成部分。

送邠宁独孤书记赴辟命序①

【题解】

　　这是柳宗元为独孤宓赴邠宁节度使官署任书记时写的一篇赠序。作于贞元十三年(公元797年)到贞元十七年(公元801年)间。

　　杨朝晟曾为邠宁节度使韩游瓌的都虞侯(掌军中戒严执法的官吏)。德宗贞元四年,朝廷任命张献甫接任节度使,军中发生抗拒朝命的骚乱,杨诛杀二百人,乃定,杨因功加御史大夫的官衔。贞元十二年五月,张献甫死后,杨接任邠宁节度使。由于独孤宓是应杨的招聘而赴命的,所以,赠序先从邠宁节度使杨朝晟写起,称赞他当年沉着果断,壮武英勇,以一个节度使的部属取代长官的职位,而如今又能关心文学方面的事,下令招聘优秀文人独孤宓,授以书记的职位,这是题中应有之义。

　　文章还分析了当时西部边境的严峻形势,提出"复河湟故疆,拓达西戎,而罢诸侯之兵"的见解,即主张恢复河西走廊,打通西域,以重建统一国家。勉励独孤宓写出像司马相如《谕巴蜀檄》、班固《燕然山铭》那样的文章,彪炳史册。

　　这篇赠序并非一般的应酬文字,没有泛泛的恭维词语,而是从唐朝时局、形势的大局着眼,歌颂杨朝晟的业绩,勉励友人独孤宓奋发有为。见识高远,情真意挚;用典贴切,语重心长。

【原文】

　　仆间岁骤游邠疆②。今戎帅杨大夫时为候奄,尽护群校③。用答法箠令,不吐强御,下莫有逗挠凌暴而犯令者④。沉断壮勇,专志武力,出麾下取主公之节钺而代之位,鹖冠者仰而荣之⑤。今又能旁贵文雅,以符召文士之秀者河南独孤宓,署为记室,俾职文翰,翕然致得士之称于谈者之口⑥。盖朝廷以勇爵论将帅,岂滥也哉⑦?独孤生与仲兄寔连举进士,并时管记于汉中、新平二连帅府⑧。俱以笔砚,承荷旧德,位未达而荣如贵仕,其难乎哉⑨!

　　噫!自犬戎陷河右、逼西鄙,积兵备虞,县道告劳,内匮中府太仓之蓄,仅而获赓⑩。投石而贾勇者,思所以奋力⑪。论者以为天子且复河湟故疆,拓达西戎,而罢诸侯之兵⑫;则曳裾戎幕之下,专弄文墨,为壮夫捧腹,其未可也⑬。吾子历览古今之变而通其得失⑭。是将植密画于借箸之宴,发群谋于章奏之笔,上为明天子论列熟计,而导扬威命⑮。然后谈笑镈鉏,赋从军之乐,移书飞文,谕告西土劫胁之伍,俾其箪食壶浆犒迎王师,在吾子而已⑯。往慎辞令,使谕蜀之书,燕然之文,炳列于汉史,真可慕也⑰!不然,是琐琐者恶足置齿牙间而荣吾子哉⑱?

【注释】

①邠宁:邠州(今陕西省彬州)和宁州(今甘肃省宁县),并归邠宁节度使管辖。 独孤:复姓,指独孤郁。 书记:节度使属官。 赴辟命:地方长官自招属官称为辟召,应聘赴任叫作赴辟命。

②仆:柳宗元自指。 间岁:近几年。 骤:多次。 邠疆:邠州之地。

③"今戎"二句:意思是说,现在的邠宁节度使杨大夫当时任都虞侯,地区的将校都受他的监管。 戎帅:军中主帅,这里指节度使。 杨大夫:杨朝晟。德宗贞元四年,因功加封御史大夫衔。贞元十二年,任邠宁节度使。 候奄:节度使下的都虞侯,军中的执法官。 护:统辖。 校:军官。

④"用笞"三句:意思是说,因为杨朝晟执法严明,不畏惧强暴者,军中的下属军官没有敢于冒犯军法,畏敌不前,恃强凌弱的。 用:因。 笞法箠令:军法规定的两种刑罚。这里指各种军法,法和令为互文。笞,用竹板打的刑罚。箠,用木棍打的刑罚。 不吐:不吐出去,不回避。 强御:横暴有势力者。 逗挠:因畏敌而观望不前。挠,通"桡",顾望。 犯:冒犯。 令:军法。

⑤"沉断"四句:意思是说,杨朝晟沉着果断,雄壮勇敢,专心致志于军事,由都虞侯取代了长官的职位,当时的将士们都敬慕他,觉得他很光荣。 出麾下:出自帅旗之下。即是说,杨朝晟当时为都虞侯,只是节度使下的属官。 主公:下属对长官的称呼。这里指节度使张献甫。贞元十二年五月,张献甫死,杨朝晟接任邠宁节度使。 节钺:朝廷授给主帅的象征权力的信物。节,符节。钺:大斧。鹖冠者:指将士。鹖冠,武冠。加鹖鹒鸟尾,因得名。 仰:敬慕。 荣:光荣,荣耀。这里为意动用法。

⑥"今又能"数句:意思是说,如今,杨朝晟作为节度使,在主持大政之外,还能高看文章的作用,以地方官的名义招聘文士中的佼佼者河南人独孤郁,让他供职记室,掌管文书,很快地称赞杨朝晟"得士"的美谈就口口相授传扬开。 旁:侧面。 贵:贵重。这里为意动用法。 文雅:艺文礼乐;这里指文章。 符召:辟召;以地方官的名义招聘。 署:授职。 文翰:这里指信札、文书。 翕然:迅疾貌。 致……于:使……至于。 得士:得意士人。得,得意,满意。 称:称颂,称赞。 谈者:交谈者。

⑦"盖朝"二句:意思是说,人们如此交口称赞杨朝晟重用士人,那原因,是否在于朝廷的以军功论列英雄有些过分了呢? 盖:表示原因。 勇爵:关于勇士的爵位,这里指军功的等级。 论将帅:犹言论列英雄。论,选择。 岂:表示疑问,是否的意思。 滥:过度。

⑧"独孤生"三句:意思是说,独孤郁和他二哥独孤寔相继考取进士,同时在汉中、邠州两地担任节度使的书记官。 生:对读书人的称呼。 仲兄:兄,排行第二。 寔:独孤寔。 连举:接连中举。 并时:同时。 管记:用笔记

国学经典文库

唐宋八大家散文鉴赏

柳宗元卷

述。管,笔。　　　汉中:山南西道节度使治所。独孤寔在此任节度使的书记官。

新平:即邠州。汉建安中置新平郡,隋开皇三年罢郡置邠州,唐因之。　　　连帅府:借指节度使府。连帅,古代的十国诸侯之长。

⑨"俱以"四句:意思是说,独孤兄弟都因文墨之才,承继先辈的美德,在书记官这个不高的职位上,却像显贵的大官一样荣耀,这是难得的呀!　　　笔砚:指写作文章。　　　承荷:承继,承接。旧德:指独孤家先辈的传统美德。　　　位:职位。荣:荣耀,荣宠。

⑩"自犬戎"数句:意思是说,自从吐蕃侵占河西地区,逼迫西部边境,朝廷派大兵驻扎,防备不测以来,那个地区的百姓叫苦不迭,国家竭尽国库粮仓的积蓄也仅能满足军需。　　　犬戎:这里指吐蕃。　　　河右:河西,这里指河西走廊一带。西鄙:国家的西部边境。　　　积兵:屯兵。　　　备虞:防备不测之患。虞,忧患。县道:犹言县县。道,有少数民族居住的县。　　　告劳:反映劳苦。　　　罄:竭尽。中府:国库。　　　太仓:京师的粮仓。　　　餍:饱、足。

⑪"投石"二句:意思是说,在此危急时刻,具有勇敢精神的人,想的是怎么样去奋力报国。　　　投石贾勇:这里指勇敢的人。《左传·成公二年》载,齐晋对垒,齐人高固冲入晋军营中,投石击人。高固事后扬言:"欲勇者贾予余勇"。　　　思:思索,思虑。

⑫"论者"四句:意思是说,议论国事者认为,皇帝即将收复河西走廊一带的旧日疆土,打开通往西域之路,撤回各节度使的驻防部队。　　　且:将要。复:收复。　　　河壖:河边土地。　　　故疆:旧有的疆域。　　　西戎:指西域。吐蕃占领河西走廊,阻断了西域同内地的联系。　　　诸侯:这里借指节度使。

⑬"则曳裾"四句:意思是说,议论国事者认为,这个时候,书记官在军营中拖着长袍,专门舞文弄墨,被武士们捧腹嘲笑,这是不对的。　　　曳裾:拖长袍。曳,拖。裾,衣服的大襟。　　　壮夫:强壮的男子,指军中武人。　　　捧腹:捂着肚子大笑的样子。

⑭"吾子"句:意思是说,独孤宓遍读史书,懂得从古至今的历史变迁,通晓各朝代的成败得失。　　　吾子:指独孤宓。　　　通:通晓。

⑮"是将"四句:意思是说,独孤宓的历史才学,完全可以像张良一样为主帅出谋划策,写奏章时充分反映大家的智谋,以利于皇帝议论评定成熟的计划,并发布威严的命令。　　　借箸:《史记·留侯世家》载,张良见刘邦,恰遇吃饭。刘邦对他说:"有人要我立六国的后代以孤立楚军,这行吗?"张良说:"请让我拿着你的筷子给你筹划一下吧。"后人就以"借箸"来表示为人出谋划策。箸,筷子。　　　上:向上。　　　明:明白,清楚,这里是使动用法。　　　论列:议论评定。　　　熟计:成熟的计划。

⑯"然后"数句:意思是说,独孤宓把才学付诸实践,导致皇帝发布讨伐吐蕃的威严命令,然后于宴席之中谈笑风生,赋诗表达从军的乐趣,迅疾写就文书公告,明白地告诉河西被吐蕃胁迫的军民,准备饭食酒肉慰劳迎接朝廷派出的军队,能够承

担这个重大责任的,只有独孤岌一个人。 　　　罇俎:盛酒和盛肉的器物。这里代指宴席。 　　赋:赋诗。 　　移书飞文:意指奋笔疾书关于讨伐吐蕃的文书、文告。 　　劫胁:劫持胁迫。这里是被动用法。 　　俾:使。 　　箪:竹制的盛饭器具。 　　壶:盛酒器具。 　　浆:酒。 　　犒:慰劳。 　　王师:朝廷派出的讨伐之师。

⑰"往慎"五句:意思是说,赴任之后,要谨慎作文,写出像《谕巴蜀檄》和《燕然山铭》那样的大作,光辉灿烂,载入史册,那真是令人仰慕的啊! 　　往:指赴任书记官之职。 　　慎:谨慎,慎重。 　　辞令:通指外交文辞,此指公文之辞。 　　谕蜀之书:汉武帝时,唐蒙通夜郎(今贵州境内),引起巴蜀地区少数民族的不安。司马相如奉命前往安抚,作《谕巴蜀檄》。这里是用以希望独孤岌也能写出那样的教诫西部民众的公告。 　　燕然之文:东汉和帝永元元年,窦宪统军大破匈奴,登燕然山,刻石记功,由班固撰《燕然山铭》。这里是用以希望独孤岌也能写出那样的记功之文。 　　炳:光明,光辉。 　　汉史:中国历史。外人习称中国为汉。

⑱"不然"二句:意思是说,不然的话,官小位卑的书记之职,哪里值得谈论称道,哪能使你荣耀呢? 　　琐琐:琐屑细小。这里是指书记之职官小位卑。 　　恶:哪里。 　　置齿牙间:犹言放在嘴上谈论称道。 　　荣:荣耀,光荣。这里为使动用法。

【集评】

明蒋之翘辑注《柳河东集》卷二十二:文章自有声色,非琐琐可比。

清何焯《义门读书记》卷三十六:"捧腹"句,是当时语未刮磨者。

现代章士钊《柳文指要》卷二十二:"专弄文墨,为壮夫捧腹。"《史记·日者传》:季主捧腹而大笑。顾何义门云:"捧腹句是当时语未刮磨者",岂史公为《日者传》时,语亦未经刮磨耶?

【鉴赏】

柳宗元虽然是一位著名的文士、诗人,主要致力于著述,但对国家的政治、军事形势依然十分关心,对于当时边疆少数民族与唐王朝的关系,做了较为透辟的分析。他在此文中所提出的恢复河西走廊、重建内地与西域的联系的主张,以及勉励此文赠送对象独孤岌要协助主公杨朝晟在这方面有所作为,这在当时是具有积极意义的。

文题中的"邠宁",指邠州(今陕西省彬州市)和宁州(今甘肃省宁县)。"独孤书记"。独孤为复姓,指独孤岌(音密);书记为官名,也叫掌书记,是节度使的属官,主管草拟章表、书信等工作。"赴辟命":应地方长官或中央大官的招聘而赴任就职,这里指独孤岌赴邠宁节度使官署任书记之职。此文就是作者在独孤岌赶赴此任之前写给他的一篇赠序。

文章先从邠宁节度使杨朝晟(音盛)写起。正式着笔之前,首先交代作者同邠宁地区的关系,说自己近年来曾多次游历这一地区,接下去自然引出现任戎帅(军中主帅,这里指节度使)杨大夫即杨朝晟来,顺势介绍杨氏的身份和主要政绩。杨氏曾为邠宁节度使韩游瓌的都虞候(军中掌戒严执法的官员),该地区所有的将校都受他的监督。由于他执法严格,不畏强暴,所属部下无有敢于畏敌不前、对抗上命而违反法令的。他沉着果敢、壮武英勇,专心致志于军事,以节度使部属的身份取代了长官的位置。原来,唐德宗贞元(公元788年)四年,朝廷命张献甫接替韩游瓌为节度使,军中不服而发生骚乱,杨氏诛杀了二百人,局面才平定下来。杨氏因此功被加授御史大夫的官衔。贞元十二年(公元796年)五月,张献甫死后,杨接任邠宁节度使。当时,将士都十分仰慕他,并且为他而感到光荣。如今,他又能关心、注重文学方面的事情,下令召聘文士中的优秀人才——河南独孤宓,授以书记职位,让他掌管文书方面的工作,因而在舆论界获得了善于选用人才的异口同声地称誉。如此看来,朝廷根据军功的等级来评议、选用将帅,岂能说是不恰当?这是第一段文字中的第一层意思。作者之所以花了如此多的笔墨首先介绍杨朝晟,绝非失当之笔。这是由于,第一,赠序对象独孤宓是应杨氏的召聘而赴命的;第二,还有更深一层的意思在,即当年杨氏的职位与如今独孤氏即将就任的职位相似,同为节度使的部属,这里隐含着作者希望独孤氏也能如同杨氏那样,在自己的岗位上做一番事业来,所以才不惜笔墨叙述杨的功业。

这一段的第二层意思,与文题相扣,集中介绍独孤宓其人。作者说,独孤先生与其二哥独孤寔接连考中了进士,同时在汉中和邠州两地担任节度使的掌书记。他二人都以文才而继承祖上的美德,尽管目前职位不高,却能像显贵的大官一样荣耀,这该是很难得的啊!

第二段起首,纵论当时西部边境的紧急形势:自从吐蕃(即文中的"犬戎",这是当时对西南地区一个部族的侮辱性称呼)攻占河西地区,威胁西部边境以来,朝廷在那里屯兵以防不测,弄得当地百姓以劳苦相告,竭尽国家粮库的积蓄,仅能满足驻军的需求。当时有勇气的人都想着怎样为国效力。这里,作者化用了一个典故。据《左传》成公二年载:齐晋两军对垒,齐国高固冲出晋军营里,投石击人,把被击中者提到齐军营里,夸耀说:"欲勇者贾(音古,买)予(我)余勇!"作者以"投石而贾勇者"指称有勇气、敢打硬仗的人。面对前述情状,当时舆论界认为:皇上即将收复河西走廊一带旧日的疆土,重新打通西域,而撤回各节度使统辖的军队;于是有些人便拖着长袍出入军营中,专门舞文弄墨,这是被武士们所捧腹耻笑不已的,是很不妥当的!以上为第二段中的第一层意思。

第二段的第二层意思是,以第二人称面对面谈话的形式,再论独孤宓到了杨朝晟麾下以后,他所当作也能做的事情,而与文题再次扣合。作者写道:独孤先生您遍读前代的历史,通晓古今世事的变化、得失,一定会为主帅出谋划策,在上奏章时充分反映将士们的智谋,向圣明天子陈述深思熟虑的计策,以宣扬朝廷的威严和命令。然后,您就在饮宴席上谈笑风生,赋诗讴歌从军的乐趣;写作文书、布告、晓谕、告诫西方那些被吐蕃军队挟持胁从的军民,让他们早日提着吃喝儿来犒劳、迎接朝廷的军队。所有这些都要依靠您去完成。最后,作者满怀深情地与独孤先生送行:

您去吧，认真写好各种文告，要写得像《谕巴蜀檄》和《燕然山铭》一样地好，让它们能够彪炳史册，那才是真正令人称羡不已的。倘若不然，掌书记这种小小的职位，怎么值得称道而给您增添光彩呢？

　　在第二段里，作者一连用了三个典故，都用得十分贴切自然。其一，"借箸之宴"云云，典出于《史记·留侯世家》：一次张良外出归来见刘邦，刘邦正在吃饭，问张良："有人谋画要我立六国的后代以孤立楚军，妥否？"张良以为不妥，回答道："请您让我拿着筷子来给您筹画一下。"后人便用"借箸"来表示代人出谋划策。其二，"谕蜀之书"云云，说的是汉武帝时，唐蒙

通好于夜郎（贵州境内的一个少数民族部落），引起巴蜀一些地区少数民族的不安。司马相如奉命前往安抚，曾写《谕巴蜀檄》，文中既指出唐蒙作法的不妥之处，也教诫巴蜀居民要服从中央政府的统一法令。其三，"燕然之文"云云，指的是东汉和帝永元元年（公元 89 年），大将军窦宪大胜匈奴，便登燕然山（在今蒙古人民共和国境内），刻石记功，并令班固写了铭文，以记其胜。这里，作者引此二典，表示希望独孤宓要能写出安抚吐蕃以及河西地区居民的文告，也希望将来能够写出像"燕然之文"那样的记功文章来。适当恰切地用典，不仅活跃了文气，而且也收到了言简意深、耐人咀嚼的良好效果。这是这篇赠序在写作手法上的一个重要特点。

送薛存义序

【题解】

　　在永州零陵代理县令薛存义将离职之际,柳宗元作为同乡为他饯行,写了这篇"序"。这其实是一篇议论大胆、见解独特的政论文。文章着重围绕吏治问题发表了自己独到见解,鲜明地提出"官为民役",即官吏"盖民之役,非以役民而已"的观点。认为人民和官吏的关系是雇佣和被雇佣的关系,肯定人民可以黜罚官吏之"理"。虽然,这在封建社会中是根本无法实现的幻想,其出发点不过是维护封建制度的长治久安,但,反映出作者对封建官吏残害百姓的现实有清醒的认识,具有强烈的批判性和不朽的理论价值。可以说,"官为民役"是柳宗元吏治思想乃至整体政治思想的主干。

　　以饯行送别发端,以饯行送别终结,记叙的线索尤为分明。记叙中略去许多客套浮辞,于简要破题之后集中阐发"官为民役"的观点,从而醒人耳目,深化主题。

【原文】

　　河东薛存义将行①,柳子载肉于俎②,崇酒于觞③,追而送之江之浒④,饮食之⑤;且告曰:"凡吏于土者⑥,若知其职乎⑦?盖民之役,非以役民而已也⑧。凡民之食于土者,出其什一佣乎吏⑨,使司平于我也⑩。今我受其直怠其事者⑪,天下皆然。岂惟怠之,又从而盗之。向使佣一夫于家⑫,受若直,怠若事,又盗若货器,则必甚怒而黜罚之矣⑬。以今天下多类此,而民莫敢肆其怒与黜罚者,何哉?势不同也⑭。势不同而理同,如吾民何⑮?有达于理者,得不恐而畏乎⑯?"

　　存义假令零陵二年矣⑰。早作而夜思,勤力而劳心。讼者平,赋者均,老弱无怀诈暴憎⑱,其为不虚取直也的矣⑲!其知恐而畏也审矣⑳!

　　吾贱且辱,不得与考绩幽明之说㉑;于其往也,故赏以酒肉而重之以辞㉒。

【注释】

　　①薛存义:河东(今山西省永济市)人,时在永州零陵县代理县令。

　　②俎:指盛肉的器具。

　　③崇酒:斟满酒。　　觞:盛酒的器具。

　　④浒:水边。

　　⑤饮:饮酒。　　食:食肉。与"饮"都是使动用法。

⑥吏于土者：指地方官。吏，做官。土，土地；与下文的"土"，都是"某一地方"的意思。

⑦若：人称代词，你。 职：职责。

⑧役：前者为名词，仆役、仆人。后者为动词，役使、奴役。

⑨什一：十分之一。 佣：雇佣。

⑩司：司职，职权内所作所为。 平：公正，均等；这里有"对等"的意思。

⑪直：通"值"，这里指按官品所付的钱财。

⑫向使：假使，如果。

⑬黜：废免；这里是"辞退"的意思。

⑭势不同：情势不一样；谓主人治仆役，而人民为官吏所治。

⑮如……何：固定格式，表示"对……怎么样"的意思。

⑯得不：能不。

⑰假令：代理县令。

⑱"老弱"句：此句是被动句，"老弱"是受事者。 怀诈：暗藏欺诈。 暴憎：显露厌恶。

⑲的：的确。

⑳审：确实。

㉑与：参与。

㉒重：加上、加重。

【集评】

宋谢枋得《文章轨范》卷五：章法句法字法皆好，转换关锁，紧严优柔，理长而味永。

清林云铭《古文析义初编》卷五：河东，子厚故里；零陵，即永州属邑，是两人生地同而仕同方也。故送行之语，前规后颂，分外真切。玩"天下皆然"四字，又把同时无数墨吏尽行骂杀。奈墨吏亦有恐而畏者，仍不在理而在势，恐不盗财黜罚立至矣。一笑。

清过珙《古文评注》卷七：受其直怠其事者，天下比比皆是，然犹不足恐而畏也。至盗而货器者，此辈衣钵，是时几遍天下。所谓笑骂由他笑骂，好官还我为之，岂惟不恐而畏，且洋洋得意矣，何可胜叹！得柳州一笔喝破，宦路上人，得无面赤！

清孙琮《山晓阁评点唐柳柳州全集》卷二：此序大段分两半篇看，上半篇，是言世俗之吏，不能尽职而达于理者，恐惧而畏；下半篇，是言存义今日正是能尽职而达理恐惧者。末幅自述作序。大段不过如此。妙在笔笔跳跃，如生龙活虎，不可逼视。

清刘熙载《艺概·文概》：柳州系心民瘼，故所治能有惠政。读《捕蛇者说》《送薛存义序》，颇可得其精神郁结处。

现代章士钊《柳文指要》卷二十三：子厚《送薛存义序》乃《封建论》之铁板注脚

也，两文相辅而行，如鸟双翼，洞悉其义，可得于子厚所构政治系统之全部面貌，一览无余。……约而言之，《封建论》明势，秦皇以情诎之，成为由秦达唐之残余局面；《送薛存义序》明势，子厚以理掎之，徐待将来之天下为公，选贤与能。

【鉴赏】

薛存义与柳宗元同为河东(今山西永济)人，有同乡之谊。存义在永州零陵(今湖南零陵)做过一任代理县令(即本文第二段中的"假令"，"假"，代理)，颇有政绩，作者对他极表敬佩。如今他将要离开零陵，改任别的官职，作者得知后，便写了这篇别序送他。在这篇序文中，作者以临别赠言的形式，集中地表述了他对于官吏职责的见解。这番赠言构成了本文的主旨。

这篇别序共分三段。

第一段，起首一句即开门见山，直同文题相扣。由存义的"将行"，引出作者为其饯行——"载肉于俎"("俎"，音祖，古祭祀时盛牛羊等祭品的器具，这里指一般的盛放食器的器皿)，"崇(引申为斟满之意)酒于觞(酒器)"，以"饮食之"。这句中一个"追"字，充分地表露了作者对他这位同乡的深厚情谊。下面的赠言，开宗明义，第一句就尖锐地提出问题说：你知晓当地方官吏的职责吗？然后自答道：官吏应该是老百姓(即文中的"民"，主要指"食于土"的农民)的公

仆，而不应去奴役老百姓。这是这篇赠言的主旨，也是作者对于官吏职责见解的核心。下面，作者分两层意思表述了自己的理由。一层是说，依靠土地为生的"民"，把自己收获物的十分之一缴纳出来，作为雇佣官吏的费用，目的是让官吏公平地为他们自己办事。这层意思是从正面即理想的方面讲的。另一层则从反面即现实的方面讲。如今，光享受俸禄(即文中的"直"，与"值"通)而怠惰政事即不为百姓办事的官吏，处处皆是。岂止是不干事，还要像强盗似的对百姓实行巧取豪夺。接下去，作者打了一个比方，说假如有人家中雇佣了一个奴仆，但他光拿你的钱而不给你干事，甚至把你家的财物偷走，则你一定会非常愤怒而处罚他并把他赶跑("怒而

黜罚之"）的。下面，作者又是一个设问：如今天下的官吏有许多就像这个"怠事""盗货"的佣夫一样，而老百姓却不敢表现自己的愤怒，更不敢处罚、废黜他们，这究竟是什么缘故呢？又是作者自答：由是两者的权势地位不同。接下去，作者又设一问：尽管地位不同而道理却是相同的，能把百姓怎么样？言外之意是，老百姓对于欺诈百姓的贪官污吏理应加以"黜罚"的。基于这种认识，作者寄语那些"达于理"即通晓事理的官吏，不应不有所警惕、畏惧而"司平于民"的啊！这最后一句赠言，应当看作是作者对于薛存义提出的殷切期望。

第二段，回叙存义在零陵做官二年的政绩。他夙兴夜寐，起早睡晚，勤勤恳恳，尽心尽力，使打官司地得到公正判处，使缴纳税赋的负担合理，因而百姓得以安居乐业，即使是老者弱者也不感到受了欺诈而有所憎恶。由此，作者得出如下两个结论：一个是存义为官不白享俸禄是的的确确（即文中的"的"）的，一个是存义知晓畏惧因而能够慎重从政也是明明白白（即文中的"审"）的。这里作者对于存义为官廉正清明、勤于政事的肯定与褒扬。

第三段，再次扣题，补叙撰写此文的缘由。在前面两段中，作者已经说了临别饯行、赠言的两点理由：一点是出于同乡之谊，一点是赞赏存义的为人——为官"不虚取直"（"直"与"值"通）；此段又补了一点，即作者当前的处境——不仅职位卑下而且还正蒙受着被贬官职的耻辱，因而不得参与朝廷考察官吏的活动（即文中的"考绩幽明"；"幽明"，即昏暗和明鉴之意）。于是，才在存义离任之际，不仅备下酒肉，并且郑重写出上面一番话，以为同乡饯行。

此文表现了作者以民为本的带有民主色彩的政治思想，并且通过薛存义的典型事例从正面阐述了作者的为官之道，也尖锐地抨击了当时"天下皆然"的"怠事盗民"的昏暗吏治。这在当时是颇具进步意义的。

愚溪诗序

【题解】

这是柳宗元为其《八愚诗》所写的序言。

冉溪两岸的风景秀美,"嘉木异石错置,皆山水之奇者",而作者却把冉溪一带的八种景物皆名之为"愚"。称"愚溪"为"愚",虽然也有"不可以灌溉","不可入舟","不能兴云雨"等理由,但,更主要的还是"凡为愚者莫我若也"这一条,人愚故溪愚。作者既然把"清莹秀澈,锵鸣金石"的溪水引为同调,乐而不去,可见其实并不"愚",唯其坚持真理,伸张正义,不肯随声附和,所以常被世俗视为"违于理,悖于事"的愚人。由是深刻揭露了中唐时期政治腐败、贤愚颠倒的现实。

文章紧扣"愚"字,层层推衍。先述愚溪之名的来历,再写命名的理由,后叙古人非"真愚",而自己才是"真愚"。将冉溪、染溪二段虚影于前,又将许多"愚丘""愚泉""愚沟""愚池"增置于后,便令文字添几许波澜。"后幅借愚溪自抑一段,复借愚溪自扬一段,便令文字有曲折。通篇序诗,俱从愚溪上借端发挥,妙绝。"(孙琮《山晓阁评点唐柳柳州全集》卷二)溪与人相映衬,时而反话正说,意趣横生,引人遐思。

【原文】

灌水之阳,有溪焉,东流入于潇水①。或曰:"冉氏尝居也,故姓是溪为冉溪②。"或曰:"可以染也,名之以其能,故谓之染溪③。"余以愚触罪,谪潇水上,爱是溪,入二三里,得其尤绝者家焉④。古有愚公谷,今予家是溪,而名莫能定,土之居者犹断断然⑤,不可以不更也,故更之为愚溪⑥。

愚溪之上,买小丘,为愚丘。自愚丘东北行六十步,得泉焉,又买居之,为愚泉⑦。愚泉凡六穴,皆出山下平地,盖上出也⑧。合流屈曲而南,为愚沟。遂负土累石,塞其隘,为愚池⑨。愚池之东为愚堂。其南为愚亭。池之中为愚岛。嘉木异石错置,皆山水之奇者,以余故,咸以"愚"辱焉⑩。

夫水,智者乐也;今是溪独见辱于愚,何哉⑪?盖其流甚下,不可以溉灌;又峻急,多坻石,大舟不可入也⑫;幽邃浅狭,蛟龙不屑,不能兴云雨⑬,无以利世,而适类于余⑭,然则虽辱而愚之,可也。

宁武子"邦无道则愚",智而为愚者也⑮;颜子"终日不违如愚",睿而为愚者也⑯,皆不得为真愚。今余遭有道,而违于理,悖于事,故凡为愚者莫我若也⑰。夫然,则天下莫能争是溪,余得专而名焉。

溪虽莫利于世,而善鉴万类⑱,清莹秀澈,锵鸣金石,能使愚者喜笑眷慕,乐而不能去也⑲。余虽不合于俗,亦颇以文墨自慰,漱涤万物,牢笼百态,而无所避之⑳。以愚辞歌愚溪,则茫然而不违,昏然而同归,超鸿蒙,混希夷,寂寥而莫我知也㉑。于是作《八愚诗》,记于溪石上。

【注释】

①灌水:在今广西境内,源出灌阳县西南,流经全州注入湘江。阳,河流的南面。　潇水:源出今湖南道县的潇山,流经零陵县城,至县西北的苹岛注入湘江。

②尝:曾经。　是:此。

③能:功能。

④"余以"句:我因为愚而犯了罪,贬谪到潇水边上,我爱这条小溪。沿着小溪走进二三里的时候,找到一个风景特别好的地方住下来。　以:因为。　触罪:犯罪。　尤绝者:风景特别好的地方。　家:居住。

⑤"土之"句:当地的居民还在为该叫冉溪还是染溪争辩不休。土之居者:当地的居民。　断断:争辩不休的样子。

⑥更:更改。

⑦为愚泉:称作愚泉。

⑧"愚泉"句:愚泉共有六个泉眼,都是从山下平地上涌出来的,原来泉水是向上冒的啊。　穴:泉眼。　上出:泉水从平地往上冒出来。

⑨"合流"二句:泉水汇合后弯弯曲曲地向南奔流,形成一条水沟,叫愚沟。于是挑来泥土、石块,把那狭窄处堵住,形成一个小池,叫愚池。　负土:挑来泥土。　累石:堆积石块。　隘:狭窄的地方。

⑩"嘉木"句:这里美好的树木和奇特的石头互相交错,都是奇异的山水景致,因为我的缘故,都被"愚"的名称玷污了。　嘉木:美好的树木。　错置:交错。　故:缘故。　辱:玷污。

⑩"夫水"句:那流水是聪明人所喜欢的。现在这条溪水偏偏被辱称为"愚溪",这是为什么呢?　乐:喜欢。"智者乐水"的话出自《论语·雍也篇》。见……于:一种表被动的句式。

⑫峻急:湍急。　坻:水中小洲。

⑬"幽邃"句:地处偏僻,水道狭浅,蛟龙对此未看上眼,不能兴云作雨。　幽邃:幽深,这里指偏僻。　不屑:看不上眼。

⑭适:正好。　类:类似。

⑮"宁武子"句:宁武子"在国家无道的时候,就显得愚蠢",这是聪明人故意装傻。　宁武子:春秋时卫国大夫宁俞,"武"为其谥号。《论语·公冶长》载孔子曰:"宁武子,邦有道则智;邦无道则愚。其智可及也,其愚不可及也。"

⑯"颜子"句:颜回"整天对孔丘的讲学不谈自己的不同意见,好像很愚蠢,这

是聪明人貌似愚蠢。　　　颜子:孔子的弟子。《论语·为政》载孔子曰:"吾与回言,终日不违如愚。退而省其私,亦足以发,回也不愚。'"　　　睿:高深的智慧。

⑰"今余"句:我现在遇到清明世道,却违背了道理,做错了事,所以凡是称为愚蠢的人都没有比得上我的。　　　遭:遇到。　　　悖:违背。　　　莫我若:比不上我。

⑱鉴:照。　　　万类:万物。

⑲清莹秀澈:洁净、明亮、秀丽、澄澈。　　　金石:指乐器。　　　眷慕:眷恋,爱慕。

⑳"余虽"句:我虽然与世俗不合,也常能用写文章的方式来给自己增添生活的乐趣,精心地描绘自然界的各种景物,捕捉它的千变万化的姿态,从不回避。文墨:指写文章。　　　漱涤:洗涤,这里指精心选择、描写。　　　牢笼百态:指捕捉所描写事物的各种姿态。

㉑超:超脱。　　　鸿蒙:宇宙形成前的混沌状态。《庄子·在宥》:"云将东游,过扶摇之枝,而适遭鸿蒙。"　　　混:混同。　　　希夷:虚无空寂。《老子》:"视之不见曰夷,听之不闻曰希。"　　　莫我知:忘记了自我的存在。

【集评】

明茅坤《唐宋八大家文钞》卷四:古来无此调,陡然创为之,指次如画。

明蒋之翘辑注《柳河东集》卷二十四:子厚南池、愚溪二序,即诸游记之余技尔。

清孙琮《山晓阁评点唐柳柳州全集》卷二引王昊:借愚溪自写照,愚溪之风景宛然,自之行事亦宛然。善于作姿,善于寄托。

清《唐宋文醇》卷十四:水之不能泽物者,古人被之以恶名。宗元以溪水不可溉田负舟而名之曰愚,亦有本焉,其亦以慨己济世之愿不遂也。无知之谓愚。无知者,万有之知所从出。"超鸿蒙,混希夷",抑又太自誉矣。若夫"漱涤万物,牢笼百态",实乃善自状,其文可为实录。虽然,得无与布帛菽粟者犹有间乎!

清刘熙载《艺概》卷一:《愚溪诗序》云:"漱涤万物,牢笼百态",此等语皆若自喻文境。

清蔡铸《蔡氏古文评注补正全集》卷七:通篇俱就一"愚"字生情,写景处处历历在目,趣极。而末后仍露身份,景中人,人中景,是二是一,妙极。盖柳州所长在山水诸记也。

清储欣《唐宋八大家类选》卷三:行变化于整齐之中,结构精绝。

清何焯《义门读书记》卷三十六:词意殊怨愤不逊,然不露一迹。

近代林纾《柳文研究法》:凡纪胜之文,名迹之有数目者,部署最不易妥帖。八愚之诗,统之以《愚溪》,是溪上之所有者,均隶于是溪者也。以溪为纲,以丘泉沟池诸物为目,孰则弗知?所难者,能以历落出之。愚丘,愚泉,即由愚溪带也;沟池二物,则又自愚泉生也。丘也,泉也,沟也,池也,虽出人力,然但资游涉,非燕鱼之所,于是生出愚亭;而愚岛则又生自愚池之中。"以愚辱焉",是总把上文一束。然冒冒失失,把一切溪山辱之以愚,决不能无说以处此,遂极状溪之不适于世用,用以自况。归到此溪，不幸而遇愚人，则加以愚名，亦不为无因。顾愚者，拙名也，万非含垢纳污之比。故又称善鉴万类，则识力高也；清莹秀澈，则立身洁也；锵鸣金石，则文章丽则也。凡此皆溪之所长，而"愚"字又溪之所短，名为"愚"之，实则非愚。茫然不违，昏然同归，是庄列学问，不过世人目中见为愚耳。文极舒徐，无牢骚意态。

现代章士钊《柳文指要》卷二十四：此为子厚骚意最重之作，然亦止于骚而已，即使怨家读之，亦不能有所恨，以全部文字，一味责己之愚，而对任何人都无敌意，其所谓无敌意者，又全本乎真诚，而不见一毫牵强，倘作者非通天人性命之源，决不能达到此一境地。

【鉴赏】

此篇是作者为自己吟诵的《八愚诗》所做的序文，可惜诗作已佚，现仅存此序。文章当作于贬官永州期间，全文共分四个部分。

第一部分叙述愚溪的地形位置以及它的名字之由来。前者的笔墨十分简约，十三字，仅只说有条小溪位于灌水（在今湖南境内，为潇水支流）北面，向东流入潇水（位于道县北，因源出于潇山而得名）。后者首先引述了两种传说。一种说，这条小溪由于冉姓人家曾居于此，故名"冉溪"；一种说，由于它具有染东西的功能，故名"染溪"。然后笔锋一转，正面叙述作者所以命名它为愚溪的道理。由于他因愚而获罪，因罪而遭贬，因贬而爱此溪，又因爱此溪而择其风景绝佳处筑室居之。进而联想到古代，有个"愚公谷"，如今作者居家于此溪之上，而当地土居对于它的

名字则莫衷一是，作者才不得已而为之，索性更名为"愚溪"。此段文字乃扣题之笔，所以作者才不吝笔墨，详加叙述。"愚公谷"，在今山东省临淄县境。汉代刘向《说苑·政理》："齐桓公出猎，入山谷中，见一老翁，问曰：'是为何谷?'对曰：'愚公之谷。'桓公问其故，曰：'以臣名之。'"古有"愚谷"，今有"愚溪"，均以人愚而得

名。一谷一溪,一古一今,皆以愚名,遥相对应——作者以此申明自己以愚命溪并非杜撰。所以此笔绝非赘文闲墨,更非故作高深掉书袋;惟因有了这一笔才使文章显得跌宕有致,耐人玩味。"龂龂(音银)":争辩不休的样子。

第二部分,紧承上段"愚溪"二字描绘开去,引出了愚丘、愚泉、愚沟、愚池、愚堂以及愚亭、愚岛,合于"八愚"之数,正与诗题相扣。八愚之外,另有一愚,即作者自己是也。前八愚并非真愚,皆由作者之故才蒙受了"愚"的耻辱。此段最后一句与前段中的"余以愚触罪"云云相衔接相呼应,可谓环环紧扣,联系密切。

第三部分忽起一大跌宕。先是设问自答,说明"水"(自然包括溪水)虽为智者所喜爱,但却可以"辱而愚之"的原因:适(正好)类(相似)于余(我)。"坻":水中高地。这里,作者把溪之愚与余之愚相比,以为二者互为伯仲,因而把前文中溪以己而受愚辱的结论推翻。这是这一部分中的第一处跌宕之笔。然后,作者又把己之愚与两位古人之愚相比,得出的结论是己之愚是真愚,古人之愚乃假愚。但是天下人都不能给这条愚溪另外再起名字,就是由于它的名字乃是"余"这个货真价实的愚人所起的缘故。这是又一层跌宕,即为方才对于愚溪的那些非议微词作了翻案文章。这里的层层跌宕之笔,表面看去,仿佛是作者故意而为之的曲笔、俏笔,实际是他遭受贬谪以后矛盾、痛苦心理的自然表露。这从此文的最后一部分可以看得清清楚楚。此段中的"宁武子"句,源出于《论语·公冶长》:"宁武子,邦有道则智(聪明),邦无道则愚(装糊涂)。其智可及也,其愚不可及也。""颜子"即颜回,典出《论语·为政》:"子曰:'吾与回言终日,不违如愚。退而省其私,亦足以发(发挥,阐发),回也不愚。'""睿",乃通达之意。

第四部分,是此文的主旨所在。作者把溪之愚与己之愚再次相比,以为两者虽然同愚,但却并非全然无补于世。溪水清澈,可以照见天下万物,其金石般的流水声可以使人乐而忘返。"余"虽不见容于时俗,却也颇以舞弄文墨而自我慰藉,因为这些文字能够洗涤天下万物,包罗各种世态而无所避讳。最后两句作结文字,再次同文题相扣合。从文中的"茫然""昏然"以及"寂寥而莫我知"等词语看,作者内心深处蕴藏着极为深刻的痛苦。他的高洁志行不为当道所容,同作者眼前这条小溪的美景未被世人赏识,是同样地不公道的。因而,作者只能寄情于"超鸿蒙""混希夷"了。"鸿蒙",同"鸿濛",指自然界的宏大之气。"希夷",《道德经》:"视之不见名曰夷,听之不闻名曰希"。此处大意是指追求一种虚寂混沌的状态和形神俱忘的境界。这里,作者的抑郁不平之情,借助此文曲折淋漓地表现出来了。

序棋^①

【题解】

这是一篇杂文,以棋子制作的"朱墨以别","贵者半,贱者半",喻世间的贤愚不分。房直温涂染棋子,信手拈来,随意地涂成朱墨二色,朱者贵之,墨者贱之,棋子贵贱的地位就在一涂一抹的偶然中被确定下来。从这一典型事例引出统治阶级当权派用人唯亲,犹如棋子制作"适近其手而先焉,非能择其善而朱之"。前半长于叙事,从棋子的制作、游戏的规则到参加者的心理、态度,以轻松笔调从容道来,似无关宏旨的"体闲"散文;后半议论精辟,从涂染棋子,推及"世之所以贵人者"相类,连用八句反诘,滔滔不已,愤慨激越,将朝廷贤愚不分、摧抑人才的弊端揭露得淋漓尽致。寓庄严、深刻于平易、游戏之中,引人入胜,发人深省。

【原文】

房生直温^②,与予二弟游^③,皆好学。予病其确也^④,思所以休息之者。得木局^⑤,隆其中而规焉^⑥,其下方以直。置棋二十有四,贵者半,贱者半。贵曰上,贱曰下,咸自第一至十二。下者二乃敌一,用朱、墨以别焉。房于是取二毫如其第书之^⑦。既而抵戏者二人,则视其贱者而贱之,贵者而贵之。其使之击触者也,必先贱者,不得已而使贵者。则皆慄焉惛焉^⑧,亦鲜克以中^⑨。其获也,得朱焉,则若有余^⑩;得墨者,则若不足^⑪。

余谛眡之^⑫,以思其始,则皆类^⑬也,房子一书之而轻重若是。适近其手而先焉^⑭,非能择其善而朱之,否而墨之也。然而上焉而上,下焉而下,贵焉而贵,贱焉而贱,其易彼而敬此^⑮,遂以远焉^⑯。然则若世之所以贵贱人者,有异房之贵贱兹棋者钦?无亦近而先之耳^⑰!有果能择其善否者钦?其敬而易者,亦从而动心矣^⑱,有敢议其善否者钦?其得于贵者,有不气扬而志荡者钦?其得于贱者,有不貌慢而心肆者钦^⑲?其所谓贵者,有敢轻而使之者钦^⑳?所谓贱者,有敢避其使之击触者钦^㉑?彼朱而墨者,相去千万不啻^㉒,有敢以二敌其一者钦?余墨者徒也,观其始与末^㉓,有似棋者,故叙。

【注释】

①序:同"叙"。　　棋:弹棋。
②房生:名直温。生,对年轻读书人的称呼。

③二弟:作者的堂弟宗直、宗一。

④病:担心。　　确:坚,这里指用功过度。

⑤木局:木质棋盘。

⑥隆其中:使中间部位凸起来。隆,凸起。　　规:圆形。

⑦二毫:两支毛笔。　　如其第:按照棋子摆放着的次序。第,次序。　　书:涂抹。

⑧慓:急匆匆。　　惛:糊涂涂。

⑨鲜:少。　　克:能。　　中:击中。

⑩有余:心满意足而有余。

⑪不足:不满意。

⑫谛:仔细。　　睨:斜视;这里是从旁观看的意思。

⑬皆类:棋子原先都是一类的东西。

⑭适近其手:恰逢距手近的。适,适逢,恰逢。　　先:优先,这里指涂上朱色。

⑮易:轻视。

⑯远:差距悬殊。

⑰无亦:无非。

⑱从而动心:意思是说,"敬者"和"易者",界线已明,格局已定,社会上的人们也就跟随着真心地尊重"敬者",轻视"易者"。

⑲不貌慢:神态不萎靡。　　心肆:心情舒畅。

⑳轻而使之:轻视并驱使"贵者"。

㉑避:避而不用,即不驱使"贱者""击触"。

㉒不啻:不止,不只。

㉓始与末:指社会上的"墨者",人生不幸遭遇的始末。

【集评】

明茅坤《唐宋八大家文钞》卷二十一:此序与《序饮》并澹宕可读。

清何焯《义门读书记》卷三十六:晏元献公题云:此二篇古本或有或无。

清爱新觉罗·弘历《唐宋文醇》卷十二:大心贵贱菀枯皆人之所名,人名之而人实之……而莫如其所萌,如木出火以自焚,诚观其始与末,必知其空且假也。此宗元序棋说也。

清孙琮《山晓阁评点唐柳柳州全集》卷二:只就棋上寓言,发出一段感慨。调侃世人不少,期望世人亦不少。

现代章士钊《柳文指要》卷二十四:棋虽有谱,而玩者仍得以新意自作局势,此二十四棋一局,殆子厚谪居零陵时创意为之,用解烦懑,故末有余墨者徒也数语,自发一笑,至方千里以选官为戏之骰子选格,当亦相类之竞技云。

【鉴赏】

这是一篇杂文式的记叙文字。作者从房生涂染棋子"适近其手而先焉"这一生活中的普遍现象生发开去,尖锐地揭露、抨击了当时朝廷用人制度的腐败。文章犀利,寓意深刻,在当时具有很强的针对性与战斗性。

全文由前后两个部分组成。从文章的记叙主体看,前一部分当属骨干,但从文章的思想内容看,则仅属铺垫性质,即通常所说的文章"由头";只有后一部分,才是此文主旨之所在。

在前一部分里,有两层意思。一层是简述本文记叙主体——棋的由来以及棋盘、棋子的格局。文中说:有位房直温先生,他同作者的两个堂弟——柳宗直与柳宗一——有交往,他们都勤奋好学。作者担心他们学习劳累过度,想寻求一个让他们得以休息的方法。于是找到一个木质棋盘,它中间凸起而呈圆形,下边方而且直。棋盘里置放棋子二十四枚,其中一半"贵"子,一半"贱"子。贵的叫上等子,贱的叫下等子,都从第一个摆到第十二个。下等子两个抵一个上等子,用红、黑两色以区分上下。

另一层写房生如何涂染棋子以及下棋人走子时的心境。涂棋情况写得极为概括,仅有一句话:房生于是拿起一红一黑两支毛笔,按照棋子的摆放次序分别染上颜色。染完色,两人开始下棋。看到贱子就轻视它,看到贵子就珍视它。他们走子碰撞,必定先用贱子,不得已时才用贵子。这两种子都是急急忙忙地糊糊涂涂碰撞对方,却很少有碰中的。他们所获得的棋子,倘是红的,就心满意足,倘是黑的,就怅然若失。这里写到的这种棋,据《西京杂记》考证,叫作弹棋,"其局(棋盘)方二尺,中心高如覆盂,其巅(覆盂之顶)为小壶,四角微隆起",这与此文写到的"隆其中而规焉","其下方以直"等形状,大体相符。

后一部分,属于由涂棋、下棋所导引出来的阐发性文字。这里,包含有三层意思。

第一层意思,由房生涂棋的随意性联想到朝廷用人"亦近而先之"的唯亲性。作者写道:我仔细看过棋子,想到它们开始时都是一样的,经过房生的一番涂染才显出了轻与重的不同来。恰好靠近房生手边的,就被先涂上了颜色,并不是他有意选择好的染成红色，不好的就染成黑色。但是，一经染为上等就成了上等，染为下等就成了下等，染为贵子就成了贵子，染为贱子就成为贱子；人们轻视贱子而重视贵子，两者相差就很远了。这样一来，则世上把人分为贵贱两等的情况，同房生把棋子随意染成贵贱两类，难道有什么不同之处吗？无非也是亲近的先受重用而已。

　　第二层意思，由七个反问句组成。其一，难道有人果真能够选择好与坏的吗？其二，于是，那种对人尊重或者轻慢的态度，便在人们的心目中产生出来，难道有谁敢于议论他们的好或坏吗？其三，那些得到显贵地位的人，难道有谁能不趾高气扬而心神放荡的吗？其四，那些处境低贱的人，难道有谁能不神情颓唐而心烦意乱吗？其五，那些所谓高贵的人，难道有谁敢于轻视而使唤他们吗？其六，那些所谓低贱的人，难道有谁敢于逃避别人对他们的驱使而不为人奔走呢？其七，那些高贵者与低贱者，他们之间相差不止千万，难道有谁敢于用两个低贱者抵挡一个高贵者吗？这一连七个反问，一气呵成，气势磅礴，答案不言自喻。所以，反问不仅未给立论带来模糊性、不确定性，反而收到了言简意明、不容置疑的特殊效果。这是我们欣赏这篇文字所应玩味并且认真掌握的。

　　第三层意思，乃与文题总扣之笔。此文以"序棋"开始，又以序棋收尾，首尾连贯，前后呼应，无懈可击。作者感叹自己与低贱者是同一类人，他观察人们遭遇的始末，感到有与棋子相同之处，因而才写下这篇《序棋》。

　　纵观全文，通篇无一句与本文的记叙对象——弹棋无关，而其主旨既与弹棋紧相关联而又大相径庭，远比涂棋、下棋的本意要深刻得多，有意义得多。这是典型的杂文笔法，由此可见，我国战斗性杂文的历史是何等悠久。

宋清传

【题解】

子厚集共有传六篇,《宋清传》为第一篇。古代史官专为达官贵人立传,以备编入正史。而文人学士为社会底层小人物——圬者、种树者、牧童、艺人等写传记,并将它发展为一种文体,肇始于唐代。尤以柳宗元的成就最为卓著,六传即有力佐证。

宋清是一位颇懂经营之道的药材商人,其卖药不计小利、近利,"虽不持钱者,皆与善药";对富者、贫者皆一视同仁,真诚相待,故"得大利","卒以富",生意兴隆,历久不衰。文章联系中唐的社会现实,采取对比手法,将宋清一视同仁的处世态度:"或斥弃沉废,亲与交;视之落然者,清不以怠,遇其人,必与善药如故",同一般士大夫的趋炎附势丑恶行径:"炎而附,寒而弃"进行比较,形成强烈对照,褒贬、爱憎十分鲜明。竭力赞美宋清"居市不为市道",身为商人却无市侩习气,严厉痛斥"居朝廷""居官府",以士大夫自名者的市侩主义。以"市"字贯穿全篇,抨击世态炎凉,寄寓贬谪之后的身世之感。

【原文】

宋清,长安西部药市人也,居善药①。有自山泽来者,必归宋清氏,清优主之②。长安医工得清药辅其方,辄易雠,咸誉清③。疾病疕疡者,亦皆乐就清求药,冀速已④。清皆乐然响应,虽不持钱者,皆与善药,积券如山,未尝诣取直⑤。或不识遥与券,清不为辞⑥。岁终,度不能报,辄焚券,终不复言⑦。市人以其异,皆笑之曰:"清,蚩妄人也⑧。"或曰:"清其有道者欤⑨?"清闻之曰:"清逐利以活妻子耳,非有道也,然谓我蚩妄者亦谬⑩。"

清居药四十年,所焚券者百数十人,或至大官,或连数州,受俸博,其馈遗清者,相属于户⑪。虽不能立报,而以赊死者千百,不害清之为富也⑫。清之取利远,远故大⑬。岂若小市人哉?一不得直,则佛然怒,再则骂而仇耳⑭。彼之为利,不亦翦翦乎⑮?吾见蚩之有在也⑮。清诚以是得大利,又不为妄,执其道不废,卒以富⑯。求者益众,其应益广。或斥弃沉废,亲与交;视之落然者,清不以怠,遇其人,必与善药如故⑰。一旦复柄用,益厚报清。其远取利,皆类此⑱。

吾观今之交乎人者,炎而附,寒而弃,鲜有能类清之为者⑲。世之言,徒曰"市道交"⑳。呜呼!清,市人也,今之交有能望报如清之远者乎㉑?幸而庶几,则天下之穷困废辱得不死亡者众矣，"市道交"岂可少耶②？或曰："清，非市道人也。"柳先生曰："清居市不为市之道，然而居朝廷、居官府、居庠塾乡党以士大夫自名者，反争为之不已，悲夫！然则清非独异于市人也③。"

【注释】

①"宋清"二句：宋清是长安西部药市上的药商，经营上等药材的生意。居：收购。　善药：上等药材。

②"有自"三句：从山间湖畔来的药农，必定把采集到的药材送到宋清处，宋清把他们当做好主顾，付给相当优厚的报酬。　优主之：对待他们很优厚，把他们当做好主顾。

③"长安"三句：长安的医生用宋清的药材配好药方，就能很容易地卖出去，大家都称赞宋清。　易：容易。　雠：卖出去。　咸：都。　誉：赞誉，称赞。

④"疾病"三句：患有头疮、痈疮等疾病的人，都乐意到宋清那里求药，希望尽早治愈。　疕：头疮。　疡：痈疮。　冀：希冀，希望。　已：止，这里是治愈的意思。

⑤"清皆"数句：宋清总是愉快地满足他们的要求，即使有人没有带钱来，宋清也卖给好药。欠账的票据堆积如山高，却从未登门索要。　与：付给。　券：欠账凭据。　诣：往。　直：同值，药钱。

⑥"或不"二句：有些不相识的人从远方寄来赊购的票据，宋清从不拒绝。不识：不认识的人。　与：寄。　辞：拒绝。

⑦"度不"三句：估计赊欠的人无力偿还时，他就把凭据烧掉，最终不再提及此事了。　度：估计，考虑。　报：还钱。　言：谈起，提到。

⑧"市人"三句：药市上的人认为宋清的行为很奇怪，都讥笑他说："宋清是个蠢人！"　蚩妄人：愚蠢妄为的人。

⑨"或曰"二句：有人说："宋清大概是道德高尚的人吧？"　其：大概。表示测度的语气副词。

⑩"清闻"数句：宋清听到这番议论，说："我经营药材获取一定利润是为了养活老婆孩子罢了，并非有高尚道德，然而认为我是傻瓜却是错误的。"　活：养活。谓：说，认为。

⑪"清居"数句：宋清收集、经营药材四十年了，烧掉一百几十个人的赊欠凭据，这些人当中有人当了大官，有人管辖几个州，领取很高的俸禄。馈赠礼品的人在宋清家门前接连不断。　博：多。　馈遗：赠送礼品。　相属：接连不断。属：连接。

⑫"虽不"三句：虽然有时不能立即交款，成百成千的赊欠者直到死也未给药钱，可是这并不影响宋清致富。　立报：立即付钱。　害：妨碍，影响。

⑬"清之"二句：宋清获利的眼光放得很远，放得很远所以获利就多。　大：指获利多。

⑭"岂若"数句：哪里像那些做小生意的人？一次收不到现款，就勃然大怒，两次就要谩骂人家，彼此成了仇人。　　佛然：生气的样子。　　再：第二次。

⑮"彼之"三句：他们这样追求利润，目光不也太短浅了吗？我看愚蠢的人确实是存在的。　　觭觭：浅狭，短浅。

⑯"清诚"数句：宋清确实由此赚了大钱，又不弄虚作假，长期坚持自己的经营之道，不半途而废，终于发财致富了。　　道：指经营之道。　　卒以富：最终因此发财致富。

⑰"求者"数句：求他的人越来越多，他应承的面越来越宽。有的人被罢官，闲置不用，他亲切地与之交往；看样子落魄失意的人，宋清也不怠慢他，遇上这类人，一定像平常一样卖给好药。　　益：更。　　斥弃沉废：被罢官，被闲置。　　落然：落魄失意的样子。

⑱"一旦"数句：这些人有朝一日重新掌权，就更加优厚地回报宋清。他获利的眼光放得远，大都与此类似。　　复柄用：重新掌权。　　报：报答，回报。

⑲"吾观"数句：我观察当今与人交往，得势了就投靠你，贫寒了就抛弃你，很少有能类似宋清这样做的人。　　炎：权势显赫。寒：寒微，贫寒。　　鲜：少。

⑳市道交：通过做生意的途径交朋友。

㉑"今之"句：当今交往中有能像宋清那样考虑到长远报答的人吗？　　望：指望，希望。

㉒"幸而"数句：要是幸而有类同宋清这样的人，那么，世界上处于贫困、蒙受凌辱却不至于死亡的人就很多了。为了做生意而进行交往难道少得了吗？　　庶几：近似，类同。

㉓"清居"数句：宋清身居闹市，却不见利忘义，然而，那些在朝廷、在官府、在学校和乡间里以士大夫自居的人，反而争先恐后奉行市侩哲学，无休无止，太可悲啊！既然如此，那么，宋清就不只是和普通商人不同了。　　市之道：指一般商人唯利是图、见利忘义的经营之道。　　非独：不只，不仅。

【集评】

明茅坤《唐宋八大家文钞》卷四：亦讽刺之言。

明蒋之翘辑注《柳河东集》卷十七：子厚此文在谪永州后作。盖谓当时之交游者不为之汲引，附炎弃寒，有愧于清之为者，因托是以讽云。最简洁，议论亦好，但子厚作文，每只用此局法。

清爱新觉罗·弘历《唐宋文醇》卷十一：韩愈所为私传，皆其人于史法不得立传，而事有关于人心世道，不可无传者也。宗元则以发抒己议，类庄生之寓言。如《梓人》，如《郭橐驼》等，皆与此同，非所为信以传信者矣。然其议论有可取者，则亦具录于编。此编盖慨交道之如市，且谓善贾者必有远虑，有义行，若今之交并市道之不若也。"炎而附，寒而弃"者之晨钟矣。……柳宗元慨士大夫交轻相负，无岁寒之雅，为传宋清市药得利之远，以忻动而愧厉之。

清孙琮《山晓阁评点唐柳柳州全集》卷四：只是借宋清不速望报，调侃世人一番，痛骂世人一番，妙在前幅写宋清市药一段，中幅亦写宋清市药一段，特于中间忽起二波，写出人笑宋清一段，宋清解嘲一段，便令文章无波澜处生出波澜，无点染处生出点染，峰峦绝佳。

清储欣《唐宋八大家类选》卷三：跌宕跳脱，开东坡海外篇。

近代林纾《柳文研究法》：凡善为寓言者，只手写本事，神注言外，及最后收束一语，始作画龙之点睛，翛然神往，方称佳笔。子厚之《宋清传》《郭橐驼传》《梓人传》，均发露无余。似《宋清》《橐驼》《梓人》，皆论说之冒子，其后乃一一发明之，即为此题之注脚。文固痛快淋漓，惜发露无余，不如《蝜蝂》一传之含蓄。

现代章士钊《柳文指要》卷十七：古者人非史官，不敢为人随意立传，子厚集中有传六篇，自宋清以至李赤、蝜蝂，大抵比于稗官之属耳。若段太尉事关史实，意涉论赞，其文并不曰传而

曰逸事状，此论顾亭林即坚持之，可云特识。松坡于清传妄加笺证，且视为反躬悔咎之辞，强作解人，庸妄何极？尝谓松坡吴门高第，识宜锐过其师，顾于实反下其师一阶，则以至父获友如严几道，能假泰西理论，以培辅己之不足，而松坡旷无何友之故，由是以知人之得友，尤贵于得时云。

【鉴赏】

柳宗元身为革新党人，谪居南荒，达官显官很少求他立传，因此现存六篇传记，除一为寓言外，其余率皆市井细民。

文章先叙宋清之为人行事。开门见山，指出宋清乃长安市中一普通药商。因为善待四方药农，所以凡药农来京求售者，都投奔宋清，以是多积良药。故医师得宋清之药配方，往往容易奏效；患者为求还愈，也愿向宋清求药。宋清对患者则无论识与不识，有钱无钱，一律给予良药，是故累积不少借券，但从不登门索取。年终岁尾，估计欠者无力偿还，即一焚了事，决不再提。以上叙宋清行事，层次渐进，简

练而条畅。随后又以市人议论生出波澜，意在进一步强调，宋清如此行事，既非有道之士，也非愚蠢荒唐之辈，的的确确是个"逐利以活妻子"的普通市人，此乃一篇文章议论之骨。

第二段阐述宋清既如此行事，何以还能"逐利以活妻子"。一则被他勾销债务的人，有的后来做了大官，有的当了连州跨郡的节度，他们俸禄多了，想起宋清旧德，于是馈赠不绝。二则宋清待人，不以对方穷通而变化态度，即使斥弃沉沦、落魄失意者，亦照常善待之。而这些人一旦被起用，念宋清知遇之恩，也要重重报答。总之是目光放得远，不斤斤于眼前得失，而其"逐利以活妻子"则与市人无异。

第三段在叙事的基础上发挥议论。作者再次拈出宋清乃普通市井之人，而一般世人所为，尽管全从势利二字出发，很少能与宋清相比，却口唱高调，徒然视宋清之所为为以利相交。作者对此深为感慨，认为世上如幸而有类似宋清之"市道交"的，则天下陷于困境的人，将不知有多少得救。由此看来，这种"市道交"正不可少。然后又反跌一笔说，如果宋清非市井之人，即是身居市井而不为市井之交的有道之士；而那些身居朝廷、官府、庠塾、乡党，以士大夫自命的官绅，本当是守道之人，却偏为市道之交；那么宋清非独高于市井细民，也远出于这些"正人君子"之上了。这段文字抑扬往复，感情强烈，凡激越之处，语言亦慷慨淋漓，有力地传达出作者的愤懑之情。

凡史传文字，皆须备述传主毕生事迹，加以褒贬，内容务求翔实。柳宗元则仅取人物之一时一事，一言一行，就其与社会人生有关之处加以发挥，形成一种短小精悍、内容集中、思想深刻、介乎寓言之间的文学性散文，实乃传记之变体。本文于宋清生平，仅记卖药一事，称扬其虽为市井细人却能超乎市井之道的优良品质，从而达到立传的目的。同时又由此引发出对炎凉世态的抨击，且寄寓自己谪宦以来饱尝人情冷暖的无穷感慨。

就文章笔法而言，本文突出的特点是先叙后议。叙述中根据议论的需要进行剪裁，只突出宋清作为市井细民而能急人之难的材料，其他一律删掉。议论时则紧紧扣住这一点，与上层人物反复比较，充分揭示出他们的卑屑恶浊，因此文章上下脉络贯通，前后浑然一体。

梓人传

【题解】

本文赞扬一位不执斧斤、刀锯,却专以寻引规矩绳墨,善度材、指挥众工的梓人的卓越才干。梓人的言谈举止,典型地表现了人物具有领导才能的个性特质。"其床缺而不能理",却夸口自诩:"舍我,众莫能就一宇",此梓人可谓无能之辈。然而,在建筑工地,他"委群材,会众工","斤者斫,刀者削,皆视其色,俟其言",指挥若定,"计其毫厘而构大厦,无进退焉",此梓人俨然建筑工程的设计师和总指挥。其领导才能在先抑后扬、欲褒先贬的描述中,得到淋漓尽致的展现。因梓人的事迹有资于治道,作者写梓人的传记,旨在阐明宰相的治国之道,故使文章形成强烈的政论性特点。如《种树郭橐驼传》没有着重批评贪官污吏一样,本文也没有着重批评奸相,而是批评居相位却不谋宰相之政的庸人。明确指出:相天下者,当立纲纪,整法度,择天下之士,使称其职,居天下之民,使安其业。而衒能矜名,亲小劳,侵众官,听听于府廷,而遗其大者远者,是不知相道者也。正反并论,对比鲜明,表现出作者对吏治的远见卓识和革除弊政的愿望。

【原文】

裴封叔之第,在光德里①。有梓人款其门,愿佣隙宇而处焉②。所职寻引、规矩、绳墨,家不居砻斫之器③。问其能,曰:"吾善度材,视栋宇之制,高深、圆方、短长之宜,吾指使而群工役焉④。舍我,众莫能就一宇。故食于官府,吾受禄三倍;作于私家,吾收其直尺半焉⑤。"他日,入其室,其床缺足而不能理⑥,曰:"将求他工。"余甚笑之,谓其无能而贪禄嗜货者⑦。

其后,京兆尹将饰官署,余往过焉⑧。委群材,会众工,或执斧斤,或执刀锯,皆环立向之⑨。梓人左持引、右执杖,而中处焉⑩。量栋宇之任,视木之能,举挥其杖曰:"斧!"彼执斧者奔而右;顾而指曰:"锯!"彼执锯者趋而左⑪。俄而,斤者斫,刀者削,皆视其色,俟其言,莫敢自断者⑫。其不胜任者,怒而退之,亦莫敢愠焉⑬。画宫于堵,盈尺而曲尽其制,计其毫厘而构大厦,无进退焉⑭。既成,书于上栋曰:"某年某月某日某建",则其姓字也,凡执用之工不在列⑮。余圜视大骇,然后知其术之工大矣⑯。

继而叹曰:彼将舍其手艺,专其心智,而能知体要者欤⑰?吾闻劳心者役人,劳力者役于人,彼其劳心者欤⑱?能者用而智者谋,彼其智者欤⑲?是足为佐天子、相天下法矣㉑！物莫近乎此也㉑。彼为天下者，本于人㉒。其执役者，为徒隶，为乡师、里胥㉓；其上为下士；又其上为中士、为上士；又其上为大夫、为卿，为公㉔。离而为六职，判而为百役㉕。外薄四海，有方伯、连率。郡有守，邑有宰，皆有佐政㉖。其下有胥吏，又其下皆有啬夫、版尹，以就役焉，犹众工之各有执技以食力也㉗。彼佐天子、相天下者，举而加焉，指而使焉，条其纲纪而盈缩焉，齐其法制而整顿焉，犹梓人之有规矩、绳墨以定制也㉘。择天下之士，使称其职；居天下之人，使安其业㉙。视都知野，视野知国，视国知天下㉚。其远迩细大，可手据其图而究焉，犹梓人画宫于堵而绩于成也㉛。能者进而由之，使无所德；不能者退而休之，亦莫敢愠㉜。不衒能，不矜名，不亲小劳，不侵众官，日与天下之英才讨论其大经，犹梓人之善运众工而不伐艺也㉝。夫然后相道得而万国理矣。相道既得，万国既理，天下举首而望曰："吾相之功也㉞！"后之人循迹而慕曰："彼相之才也㉟。"士或谈殷、周之理者，曰伊、傅、周、召，其百执事之勤劳而不得纪焉，犹梓人自名其功而执用者不列也㊱。大哉相乎！通是道者，所谓相而已矣㊲。

其不知体要者反此。以恪勤为公，以簿书为尊㊳；衒能矜名，亲小劳，侵众官，窃取六职百役之事㊴；听听于府廷，而遗其大者远者焉，所谓不通是道者也㊵。犹梓人而不知绳墨之曲直，规矩之方圆，寻引之短长，姑夺众工之斧斤刀锯以佐其艺，又不能备其工，以至败绩用而无所成也㊶。不亦谬欤？

或曰："彼主为室者，倘或发其私智，牵制梓人之虑，夺其世守而道谋是用，虽不能成功，岂其罪耶？亦在任之而已㊷。"余曰不然。夫绳墨诚陈，规矩诚设，高者不可抑而下也，狭者不可张而广也㊸。由我则固，不由我则圮㊹。彼将乐去固而就圮也，则卷其术，默其智，悠尔而去，不屈吾道㊺。是诚良梓人耳！其或嗜其货利，忍而不能舍也㊻；丧其制量，屈而不能守也，栋挠屋坏，则曰："非吾罪也。"可乎哉！可乎哉㊼！

余谓梓人之道类于相，故书而藏之。梓人，盖古之审曲面势者，今谓之"都料匠"云㊽。余所遇者，杨氏；潜，人其名也。

【注释】

①"裴封"二句：裴封叔的公馆，在长安光德里。　　裴封叔：名瑾，柳宗元的姐夫，曾任长安县令。　　第：府第。　　光德里：在今西安市西南郊。

②"有梓"二句：有个建筑师敲他的门，想要租一间空房子住。梓人：指土木工程的建筑师。　　款：敲。　　隙宇：空房子。　　处：住。

③"所职"二句：他用的是长短尺子、圆规、方尺、墨斗等工具，家里没有存放磨刀石、刀斧之类。　　寻：八尺。　　引：十丈。　　规：圆规。　　矩：方尺。　　绳墨：墨斗。　　砻：磨。　　斫：砍。

④"吾善"数句：我擅长测量木材，依据房屋的规模大小，使它的高深、方圆、长短完全适宜，由我来指挥，工匠们具体操作。度：计量。　　制：规模。　　宜：适宜。　　役：劳作，操作。

⑤"舍我"数句:离开我,工匠们不能建成一间房子。所以,我为官府效力,我领得的工钱是他们的三倍;我为私人做工,我要拿全部工钱一半以上。　　直:同"值",指工钱。

⑥"其床"句:他的床腿坏了,自己却不会修理。　　理:修理。

⑦"谓其"句:认为他是个没有本领,却贪图钱财的人。　　嗜货:贪财。

⑧"其后"二句:此后,京兆尹要整修官邸,我前去拜访他。　　京兆尹:京兆府长官。　　过:过访,拜访。

⑨"委群"数句:官邸里堆积着许多木材,会集了很多工匠,有手提斧头的,有拿着刀锯的,都面朝建筑师,在他周围站立着。　　委:累积,堆积。　　环立:在周围站立着。　　向:对。

⑩"梓人"二句:建筑师左手拿着一把尺子,右手拿着一根手杖,站在工匠们中间。　　持引:拿着度量长度的工具。

⑪"量栋"数句:他估量房屋的负荷,察看木材的功用,高高挥舞手杖说:"砍!"那些拿斧头的人便向右边跑过去;他回头指着说:"锯!"那些拿锯子的人就向左边跑去。　　任:负担,负荷。　　顾:回首,回视。　　趋:疾走。

⑫"俄而"数句:不一会儿,拿斧的砍,拿刀的削,都要看他的眼色,听候他的吩咐,没有谁敢自作主张。　　俄而:一会儿。　　斫:砍。　　俟:等待,等候。
断:决断。

⑬愠:怨恨。

⑭"画宫"数句:他把房屋的图样画在墙上,不过一尺大小,却详尽地画出房屋的结构,按照图样的比例营建大厦,没有任何差错。　　宫:古房屋通称。　　堵:墙壁。　　制:指房屋结构。　　进退:出入,差错。

⑮"既成"数句:房屋建成后,在顶梁上写道:"某年某月某日某人建","某人"就是他的姓名,而所有干具体活的工匠都不列上姓名。　　既:已经。　　执用之工:指干活的工匠们。

⑯"余圜"二句:我围绕新房屋看了一遍,非常惊讶,这才知道他的建筑技艺是很高明的。　　圜:通"环",环绕,围绕。　　工:妙。

⑰"彼将"三句:他恐怕是放弃手工劳动,专心从事脑力劳动,进而能掌握住技术要领的人吧?　　体要:指技术要领。

⑱"吾闻"三句:我听说动脑子的人役使别人,干体力活儿的人受人役使,他大概算动脑子的人吧?　　役:役使。

⑲"能者"二句:有劳动本领的人施展他的本领,有智慧的人调动他的智谋,他大概是有智慧的人吧?

⑳"是足"句:这足以被辅佐天子、治理天下的人效法啊!　　相:治理,统治。
法:效法。

㉑"物莫"句:事情没有比这再相近的了。　　乎:于,比。　　近:相近,类同。

㉒"彼为"二句:那些治理天下的人,把用人作为根本大事。

㉓"其执"句:那些具体干活的人,是下层吏卒,是乡长、里长。　　徒隶:服劳役的罪犯。此指下层吏卒。　　乡师:官名,乡长。　　里胥:乡吏。里吏。

㉔"其上"数句:他们之上是下士,再上是中士,是上士;再往上是大夫、是卿、是公。　　士:古时诸侯置上士、中士、下士之官,其位次于大夫。　　大夫:官名。卿:官名。　　公:爵位名。

㉕"离而"二句:分成六个职能部门,再细分为诸多职务。　　六职:吏、户、礼、兵、刑、工六个部门。　　判:区分。

㉖"外薄"数句:京城之外直达四面八方,有统辖各个地方的方伯、连率。郡里有郡守,县里有县令,都配有副职。　　方伯:一方诸侯之长。　　连率:通"连帅",古十国诸侯之长。

㉗"其下"数句:他们下边有办理事务的里胥,再往下也都有啬夫、版尹,来承担各种差事,就像工匠们各有技能自食其力一样。胥吏:官府中办理文书的小吏。　　啬夫:掌管听讼、收取赋税的乡官。　　版尹:掌户籍的小官。　　就役:承担各种具体事务。食力:自食其力。

㉘"彼佐"数句:那些辅佐天子治理天下的宰相,推举贤才,委以重任;发布指令,下达任务;整理朝纲,适当增减;统一法制,进行整顿,就像建筑师用圆规、方尺和墨斗确定房屋的规格一样。条其纲纪:整理纲纪,使其条理清楚。　　盈缩:增减。

㉙"择天"数句:选拔天下的贤能,使他们各个称职;安置天下的百姓,使他们都能安居乐业。　　择:选拔,任用。

㉚"视都"三句:考察了都城的情况,能推知郊区的情况,了解了郊区的情况,能推断一个大地区的情况,知道了一个大地区的情况,就能推想全国的情况。视:考察。

㉛"其远"三句:那些远处、近处大大小小的事情,可以手按地图去推求,就像建

筑师在墙上画出图样就能完成房屋建筑一样。迩：近。　　据：抚摸，按。　　究：推究，推求。

㉜"能者"数句：有能力的人，要重用，使之充分发挥才能，不要让他们感激自己；没有能力的人，要辞退，使之回家休息，也没有谁敢抱怨。　　由之：指充分发挥其才能。由，从。

㉝"不衒"数句：不炫耀自己的才能，不夸大自己的名望，不计较琐碎小事，不侵夺百官的权利，每天都和天下有杰出才能的人商讨治国大道，就像建筑师善于调动工匠而不炫耀自己的本领一样。衒：炫耀。　　矜：自夸。　　伐艺：夸耀自己的本领。

㉞"然后"数句：这样做才是掌握了做宰相的道理，也就能治理好国家了。既掌握了做宰相的道理，治理好了国家，天下百姓就会昂首仰望说："这是我们宰相的功德啊！"　　相道：做宰相的道理。　　理：治理。

㉟"后之"二句：后世的人们追寻其事迹，敬慕地说："这是那宰相的才能啊！"

㊱"士或"数句：读书人有时谈到商周治理国家的人，只提到伊尹、傅说、周公、召公，而那些百官的勤劳业绩却得不到记载，就像建筑师题名记载自己的功劳，而工匠们的姓名并未列上。　　殷：商朝，约在公元前14世纪中叶，盘庚迁都于殷（今河南安阳市西北）。　　周：西周。　　伊：伊尹，曾辅佐商汤灭夏桀。　　傅：傅说，原为奴隶，后被商王任命为大臣。　　周：周公，姬旦，周武王的弟弟。　　召：召公，曾与周公一起辅佐武王、成王，因封地在召，故称召公。　　纪：记载。

㊲"大哉"二句：伟大啊，宰相！精通这番道理的人，就是所谓宰相了。

㊳"其不"三句：那些不懂得做宰相的要领的人却与此相反。他们把谨慎行事、勤恳劳作视为一心为公，把签署公文之类看作身份高贵。　　恪勤：谨小慎微，勤勤恳恳。

㊴"衒能"数句：卖弄才华，炫耀名声，计较琐事，侵夺百官的权利，私自包揽各个职能部门的事务。　　窃取：偷取。

㊵"听听"数句：在朝廷上争辩不已，却把重大的意义深远的事情遗忘了，这就是所谓不懂得做宰相的道理的人。　　听听：争吵的样子。

㊶"犹梓"数句：这好比作为建筑师却不懂得绳墨的曲直，规矩的方圆，尺子的长短，姑且夺过工匠们手中的斧头、刀、锯，来帮助他们干活儿，又不具备他们各自的工艺技术，以致失败，什么也没干成。　　佐：帮助。　　备：具备。　　工：工艺技术。

㊷"或曰"数句：有人说：那个建造房屋的主人，假设想要独出心裁，干扰建筑师设计思路，迫使他放弃世代累积的宝贵经验，却采取道听途说的看法，即使建不成房屋，难道建筑师有过错吗？这也是任用他的人有问题罢了。　　道谋是用：采用道听途说的意见。道谋，与路人相谋。

㊸"余曰"数句：我说不对。直线的确画好，方圆确实定妥，那么高的不能把它压低，窄的不能给它加宽。　　诚：确实，的确。

㊹"由我"二句：按我的主意办，建成的房屋就牢固，不按我的主意办，房屋就要坍塌。 圮：坍塌。

㊺"彼将"数句：那个房主要是乐意放弃建成牢固房屋的设计，却采纳使建房倒塌的坏主张，那么，我就收回我的设计，藏起我的智谋，悠然离去，绝不改变自己主意。 将：如果。 就圮：采纳使建房坍塌的坏主张。 默：沉默，静默。这里有收藏、隐藏的意思。 悠尔：悠然。

㊻"其或"二句：有的人贪图财利，容忍房主的错误主张，不肯放弃此项工程。

㊼"丧其"数句：丢开自己的符合实际的设计，屈从房主的主张而不能坚持自己的见解，因而房梁压弯了，房屋塌了，却说："这不是我的过错！"这样行吗？这样行吗？ 制量：指设计。

㊽"余谓"数句：我认为当建筑师的道理类似当宰相的道理，所以写这篇文章保存起来。建筑师是古代审核木材好坏、形状优劣的人，现在称之"都料匠"。审：考核。 面：观察。

【集评】

明茅坤《唐宋八大家文钞》卷四：次序摹写，井井入构。

明李懋桧《永州新刻柳子厚全集序》：彼其《梓人》《种树》诸传，史赞其为有理文章，而元献公且以为祖述典坟，宪章骚雅，上传往古，下笼百世，横行阔视于缀述之场者，惟子厚一人。

清孙琮《山晓阁评点唐柳柳州全集》卷四：此传分两大幅看：前半幅详写梓人，后半幅详写相道。前半幅写梓人处处隐伏下半幅，后半幅写相道处处回抱上半幅。末幅另发一议，补出不合则去，于义更无遗漏。

清《唐宋文醇》卷十二：储欣曰：分明一篇大臣论，借梓人以发其端，由宾入主，非触而长之之谓也。王弇洲乃云：形容梓人处已妙，只一语结束可也。喋喋不已，复而易厌。

近代林纾《柳文研究法》：子厚之《宋清传》《郭橐驼传》《梓人传》，均发露无余。似《宋清》《橐驼》《梓人》，皆论说之冒子，其后乃一一发明之，即为此题之注脚。

现代章士钊《柳文指要》卷十七：温公节录原文，而稍稍变易其辞，不甚露针线痕迹，可谓善于称引，信良史材也。

【鉴赏】

梓人就是木匠。本文中的梓人姓杨名潜，只负责施工组织，掌握施工标准，而不做具体木工活。

文章开始是对梓人的概括介绍。某天梓人叩裴封叔的门，请求赁间空房住（裴封叔名瑾，是柳宗元的姐丈，事迹见本书的《唐故万年令裴府君墓碣》一文）。此人专管施工技术，因此家中没有磨刀石和锛凿斧锯之类的木匠家具。八尺为寻，十丈

为引，都是长度单位，代指量尺。量尺、规矩、绳墨都是木工取准的工具，于是借指技术标准。他的技艺是擅长估计用料，可以根据房屋形制的要求，指挥其他工匠营造，离开他，一间屋子也盖不成。因此他的报酬也超出众人之上。这部分叙述以梓人之口出之，一则避免一味由作者介绍所产生的平直单调之感，更重要的是为下文对梓人产生怀疑留下余地。接下去作者又介绍了一个有趣的现象：到他屋中看看，床断了一条腿，自己不能修理，还说要找别的木匠修。这层描写，妙处有四：一、布置居室场景，生活气息更浓。二、典型环境有助于突出人物特征，说明梓人于具体操作确实一窍不通。三、使作者的怀疑更有依据。四、逼出下句的怀疑之语，造成文章波折，更加跌宕多姿。

第二段先写施工现场所见。一、材料具备，众工集齐，持器械环梓人而立，听候吩咐。二、梓人计算了房屋的需要，又打量木材的条件，然后指挥群工操作，群工亦唯命是从，不敢自作主张。三、不胜任的工匠被斥退，不敢埋怨。四、画建筑图于壁间，大不盈尺，按比例放大，盖成房屋不爽分毫。五、功成，独书梓人之名于梁栋，其他工匠一概不列。随后写作者见此情景，先是惊愕梓人技艺之精湛，疑窦尽消；随之恍然有悟，方知梓人乃放弃具体手艺，集中全部智慧，掌握本行技术要领的

人，是靠脑力劳动指挥别人的人，是靠智慧出谋划策的人。以上对施工现场的描述极简练生动，而且语无虚设，尽是含蓄地为下文张本。一连串的赞美，则是为揭示正题蓄足气势。以下即道出本文主旨：梓人的工作足可为宰相辅佐天子治理天下的法则，天下万事万物没有比这个更接近于宰相之道的了。

第三段照应上述梓人各点，分条陈述宰相之道，文章至此方进入正题。一、治国的具体工作由百官分任，犹如实际操作的众工匠。正如梓人不亲自动手一样，宰相也无须躬亲庶政。二、宰相的任务是条理治国大纲，统一天下法律，举人授职，指挥百官去做。犹如梓人掌握技术标准，由众工操作一样。三、宰相治国应由近以知远，由小以见大，使天下之士各得其职，天下之人各得其所。犹如梓人按图造屋般收到成效。四、对有才能的人升而用之，但不能使他感激个人之恩；对不胜任的则退而不用，又要使他不敢恼怒。不炫耀才能，不矜夸名声，不妨碍众官的工作，每天

只和英才讨论治国大道,就像梓人擅于使用工匠而不以技艺自夸一样。四点陈述完毕,随即总结一语:如此则宰相之道得而天下治,然后又引出第五点:天下大治,世人皆归功于宰相而不及众官,犹如室成独标梓人之名而不列众工匠一样。这样叙述可以避免五点并列所造成的沉闷之气。最后以赞语结束本层意思,而又引出相反的一面。经过正反两面论述,把宰相之道阐发得更为透辟。

不过,以上就梓人之道喻宰相之道,仅限于前述事实之可比喻者,而作者意犹未尽,于是以假设补充之,把文章又推进一层。

作者先假设一种意见,即有人认为,如果主人自以为是,牵制梓人的谋划,改变他固有的成法,而滥用他人意见,即使房盖不成,难道是梓人的过错吗?责任应在主人一方。作者则认为,按规矩设计好的就不能更改。本来按设计盖成的房子会很牢固,不按设计盖成就要坍塌,即使主人宁要塌的,我也只能收起自己的意见离之而去。或许有的贪图主人报酬而改变自己的设计,服从主人的要求,最终梁弯屋倒,能说不是梓人之过吗?宰相之道,重要的一点是如何处理与国君的关系,经此一辨,形象地说明了应该坚持原则,不合则去,不可贪图禄位而迎合上意的道理。本段内容以驳难的方式来表现,显得通篇举法富于变化;以这种方式结尾,也增加了文章的生动性和活泼性。

最后补出何谓梓者及梓者姓名,文章戛然而止,干净利落,形式也颇新颖。

始得西山宴游记

【题解】

唐顺宗永贞元年(公元805年),中唐时期一次十分短暂却颇有影响的政治改革,以改革派代表人物的先后流贬而告终。九月,柳宗元被出为韶州刺史,赴任途中,再贬为永州司马。在永州贬所,柳宗元写出系列性山水游记,《始得西山宴游记》是著名的"永州八记"首篇,作于元和四年(公元809年)。通过记叙西山之游的经历和独特的感悟,展现了一种"心凝形释,与万化冥合"的忘我境界,显现出作者虽名列"刑部囚籍",处于"罪谤交积"之中,依然巍峨挺拔、卓立不群的崇高品格。

题曰西山之游,开篇却从题前意入手,由闲暇之目"施施而行,漫漫而游"地寻访山水,引出尚未游览的"西山",既点醒题面,又道出处境和心情。继而叙述西山之游,刻意渲染西山之雄奇高峻,妙在以侧面衬托手法出之。其抒写宴游之情,仅用"心凝形释,与万化冥合,然后知吾向之未始游"数句,便道出破(恒)惴栗求得解脱的真实感受。在物我为一的境界中,"西山之特立,不与培塿为类",实际上已成为作者虽处逆境却卓立不群的崇高品格的化身。论者谓柳宗元"文有诗情"(林纾《柳文研究法》),此文即为显例。

【原文】

自余为僇人①,居是州,恒惴栗②。其隙也③,则施施而行,漫漫而游④。日与其徒上高山,入深林,穷回溪⑤,幽泉怪石,无远不到。到则披草而坐,倾壶而醉。醉则更相枕以卧⑥,卧而梦。意有所极,梦亦同趣⑦。觉而起,起而归。以为凡是州之山水有异态者,皆我有也,而未始知西山之怪特⑧。

今年九月二十八日,因坐法华西亭⑨,望西山,始指异之⑩。遂命仆人过湘江,缘染溪⑪,斫榛莽⑫,焚茅茷⑬,穷山之高而止。攀援而登,箕踞而遨⑭,则凡数州之土壤,皆在衽席之下⑮。其高下之势,岈然洼然,若垤若穴⑯;尺寸千里,攒蹙累积,莫得遁隐⑰;萦青缭白,外与天际,四望如一⑱。然后知是山之特立,不与培塿为类⑲。悠悠乎与颢气俱,而莫得其涯⑳;洋洋乎与造物者游,而不知其所穷㉑。引觞满酌,颓然就醉,不知日之入。苍然暮色,自远而至,至无所见,而犹不欲归。心凝形释,与万化冥合㉒。然后知吾向之未始游,游于是乎始。故为之文以志。

是岁,元和四年也㉓。

①僇人:蒙受耻辱的人。作者因参与王叔文革新集团,被贬谪永州,故自称"僇人"。僇,通"戮"。

②恒惴栗:经常处于提心吊胆、忧惧不安中。

③隙:空闲的时间。

④施施而行:慢慢地行走。施施,慢慢走的样子。　漫漫而游:漫不经心,无拘束地游逛。漫漫,无拘束的样子。

⑤日与其徒:每天与我的伙伴。徒,同行的伙伴。　穷回溪:沿着曲折的溪水走到尽头。穷,尽。回溪,盘曲的溪水。

⑥"醉则"句:意思是,几个朋友喝醉了就躺下,相互枕靠着同伴。　更相:互相。

⑦"意有"二句:意思是,心里想去游逛的地方,在梦中真的到那里去了。极:至。　趣:同"趋",去。

⑧"而未始"句:不曾知道还有怪异奇特的西山存在。　西山:在今湖南省永州市城西。

⑨法华西亭:法华寺的西亭。西亭,为作者所建,在法华寺的西面,称西亭。

⑩始指异之:意思是,才指点着西山,感到它的奇异。

⑪缘:沿着。　染溪:即冉溪,在湖南永州市西南。柳宗元贬谪永州后,改名冉溪为愚溪,以抒愤懑。

⑫斫:砍。　榛莽:芜杂丛生的草木。

⑬茅茷:茂盛的茅草。茷,草叶茂盛之貌。

⑭箕踞:两腿伸开,形同簸箕似的坐着。箕,簸箕。踞,坐。遨:游。这里指目光游动,放眼望去。

⑮土壤:土地。这里借代为数州全部的景物。　衽席:卧席。

⑯"其高下"三句:那高高低低的形貌,凹凸不平,凹的像蚂蚁洞,凸的像小土堆。　岈然:高耸的样子。　洼然:凹陷的样子。　垤:蚂蚁洞口的小土堆。

⑰"尺寸"三句:意思是,景物相去千里,却似咫尺之间,聚集、紧缩、重叠、堆积在一起,尽收眼底,没有能够逃避隐去的。

⑱"萦青"三句:意思是,青山白水相互缭绕,向远方盘桓延伸,在视野之外与天相接。向四周眺望,所有景物浑然一体。　际:会合,交接。

⑲特立:超群卓立。　培塿:小土丘。

⑳悠悠:高远的样子。　颢气:即浩气,大自然之气。　莫得其涯:无法寻索到它的边际。涯,边沿。

㉑洋洋:广大的样子。　造物者:指天地、大自然。　游:漫游,遨游。
不知其所穷:不知道它的尽头在哪儿。穷,止,尽头。

㉒"心凝"二句:意思是,我的心神仿佛凝结,形体似乎消散,同自然万物浑然融

国学经典文库

唐宋八大家散文鉴赏

柳宗元卷

合为一。　　　释:消散。　　　万化:万物变化。冥合:暗合。

㉓元和四年:公元 809 年。元和,唐宪宗的年号。

【集评】

清储欣《唐宋八大家类选》卷十:前后将"始得"二字,极力翻剔。盖不尔,则为"西山宴游记"五字题也。可见作文,凡题中虚处,必不可轻易放过。其笔力矫拔,故是河东本来能事。

清沈德潜《唐宋八家文读本》卷九:从"始得"字着意,人皆知之。苍劲秀削,一归元化,人巧既尽,浑然天工矣。此篇领起后诸小记。

清林云铭《古文析义》卷十三:全在"始得"二字着笔。语语指划如画。千载以下,读之如置身于其际。非得游中三昧,不能道只字。

清浦起龙《古文眉诠》卷五十三:"始得"有惊喜意,得而宴游,且有快足意,此扼题眼法也。

近代林纾《古文辞类纂选本》卷九:此篇极写山之状态,细按似属悔过之言。子厚负其才,急欲自见,故失身而党叔文。既为僇人,以山水放,何必"惴栗"?知"惴栗",则知过矣。

未始知山,即未始知"道"也,斫莽焚茅,除旧染之污也。穷山之高,造"道"深也。然后知山之特出,即知"道"之不凡也。不与培塿为类,是知"道"后远去群小也。悠悠者,知"道"之无涯也。洋洋者,挹"道"之真体也。无所见犹不欲归,知"道"之可乐,恨已往之未见也。于是乎始,自明其投足之正。

全是描写山水,点眼处在"惴栗""其隙"四字,此虽鄙人臆断,然亦不能无似。

现代章士钊《柳文指要》二十九:又读子厚《始得西山宴游记》:"日与其徒上高山,入深林,穷回溪,幽泉怪石,无远不到,到则披草而坐,倾壶而醉,醉则更相枕以卧,卧而梦,意有所极,梦亦同趣,觉而起,起而归,以为凡是州山水之有异态者,皆我有也。"此与庄子言:"以为天下之美为尽在己也",有人己及知足不知足之别,无他,攘天下之美以为己有,在思想上非盗跖无从得其全面。人不论品高质粹至于何等,孔丘、盗跖之真消息,固无往而不相通。由前之说,凡美皆拒斥;由后之说,凡美皆豪夺。天下唯通人如子厚,始解潜移此相反之极思,使进入别一高华之境以相成,而自养,而乐育人。

【鉴赏】

《始得西山宴游记》同《钴鉧潭记》《钴鉧潭西小丘记》《至小丘西小石潭记》《袁家渴记》《石渠记》《石涧记》《小石城山记》合称为《永州八记》,是柳宗元贬谪永州(今湖南省零陵县境)任永州司马时所写。前四记写于唐宪宗元和四年(公元809 年)后四记写于元和七年(公元 812 年)。

永州虽地处偏僻,然有山水之胜。作者于苦闷之中,漫游山水,借景抒情,发泄自己被贬谪的愤懑,表达虽身处逆境而雄心未泯的情怀。八记各自成篇,又有联系,首篇与末篇相互照应,给人以浑然一体之感。《永州八记》堪称柳氏游记作品的代表作。

西山在今湖南省零陵县西湘江外二里,俗称粮子岭。宴游,饮酒游玩。

第一段写始游西山时的心情及对西山景色总的评价:怪特。柳氏自称为"僇人",即有罪之人。用"恒惴慄"(常常惊恐不安)三字概括自己被贬后的心情。这三个字既是作者当时心境的真实写照,又同下文游西山时陶醉于自然美的欣喜形成鲜明的对比。柳氏自被贬永州,时时感到屈辱、压抑,政治上失败,才华得不到施展,平生的抱负无法实现,于郁闷痛苦之中,只能靠放情山水得到暂时解脱。因此,这三个字也是他游山玩水的缘由。"日与其徒……无远不到"写始游西山前之所见;"到则披草而坐……起而归"写当时之所为和所感。"意有所极,梦亦同趣"——意想中所到的境界,做梦也走到这种境界,这句话透露了作者表面上似乎沉醉于山林美酒之中,实际上内心深处的郁闷并未得到排解。暂时得不到施展的抱负仍然是梦寐以求,他希图借游乐饮酒以求忘忧的目的没有达到。

"以为凡是州之山水有异态者,皆我有也,而未始知西山之怪特。"简洁的几笔,小结了作者游西山前的感受,以及发现西山景色怪特时的欣喜,承上启下,自然地引出下文。

第二段正面写游西山的情景。这段文字紧紧围绕着"始"字展开。九月的一天,他坐在法华寺西亭上,远望西山,"始指异之"。西山之"异"吸引着他,于是命仆人带路,渡过湘江,沿着染溪,砍伐灌木杂草,焚烧枯落草叶,披荆斩棘,一直攀登到西山的最高处。居高临下,放眼远望,"数州之土壤,皆在衽席(衽音刃,衽席,坐卧用的席子)之下"。下面一段用反衬的方法描写西山之高:"岈然(山脉幽深的样子)洼然"(山谷低洼的样子),是颇为形象的摹状;"若垤(音蝶,泛指小土堆)若穴",是十分贴切的比喻。用"尺寸"和"千里"构成强烈对照,千里以内的景物,仿佛容纳于尺寸之幅内,都聚拢在眼底。再向四周望去,"萦青缭白,外与天际,四望如一",身边青烟白云缭绕,仿佛同天空连为一体,无论朝那个方向望去,景色都是这样。这绘声绘色的描写使读者也好像身临其境。有了这种亲身的体验,然后始知"是山之特立",和那些小土山不能同日而语。

面对眼前奇异的景观,作者胸怀顿觉开阔,一种从未有过的感受油然而生:广大得如同浩气看不到它的边际,欣喜满意地同天地交游而没有尽期。于是乎"引觞满酌,颓然就醉",以至于暮色降临也浑然不觉,仍不愿归去。此时作者觉得自己的心似乎已凝结,形体似乎已消散,他整个儿地同不停地运动变化着的万物融合在一起,达到了物我合而为一的忘我境界。然后才明白以前自以为"无远不到""皆我有也",其实并未真正游过,而真正的游赏应视作现在"始得西山"才开始。作者这个体验十分宝贵,是他精神上升华到一个新的境界的表现。他从政治上的失败、被贬谪的一度消沉中,开始解脱出来,看到了希望,找到了出路。这是他始游西山的最大收获。因此他写了这篇游记。最后说明游览时间。

这篇游记语言清丽,结构完整,景和情完全融为一体,写景重在写意,抒情深沉而含蓄,给人以美的享受,并从中受到启发。

小石潭记

【题解】

　　本文是永州八记的第四篇,叙写从发现、览胜到探源、离去的全过程。状物写景,笔致精微,形神兼备。尤以游鱼一段文字更见精彩:"空游无所依",虽未写潭水,而潭水之清尽见矣,较之袁山松(《宜都山川记》)、吴均(《与朱元思书》)、郦道元(《水经注》)先写水清后写鱼游之法,有青蓝之胜。"怡然不动,俶尔远逝",写出群鱼在"日光下澈""影布石上"之际对光影的瞬间感觉和活泼情态。"似与游者相乐",写鱼之乐,亦写人之乐,此类庄子观鱼的主客相契、物我同一之境。全文层次井然,脉络清晰,一"清"字贯穿始终:写潭底"全石以为底";写潭边"青树翠蔓,蒙络摇缀,参差披拂";写游鱼空游无依,自由来去;写"凄神寒骨,悄怆幽邃",悄然而去,皆从"清"字生出。文末以"其境过清",不可久居,隐约透出作者贬谪永州后的孤寂凄怆之感。

【原文】

　　从小丘西行百二十步,隔篁竹①,闻水声,如鸣珮环②,心乐之。伐竹取道,下见小潭,水尤清冽③。全石以为底,近岸卷石底以出,为坻,为屿,为嵁,为岩④。青树翠蔓⑤,蒙络摇缀⑥,参差披拂⑦。

　　潭中鱼可百许头⑧,皆若空游无所依。日光下澈⑨,影布石上⑩,怡然不动,俶尔远逝⑪,往来翕忽⑫,似与游者相乐。

　　潭西南而望,斗折蛇行⑬,明灭可见⑭。其岸势犬牙差互⑮,不可知其源。坐潭上,四面竹树环合,寂寥无人,凄神寒骨⑯,悄怆幽邃⑰。以其境过清,不可久居⑱,乃记之而去。

　　同游者吴武陵、龚右,余弟宗玄。隶而从者崔氏二小生⑲:曰恕己,曰奉壹。

【注释】

①篁竹:成林的竹子。

②珮、环:古人系在衣带上的玉器。

③清冽:清澈寒冷。

④"全石"数句:意思是,小潭的底是整块的巨石,在靠岸的地方,石底向上翻卷着钻出水面,变成坻,变成屿,变成嵁,变成岩。　　全石:整块的石。　　卷:弯

曲,这里作使动用法。　　　坻:水中高地。　　　屿:小岛。　　　嵁:不平的山岩。岩:高大的石头。

⑤翠蔓:翠绿色的藤。蔓,蔓生植物的枝茎,草本的叫蔓,木本的叫藤。

⑥蒙络摇缀:意思是说,树的枝叶交结一起,互相缠绕,紧密连缀,轻轻摇曳。

⑦参差:长短不齐,高低不一致。　　　披拂:随风飘荡。

⑧可百许头:大约一百多条。　　　可:大约。　　　许:左右。

⑨下澈:一直照到水底。

⑩影:鱼影。

⑪佁然:呆立不动的样子。佁,集作怡,据《文苑英华》改。　　　俶尔:忽然。

⑫翕忽:轻快迅捷的样子。

⑬斗折蛇行:曲曲折折的样子像北斗七星,又像长蛇在爬行。

⑭明灭:若明若暗,或隐或显。

⑮犬牙差互:像狗牙似的错落不齐。

⑯凄神寒骨:寒气刺骨,使人内心感到凄凉。

⑰悄怆:忧愁悲伤。　　　幽邃:幽静深远。

⑱久居:久留。

⑲"隶而从"句:随从我们来的是崔家两个后辈年轻人。　　　隶:依附。　　　崔氏:指作者的姐夫崔简。

【集评】

清沈德潜《唐宋八家文读本》卷九:记潭中鱼数语,动定俱妙。后全在不尽,故意境弥深。

清何焯《义门读书记》卷三十六:怡然不动,怡作佁。

近代林纾《古文辞类纂选本》卷九:此等写景之文,即王维之以画入诗,亦不能肖。潭鱼受日不动,景状绝类花坞之藕香桥,桥下即清潭,游鱼百数聚日影中,见人弗游,一举手,则争窜入潭际幽兰花下,所谓"往来翕忽,与游者相乐",真体物到极神化处矣。

现代章士钊《柳文指要》卷二十九:杨慎曰:"子厚空游语,本之郦道元《水经注》。"

【鉴赏】

《小石潭记》是唐代大文学家柳宗元写的著名的山水游记《永州八记》当中的一篇。永州在现在的湖南省零陵县境,当时人认为是边远地方。柳宗元曾经因为参加当时在政治上比较进步的王叔文集团而遭到排斥,被贬官到永州,他在那里一直生活了十年。

柳宗元的山水游记具有独特的风格,是历代传诵的优秀散文。柳宗元在文章里曾经称赞永州城外的一条溪水,说它"善鉴万类,清莹秀澈,锵鸣金石"。意思是说，这条小溪的水像镜子一样能够照出万物的形状，非常清澄，给人清秀的感觉，小溪的流水还发出像金石般铿锵的音乐声。这些话，正好用来说明他的山水游记的特色。从这里可以看出，柳宗元十分善于观察各种山水的形态，抓住各种不同山水的特色，假如说山水也有个性的话，他就能够抓住山水的个性把它生动地刻画出来。所以，他的这些文章都写得很美，具有诗情画意，语言精练有光彩，有铿锵的音节。《小石潭记》就是这样的好文章。

柳宗元的山水游记所以写得突出，还因为他不像一般人游山玩水那样，浮光掠影，只得到一点浮泛的印象。他是把自己的性格、遭遇都写到山水中去，对山水确实有深切的观察体会，确实深有所爱。这样才能够创造出新的境界，写出情景相生的游记来。

《小石潭记》是一篇优美的散文，写得有情有景，富有诗意，十分引人入胜。这篇游记一共可以分为五段。

第一段用的是"移步换形"的写法。作者不是停留在一点上看，而是向前走去，引导我们看到不同的各种景物，很像一部山水风景影片。

开头一句："从小丘西行百二十步，隔篁竹闻水声，如鸣珮环，心乐之。"他先引导我们从小丘向西走了一百二十步，看到一片竹林。然后隔着竹林，又让我们听到水声。"篁竹"，就是成林的竹子；"如鸣珮环"，就是说水声像玉珮玉环碰撞时发出的声音那么清脆。作者还写出了自己高兴的心情，这种心情感染着我们，使我们同样感到高兴。既然这样音乐一般美妙的声音是从竹林那边发出来的，这就引导我们想去探个究竟。作者正是这样做的："伐竹取道，下见小潭。"要穿过竹林去探究竟，但是竹林太密，所以他就砍掉些竹子开出一条路来，这才给我们眼前展开一幅美妙的图画，看到了一个小小的池潭。接着，作者给我们介绍这个池潭的特点："水尤清冽，全石以为底，近岸卷石底以出，为坻，为屿，为嵁，为岩。"首先是水特别清凉；其次是这个小潭全部是石头构成的，潭底是整块石头，靠近岸的地方，潭底的石头翻卷过来露出水面。他还写出了各种石头的形状："为坻"的"坻"，就是水中的高地；"为屿"的"屿"，就是小岛；"为嵁""为岩"，就是像各种岩石。这就把小石潭的取名石潭的特点做了一番描绘。接下去再写潭上景物："青树翠蔓，蒙络摇缀，参差披拂。"这是说：青青的树，加上翠绿的藤蔓，缠在上面，结成个绿色的网，但枝条参差不齐，随风摇摆，更显出自然之美。

第二段作者描写潭水、游鱼，用的是特写镜头，这是这篇游记当中写得最精彩的部分。柳宗元一共只用了四十个字，就活灵活现地描出了潭水和游鱼的美景。他写道："潭中鱼可百许头，皆若空游无所依。日光下澈，影布石上，怡然不动，俶尔远逝，往来翕忽，似与游者相乐。"在这里，作者既要写游鱼，又要写潭水的清澄的特点。那么，作者又是怎样来描写的呢？我们看到他通过具体景物，用静止和活动的画面来写，不做一点抽象的说明。这段话没有一个字写到水，只是描绘出了一幅画面。你看鱼儿在水里游，就像在空中浮游没有凭依一样。这就写出了水的清，清到仿佛透明的程度，太阳光照下来，鱼儿的影子都落在潭底的石头上了，这就更显出了水的清澄。这里虽然没有正面写水，可是通过对鱼儿、日光和影子这些具体东西的描绘，真正地写出了水清，就正像画家在画风的时候，用树枝飘向一边来表示风一样，是一种形象化的表现手法。

我们再看看作者是怎样写鱼的？他写鱼也是先描出生动的画面，再加上拟人化的手法。先是写鱼儿呆呆地一动不动，"怡然"就是呆呆的样子，潭底石头上印着清晰的鱼影儿，这是静止的画面；忽然，一些鱼飞快地窜往远处，一会儿游到这儿，一会儿游到那儿，非常活跃，这是活动的画面。这些鱼儿，又好像跟游人同样地快乐，这是作者把自己快乐的心情加到鱼儿身上，好像鱼儿也像人那样会感到快乐似的。

第三小段讲通到潭里来的小溪和潭上景物。这里见得作者善于用比喻，抓特征。在潭上，向西南面望过去，看到通到潭里来的小溪像北斗七星那样曲折，像蛇在游动，一段亮，一段暗。小溪两岸像狗牙齿那样参差不齐，望不到小溪的源头。这里写小溪，就溪身说，作者形容它像北斗七星那样曲折，这是静止的；就溪水说，作者形容它像蛇行那样曲折，这是流动的。用了这两个比喻，一静一动来描写小溪。因为小溪是那样曲折，所以望过去一段看得见，一段看不见，看得见的一段水面反映着天光云影，所以明亮；看不见的一段这种光亮就灭了。一明一灭，非常精确地写出了作者所看到的特征。再望过去，又用了一个比喻，说溪身的两岸像狗牙齿那样参差不齐。比喻用得好，所以能够很精炼地刻画出事物的形象来。

第四小段作者写出了对小石潭的总的印象：坐在小潭上，看到四周围是竹子和树木环抱着，静得很，看不到来往的人，这种静寂一直侵入到人的灵魂里，使人感到幽邃悲凉。因为它的境界过于幽静，不宜久留，就在上面题了字回去。作者极力地写小石潭的幽静,甚至浸透到人的心灵里去,把景物跟心情结合起来,写出一种境界。在这种境界里,透露出作者被放逐的凄苦心情。这是作者被排挤、受迫害的身世遭遇的反映,我们可以从中体会到封建社会中进步文人的痛苦心情。

末段只有两句,是记同游的人,有两个朋友:吴武陵、龚古,一个弟弟柳宗玄,还有带着一同去的两个年轻人崔恕己、崔奉壹。

这篇山水游记的语言极为精美。像"皆若空游无所依",用"空游"形象地写出水的透明,话说得极精炼。再像"斗折蛇行"四个字,却用了两个比喻,写出了静态和动态,含义丰富而并不深奥。再像"明灭可见",用光线的明暗来说明视线和溪身的交错,说明水面的光亮等等。这些话,简练、丰富,写出了作者经过深刻观察后的独特的体会,都很有意味。

总之,这篇游记里各种描绘景物的手法、巧妙的比喻、情景交融的写法、精练的语言,都值得我们借鉴。至于篇末所表现出来的凄苦心情,那是作者当时的时代和身世遭际所造成的,那样的时代已经成为历史上的陈迹,跟我们的斗志昂扬、意气风发、充满革命乐观主义精神的伟大时代完全不合了,对这点我们必须有明确的认识。

国学经典文库

唐宋八大家散文鉴赏

柳宗元卷

永州龙兴寺息壤记

【题解】

本文从传说龙兴寺的一座殿堂出现所谓"息壤"现象,即有一块把铺平的砖顶得高高凸起的地面,"夷之而又高"谈起,引经据典,严正批判以传说为凭据,"唯异书之信"的错误,深刻指出铲除"息壤"时"持锸者"之死,并非出于鬼神的魔力,而是"南方多疫,劳者先死",即恶劣的环境和繁重的劳作所致,显现出柳宗元朴素唯物主义的无神论思想。章士钊说:"《永州龙兴寺息壤记》,子厚随笔小文耳,而可见子厚之唯物观,居信鬼之地,而不为邪说所动。"(《柳文指要》卷二十八)可谓至确。文中有记述,有说明,有立论,有驳难。论证简明扼要,说理深刻透辟,是一篇具有强烈战斗性的好文章。

【原文】

永州龙兴寺东北陬有堂①,堂之地隆然负砖甓而起者②,广四步③,高一尺五寸。始之为堂也④,夷之而又高⑤,凡持锸者尽死⑥。永州居楚越间⑦,其人鬼且机⑧。由是寺之人皆神之⑨,人莫敢夷。

《史记·天官书》及《汉志》有地长之占⑩,而亡其说⑪。甘茂盟息壤⑫,盖其地有是类也⑬。昔之异书,有记洪水滔天,鲧窃帝之息壤,以堙洪水,帝乃令祝融杀鲧于羽郊⑭。其言不经见⑮。

今是土也,夷之者不幸而死,岂帝之所爱耶⑯?南方多疫⑰,劳者先死。则彼持锸者,其死于劳且疫也,土乌能神⑱?余恐学者之至于斯,征是言⑲,而唯异书之信,故记于堂上。

【注释】

①龙兴寺:在湖南永州市东南。   东北陬:东北角。陬:角落。   堂:指佛堂。

②堂之地:堂内的地面。   隆然:高起的样子。   负:托负。   甓:砖。

③广:大;指面积。

④始:当初。

⑤夷:铲平。   高:长高。

⑥锸:铁锹。

⑦居:处。

⑧鬼且祈:相信有鬼存在,还祈求鬼神保佑。《列子·说符》:"楚人鬼,而越人祈"。祈,祈求鬼神以致福。

⑨神之:觉得那块地方很神奇。神,作动词,意动用法。

⑩地长之占:地面长高的征候。　占:占卜以知吉凶,这里指占验,征候。《史记·天官书》:"水澹泽竭,地长见象";《汉书·天文志》:"水澹地长,泽竭见象"。

⑪而亡其说:却没有关于地长的解释。说,解释,说明。

⑫甘茂:战国时秦武王的丞相。　盟息壤:《史记·甘茂列传》载:秦武王派甘茂攻韩国,甘茂怕武王半途变卦,于是同武王在息壤盟约发誓。这里的"息壤"是秦之地名。下文的"息壤"是指传说中的一种神土,自我生长,永不减损。

⑬"盖其地"句:意思是说,那地方起名叫息壤,大概有过息壤即地面自我长高这种事。

⑭"昔之异书"数句:故事见《山海经·海内经》。　异书:记载奇闻怪事的书。　鲧:传说为夏禹的父亲,其时负责治水。　帝:传说中的帝尧。　堙:堵塞。　祝融:传说为尧臣,主管火。　羽郊:羽山的郊野。《山海经》:"殛之羽山。"屈原《离骚》:"夭乎羽之野"。

⑮不经见:在经典著作中看不到。经,指与"昔之异书"完全不同的经典著作。

⑯爱:爱惜;指爱惜"是土"。

⑰疫:瘟疫,疫病。

⑱乌:怎么,哪里。　神:指超自然力的不可名状的奇异力量。

⑲征:证明,验证。　是言:指关于神土不可夷、夷之者尽死的传言。

【集评】

明茅坤《唐宋八大家文钞》卷四:壤虽小而点次奇。

明吴中传《柳文》卷首:"先生永州,又子厚当年谪守之邦,彼其施施漫漫,毫无蒂芥,益肆力笔研间,而其所为集,大都著自永者强半,试读其《息壤》《西亭》《黄溪》《钴鉧》诸篇,琳琳琅琅,与湘水嵳山争相映发,岂所谓文必穷而后工耶!

清孙琮《山晓阁评点唐柳柳州全集》卷三:事本野流荒僻,子厚欲辟异说,而不以繁言置辨,龈龈断断,自足垂示后人。子厚尝言:"吾为文章,未尝敢以轻心掉之,惧其剽而不留也。"于此等文验之。

现代章士钊《柳文指要》卷二十八:《永州龙兴寺息壤记》,子厚随笔小文耳,而可见子厚之唯物观,居信鬼之地,而不为邪说所动。……南方多疫,劳者先死,此凭借物理以为断,何等斩截!而息壤不经之说,远起于子厚之先,而遂流行于子厚之后,后来文士所见都逊于子厚一筹,即此已见子厚之伟大。

【鉴赏】

在这篇记中,表现了作者对于迷信传说和"异书"记述不轻信,不盲从,而持调

查分析的态度。这在一千多年前科学不发达的时代,是很可贵的。"息壤",据古代志怪类书籍如《山海经》等记述,是一种能够自己生长、永不耗减的土壤,因而古人把它视作神奇之物。实际上,它是地球内部的矛盾运动所引起的一种地壳局部变化的现象。柳宗元在此文中虽然没有也不可能指明这一点,但他能从当时的地理气候环境以及社会劳苦因素等方面,去分析认定因挖掘"息壤"而死者的死因,这也应该说是十分难能的。

文章一开始,就同文题相扣,记叙所谓"息壤"的形状以及"人皆神之"的原因。第一句交代息壤所在地址及其形状:永州龙兴寺东北角有间佛堂,佛堂里有一块顶着墙砖向上凸起的地方,方圆有四步(每步五尺),高为一尺五寸。第二句,叙述它的"神奇"之处:当初修建佛堂时,把这块凸起的地方铲平了又高起来,凡是拿铁锹挖过它的人都死了。第三、四两句,讲述它所引出的后果。这里,又有两层意思,一层是"人皆神之"的社会原因:永州地处两湖两广之间,当地有些人迷信鬼神,好把一些自然现象当成吉凶祸福的征兆。另一层是记叙其直接后果:由于前述原因,龙兴寺里的人都把它当成神奇之物,没有人敢再去铲平它。龙兴寺在今湖南零陵县城东南,作者被贬永州后,曾在此寺寄住。

在第二段里,作者引经据典对"息壤"加以考证,从而分析出"持锸者"的真正死因,做出"土乌(哪里,怎么)能神"的合乎科学的结论。

作者所引述的"天官书",是司马迁《史记》中记载古代天文方面知识的专篇。其中有"水澹(水波摇动)泽竭(水泽干涸),地长(土地长高)见象(显现预兆)"的话。《汉志》指班固《汉书·天文志》,也有类似的记载:"水澹地长,泽竭见象。"这两本书里所记叙的"地长"现象,与龙兴寺内"夷之而又高"的地面,是同一类事物,作者说,可惜古书里只记叙了现象却未解释其原因。作者引述的"甘茂盟息壤"一事,见于《战国策·秦策》和《史记·甘茂传》:秦武王派丞相甘茂攻打韩国,甘茂怕武王半途而废,便在息壤这个地方同他订约发誓。作者认为,这里所说的"息壤"与龙兴寺中"夷之而又高"的土地同属一类。至于"昔之异书"云云,则指的是《山海经》。此书的"海内经"说,古时洪水大作,鲧(传说中的夏禹之父)盗窃了上帝(指帝尧)的息壤,用它来填塞洪水,上帝发现后便命祝融(传说为尧臣,主管火,后来成了火神)把鲧杀死在羽郊(指羽山,据说在今山东省境内)。作者认为,这种说法在古代典籍中是不多见的。做了上述考证以后,笔锋收拢来转到所记的事物上:如今龙兴寺里这块土地,挖平它的人不幸死去,这难道是由于上帝爱惜它才如此吗?紧承此问,作者自答道:南方多疫病,劳累的人往往先死,因而那些持锸挖土者,他们是死于劳累加上疫病,佛堂上的一块土地怎么能有此神通呢?这最后一句是此文的主旨之所在,虽然作者并未以肯定语气表达,而是以反诘句的形式作结,但其结论却是字字千钧,不容置疑的。

最后一段,交代撰写此记的用意:作者怕一般读书人来到永州,以这个传说作为验证,而轻信那些记载怪异事物的书籍中的话,所以特撰此记写于佛堂之上。由此可见,作者不仅遇事坚持唯物主义的调查分析态度,他也希望通过自己的著述使人们都不要迷信怪诞的传说。

永州铁炉步志

【题解】

永州城北过去曾有铁匠炉,那里的渡口因而叫作"铁炉步"。可是,当柳宗元贬谪永州后,铁匠炉已不复存在,而"铁炉步"的名称却依然如故。文章从铁炉步的名存实亡生发开去,抨击豪门子弟依仗祖先遗留的高贵门第而妄自尊大,批判社会上普遍存在的看重门第而无视贤愚的陈腐观念,揭示有"位"无"德"者窃取权力必将导致国家衰亡的严重后果。先叙事由,后发议论,事或古或今,并不一律,而由事引发议论,却针对现实、揭露现实,这是本文以及其他说理性杂文的一个突出特点。采用类比方法纵横比较,层层递进,使文章主旨得以深刻揭示,这是本文论证方法的成功。

【原文】

江之浒,凡舟可縻而上下者曰"步"①。永州北郭有步,曰"铁炉步"。余乘舟来,居九年,往来求其所以为铁炉者,无有②。问之人,曰:"盖尝有锻者居,其人去而炉毁者不知年矣,独有其名冒而存③。"

余曰:"嘻!世固有事去名存而冒焉若是耶④?"

步之人曰:"子何独怪是?今世有负其姓而立于天下者,曰:'吾门大,他不我敌也⑤。'问其位与德,曰:'久矣,其先也。'然而彼犹曰'我大',世亦曰'某氏大⑥'。其冒于号有以异于兹步者乎⑦?向使有闻兹步之号,而不足釜、锜、钱、镈、刀、铁者,怀价而来,能有得其欲乎⑧?则求位与德于彼,其不可得亦犹是也。位存焉而德无有,犹不足大其门,然世且乐为之下⑨。子胡不怪彼而独怪于是?大者桀冒禹、纣冒汤、幽、厉冒文、武,以傲天下⑩。由不知推其本而姑大其故号,以至于败,为世笑僇,斯可以甚惧⑪。若求兹步之实,而不得釜、锜、钱、镈、刀、铁者,则去而之他,又何害乎?子之惊于是,末矣⑫。"

余以为古有太史,观民风,采民言。若是者,则有得矣⑬!嘉其言可采,书以为志⑭。

【注释】

①"江之浒"句:江边凡是可拴住船只,以便人们上下的渡口叫作"步"。浒:水边。 縻:系,拴。 步:通"埠",即码头。

②"永州"数句:永州城北有个渡口叫"铁炉步"。我乘船到这里,已经住九年了,反复探求它叫"铁炉步"的原因,没有找到一个正确的答案。 往来:反复。 求:探求,研究。

③"尝有"三句:曾经有个铁匠在这里居住过,那人离开此地,炉子被毁坏不知多少年了,只是"铁炉步"这个名字还徒有其名地保留着。 尝:曾经。 独:只,仅。 冒:徒有其名。 存:保留。

④"世固有"句:世间确实有事实已不存在而名号还虚假保留着,就像铁炉步这样吗? 固:的确,确实。

⑤"步之人"数句:渡口上的人说:您怎么唯独对铁炉步这事感到奇怪呢?今天世间有人依仗自己豪门姓氏而立足天下,自称"我的门第高,其他人比不上我。" 负:依仗,仰仗。

⑥"问其"数句:如问及他的官位和功德,他就说:"很久以前的事,那是我的祖先。"然而他还要说:"我的门第高",世上的人也说:"某某人门第高"。 彼:他。 犹:还。

⑦"其冒"句:这种假冒虚名的事情和这铁炉步有区别吗? 异:不同,区别。

⑧"向使"数句:假如有缺少铁锅、铁铲、锄头、铡刀和斧头的人,听说铁炉步这个名号,带钱来购买的话,能满足他的愿望吗? 向使:假如,假设。 釜:无脚锅。 锜:铁锅,有三足。 钱:铁铲。 镈:铁锄。 铁:铡刀或铁斧。

⑨"则求"数句:那么,追究自称门第高的人的名位和功德,就像来铁炉步买铁器一样,不可能得到什么。只有官位而没有实际功德,还不能光大他的门第,然而世人还是甘愿屈居在他的门第之下。 犹是:像铁炉步。 犹不足:还不能。 乐:甘愿。

⑩"子胡"数句:您为什么对那种社会现象不感到奇怪,却唯独对这个铁炉步感到奇怪呢?从大的方面说,夏桀假冒夏禹的名望,商纣假冒商汤的名望,周幽王、周厉王假冒周文王、周武王的名望,以傲视天下。 桀:夏桀,夏代最后一个君主。 禹:夏禹,夏代第一个君主。 纣:商纣,商代最后的君主。 汤:商汤,商代第一个君主。 幽:周幽王,西周最后的君主。 厉:周厉王,西周第十个君主,周幽王的祖父。 文:周文王。 武:周武王。

⑪"由不知"数句:由于不懂得推究祖先德高望重的根本原因,却借助祖先的名望炫耀自己,以至于身败名裂,被世人耻笑,这是值得引为鉴戒的。 推:推究。 本:根源。 笑僇:耻笑侮辱。

⑫"若求"数句:如果探求这铁炉步的真实情况,却买不到铁锅、铁铲、锄头、铡刀和斧头之类铁器,就离开此地到别处购买,又有什么妨碍呢?您对这事惊奇,太微不足道了。 害:妨碍。 末:微不足道。

⑬"余以为"数句:我认为古代设有太史官,用来考察民间风尚,收集民间言论。像渡口上人这类言论,就是很有教益的! 太史:古代史官名。 采:收集。

⑭嘉:赞许,赞美。

明茅坤《唐宋八大家文钞》：志步特数言，托讽言外者，无限深情。转处妙。

明蒋之翘辑注《柳河东集》卷二十八评：讽刺华胄，亦趣亦毒。

清孙琮《山晓阁评点唐柳柳州全集》卷三：就炉步上发出一段讽世议论。彼世禄子弟服奇食美，冒先世之号以自大于世者，读之能无汗下！

现代章士钊《柳文指要》卷二十八：子厚流连山水，偶有感触，亦如《钴𬭁潭记》，末缀"孰使予乐居夷而忘故土"一语足矣，何必连篇累牍，申述不已，如《铁炉步志》者乎？是必事在眼前，变生意外，公私运会，同遭隳败，甚深怨毒，息息难忘，一有所感，辄下笔不能自休如所云云也。查中唐韦杜，去天尺五，其势殆过于魏之崔卢，梁之王谢，

而永贞政变，王叔文自感势孤，亟推韦执谊置之相位，深相倚重，期于不败，直由韦为望族高门，足资号召，执谊谅亦侈言先德，慑服同僚之故。不料执谊为德不卒，隙末凶终，子厚涉笔至"由不推知其本，而姑大其故号，以至于败，为世笑僇，斯可以甚惧"等语，诚不知其追怀往事，痛切于心果至何许也？吾之所揣如此，虽无证左，要自去题非远。

【鉴赏】

"志"，是古时的一种文体，与"序""记"同属记叙文一类。此文从永州铁炉步的名存实亡、名实不副说开去，讥讽了当时一些无位无德但却仗恃门第、妄自尊大的贵族、富家子弟，批评了只看门第、不辨贤愚的社会风气。这在唐朝当时，是很有针对性与现实意义的。这也体现了作者希望打破阀阅制度、主张任人唯贤的进步思想。

文章第一段首句扣住文题中的"步"字，次句扣住"铁炉步"三字，展开笔墨，显得开门见山，入题迅捷。"江之浒"，即江岸。"步"，同"埠"，南方多把码头称为步，所以文中才说，凡可以系缆船只、供人上下船的地方称"步"。永州城北就有这样一个码头，叫作"铁炉步"。接下去，记述作者循名求实，发现它有名而无实，以及向人

询问所得到的回答:曾经有个铁匠住过这里,他离开此地后锻铁炉就已毁坏,不知道有多少年了,唯独它的名字至今还冒存着。

作者对于这件事十分感慨,便反诘一句道:咳!人世间果真会有这种事物已成过去而它的名号还假冒留存下来的情况吗?这是第二段的意思,作者以此领起下文。此段虽然仅有一句话,却起着承上启下的作用,十分重要,因而它是前后两段的过渡段。

第四段,乃此文的中心段、骨干段。步里人的答话,处处以铁炉志的名存实亡与"今世有负其姓而立于天下者"对比,而又句句重在揭露、抨击当时有人仗恃门第、自我作大以及社会上贤愚不辨、只重门第的恶劣风习,可谓痛快淋漓,针针见血。

文中作者假托"步之人"之口,对于第二段提出的疑问夹叙夹议道:柳先生您为什么唯独对这个感到奇怪不解呢?如今世上有些人,他们依仗着家族的姓氏而立足于天下,动辄便说:"我的门第显赫,别人都不能与我较量抗衡。"倘若你问起他的官位与功德如何,他说:"很久啦,那是祖上的事情了。"但是他还说"我的门第高",世上的人也说"某家的门第高"。这种徒冒虚名的情形,难道同如今铁炉步的名存实亡有什么区别吗?假若有人听到铁炉步这个名号,他正好缺乏铁锅("釜、锜(音奇)",均为铁锅,前者有两耳,后者有三足(铲锄、钱(音剪)、镈(音伯)(均为古时的农具。前者类似今天的铲,后者类似今天的锄)、刀斧(铁音辅,斧头),便带着钱来买,他能够满足愿望吗?如此看来,要想了解那些自吹"吾门大"的人的官位与功德,也会同向徒具空名的铁炉步买不到铁器一样,是得不到结果的啊。官位虽然保存下来了,却没有功德,还是不足以光大自家的门第。然而世上有些人还是心甘情愿拜倒在他们的门第之下。您先生为什么不对这种情况表示惊奇,却唯独对铁炉步的名实不符感到奇怪呢?下面,作者又让"步之人"引述历史上的情况进一步阐发道:以大人物为例,桀(夏代最后一个君主)冒充禹(夏代第一个君主),纣(商代最末一个君主)冒充汤(商代第一个君主),幽王(西周最后一个君主)、厉王(西周第十个君主,幽王的祖父)冒充文王、武王,这些历史上有名的暴君冒充他们祖先——历史上有名的贤君、圣王的名望,而以此傲视于天下。由于他们不知道推究其祖先所以有名望的根本,而姑妄用其名号,以至弄得身败名裂,为世人所耻笑。这是应该引为忧惧、警惕的。如果有人想求铁炉步之实,而买不到铁锅、铲锄、刀斧,他就离开这里而到其他地方去买,这又有什么害处呢?您先生对于这个感到奇怪,见识未免浅薄了。

最后一段,交代撰写此文的原因。作者认为古代设有太史的官职,他们的任务是观察民间风俗,采集民间言论。像"步之人"的言论,就能使人有所收获。作者赞赏这些话可以采集,所以就写成这篇"记"。

全文以"铁炉步"为引子,以自己的"末矣"之见为靶子,以"步之人"的答话为主骨,写得酣畅淋漓,不仅说理透辟,说服力强,而且读来颇有兴味,引人入胜,毫无枯燥之感,这不能不说得益于它的夹叙夹议且有一定故事性的表述笔法。

封建论

【题解】

本文是一篇著名的政治论文,约作于贬谪永州的后期。

中唐以来,藩镇割据势力十分猖獗,中央权力日渐削弱。柳宗元针对颜师古、刘秩、房琯等人废郡县、立封建的论调,详尽考察秦代"有叛人而无叛吏"、汉代"有叛国而无叛郡"、唐代"有叛将而无叛州"的史实,辨析周朝实行封建制的弊端、秦朝实行郡县制的优越、汉朝兼行封建与郡县两制的得失,雄辩地论证郡县制优于封建制的道理,为关于封建制与郡县制优劣的长期争论做出划时代的总结。

通篇纲领在一个"势"字,以"势"字起,探出封建乃势也,圣人不得已之苦心;以"势"字结,指出:"历史发展造就了统治者及它们的代表'圣人',而不是'圣人'创造了历史。"(孙昌武《唐代古文运动通论》第 186 页)对唯心主义"天命观"和"圣人创世"说予以坚决批判。首尾呼应,议论明确,堪称千古杰作。立论为主,驳论为辅,论析时能纵观古今,洞察治乱,卓识远见,不可移易;批驳时破庸人之见,明快犀利,雄奇峭拔,在在有据。"封建之不可复,自当以柳说为断,无效老生迂阔论事也。"(浦起龙《古文眉诠》卷五十二)

【原文】

天地果无初乎?吾不得而知之也;生人果有初乎[①]?吾不得而知之也。然则孰为近[②]?曰:有初为近。孰明之[③]?由封建而明之也[④]。彼封建者,更古圣王尧、舜、禹、汤、文、武而莫能去之[⑤]。盖非不欲去之也,势不可也[⑥]。势之来,其生人之初乎[⑦]!不初,无以有封建[⑧]。封建,非圣人意也。

彼其初与万物皆生[⑨],草木榛榛,鹿豕狉狉[⑩],人不能搏噬,而且无羽毛,莫克自奉自卫[⑪],荀卿有言,必将假物以为用者也[⑫]。夫假物者必争,争而不已,必就其能断曲直者而听命焉[⑬]。其智而明者,所伏必众;告之以直而不改,必痛之而后畏[⑭],由是君长刑政生焉。故近者聚而为群,群之分,其争必大,大而后有兵有德[⑮]。又有大者,众群之长又就而听命焉,以安其属[⑯]。于是有诸侯之列,则其争又有大者焉。德又大者,诸侯之列又就而听命焉,以安其封[⑰]。于是有方伯、连帅之类[⑱],则其争又有大者焉。德又大者,方伯、连帅之类又就而听命焉,以安其人,然后天下会于一[⑲]。是故有里胥而后有县大夫,有县大夫而后有诸侯,有诸侯而后有方伯、连帅,有方伯、连帅而后有天子。自天子至于里胥,其德在人者死,必求其嗣而奉之[⑳]。故封建非圣人意也,势也[21]。

夫尧、舜、禹、汤之事远矣,及有周而甚详[22]。周有天下,裂土田而瓜分之,设五等,邦群后[23];布履星罗,四周于天下[24];轮运而辐集,合为朝觐会同,离为守臣扞城[25]。然而降于夷王[26],害礼伤尊,下堂而迎觐者[27]。历于宣王,挟中兴复古之德,雄南征北伐之威[28],卒不能定鲁侯之嗣[29]。陵夷迄于幽、厉[30],王室东徙[31],而自列为诸侯矣。厥后,问鼎之轻重者有之[32],射王中肩者有之[33],伐凡伯[34]、诛苌弘者有之[35],天下乖戾,无君君之心[36]。余以为周之丧久矣,徒建空名于公侯之上耳!得非诸侯之强盛,末大不掉之咎欤[37]?遂判为十二[38],合为七国[39],威分于陪臣之邦[40],国殄于后封之秦[41],则周之败端,其在乎此矣[42]。

秦有天下,裂都会而为之郡邑,废侯卫而为之守宰[43],据天下之雄图,都六合之上游[44],摄制四海[45],运于掌握之内[46],此其所以为得也[47]。不数载而天下大坏,其有由矣。亟役万人[48],暴其威刑,竭其货贿[49];负锄梃谪戍之徒[50],圜视而合从[51],大呼而成群。时则有叛人而无叛吏,人怨于下而吏畏于上[52];天下相合,杀守劫令而并起,咎在人怨,非郡邑之制失也。

汉有天下,矫秦之枉,徇周之制,剖海内而立宗子,封功臣[53]。数年之间,奔命扶伤之不暇[54],困平城[55],病流矢[56],陵迟不救者三代[57]。后乃谋臣献画[58],而离削自守矣[59]。然而封建之始,郡国居半[60],时则有叛国而无叛郡,秦制之得亦以明矣[61]。继汉而帝者,虽百代可知也。

唐兴,制州邑,立守宰,此其所以为宜也。然犹桀猾时起,虐害方域者[62],失不在于州而在于兵,时则有叛将而无叛州。州县之设,固不可革也。

或者曰:"封建者,必私其土,子其人[63],适其俗,修其理,施化易也。守宰者,苟其心,思迁其秩而已,何能理乎?"余又非之。

周之事迹,断可见矣。列侯骄盈,黩货事戎[64],大凡乱国多,理国寡。侯伯不得变其政,天子不得变其君[65],私土子人者,百不有一,失在于制,不在于政,周事然也。

秦之事迹,亦断可见矣。有理人之制,而不委郡邑,是矣[66]。有理人之臣,而不使守宰,是矣。郡邑不得正其制,守宰不得行其理[67]。酷刑苦役,而万人侧目,失在于政,不在于制,秦事然也。

汉兴,天子之政行于郡,不行于国,制其守宰,不制其侯王。侯王虽乱,不可变也;国人虽病,不可除也;及夫大逆不道[68],然后掩捕而迁之,勒兵而夷之耳。大逆未彰,奸利浚财,怙势作威,大刻于民者,无如之何[69]。及夫郡邑,可谓理且安矣。何以言之?且汉知孟舒于田叔[70],得魏尚于冯唐[71],闻黄霸之明审[72],睹汲黯之简靖[73],拜之可也,复其位可也,卧而委之以辑一方可也[74]。有罪得以黜,有能得以赏。朝拜而不道,夕斥之矣;夕受而不法,朝斥之矣。设使汉室尽城邑而侯王之[75],纵令其乱人,戚之而已。孟舒、魏尚之术莫得而施,黄霸、汲黯之化莫得而行。明谴而导之,拜受而退已违矣[76]。下令而削之,缔交合从之谋周于同列,则相顾裂眦,勃然而起。幸而不起,则削其半。削其半,民犹瘁矣。曷若举而移之以全其人乎[77]?汉事然也。

今国家尽制州邑,连置守宰,其不可变也固矣。善制兵,谨择守,则理平矣。

或者又曰："夏、商、周、汉封建而延,秦郡邑而促。"尤非所谓知理者也。魏之承汉也,封爵犹建;晋之承魏也,因循不革;而二姓陵替,不闻延祚㉒。今矫而变之,垂二百祀,大业弥固,何系于诸侯哉㉓?

或者又以为:"殷、周圣王也,而不革其制,固不当复议也。"是大不然。夫殷、周之不革者,是不得已也。盖以诸侯归殷者三千焉,资以黜夏,汤不得而废;归周者八百焉,资以胜殷,武王不得而易。徇之以为安,仍之以为俗,汤、武之所不得已也㉘。夫不得已,非公之大者也㉙,私其力于己也,私其卫于子孙也㉚。秦之所以革之者,其为制,公之大者也;其情,私也㉛,私其一己之威也,私其尽臣畜于我也。然而公天下之端自秦始。

夫天下之道,理安斯得人者也。使贤者居上,不肖者居下,而后可以理安。今夫封建者,继世而理㉜。继世而理者,上果贤乎? 下果不肖乎? 则生人之理乱未可知也。将欲利其社稷,以一其人之视听㉝,则又有世大夫世食禄邑,以尽其封略㉞,圣贤生于其时,亦无以立于天下。封建者为之也,岂圣人之制使至于是乎? 吾固曰㉟:"非圣人之意也,势也。"

【注释】

①"生人"句:人类果真存在原始阶段吗?

生人:即"生民",指人类。因避唐太宗李世民讳,用"人"代"民"。 初:名词;初始,原始阶段。

②孰为近:哪一种说法("有初"和"无初")接近事实呢? 孰:疑问代词,这里用于比较;哪一个,哪一样。

③孰明之:怎么知道这个呢? 孰:这里用作状语,表示"怎么"的意思。 明:明了,知道。 之:这里代"有初为近"的说法。

④由:通过。 封建:指"封国土,建诸侯"的贵族领主制。

⑤更:经历。 莫能去之:没有人能够废除它。莫,表示否定的无定代词;没有什么人,没有什么东西。

⑥盖:句首语气词,起承接上文的作用 势:历史发展中的客观形势。

⑦"势之来"二句:这种客观形势的产生,大概就在人类的原始阶段吧? 其:句首语气词,表示推测,有"大概""可能"的意思。

⑧"不初"二句:不存在原始阶段,也就没有根据产生封建制。无以:凝固结构,"没有什么可以拿来"的意思。

⑨"彼其初"句:人类在他的原始阶段跟自然界的万物都处在不开化的野蛮状态。 彼:指示代词,这里指代"生人"。 其:人称代词,作定语;他的。 生:不熟,不开化。

⑩榛榛:杂乱丛生的样子。 鹿豕:野鹿和野猪,这里借代为兽类。 狉狉:野兽成群奔走的样子。

⑪"莫克"句:不能够自我供养和自我保护。 莫:副词,不。 克:能够。

⑫"必将假物"句:一定要借助外物来获取有用的东西。 假:借。 物:外物,指人体之外的物资。 按:此句是对《荀子·劝学》中"君子生非异也,善假于物也"的概括。

⑬"必就"句:一定去找那能够判断是非的人,听从他的命令。就:走近,走向。 其:指示代词,那,那个。 焉:相当于"之",兼有语气作用。

⑭"告之以直"二句:把正确的道理告诉给他,却不知悔改,一定先让他痛楚,尔后才会害怕。 痛之:"使之痛"的意思,使动用法。

⑮"故近者"四句:因此,相近的人们聚合起来组成群伙,群伙与群伙分立,他们之间的争夺必然要扩大,扩大之后就产生了或用武力或用德望的征服方式。 大:作动词,扩大起来。 兵:武力,军队。 德:恩德,德望。

⑯又有大者:又产生出威望高的人。 以安其属:以此(就而听命)来安定他的部属。属,部属,属下。

⑰德又大者:出现威望更高的人。 以安其封:以此来稳住他的地盘。封,封疆。

⑱方伯:一方诸侯的领袖。《礼记·王制》:"二百一十国为州,州有伯。" 连帅:十国诸侯的领袖。《礼记·王制》:"十国以为连,连有帅。"

⑲"然后"句:这样之后,天下统归于一人。 会于一:指权力集中于天子一人。

⑳"其德"二句:那些恩泽于百姓的人死了,人民必然请求并拥戴他的子孙承袭职位。 嗣:子孙,后代。 奉:尊奉,拥戴。

㉑"故封建"二句:因此,封建制并不是圣人的意愿,而是由客观形势决定的。

㉒"及有周"句:到了周朝,知道的就很详尽了。 及:到,到达。 有周:周朝。有,词头,无义。

㉓"裂土田"三句:意思是,周朝实行封建制,像剖瓜似的分割土地,设置五等爵位,封立众多君主,建起诸侯国。 五等:五个等级的诸侯爵位,即公、侯、伯、子、男。 邦:诸侯的封国;这里作动词,分封,封立。 后:君主;指诸侯国的君

主。

㉔"布履"二句：意思是，大大小小的诸侯国像足迹的流布，像繁星的罗列，遍及天下的四方大地。　布履：分布足迹。与下"星罗"，并列关系。　四：东西南北四方。　周：周遍，遍及。

㉕轮运而辐集：像车轮围绕轴心运转，像辐条集中在毂上。　朝觐：定期的朝见天子。据《周礼》，春天叫朝，秋天叫觐。　会同：不定期的朝见天子。据《周礼》，随时去叫会，一同去叫同。　扞城：捍卫如城然，意为捍卫者。

㉖夷王：名燮，周朝第九代君主，公元前869～前858年在位。

㉗"下堂"句：走下堂来迎接朝见的诸侯。

㉘宣王：名静，周朝第十一代君主，公元前827～前782年在位。　中兴：重新振兴。　雄：作动词，奋发、显示。

㉙"卒不能"句：事见《国语·周语》。公元前817年，鲁武公带着儿子括和戏朝见宣王，宣王立戏为武公的继承人。武公死，公子戏即位，是为鲁懿公；公元前807年，鲁人杀懿公，立公子括的儿子伯御为国君。　卒：终究。

㉚陵夷：衰落。下文的"陵迟""陵替"同义，是同一词的不同写法。　幽：周幽王，名宫涅，周朝第十二代君主，公元前781～前771年在位。　厉：周厉王，名胡，周朝第十代君主，公元前857～842年在位。按："厉"似应为"平"，即周平王，第十三代君主。

㉛王室东徙：公元前771年，周幽王被戎所杀，周平王即位；为了避免西方部族的威胁，把都城由镐京迁到洛邑。

㉜"问鼎"句：事见《左传·宣公三年》。公元前606年楚庄王率领军队路过周都洛邑，周定王派王满孙去劳军，楚庄王借此向他询问周王室宗庙所陈鼎的轻重大小。

㉝"射王"句：事见《左传·桓公五年》。公元前707年，周桓王带领军队讨伐郑国，反遭失败，郑军射中了桓王的肩膀。

㉞伐凡伯：事见《左传·隐公七年》。公元前716年，周桓王派凡伯出使鲁国，归途中受到戎人的攻打，遭绑架。

㉟诛苌弘：事见《左传·哀公三年》。晋国大臣赵鞅与范吉射争权，周大夫苌弘支持范氏。公元前492年，赵氏责问周朝，周敬王被迫杀苌弘。

㊱"天下"二句：意思是，天下大乱，背离王室，没有视天子为天子的想法了。　乖戾：违背，反常。　君君：像臣子尊重君那样对待君。

㊲得非：岂不是。"非……欤"，表示以探询的口气来委婉地肯定。　末大不掉：即"尾大不掉"。　咎：过失。

㊳判为十二：意思是，周朝的权势在春秋时代被鲁、齐、秦、晋、楚、宋、卫、陈、蔡、曹、郑、燕十二个主要诸侯国瓜分。

㊴合为七国：意思是，到了战国时代，经过长期的战争，大国吞并小国，合并为秦、齐、楚、燕、韩、赵、魏七个强大诸侯国。

㊵陪臣之邦：由大夫建立的邦国，指齐、韩、赵、魏。公元前386年，齐大臣田和夺取君位，自立为齐侯；公元前403年，晋国的韩虔、魏斯、赵藉瓜分晋国，自立为诸侯。　陪臣：诸侯的大夫对周王的自称。

㊶殄：绝、灭亡。　后封之秦：秦原是西周的附庸小国，周平王东迁，秦襄公护送有功，才受封诸侯。

㊷败端：败亡的根源。　此：指代"设五等，邦群后"，即封建制。

㊸"裂都会"二句：意思是，取消诸侯国，重新规划区域，设立郡县；废除诸侯，按郡县委派行政长官。　都会：诸侯国的都城，这里借代为诸侯国。　郡邑：郡县。　侯卫：诸侯。　守宰：郡守、县令。

㊹雄图：形势险要的地方。　都：作动词，建都。　六合：上、下和东南西北四方，意为全国。　上游：秦都咸阳，位西北方，处居高临下之地势，所以称上游。

㊺摄制四海：控制全国。

㊻"运于"句：意思是说，运作起来既灵便又容易，仿佛在手中掌握着一般。

㊼"此其"句：这是它（秦）做得正确的地方。　得：合宜。

㊽疲役万人：指秦始皇和秦二世大肆征发人民从事筑长城、造坟墓、修宫殿等劳役。

㊾暴：使动用法，残暴。　竭：使动用法，用尽，耗尽。　货贿：财物。

㊿锄梃：锄头和木棍。　谪戍：责罚守边。

51圜视：相互视看。　合从：即合纵，意为联合起来。

52"时则有"二句：错综句法，意思是说"时有叛人"是由于"人怨于下"。"而无叛吏"是由于"吏畏于上"。

53立宗子：指刘邦分封自家同宗子弟为王。　封功臣：指刘邦分封异姓功臣为王。

54"奔命"句：意思是，听到叛乱的消息，赶忙应付，接连不断，救治伤员都来不及。

55困平城：公元前201年韩王信勾结匈奴，背叛朝廷；第二年，刘邦率军讨伐，在平城被匈奴围困七天。

56病流矢：公元前196年，淮南王英布谋反，刘邦前往镇压，被无目标的飞箭射中。

57"陵迟"句：日渐衰落，不能自拔的局面历经了三代皇帝（汉惠帝、汉文帝、汉景帝）。

58谋臣：善用计谋的臣子。　献画：提供计策。画，计策。

59离削：离析和削减。指分散诸侯的势力，削减诸侯的封地。　自守：指由朝廷派官吏管理诸侯国政务。《汉书·百官公卿表》："令诸侯不得复治国，天子为置吏。"

60郡国居半：设置的郡县和分封的诸侯国，各占一半。

(61)“秦制”句：秦郡县制的正确性也由此得到证明。

(62)桀猾：凶恶狡猾的人。指中唐割据一方的藩镇势力。　　虐害：残害。方域：指州县。

(63)“私其土”二句：意思是，把封地当作私产，倍加爱护；把百姓当做子女，倍加关怀。　　私、子：都作动词用，意动用法。

(64)骄盈：骄傲自满。　　黩货：贪污财物。　　事戎：从事战争，这里是“好战”的意思。

(65)侯伯：诸侯国君中的霸主。　　其政：指乱国的政治措施。　　变其君：指撤换不守法的诸侯国君。

(66)“有理人”三句：意思是，治国治民的权力集中在朝廷而不交给地方，这个制度是正确的。

(67)“郡邑”二句：意思是，作为郡县的地方不准更改中央建立的制度，地方官不能施行自己的政治主张。

(68)大逆不道：指拥兵作乱，反叛朝廷。

(69)无如之何：不能把他怎么样。

(70)《汉书·田叔传》载：汉高祖时，孟舒为云中郡太守，因匈奴入侵云中被贬。汉文帝即位，向汉中郡太守田叔询问“长者”，田叔荐孟舒，于是孟舒被重新起用，恢复原职。

(71)《汉书·冯唐传》载：汉文帝时，魏尚为云中郡太守，防御匈奴多有功；在一次上报战绩时多了六颗首级数，被免职处罪。冯唐为魏尚辩明功过，文帝又恢复了魏尚的官职。

⑫《汉书·循吏传》载:黄霸在汉宣帝时任颖川郡太守,政绩突出,调任京兆尹,晚年官至丞相。　　明审:看事情眼明心细。

⑬《史记·汲黯列传》载:汉武帝时,汲黯任东海郡太守,治理有方,提升为主爵都尉,主管封赏,位列九卿。　　简靖:办事简约平和。

⑭卧而委之:汉武帝让汲黯去做淮阳郡太守,汲黯借病推辞。武帝对他说:"淮阳的官民关系不好,让你去,只是借重你的威望,有病不要紧,躺在床上也可以治理那个地方。"　　辑:安抚,安定。

⑮"设使"句:假使汉朝廷把全国的郡县全都设侯立王。　　城邑:借代为郡县。　　侯王:用作动词,设立侯王。

⑯"明谴"二句:意思是,明面上谴责他,劝导他;他跪拜了,接受了,可是刚退下朝去,就已经违反了。

⑰"曷若"句:哪里赶得上把他们全部废除以此来保全那里的民众呢?　　曷若:何如。　　举:全,全部。　　全:保全。

⑱二姓:指魏、晋。　　祚:君主的位置。

⑲"垂二百"三句:延续了二百年,国家基业愈发巩固,这同分封诸侯有什么关系呀?　　垂:往后流传。　　祀:年。　　何系:有什么关系。

⑳徇:沿用。　　仍:因袭。　　不得已:意思是,得不到别的办法,只好顺水推舟那么做了。

㉑"夫不得已"二句:这个"不得已",不是出于最大的公心。

㉒"私其力"二句:意思是,为私,私在让诸侯给自己出力;为私,私在让诸侯护卫自己的子孙。　　私:作动词,为私。

㉓"秦之"数句:意思是说,秦废除封建制的情况,从结果看,实行郡县制是大公的;从动机看,内心的想法则是为私的。

㉔继世而理:父子相承,一代接一代地统治下去。

㉕"将欲"句:即使有的诸侯想要造福他的封国并以此来统一人民的认识。　　一:作动词,统一。　　视听:指认识、思想。

㉖"世大夫"二句:世袭大夫世世代代享有食禄的封邑,因而占尽了诸侯国的国土。　　世大夫:大夫也父子相承称世大夫。　　封略:疆界,指国土。

㉗吾固曰:我坚决认为。固,情态副词,有"坚决"的意思。

【集评】

宋朱熹《朱子语类》卷一百八:柳子厚《封建论》,则全以封建为非。胡明仲辈破其说,则专以封建为是。要知天下制度,无全利而无害底道理,但看利害分数如何。封建则根本较固,国家可恃;郡县则截然易制,然来来去去,无长久之意,不可恃以为固也。

宋朱熹《朱子语类》卷一百三十九:子厚说"封建非圣人意也,势也",亦是,但说到后面有偏处,后人辨之者亦失之太过,如廖氏所论封建,排子厚太过。……《封建论》并数长出，是其好文。

宋黄震《黄氏日钞》卷六十：生人之初，群聚而求治，圣人因而抚之，而赏罚废置之，遂因之为封建，圣人不世出，诸侯相吞而并于秦，秦惩其弊而郡县之，世变使然也。子厚之论是也。其说固具于《吕览》矣。

明王世贞《读书后》卷三：柳子才秀于韩而气不及，金石之文亦峭丽，与韩相争长。而大篇则瞠乎后矣。《封建论》之胜《原道》，非文胜也，论事易长论理易短故耳。其他驳辩之类，尤更破的。

明茅坤《唐宋八大家文钞》卷二十四：一篇强词悍气，中间段落却精爽，议论却明确，千古绝作。

明蒋之翘辑注《柳河东集》：议论亹亹，应对不穷。前后之间，呼吸变化，奔腾控御，若捕龙蛇，真文之至也。……柳宗元之论出而诸子之论废矣。虽圣人复起，不能易也。……故吾以李斯始皇之言、柳宗元之论，当为万世法也。

清孙琮《山晓阁评点唐柳柳州全集》卷二：通篇只以"封建非圣人意"一句为断案。封建既非圣人意，乃古来圣人何以有封建，于是寻出一个"势"之来。起手轻点势字，"彼其初"一段，遂极言势之所必至，而以"势也"煞住。以下一段言周封建之失，一段言秦郡县之得，一段言汉矫秦徇周之失，一段言唐制州立守之得。其于历代封建得失，大略已尽。……至"或者又以"为一段，则因殷周不革封建一难发出不得已之故，与起处"势"字照应，便以"吾故曰非圣人意也，势也"，缴转作收。前后一气呵成，总是言三代以上宜封建，三代以下宜郡县，识透古今，眼空百世。

近代林纾《柳文研究法》：《封建》一论，为古今至文，直与《过秦》抗席。

现代章士钊《柳文指要》卷三：子厚论封建，不仅为从来无人写过之大文章，而且说明子厚政治理论系统，及其施行方法之全部面貌。何以言之？子厚再三阐发封建非圣人之意，而为一种政治必然趋势，然后论断秦皇一举而颠覆之，其制公而情则私。是不啻先树一义，昭告于天下曰：封建是可能彻底打碎之物，而所谓势者，亦可能如水之引而从西向东。吾人从文中仔细看来，子厚所暗示之推广义，则由秦达唐，封建虽经秦皇大举破坏，而其残余形象及其思想，乃如野火后之春草，到处丛生。是必须有秦皇第二出现，制与情全出于公，而以人民之利安为真实对象，从思想上为封建余毒之根本肃清，此吾读封建论之大概领略也。

【鉴赏】

《封建论》是柳宗元著作中一篇杰出的政治论文。它的特点就是：观点鲜明，借古喻今；逻辑严密，论辩雄健。

文章的中心论题是："封建制"的存废以及与郡县制相比较孰优孰劣。但他不是从纯学术角度探讨历史问题，更不是书斋气十足地去研究细枝末节，而是从宏观上入手，联系当时现实，并且顺理成章地得出一个重要结论："使贤者居上，不肖者居下，而后可以理安。"

要谈"封建制"的存废，自然得从"封建制"的产生与发展说起。由"天地果无初乎"至"故封建非圣人意也，势也"，谈的就是这个内容。尽管作者当时还没有、也不可能认识到分封制国家的形成，是生产力发展到一定阶段的结果；没有、也不可能认识到一切形态的国家，都是包括军队、警察、法庭在内的暴力工具，但是，他能肯定人民的意志和愿望在历史发展中的重大作用，否定与"生人之意"相对立的"圣人之意"在历史进程中的决定作用，却具有令人肃然起敬的理论意义和批判精神。

　　文中"封建"一词，与我们今天所说"封建社会"中的"封建"二字概念不同，它是指周代奴隶社会的"封国土、建诸侯"那样的分封制。文中"生人"一词，即生民、人民的意思，作者因要避唐太宗世民之讳，所以在行文中用"民"字的地方就用"人"字代替。柳宗元认为"封建非圣人意也，势也"，甚至"尧、舜、禹、汤、文、武"他们就"盖非不欲去之也，势不可也。"他这里所说的"势"，并不是指客观规律或客观形势，而是指由众人的愿望而造成的趋势。"势"的基础就是"生人之意"。按照他的看法，就是先有"聚而为群"，后有"众群之长"；先有里胥，后有县大夫……先有诸侯，后有天子。这是反天命观的，也是反"君权神授"的。因为，按照儒家的传统观念，"法天"与"尊圣"是一致的，圣人乃承天意而行事，那就是：先有天帝，后有圣人；先有天子，后有诸侯……先有县大夫，后有里胥。表面上看好像这只是个排列次序问题，实际上却体现着两种截然不同的哲学观点。后者承认有"天"、有"天意"、有先验神性的"圣人"，而前者柳宗元却认为，"天地，大果蓏也"（《天说》），无意志可言；圣人"亦人而已矣"（《观八骏图说》），没有什么神秘的。这一部分论述，是全文的总观点。由它统率全文，别开生面，气势磅礴。

　　从"夫尧、舜、禹、汤之事远矣"至"善制兵，谨择守，则理平矣"，是比较分封制与郡县制孰优孰劣。作者以史实为论据，具有不可辩驳的力量。而且前述为事，后文即可引以为据，逻辑严密，整体感很强。

　　因为"尧、舜、禹、汤"时隔太远，且无足够的史料以资论证，所以作者仅用"之事远矣"一笔带过。从周开始，史实说明分封制就已经开始衰败，"徒建空名于公侯之上。"而至于秦，改为郡邑制，果然见效，皇帝可以"摄制四海，运于掌握之内"。汉有天下，恢复分封制，结果衰败的情况持续不治达三代之久。到了唐代初年，设置州县，后来的事实证明，有反叛的藩镇将领，而没有反叛的州县长官。由周至唐两千余年，历史漫长，但作者紧紧围绕主题展开论述，得出的结论是秦有叛民而无叛吏，汉有叛国而无叛郡，唐有叛将而无叛州，分封制与郡县制孰优孰劣，一目了然。但保守派硬是为分封制辩护，说"封建者，必私其土，子其人"，柳宗元又以事实证明，"私土子人者，百不有一"，只有郡县制可以达到"理且安"，即治理得好，社会安定。针对唐代中期以后，强藩祸国的严重局面，作者进一步强调："今国家尽制郡邑，连置守宰，其不可变也固矣"。这就是不给主张分封制的人留有回旋的余地，也不给最高统治者、决策者留有游移的余地。

　　"或者又曰"与"或者又以为"两段，是驳论。头一段驳所谓"封建而延"的观点，论据是魏晋两代都"封爵犹建"，结果是"不闻延祚"；唐代"矫而变之，重二百祀"。史实如此，胜于雄辩。因此，作者以"尤非所谓知理者也"，加以斥责。第二段驳"殷、周圣王""不革其制"便"固不当复议"的谬论。作者再次指出：殷周二朝，之所以未废封建制，并非不愿废，而是因为迫不得已。这和前文所说："彼封建者，更古圣王尧、舜、禹、汤、文、武而莫能去之。盖非不欲去之也，势不可也"，前呼后应，观点一致。而在这里，作者又做了进一步的发挥：殷、周之"不得已，非公之大者也，私其力于己也，私其卫于子孙也。"这些古圣不得已的动机，并非出于大公，而是出于私利。秦的革除分封制，实行郡县制，就这个制度来讲倒是最大的公，不过，从秦始皇的动机看，却仍然是为私的，是为了树立帝王的权威，使天下臣民都服从自己的统治。这样就为秦代的郡邑制作了公平合理的评价，并同时剥去圣君帝王身上的伪善的外装。无疑，这是与传统的儒家学说唱反调，体现出柳宗元的胆识及批判精神。当然，秦的"其为制，公之大者也"，也只是实行了地主阶级占有制，并非真正意义上的"公天下"，而这又是当时柳宗元所没有、也不可能认识到的。

　　"夫天下之道"一段，是全文的结束。作者在这一段讲了两种有内在联系的事物，又讲了这两种事物之间的关系。即：按照天下的常理，国家治理得好，才能够得人心；而使贤明的人居上位，不贤的人居下位，才能把国家治理得好。这是一种因果关系，作者先谈结果"理安"，后谈原因"使贤者居上"，突出用人唯贤对治理国家的重要性。接下来又讲，实行分封制的时候，世袭的封地占满全国；即使圣贤生在那个时候，也无法有所作为。这又是一种因果关系，前有因"世大夫世食禄邑，以尽其封略"，后有果"圣贤生于其时，亦无以立于天下。"两种事物从两个侧面说明一个问题，分封制决不可取。随后，作者顺势收拢全文：难道是圣人愿意建立分封制而造成这样的结局吗？我可以肯定地说："这不是圣人的本意，而是由形势决定的。"

　　综合上述，我们可以明显地看出，"用人唯贤"是《封建论》的灵魂所在。用人唯贤是改革体制的关键，又是改革体制后所带来的必然成果之一。"事在人为"，看来"人"是最为重要的。柳宗元所参加的"永贞革新"，就是因为王叔文、王伾等得

351

到顺宗李诵的支持得以实施;而包括柳宗元在内的王叔文集团的塌台,也是由于宪宗李纯即位后任用宦官俱文珍、薛盈珍以及文武旧官僚所造成的结果。《封建论》写于"永贞革新"失败之后,柳宗元被贬官(实为"囚徒")永州期间,他对政治革新,特别是用人唯贤问题的体会和认识尤为深刻,我们是能够理解的。

政论文贵在切中时弊。《封建论》就没有泛泛谈论分封制的起源与发展过程,而是着重谈分封制的劣、郡县制的优。借古喻今,暗示唐中期以后潜伏的政治危机,明指用人唯贤对改良体制、巩固政权以及安定社会的深远意义。

政论文也贵在观点鲜明,有批判精神。《封建论》破天荒提出:封建非圣人意也,势也。他承认客观情势,而不承认天命;他认为由分封制到郡县制是进步,而汉唐还要实行分封制是倒退;他肯定尧、舜这些圣人都有"私",历史的发展不以圣人的意志为转移,圣人有"所不得已"。不讳饰,也不含糊其词,而是明快决断,一扫腐儒正统的天命观、历史观、圣贤观,确有振聋发聩之功效。

政论文还贵在论辩雄健有力,纵横驰骋气势磅礴。《封建论》开笔就不同凡响:"天地果无初乎"?"生人果有初乎?"虽是设问,但在"有"与"无"之间表明,本文将论述的是天、地、生民这样的大事。从周至唐,上下两千年,兴亡得失,头绪万千。作者就以正确的观点统率史料,去粗取精,除伪存真,三言两语就可把问题说到本质上:"失之于制,不在于政,周事然也","失之在于政,不在于制,秦事然也。"当论到郡县制的好处时,秦"有叛人而无叛吏",汉"有叛国而无叛郡",唐"有叛将而无叛州"。观点、史实、论据及论证,融会贯通,言简意赅,大刀阔斧,不容置疑,难以置辩。

驳复仇议

【题解】

元和六年（公元 811 年），围绕复仇案中如何处理礼与法的关系，长安朝廷内有一次法学讨论。其时，富平县人梁悦为报父仇而杀了仇人，自己到县衙去请罪。复父仇是尽孝，合乎礼，杀了人又是犯法的。此案如何处理？唐宪宗令尚书省就此讨论。韩愈写了《复仇议》。柳宗元被贬在远州，早已不是尚书省官员，不得援同案而参末议，故搜讨武则天执政时徐元庆案，期与当朝梁悦现案相避，以这种方式参加尚书省的法学讨论。

陈子昂在《复仇议状》中提出：以杀人罪处死徐元庆，同时以孝子名义立牌坊表彰之。柳宗元则强调"穷理以定赏罚，本情以正褒贬"，认为执法的县官杀害无辜，同样有罪；受害一方可以复仇，杀死枉法官吏，不宜定为犯罪。这表明，在柳宗元看来，法律在官与民之间具有平等性质，法律应有不受礼教制约的独立性。表现出要严惩暴虐官吏的进步立场。名驳陈子昂，实驳韩愈，亦不受皇帝定调子的束缚，可谓观点鲜明，立论大胆。"前半是论理，故作两平之论；后半是论事，故作侧重之语。前半写旌诛不可并用，妙在中幅分写得明畅；后半幅宜旌不宜诛，妙在引证得的确。"（清孙琮《山晓阁评点唐柳柳州全集》卷一）

【原文】

臣伏见天后时，有同州下邽人徐元庆者，父爽为县尉赵师韫所杀，卒能手刃父仇，束身归罪①。当时谏臣陈子昂建议诛之而旌其闾，且请编之于令，永为国典，臣窃独过之②。

臣闻礼之大本，以防乱也，若曰无为贼虐，凡为子者杀无赦③；刑之大本，亦以防乱也，若曰无为贼虐，凡为治者杀无赦④。其本则合，其用则异，旌与诛莫得而并焉⑤。诛其可旌，兹谓滥，黩刑甚矣；旌其可诛，兹谓僭，坏礼甚矣⑥。果以是示于天下，传于后代，趋义者不知所向，违害者不知所立，以是为典可乎⑦？

盖圣人之制，穷理以定赏罚，本情以正褒贬，统于一而已矣⑧。向使刺谳其诚伪，考正其曲直，原始而求其端，则刑礼之用，判然离矣⑨。何者？若元庆之父，不陷于公罪，师韫之诛，独以其私怨，奋其吏气，虐于非辜⑩；州牧不知罪，刑官不知问，上下蒙冒，吁号不闻⑪；而元庆能以戴天为大耻，枕戈为得礼，处心积虑，以冲仇人之胸，介然自克，即死无憾，是守礼而行义也⑫。执事者宜有惭色，将谢之不暇，而又何

353

诛焉⑬？其或元庆之父，不免于罪，师韫之诛，不愆于法，是非死于吏也，是死于法也⑭。法其可仇乎？仇天子之法，而戕奉法之吏，是悖骜而凌上也⑮。执而诛之，所以正邦典，而又何旌焉⑯？

且其议曰⑰："人必有子，子必有亲，亲亲相仇，其乱谁救⑱？"是惑于礼也甚矣。礼之所谓仇者，盖以冤抑沉痛而号无告也，非谓抵罪触法，陷于大戮⑲。而曰"彼杀之，我乃杀之"，不议曲直，暴寡胁弱而已⑳。其非经背圣，不亦甚哉㉑！《周礼》"调人掌司万人之仇"㉒；"凡杀人而义者，令勿仇，仇之则死㉓"；"有反杀者，邦国交仇之"，又安得亲亲相仇也㉔？《春秋·公羊传》曰㉕："父不受诛，子复仇可也。父受诛，子复仇，此推刃之道；复仇不除害㉖。"今若取此以断两下相杀，则合于礼矣㉗。

且夫不忘仇，孝也；不爱死，义也㉘。元庆能不越于礼，服孝死义，是必达理而闻道者也㉙。夫达理闻道之人，岂其以王法为敌仇者哉㉚？议者反以为戮，黩刑坏礼，其不可以为典，明矣㉛！

请下臣议，附于令，有断斯狱者，不宜以前议从事㉜。谨议。

【注释】

①"臣伏"数句：我伏案读书，看到书上记载，武后执政期间，同州下邽有个叫徐元庆的人，父亲徐爽被县吏赵师韫杀了，终于伺机亲手刺杀父亲的仇人，自缚投案。　伏：指伏案而读书。　见：看到。　天后：指武则天。　同州：州名，州治在今陕西省大荔县。　下邽：县名，在今陕西省渭南县东北。　赵师韫：下邽县尉，后升为御史，旅宿驿站时，为徐元庆所杀。　手刃：亲手刺杀。　束身：自缚其手。

②"当时"数句：当时任右拾遗的陈子昂提出建议，既处死徐元庆，又在他的家乡立牌坊予以表彰，还请求将此案例编进法令，作为永久的国家法则，我个人认为这是不对的。　谏臣：专管向皇帝提批评建议的官员。　陈子昂：字伯玉，其时任职右拾遗。其"建议"即《复仇议状》。　旌：表彰。此指用立牌坊、赐匾额等方式表彰。　闾：里巷。此指徐元庆家乡。　令：法令。　国典：国家的法则。典，法则，制度。　过：过错。此为意动用法。

③"臣闻"数句：我听说礼的根本作用，是要防止作乱的，要是无端杀人，被害者的儿子可以复仇，杀而不赦免。　大本：根本，根本作用。　无为：无由，无端。　贼虐：杀害。　无赦：不赦免。

④"刑之"数句：刑的根本作用也是要防止作乱的，要是无端杀人，执法的官员定要处罚，杀而不赦免。　为理者：指维护治安的执法官吏。

⑤"其本"三句：礼与刑在根本上是相符的，它们的具体运用则不一致，褒奖与诛罚不能够同于一人之身。　其：指代礼与刑二者。　合：符合。　用：具体的实际的运用。　得而并焉：同时得到，并用于一人。

⑥"诛其"数句：旌与诛并用于一人，那么，诛，就是诛杀了应该褒奖者，这叫做滥杀，是严重的废弃刑法；旌，就是褒奖了应该诛杀者，这叫乱表彰，是严重的破坏

礼制。 滥：失真，失实。 黜：废。使动用法。 僭：僭越，越礼。 坏：破坏。使动用法。

⑦"果以"数句：果真拿这种作法告示天下人，传授给后代人，那么，见义勇为的人就不知如何作为，躲避犯罪的人就不知如何立身行事，把这样的东西作为国家的法则，可以吗？ 果：果然，果真。 示：给……看。 趋义者：见义勇为的人。 所向：向何处去。 违害者：避开犯罪的人。 所立：立于何处。

⑧"盖圣人"数句：圣人关于礼与刑的制度，是根据实际的事理来决定或赏或罚，根据实际的情况来决定或褒或贬，把二者统于一个方面。 制：规章，制度。 穷理：穷究事理。 本情：本着实情。 统于一：统一于一个方面，即奖赏和刑罚都要统一于客观实际，据情据理而论。

⑨"向使"数句：假使调查、议罪能够根据事情的真假，考核、治罪能够根据事情的是非，推究事情的本末，那么刑与礼的具体运用，就明显地区分开了。 向使：假使。 刺：刺探。 谳：议罪。 诚伪：真假。 考：考核。 正：治罪。 曲直：是非。 原始：推究根源。 端：开头。 判然：一下子分成两半的样子。 离：离开，分开。

⑩"若元庆"数句：假若徐元庆的父亲并没有违反国法而犯罪，赵师韫杀了他，仅仅因为个人的私怨，大要当官的霸气，残害无辜。 若：假如。 陷：陷入，没进。 公罪：违反国法而犯罪。 独：只。 奋：起。使动用法。 吏气：官气。 虐：残害。 非辜：无罪的人。

⑪"州牧"数句：州的最高长官不去治罪，执法官员不去追究责任，上下勾结，掩饰真相，对冤屈的叫声装作听不见。 州牧：指州的最高长官。 罪：作动词，治罪。 刑官：司法的官吏。 问：追究。 蒙冒：覆盖，犹言掩饰、隐瞒。 吁号：喊冤的哭叫声。

⑫"而元庆"数句：在赴诉无门的情况下，徐元庆能够把与仇人共存于世视为奇耻大辱，把枕戈等待复仇时机视为合于礼，经过处心积虑的谋划，将利刃刺进仇人的胸膛，然后坚定不移地自我克制，投案自首，赴死无怨，这是守礼行义的行为。 戴天：顶戴同一个天。 枕戈：头枕武器而睡。 得礼：获得礼。《礼记·檀弓上》："寝苫枕干不仕，弗与共天下。" 冲：冲击。 介然：坚定不移。 自克：自我克制，意指投案自首。 即死：赴死，就死地。 无憾：无遗恨。

⑬"执事"三句：执政的官吏应该为此而感到惭愧，向徐元庆道歉还来不及，又怎么能诛杀他呢？ 执事者：有关的执政官吏。 谢：认错，道歉。 何：为什么，怎么。

⑭"其或"数句：或许，徐元庆的父亲确实犯了死罪，赵师韫杀了他，没有违反法律，这不叫被官吏所杀，而叫作被法律所杀。 或：也许，或许。 愆：差错，差失。

⑮"法其"数句：国家的法律难道可以仇恨吗？仇视天子的法律，又杀害执法的官吏，这是狂悖傲慢、犯上作乱的行为。 其：句中语气词，在这里表示反问。

仇：仇恨，仇视。　　戕：杀害。　　奉法：奉行法律。　　悖骜：狂悖傲慢。骜，通"傲"，傲慢。　　凌上：犯上。

⑯"执而"三句：捉拿归案，处以死刑，是为了端正国家的法则，那么又怎么表彰他呢？　　执：捉拿，拘捕。　　正：使……正，端正。　　邦典：即国典。

⑰且：并且。　　议：指陈子昂的《复仇议状》。

⑱"人必"四句：做父母的有儿子，做儿子的有父母，如果各爱自己的父母而互相报仇，这种混乱局面谁能挽救呢？　　亲亲：亲爱父母。前一个"亲"作动词，亲爱；后一个"亲"作名词，父母。　　救：挽救。

⑲"礼之"数句：礼书上所讲的即合礼的仇恨，是指有含冤悲痛呼号却无处申诉的背景，不是指犯了罪违了法应该处死这种情况。冤抑：冤屈。　　无告：无处申诉。　　大戮：指因罪被处死。

⑳"而曰"三句：陈子昂的那种讲法，概括起来说就是"他杀了人，我就杀他"，这是不论是非曲直，欺凌压迫势单力弱者的做法罢了。

㉑非经：不经，不合经典。　　背圣：背离圣人的礼教。　　以：同"已"。

㉒周礼：书名。原名《周官》，西汉末列为经而属于礼，故称。调人：官名。掌司：主管。　　仇：仇恨。

㉓"凡杀人"三句：凡是符合义的杀人，调人的职责是不能让被杀者的亲人报仇；报了仇，就把报仇者处死。　　令：使。　　勿仇：不要报仇。

㉔"有反杀"三句：杀人的行为不符合义，全国的人都仇视他。照《周礼》的这些做法，又怎么能出现"亲亲相仇"的局面呢？反：同"义"相反。　　邦国：指全国。　　交：并，一起。

㉕公羊传：相传为孔子的再传弟子公羊高所著，解释《春秋》经义的传注，与《春秋·左氏传》《春秋·谷梁传》合称"春秋三传"。

㉖"父不"数句：父亲不应该被杀，儿子复仇是可以的；父亲应该被杀，儿子复仇，这是扩大残杀的做法，虽然报了私仇却不能除去公害。　　不受诛：不该被杀。受，承受，接受。

㉗"今若"二句：如果拿这些原则来判断徐、赵两家的相互杀人的是非，就符合礼了。

㉘且夫：表示更进一层，"再说"的意思。　　不爱死：不吝惜死。爱，吝惜。

㉙"元庆"三句：徐元庆能够不越礼行事，尽孝道，死大义，一定是通晓事理和懂得原则的人。　　不越于礼：不超越礼的规范。

㉚"夫达"二句：一个通晓事理、懂得原则的人，难道会以国家大法为仇敌的吗？敌仇：即仇敌。

㉛"议者"四句：陈子昂反倒认为徐元庆该杀，这样做是废弃刑、破坏礼，不能作为国家的法则，是明显的。　　议者：指陈子昂。

㉜"请下"四句：请求向下颁布我的建议，附在国家法令的后面，使有关的司法官员，在裁决这类案件时，不应该照陈子昂的建议办。　　下：向下；意指向下颁

布。　　　附:附着。　　　令:法令。　　　断:决断,裁决。　　　前议:指陈子昂的建议。

【集评】

宋黄震《黄氏日钞》卷六十:武后时,徐元庆手刃父仇。陈子昂建议诛之,而旌其间,著为令。驳谓旌与诛莫得而并,当考正其曲直,所论甚精。合与昌黎《复仇议》参看。

清过珙《古文评注》卷七:只"旌诛莫得而并"一句,便已驳倒,以下设为两段议论,深明旌诛所以不可并处,更明白痛快,萧、曹恐亦无此卓识。

清孙琫《山晓阁评点唐柳柳州全集》卷头语:前半幅说旌与诛不可并用,后半幅说宜旌不谊诛。盖前半是论理,故作两平之论;后半是论事,故作侧重之语。前半写旌诛不可并用,妙在中幅分写得明畅;后半幅宜旌不宜诛,妙在引证得的确。

现代章士钊《柳文指要》卷四:夫韩柳复仇二议,是非曲直,一目了然……柳州主张复仇之用异,而本则合,究竟有可合之本焉否乎?父不受诛,子是否终有复仇之权利乎?退之谓不可议,子厚求统于一,二律背反,真理将在何方乎?李安溪谓两下相杀,及以上诛下,韩辨之甚明,柳则质为一条,此恰是柳之胜韩处,是柳之寻求真理,而韩诪谀专制处。义门谓或言柳议过韩为不知文,吾则谓义门言韩议过柳,非但不知文,且不知法,又非但不知法,直不知耻。

【鉴赏】

议,又称驳议,是一种反驳、辩论性的文体。在唐宋古文家所写的驳议文中,这篇《驳〈复仇议〉》最负盛名;《古文观止》编收柳文时把它放在了头一篇。

这篇"议"是作者任礼部员外郎时,作为奏章上书给皇帝的,内容是批驳陈子昂的《复仇议》。文章从一件杀人案的处理入手,围绕"礼"和"法"的不同作用及其统一性,层层剖析,批驳了对方的错误建议,阐述了自己的正面意见,很有说服力。

全文共六段。起始段开门见山,摆出问题。可分三层来看。作者首先举出当时一个案例:徐元庆为父报仇,杀了人又去自首。第二层,列出陈子昂对处理犯人的建议:"诛之而旌其间,且请编之于令,永为国典。"第三层,明确地亮出自己的观点,认为这一建议是错误的。这一段写得干净利落,清晰醒目,为展开论辩打下基础。

第二段,针对对方问题要害,进行批驳。陈子昂之所以建议既要处徐元庆以死刑,又要在他居住的里巷用立牌坊和赐匾额的方式来表彰,其理论观点是"礼"和"法"不能偏废;既要遵守"法",又要照顾到"礼"。作者正是抓住了这一关键,在本段亦分三层进行剖析。从"臣闻礼之大本"至"旌与诛莫得而并焉"是第一层。这一层主要指出"礼"和"法"虽然作用不同,但并不矛盾;"旌"与"诛"不可合并使用。从"诛其可旌"至"以为典可乎"是第二层。主要指出把"旌"与"诛"合并使用造成的后果:"诛其可旌"是亵渎了"法","旌其可诛"是败坏了"礼";还使今后"趋

357

国学经典文库

唐宋八大家散文鉴赏

柳宗元卷

义者不知所向,违害者不知所立。"这一层是本段的重点内容。最后,第三层从"圣人之制"引出"礼"和"法"应该结合起来的看法。这一大段,作者用理论统一性的思想为指导,揭示出对方建议的自相矛盾及危害,文笔犀利、切中肯綮。

作者在批驳了上述立法建议以后,第三段则从正面阐明自己的意见。这一段行文紧密,如一气呵成,颇有气势。其具体内容是:对徐元庆这类复仇案必须做深入调查,判定它的是非,考究它的发生,找出它的缘由,法与礼的功用才能搞清楚。假如徐元庆的父亲没有犯国法,是官吏泄私怨而杀掉的,州牧官吏又不代他申冤,那么徐元庆为父报仇是"守礼而行义",为什么要杀呢?假如徐元庆的父亲被杀是因为触犯了国法,那么"是死于吏也,是死于法也","戕奉法之吏,是悖骜而凌上","执而诛之,所以正邦典,而又何旌焉?"此段写得有理有节,痛快淋漓,两个反诘句的使用更增强了批驳的力量。

第四段作者引申一步,再次从反面驳斥《复仇议》中的又一糊涂观念。作者上来先明确指出,陈子昂"亲亲相仇,其乱谁救?"的言论,是对礼制的迷乱。接着正面分析"礼"所说的报仇本来的情况,那是属于"其冤抑沉痛而号无告也",并非说触犯刑律,已经构成该判死罪的人。至此,作者进而按对方错误逻辑推出一个假设,说:"他杀了人,我就杀他。"作者认为,这是一种不论是非曲直,以强压弱,违经背圣的做法。

接下来第五段作者引经据典,再作发挥。其一,引《周礼》:说凡是杀人而合乎情理的,别人不准报仇,报仇的人要处死刑。倘若有反过来杀人的,全国人民就共同把他当作仇人。引述这段话以后,作者以"又安得亲亲相仇?"一句作反诘,既肯定了《周礼》所言的正确,又表示出对陈子昂上述言论的否定,言简而意丰。其二,引《春秋·公羊传》:说父亲不该处死刑却处死了,儿子是可以报仇的。父亲应该处死刑,儿子报仇,这是一往一来互相杀的办法。这样来报仇是免不了相互仇杀的祸害的。到此,作者做出结论:若以以上标准来判断双方仇杀的是非曲直,就符合礼制了。正是在上述分析的基础上，作者在本段最后部分，肯定了徐元庆的合理行动，驳斥了陈子昂的错误建议。

尾段作者毫不含糊地提出"有断斯狱者，不宜以前议从事"的请求，旗帜鲜明，斩钉截铁。

刘勰在《文心雕龙·议对》篇中，曾就驳议文提出"文以辨洁为能，不以繁缛为巧；事以明核为美，不以深隐为奇"的看法。若以此衡量这篇文章的写作，不正可以看出它行文简洁，说理清楚，逻辑性强的特点吗？难怪它历来受到人们的喜爱。

桐叶封弟辩

【题解】

《吕氏春秋·重言篇》和《说苑·君道篇》所载周成王"桐叶封弟"故事,在封建社会被当作"君无戏言"的美谈,广为传播。柳宗元以史评的形式做起翻案文章,提出"凡王者之德,在行之何若",即使贵为天子,言行不当,"虽十易之不为病",应当及时修正的进步主张。这无异于揭示"圣明天子"也有犯错误的时候,打破了所谓帝王威严神圣不可侵犯的神话。柳宗元点名批评周公,强调朝廷重臣对君主的错误言行不可奉承、迁就,而应积极引导,使之符合"中道"或"大中之道"。文中用归谬法提问:"王以桐叶戏妇寺,亦将举而从之乎?"对当时朝廷重用宦官的流弊不无讥讽之意。一篇短幅文字,竟发如此绝大议论。前有数层翻驳,后下数层断案,掀层波叠浪之势,显重冈复岭之奇,为辩体中上乘之作。

【原文】

古之传者有言:成王以桐叶与小弱弟,戏曰:"以封汝。①"周公入贺②。王曰:"戏也。"周公曰:"天子不可戏。"乃封小弱弟于唐③。

吾意不然④。王之弟当封耶?周公宜以时言于王,不待其戏而贺以成之也⑤;不当封耶?周公乃成其不中之戏,以地以人与小弱者为之主,其得为圣乎⑥?且周公以王之言,不可苟焉而已⑦。必从而成之耶?设有不幸,王以桐叶戏妇寺,亦将举而从之乎⑧?

凡王者之德,在行之何若⑨。设未得其当,虽十易之不为病;要于其当,不可使易也⑩,而况以其戏乎?若戏而必行之,是周公教王遂过也⑪。

吾意周公辅成王,宜以道,从容优乐,要归之大中而已⑫,必不逢其失而为之辞;又不当束缚之,驰骤之,使若牛马然,急则败矣⑬。且家人父子尚不能以此自克,况号为君臣者邪⑭?是直小丈夫𡃤𡃤者之事⑮,非周公所宜用,故不可信。或曰:封唐叔,史佚成之⑯。

【注释】

①"古之传者"三句:古代编写史书的人说过这样的话:周成王将桐叶送给年幼的弟弟,开玩笑说:"把这个封给你。"   传者:编写史书的人。这里指《吕氏春秋》编者吕不韦和《说苑》作者刘向。二书载有"桐叶封弟"事。   小弱弟:年幼

的弟弟,指叔虞。　　戏:开玩笑。

②周公入贺:周公进来祝贺。　　周公:姬旦,武王弟。周武王死后,辅佐其侄成王治理国家,被后代的儒者尊称为"圣人"。

③乃封小弱弟于唐:于是把唐地封给了年幼的弟弟。　　乃:于是,就。唐。古代的一个小国,在今山西翼城县一带,被周成王所灭。

④吾意不然:我认为不会是这样。　　然:这样,指上述"传者"之言。

⑤"王之弟"三句:成王的弟弟应当受封吗?周公应该及时地向成王说明,不要等到开那个玩笑时,才以祝贺的方式促成这件事。　　宜:应该。　　以时:及时,适时。　　成:促成,实现。

⑥"周公"三句:周公竟使那不妥当的玩笑话成为事实,将土地和人民封给年幼的孩子,让他做那里的君主,周公能算圣人吗?　　乃:副词,竟。　　不中:不合适,不妥当。　　其:语气词,加强反问,作用相当于"岂"。

⑦"且周公"二句:况且周公认为成王的言谈,不能轻率罢了。　　以:以为,认为。　　苟:轻率,不严肃。

⑧"设有"三句:如果不幸,成王拿桐叶跟妻妾、宦官开玩笑,难道周公也全部顺从吗?　　设:如果。　　妇:妇人,指成王身边的妻妾。　　寺:寺人,即宦官。举:全部。　　从:顺从,听从。

⑨"凡王者"二句:大凡君主的威德主要体现在实际行动怎么样。　　德:威德,威望。　　何若:怎么样。

⑩"要于"二句:关键在于适当,如果适当就不能轻率改变。　　要:要领,关键。　　易:改变。

⑪遂过;造成错误。遂:致使,造成。

⑫"吾意"四句:我认为周公辅佐成王,应该用正确的原则,使成王的举止行动从容和悦,总的说来符合大中之道。　　归之:使之归。归,趋向。　　大中:即"大中之道",也称"中道"。这是柳宗元提倡和实行的一种哲学思想。

⑬"又不当"数句:又不应该束缚他,驱赶他,使他像牛马一样,过急就要坏事。驰骤:车马急奔。　　使若:使之若。若,如。

⑭"且家人"二句:连一家人的父子之间尚且不能靠这种办法制约,何况名号叫君臣的人们呢?　　克:克制,制约。

⑮小丈夫𫍢𫍢者:指不懂得大中之道的凡人。　　𫍢𫍢,小智。

⑯唐叔:即叔虞,因封于唐,也叫唐叔。　　史佚:周朝的太史尹佚。尹佚促成桐叶封弟之事,见于《史记·晋世家》。

【集评】

宋谢枋得《文章轨范》卷二:《桐叶封弟辩》七节转换,义理明莹,意味悠长。字字经思,句句著意,无一句懈怠,亦子厚之文得意者。

明贝琼《唐宋六家文衡·序》:至宗元《守原议》《桐叶封弟辩》,凿凿乎是非之公,使圣人复作,无以易之。

明唐顺之《文编》卷三十九:此篇与《守原议》《封建论》三篇,所谓大篇短章,各极其妙。

明茅坤《唐宋八大家文钞》卷四:此等文并严谨,移易一字不得。

清储欣《唐宋八大家类选》卷三:奇正相生,史佚明载《史记》。翻实为虚,作余波疑案,最属文字妙处。

宋谢枋得《文章轨范》卷三:议论段段摧心破的,全要看他出之婉转耸快,龙行虎逐骤绝佳处。

清林云铭《古文析义》初编卷五:题目既是个"辩",就当还它一个辩体。此篇先以当封、不当封二意夹击,见其不因戏行封;次复就戏上设言,戏非其人,何以处之,则戏不可为真也明矣;然后,把"天子不可戏"五字痛加翻驳。以王者之行,止求至当,不妨更易。而周公当日辅导正理,不但无代君掩饰其过之事,亦无箝制其君若牛马之法。则以为天子不可戏,有戏而必为之词者,非周公所宜行又明矣。篇中计五驳,文凡七转,笔笔锋刃,无坚不破。是辩体中第一篇文字。

清吴楚材等《古文观止》卷九:前幅连设数层翻驳,后幅连下数层断案,俱以理胜,非尚口舌便便也。读之反复重叠愈不厌,如眺层峦,但见苍翠。

清过珙《古文评注》卷七:辩难文要难得倒,犹争讼者要争得倒。观其节节转换,节节翻驳,读上节不料其有下节,读下节不料其又有下节,意味悠长,令人读一段好一段。

清汪基《古文喈凤新编》:辩之为言,判别也。论者云:其原出于孟子,盖本于至当不易之理,而以反复曲折之词发明之。比于良史断狱,任堂下人支吾其词,随难而倒。直令心服,无可置喙,乃尽其义。韩、柳二家,实推擅场。然此视韩辩,尤为煞有关系文字。

清爱新觉罗·弘历《唐宋文醇》卷十一:宗元辩此,具有确见。至云:"王者之德,在行之何若。设未得其当,虽十易之不为病;要于其当,不可使易也。"语尤切至。虽然,"要于其当",岂不难哉?非具大公无我之量,实有正心诚意之学,考之诗书,博之史籍,而识古人之所已经,极之民风土俗之不齐,物情事势之屡变,而识今世之所宜称,析之人于锱铢而不爽,絜之举乎六合而不遗,知周乎万物,而怀匹夫匹妇一能胜予之心,道济乎天下,而视尧舜事业若浮云太虚之过者,其孰能事事要乎其当哉?不得其当而不知易,自必又有得其当而妄易之者也。具曰:"予圣谁知鸟之雌雄,君子所以有终身之忧,而未尝一日以位为乐欤! 成王之诗云:'惟予小子,不聪敬止。日就月将,学有缉熙于光明。'于戏,其庶几乎!"

清孙琮《山晓阁评点唐柳柳州全集》卷三:一篇短幅文字,读之却有无限锋芒。妙在前幅连设三层翻驳,后幅连下四五层断案,于是前幅遂有层波叠浪之势,后幅亦有重冈复岭之奇。

近代林纾《古文辞类纂选本》卷一:文用"当"封、"不"当封二字,已得立言之体。妇夺事,特推其流弊所至,万无其事。上用两"当"字,如字;下用两"当"字,丁浪切,妙极！未成事而中于理,曰当;已成事而协于理,曰当,丁流切。不易者,遂过也。戏而成之,而不敢易,绝非周公之意。断以不可信,大有史眼。

现代章士钊《柳文指要》卷四:尝谓子厚论政,动以防微杜渐为中心思想,其于从来轻视曲突徙薪,而崇奖焦头烂额之急迫驰骤办法,心焉非之,此其意于晋文公问守原及桐叶封弟两小文中,表显甚明,中边俱澈,识者从无间言。

【鉴赏】

历来统治阶级,皇亲国戚、公卿大夫以及那些帮忙、帮闲文人,总是通过种种办法和手段,神化最高统治者。认为他是天之骄子,代表上天意志,随便说句话都应被看成是金科玉律。实际上,包括历代君王在内,他们都是人,而不是被人们推崇的想象中的神;他们同样会有过失,同样也有说错话或说玩笑话的时候。柳宗元的这篇《桐叶封弟辩》,就是通过"古之传者有言"即成王与周公之间的一段对话,说明君王也有说玩笑话、说错话的时候。而当君王说玩笑话、说错了话的时候,为臣的就可以不听、还可以请他改正,"设未当其当,虽十易之不为病"。这种观点,可以说是对封建礼教、对天子的至高无上的权威的大胆挑战。

第一段,作者用了四十几个字,简略地介绍了这件事的来龙去脉。突出的是:"王曰:'戏也'。"而周公却偏要郑重其事,理由是"天子不可戏"。

第二段,劈头一句就是"我意不然",我认为这是不对的。斩钉截铁,

态度鲜明。全段抓住"当封""不当封"两个方面,说明无论如何,此等大事都不应在成王"戏"(开玩笑)的时候决定。"当封",周公就应"不待其戏";"不当封",周公就不应"成其不中之戏"。从两方面辩证,说明周公果真如此做了,那他还称得上是什么圣人吗? 这疑问,是自然要提出的,与"吾意不然"有内在的因果联系。接着,作者进一步发挥,"王以桐叶戏妇寺,亦将举而从之乎?"由于这一设问,不但可以顺理成章地提出本文的中心论点:"凡王者之德,在行之何若",而且顺便表示了作者对朝廷中宦官擅政的嘲讽。

第三段,重心不在辩,而在正面阐明作者自己的政治主张,即"要归之大中而已"。并且由此推断,得出结论:"非周公所宜用,故不可信"。这就是全面否定有成王以桐叶封弟这回事。"不可信",既有不可把此事信以为真的意思,也有不能以

此为古训、后人要照办的含意。

　　所谓"大中"，就是"大中之道"的意思。柳宗元的"大中之道"，发展了荀子、王充以来的唯物主义宇宙观，是对唯心主义天命观的批判；"大中之道"，要求通权达变，处事贵"当"；正如他在《断刑论》中所说："当也者，大中之道"。在儒学上，他属于啖助、赵匡、陆质《春秋》学派，主张重视人生，积极变革。柳宗元还崇信佛教，他的"大中之道"，还有融合各家、调和儒释的内容。因此，"大中之道"可以说是柳宗元理想中的哲学标准、政治原则和道德规范。

　　作者以"大中之道"衡量"周公辅成王"，得出的结论就是"桐叶封弟"之事"不可信"。文章至此，已经做完。最后一段，只有一句话，看似闲文，实很重要。它说明历史记载也不尽相同，"封唐叔，史佚成之"就是另一说法。它还说明，后人不应拘泥于历史记载，而更应思考这些史料是否合乎情理。这样，这最后一段就与第二段"吾意不然"呼应，就成了第三段"故不可信"的注脚。

　　从写作特点上看，全文抓住一个"戏"字展开论述。既然是分土建侯之大事，本不应出自成王之戏言；既然成王已经说明他的话是戏言，周公就不应当坚持"天子不可戏"，非一定照办不成。幸亏是戏封弟，倘若戏封妇寺也照办吗？君王的德政，还要看他做得怎么样；如果做得不恰当，即使改变十次都不算错，何况是他在开玩笑说的话呢？"若戏而必行之"，那就是周公教成王犯错误了。反复推敲，正反论证，集中在一个"戏"字上，说明这种记载不可相信，这种逻辑不能成立，这种传统不应继承。

　　这篇短小的史评，用的是先驳后立的论述方法。驳得透彻，立得自然就显得顺当。作者表面上像是辨别史料的真与伪，实际上是在辩论史事的是与非。借着这论辩，作者大胆地否定了"天子不可戏"这种君王特有的神性，也对周公这样的圣贤办事的权威性表示怀疑，"其得为圣乎？"目的是在于阐明作者的政治主张。"王者之德"，"要于其当"；辅佐帝王，"要归之大中而已"。

辩《晏子春秋》①

【题解】

柳宗元被贬永州之后,撰写七篇研讨古代政治哲学论著的文章,本文是其中之一。《晏子春秋》以短篇故事的形式记叙春秋后期齐国政治家晏婴言论和事迹。自从刘向、刘歆、班彪、班固以来,都把此书列入儒家之中,称晏子为儒家学者。柳宗元通过缜密考察,发现《晏子春秋》一书的主要内容和思想倾向与《墨子》完全相同,认为"其旨多尚同、兼爱、非乐、节用、非厚葬久丧者,是皆出《墨子》。"并提出此书是"墨子之徒有齐人者为之","宜列之墨家"的新见解。这是一个至今尚未定论的学术问题。但,柳宗元不迷信权威、不墨守成规的批判精神和探索意识,值得称赞。

【原文】

司马迁读《晏子春秋》,高之,而莫知其所以为书②。或曰:晏子为之,而人接焉;或曰:晏子之后为之。皆非也③。

吾疑其墨子之徒有齐人者为之④。墨好俭,晏子以俭名于世,故墨子之徒尊著其事,以增高为己术者⑤。且其旨多尚同、兼爱、非乐、节用、非厚葬久丧者,是皆出墨子⑥。又非孔子,好言鬼事,非儒、明鬼,又出墨子⑦。其言问枣及古冶子等尤怪诞⑧。又往往言墨子闻其道而称之,此甚显白者⑨。自刘向、歆、班彪、固父子,皆录之儒家中⑩。甚矣!数子之不详也⑪。盖非齐人不能具其事,非墨子之徒则其言不若是⑫。

后之录诸子书者,宜列之墨家⑬。非晏子为墨也,为是书者墨之道也⑭。

【注释】

①《晏子春秋》:书名。其中记载了春秋后期齐国政治家晏子的一些事迹和言论。晏子,晏婴,字平仲,齐国灵公、庄公、景公时期的大夫。

②"司马迁"三句:意思是说,司马迁读了《晏子春秋》这本书,给晏子的评价很高,但是司马迁不知道这本书是怎样写出来的。高之:以之为高,即对晏子的评价高。《史记·管晏列传》:"假令晏子而在,余虽为之执鞭,所忻慕焉。"

③"或曰"数句：意思是说，有的人认为，这本书是晏子写的，由别人接续成篇；有的人认为，这本书是晏子的后代写成的。这些看法都不正确。　　接：承接，接续。　　晏子之后：晏子的后代。　　非：不对的。

④"吾疑"句：意思是说，我怀疑是墨子门徒中的某个齐国人写的这本书。疑：怀疑。　　齐人者：齐国籍的门徒。

⑤"墨好俭"四句：意思是说，墨子喜好节俭，晏子以节俭闻名于世，因此墨子的门徒尊敬地记录了晏子的事迹，用来抬高自己这个学派的地位。　　俭：节俭。名：作动词，闻名。　　著：记录，记述。　　为己术者：奉行自己一派学说的人。

⑥且：并且。　　其旨：指《晏子春秋》的内容。　　尚同：墨子的一种政治主张，即选天下贤良者，掌握各级政权，实行层层统治，以"一同天下之义"。尚，通"上"，崇尚。同，同一，统一。　　兼爱：彼此友爱互利。　　非乐：否定音乐的作用。节用：节约用度。　　非厚葬久丧：反对葬礼奢侈、守丧长久。　　皆出墨子：《墨子》一书有《尚同》《兼爱》《非乐》《节用》《节葬》等篇。

⑦非孔子：《墨子》有《非儒》篇，非儒非孔子。　　明鬼：《墨子》有《明鬼》篇，鼓吹鬼神迷信。

⑧其：指代《晏子春秋》。　　问枣：《晏子春秋·外篇第八》载，齐景公问晏子：东海水有的地方发红，其中还有枣，华而不实，为什么？晏子回答：当年秦穆公出巡东海，黄布包蒸枣投入海，黄布破了，所以水发红，枣是蒸枣，所以华而不实。古冶子：《晏子春秋·内篇第二》载，齐景公手下有三个勇士，晏子认为"无君臣之义"，决意以计除掉三人。晏子让景公赏三人二桃，以功取桃。公孙捷和田开疆先自摆功，抢走二桃。古冶子说：我跟随君主渡河，一只大鼋衔走君主的马，我下河捉住了它。因已无桃，古冶子怒而拔剑。公孙、田二人自感惭愧，自杀而死，古冶子见状也自杀了。　　怪诞：奇异、荒唐。

⑨"又往往"二句：意思是说，《晏子春秋》又往往谈到墨子听到晏子的学说就称赞晏子，这一点更明白显示《晏子春秋》为墨子之徒所作。　　称：称赞。　　显白：明白无误地显示。

⑩歆：刘歆，刘向的儿子。刘向著《七略》，记录各家书籍，未完，由儿子刘歆完成。　　固：班固，班彪的儿子。班彪著《史记后传》，未果，由儿子班固完成，名《汉书》。　　录之儒家：《汉书》的《艺文志》据《七略》而作，列《晏子春秋》为儒家著作。

⑪数子：指刘氏父子和班氏父子。　　详：详审，仔细考查。

⑫"盖非"二句：意思是说，《晏子春秋》的作者，不是齐国籍的人就不能如此详备地记述晏子的事迹，不是墨子的门徒就不能在书中如此宣传墨家学说。　　具：具备，尽有。　　其事：指晏子的事迹。　　其言：指《晏子春秋》的观点。　　不若是：不如此。是，指《墨子》的观点。

⑬"后之"二句：意思是说，后代编录诸子百家书的，应当把《晏子春秋》列入墨家著作。　诸子书：古代各个学派的政治哲学著作，也称诸子或子书。　列：编入。

⑭"非晏子"二句：意思是说，不是说晏子属于墨家，而是因为这本书所宣传的都是墨家的思想观点。

【集评】

明蒋之翘辑注《柳河东集》卷四：儒墨之辨，不可不悉。

现代章士钊《柳文指要》卷四：自子厚将晏子由儒家移至墨家，后来异说纷纶，迄无定论，而崭新排斥向歆彪固，信服子厚，首推晁子正。《郡斋读书志·晏子春秋》十二卷条云："右齐晏婴也，婴相景公，此书著其行事及谏净之言。昔司马迁读而高之，而莫知其所以为书，或曰：晏子为之而人接焉，或曰：晏子之后为之，唐柳宗元谓迁之言不然，以为墨子之徒有齐人者为之。墨好俭，晏子以俭名于世，故墨子之徒，尊著其事以增高为己术者，且其旨多尚同、兼爱、非乐、节用、非厚葬久丧、非儒、明鬼，皆出墨子，又往往言墨子闻其道而称之，此甚显白。自向歆彪固皆录之儒家，非是，后宜列之墨家，今从宗元之说。"

【鉴赏】

《晏子春秋》是记叙春秋后期齐国著名的政治家晏婴事迹和言论的一部书，全书都以短篇故事组成，也是我国最早的一部短篇小说集。柳宗元被贬到永州后，比较清闲，细"读百家书"，写了不少评论文章，对《晏子春秋》提出了作者和儒墨学派两个问题的辩论。

首先，提出《晏子春秋》的作者问题。他指出司马迁在《史记·管晏列传》中说："假令晏子而在，余虽为之执鞭，所忻慕焉。"就是说："如果晏子还在，我即使给他赶车,也是高兴和向往的"。可见司马迁在读《晏子春秋》时,对晏子评价之高了,但不知道这本书是怎样写出来的。有的人说:它是晏子所作,由别人续成的。有的人说:它是晏子的后代写的。这些说法都不对。到底是谁写的呢? 这是作者下边要探讨的一个问题。

接着,提出《晏子春秋》的儒墨学派问题,从而也解决了它的写作问题。作者开门见山地指出:他怀疑《晏子春秋》是墨子门徒中的某个齐国人写的。再提出论据:如墨家好俭,在《墨子·节用篇》中专讲节俭的重要性。晏子以俭闻名于世,《左传》等古籍中都讲到了晏子爱好节俭,《晏子春秋》中记载这类事迹更多。所以墨子的门徒尊敬晏子而且记述他的事迹,来提高自己这个学派的地位。同时《晏子春秋》的内容很多都是讲"尚同"、即必须由君主来统一全国的思想行动,讲"兼爱"、即各种人都要相爱相利,讲"非乐"、即否定音乐的作用,讲"节用"、即节约开支,讲"非厚葬久丧"、即反对豪华的葬礼和长久地守孝,这些都是出于《墨子》。又《晏子春秋》中有些反对孔子和讲鬼神的文章,与《墨子》中的非儒、明鬼等篇中的文字相吻合。又《晏子春秋·外篇第八》所载齐景公向晏子问枣的故事和《晏子春秋·内篇第二》所载晏子劝齐景公除去古冶子等三人的故事,前者是荒唐无稽,后者是玩弄手腕杀人,尤其离奇古怪,而《晏子春秋》中竟常常提到墨子听到晏子的学说就称赞不已。从《墨子》和《晏子春秋》的许多内容相同,到墨子及其门徒都尊敬晏子并称赞他的学说,证明《晏子春秋》为墨家学派,是确信无疑的了。但是,自从刘向、刘歆、班彪、班固父子以来,都把《晏子春秋》列入儒家,称晏子为儒家学者。这些人考察得太不仔细,了解得太不全面了。《晏子春秋》全用短篇故事组成,其原始素材不外乎两类:一是来自《齐春秋》等古书里的零星记载;一是来自民间流传的故事。不是齐国人就不能详细记叙有关晏子的这些故事,不是墨子门徒那《晏子春秋》的内容就不会与墨家学说如出一辙。

最后,作者指出以后编辑诸子书籍的人,应该把《晏子春秋》编入墨家之列。这不是说晏子是墨家,而是写书的人所讲的都是墨家的观点。

本文先否定对《晏子春秋》作者的两种说法,再从书的内容中提出论据来确定它应属于墨家和它的作者;从而批判了把它列入儒家的荒谬性,进一步肯定了"非齐人不能具其事,非墨子之徒则其言不若是"的正确性。然后指出,以后应将《晏子春秋》编入墨家。这里用了有破有立,立中又破,反复论证的方法,说理清晰,令人信服。

但是,作者的这种说法,也有人提出不少相反的意见。如吴则虞在《晏子春秋集释·序言》中说:"除了《墨子·非儒篇》里曾提到晏婴之外,在其他章节里再也看不见墨子及墨学者与晏婴的关系,更找不出墨子门徒编写《晏子春秋》的任何迹象,更明显的是《晏子春秋》前七卷内记述的晏婴和孔子的关系,和《墨子·非儒篇》显然不同。……把这书说成墨子门徒的作品,是根本说不通的。"但吴则虞同意这书的作者是齐国人,在《晏子春秋集释·序言》里说:根据许多事实"很有理由论证《晏子春秋》的成书,极有可能就是淳于越(齐亡后当了秦国的博士)之类的齐人,在秦国编写的。"自从柳宗元对《晏子春秋》提出儒墨学派问题的辩论之后,引起的争论很多,不一一列举,这是个历史学术问题,有待进一步考究。但作者这种不墨守前人谬见的批判精神和严肃认真的研究态度,很值得学习。客观世界是不断发展的,新事物新问题层出不穷,这就需要人们不断地去研究新事物新问题,做出新的概括和认识。前人的见解即使是正确的,也要在实践中不断地去发展和充实,才能适应时代的要求、推动社会前进。我国现在进行全面深入的改革,更不能躺在前人现成的条文上,或拿现成的公式去限制无限丰富的千差万别的各种新生事物的飞速发展;我们要有足够的责任心和胆略,按党中央所指引的路线,勇于研究新的实践中发生的新问题,才能顺利地进行史无前例的改革。我们必须也可能把柳宗元不墨守成规的研究精神焕发出新时代的新光彩。

愚溪对①

【题解】

此文当与《愚溪诗序》对读。柳宗元被贬永州之后，于元和五年（公元810年）迁居冉溪边上，并把冉溪改名为愚溪。本文与《愚溪诗序》都是这一时期的作品。

溪之神与柳子的对话，妙趣横生。虽然讨论的问题似乎很小："甚清而美"，诚无"愚"之实的冉溪该不该以"愚溪"名之？但它却蕴含着关乎社会和人生的大道理。溪神例举"恶溪""弱水""浊泾""黑水"，说明名副其实，而谓冉溪清美、有功、有力，却"辱以无实之名以为愚"，名不符实，强烈要求改掉"愚溪"的名称。可谓诘问有力，要求正当。柳子"对曰"承认愚溪不"愚"，"诚无其实"，"然以吾之愚而独好汝，汝恶得避是名耶？"于是自然引发出一个新问题：柳子之"愚"表现在哪里？"冰雪之交，众裘我绨"；"众从之风，而我从之火"；"吾荡而趋，不知太行之异乎九衢，以败吾车；吾放而游，不知吕梁之异乎安流，以没吾舟；吾足蹈坎井，……而不知怵惕"，柳子以三个"不知"道出已"愚"之实质：知难而进，勇敢求索，虽被贬永州，仍保持着旺盛的斗志。这同"路漫漫其修远兮，吾将上下而求索"的屈原何其相似！究其实，愚溪不"愚"，柳子不"愚"，愚名种种皆源于贤愚不分、善恶颠倒的现实社会。

文章构思新颖，结构完整。以溪神与柳子对话组织成篇，颇似庄周笔法。始于溪神问难，终于溪神辞别，中间是问答的具体内容，浑然一体，又耐人回味。

【原文】

柳子名愚溪而居②。五日，溪之神夜见梦曰③："子何辱予，使予为愚耶？有其实者，名固从之，今予固若是耶④？予闻闽有水，生毒雾厉气，中之者，温屯呕泄；藏石走濑，连舻麋解⑤；有鱼焉，锯齿锋尾而兽蹄，是食人，必断而跃之，乃仰噬焉，故其名曰恶溪⑥。西海有水，散涣而无力，不能负芥⑦，投之，则委靡垫没，及底而后止，故其名曰弱水⑧。秦有水，掎汩泥淖，挠混沙砾，视之分寸，眙若睨壁⑨，浅深险易，昧昧不觌，乃合泾渭，以自彰秽迹，故其名曰浊泾⑩。雍之西有水，幽险若漆，不知其所出，故其名曰黑水⑪。夫恶、弱，六极也；浊、黑，贱名也。彼得之而不辞，穷万世而不变者，有其实也⑫。今予甚清与美，为子所喜，而又功可以及圃畦，力可以载方舟，朝夕者济焉⑬。子幸择而居予，而辱以无实之名以为愚，卒不见德而肆其诬，岂终不可革耶⑭？"

柳子对曰："汝诚无其实。然以吾之愚而独好汝，汝恶得避是名耶⑮！且汝不见贪泉乎？有饮而南者，见交趾宝货之多，光溢于目，思以两手左右攫而怀之，岂泉之实耶⑯？过而往贪焉犹以为名。今汝独招愚者居焉，久留而不去，虽欲革其名不可得矣⑰。夫明王之时，智者用，愚者伏。用者宜迹，伏者宜远⑱。今汝之托也，远王都三千余里，侧僻回隐，蒸郁之与曹，螺蚌之与居⑲，唯触罪摈辱、愚陋黜伏者，日侵侵以游汝，闵闵以守汝⑳。汝欲为智乎？胡不呼今之聪明、皎厉、握天子有司之柄以生育天下者，使一经于汝，而唯我独处㉑？汝既不能得彼而见获于我，是则汝之实也。当汝为愚，而犹以为诬，宁有说耶㉒？"

曰："是则然矣，敢问子之愚何如，而可以及我㉓？"

柳子曰："汝欲穷我之愚说耶？虽极汝之所往，不足以申吾喙；涸汝之所流，不足以濡吾翰㉔。姑示子其略㉕：吾茫洋乎无知。冰雪之交，众裘我絺。溽暑之铄，众从之风，而我从之火㉖。吾荡而趋，不知太行之异乎九衢，以败吾车。吾放而游，不知吕梁之异乎安流，以没吾舟㉗。吾足蹈坎井，头抵木石，冲冒榛棘，僵仆虺蜴，而不知怵惕㉘。何丧何得？进不为盈，退不为抑。荒凉昏默，卒不自克㉙。此其大凡者也，愿以是污汝可乎㉚？"

于是溪神深思而叹曰："嘻！有余矣㉛，是及我也！"因俯而羞，仰而吁，涕泣交流，举手而辞㉜。一晦一明，觉而莫知所之，遂书其对㉝。

【注释】

①愚溪对：关于愚溪的对话。对，回答，对话。

②名：起名，命名。　　愚溪：原名冉溪，柳宗元改其名为愚溪，在今湖南零陵县城附近。　　居：居住。

③见梦：托梦于我。

④"子何"数句：意思是说，你为什么侮辱我，让我得个"愚"名呢？有"愚"的事实，名称当然要符合它，我本来是这样的吗？实：实际，事实。　　从：顺从。

⑤"予闻"数句：意思是说，我听说在闽那个地方有一条河，产生一种像毒雾似的瘴气，吸上这种毒气的人就恶心，又吐又泻；水中藏暗礁，急流奔腾，船只接连不断地撞碎解体。　　闽：今福建一带。　　厉气：瘴气。"厉"通疠。　　温屯：恶心。　　藏石：暗藏礁石。　　濑：急流。　　连：接连。　　舻：船头，这里指船只。　　縻解：粉碎解体。

⑥"有鱼"数句：意思是说，河里有一种鱼，锯齿一样的牙齿，锋刃一般的尾巴，还长着四只兽蹄，这鱼吃人的时候，必定先肢解他，然后抛起来。仰头咬着吃。因此这河的名字叫恶溪。　　跃：跳；这里是使动用法。　　噬：咬。

⑦"西海"三句：意思是说，在西海那个地方有一条河，河水涣散无力，连芥草都不能浮起。　　西海：郡名，汉置。今青海省青海湖附近一带。　　芥：小草。

⑧"投之"四句：意思是说，把芥草扔进河里，在水面上没有反应，一直往下沉，

沉到底完事。因此这河的名字叫弱水。　　　委靡:不振作;意指芥草在水面上没有反应,见水就下沉。　　垫没:沉没。　　及底:到水底。

⑨"秦有"数句:意思是说,在秦那个地方有一条河,河水扰乱烂泥,搅混沙石,靠近去看它,宛如视墙壁。　　秦:指今陕西地带。　　猗汨:扰乱。　　泥淖:烂泥。　　挠混:搅混。　　沙砾:沙石。　　分寸:意指看的距离很近。　　眙:直视。　　睨:斜视。

⑩"浅深"数句:意思是说,究竟河水是深是浅,河道是险是坦,昏暗看不清。竟然同渭水合流,因而自露其混浊,所以这河的名字叫浊泾。　　险:地势不平。易:平坦。　　昧昧:昏暗的样子。　　觌:见。　　泾渭:两水名。泾,即本文所说的浊泾,发源于甘肃笄头山,渭水发源于甘肃鸟鼠山,二水于陕西境内汇合。古人常有渭清泾浊的说法,实际上是泾清渭浊。　　自彰:自显。

⑪"雍之西"四句:意思是说,在雍西那个地方有一条河,昏暗漆黑,不知道它的发源地,所以它的名字叫黑水。　　雍:古时九州之一,包括陕西、甘肃及青海部分地区。　　幽:昏暗,深暗。

⑫"夫恶"数句:意思是说,恶和弱是六极里的两个,浊和黑是卑贱的名称,四条河各得其名而不推辞,经历万世也不改变,其原因就是符合它们的实际。　　六极:六种恶事,即:疾、忧、贫、恶、弱、短命。　　辞:推辞,不接受。

⑬"今予"数句:意思是说,我的水清洁甘美,被你所喜爱,又有浇灌园圃的功能,力量能够浮载船只,从早到晚载渡过客。　　美:味好。　　功:功用。　　圃畦:菜园田地。　　方舟:两只并行的船。　　济:渡河。

⑭"子幸"四句:意思是说,你有幸选择并居住我这里,却用没有根据的"愚"名来侮辱我,你最终不感恩于我反而肆意诬蔑我,难道永远不能够变更了吗?　　见德:感恩于我。见,放在动词前,表示对自己怎么样。　　革:改变,变革。

⑮"汝诚"三句:意思是说,你确实没有"愚"的实际。但是像我这样愚的人却偏偏喜爱你,你怎么能够避讳这个名称呢!　　诚:确实。　　恶得:怎么能够。避:避免。

⑯"且汝"数句:意思是说,你没见贪泉的得名吗?有人喝了泉水向南行,看见交趾的许多多的珍宝,光彩满目,心想用两手抓取,藏在怀里,这难道是泉的"贪"实吗?　　贪泉:相传广州郊外石门地方有泉,人饮而贪婪,故名。　　交趾:古县名,治所在今越南河内西北,西汉时交趾郡曾治于此,因以为名。　　溢:满,充满。攫:抓取。　　怀:揣,抱。

⑰"过而"四句:意思是说,有人一往一过,以后有了贪心,尚且命以"贪泉"之名,而你偏偏招来愚人居住,久留不去,虽然想要变改"愚"名,已是不可能的了。

⑱"夫明"数句:意思是说,英明的君主当政时期,聪明的人进用,愚蠢的人退隐。进用的人应当靠近皇帝,退隐的人应当远离京城。　　明王:英明的君主。用:任用。　　伏:隐藏。　　迹:近。

⑲"今汝"数句:意思是说,现在你寄身的地方,远在京都三千里之外,偏僻封

闭,同热气为伍,与蛙螺同居。　　托:寄托。　　王都:京城。　　侧僻:偏僻。

回隐:封闭,闭塞。　　蒸郁:蒸腾热气。　　曹:同辈,同类。

⑳"唯触"三句:意思是说,只有犯了罪被贬黜排斥侮辱的愚人藏身在此,才一天天、一步步地把你游览,无所约束地伴守着你。唯:独。　　摈:排斥。　　辱:侮辱。　　黜:贬谪。　　日:每日。　　侵侵:逐渐地,一点一点地。　　闯闯:无所顾忌,无所阻拦。

㉑"汝欲"四句:意思是说,你想变"愚"为"智"吗?为什么不呼唤当今的聪明、高贵、掌握皇朝大权、主宰天下的人,让他们经过你这里一次,却让我独守着你?为智:变为名"智"。　　皎厉:犹言高贵。　　生育天下:犹言主宰天下。一经:经过一次。　　独处:独自居处。

㉒"汝既"数句:意思是说,你已经不能得到聪明人的青睐,却获得我这个愚人的喜爱,这就是你现在的实际。如此,恰当地名你为"愚",你仍然认为这是诬妄吗?难道还有什么可说的吗?见获:被获。获,得到。　　当:恰当,合适。犹:还,仍然。　　诬:欺骗,不真实的话。

㉓"是则"三句:意思是说,你讲的话不错,请允许我问你,你究竟愚到什么程度,竟然能够牵连到我?　　然:是的,对的。　　敢:敬词。　　何如:怎么样。及:涉及,牵连。

㉔"汝欲"数句:意思是说,你想彻底知道关于我的愚的情况吗?就是算尽你所经过的里程,也没有我要说的话长,就是干涸你的流水为墨汁,也不能自始至终湿润我的笔尖。　　穷:追究到底。　　申:陈述,说明。　　吾喙:犹言我的话。喙,嘴。涸:干枯。　　濡:浸渍。　　翰:毛笔。

㉕姑:姑且,暂且。　　示子:给你看。　　略:大概。

㉖"吾茫"数句:意思是说,我是一个渺茫无所知的人。在冰雪交加的冬季,大家穿皮袄而我穿单衣,在潮湿闷热的盛夏,大家跟风,而我跟火。　　茫洋:渺茫。交:交加。　　绤:细葛布,这里指用绤做的单衣。　　溽暑:夏季湿热的气候。　　铄:熔化金属,这里指熔化金属那样高的温度。

㉗"吾荡"数句:意思是说,我驾车放纵奔驰,却不知太行山不同于四通八达的道路,因而撞坏了我的车;我乘船尽情浮游,却不知吕梁水不同于平静无波的河流,因而沉没了我的船。　　太行:指太行山。　　九衢:四通八达的道路。　　吕梁:此指流经吕梁山的河水。《水经注·三河水》:"其水西流,历于吕梁之山而为吕梁洪。"

㉘"吾足"数句:意思是说,我踏中了陷阱,头触木石,冲撞荆棘,跌倒在毒蛇旁边,却不知恐惧。　　坎井:陷阱。坎,地面凹陷的地方。　　冲冒:冲撞。冒,犯。榛荆:丛生的荆棘。　　僵仆:跌倒。　　虺:毒蛇。　　蝎:蝎蜴。　　怵惕:恐惧。

㉙"何丧"数句:意思是说,什么叫"失"?什么叫"得"?我全然无所觉。被进用了,不以此为满足,被贬退了,不以此为压抑,冷漠孤寂,糊涂不语,终于不能自我

解脱。　丧:丧失,失去。　盈:满足。　抑:压抑。　荒凉:冷漠孤寂。
昏默:糊涂不语。　自克:克己,克制自己。

⑳大凡:大概。　污:玷污。

㉛有余:愚得过了头。余,多余的。

㉜"因俯"四句:意思是说,溪神于是低头而羞惭,抬头而叹息,痛哭泪流,举手告别。　俯:低头。　羞:羞惭。　仰:抬头。　吁:叹气。　辞:辞别。

㉝"一晦"三句:意思是说,从晚上到天明,一觉醒来却不知溪神到哪儿去了,于是随手记下了这段对话。　晦:天黑,晚上。　明:平明,天亮。　觉:睡醒。
所之:去的地方。　遂:于是,就。

【集评】

明茅坤《唐宋八大家文钞》卷二十六:柳子自嘲,并以自矜。

明蒋之翘辑注《柳河东集》卷十四:其思深,其调逸,其笔致淋漓而洒洒。晁补之曰:此亦对襄王问客难之义,而托之神也。然尝论宗元固不愚,夫安能使溪愚哉?竭其智以近利而不获,既困矣。而始曰我愚,宗元之困岂愚罪邪?黄震曰:文极精妙,此虽子厚自戏之词,然余谓子厚溪之愚可辞,而子厚杰然文人也,乃终身贤叔文,而不知悟,其身之愚可辞邪?王世贞曰:此小文,却发越雄浑。

清何焯《义门读书记》卷三十五:中间颇指斥举错倒谬,则后之所谓己之愚者,无非所遭之不幸,非其罪也。

清孙琮《山晓阁评点唐柳柳州全集》卷四:就溪神设为问答,读者觉得溪神之词长,柳州之词短。溪神之词长,故可尽其牢骚;柳州之词短,故不能罄其郁勃。屈子泽畔行吟,柳州愚溪问答,千古同慨!

近代林纾《柳文研究法》:《愚溪对》,愤词也,亦稍伤排比。较诸《愚溪诗序》实逊其淡冶。文举恶溪,举弱水,举浊泾,举黑水四者,皆出愚溪之下,表愚溪之品较胜于四者。此托梦神之言,以自方也。清美有功,力能济人,表溪之能,亦即所以自表其能,在理无可愚之实。然一经柳子之好,则溪与柳合一,亦不能不成为愚,此文字之枢纽。枢纽一握,下此遂易发议论矣。贪泉一喻,尤见水与人有关系处,人可因水而贪,则水亦可因人而愚。行文至此,真颠扑不破!下此言"远王都三千余里",喻沦谪也。"侧僻回隐,蒸郁之与曹,螺蚌之与居",喻所接皆鸟言兽面之人也。"侵侵以游汝,闽闽以守汝",喻僻处无欢也。正喻夹写,不辨其是水是人。复言汝不得显者临汝,独见获于至愚之迁客,当汝为愚,似溪之运命应尔。至此直将愚字坐实溪身矣。以上所言,尚嫌其不甚显豁,复引起梦神一问,于是大放厥词,极写己身之因愚而得祸,却实向梦神诉说一番,有悔过意,有引罪意。则发其无尽之牢骚,泄其一腔之悲愤,楚声满纸,读之肃然。

现代章士钊《柳文指要》卷十四:屺瞻归咎子厚罪不自承,与琴南所谓"有悔过意,有引罪意",适得其反,究之子厚之罪何许?乖敦厚者属谁?曾无一人能为折中而得其平,吾滋未信。

愚溪原名冉溪,是永州(今湖南零陵县)城西的一条小河。永贞元年(公元八〇六年),柳宗元被流贬永州,元和五年(公元八一零年),他在冉溪上买了一块土地,清除荒芜,构筑庭院,作为他的固定住处,并把冉溪改名愚溪。《愚溪对》当作于此时。

这是一篇杂文,乍看上去,题材好像信手拈来,内容也似随意点染,但仔细品味,我们就会感到作者内心深切的郁闷和激愤。愚溪上没有神,柳宗元也不信神,他与"溪神"的对答,只是一种抒发自我

感受和人世慨叹的一种手法。

此文结构新奇,思路开阔。"溪神"于梦里入境,随即发难:"子何辱予,使予为愚耶?"并列举"恶溪""弱水""浊泾""黑水"等为例,包括传说中的水,边远处的河,都说明"愚溪"之名,名不符实。柳宗元的回答同样出人意料,他果断、肯定地讲:"汝诚无其实",承认愚溪不愚;但笔锋一转,"然以吾之愚而独好汝,汝恶得避是名耶!"这样一来,就把对客体的嘲讽转为对主体的自嘲,而在这独特的自嘲中,让我们领会到作者对清浊不辨、贤愚不分的当朝世道的嘲讽。正喻夹写,而丝丝入扣,最后以至于"溪神"也不得不"涕泣交流,举手而辞"。来无影去无踪,虚幻缥缈,然而在问答之间,作者要表达的思想与情绪,却实实在在地落在读者的心头。

在行文中,作者还用了类比与引申的手法,由此及彼,收到相得益彰的效果。"贪泉""岂泉之实耶?过而往贪焉犹以为名",说的是"贪泉";"夫明王之时,智者用,愚者伏,用者宜迩,伏者宜远","今汝之托也,远王都三千余里","汝欲为智乎?胡不呼今之聪明、皎厉、握天子有司之柄以生育天下者,使一经汝,而唯我独处?"说的是冉溪,也是作者自己。以"贪泉"的名不符实,类比冉溪之好像名实相符,引申为柳宗元的被流贬真正名不符实。唐宪宗朝,恰恰不是"明王之时";当时的现实,恰恰是愚者用而智者伏。这里,作者以曲笔,巧妙地揭露了朝政的腐败,并抒发了自己内心的怨和愤。

熔夸张与对比为一炉,形象鲜明,突出个性特征、个性美,明为自嘲实为自尊。"众裘我绤","众从之风,而我从之火";冷热感受与"众"不同,崇尚也不一致。三

个连续的"不知",表明自己的不合时宜,不识时务,以致"以败吾车","以没吾舟","僵仆虺蜴"。这段话单从字面上看,无疑此人有些呆傻,但是一与"进不为盈,退不为抑,荒凉昏默,卒不自克"联系,我们就可以看出,作者笔下正是受了政治打击、流贬永州后的自画像。那些不同崇尚,应看成是不从流俗;那些不合时宜,应看成是不同流合污的个性表现。这里,象《离骚》一样,发的是政治牢骚。《柳文指要》引用林琴南的评论说:"愚溪之对,愤词也";"发其无尽之牢骚,泄其一腔之悲愤,楚声满纸,读之肃然"。

杂文讲究放纵恣肆,嬉笑怒骂皆成文章。重要的当然是言之有物,有感而发。《愚溪对》看似游戏文章,指斥的却是社会的弊端:智愚不分,黑白颠倒。结尾一段,"溪神"的深思而叹,把这篇文章的此种特色表现得更加鲜明。它不只是结构上的需要,以"溪神"的发问开篇,以"溪神"的感叹收笔;而且是艺术技巧的表现,给人一种艺术感染,同情这"愚溪",更同情这"愚人"。

柳宗元针对骈文的弊病,倡导"古文",既继承了先秦两汉以散体单行、淳朴凝练的优点,又汲取了东汉以后骈体文的语言技巧,解决了文章的语言表现形式问题。即根据内容的需要,运用多种多样的表现手法,字斟句酌,做到"引笔行墨,快意累累,意尽而止"(《答杜温夫书》),用我们今天的话说就是,遣词造句,自然流畅,把要表达的意思全都表达出来。这篇《愚溪对》正是如此,或用散体单行,或用对偶排比,既有语言的美,又不见刀斫斧凿的痕迹。就以最后一段为例:"俯而羞,仰而吁,涕泣交流,举手而辞",前两句相对偶,后两句相连贯,三三、四四,兼有句式变化。"一晦一明,觉而莫知所之",长短句相结合,节奏感强,并且大有言有尽而意无穷的味道。"遂书其对",与题目回应,戛然而止。这种节奏令人联想到白居易的《琵琶行》里那句诗的意境:"曲终收拨当心画,四弦一声如裂帛"。

天说

【题解】

天是什么？天和人的关系怎样？这在柳宗元生活的时代里并没有达成共识。一种观点认为：天是有意志、能主宰万物的神，天的阴晴变化等是出于神对人的赏罚，这是汉代董仲舒及其后继者们喋喋不休的鼓噪。韩愈受其影响，从《天说》中援引他的论述来看，韩愈的"天之说"认为：有功于"天"者"受赏必大"，有祸于"天"者"受罚亦大"，其立论的基础显然是"天人感应"说。而另一种观点认为：天是自然界的物质存在，它的阴晴变化等属于自然现象，与人世善恶无关，这是东汉王充以来的唯物主义者们坚信不疑的看法。柳宗元的《天说》就是一篇围绕天人关系与韩愈论辩的哲学论文。

文章首先引出对方的观点和论证，然后从阐释"天地""元气""阴阳"等概念切入，明确指出：天地、元气、阴阳，"是虽大，无异果蓏、痈痔、草木也。假而有能去其攻穴者，是物也，其能有报乎？繁而息之者，其能有怒乎？""其乌能赏功而罚祸乎？""功者自攻，祸者自祸"。针锋相对，理直气壮，彻底否定"知天命""天人感应"的谬论，勇敢捍卫了革新派的理论基础，坚持了"天人相分"的唯物主义立场，堪称出色的反天命的战斗檄文。

本文以驳为主，破中有立，驳论中不乏立论。关于天地、元气、阴阳是无意志的论述，具有明显针对性，又出以连续反诘，更见批判锋芒。以"功者自功，祸者自祸"作结，则旗帜鲜明地亮出作者无神论观点，既是非分明，又立论坚实。

【原文】

韩愈谓柳子曰①："若知天之说乎？吾为子言天之说②。今夫人有疾痛、倦辱、饥寒甚者，因仰而呼天曰：'残民者昌，佑民者殃！'又仰而呼天曰：'何为使至此极戾也？'若是者，举不能知天③。夫果蓏、饮食既坏，虫生之；人之血气败逆壅底，为痈疡、疣赘、瘘痔，虫生之④；木朽而蝎中，草腐而萤飞，是岂不以坏而后出耶⑤？物坏，虫由之生；元气阴阳之坏，人由之生⑥。虫之生而物益坏，食啮之，攻穴之，虫之祸物也滋甚⑦。其有能去之者，有功于物者也；繁而息之者，物之仇也⑧。人之坏元气阴阳也亦滋甚⑨：垦原田，伐山林，凿泉以井饮，窾墓以送死⑩，而又穴为偃溲，筑为墙垣、城郭、台榭、观游，疏为川渎、沟洫、陂池⑪，燧木以燔，革金以熔，陶甄琢磨⑫，悴然使天地万物不得其情⑬。倖倖冲冲，攻、残、败、挠而未尝息，其为祸元气阴阳也，不甚于虫之所为乎⑭？吾意有能残斯人使日薄岁削，祸元气阴阳者滋少，是则有功于天地者也；繁而息之者，天地之仇也⑮。今夫人举不能知天，故为是呼且怨也⑯。吾意天闻其呼且怨，则有功者受赏必大矣，其祸焉者受罚亦大矣。子以吾言为何如⑰？"

柳子曰："子诚有激而为是耶？则信辩且美矣⑱。吾能终其说⑲。彼上而玄者，世谓之天；下而黄者，世谓之地；浑然而中处者，世谓之元气；寒而暑者，世谓之阴阳⑳。是虽大，无异果蓏、痈痔、草木也㉑。假而有能去其攻穴者，是物也，其能有报乎？蕃而息之者，其能有怒乎㉒？天地，大果蓏也；元气，大痈痔也；阴阳，大草木也；其乌能赏功而罚祸乎？功者自功，祸者自祸，欲望其赏罚者大谬㉓；呼而怨，欲望其哀且仁者，愈大谬矣㉔。子而信子之仁义以游其内，生而死尔，乌置存亡得丧于果蓏、痈痔、草木耶㉕？"

【注释】

①韩愈：字退之，唐河阳（今河南孟县）人。中唐著名文学家，与柳宗元同为古文运动的倡导者。

②"若知天"二句：意思是说，你知道有关天的说法吗？我给你讲讲有关天的说法。　若：你。　天之说：有关天的说法。

③"今夫人"数句：意思是说，有人在得病痛苦、劳累屈辱、忍饥挨冻严重的时候，就仰起头对天呼喊："残害人民的反而昌盛，保护人民的反而遭殃！"又抬头对天呼喊："你为什么让世道如此极端的背情悖理？"这样做的人，全然不知道天。　今夫：提示要发议论。　残：残害。　昌：昌盛。　佑：保护。　殃：遭殃。　何为：为什么。　极戾：极端的违背情理。戾，违反。　举：全。

④"夫果蓏"数句：意思是说，瓜果和吃的食品已经败坏，里面就生虫；人的血和气流通不畅，受蓟阻塞，身上就长出痈疡、疣赘、瘘痔，里面也会生虫。　蓏：瓜类植物的果实。　逆：反向流动。　雍底：堵塞。

⑤"木朽"三句：意思是说，木头腐烂了，蝎虫生于其中；枯草腐烂了，萤虫从中飞出。这虫子难道不是因为物体腐败以后才产生的吗？　蝎中：蝎虫生于其中。蝎，木中蠹虫。　萤：萤火虫。　出：产生，发生。

⑥"物坏"四句：意思是说，物体败坏了，虫由此而寄生；元气阴阳败坏了，人由此而寄生。　由：经由。　元气：指天地间的混一之气。　阴阳：古人认为，万物所以化生，在于有阴阳，有阴阳的运动、变化。

⑦"虫之生"四句：意思是说，由于虫的寄生，本已败坏的物体就更加败坏了，虫子吃它咬它，在里面钻孔打洞，造成的祸害非常严重。　益坏：更加败坏。　食：吃。　啮：咬。　攻穴：钻进去作穴。穴，虫居小洞。　祸物：祸害物。

⑧"其有能"四句：意思是说，如果有人能把虫除掉，那就是对物体建立功勋的人；使虫繁殖增长的人，就是物体的仇敌。　去：除去。　功：功劳，功勋。

繁：繁殖。　　　　　息：增长。　仇：仇敌。

⑨"人之坏"句：意思是说，人使元气阴阳的败坏更加严重。

⑩"垦原田"四句：意思是说，开垦原始的土地，砍伐山野林木，挖井饮泉水，掘墓葬死人。　原田：原始的土地。　　　窾墓：挖掘墓穴。窾，空；这里是使动用法。

⑪"而又穴"三句：意思是说，又挖坑修成厕所，挖土筑成墙垣、城郭、台榭及游玩场所，疏通流水而开掘川渎、沟洫、陂池。　　穴为偃溲：挖坑作厕所。穴，作动词，挖穴。偃溲，用以便溺的污水池。　　垣：矮墙。　　郭：外城。　　台：高而平的建筑物，土筑，用以观察瞭望。　　榭：高台上的房子。　　观游：观光游玩，此用以指供观游的建筑物。　　疏：疏通，引导。　　川渎：大小河道。　　沟洫：沟渠。　陂池：池塘。

⑫"燧木"三句：意思是说，钻木取火，用火焚烧，改变金属，冶炼熔化，制作陶器，磨刻玉石。　　燧木：钻木取火。燧，取火的器具。　　燔：焚烧。　　革金：改变金属的形状。　　熔：熔化。　　陶甄：制作陶器。甄，制陶的转轮。　　琢磨：雕刻磨治玉器石器。

⑬"悴然"句：意思是说，使天地万物损伤惨重，不能尽其本性。　　悴然：伤感的样子。　　不得其情：不能尽其本性。情，指天地万物的原本性情。

⑭"倖倖"四句：意思是说，对待天地万物，愤恨激怒，攻伐、摧残、败坏、扰乱，从来没有停止过，祸害元气阴阳的程度，不是比虫的危害更严重吗？　　倖倖：愤恨的样子。　　冲冲：激怒的样子。　　挠：扰乱。　　息：止。

⑮"吾意"数句：意思是说，我认为，谁能伤害这些人，使他们年年有所减少，因而对元气阴阳的祸害也越来越少，这就是对天地建立功勋的人；谁要是使这些人繁殖增加，那就是天地的仇敌了。日薄岁削：随着岁月的流逝而渐渐减少。

⑯"今夫"二句：意思是说，人们全然不知道天，所以才发出这样的呼叫和埋怨。怨：埋怨，责备。

⑰"吾意天"四句：意思是说，我认为，天听到人们的呼叫和埋怨，如果是功勋天地的人，那么受天的奖赏一定很大；如果是祸害天地的人，那么受天的惩罚也一定很大。你认为我的关于天的看法怎么样呢？　　天闻：天听到。韩愈认为天是有意念的。　　祸焉者：指"为祸元气阴阳"者。焉，相当"于之"。　　何如：如何，怎么样？

⑱"子诚"二句：意思是说，你果真心存激愤才发表了这些议论吗？的确有口才，而且言辞华美。　　诚：表示假设，相当"果真"。　　有激：心存激愤之情。信：实在，的确。　　辩：善辩，有口才。

⑲终其说：充满关于天的解说。终，尽，全。

⑳"彼上"数句：意思是说，那个处在上面的黑色的东西，世上把它叫作天；那个处在下面的黄色的东西，世上把它叫作地；处在天地之间混同一体的东西，世上把它叫作元气；寒与暑的交替变化，世上把它叫作阴阳。　　上：居上方。　　玄：

黑。　　下：居下方。　　浑然：混为一体的样子。　　中处：处在天地的中间。
寒而暑：由冷变热。

㉑是：指天地、元气、阴阳。　　无异：在本质上没有差别。即是说，同为自然
界之物，均无感知。

㉒"假而"数句：意思是说，假如有人除掉了钻孔打洞的虫子，果蓏、痈痔、草木
这些东西能够对他有所报答吗？有人使虫子繁殖增长，果蓏、痈痔、草木这些东西
能够对他有所愤怒吗？　　假而：假如。　　是物：指果蓏、痈痔、草木。　　报：
报答。　　蕃：通"繁"。繁殖。　　怒：愤怒。

㉓"其乌"四句：意思是说，同果蓏、痈痔、草木一样，上天也是"物"，哪里能够
赏功罚祸呢？功勋是人们自己创立的功勋，灾祸是人们自己造成的灾祸，企盼天来
赏功罚祸的想法是很错误的。　　乌：哪里，怎么。　　自：自己，这里是泛指创功或造
祸的人们。　　欲望：企望。

㉔"呼而"三句：意思是说，那些对天呼叫又埋怨的人们，企盼天哀怜他们，把仁
爱施与他们，更是大错特错了。

㉕"子而信"三句：意思是说，你如果信服你的仁义之说，而且游乐其中，生也
罢，死也罢，应该始终不渝的呀，现在怎么把个人的生与死、得与失托付给同果蓏、
痈痔、草木无本质区别的天呢？　　而："如果"的意思。　　信：相信。　　子之仁义：
你的仁义之说。这是针对韩愈一向主张仁义而言。　　游：畅游。　　尔：语气
词，相当于"而已"。　　存亡：生与死。　　得丧：得与失。

【集评】

明茅坤《唐宋八大家文钞》卷二十五：类庄生之旨。

明蒋之翘辑注《柳河东集》卷十六：子厚作《天说》以折退之之言。刘禹锡论之
为非所以尽天人之际，故作天论三篇，以极其辩，然子厚继与禹锡书云："凡子之论
乃吾天说注疏耳。"两家之说俱于理未精，而文极奇肆。王世贞曰：此非正论，故篇
中下"有激"二字，借人自解。

清何焯《义门读书记》卷三十五：柳子则直以天为无心矣。则古圣人曰天位、曰
天禄、曰天职者，岂其诬欤？天既无心，人之仁义又何能自信欤？言之似正而实昧
其本，于韩之廋词亦有所不察也。

清袁枚《小仓山房文集》卷二十三：柳子曰："天地大果蓏也，元气大痈痔也，阴
阳大草木也，乌能赏功而罚祸乎？"袁子曰："天地有功祸而无赏罚，赏罚者有心之用
也，功祸者无心之值也。……"

清张惠言《茗柯文》初编：或曰：柳子之说天也，比之果蓏痈痔草木，天固若是无
知乎？曰苍苍者谓之天，亭亭者谓之地，歔歔者翕翕者谓之元气阴阳，其有知也？
无知也？吾不得而知也。审无知乎？柳子之说备矣。审有知乎？吾为柳子竟之。

近代林纾《柳文研究法》：《天说》至奇。因韩氏之言而与之伸辩也。……柳氏
之词，则不激而近貌，貌天之无知，并谓不信其有赏罚，凡为赏为罚，均自人目中所

见,而天一不之知。明似平韩氏之愤,慰韩氏之悲,乃不觉斥造化之漫无彰瘅处,为语更激。犹人之诋桀纣为颠倒顺逆,福恶来而祸比干,此尚近情之言。……总言之,韩氏眼中但见得善人不受福于天,故有此语。然此说不见之韩集。意者因柳之贬,为此愤懑之词,用以慰柳;柳因为之进一解焉,隐言己身之祸与天无涉。……行文奇诡,言人所未尝言,自是韩柳钩心斗角之作。

现代章士钊《柳文指要》卷十六:子厚《天说》,固近乎今之唯物家言,照耀千年,如日中天,即刘梦得持论略异,而子厚犹切切示之曰:"凡子之论,'非天预乎人'一语了之。"更详语之,天之生植,固无一为为人,而人与天二者,其事各行,两不相涉。此之理论,可谓粲然明白,俟之百世而不惑。……子厚《天说》要语只二,曰:功者自功,祸者自祸;结论只一,曰天人不相预。

【鉴赏】

这是柳宗元与韩愈讨论"天人关系"的一篇著名哲学论文。它标志着作者在这个重要问题上的进步思想,同时也代表着唐代唯物主义者的理论水平。

这次论争,是由韩愈给柳宗元的一封信引起的。遗憾的是,今存韩愈文集中未收此信;但是,我们可以从柳宗元的转述中看到韩愈的基本观点。"天人关系"问题,是柳宗元被贬永州后在理论上着重

论述的课题。而批判"天命观",可说是王叔文集团"永贞革新"失败后与政敌继续斗争的一个组成部分。因为当年保守派就曾以"天命"作为思想理论基础根据,拥立李纯为皇太子,说什么这是"天意所归"(韩愈《顺宗实录》);逼迫李诵退位,又说是"上畏于天命"(《唐大诏令集》卷五《顺宗内禅诏书》),把个"天"装扮成真正有意志的超乎一切以上的神。

因此,在柳宗元生活的时代,人们对天的看法就不单是一个自然科学的问题。而是和人世间的政治、文化、伦理道德等密切联系着。天是什么?是自然界的物质存在,还是有意志、能主宰万物的神?从对来信的转述中,以及从韩愈的整部著作看,他是相信后者的。天和人又是什么关系?如果它是自然界的物质存在,那么它的阴晴变化以及雨雪降临都只不过是自然现象,与人世治乱无关;如果它是有意志并主宰万物的神,那它的阴晴变化以雨雪旱涝就都在表达它的意志,出于对人的赏

国学经典文库

唐宋八大家散文鉴赏

柳宗元卷

或罚。从来信的转述中，可以看到韩愈相信后者。是遵循古代唯物主义者荀况主张"明于天、人之分，即'不求知天'"（《荀子·天论》），还是追随孔子的论调，主张"知天命"？从来信的转述中同样可以看到，韩愈属于后者，并责备柳宗元"不知天"。

对"天"争论的实质，是如何对待人，特别是如何对待皇帝这样有特殊地位的人。按照柳宗元《六逆论》的观点，择嗣之道不在嫡庶，而要考察是否"圣且贤"。这代表王叔文一派的共同看法，所以，在为重病缠身的李诵选择皇储时，他们预谋废除李纯，另立太子；而宦官集团和朝廷保守派官僚却坚持王道天命，"立嫡为长"，李纯被立为太子。结果，李纯即位后便对包括柳宗元在内的革新派施行严重打击。在政治革新上，柳宗元因此遭到惨败；但在哲学思想上，他并不因此而动摇。他针锋相对地、理直气壮地写了这篇著名的《天说》。

此文在写作上，颇具特色。首先，作者以转引对方之文开篇，而且占的篇幅之多约有全篇三分之二。这一方面表明作者不愿断章取义地驳斥对方的论点，引得完整，驳得也就全面；另一方面表明作者有足够的自信心，能用较短的篇幅驳倒对方，将要说的道理讲清楚。

其次，论辩之文，却从解释"天地""元气""阴阳"这些概念入手。既能对准对方的论点（而不是歪曲或偷换对方的观点或概念），又能顺便辨清这些概念所表明的本来就都是客观事物；既是客观事物，那么尽管它们有多么大，也和瓜果、痈痔、草木一样，不会有什么主观意识。作者一再用"世谓之"这个词，就说明"天"也罢，"地"也罢，只不过是人们这么称谓它们罢了。"天"也不过是一种物质存在，只是大些罢了；它不是神，没有意志。

再次，驳论为主论开路，所立之论更令人信服。作者在论述了"天地""元气""阴阳"都是客观事物之后，顺理成章便阐明：假若有谁能把在物上打洞的虫子除掉，这个物能对这个人有所报答吗？有谁促使这些虫子繁衍成长，这个物能对他发怒吗？用的是设问句式，回答应当是肯定的：不能。那么同样，天地，好比大瓜果；元气，好比大痈痔；阴阳，好比大草木；它们怎么能赏功罚祸呢？在这个基础上，作者亮明自己的观点："功者自功，祸者自祸。""功者自功，祸者自祸"是全文的要语、点睛之笔，由它引导出来的结论必然是：天人不相预。立论树起，文势犹如高屋建瓴，直斥"欲望其赏罚者大谬"，"欲望其哀且仁者，愈大谬矣"！而且不无讽刺地回敬论敌韩愈：你为你的仁义而生，为你的仁义而死好了，又怎么可以把存亡得失的原因归之于跟瓜果、痈痔、草木一样的无意志的"天"呢？

捕蛇者说①

【题解】

这是柳宗元的一篇散文杰作。唐王朝在安史之乱后从兴盛转向衰败，统治阶级奢靡腐化，横征暴敛，而平民百姓生计日蹙，非死即徙。按唐史：元和年间，"李吉甫撰国计簿，上之宪宗。除藩镇诸道外，税户比天宝四分减三；天下兵仰给者，比天宝五分增一，大率二户资一兵。其水旱所伤，非时调发，不在此数。是民间之重敛难堪可知。而子厚之谪永州，正当其时也。"（林云铭《古文析义》）通过蒋氏祖孙三代甘愿冒险捕蛇而不愿交纳赋税的典型遭际，深刻揭露了中唐时期"苛政猛于虎"的严酷的现实，隐含着作者对人民的悲惨命运的深切同情。《礼记》中所说的"苛政猛于虎"，原是封建社会里人们熟知的话题，但由于成功地运用了典型化手法，描写了一个典型人物——蒋氏，其祖父和父亲都被"异蛇"咬死，自己也"几死者数矣"，可他却视丧生之害为"利"，且已"专其利三世"；叙述了一个典型事例：以贡毒蛇代输赋税，尽管捕蛇危险，却不肯更其"役"、复其"赋"。乡邻"殚其地之出，竭其庐之入"，"非死而徙尔"，捕蛇者却"以捕蛇独存"。于此，"赋敛之毒，有甚是蛇者"的主旨便自然揭示出来，收水到渠成之效。

【原文】

永州之野产异蛇②，黑质而白章③。触草木，尽死；以啮人④，无御之者⑤。然得而腊之以为饵⑥，可以已大风、挛踠、瘘、疠⑦，去死肌⑧，杀三虫⑨。其始，太医以王命聚之⑩，岁赋其二⑪。募有能捕之者，当其租入⑫。永之人争奔走焉⑬。

有蒋氏者，专其利三世矣⑭。问之，则曰："吾祖死于是，吾父死于是，今吾嗣为之十二年⑮，几死者数矣⑯。"言之，貌若甚戚者⑰。余悲之，且曰："若毒之乎⑱？余将告于莅事者⑲，更若役，复若赋⑳，则何如？"

蒋氏大戚，汪然出涕㉑，曰："君将哀而生之乎㉒？则吾斯役之不幸，未若复吾赋不幸之甚也。向吾不为斯役㉓，则久已病矣㉔。自吾氏三世居是乡，积于今六十岁矣，而乡邻之生日蹙㉕。殚其地之出㉖，竭其庐之入㉗，号呼而转徙，饥渴而顿踣㉘，触风雨，犯寒暑，呼嘘毒疠，往往而死者相藉也㉚。曩与吾祖居者㉛，今其室十无一焉；与吾父居者，今其室十无二三焉；与吾居十二年者，今其室十无四五焉。非死而徙尔，而吾以捕蛇独存。悍吏之来吾乡，叫嚣乎东西㉜，隳突乎南北㉝，哗然而骇者，虽鸡狗不得宁焉。吾恂恂而起^㉞,视其缶,而吾蛇尚存,则弛然而卧。谨食之^㉟,时而献焉。退而甘食其土之有^㊱,以尽吾齿^㊲。盖一岁之犯死者二焉^㊳,其余则熙熙而乐^㊴,岂若吾乡邻之旦旦有是哉!今虽死乎此,比吾乡邻之死则已后矣,又安敢毒耶^㊵?"

余闻而愈悲。孔子曰:"苛政猛于虎也^㊶。"吾尝疑乎是。今以蒋氏观之,犹信。呜呼!孰知赋敛之毒有甚是蛇者乎!故为之说^㊷,以俟夫观人风者得焉^㊸。

【注释】

①说:文体的一种;可叙事,可议论。

②永州之野产异蛇:永州的郊外出产一种奇异的蛇。永州,今湖南零陵县。异,奇异,奇特。

③黑质而白章:黑色的躯体带白色的花纹。质,质地,蛇身的本色。章,花纹。

④啮人:咬人。啮,咬。

⑤无御之者:没有能把被蛇咬伤者治愈好的。御,抵御,控制,这里为医治的意思。

⑥得而腊之以为饵:捉到蛇,晾成干肉,做成药饵。得,得到。腊,干肉,这里用作动词,晾成干肉。饵,药饵。

⑦已:止,这里是治疗的意思。　　大风:麻风病。　　挛踠:手脚弯曲病。瘘:肿脖子病。　　疠:恶疮病。

⑧去死肌:除去坏死的肌肉。去,除掉。

⑨三虫:寄生在人体内的三种害虫。也有解释为"三尸"的,即道家所说在人体内作祟的三尸神。

⑩太医以王命聚之:太医用皇帝的命令征集这种蛇。太医,御医,皇帝的医生。

⑪岁赋其二:每年征收两次。赋,征收租税。因蛇"当其租入",所以用了"赋"字。

⑫当其租入:顶替他应交的租税。当,当作。

⑬争奔走焉:争着抢着去做捕蛇这件事。争,争先恐后的意思。奔走,急急忙忙去做的意思。

⑭专其利:独享捕蛇而免税的好处。专,独有,独占。

⑮嗣:继承。

⑯几:几乎,差一点儿。　　数:多次。

⑰貌若甚戚者:面部表情好像很悲痛似的。戚,悲伤,悲痛。

⑱毒:怨恨,痛恨。

⑲莅事者:管理政事的官员。莅,临,从上往下的监视。

⑳更:变更,更改。　　赋:田地租税。

㉑汪然:泪水盈眶的样子。　　涕:眼泪。

㉒君将哀而生之乎:您是想怜悯我,让我活下去吗?哀,怜悯,同情。生,不死,

让……生。之,代词,他;这里活用为"我"。

㉓向:假使,假如。

㉔病:困苦。

㉕乡邻之生日蹙:邻里乡亲的生活一天更比一天困苦。蹙,窘迫,困苦。

㉖殚:尽,竭尽,全部交出。　　出:指田地里出产的产品。

㉗竭:动词,与"殚"同义。　　庐:屋舍,此处为"全家"的意思。　　入:收入,这里指家中的全部所有。

㉘号呼:大声哭喊。　　转徙:辗转迁移,这里指流浪他乡。　　顿踣:跌倒。

㉙呼嘘毒疠:呼吸着有毒的疫气。嘘,呼气。疠,疠气,疫气。古人认为,疫疠之气是自然界的一种伤人致病的异气。

㉚死者相藉:死人连片,交错垫压。藉,垫。

㉛曩:以往,从前。

㉜叫嚣乎东西:从东到西放声吼叫。

㉝隳突乎南北:从南到北大肆破坏。隳突,冲毁,破坏。

㉞恂恂:紧张担心的样子。

㉟谨食之:小心地喂养它。食,饲养。

㊱退而甘食其土之有:献蛇归来,便甜美地吃上那田地里的物产。甘,甜,引申义为味美、味道好。

㊲以尽吾齿:用(这种方式)来度完我的一生。尽,完。齿,年龄,这里是"岁月"的意思。

㊳盖一岁之犯死者二焉:在一年中冒死亡的危险只有两次。犯,触犯,冒犯。二,两次。与"岁赋其二"对应。

㊴熙熙:高兴的样子。

㊵安敢毒耶:哪里敢怨恨呢。安,怎么,哪里。毒,怨恨。

㊶苛政猛于虎:语出《礼记·檀弓下》,谓残酷的政令比猛虎还要凶猛。

㊷说:即《捕蛇者说》。

㊸以俟夫观人风者得焉:以便等候视察民情的官吏得到它。俟,等待。观,观察,考察。人风,民风,民情。这里因避讳唐太宗李世民之名,改"民"为"人"。

【集评】

明茅坤《唐大家柳柳州文钞》卷九:本孔子"苛政猛于虎"者之言而建此文。

清爱新觉罗·弘历《唐宋文醇》卷十一:文本《檀弓》"苛政猛于虎"意。当时赋役之繁重,可以想见。至"悍吏之来吾乡"一段,摹写尤精。盖百姓之苦,困于守令者,什之三;困于胥吏者,什之七。朝廷虽宽租减税,视民如子,而守令不才,德意不下逮。四境之内,保无有吏虎而冠者,"叫嚣乎东西,隳突乎南北"耶!为大吏者,急当三复斯文。

清储欣《唐宋八大家类选》卷三:余按唐赋法本轻于宋元。永州又非财赋地,为国家所仰给,然其围如此。况以近世之赋,处财赋之邦,酷毒当何如耶？读此能不黯然！

清沈德潜《唐宋八家文读本》卷七：前极言捕蛇之害,后说赋敛之毒,反以捕蛇之乐形出。作文须如此顿跌。

清吴楚材等《古文观止》卷九：此小文耳,却有许大议论。必先得之孔子"苛政猛于虎"一句,然后有一篇之意。前后起伏抑扬,含无限悲伤凄婉之态。若转以上闻,所谓言之者无罪,闻之者足以为戒。真有用之文。

清余诚《重订古文释义新编》卷八：言蛇之毒处,说得十分惨;则言赋敛之毒甚是蛇处,更惨不可言。文妙在将蛇之毒及赋敛之毒甚是蛇,俱从捕蛇者口中说出。末只引孔子语作证,用"孰知"句点眼。在作者口中,绝无多语。立言之巧,亦即结构之精。末说到"俟观人风者得焉",足见此说关系不小。

清林云铭《古文析义》卷十三：按唐史元和年间,李吉甫撰国计簿,上之宪宗。除藩镇诸道外,税户比天宝四分减三,天下兵仰给者,比天宝五分增一,大率二户资一兵。其水旱所伤,非时调发,不在此数。是民间之重敛,难堪可知。而子厚之谪永州,正当其时也。此篇借题发意,总言赋税之害。民穷而徙,徙而死,渐归于尽。凄咽之音,不忍多读。其言三世六十岁者,盖自元和追计六十年以前,乃天宝六、七年间,正当盛时催科无扰。嗣安史乱后,历肃、代、德、顺四宗,皆在六十年之内,其下语俱有斟酌,煞是奇文。

近代林纾《柳文研究法》：《捕蛇者说》胎"苛政猛于虎"而来,命意非奇,然蓄势甚奇。"当其租入"句,是通篇发端所在,见得赋役之酷。虽祖、父皆死,犹冒为之。然上文止言岁赋其二,未为苛责之词,而役此者实目与死近。此处若疾入赋之不善,或太息,或讥毁,文势便太直率矣。文轻轻将更役复赋四字,鞭起蒋氏之言,且不说赋役与捕蛇之害,作两两比较,但言民生日蹙,至于死徙垂尽,缩脚用"吾以捕蛇独存"为句,屹如山立。然此特言大略,但就民之被害而言,尚未说到官吏所以病民之手段。"悍吏之来吾乡"六字,写得声色俱厉。此处若将蛇之典实,拈来掩映,便立时坠落小样。妙在"恂恂而起","弛然而卧",竟托毒蛇为护身之符,应上"当其租入"句。文字从容暇豫中,却形出朝廷之弊政,俗吏之殃民,不待点染而情景如画。

现代章士钊《柳文指要》卷十六：此文无选本不录,读者最广,人谈柳文,必首及是篇。

【鉴赏】

安史之乱后，唐王朝由盛转衰，统治阶层挥霍行乐，同时筹措军费，更加疯狂地搜刮民财，横征暴敛。处于社会底层的农民在重重赋税的盘剥下，饥寒交迫，无以为生，颠沛流离，境况十分悲惨。这篇《捕蛇者说》，形象有力地抨击了当时荼毒人民的苛政。

《捕蛇者说》意即说说捕蛇者的事。它之所以能够在"说"体文中一枝独秀，历来为人们所推崇，就是因为柳宗元能够把抽象的政治见解融于形象生动的叙事之中，在艺术上有独到之处。

第一自然段也就是文章的第一个层次，属于作者的铺叙。叙述"永州异蛇"之毒，蛇的药用价值，并交代了永州人争为捕蛇之役的缘由。在点出毒蛇产地"永州之野"后，作者便着力叙述毒蛇的特异之处。在外部形态上，它"黑质而白章"；在剧毒的程度上，"触草木尽死，以啮人，无御之者"，点出它对人与草木的危害之大，明写蛇之毒。然从另一角度看，作为药用，永州之蛇也有它的特异之处，"可以已大风、挛踠、瘘、疠，去死肌，杀三虫"。故而皇帝下令"岁赋其二"，永州人图可"当其租入"，对于危及生命的捕蛇差役竟然趋之若鹜，暗写赋敛之毒更甚于蛇之毒。第一层次是统写，毒蛇的剧毒与人们争为捕蛇之役，似造成一种矛盾，虽作者说明关键在捕蛇可"当其租入"，但终不能令人有深刻的感受和理解。下面，作者用问答方式写了蒋氏一家因为捕蛇而产生的悲惨遭遇和令人心酸的庆幸，从而点出文章的主题——"赋敛之毒"更甚于蛇毒，亦即"苛政猛于虎"。

第二层次，包括二、三、四自然段，记叙了作者与"专其（捕蛇）利三世"的蒋氏之间的对话，从正面揭示了赋税比毒蛇更加可怕。蒋氏之家已有三代专门担任捕蛇的差使，因而也享有可免租税的好处，对于其中的甘苦深有所感，第二自然段，蒋氏的回答，展示了蒋氏三代捕蛇的悲惨遭遇：祖、父均死于捕蛇，蒋氏本人在接替父祖捕蛇差使的十二年中，很多次几乎被毒蛇咬死。谈及几代人捕蛇的遭遇，蒋氏不禁流露出无限的悲伤。按照常理，捕蛇之役如此危险，那么当作者对蒋氏提出更换他的差使，恢复他的赋税时，蒋氏应感激高兴才对，然而，紧接着第四自然段，通过蒋氏之口喊出"吾斯役之不幸，未若复吾赋不幸之甚也。"直接点明赋毒甚于蛇毒。蒋氏的叙说形象地展示了苛政、重赋之下百姓的痛苦生活，尽管他们努力劳作，"殚其地之出，竭其庐之入"，仍不能改变穷而徙、徙而死的悲惨命运。赋税繁重，使百姓无以为生，非死即徙，农村人口急剧减少，凄凉满目；官府的爪牙悍吏还不时来到乡下骚扰百姓，闹得鸡犬不宁。看到乡邻在苛政重赋之下无望的挣扎，蒋氏对自己因承担了捕蛇之役所带来的相对宁静而感到庆幸。蒋氏发出的无可奈何的哀叹"又安敢毒耶？"，正照应了前面"未若复吾赋不幸之甚"。

第三层次即第五自然段，是前两个层次的总结与点睛之笔。孔子说"苛政猛于虎"，对此作者曾有过怀疑，没有身经苛政之苦、毒赋之毒的人恐怕也是如此。但通

国学经典文库

唐宋八大家散文鉴赏

柳宗元卷

过蒋氏与柳州百姓的遭遇,作者不仅确信了孔子的话,而且得出"赋敛之毒有甚是蛇者"的结论。文章最后表明作者的写作目的,即希望统治者了解人民的疾苦,实行养民政策,体现了柳宗元朴素的民本思想。

《捕蛇者说》组织严密,结构严谨。作者的命意在于苛政毒于异蛇。通篇处处关照于蛇毒与赋毒两方面,写此即为衬彼,互为对照,共同揭示主题。清人林纾评此文说:"《捕蛇者说》,胎'苛政猛于虎'而来。命意非奇,然蓄势甚奇"。(《韩柳文研究法·柳文研究法》)文章开端叙永州人为了捕获剧毒的"异蛇""争奔走焉",虚写出赋敛之毒比异蛇之毒更甚,造成一种氛围。文章的第二层次借蒋氏之口实写蛇毒未若赋毒,连用五组对比加以烘托,使蓄势愈奇,一泻而下,揭示主旨。蒋氏专有捕蛇之利尚能生存,与其"乡邻之生日蹙"形成对比;蒋氏因捕蛇而"独存",其乡邻不擅捕蛇之利,饱受赋害而"非死而徙";蒋氏恃毒蛇免受悍吏惊扰,其乡邻无所倚而倍受掠夺骚扰;异蛇虽毒,蒋氏冒死亡的危险一年中有两次,而不能免于毒赋的乡邻却时时受着死亡的威胁。这五组对比步步深入,气势峻严,用蒋氏的哀叹"又安敢毒耶"作结,更令人回味无穷,思之甚痛,蒋氏不以蛇毒为险,反以蛇毒为安;不以蛇毒为害,反视蛇毒为利;不以蛇毒为苦,反觉蛇毒为乐,环环相扣,比作者直笔叙出更形象地表现了横征暴敛对百姓的残害之深。

通观《捕蛇者说》,从命意上,体现了作者的进步思想;在表达上,严密紧凑,具有撼人心魄的感人力量。

谪龙说

【题解】

这是被贬永州后所写的一篇寓言。借"扶风马孺子言",讲述了一个被天帝贬到尘世的奇女,受到贵游少年狎戏时怒斥、反抗的故事,表现了柳宗元"可杀不可辱"的凛然正气、坚贞品格。奇女所谓"吾""非若俪",作者的结论"非其类而狎其谪不可哉",无不表明柳宗元作为永贞革新的政治家对腐朽势力及其应声虫的极端蔑视。

奇女即柳宗元。奇女被天帝贬到尘世,坚决怒斥冒犯者,郑重声明"吾""非若俪",这与永贞革新失败后柳宗元的遭遇、心态何其相似!文末"非其类"一句,画龙点睛,揭示主旨,意味无穷。

【原文】

扶风马孺子言①:年十五六时,在泽州,与群儿戏郊亭上②。顷然,有奇女坠地,有光晔然,被缫裘,白纹之里,首步摇之冠③。贵游少年骇且悦之,稍狎焉④。奇女颎尔怒曰⑤:"不可。吾故居钧天帝宫,下上星辰,呼嘘阴阳,薄蓬莱、羞昆仑而不即者⑥。帝以吾心侈大,怒而谪来,七日当复⑦。今吾虽辱尘土中,非若俪也。吾复且害若⑧。"众恐而退。遂入居佛寺讲室焉⑨。及期,进取杯水饮之,嘘成云气,五色翛翛也⑩。因取裘反之,化为白龙,徊翔登天,莫知其所终⑪。亦怪甚矣!

呜呼!非其类而狎其谪不可哉⑫!孺子不妄人也⑬,故记其说。

【注释】

①扶风:古郡名,故址当在今陕西省凤翔县等地。　马孺子:人名。

②泽州:唐州名,在今山西沁水县一带。　戏:游戏。　郊亭:城郊的亭子。郊,城外。

③"顷然"数句:意思是说,顷刻之间,有一个奇异女子从天上降落地上,身上闪着光亮,披着黑里透红色的皮衣,衣里子是白丝绸带花纹,头戴步摇冠。　顷然:顷刻。　坠地:从高处落下。　晔然:光彩的样子。　被:同"披"。　缫:深青透红的颜色。　白:白色丝绸。　纹:丝织品的花纹。　步摇:妇女冠饰名,上有垂珠,随步而摇动。

④"贵游"二句:意思是说,那些出身贵人家游手好闲的少年,见了这个女子又惊又喜,逐渐地向她套近乎。 稍:逐渐。 狎:亲近而不庄重。

⑤颒尔:敛容、板起面孔的样子。

⑥"吾故"四句:意思是说,我本来居住在天中央的帝宫里面,下上于星辰之间,呼吸着阴阳二气,对蓬莱、昆仑那样的地方,我都鄙视、不前往的。 故:同"固",本来。 钧天:古人把天分为九区,中央叫钧天。 呼嘘:呼吸。 阴阳:古人认为天地间元气也分阴阳。 薄:轻视。 蓬莱:神话传说中的仙山。羞:耻。 昆仑:山名,传说上有瑶池,神仙所居。 不即:不靠近。

⑦"帝以"三句:意思是说,天帝认为我心高傲,发怒之下罚我流放到人间,七日之后便可返回天宫。 侈大:高傲自大。 谪:贬斥、流放。 复:返回。

⑧"今吾"三句:意思是说,我今天虽然被辱没在尘世间,并不同你们一类。我返回天宫之后将加害于你们。 辱:屈辱。 尘土:尘世间。 俪:相并列。且:将。 害:加害。

⑨遂:于是,就。 讲室:讲授佛经的堂屋。

⑩"及期"四句:意思是说,到了七天的期限,奇女进佛堂取来一杯水,喝下去,喷吐而成云气,云气中五色交织。 期:一定时间的期限。 嘘:呼出。五色:青黄赤白黑。 翛翛:鸟羽交杂貌。

⑪"因取"四句:意思是说,五彩云气已成,奇女于是拿过来皮衣,将白里子朝外披在身上,化为一条白龙,徘徊地翱翔,飞升太空,没有人知道她到达的地方。因:于是,就。 反之:里朝外反披身上。 徊:徘徊。 翔:翱翔。 登:由低向高升。 所终:到达的地方。终,止。

⑫"非其"句:意思是说,不是同她一类的人,却要趁她贬谪倒霉的时候,拉拢套近乎,那是行不通的呵。

⑬不妄人:不是无知妄为的人。妄,行为不正,胡乱行事。

【集评】

清何焯《义门读书记》卷三十五:"吾复且害若,众恐而退。"暗用夏侯泰初事。"复且害若",浅丈夫之言也。

清马位《秋窗随笔》:柳子厚《谪龙说》,可补入《搜神记》。

近代林纾《柳文研究法》:重要在"非其类而狎其谪"句。想公在永州,必有为人所侵辱者。文亦浅显易读。

现代章士钊《柳文指要》卷十六:《谪龙说》者,乃子厚有所为而作,非戏谑也,己不虐人而见虐于人,因为文以警之也。……子厚一贬十年,长官来去元恒,族类不一,谁保为之下者不见辱?寻子厚集中未尝有文揭露曾见狎侮,而《谪龙说》者遂以寓言而成孤证。此子厚处境之不得不然,而亦行文技术之习惯如是,盖如祭崔简文,说到楚南之鬼不可交,亦此寓言之类也。今吾所认为习惯之一,又在子厚于此类文字之结尾,每轻轻下一语,如画龙点睛然,以示警惕。若《永氏之鼠》曰:"彼以

其饱食无祸为可恒也哉?"而本文则曰:"非其类而狎其谪不可哉。"志之壮,声之远,意之斩截,戒之显白,都表里乎是。

【鉴赏】

柳宗元参加王叔文为首的政治改革,为时不过 146 天,就在藩镇、宦官和贵族集团的联合反扑下失败了。王叔文贬官后又被处死。八个骨干都被贬到边远地区任司马。史称"八司马"。柳宗元于公元 805 年被贬到永州,在这里度过了十个年头,直至公元 815 年才改任柳州刺史。《谪龙说》写在永州的被禁锢的十年当中,反映政治斗争失败之后,身心受到损害后的心理活动。

龙是我们中华民族崇拜的一种在天上能兴云作雨的神灵。如果它像人世间的官员被贬黜的话,那么,它就是"谪龙"。大诗人李白,就被另一唐代诗人贺知章称之为"谪仙人"。(《新唐书·李白传》)柳宗元在这里无疑是以谪龙自况的。作者以寓言形式述说其遭到贬官后受到的侮辱。文章借扶风人马孺子讲的一个故事,表明作者面对权贵戏侮的坚强个性。马某年少的时候在泽州,即今天的山西沁水县一带,同孩子们在郊亭玩耍。过了一会儿,有一奇女子落在地上,当时光彩夺目,身上披白绸子作里、衣面是黑红色的皮袍,头上还戴着步摇冠。这时一帮纨绔子弟见了她又惊又喜,并且开始戏弄她。这位奇女子正色敛容怒斥说:"不能这样放肆。我过去住在上天帝宫里,出没于星辰之间,呼吸着阴阳二气。轻视蓬莱仙岛、嘲笑昆仑神山而不愿前往投靠。这样,天帝就认为我狂妄自大,发怒将我贬谪到这里来,过七天我就返回上天。今天我虽然贬到尘世间,但和你们绝不是同类人。如果敢于冒犯我,我返回之后,一定加害你们。"众人听了这么一席话,就惶恐而退。奇女子就在佛寺讲堂住下了。(柳宗元初到永州时寓居于龙兴寺,这里明显地以谪龙自比)到了日期,奇女子喝了一杯水,用口一嘘变成云气,呈现出五色纷飞的样子。于是取出皮袍,奇女子变成一条白龙,腾空而去,不知所终,真是奇怪之极。

这里讲的当然是寓言故事。作者彼时彼地的处境和这位谪龙——奇女子一模一样。这位奇女子本居天宫(这里隐喻朝廷),唯因被认为狂妄自大(隐喻作者有远大的政治抱负)就被贬谪到尘世上来(隐喻永州)。但是,即使身处逆境,也绝不同贵游少年(当指一些乘人之危,仗势欺人者)相提并论,断然拒绝对她的无理戏

391

弄。这里显示了柳宗元政治改革失败后内心的痛楚和不平。当时或许有人落井下石，使他陷入难堪的境地。可惜，"子厚集中，未尝有文揭露曾见狎侮。而谪龙说者，遂以寓言而成孤证"云。（章士钊《柳文指要》上卷十六）

柳宗元本是唐代的寓言名家，《三戒》为其中的翘楚。本文亦属寓言中的佳作，托物言志在我国诗文中是一种传统手法。这篇文章创造出的这个奇女子，是一个性格坚强、光彩照人的女神形象。身虽遭贬，志却未泯。她的人身志趣断然不许外人轻侮，更不容冒犯。她捍卫自己的圣洁，正如同柳宗元要保持自己人格的完美一样，这一点是坚定不移的。这里显示了柳宗元在发扬古代士大夫"可杀不可辱"的凛然正气。当然作者对朝廷存有幻想。所谓"七日当复"，即是说朝廷不久就会收回成命，招柳宗元重归长安，加以重用的。殊不知柳宗元至死也没有再回到朝廷任职。被贬十四年后客死于柳州刺史任上。这正是历代士大夫认识上的悲剧：朝政尽管混乱，君主还是好的；小人虽然横行一时，正人君子终有好报的。然而，严峻的现实，无情地打破了柳宗元一类的善良的知识分子的美梦。

柳宗元的寓言在末尾处往往有一、两句话，画龙点睛地说出题旨，如"三戒"。本文亦复如是。结句"非其类而狎其谪不可哉！"就是本文写作的目的，在于告诫那些势利小人，他们和正人君子不是一类人，休想要狎侮他们。

作者对马孺子其人印象极好，感到他是"不妄人"，即不是一个随便乱说的人。所以把他说的故事记了下来，用以明乎己志。这个马孺子据前人考证，实有其人，韩愈门人李翱在《秘书少监马公志》一文中说他，字卢符，名已不详。九岁贯涉经史，师事鲁山令元德秀，元氏称之为"马孺子"。并为之著《神骢赞》。详见《柳文指要》上卷十六。

罴说

【题解】

文中叙写一个仅会用竹管吹出许多野兽的声音,而并无打猎本领的南方猎人,企图卖弄小聪明,利用"鹿畏貙,貙畏虎,虎畏罴"的外部条件,侥幸捕获猛兽。虽然,他吹出老虎的吼声吓走了貙,吹出罴的吼声吓走了老虎,但当罴出现时,因无计可施,招致灭顶之灾。生动地揭示出"不善内而恃外者"必定失败的道理,巧妙地讽喻中唐时期朝廷不能革除弊政,只采取"以藩制藩"策略的严重失误。寓言故事有起伏、有波澜,引人入胜。结尾以警策语收束,点醒题旨,发人深思。

【原文】

鹿畏貙①,貙畏虎,虎畏罴②。罴之状,被发人立③,绝有力而甚害人焉。

楚之南有猎者④,能吹竹为百兽之音⑤。寂寂持弓、矢、罂、火⑥,而即之山⑦。为鹿鸣以感其类⑧,伺其至⑨,发火而射之。貙闻其鹿也,趋而至,其人恐,因为虎而骇之⑩。貙走而虎至,愈恐,则又为罴,虎亦亡去。罴闻而求其类,至则人也,捽搏挽裂而食之⑪。

今夫不善内而恃外者,未有不为罴之食也。

【注释】

①貙:兽名,皮毛似狸猫,形体稍大。

②罴:又称马熊、棕熊。身躯高大,肩部隆起,会爬树,能直立,通称人熊。

③被发人立:披散着头上的长毛像人一样的站立。被,同"披"。人立,像人似的站立。

④楚:周朝诸侯国名,在今长江中下游湖北一带。

⑤能吹竹为百兽之音:能用管笛吹出各种野兽的叫声。竹,管箫一类的乐器。

⑥寂寂:悄悄地。　罂:小口大肚的罐子。　火:火把。

⑦即之山:随即到山里去了。即,立即、随即。之,动词,到……去。

⑧为鹿鸣以感其类:摹仿鹿的叫声来招引它的伙伴。感,感召,招引。类,同类。

⑨伺:侦候,一边侦察一边等待机会。　其:代词,这里指鹿群。

⑩因为虎而骇之：就吹出虎的叫声来吓唬它。因，于是，就。为，动词；做。这里作"吹"解。骇，害怕，惊吓。这里作使动词，使……骇。

⑪捽搏挽裂而食之：罴对猎人揪扭、扑抓、牵拉、撕裂后吃掉了。捽，揪。搏，扑，抓。挽，牵引，拉。

【集评】

清何焯《义门读书记》卷三十五：总领三句甚健。

近代林纾《柳文研究法》：《罴说》，在"不善内而恃外"句，与《谪龙说》同。似信手拈来。得此句后，始足成全文者。

现代章士钊《柳文指要》卷十六：子厚善为小文，每一文必提数字结穴，使人知儆，《三戒》其著例也，而《罴说》则重在"不善内而恃外"一语。从来不善内而恃外，其例何常之有？如周幽王举烽媚褒姒，淮南子所述黎邱之鬼故事，皆恃外之失；至死诸葛走生仲达，又恃外而偶成。实则恃外而偶成，亦其平昔善内所致，卒乃正负之效一致。

【鉴赏】

柳宗元写过许多寓言故事，以此喻彼，以浅喻深，以小喻大，以古喻今，或阐明某种哲理，或嘲讽某种社会现象。《罴说》，可称得上是这类作品中最有代表性的一篇。

这篇故事，篇幅短小，全文只有一百三十多字。说的是一个没有真正本领的猎人，企图以"吹竹为百兽之音"的小技捕获猎物。他学鹿鸣为诱捕鹿的同时却引来貙，学虎啸为驱貙的同时却招来真虎，学罴叫为驱虎的同时又引来真的罴。结果，猎人被罴吃掉。

故事虽短，但情节比较复杂。一个猎人和四种野兽，依次出现，宛转曲折，饶有趣味。猎人虚借外势，不断玩弄权术，却一次比一次陷入更窘迫的境地，直至自食恶果，葬身罴腹。全文叙事井然，层次分明。入笔先写兽，突出罴的形状和力量，"被发人立，绝有力"，既是点题，也是铺垫；随后再写猎人及其被害，就成为不悖情理的事了。因此，故事内容尽管复杂，但作者叙述起来简洁明快，读者不但没有头绪纷繁之感，而且对作者要表达的主题一目了然。

寓言不同于小说，不要求用许多笔墨刻画人物；但好的寓言故事，也能做到形象鲜明，有一定的典型性，从而收到以事喻理的效果。柳宗元基于对现实生活的深刻的观察和认识，并借鉴了古代寓言和唐代传奇的表现技巧，在他所写的《罴说》中，猎人形象也被他写得活灵活现。"能吹竹为百兽之音"，写猎人有特殊技能，但明显地可以看出这和打猎没什么必然的联系。而猎人"持弓矢罂火而即之山"，则完全一副十拿九稳、蛮有把握的神态。可是，等到貙一出现，他便"恐"；等到老虎一来，他就"愈恐"，形象地表明没有真本事的人在危急情况下的狼狈样。

《罴说》与柳宗元的其他寓言故事一样，语言简洁、明快、犀利。开篇九个字，就

把鹿、貙、虎、罴四种野兽的主要关系介绍得一清二楚。之后,貙来鹿去,虎来貙走,罴来虎逃的情形就不必赘述。"其人恐",是写猎人一般的害怕,因为他还可以"恃"虎啸驱貙,可待到真虎随声而来,他便"愈恐"。虽然都是"恐",但后者升了一级。"愈恐"二字,让读者能想象到猎人惊慌失措的模样。由于惊慌失措,所以错上加错,又学罴叫,招来置己于死地的罴。而"捽搏挽裂而食之"七个字,就用了四个动词,准确而传神地表现出罴食猎人时动作的猛烈、快速和连贯性。故事达到高潮,情节也异常紧张,结局随之出现,而且那么可悲。

寓言既然是以事喻理,一般讲作者要表达的中心思想在故事的叙述中就已经表现出来,无须多加说明。像先秦寓言故事《揠苗助长》《井底之蛙》《郑人买履》等。但如果能在故事的最后,用一两句话概括主旨,让读者抓住要领,则往往能够倍增作品的现实性、战斗性和警策性。柳宗元的寓言故事,就有这个特点。章士钊在《柳文指要》中就曾这样说:"子厚(柳宗元的字)善为小文,每一文必提数字结穴,使人知微,三戒其著例也,而罴说则重在不善内而恃外一语"。

看得出,柳宗元创作这篇寓言,是有着明确的针对性的。那个"今夫不善内而恃外者"中的"今",更是直言不讳,讽喻的正是当今的社会现象。

这篇寓言是柳宗元被贬永州后写的,当时他已经清楚地看到藩镇力量的扩张,中央集权的削弱,而他所参加的"永贞革新"正是为了加强中央集权,卫护国家的统一和安定。然而作为最高统治者的皇帝,却昏聩无能,鼠目寸光,一方面依靠阉宦和保守派打击、排斥革新派，一方面又极其错误地施行"以藩制藩"的政治措施。这则寓言就是告诫最高统治者，在强藩割据的严重局势下，不革除弊政，不迅速加强中央集权，而还继续幻想"以藩治藩"，那就必然地要和那个猎人一样，落个同样可悲的下场。我们不能不说，这种嘲讽是大胆的，而且是很深刻的。

寓言故事，因为它的形象性，所以，它的思想性往往不止于作者原先的境界。后世的读者往往可以从中受到另外一种启示和启发。比如，我们今天也可以这样理解：不求上进、自强，缺少真才实学，而只想通过拍马逢迎依靠某人或某种势力取得好处的人，最后，难免要摔大跟头的。

观八骏图说

【题解】

相传周穆王有八匹骏马:赤骥、盗骊、白羲、踰轮、山子、渠黄、华骝、绿耳(《穆天子传》),后世画为《八骏图》,将八骏描绘成与今马迥别悬异的神奇怪物。此图从宋齐两朝开始广为流行。柳宗元以画评的形式,通过批评《八骏图》所画八骏形象的荒诞神异,论述了凡马与骏马都是"毛物尾鬣,四足而蹄,龁草饮水",具有共同性,并借题发挥,强调指出:凡人与圣人"圆首横目,食谷而饱肉,绤而清,裘而燠",也具有共同性,从而进一步引申出"伏羲氏、女娲氏、孔子氏,是亦人而已矣"的结论,有力地揭穿剥削阶级为恐吓、愚弄人民群众而将古代圣贤捧到吓人的高度,并使之神异化的政治骗局。文末概述说:正如不能"异形求骏"一样,当求"圣人"于凡人之中,即从普通人群中选拔有真才实学的人。体现了柳宗元广览人才、用人唯贤的进步思想。层层类比(凡马与骏马、凡人与圣人),论断精辟;首尾呼应,结构谨严。

【原文】

古之书有记周穆王驰八骏升昆仑之墟者[1],后之好事者为之图,宋、齐以下传之[2]。观其状甚怪,咸若骞若翔[3],若龙凤麒麟,若螳螂然。其书尤不经[4],世多有,然不足采[5]。世闻其骏也,因以异形求之[6]。则其言圣人者,亦类是矣。故传伏羲曰牛首[7],女娲曰其形类蛇[8],孔子如俱头[9]。若是者甚众。

孟子曰:"何以异于人哉?尧、舜与人同耳[10]!"今夫马者,驾而乘之,或一里而汗,或十里而汗,或千百里而不汗者。视之,毛物尾鬣[11],四足而蹄,龁草饮水[12],一也。推是而至于骏,亦类也。今夫人,有不足为负贩者[13],有不足为吏者,有不足为士大夫者,有足为者。视之,圆首横目,食谷而饱肉,绤而清[14],裘而燠[15],一也。推是而至于圣,亦类也。然则伏羲氏、女娲氏、孔子氏,是亦人而已矣;骅骝、白羲、山子之类,若果有之,是亦马而已矣。又乌得为牛、为蛇、为俱头[16],为龙、凤、麒麟、螳螂然也哉!

然而,世之慕骏者,不求之马,而必是图之似[17],故终不能有得于骏也。慕圣人者,不求之人,而必若牛、若蛇、若俱头之问[18],故终不能有得于圣人也。诚使天下有是图者[19],举而焚之,则骏马与圣人出矣!

【注释】

①周穆王驰八骏:周穆王驾着八匹良马奔驰。周穆王,西周第五代君主,周昭王子,名满。《国语·周》记载穆王西巡犬戎,《穆天子传》因以演述为穆王乘八骏西行见西王母的故事。八骏,周穆王的八匹良马。名目不一,《穆天子传》作赤骥、盗骊、白羲、喻轮、山子、渠黄、华骝、绿耳。《拾遗记》又作绝地、翻羽、奔宵、超影、踰辉、超光、腾雾、挟翼。

②宋齐:指南朝时期的宋(420~479)、齐(479~502)两朝。

③咸若骞:都好像高飞似的。咸,都。若,如,像。下皆同。骞,高飞。

④尤不经:特别不合情理。经,常行的义理。

⑤不足采:不可取。

⑥以异形求之:按照奇特的形貌去设想骏马。

⑦伏羲:传说中的部落酋长,教民捕鱼畜牧,以充庖厨。

⑧女娲:传说中的女帝。古时天崩地裂,女娲炼五色石以补天。《帝王世纪》:伏羲女娲,蛇身人首;神农,人身牛首。

⑨倛头:古人驱疫避邪用的面具。《荀子·方相》:"仲尼之状,面如蒙倛。"

⑩尧舜:唐尧和虞舜,远古部落联盟的领袖,圣明之君。

⑪尾鬣:有尾有鬣。鬣,马颈上的长毛。

⑫龁:咬。

⑬不足为负贩:做不了肩挑卖货的人。足,能。负贩,担货贩卖。

⑭绤而清:穿细葛布衣服就感到凉快。绤,细葛布,此用如动词。清,凉。

⑮裘而燠:穿起皮袄就觉得暖和。裘,皮衣,此用如动词。   燠:暖和。《诗经·唐风·无衣》:"不如子之衣,安且燠兮。"

⑯乌:怎么,哪里。

⑰是图之似:寻找如《八骏图》所画的那种怪异形貌的马。此为"似是图"的倒装句。

⑱若倛头之问:寻找面如蒙倛的人。此为"问若倛头"的倒装句。

⑲诚使天下有是图者:如果让天下有《八骏图》的人。诚,如果,假设。

【集评】

明茅坤《唐宋八大家文钞》卷四:俊逸。

清孙琮《山晓阁评点唐柳柳州全集》卷四:只就马之无异,说出圣人无异。前幅叙出两段世人好异,中幅从马类推八骏,从人类推圣人,俱见得无异。妙在后幅,说圣人、骏马无异处,写作两段,两段又分作四段,正说反结,反说正结,令读者但见其曲折不穷,忘其反,正生生之妙。

　　在柳宗元前杂文著作中，《观八骏图说》是一篇别有新意的画评。他以此画为引子，阐明他对圣人的看法，并且提出要在凡人之中选求圣人的正确主张。

　　《八骏图》，是从六朝起就颇为流行的一幅画。到了唐代，元稹有《望云骓马歌行》，其中提到"德宗以八马幸蜀"（《元氏长庆集》），李肇在《国史补》（上）也记载有此事，说其中唯号"望云骓"者回到长安；老死之后，"戚贵多图写之"。今存柳宗元生活时代的诗文中，还有白居易《新乐府》中的《八骏图》，元稹五言古诗《八骏图》以及李观《周穆王八骏图序》等。这些

诗文，都无一例外地把"八骏"描绘成"雄凌骜腾，彪虎文螭之流，与今马高绝悬异"（李观《周穆王八骏图序》），强调其异、其绝，把它们说成是神物。

　　柳宗元一反旧论，作了这篇立意新奇的文章。说明《八骏图》的作者以及有关诗文都荒诞不经，缺乏现实根据，更说明超现实地索求骏马、或索求圣人，都不会成功，"终不能有得于骏"，也"终不能有得于圣人"。

　　开篇第一段，作者以类比手法，说明世上既无怪马，也无怪人。所谓"八骏"，实在是"后之好事者为之图"，不可信以为真。紧接着，作者连用三个"若"字，即"好象"，同样表示这种图画是似是而非。在此前提下，作者做出判断，这是由于"世闻其骏也，因以异形求之"，以为既然是骏马，就一定该是奇形怪状的。对于"八骏图"的介绍，到此就算结束。作者抓住一个"异"字，得出"尤不经"（更加荒诞无稽）的结论。然后，笔锋一转，做了个类比："其言圣人者，亦类是矣"。"类是"二字，是这篇文章的关键所在。作者因"类是"有感，此文因"类是"而写。文章的重心不在论马，而在论人。作者接触到的传说就有伏羲长着牛头，女娲的形体似蛇，而孔子的脸却像倛头（古代讲迷信的人在驱魔打鬼时戴的一种样子凶恶的假面具）。骏马被人画或写成奇形怪状，圣人也同样被人说或写成奇形怪状。这样类比，不但合乎逻辑，而且本身就具有驳斥"以异形求之"者的功效。但仅凭作者自己说"尤不经""不足采"还不够有分量，因此作者请出儒家的老祖宗孟子，用孟子的话做了结论："何以异于人哉？尧、舜与人同耳！"

第二段，着重在推论，是对上述正确观点的论证。作者由当时人们所能看到的马，它们有"一里而汗"，有"千百里而不汗"的区别，但"毛物尾鬣，四足而蹄"相同，推论出骏马也不会有什么怪模样。再由当时所接触的人来看，有"不足为负贩者，有不足为吏者"，有"足为者"的区别，但他们都是"圆首横目，食谷而饱肉"，推论出圣人也没有两样长相。然后，再把这两种推论加以联系，结论就会自然得出：世上既没有牛头、蛇身、倛面的圣人，也没有像龙、如凤、似螳螂的骏马。

第三段，是加以引申，借题发挥。如果是一般人写这篇文章，到第二段就该结束了，但柳宗元却并未搁笔，而是联系现实，表明一个重要的政治观点，即："慕圣人者"，应"求之人"。这当然就不单纯是个写作手法、技巧问题，而更是一个写作者的思想境界问题。这篇文章如果仅仅停留在第二段上，那只是书斋式的做学问；有了这第三段，却是一位思想家兼文学家的政治革新精神的表现。作者在这里语重心长地指出当时世俗之陋习，朝廷人才匮乏之根由。"按图索骏"，"终不能有得于骏也"；在牛头、蛇身、倛面中间寻求圣人，"终不能有得于圣人也"。应该怎么办呢？柳宗元开出的良方是："诚使天下有是图者，举而焚之，则骏马与圣人出矣。"评图并不赞图而希望"举而焚之"，这思路，乍看不解，但仔细思考就会明白，这是由于作者认为这类图画所体现的错误观念阻碍了当今"慕圣人者"对圣人的认识和寻求。文章明明说的要"举而焚之"的是《八骏图》，怎么除了骏马以外，同时"圣人出矣"？从语法上看也似不合逻辑，但联系第一段的类比、第二段的推论和上两句话所特有的内在联系，就会觉得这个结论是合情合理的了。

早在一千二百多年以前，柳宗元就能在这篇画评文字中，破除迷信，揭去人们给圣人身上披上的神秘的外衣，指出圣人也是人，应当从常人中寻求圣人，实在是难能可贵的。仔细想想，作为二十世纪今人的我们，能够清醒地认识到这一点吗？

憎王孙文

【题解】

通过描写"德性异，不能相容"的猿与王孙两种不同的习性、行为，造成两种不同的结果，揭露中唐时期统治阶级的暴虐贪婪、"排斗善类""毁成败实"的罪恶行径，肯定王叔文革新政治的进步主张，表明自己不与腐朽势力同流合污的坚定立场。借反复责问："山之灵兮胡独不闻"，"山之灵兮胡逸而居"，"山之灵兮胡不贼旃"，尖锐地讽刺最高统治者纵容作恶、愚懦无能。

在这篇影射中唐政治斗争的寓言中，通篇采用对比方法，从居、食、行、饮、离等诸多方面，将猿与王孙的习性、行为处处对照，善恶分明，表现出褒扬猿群憎恶王孙群的鲜明立场。文末，以骚体句式不仅继续揭露王孙的罪行，而且连声责问"山之灵"，言辞激烈，痛恨至深，增强了批判的力度。

【原文】

猿、王孙居异山，德异性，不能相容①。

猿之德静以恒，类仁让孝慈。居相爱，食相先，行有列，饮有序②。不幸乖离③，则其鸣哀。有难，则内其柔弱者④。不践稼蔬。木实未熟，相与视之谨⑤；既熟，啸呼群萃而后食，衎衎焉⑥。山之小草木，必环而行，遂其植⑦。故猿之居山恒郁然⑧。

王孙之德躁以嚣，勃诤号呶，唶唶彊彊，虽群不相善也⑨。食相噬啮，行无列，饮无序。乖离而不思。有难，推其柔弱者以免⑩。好践稼蔬，所过狼藉披攘⑪。木实未熟，辄龁咬投注⑫。窃取人食，皆知自实其嗛⑬。山之小草木，必凌挫折挽，使之瘁然后已。故王孙之居山恒蒿然⑭。

以是猿群众则逐王孙，王孙群众亦齚猿⑮。猿弃去，终不与抗。然则物之甚可憎，莫王孙若也。余弃山间久，见其趣如是，作憎王孙云⑯：

湘水之澉澉兮⑰，其上群山。胡兹郁而彼瘁兮，善恶异居其间⑱。恶者王孙兮善者猿，环行遂植兮止暴残⑲。王孙兮甚可憎！噫！山之灵兮，胡不贼旃⑳？

跳踉叫嚣兮，冲目宣龂㉑。外以败物兮，内以争群㉒。排斗善类兮，哗骇披纷。盗取民食兮，私己不分㉓。充嗛果腹兮，骄傲欢欣。嘉华美木兮硕而繁，群披竞啮兮枯株根㉔。毁成败实兮更怒喧，居民怨苦兮号穹旻㉕。王孙兮甚可憎！噫！山之灵兮，胡独不闻？

猿之仁兮,受逐不校㉖;退优游兮,唯德是效㉗。廉、来同兮圣囚,禹、稷合兮凶诛㉘。群小遂兮君子违,大人聚兮孽无余㉙。善与恶不同乡兮,否泰既兆其盈虚㉚。伊细大之固然兮,乃祸福之攸趋㉛。王孙兮甚可憎!噫!山之灵兮,胡逸而居㉜?

【注释】

①猿:哺乳动物,似猴而大,臂脚长,无尾;鸣,其声哀。　　王孙:猴子的别称。相容:相互包容。

②恒:久,持久不变。　　相先:互相推让。先,使动用法,让……先。

③乖离:离群走失,分离。

④有难:遇到患难。　　内:同"纳",接纳,收容,引申为保护。

⑤相与:一起,互相。　　视之谨:严格看护它。视,审视。谨,严格,认真。

⑥群萃:集聚在一起。　　衎衎:和乐的样子。

⑦遂其植:使其顺利地生长。遂,使……顺利。

⑧郁然:草木茂盛的样子。

⑨躁:急躁,不安静。　　嚣:喧哗,吵闹。　　勃诤:争斗。诤,通"争"。号呶:嚎叫。　　喈喈:喧闹声。　　狂狂:追逐的样子。　　群:聚在一起。

⑩推:往外推。　　免:脱身。

⑪披攘:倒伏。

⑫辄:总是。　　龁:咬。　　投注:投击某物。

⑬嗛:猴两颊内藏食之处。《柳河东集》作"皆实其嗛",今据《全唐文》《新刊增广百家详补注柳先生文》等校改。

⑭蒿然:萧条破败的样子。

⑮䶧:咬。

⑯弃山间:指被贬斥蛮荒的山区地带。　　趣:志趣,习性。

⑰浟浟:水流的样子。

⑱兹郁:这边茂盛。　　彼瘁:那边衰败。　　善恶:好的坏的两种动物。

⑲止暴残:意谓王孙滞留小草木之间肆意摧残。止,停留。

⑳山之灵:指山神。　　贼:杀。　　旃:"之"与"焉"的合音。

㉑冲目宣断:怒目露牙,状凶狠之貌。断,通"龈",牙根肉。

㉒争群:争于群,与同类争斗。

㉓不分:不分给伙伴。

㉔群披:成群地折断。　　竞啮:争着啃咬。

㉕毁成:毁坏成林。　　穹旻:天空。

㉖逐:驱逐。　　校:对抗、较量。

㉗退:撤离。　　优游:悠闲自得。　　效:效法。

㉘廉来:飞廉和恶来,相传是殷纣王手下的两个酷吏。　　圣囚:指周文王被囚禁。　　禹稷:大禹和后稷,相传是尧手下的两个贤臣。　　合:相合,一致。

国学经典文库

唐宋八大家散文鉴赏

柳宗元卷

凶诛：凶恶的人被诛杀。凶，指"四凶"，即混沌、穷奇、梼杌、饕餮。

㉙违：违时，遭殃。　孽：指坏人。　无余：无有余存。

㉚不同乡：不同向，不能共处。乡：同"向"，面向。　否泰：命运的好坏。
兆：兆示。　盈虚：指善恶两种势力的升降消长。

㉛伊：发语词，无义。　细：小人。　大：君子、大人。　攸趋：所趋，所向。

㉜逸：安闲。

【集评】

明蒋之翘《柳河东集》卷十八题解：汉王延寿尝为《王孙赋》，意似有所讽刺，子厚效之而为是文。但子厚党叔文，而与八司马同贬，吾恐其自为王孙，而受逐于猿多矣，乃哓哓然，反谓王孙之逐猿耶？

近代林纾《柳文研究法》：幽渺峭厉，能曲状小物，皆尽其致。

现代章士钊《柳文指要》卷十八：或谓子厚此文，仿汉王延寿《王孙赋》而为之，此陋儒之见也。盖子厚善为骚，逐物皆呈讽喻之资，于王孙何避焉？脱延寿曾无《王孙赋》在先，而谓子厚即不能成此文如今体式，有是理乎？谓憎王孙为仿延寿，如《斩曲几》《宥蝮

蛇》，读者见不到赵延寿、李延寿曾有相类似之赋在，则子厚又何仿乎？此类谬论，皆村塾妄子所为，大雅何所取？……

又：夫天下形之易辨，莫如黑白，位之易晓，无过东西，今之（蒋之）翘竟以子厚与八司马为王孙，俱文珍及其同党为猿，此非几于黑白易形，东西换位乎？

【鉴赏】

这是柳宗元在永州写的一篇寓言骚体文。

文章通过对猿和王孙两种善恶不相容的猴子的描写，说明小人当道，君子受侮，不能根据力量大小判断好坏，应该从本质上看善恶的道理。表达了作者"大人聚兮孽无余"的愿望。即有德行的人团结起来，坏人就无法作祟。

403

联系作者经历看内容，不难发现，作者此文是以王孙喻写当时反对革新的顽固势力，以猿喻写当时的革新派，从而表现了自己对顽固势力围攻革新派的愤慨，热情地赞美王叔文集团进步主张，鲜明地表明自己不妥协的斗争精神。

文章以简要生动的笔触，描述猿与王孙的德行和生活习性，堪为状物写形的范例。如写猿"木实未熟，相与视之谨；既熟，啸呼群萃，然后食，衎衎焉"。短短数句，就把猿爱惜稼蔬的品德，彼此间互相关心、和睦相处、和乐欢快的情景，传神地表现出来。又如，写王孙"乖离而不思。有难，推其柔弱者以免。"仅短短两句，就把王孙彼此不相善、落井下石的冷酷残忍兽性写得淋漓尽致。这种简要生动的笔法，显示作者细微的洞察力和强劲的表现力。

文章又以鲜明的对比，歌颂猿的品德，鞭挞王孙的丑行，相映成趣。一般的类比法，往往取其形似，而此文却别开生面，从德、居、食、行以及其后果，全面对比，这就有力地表达了爱之深、恨之切的感情，具有强烈的感染力。尤其是在对比中，猿以失败而告终，平添了悲剧色彩，激起人们的关切。

文章还采用复沓迭唱法，抒写作者对王孙的憎恶。"王孙兮甚可憎！"句，一连重复三次，表达了作者"物之甚憎，莫王孙若也"的看法，紧扣文题"憎"字，文气贯通，感情湍泻，气势恢宏。之所以取得如此效果，乃因为作者不是简单重复，在复沓中有递进意思。如，"噫，山之灵兮，胡不贼旃？"而变"噫，山之灵兮，胡独不闻？"又变"噫，山之灵兮，胡逸而居？"由要杀死王孙，而责山神不闻，直至怪山神不管。作者的愤慨不断深化，由感性上升到理性，找出王孙肆行的原因，把矛头直接指向山神，即最高的统治者。以王孙比况，暗示社会上一些谄媚之徒，他们之所以能恣意妄为，就因为有最高统治者放纵使然。这是此文思想艺术价值的集中表现。可惜作者把希望寄托在最高统治者身上，又暴露了其思想局限性，但不掩盖他毕露的思想锋芒。

吊乐毅文①

【题解】

这是柳宗元被贬永州之后所写借古伤今之作。战国时期,乐毅得到燕昭王的任用,"下齐七十余城",但与王太子(即后来的燕惠王)"有隙",在太子即位后遂被逐出燕国。这段史实颇与王叔文革新集团的遭遇相似。王叔文等扶助李诵(即顺宗)即位,此后腐朽势力策划立李纯(即宪宗)为太子,准备篡夺皇权,王叔文等人不肯附和。宪宗即位后,就对革新派进行残酷迫害、打击。本文悼忠伤时,哀悼品直功高的乐毅"卒陷滞以流亡"的苦难经历,表达作者对"道不可常"的黑暗社会的无比愤懑之情。借古喻今,蕴意深长。"大厦""车"的比喻,饱含深情,恰切生动。

【原文】

许纵自燕来,曰:燕之南有墓焉,其志曰:乐生之墓②。余闻而哀之。其返也,与之文使吊焉③。

大厦之骞兮,风雨萃之;车亡其轴兮,乘者弃之④。呜呼夫子兮,不幸类之⑤。尚何为哉?昭不可留兮,道不可常⑥。畏死疾走兮,狂顾彷徨⑦。燕复为齐兮,东海洋洋⑧。嗟夫子之专直兮,不虑后而为防⑨。胡去规而就矩兮,卒陷滞以流亡⑩。惜功美之不就兮,俾愚昧之周章⑪。岂夫子之不能兮,无亦恶是之遑遑⑫。仁夫对赵之恻款兮,诚不忍其故邦⑬。君子之容与兮,弥亿载而愈光⑭。谅遭时之不然兮,匪谋虑之不长⑮。

跽陈辞以陨涕兮,仰视天之茫茫⑯。苟偷世之谓何兮,言余心之不臧⑰!

【注释】

①乐毅:战国时燕将。魏国乐羊之后。自魏使燕,燕昭王任为上将。燕惠王即位,惧诛出奔赵。卒于赵。

②许纵:人名。　　燕:指战国时燕国的旧地。　　志:碑志。乐生:指乐毅。

③其返:指许纵返燕。　　吊:悼念死者。

④"大厦"四句:意思是说,大厦将倾,风雨摧残它;车子失掉了轴,乘客抛弃它。骞:损坏。　　萃:同"悴",憔悴,困病。

⑤夫子:指乐毅,尊称。　　类之:意为遭遇如同将倾之厦、失轴之车。类,相

405

似。

⑥"尚何"三句:意思是说,留在燕国还能做什么呢?燕昭王已死,他的主张也不会保持长久。　昭:指燕昭王。　道:指燕昭王任贤使能的政策。　常:意为长久不变。

⑦"畏死"二句:意思是说,燕惠王即位,乐毅惧诛而逃走,既惊慌回顾却又彷徨迟疑。　狂顾:急促回头,十分惊慌的样子。彷徨:走来走去,犹疑不决的样子。

⑧"燕复"二句:意思是说,乐毅率军苦战所得齐国的城池,现在又复归齐国,齐国重为东海大国,土地广阔无边。　东海:指齐国。齐国位东,临大海。　洋洋:广阔无边的样子。

⑨"嗟夫"二句:意思是说,乐毅忠心报国,正直专一,不为自己谋虑后事并设下防线。　嗟:叹词。　专直:正直无私,专心专意。　防:防备,预防。

⑩"胡去"二句:意思是说:乐毅不懂圆规式的圆滑,而有方矩一样的正直,却为什么竟陷入泥淖,不得施展,以至流亡他乡?　去规:离开"圆规"。去,离开。规,专画圆形的仪器。　就矩:靠近"方矩"。就,靠近,趋向。矩,画直角或方形的工具。　陷滞:陷入滞泥。

⑪"惜功"二句:意思是说,可悲可叹,功美之材受到排斥,无可成就,却使愚昧之徒体围章服,身价显赫。　功美:功高德美,这里用来代指乐毅。　就:成就。　俾:使。　周章:身穿章服。周,圈围。章,章服,以图文为等级标志的礼服。

⑫"岂夫子"二句:意思是说,难道乐毅无能为力吗?不过是厌恶"愚昧之徒"的钻营取巧。　不能:无能,无有能力。　无亦:语气词。　恶:厌恶。是:指代身围章服的愚昧之徒。　遑遑:匆忙的样子。这里指匆忙于钻营取巧的能事。

⑬"仁夫"二句:意思是说,乐毅逃亡赵国,然而,仁义使他在与赵王对话时表现出对故国的忠心,诚实使他不忍看到故国受侵犯。　对赵:回答赵王。对,回答。乐毅奔赵,赵王与之商讨伐燕,他回答说:曾为燕臣,不敢受此命令。　悃款:忠实,诚恳。　诚:与"仁"相对,诚实、真心。　故邦:故国。

⑭"君子"二句:意思是说,乐毅的这种依恋故国的真情实感,到了千秋万代后就更加发射出耀眼的光芒。　君子:指乐毅。　容与:迟疑不定的样子。这里指依恋不舍之情。燕败于齐,惠王致书乐毅谢罪,乐毅复通燕,来往燕赵问。亿载:亿年时间。载,年。　光:发光。

⑮"谅遭"二句:意思是说,乐毅的不幸,归根到底,实在是遇到的时世不好,并不是他的谋虑短浅。　谅:实在。　遭:逢。　匪:同"非",不。　不长:不深远。

⑯"跽陈"二句:意思是说,我一边掉泪一边长跪,陈词悼念;仰望天空,一片茫茫。　跽:长跪,即双腿跪、上身直。　陨涕:掉泪。陨,落。　茫茫:没有边际,看不清楚。

国学经典文库

唐宋八大家散文鉴赏

柳宗元卷

⑰"苟偷"二句:如果我偷生混世,会遭到什么样的议论呢?大概要说我心地不纯正吧! 苟:假设,如果。 偷世:偷生于世。 不臧:不善。臧,善,好。

【集评】

元祝尧《古赋辨体》卷七:子厚伤毅有功不见知而以谗废,故吊之。愚谓子厚三吊古文,皆本于骚,而用比赋之义为多。

现代章士钊《柳文指要》卷十九:柳子《吊乐毅文》,乃平生痛心疾首之作也。夫毅往矣,后来论者对毅之评价非一,苏子瞻曾于毅有微词,而王元美护之。彼此驳辨,诚与柳子无涉,而以取证毅之功高而品直,苦心孤诣,为燕不终,卒乃受谤以去,一瞑不返,为仁人君子陨涕倾慕,藉明子厚异地陈词,究不同无谓之滥颂也。……子厚之吊乐毅,盖借毅以自喻。昭不可留,以喻顺宗之骤崩,

嗟夫子之专直四句,实自喻依倚二王,奋心直往,全不虑后,以致远窜。愚昧周章云者,指燕惠王受齐反间,盈廷惶恐不安,以致遣骑劫代将种种。……文以"苟偷世之谓何兮"二语终篇,较毅书尤为沉痛。

【鉴赏】

晁无咎把这篇悼文附在《变骚》后,说:"乐毅,其先曰乐羊。燕昭王以子之乱而齐大败燕,昭王怨之,未尝一日而忘报齐也。乃先礼郭隗,而毅往委质焉,以为上将军,下齐七十余城。田单间之,毅畏诛,遂降赵。以书遗燕惠王曰:'臣闻圣贤之君,功立而不废,故著于《春秋》;勇知之士,名成而不毁,故称于后世'。公伤毅之有功而不见知,而以谗废也,故吊云。"

这段话可作为理解本文的背景。在燕国蒙受失败的奇耻大辱之际,乐毅不避危险委身质齐,并获得统兵大权,为燕雪恨,功名卓著,理当受重用,不料由于齐国田单挑拨离间,他险些被杀,只好流亡降赵。然而乐毅流亡不忘故国,给燕惠王信

407

陈述己见，连惠王也感动不已，可惜终不被用。乐毅这种不幸的遭遇和柳宗元参加永贞革新失败蒙谗受贬很相似，尤其是乐毅的"勇知之士，名成而不毁"的观点，倍受宗元赞赏，仰慕之情积日累月。尽管此时宗元谪居永州，但听到从燕地而来的许纵讲起乐毅墓事，仍抑制不住内心感情，便提笔为文吊之。

这篇文章实是借古伤今之作。借悼念乐毅，抒发作者不遇的愤懑。文章悼忠伤时，慕贤思奋，沉郁悲怆，九曲回肠，感人涕泪。

文章起笔突兀，硬语横空，妙用"大厦"和"车"两个比喻，赞叹乐毅对燕国举足轻重的作用，鲜明地表明自己的人才观，为吊奠定了坚实的基础。有大厦才能蔽风雨，有安车才能平稳前进，然而不幸，乐毅这座大厦被风雨摧毁了，这根车轴被乘者扔到路旁，燕国已成了一辆不能行动的破车！"呜呼夫子兮，不幸类之。"强烈地表现作者对乐毅的不幸深切同情、沉痛哀悼，对统治者摧残人才的行为无比愤慨！作者一颗忧国忧民的赤心昭然在目。从而使人理解，此文不是个人的哀伤，而是忧国伤时之作。

作者并没有停留在一般谴责昭王信谗害贤造成国家混乱失败的水平上，由感性认识上升到理性认识，把问题的症结提高到"道"的高度，挖掘根源，显示作者卓越的政治才能，不愧为一位伟大的政治思想家！

由于"道不可常"，是非颠倒，黑白不辨，在如此混乱黑暗社会，像乐毅这样正直耿介的忠贞爱国人物，怎能不"卒陷滞以流亡"！功美之不就是必然的。这个"道"，即是一定的政治准则，正常的社会秩序。一个社会如果弃此，势必衰落乃至灭亡，这是多么深刻的认识，又是多么沉痛的历史教训！其中寄寓作者理想与期望。

作者以螺旋式的抑扬笔法，揭示这个带有普遍意义的历史悲剧，具有回肠荡气之力。

"不虑后而为防"，"卒陷滞以流亡"；"俾愚昧之周章"，"无亦恶是之遑遑"；"夫对赵之悃款兮"，"诚不忍其故邦"；"君子之容与兮"，"弥亿载而愈光"；"谅遭时之不然兮"，"匪谋虑之不长"，这一抑一扬，丝丝入扣的写法，曲尽乐毅耿介忠诚，充分揭露燕王的昏聩、小人的卑鄙，震撼人心，不禁泪下。

文章另一个特点是使用大量感情强烈的语气词，使抒情取得事半功倍的效果。开笔即用"呜呼"以冠全篇，接着连用"尚""嗟""胡""惜""岂""诚""谅"，一气呵成，颇有一叹三致词之妙，直到最后用"苟""言"戛然而止，言尽而情不尽，余味悠悠。

结尾写的如泣、如诉、如怨、如慕，大有震天撼地，惊神泣鬼的力量。长跪陈词，叫天不应，呼地不语，在如此冷酷孤寂的社会暂且偷生，心中何以不悲！这既是为乐毅的代诉，又是作者的自白，志遇相通，心心相印，充分揭示"吊"的深广内涵，令人深思长想，不忍释卷。

吊屈原文①

【题解】

这是柳宗元贬为永州司马,途经汨罗江时所写骚体文。热情赞颂屈原关切国家兴亡,"滔大故而不贰"的耿耿忠诚,"唯道是就",不屈服腐朽势力的斗争精神,表现出作者于改革失败后仍"厉针石"以革除弊政的决心。前人所谓此文是"困而知悔"的"惭"辞,纯属陋儒误读。以系列比喻形象地揭露时代黑暗、善恶不分、是非颠倒,铺张扬厉,痛快淋漓。

【原文】

后先生盖千祀兮,余再逐而浮湘②。求先生之汨罗兮,揽蘅若以荐芳③。愿荒忽之顾怀兮,冀陈词而有光④。先生之不从世兮,惟道是就⑤。支离抢攘兮,遭世孔疚⑥。华虫荐壤兮,进御羔袖⑦。牝鸡咿咙兮,孤雄束咮⑧。哇咬环观兮,蒙耳大吕⑨。董喙以为羞兮,焚弃稷黍⑩。狅狱之不知避兮,宫庭之不处⑪。陷涂藉秽兮,荣若绣黼⑫。榱折火烈兮,娱娱笑舞⑬。谗巧之晓晓兮,惑以为《咸池》⑭。便媚鞠恶兮,美逾西施⑮。谓谠言之怪诞兮,反寘瑱而远违⑯。匿重痼以讳避兮,进俞缓之不可为⑰。何先生之凛凛兮,厉针石而从之⑱?

但仲尼之去鲁兮,曰"吾行之迟迟"⑲。柳下惠之直道兮,又焉往而可施⑳?今夫世之议夫子兮,曰胡隐忍而怀斯㉑。惟达人之卓轨兮,固僻陋之所疑㉒。委故都以从利兮,吾知先生之不忍;立而视其覆坠兮,又非先生之所志㉓。穷与达固不渝兮,夫唯服道以守义㉔。矧先生之悃愊兮,滔大故而不贰㉕。沉璜瘗佩兮,孰幽而不光?荃蕙蔽匿兮,胡久而不芳㉖?先生之貌不可得兮,犹仿佛其文章㉗。托遗编而叹喟兮,涣余涕之盈眶㉘。呵星辰而驱诡怪兮,夫孰救于崩亡㉙?何挥霍夫雷霆兮,苟为是之荒茫㉚。耀娇辞之晥朗兮,世果以是之为狂㉛。哀余衷之坎坎兮,独蕴愤而增伤㉜。谅先生之不言兮,后之人又何望㉝。忠诚之既内激兮,抑衔忍而不长㉞。芈为屈之几何兮,胡独焚其中肠㉟?

吾哀今之为仕兮,庸有虑时之否臧?食君之禄畏不厚兮,悼得位之不昌㊱。退自服以默默兮,曰吾言之不行㊲。既媮风之不可去兮,怀先生之可忘㊳?

【注释】

①吊:悼念死者。 屈原:名平,战国时楚国的政治家和大诗人。公元前

278年,在楚国面临崩溃、自己的政治主张无法实现的情况下,含愤投死汨罗江。

②"后先生"二句:意思是说,大约在先生死后一千年,我也遭贬放逐,乘船来到湘江。　后先生:后于先生。先生,指屈原。　盖:大约,大概。　千祀:一千年。　浮:指乘舟于江之上。　湘:湘江,在今湖南省境内。

③"求先生"二句:意思是说,访求先生的遗迹我来到汨罗江畔,采摘薠和若向先生祭献芳香。　求:访求。　汨罗:汨罗江,在今湖南省东北部。　揽:采摘。　薠若:杜薠和杜若,都是香草。　荐芳:祭献芳草。荐,讲献祭品。

④"愿荒忽"二句:意思是说,愿望先生在幽冥界中顾念我,让我荣幸地向你倾诉衷肠。　愿:愿望。　荒忽:隐约不清;此指幽冥阴界。　顾怀:惦记,顾念。　冀:希望。　光:荣光。

⑤"先生之"二句:意思是说,先生不肯随波逐流,只遵行自己的理想主张。　从世:随从世俗。　道:指屈原的政治理想、主张。　就:靠近,趋向。

⑥"支离"二句:意思是说,你的国家是那样的残破纷乱,所逢的时代是多么的使人忧伤。　支离:残破的样子。　抢攘:纷乱的样子。　遭世:所逢之世。　孔疚:非常痛苦。孔:很,甚。疚,内心痛苦。

⑦"华虫"二句:意思是说,华贵的礼服被垫在地上践踏,却进献羊羔皮做的劣服。　华虫:冕服上所绣花虫图饰。此指华贵的服装。虫,雉。　荐壤:垫于地。荐,垫。　进御:进献。　羔袖:用羊羔皮做的衣服。此指低贱的服装。

⑧"牝鸡"二句:意思是说,一群母鸡在那里咿咙地乱叫,昂然独立的雄鸡却不能放声而唱。　牝鸡:母鸡。　咿咙:母鸡的声音。　孤鸡:独立不群的雄鸡。　束咮:被封住嘴。咮,鸟口。

⑨"哇咬"二句:意思是说,庸俗低级的曲调人们围观欣赏,对高雅美好的音乐反而捂住耳朵不听。　哇咬:指民间歌乐。　环观:围着观赏。　蒙耳:捂着耳朵。　大吕:乐律名。古乐分十二律,阴阳各六。六阴皆称吕,第四为大吕。这里用来指代高雅的音乐。

⑩"堇喙"二句:意思是说,把有毒之草当作美味佳肴,反而把稷黍抛弃焚烧。　堇喙:有毒植物,又名马喙、马头。　羞:同"馐",精美的食物。　稷黍:谷子和黍子。

⑪"犴狱"二句:意思是说,前面明明是座牢狱,楚怀王却不知躲避,富丽的宫殿弄得自己不能住。　犴狱:牢狱。犴,乡间牢狱。　不知避:不知躲避。意指楚怀王不听屈原劝阻,去秦国而被扣。　不处:不居。

⑫"陷涂"二句:意思是说,陷入泥泞,坐卧污秽,却荣耀得以为披上了锦绣。　陷涂:陷入泥泞。涂,泥。　藉秽:坐卧在污秽的东西上面。　荣:荣耀。　绣黼:绣有花纹的礼服。

⑬"榱折"二句:意思是说,自己的房屋被大火烧毁,反在旁边欢乐地又笑又舞。　榱:屋椽;这里代指房屋。　折:断。　娱娱:欢乐的样子。

⑭"谗巧"二句:意思是说,喋喋不休的谗言巧语,却胡涂地认为如《咸池》般的

动听。　　谗巧:谗言巧语。　　哓哓:喋喋声。　　咸池:古乐名。《周礼·大司乐》:"舞咸池以祭地示"。

⑮"便媚"二句:意思是说,本来是强颜媚态的小丑,却认为美丽得超过西施。　　便媚:巧于媚态。　　鞠恧:身躬面愧的样子。　　美:美貌;这里是意动用法。　　逾:超过。　　西施:春秋时越国的美女。

⑯"谓谟"二句:意思是说,斥责强国的谋略之言为奇怪荒诞的无稽之谈,塞住耳朵远远地避开。　　谓:认为,以为。　　谟言:关于治国的谋略言谈。谟,谋划。　　怪诞:奇怪荒诞。　　寘:同"置",放置。　　瑱:冕两侧所悬之玉,用以塞耳。　　远违:远远避开。

⑰"匿重痟"二句:得了重病还要掩掩藏藏,忌讳回避,就是请来俞跗、秦缓那样高明的医生也是无所作为。　　匿:隐藏。　　重痟:经久难治之病。　　讳避:忌讳回避,不愿涉及。　　俞缓:俞跗和秦缓,都是古代的名医。

⑱"何先生"二句:意思是说,楚国的状况既已如此,为什么先生这样的令人敬畏的人,还要磨砺针石去参与治疗呢?　　何:为什么。　　凛凛:令人敬畏的样子。　　厉:通"砺",磨。　　针石:古代治病用的金针和石针。　　从:参与。

⑲"但仲尼"二句:意思是说,不过,孔子离开鲁国的时候,也还是说过"我走得很慢"。　　但:不过。　　仲尼:孔丘的字。　　迟迟:徐行。语见《孟子·万章下》"迟迟吾行也,去父母国之道也"。

⑳"柳下惠"二句:意思是说,柳下惠坚持他的直道,也曾说过到哪里可以奉行直道的呢。　　柳下惠:春秋中期鲁国大夫展禽,字季。因食邑柳下,死后谥惠,故人称柳下惠。任士师时三次被黜,始终不离鲁国。　　直道:正直公允之道。焉往而可施:意为直遭到哪里可以施行?《论语·微子》载,柳下惠对人说:"直道而事人,焉往而不三黜?"

㉑"今夫"二句:意思是说,今世的人们议论先生的时候,说你为什么那样的克制忍耐,去关怀这样的一个楚国。　　夫子:尊称,此指屈原。　　隐忍:克制忍耐。　　斯:指示代词,这个,此指楚国。

㉒"惟达人"二句:意思是说,通达事理的人见识高远,超出常规的行为当然不被偏执鄙陋的人所理解。　　达人:通达事理的人。　　卓轨:超出常规的行为。卓,高超。轨,轨道。　　固:本来,当然。　　僻陋:偏执鄙陋。　　疑:惑。

㉓"委故都"四句:意思是说,抛弃祖国而远行,去追踪个人的私利,我知道先生不忍心那样做;旁立并旁观国家的灭亡,那又不是先生平生的志向。　　委:抛弃。　　故都:这里用来代指故国。　　从:追随。

㉔"穷与达"二句:意思是说,先生无论处境是好是坏,自己的志向决不改变,始终坚持崇高的理想和正义的行为。　　穷:不得志,不显贵,与"达"相对。　　渝:改变。　　服道:服膺其道,即坚持政治理想之意。　　守义:信守其义,即实行应尽的义务。义,合宜的行为。

㉕"矧先生"二句:何况先生对祖国是那样的忠心耿耿,即使奔赴死亡也绝不回

头。　　矧:况。　　悃幅:至诚。　　滔:当为"蹈",赴。　　大故:重大事故,指死亡。　　不贰:没有二心。

㉖"沉璜"四句:沉没水底与埋进土中的美玉,哪一种会幽暗而失去光泽呢?荃和蕙这些香草被封藏起来,怎么会时间久了就失去芳香呢?　　沉:没入水中。瘗:埋。　　璜、佩:美玉的名称。　　孰:疑问代词,哪一个。　　荃、蕙:香草的名称。　　蔽匿:封藏。　　胡:疑问代词,怎么。

㉗"先生之貌"二句:先生当年的姿容今人已无法看到,然而,看了你留世的诗篇,就仿佛看到了你当年的姿容。　　貌:容貌。文章:指屈原的著作。

㉘"托遗编"二句:我捧着先生的遗著阅读,感慨叹息,不禁热泪盈眶。　　托:手托物。　　遗编:留世的著作。　　喟:叹息。　　涣:犹言涌。　　涕:眼泪。眶:眼眶。

㉙"呵星辰"二句:先生仰视夜空斥责星辰,不畏神说驱遣神怪,哪一样能够挽救正在走向毁灭的楚国?　　呵:呵斥,怒责。　　诡怪:犹言神怪。屈原在其作品中多次借用神话传说中的神怪形象。诡,奇异。

㉚"何挥霍"二句:先生为何指挥雷霆上下求索呢,轻率地做这种渺茫无望的事情。　　挥霍:犹言挥指。屈原在《离骚》中曾描写自己指挥雷霆上下求索。苟:轻率。　　荒茫:渺茫。

㉛"耀婍辞"二句:先生的诗篇闪耀着华美的词藻,含义深奥难明,世上的凡人竟以为这是发狂。　　耀:炫耀。　　婍辞:华美的言词。婍,美好。　　睆朗:日光不明貌,此喻屈原的作品含义深奥。　　果:究竟。

㉜"哀余"二句:独有我对你的遭遇深怀不平,内心充满悲愤和哀伤。　　衷:内心。　　坎坎:不平坦。　　蕴愤:积愤。

㉝"谅先生"二句:如果先生不吟唱这些诗篇,后世的人又仰望你什么呢?　　谅:诚。　　望:景仰。

㉞"忠诚"二句:先生爱国的一片赤诚既已在胸中激荡,即或忍耐于心也绝然不会长久。　　内激:在胸中激荡。　　抑:连词,表示轻微的转折。　　衔忍:含忍,在心中忍受。　　不长:不能长久。

㉟"芈为"二句:先生虽然与楚王有着同一个远祖,但是只从先生的祖先屈瑕以屈为氏以来,同姓芈的楚王族的血亲关系越来越疏远,至先生之时,还有多少关系呢?为什么在屈姓中独有先生这样忧心如焚地为芈姓的楚国着想呢?　　芈:楚国王族的姓。　　几何:多少。这里指存有多少血亲关系。屈原的祖先屈瑕是楚武王熊通的儿子。　　中肠:心肠。

㊱"吾哀"四句:我对当今的做官人感到非常痛心,他们哪有关心国家治乱兴衰的,他们只怕自己的俸禄不厚,唯恐自己的官运不昌。　　哀:悲痛,伤心。　　为仕:做官者。　　庸:难道。　　虑时:考虑国家的时局。　　否臧:犹言好坏。否,恶。臧,善。　　悼:恐惧。

㊲"退自"二句:我不能与这样的"为仕"者同流合污,只好退身自守,默不作

声,心知自己的政治主张行不通。　　　　退:身退,回归。　　　　自服:自持,自守;意为自我克制而保持节操。　　默默:不言,无声息。　　吾言:指自己的政治主张。不行:不能通行。

㊳"既媮风"二句:既然苟且偷生的风气不能扫除,我就不能忘记对先生的怀念。　　媮风:苟且偷生的风气。媮,通"偷",苟且。

【集评】

明茅坤《唐宋八大家文钞》卷二十六:文不如贾谊所吊屈原者之赋,而词亦晓朗。

明蒋之翘辑注《柳河东集》卷十九:文磊落,大近骚体,但其人不足言,其志大可悯也。

清爱新觉罗·弘历《唐宋文醇》卷十八:至柳宗元乃曰:"委故都以从利兮,知先生之不忍。立而视其覆坠兮,又非先生之所志。"然后贵戚之卿,国存与存,国亡与亡之义乃著。

近代林纾《柳文研究法》:《吊屈文》,贾谊为之,扬雄也为之,子厚则又为之。谊忠愤,自谓以忠见屏,故理直而词悲。雄自谓儒者,责原不必沉身以表直。子厚之得罪,所以附非人,不能掬己所怀如贾生之愤激,故文中但叙屈原之被谗怀忠而死,极力搬演,似无甚意味。以永、邵二州,皆宜浮湘,似为谪官应有文字耳。

现代章士钊《柳文指要》卷十九:熟读此文,足见子厚骚学本领,骚意亦同屈原一致。陋儒辄谓子厚比暌匪人,不能仰企三闾,乃楚辞门外汉之谬论。……晁无咎至称:子厚困而知悔,其辞惭,殊不得谓宋代变骚,非子厚遥有深感云。

【鉴赏】

这篇骚体文,是柳宗元吊古伤今的佳作。晁无咎在《变骚》序此文说:"吊屈原文者,柳宗元之所作也。原没,贾谊过湘,初为赋以吊原。至杨雄亦为文,而颇反其辞,自岷山投诸江以吊之。谊愍原忠,逢时不祥,以比鸾凤、周鼎之窜弃;雄则以义责原,何必沉身?二人者不同,亦各从志也。及子厚得罪,与昔人离谗去国者异,太史公所谓虞卿非穷愁亦不能著书以自见于此者。"《柳宗元集》文前序则云:"补之(即无咎)论宗元之吊屈原,殆困而知悔者,其辞惭矣。"

《柳集》认为宗元写此文是"困而知悔",且"其辞惭",显然是误解,连无咎的"各从志"说法也给否了,失之公允。屈原是伟大的爱国者,为楚国强大,他力主改革,反对弄权小人,遭谗被逐,流放湘江一带,至死不忘其志。这种不幸的遭遇和柳宗元极为相似。宗元写此文,乃借古讽今,以"婾风"为的,矛头对准当时的最高统治者,抨击社会时弊,表明自己心志,不言而喻。

文中虽有"谅先生之不言兮,后之人又何望。""芈为屈之几何兮,胡独焚其中肠?"意思是,你不说后人也不会责备的。你虽和楚同姓,到底有多大关系,何必一定心如火烧忧时虑政呢?但这不足以说明此文流露宗元有"悔"之意。因为就在这两句中间,夹有重要的一句"忠诚之既内激兮,抑衔忍而不长",即屈原的忠直不会长久不说的,宗元这里用反衬法突出屈原的爱国之志,也是自喻,丝毫没有后悔的意思。何况文章最后明明写道"婾风之不可去兮,怀先生之可忘。"这显然是愤激之词。表面看似乎说当今之仕不分黑白苟且偷安的风气不除掉,屈原的遭遇就可以忘掉。实质是说,正因为这种偷风盛行,才忘掉了屈原。作者写此文提醒人们正视现实,表明自己决心以屈原为榜样至死不改其志,哪有一点惭愧?实是正话反说,暗含嘲讽和深沉的感慨!

文章用大量形象比喻,铺张扬厉地揭露"支离抢攘兮,遭世孔疚"的黑暗社会,令人触目惊心。这是怎样颠倒的世道啊!放弃有华美图案的衣服不穿,却要穿窄小无彩的羊皮衣服;母鸡乱啼,公鸡不鸣;低级庸俗的曲调大家围观,高雅的铜钟大吕的音乐却塞耳不闻;把剧毒的乌头草当成美味,却烧掉宝贵的粮食;宁可去住牢房,也不住华丽的宫殿;陷在肮脏泥潭,滚一身泥巴,反觉得比穿漂亮的衣服荣耀;烧掉自己房子非但不悲,反而为乐;把谗言视为黄帝时代的仙乐《咸池》;看逢迎谄媚的小人,比西施还漂亮。庸俗、低级、愚昧、混乱、龌龊、腐朽,美丑不分、是非不辨,哪里是人间社会!从而更反衬出屈原"惟道是就""不从世"的高洁品质,"凛凛""厉针石"的革除时弊的无畏气概。寄寓作者高尚志向。正如刘勰所说:"割析褒贬,哀而有正,则无夺伦矣。"(《文心雕龙》)

"兮"字在骚体中,一般有两个作用:一是音节停顿,二是舒缓语气。宗元在此文中用了大量"兮"字，讴歌屈原"达人之卓轨""唯服道以宗之""蹈大故而不二"的耿耿忠诚以及他"呵星辰而驱诡怪"挽救国家崩溃灭亡的气魄。这种用"兮"字直接表示赞叹、感慨、讽刺，可谓创造。如，"惟达人之卓轨兮"表示赞叹；"穷与达固不渝兮"表示感叹；"哀余衷之坎坎兮"表示哀叹；"食君之禄畏不厚兮"表示讽刺等，既变化和谐，又增强了表现力，充分显示作者深厚的文学功底。

三戒 并序

【题解】

这是三篇著名的寓言。

《临江之麋》写一只小鹿，依仗主人的庇护，长期与群犬游戏，及小鹿稍大时竟"忘己之麋也，以为犬良我友"。后来，在大路上同野狗玩耍，被野狗吃掉，却"至死不悟"。寓言告诫人们：用权势造成的保护不可能持久，无德无才、依势骄纵的人没有好下场。此一戒也。

《黔之驴》写庞然大物的驴子，在凶残的老虎面前只会"蹄之"，老虎知道驴子"技止此耳"，便"断其喉，尽其肉"而去。寓言告诫人们：无技不可逞能。专以外形吓人，实则外强中干，是注定要失败的。此二戒也。

《永某氏之鼠》写某氏爱鼠，"不畜猫犬"，故鼠得以为害，猖狂恣肆。某氏迁居，搬进来的人坚决除鼠，终一扫而光。寓言告诫人们："窃时以肆暴"，恣意妄为，狃于故态，必遭灭亡的命运。此三戒也。

在古典散文中，尤其在《孟子》《韩非子》《吕氏春秋》等战国后期著作里，时有生动有趣的寓言故事穿插其间。但，这时寓言仅是阐明事理的一种"附件"，而柳宗元在汲取诸子以寓言故事说理的经验和借鉴六朝以来杂文手法的基础上，创作出包括《三戒》在内的系列性作品，使寓言成为一种形象鲜明、概括力强的独立性的文体。三篇寓言善于抓住所写动物的物类特征，绘声绘色，惟妙惟肖；善于运用比喻、拟人、象征等艺术手法，通过麋、驴、鼠这些动物形象，给我们展示出人世间的真实面影，因而具有深刻的批判性和强烈的讽喻性，具有重要的认识价值和不朽的艺术魅力。

【原文】

吾恒恶世之人，不知推己之本①，而乘物以逞②，或依势以干非其类③，出技以怒强④，窃时以肆暴⑤，然卒迫于祸⑥。有客谈麋、驴、鼠三物，似其事，作《三戒》。

临江之麋

——《三戒》之一

【原文】

临江之人畋得麋麑,畜之⑦。入门,群犬垂涎,扬尾皆来。其人怒,怛之⑧。自是日抱就犬,习示之⑨,使勿动,稍使与之戏⑩。积久,犬皆如人意⑪。麋麑稍大,忘己之麋也,以为犬良我友⑫,抵触偃仆,益狎⑬。犬畏主人,与之俯仰,甚善⑭,然时啖其舌⑮。

三年,麋出门,见外犬在道甚众,走欲与为戏。外犬见而喜且怒,共杀食之,狼藉道上⑯。麋至死不悟。

【鉴赏】

《临江之麋》是柳宗元寓言的代表作《三戒》之一。

三戒,三件应该警惕戒备的事。孔子曰:"君子有三戒"(《论语·季氏》),作者借以名篇。此作写于柳宗元贬官永州之后,包括《临江之麋》《黔之驴》《永某氏之鼠》三个寓言故事。作者在其序中写道:"吾恒恶世之人,不知推己之本,而乘物以逞,或依势以干非其类,出技以怒强,窃时以肆暴,然卒迫于祸。有客谈麋、驴、鼠三物,似其事,作《三戒》。"这段话突出了作者的写作意图,概括了三个故事的内容和主旨,而故事则将序中所涉及的思想作了具体化的表现。

《临江之麋》记述了麋鹿短暂的一生。临江,今江西省清江县;麋,鹿的一种。深得主人宠爱的麋鹿,从小在主人的保护下生活,家犬不敢伤害它。三年后,麋鹿离开主人外出,被一群外犬吃掉,血肉毛骨零乱地丢在路上,而它至死也没有弄懂自己被吞噬的原因。

故事的构思十分精巧。作者从幼麋写到"麋麑稍大""三年"后的麋鹿;从它"入门"写到它的"出门";从家犬对它表面迁就写到外犬对它施加暴行,在时间的推移和空间的转换中发展情节,合情合理地描述了麋鹿的悲剧。

麋鹿的形象塑造得十分逼真。"入门"和"出门",它经历了两个不同的环境。"入门",它从小到大依仗主人的保护,同家犬一起玩耍,以至忘记了自己是麋鹿,错将犬类当成自己最好的朋友。文中这样形容麋鹿与家犬的接触:它们"抵触偃仆,益狎"。抵触,用头角互相顶触;偃仆,仰卧伏倒;狎,亲昵。全句意为:麋鹿和家犬互相仆滚仰翻,越来越亲热。作品通过生动形象的直观画面,表现麋鹿的依势放纵、任性骄横。"出门",麋鹿失去了主人的庇护,但它仍像在家那样去找外犬玩耍,卒致杀身。"麋至死不悟",说明它顽梗不化,毫无自知之明。

作者对犬的刻画惟妙惟肖。刚见到麋鹿时,"群犬垂涎,扬尾皆来。"垂涎,流口水;扬尾,翘尾。表现出见到美味佳肴时的馋涎欲滴相。但是,"犬畏主人",时间长了,只好按主人的意愿行动,与麋鹿"俯仰甚善",俯仰,随宜应付,指狗依顺麋鹿玩耍,表示友好。然而,它却忍不住时时"啖

其舌"。啖,啗吮。从犬啗吮自己舌头这一细微动作,可以看出犬的本性难移,表面上应付得很好,而想吃掉麋鹿的念头一刻也没有消除。作者凭借敏感的观察力和丰富的想象力,用"垂涎""扬尾""俯仰""啖其舌",分别描摹犬的不同动作,这种动态描写,各有用场,各尽其妙,形象地表现出家犬对待麋鹿的矛盾态度。"三年,麋出门,见外犬在道甚众,走欲与为戏。外犬见而喜且怒。"这一"喜"一"怒",群犬见到猎物时喜形于色、但又怒其竟敢冒犯自己的神情意态跃然纸上,强者征服弱者的心理刻画得真实可信。

家犬和外犬对待麋鹿的态度,随着所处环境、条件的不同而不同,但是,麋鹿却偏偏认识不到这点,它惯于在主人的豢养下生活,愚蠢轻浮、得意忘形,必然招致杀身之祸。

这则寓言将麋鹿人格化,借物讽人,把对现实的讽刺和批判,凝聚在整个故事的情节之中,通过麋鹿的悲剧,讽喻了社会上"依势以干非其类"(即:倚仗别人的势力来冒犯不是自己的同类)的人,有的放矢地谴责了他们依仗权贵恃宠而骄的丑恶行径,并预言了其可悲的命运。作者旁敲侧击地揶揄现实社会某些现象,在极平凡、简洁的叙述中寄寓深刻的思想,达到了"万物有成理而不说"(《庄子》外篇《知北游》)的境界,令人思索,给人启迪。

黔之驴

【原文】

黔无驴[17]，有好事者船载以入。至，则无可用，放之山下。虎见之，庞然大物也[18]，以为神[19]，蔽林间窥之[20]，稍出近之，慭慭然莫相知[21]。

他日，驴一鸣，虎大骇，远遁，以为且噬己也[22]，甚恐。然往来视之，觉无异能者。益习其声[23]，又近出前后，终不敢搏。稍近，益狎，荡倚冲冒[24]，驴不胜怒，蹄之[25]。虎因喜[26]，计之曰："技止此耳！"因跳踉大㘎，断其喉[27]，尽其肉，乃去。

噫！形之庞也类有德，声之宏也类有能[28]。向不出其技，虎虽猛，疑畏[29]，卒不敢取。今若是焉，悲夫！

【鉴赏】

《黔之驴》是柳宗元《三戒》中的一篇很有特色的寓言，在我国广为流传。黔，唐代黔中道的简称，包括现在四川省东南部、湖北省西南部、贵州省北部和湖南省西部。后来称贵州省为黔。

作品运用形象化的语言，采用简笔正面描写，繁笔侧面描写的手法，描述了虚有其表的驴卒为虎所食的悲剧过程。

文中细致描绘了虎的形色意态，将虎的心理变化和行为动作有机融合起来，通过它对驴的种种反应，深刻揭示驴的性格本质。从"蔽林间窥之""稍出近之""远遁"，到"往来视之""近出前后""稍近"，随着空间方位的转换，虎对驴的畏惧一步步减少；从"慭慭然"到"益狎，荡倚冲冒"，（荡，摇动；倚，挤靠；冲，碰撞；冒，冒犯）。寥寥数笔，将老虎由小心谨慎到挑逗戏弄驴的情态刻画得栩栩如生；从"以为神""以为且噬己也"，到"觉无异能者"，再到"技止此耳"，逼真地展现了虎由"骇""恐"到"喜"的心理状态，而这预示着虎驴之争的结局必然是虎"跳踉大㘎，断其喉，尽其肉"，以驴遭到悲惨的下场而告终。作品通过虎惧驴、识驴、吃驴的演变过程，反衬出驴虽然体大声宏，实则软弱无能的本质特点。

作者仅从驴"鸣"、驴"蹄"来显示它其外强中干。驴的形体庞大，声音洪亮，外表很是唬人。但是，它徒有其表而不具备真实本领，偏偏又爱显示自己拙劣、低下

国学经典文库

唐宋八大家散文鉴赏

柳宗元卷

的技能，终于遭到杀身之祸，对驴的贬义于戏谑中表达得淋漓尽致。驴这一典型形象令人发笑，也引人深思。

这种正面描写和侧面描写的交错运用，层次分明曲折，使读者置身于情节的发展当中，获得鲜明的印象。

最后，作者感叹道："噫！形之庞也类有德，声之宏也类有能。向不出其技，虎虽猛，疑畏，卒不敢取。今若是焉，悲夫！"德，德行；能，本领。这段画龙点睛式的议论，包揽全文，撮其要，明其旨，曲折表达了"出技以怒强"，一类人的可憎、可恶、可鄙、也可怜。毫无疑问，这篇寓言是柳宗元针对自己的政敌而写的，他讽刺了那些无才无德，却又惯于逞能、炫耀自己的"黔驴"式的人物，无情地批判了他们的拙劣和愚蠢的本质，使作品具有深刻的现实意义。他把现实生活内容融化在寓言之中，在俏皮和诙谐中表达深刻的思想。使人从动物的较量中，领略到掌握真才干、真本领的重要意义，对世人有警醒作用。

柳宗元创造性地继承了前人的成就，使寓言成为一种独立的文学形式。他能够抓住物类的特征，加以想象、夸张，塑造成为真实的艺术形象。由于他的谪居生活充满愤怒和抑郁，因此，其作品在幽默之中寓有沉郁悲愤，这种风格特色，与文中所表达的思想感情是完全一致的。他的作品，语言简练、犀利，富于表现力。仅《黔之驴》一文，便为后人留下了"庞然大物""黔驴技穷"（又为"黔驴之技"）两个老幼皆知的成语，充实了我国现代汉语词汇的宝库。

永某氏之鼠

——《三戒》之三

【原文】

永有某氏者,畏日㉚,拘忌异甚㉛。以为己生岁直子,鼠,子神也㉜,因爱鼠,不畜猫犬,禁僮勿击鼠㉝。仓廪庖厨,悉以恣鼠㉞,不问。由是鼠相告㉟,皆来某氏,饱食而无祸。某氏室无完器,椸无完衣㊱,饮食大率鼠之余也㊲。昼累累与人兼行,夜则窃啮斗暴㊳,其声万状㊴,不可以寝,终不厌㊵。

数岁,某氏徙居他州。后人来居,鼠为态如故㊶。其人曰:"是阴类恶物也,盗暴尤甚㊷,且何以至是乎哉㊸?"假五、六猫㊹,阖门,撤瓦,灌穴,购僮罗捕之㊺。杀鼠如丘,弃之隐处,臭数月乃已。

呜呼!彼以其饱食无祸为可恒也哉㊻!

【注释】

①"吾恒恶"二句:我一贯地厌恶世间的一些人,不知道推究自身的实际能力。恒:经常,永久。　　恶:厌恶。　　推:推究,推求。

②乘物以逞:凭借外界条件来放纵自己,争强好胜。　　乘:凭借。　　逞:放肆,放纵。

③或依势以干非其类:有的依靠他人势力来讨好不是自己同类的人。　　干:求取。

④出技以怒强:(有的)使出本领来惹怒强敌。

⑤窃时以肆暴:(有的)盗得时机便放肆地干坏事。　　窃:偷。　　暴:欺凌,损害。

⑥然卒迨于祸:然而终于遭到殃祸。　　卒:副词,终于。　　迨:等到,及。

⑦"畋得"二句:打猎时获得一只小麋鹿,想要饲养它。　　畋:打猎。　　麋:麋鹿,也叫"四不像"。　　麑:小鹿,小兽的通称。

⑧怛:恐吓。

⑨"自是"二句:从这时起,天天地抱着小麋鹿去接近狗,反反复复地让狗看。

是:代词,这。　　日:每日,天天。　　示:让……看。

⑩稍使与之戏:逐渐地让狗同小麋鹿玩耍。稍,逐渐,慢慢地。

⑪"积久"二句:时间长了,这些狗全都顺从主人的心意。　　如:适合,依照。

⑫良:的确,真的。

⑬抵触:顶撞。　　偃仆:翻来滚去。　　偃:仰卧,向后倒。　　仆:向前倒。
狎:亲近。

⑭与之俯仰,甚善:跟它打闹,一举一动非常友好。　　俯仰:低头和抬头,这里引申为敷衍、周旋。

⑮然时啖其舌:然而,时不时地舔它的舌头。时,时时。啖,吃;这里转义为舔。

⑯狼藉道上:乱七八糟地扔在路上。　　狼藉:杂乱不堪。

⑰黔:贵州简称。因省境东北部在战国、秦代属黔中部,在唐代属黔中道,故名。

⑱庞然:巨大的样子。

⑲以为神:把它当成神奇怪物。

⑳蔽林间窥之:躲藏到树林里监视着它。蔽,隐藏。窥,偷看。

㉑慭慭然莫相知:显现出谨慎小心的样子,还是不知道它是个什么。

㉒远遁,以为且噬已也:逃得远远的,还以为将要咬自己。　　遁:逃跑。噬:咬。

㉓益习其声:越来越听惯了它的声音。益,更,更加。习,习惯。

㉔荡倚冲冒:又晃又靠,又撞又触。荡,摇动。倚,靠,依。冲,撞。冒,触犯。

㉕蹄之:用蹄子踢它。蹄,名词作动词用。

㉖虎因喜:老虎因此(蹄之)而高兴起来。

㉗跳踉大㘎,断其喉:跳跃怒吼,咬断它的喉咙。㘎:虎怒,虎声。

㉘"形之尨"二句:体形庞大好像很有德行,声音洪亮好像很有本事。　　尨:大。　　德:道德,品行。　　能:能力,才能。

㉙疑畏:疑惑并惧怕。

㉚畏日:害怕触犯忌日。旧时迷信有凶日禁做某事的说法。

㉛拘忌异甚:拘束禁忌特别厉害。

㉜"以为"二句:觉得自己出生年份正逢子年,鼠又是子年的神灵。　　鼠:十二生肖(十二属)之一。古代,以十二生肖鼠、牛、虎、兔、龙、蛇、马、羊、猴、鸡、狗、猪,依次配合十二地支子、丑、寅、卯、辰、巳、午、未、申、酉、戌、亥来纪年,子年所属正是鼠。

㉝僮:奴仆,一般指未成年的男孩。

㉞仓廪庖厨,悉以恣鼠:粮仓厨房,全都供给老鼠恣意妄为。悉,都、全。恣,放纵,无拘束。

㉟由是鼠相告:从此老鼠之间相互传告。

㊱椸无完衣:衣架上没有完整的衣服。椸,衣服架。完,完全、完整。

㊲饮食大率鼠之余也:(永某氏)所喝的所吃的差不多都是老鼠弃留的东西。大率:大致,大概。

㊳昼累累与人兼行,夜则窃啮斗暴:白天成群结队地跟人一道行走,夜晚就啮咬东西、打斗吵闹,肆意为害。　　累累:一个接着一个。　　啮:咬。

㊴其声万状:那声音繁杂多样。万,极言其多。

㊵终不厌:始终不厌烦。

㊶如故:如旧,和以前一样。

㊷"是阴类"二句:这是一些属于专在阴暗角落里害人的坏东西,盗窃为害,比别的更严重。　　阴类:暗地里干坏事的一类东西。　　尤甚:更加厉害。

㊸且何以至是乎哉:况且凭什么闹到现在这样的地步呢。

㊹假:借。

㊺购僮罗捕之:奖赏僮仆像撒网一样围捕它们。购,重赏征求,重金收买。罗,网;这里作状语用。

㊻"彼以"句:意思是说,那些老鼠以为饱食终日没有祸患可以永久保持下去吧。　　彼:那;指代老鼠。　　恒:永久。

【集评】

宋苏轼:予读柳子厚《三戒》而爱之,乃拟作《河豚鱼》《乌贼鱼》二说,并序以自警(《柳河东集》卷十九引)。

清浦起龙《古文眉诠》卷五十四:《黔之驴》节促而岩,意危而冷。猥而深,琐而雅,恒而警。

清孙琮《山晓阁评点唐柳柳州全集》卷四:读此文,真如鸡人早唱,晨钟夜警,唤醒无数梦梦。妙在写麋、写犬、写驴、写虎、写

鼠、写某氏,皆描情绘影,因物肖形,使读者说其解颐,忘其猛醒。

近代林纾《柳文研究法》:子厚《三戒》,东坡至为契赏。然寓言之工,较集中寓言诸作为冷隽。不做详尽语,则讽喻亦不至漏泄其本意,使读者无复余味。《临江

之麋》,喻恃宠之小人,所谓"群犬垂涎,扬尾皆来"者,则妒宠者将进而掊之也。"日抱就犬",则用大力劫胁,使嫉者毋动也。"忘己之麋",谓"犬良我友",讥小人之无检而不知备也。"时啖其舌",则凶焰露矣。至外犬之"共杀食",则主者之势不及,或焰衰而事去。平日积愤于人,至是挫而尽之,比小人收场之必至也。文不涉人,而但言麋,读之灼然自了其用意之所在。

又:《永某氏之鼠》与前篇大同而小异。麋之恃宠,稗耳。……"食廪庖厨,悉以恣鼠不问",名为宠之,是预授之以杀身之机倪。"鼠相告偕来某氏",则小人之招其党类,称曰无祸,亦就小人眼中所见而言者。至"窃啮斗暴,其声万状",则小人党中之自哄,因利而争,势所必至。迨"后人来居,鼠为态如故",曲绘小人之无识,祸至不知敛惧。假猫灌穴之事,遂了了在人意中。文用"彼以其饱食无祸为可恒"句一束,"可恒"二字中,含无尽慨叹。见得权臣当国,引用党徒。迨一旦势败,则依草附木,恣为豪暴者,匪不尽死,顾终以利故,一不之悟,此所以可哀也。

又:《黔之驴》,喻全身以远祸也。驴果安其为驴,尚无死法。惟其妄怒而蹄,去死始近。孔北海、祢正平,皆庞然大物也。乃不知曹操、黄祖之为虎,怒而蹄之,既无异能,终至于断喉尽肉而止。故君子身居乱世,终以不出其技为佳。

现代章士钊《柳文指要》卷十九:《三戒》者,千余年来殆为唐文敷散最广工作,几于无人不读,亦为指物示戒之典型例子,几于无人不学。故人人读之,而真得其解者殊罕,人人学之,而能窥其神者不可多见。……

又:子厚为小文,序与文并,每以一语提纲,另以一语相映作结。临江之麋:依势以干非其类,纲也,麋至死不悟,则结;黔之驴:出技以怒强,纲也,技止此耳,则结;永某氏之鼠:窃时以肆暴,纲也,以饱食无祸为可恒,则结。

【鉴赏】

《永某氏之鼠》是《三戒》中的一篇。柳宗元通过老鼠盗暴不已,最后被消灭的故事,嘲讽了社会上"窃时以肆暴"(《三戒·序》)的人。窃时,抓住时机;肆暴,肆意行凶作恶。

作品共分四个段落。

第一段,写永州有个人("某氏")纵鼠为患。这个人"畏日,拘忌异甚。以为己生岁直子,鼠,子神也。因爱鼠,"畏日,怕犯时日的忌讳;拘忌,禁忌;直,通"值",正当的意思;子,指子年。按象属推算,生于子年的人生肖属鼠。全句意为,永州有个人,害怕冒犯忌日,忌讳得特别厉害。他认为自己出生的那年正当子年,老鼠是子年的生肖神,因此很爱老鼠。他"不畜猫犬,禁僮勿击鼠,仓廪庖厨,悉以恣鼠不问。"仓廪,粮仓。古代谷仓称"仓",米仓称"廪"。庖厨,厨房。恣,放纵、放任。这几句写这个人如何纵鼠:他不养猫和狗,禁止仆人捕杀老鼠,粮仓和厨房,都敞开任老鼠糟蹋,不予过问。文章用短短几句话,概括了这个人由于"畏日",因此"爱鼠"

"恣鼠"，从侧面将老鼠专横跋扈的原因交代得十分清楚，同时，反映出永州这个人的迂腐和迷信。

第二段写老鼠盗暴不已。由于"某氏"纵鼠，老鼠奔走相告，都来到他的家里，它们吃得饱饱的，横行无忌，却没有遭到什么灾祸。致使"某氏室无完器，椸无完衣，饮食大率鼠之余也。"椸，衣架；大率，大概。"昼累累与人兼行，夜则窃啮斗暴，其声万状，不可以寝。"累累，一个接一个，成群结队；窃啮，偷咬；斗暴，打架。作者描绘出这样一番情景：老鼠肆无忌惮地毁坏东西、偷食作恶，这家屋里没有一样完整的器物，衣架上没有一件完好的衣服，吃的喝的大都是老鼠糟蹋剩下的。白天，老鼠大摇大摆、成群结队地与人并行，夜间，它们啮咬器物、互相打架、聒噪不休，扰得人难以入睡。高尔基说："夸大有害于人类的东西，使人望而生厌。"作者正是运用夸张的修辞手法，对老鼠的猖狂嚣张进行形象的渲染，从"器"到"衣"，从"食"到"声"，从"昼"到"夜"，各个方面突出了老鼠对人的骚扰和对物的破坏。

第三段写新住户灭鼠除害。几年后，"某氏"迁居，"后人"（新住户）搬入，而老鼠作恶的情况依然如故。新住户不禁惊奇老鼠猖獗程度之甚，于是，"假五、六猫，阖门，撤瓦，灌穴，购僮罗捕之。"假，借；阖，关闭；罗捕，四面围捕。这里采用行动描写，简洁形象地展现出灭鼠的一系列措施：

他借来五、六只猫，关上大门，撤除房瓦，冲灌鼠洞，雇人四面围捕老鼠。最后，捕杀的老鼠堆得像座小山，把死鼠扔到偏僻的地方，臭味好几个月才消散，可见老鼠之多，新住户灭鼠之彻底。

文中"某氏"与"后人"对待老鼠的态度形成鲜明的对比。前者将老鼠奉为"子神"，后者则视它为"阴类恶物"（阴类，在阴暗处活动的动物。）；前者"悉以恣鼠，不问"、虽苦不堪言却"终不厌"，后者对老鼠严惩不贷，"杀鼠如丘"，一个"恣鼠"，一个"杀鼠"，两者截然不同。通过对比，作者讽刺了纵鼠为患的"某氏"，赞颂了灭鼠除害的"后人"。爱憎褒贬之意不可抑止，愤世嫉俗之情溢于言表。

最后，作者感叹道："呜呼！彼以其饱食无祸为可恒也哉！"他借助于笔下的鼠，讥讽了那些抓住侥幸得到的时机任意胡作非为之徒，表达了对这类人的深恶痛绝。同时，抨击了庇护坏人的统治者，称颂了敢于除恶灭害的人。他坚信，有了主持正义、驱除邪恶势力的勇士，那些投机钻营的"老鼠"，便不会"饱食而无祸"，而是遭到惨祸。

柳宗元写《三戒》时已遭贬谪，行则若带缧索，处则若关桎梏，然而，他并没有因此而改变自己的政治思想，而是反思人生，"发之以愤激"（《文章精义》），用自己的文章揭露社会时弊，无所避忌，不留情面。在《三戒》中，他将政论哲理和文艺形象融为一体，塑造了麋、驴、鼠的典型形象，以此嘲弄一伙趋炎附势、外强中干、狐假虎威式的人物，可见其敢言当世之过的胆识和不为世俗所左右的廉洁正直。他让这三个形象"迨于祸"，证明他怀抱救时济世之志，希望自己的主张和见解能够实现。

刘禹锡说："天下文士争执所长，与时而奋，粲然如繁星丽天，而芒寒色正人望而警者，五行而已。河东柳子厚，斯人望而警者欤！（《河东先生集·序》）"柳宗元无愧于这一评价！

大钱

【题解】

本文是对《国语·周语》关于景王铸大钱的记载的评论。指出钱币的分量和价值不可一成不变，应"以其时之升降轻重"，即要根据社会形势的具体情况来决定。主张在"钱重物轻"的情况下，赋税不应该征收钱币，而只规定交纳一定数目的布帛之类的实物。这种以"不害农"为出发点的经济思想，是柳宗元一贯心系民瘼的体现，且具有朴素的辩证法因素。

文章以设问提出人们可能有的疑问，然后进行认真分析，得出可信的结论，因而立论稳健，层次井然。结尾数句，以轻蔑的语气，回归到"非国语"的中心意旨。全文简洁朴实，又跌宕有致。

【原文】

[国语]景王将铸大钱①。单穆公曰②："不可。……可先而不备，谓之怠；可后而先之，谓之召灾③。"

非曰：古今之言泉币者多矣，是不可一贯，以其时之升降轻重也④。币轻则物价腾踊，物价腾踊，则农无所售，皆害也⑤。就而言之，孰为利？曰：币重则利⑥。曰：奈害农何？曰：赋不以钱，而制其布帛之数，则农不害。以钱，则多出布帛而贾，则害矣⑦。

今夫病大钱者，吾不知周之时何如哉，其曰"召灾"，则未之闻也⑧。左氏又于《内传》曰："王其心疾死乎！"其为书皆类此矣⑨。

【注释】

①景王：周景王，姓姬，名贵，前571～前545年在位。　铸：熔铸，铸造。大钱：指体积较大，币值较高的铜币，即重币。

②单穆公：周景王的卿士，名单旗。

③"可先"四句：意思是说，应当先行的事情而不做好准备，这叫松懈懒惰；应当后行的事情反倒提前做，这叫招惹灾祸。　备：事先的准备。　怠：懒惰，松懈。

④"古今"三句:意思是说,古往今来,谈论钱币问题的人很多。钱币的大小,不能始终不变,要由国家根据形势来调节它的轻重。　　泉币:钱币。　　一贯:一以贯之。　　升降:或提升或降低,指由国家调节钱币的轻重大小。

⑤"币轻"四句:意思是说,国家发行钱币,钱币轻就引起物价上涨,物价上涨就使农民卖不出产品,生产者和消费者双方都受害。　　币轻:钱币分量轻,币值低。　　腾踊:喻物价上涨。　　无所售:卖不出东西。售,卖。　　皆害:都受害。皆,指卖者和买者。

⑥"就而"四句:意思是,从利益来说,币轻币重,哪一样有利?我认为币重有利。　　就:意为"就利",即从利益、好处出发。　　孰:哪一样,哪一个。

⑦"曰奈"数句:意思是说,有人问:币重伤害农民,怎么办?我认为:征收赋税的时候不用钱币,而是规定上缴的布帛数量,这样农民就不会受害。缴税用钱,农民就要卖布帛换钱,相对来说就多交了布帛,这是伤害了农民。　　曰:前一个是设问,后一个是作者的回答。　　赋:征收赋税。　　制:规定。　　布帛:麻织为布,丝织为帛。　　多:指比较直接缴纳布帛,相对为多。　　贾:做买卖。

⑧"今夫"四句:有人认为发行重币不利,周朝的情况是怎么样的,我不知道;至于讲什么"召灾",却没有听到过。　　今:今世。　　病大钱:认为铸大钱不利。病,弊病,此为意动用法。　　何如:怎么样。

⑨"左氏"三句:左丘明在他的《春秋左氏传》里讲过这样的话:"周景王将得心病而死!"说的是铸钟"召灾",他写的书全都如此。　　内传:指《春秋左氏传》。后人称《左传》为内传,《国语》为外传。　　心疾:心病。《左传·昭公二十一年》载,周景王铸无射钟,乐官州鸠认为要召灾,预言"王其以心疾死乎!"　　类此:像这样。类,像、似。

【鉴赏】

　　大钱,是币值高、体积大的硬币。春秋末期,随着社会的分工,交换的增多,币值低的货币已经不能满足社会的需要,于是周景王决定改铸币值高的大钱。这是使"百姓蒙其利(见《汉书·食货志下》)"的一项经济措施。史学界有人认为《国语》所载的货币理论与当时形成的货币概念距离较大,因而怀疑周景王铸大钱,系由铸大钟的故事演变而来(见《非国语·无射》)。细读本文,柳宗元对周景王铸大钱一事的真实性,似乎并不关心,只是搪塞一句"吾不知周之时何如哉"。他把批判的锋芒闪向左丘明用"召灾"的迷信来说明周代衰亡的历史那一段话,实际上也是针对中唐的现实,阐明自己的经济主张。

　　文章提出的货币"不可一贯,以其时之升降轻重也"的经济思想,正体现了一种朴素的辩证法,它和铸造大钱"谓之招灾"的形而上学观点冰炭不相容。尤为可贵的是,在"钱重物轻"的情况下,柳宗元主张"赋不以钱",限制应缴布帛的数量,这种以"不害农"为前提的经济主张,体现了他有意拯民于水火之中的政治热忱。据《唐书·食货志》记载:唐德宗时,杨炎为相,改租、庸、调为"两税法",纳税也由原来用粮、钱、布,改为以钱为主。这样,钱的需要增大,一些富商巨室又把钱币储存起来,因而造成"物轻钱重"的现象。以前只须缴两匹半绢就可以输完的赋税,这时却需要两倍以上的绢。《新唐书·权德舆传》有云:"大历中,一缣值钱四千,今(指贞元十九年)止八百、税入如旧,出于民者五倍其初。"可见,当时由于"物轻钱重,"农民为了缴纳赋税,不得不把生产出来的东西卖光售完,使生活陷于日益穷困之中。柳宗元主张铸大钱,调整币值,用实物缴税,以减轻农民的负担,在当时具有一定的进步意义。

这篇文章在写作技巧上有一个显著特点:议论层次分明,井然有序,运用归纳、分析等逻辑方法和设问的口气把立论巧妙地托出,论述过程虽然较为简约,却也不无跌宕,于凝练中自有文章的法度在。文章认为,从古到今讨论钱币的人多着啦。钱币不可以一概而论,永久不变,要根据时势的演变而升值或贬值,减轻

或加重。这是总括全文的主旨,只觉劈头而来,击中单穆公反对铸大币的要害。然而作者并没有围绕主旨展开全面论证,而是通过"升降轻重"这两组偏义复词,冒出"降"和"轻"的语义重点,过渡到简明的分析:币值低,物价就会迅速上涨;物价迅速上涨,农民就没有那么多的东西拿出来卖。这无论对谁都会受到损失。看来作者的总括偏于一隅,这正是针对单穆公反对铸大钱的论点而来。但第一个层次的表达尚未尽意,于是作者又通过设问,从驳论转向立论,回到"升"和"重"的出发点:那么,照这样说来,到底哪个有利呢?我说:币值高有利。仅一个回合,便显出文章立意的针对性。接着,作者又通过设问,提出文章的第二层次:有人会说,币值高损害农民的利益怎么办?我说,纳税不交钱,规定应交布帛的数目,那对农民就没有损害了。如果交税用钱,农民就要多拿出一些布帛来换钱,这就会使农民受到损害。在这里,柳宗元顾及立论的周密性,卖了一个"奈害农何"的破绽,从写作技巧上讲,叫作"要想甜,加点盐",从反面提出问题,正是为了使立论更有说服力。这

一层次又包括两个方面："赋不以钱"和"以钱"，用一正一反的鲜明对比，突出了只要"赋不以钱"，便能够解决"奈害农何"的问题。而"奈害农何"不成立，"币重则利"就站稳了脚跟，那么，币轻之害也便并非妄论，铸大钱又何罪之有呢？于是，柳宗元又回到了"非国语"的初衷：现在有人指责铸大钱，我不知道周朝的情况怎样。至于说什么"铸大钱要遭灾"，我可从没听到过。左丘明又在《左传》里说："周王恐怕会害心病死吧！"他编的书都是类似这样的货色。这一段以轻蔑的情感态度对左氏的荒谬进行了嘲讽。于紧张严肃的论说之后，平添些许的轻松舒畅。颇得文章放而复收，擒纵自如的"顿挫"之妙。同时，左氏在《内传》中说："王其心疾死乎"的旁证，又是对第一第二层次的论述的补充，所谓横插一笔是也。

柳宗元的《非国语·大钱》，以其"论如析薪，贵能破理"（《文心雕龙·论说》）的严密逻辑性与简洁透明、跌宕有致的结构艺术征服了读者的心。它在艺术表现上还有两点需要着重强调的，以供写作文章借鉴。第一，设问的运用。《非国语·大钱》针对读者可能出现的疑问，主动出击，提出问题，然后加以分析，这是使文章"弥缝莫见其隙"，防止纰漏的一个重要方法。正如梁启超在《中学以上作文教学法》中所说："作文时必须自己先想到种种人家要驳我的话，用'难者曰'一类的话一一驳去，能有几要点被我驳倒便好了。"第二，使用生动、形象的语言。这主要表现在"物价腾踊"这一词组上。"腾踊"的义项有两个。其本义是奔腾跳跃的意思。如《淮南子·原道》："万物之至腾踊肴乱，而不失其数。"后来人们用来形容物价骤涨。如《史记·平准书》："如此，富商大贾无所牟大利，则反本，而万物不得腾踊。"柳宗元在这篇文章里吸收了古人的第二种用法，把"物价"和"腾踊"搭配成一个生动、形象、富有生命力的新的词组，乃至今天仍然被广泛使用而经久不衰，这无疑是创造性地通过民族传统语汇来表情达意的一个范例。